从一个侧面，真实地记录时代的爱情符号……

到爱情为止

申尔／著

人民文学出版社

图书在版编目（CIP）数据

到爱情为止/申尔著．—北京：人民文学出版社，2016
ISBN 978–7–02–011340–8

Ⅰ.①到… Ⅱ.①申… Ⅲ.①长篇小说—中国—当代 Ⅳ.①I247.5

中国版本图书馆 CIP 数据核字（2015）第 320898 号

责任编辑　脚　印　付如初
责任印制　苏文强

出版发行　人民文学出版社
社　　址　北京市朝内大街 166 号
邮政编码　100705
网　　址　http：//www.rw-cn.com

印　　刷　三河市鑫金马印装有限公司
经　　销　全国新华书店等

字　　数　430 千字
开　　本　710 毫米×1000 毫米　1/16
印　　张　33.75　插页 1
印　　数　1—10000
版　　次　2016 年 3 月北京第 1 版
印　　次　2016 年 3 月第 1 次印刷

书　　号　978–7–02–011340–8
定　　价　38.00 元

如有印装质量问题，请与本社图书销售中心调换。电话：01065233595

目 录

第一章　欲望的生活 / 001
　1.1　躁动的骚年 / 002
　1.2　放肆的灵魂 / 020
　1.3　爱和性的分离 / 033
　1.4　还剩了多少摧不毁的爱情 / 047

第二章　囚禁的残梦 / 061
　2.1　那些无法释怀的日子 / 062
　2.2　路途艰辛，在一起 / 075
　2.3　脸上写着爱情的姑娘 / 092
　2.4　阡陌缘，亦凌乱 / 106
　2.5　每个故事都有一个密码 / 121

第三章　爱上了爱情 / 135
　3.1　没有一朵花是错开的 / 136
　3.2　忘了怎么哭了 / 149
　3.3　想要一个支撑下去的理由 / 164
　3.4　一个人走出的风景 / 178
　3.5　过去的现在的是遇见的 / 190

第四章　颠倒的梦想 / 203
　4.1　出租房离梦想有多少街区 / 204
　4.2　被欲望强暴的梦想 / 217
　4.3　轮回的节奏 / 228
　4.4　窗外的青春很无奈 / 238

第五章　到爱情为止 / 253
5.1 活在北京，挣钱养梦 / 254
5.2 最温柔的背叛 / 261
5.3 不要怕，有我在 / 268
5.4 这个城市是个战场 / 280
5.5 一转身，便是一生 / 291

第六章　爱基于欣赏 / 303
6.1 假装着没有假装 / 304
6.2 一辈子的情人 / 314
6.3 心痛的是，已不再心痛 / 322
6.4 懂得是一种难言的柔情 / 337

第七章　爱的能力 / 347
7.1 不是不想爱，是不敢再爱 / 348
7.2 爱无能，性很能 / 360
7.3 还有多少人会说我爱你 / 369
7.4 北京的盖茨比 / 383

第八章　真诚的勇气 / 395
8.1 谁是可以随时说话的人 / 396
8.2 一天一天数着寂寞 / 401
8.3 还剩了多少真诚的勇气 / 414
8.4 我看见了爱情，你呢？ / 423

第九章　生命的执念 / 437
9.1 快乐得痛不痛？ / 438
9.2 最后的疼爱是放手 / 449
9.3 虚妄的执念 / 458
9.4 有一种公平叫因果 / 468

第十章　救赎的光 / 479
　　10.1 谢谢我们还活着 / 480
　　10.2 谁拿流年，乱了浮生 / 491
　　10.3 离开时，无人说再见 / 506
　　10.4 越过山丘，感恩生命 / 521

后记：致时代的爱情 / 533

第一章　欲望的生活

喜欢自由,却又害怕寂寞;想要放纵,却又害怕堕落。已走得太快,已走得太远,欲望的生活,正摧毁着我们磐石般的爱情……

1.1 躁动的骚年

一茬一茬在北京打拼的人，生存在同一片天空下，似乎每天都在轮回着相同或相似的故事。清晨，太阳从浓浓的雾霾中挣扎着爬出来，露出了微弱的光。窗外的城市静悄悄的，但都知道，过不了一会儿，这个城市很快就会躁动起来，很快就会成为一个战场。生活像上了发条，人们像打了鸡血，看上去都似乎要去掠夺什么。城市的每一个角落，似乎都充斥着一种无形的压抑。

早上，上班族们无奈地发着牢骚，埋怨着一周有五天重度雾霾的天气，脚步匆匆地走出家门，奔向公交站或地铁站，穿梭在你推我搡的人群中，进行着一场"肉搏战"。有车一族们像蚂蚁一样在马路上爬行着，无奈地看着密密麻麻的长龙，计算着自己一天消耗在路上的青春和生命。冷冰的钢筋水泥 Office 里，穿着讲究的白领金领们，坐在引以为豪的格子间里，加班加点地拼命工作着，想着那一辈子都还不清的房贷。

下午，一些早上起来实在不知道干什么的人，伸着懒腰起了床，琢磨起了一天的捞金计划。传说中混居在百子湾、大悦城等五六七八九线的演员、模特、歌手和外围以及小姐们，精心梳妆打扮着，琢磨着到底参加哪个局；一些自认为很有品位的时尚男女，在三里屯、南锣鼓巷等喝着下午茶，耸着肩聊着各种明星八卦新闻；一些"绿茶婊"则挽着各路土豪，在新光天地等之类的"屠宰场"，手里挥舞着小快刀，斗智斗勇地逛着各种奢侈店。

傍晚，下班高峰期到了，首都变成了首堵，马路变成了一个超大号地上停车场，上路前不去趟洗手间恐怕都回不了家。十字路口红绿灯切换着，汹涌的人潮相互推搡着，每个人都脚步匆匆不敢有片刻倦息,大家都担心自己会被甩在身后,甚至会被别人踩在脚下。赶往通州、天通苑等超大号休息地的蚁族们,在一号线或五号线等站口汇集成了庞大壮观的队伍,每个人脸上都写着努力撑下去,及那令人肃然起敬的拼搏。

　　灯火阑珊时,一些嘴上吐槽着土豪、又在去与土豪交朋友路上的人,正争先恐后地列席着永远都少不了美女的各种局。他们有谈着一亿飘十亿的项目、却连喝茶吃饭都买不起单的空手套白狼的骗子;有马云都投资了、公司就要上市了、马上就可以带你走向人生巅峰的初创团队,却拐着弯地让你掏钱投资的融资客;有转行投资文化影视产业、可以一夜之间把你捧成大明星,却只想晚上把你带回家的金主,等等。其实,大家都不傻,都心知肚明、各取所需罢了。

　　夜深了,一些人看着狗血电视剧睡了。白天十分安静的工体、三里屯等地儿的夜店酒吧,却迎来了一天最喧嚣热闹的时光。京城的各路土豪美眉、老炮小K、屌丝男女,会从四面八方汇涌到这些最喜欢玩耍的地方。他们在这里谈着项目、侃着文化、唱着爱情,各种乱喷、各种约炮,尽情地宣泄着内心的寂寞、释放着欲望、吞噬着诱惑。

　　有人说,北京是一个梦想有多美好,现实就让你知道多残酷的地方。有人说,北京是一个充满魅惑的地方。虽说这里人多、车多、物价高、房价高等等,但这里有"中国合伙人"成功的榜样,有象征着财富的国贸CBD,有近在眼前、远在天边的明星名导名嘴,有说不定自己哪天也红了、火了、牛了、发了的梦想……所以,很多人每天都累成了狗,被Boss骂得生无可恋,还是要坚持在这里欢笑和哭泣,坚持在这里祈祷、迷茫和寻找,坚持在这里活着,虽然并不一定能在这里死去;坚持在这里为梦想打拼,虽然很多人只剩下做梦了。

　　八零后的刘铁,也是千千万万在北京打拼的人。他来北京已经有十几个年头了,不过,他绝对是一个令无数同龄人羡慕嫉妒恨的佼佼者。因为他才三十出头,居然就已经拥有自己的"龙盛阳光"私募基金,还被圈里公认为京城最年轻的金融新贵之一,绝对属于"中国合伙人"那种一小撮的成功者。

　　关于他的发家史,社会上有很多版本,反正听起来都挺传奇的。

有人说，他是北京某著名大学的金融专业高材生，07年中国股市大牛市中，凭着过人的聪明才智，借钱融资炒股狠狠地大捞了一笔；也有人说，他凭着超人的胆识与气魄，08年全球金融危机时，在香港期货市场大肆做空，且一夜暴富；还有人说，他老爸是赣南山区的矿老板，且还是当地的黑老大，是个典型暴发户的富二代；也有人说，他傍上了京城著名熊氏集团老大的富家女，是个典型吃软饭的男人，等等。至于说到他的爱情故事，社会上的版本就更多了，这还真的需要从头慢慢讲起。

2012年11月，北京的秋天，一年四季里最短，但是最让人不舍。虽说在大多数的日子里，老舍先生所描写的那种从城里就能看西山和北山的情景，时至今日已经成了一种奢望，但偶尔会有一阵风把天洗得乍蓝，偶尔会有一片金黄闯入眼帘，让人怀念着许多文人骚客描写过的北京人被偷走了的骄傲。

一个周末的傍晚，刘铁拒绝了所有的饭局酒局，看着火烧云一般的秋日晚霞回了家。他的私募基金主要是做证券买卖投资的，还兼做一些Pre-IPO的项目，所以，他必须每天盯着跌宕起伏的股市，时时刻刻关注着国内国际各种政治经济等各种新闻，精神始终处于高度紧绷的状态，因为他知道，自己稍不留神就会有几位数的资产从电脑里蒸发了。每到周末沪深股市收盘后，忙碌了一周的他，总会感到心力交瘁，紧绷的神经终于可以得到暂时休息了。

回到家后，他一头躺倒在宽大的沙发上，看上去心情格外的低落。原来，他大学时期的一个最要好的同学，金融业公认的青年才俊，前段时间因突发心肌梗塞猝死于家中，说没就没了，直接诱因就是天天超负荷工作透支生命。当时得知这个消息时，他非常震惊，也感到特别惋惜。不过，之后他像是得了快速遗忘症似的，连好同学的追悼会都忘了参加了。他吃惊地发现，不知道什么时候，自己变得如此冷漠了。

他还发现，现在自己脑子里除了挣钱，似乎能触动他的事儿越来越少了。这不，明天是他虚岁33岁的生日了，也是他大学毕业的第十个年头了，为此，美美还在工体MGM给他筹划了一个盛大的生日派对，但他看上去一点儿也不高兴和兴奋。躺在沙发上，回想着自己在北京打拼的这十年，酸甜苦辣还有点儿咸的百般滋味，令他感慨万端。虽说现如今他已经是金融新贵了，整天过着挥金如土、纸醉金迷的生活，成了无数同龄人奋斗的目标甚至偶像了，但他心里清楚，自己并不开心和快乐。每当独处时，内心的孤寂和苦楚清晰可见。

他想得脑袋有点儿大，不想再想下去了。为了分散注意力，他走进书房，打开电脑，点上了一根烟，随意浏览着网上弹出来的新闻。但看到搜狐、新浪、腾讯、优酷等几大门户，都无一例外报道的是相同或相似的新闻：谁和谁结了、谁和谁离了、谁和谁睡了、谁谁嫖娼了、谁谁吸毒了、某学校校长又开房了、某市城管又打人了……看着看着，他眉头紧蹙，用力地合上电脑。

他回到客厅，倒上了一杯洋酒，打开了电视。平日里他很少有时间看电视，基本上天天忙着喝酒应酬。他翻到了央视新闻频道，发现连如此高大上的电视台所报道的，不是这里又发生战争了，就是那里又发生恐怖袭击了；不是这里又杀人发火了，就是那里又强奸轮奸了，不是这里火车又出轨了，就是那里飞机又掉下来了……看着看着，他用力地把遥控器扔到沙发上，关上了电视。

他躺在沙发上，呆滞地盯着天花板，心里琢磨着，难道这个世界、这个时代、这个社会，就这么混乱、堕落、血腥、没有安全感吗？每时每刻都在发生着这些无道德、无底线、无人性的事情吗？就没有点儿什么令人开心的事发生吗？本来就心浮气躁的他，看着这些扑面而来、充满了负能量的新闻，心情更加郁闷烦躁了。

晚上是他最紧张、最害怕、最痛苦的时刻，因为每天晚上他都在为了能睡着觉而努力着。他无聊地玩起了斗地主游戏，试图让自己的大脑放空，玩累了好睡觉。他失眠已经好多年了，为了能好好地睡上一觉，曾尝试换着吃各种安眠药，换着各种方式和办法，不过大都失败了。后来，他去了医院，医生给他开了一些氯丙嗪、盐酸帕罗西汀片、劳拉西泮片等抗狂躁和抑郁症的药物。

今晚他早早地就吃上了一大把药，尽量找各种方法把自己给折腾累了。他玩儿一会儿斗地主，感觉自己似乎有点儿困意了，赶紧躺到了床上，强迫着自己赶紧睡去，但明明自己身心疲惫，甚至觉得头疼欲裂，还是翻来覆去地睡不着，且越是着急睡着越睡不着。不知道折腾了多久，他到底还是睡着了，但没过一会儿，又被自己的大叫声惊醒了。

他猛地从床上愣愣地坐了起来，定神环顾了下寂静的房间，知道自己又做梦了。想着刚才做的一串稀奇古怪的梦，他觉得自己的想象力太穿越了。他坐起来抽了支烟，缓了缓情绪，再次躺了下来。好不容易又睡着了，又开始做梦了，且令他气愤和无奈的是，做的梦居然和之前的梦连上了，像是在演一场电视连续剧。

他知道自己是所谓的"鬼压床"了，挣扎着让自己赶紧醒来，但身体却始终动弹不得。终于，他从惊恐中坐立起来，额头上渗出了豆大的冷汗。他嘴角上翘，心里自嘲着：现在有很多人都说什么"爱情是当下最昂贵的奢侈品""真诚是当下最昂贵的奢侈品"等等，对他来说，能踏踏实实地睡上一觉，才是真正最昂贵的奢侈品。

实在睡不着了，他打开手机，无聊地翻看着微信朋友圈。他的朋友圈和很多男人有个共同特点，就是基本没有男人。即使有也都是无关紧要的。和自己有直接利益关系的，像他的那几个狐朋狗友宝哥、熊哥、黑哥等等，就不在他的朋友圈之列。也许是大家都担心发现彼此装逼会觉得尴尬，也许都担心窥探到彼此的隐私会感到紧张，反正谁都不主动提出加对方为好友。

他有时会想，自己和这帮兄弟偶尔去洗桑拿，当看着彼此赤裸裸的身体时，都会感到有些尴尬，彼此之间不愿意加朋友圈、不想让对方窥视到自己内心，也就很容易理解了。有时，即使碍于面子，彼此加为好友，但也心照不宣地在某天把对方设置为"不让他（她）看我的朋友圈"。看来所谓的朋友圈恰恰并非是真正的朋友，人与人之间还是要隔着一层面纱较比好，尤其是在人与人之间越来越缺乏最基本信任的今天。

他的朋友圈和很多男人还有个共同特点，就是基本上都是各种各样的女人。有一些装逼的，天天发着各种越来越浓的心灵鸡汤；有一些自恋的，不管刮风下雨还是生病快死了，都还忘不了自拍；有一些脑残的，发着一些文字和配图驴唇不对马嘴的感慨；有一些花痴的，追着一些韩日的帅哥欧巴，似乎最爱他们的女人都在中国；有一些吃货，饭前饭后总忘不了用手机消毒各家的美味；有一些绿茶婊，则天天晒着各种名牌，各种炫富拉仇恨；还有一些招之即来挥之即去的外围女，当然是刘铁认为品质不错的。

他经常被朋友圈里各种装逼的、苦逼的、二逼的、傻逼的无病呻吟搞得哭笑不得。有为情所困的、为爱所伤的，有挣扎绝望想逃离北京的，有痛苦不堪不想活了的，有的恨不得死之前都要发个朋友圈。总之，朋友圈里的心灵鸡汤越来越浓了，觉得自己都不知道该咋活了；对爱情的探讨越来越具体了，觉得自己都不知道该咋爱了；没吃过的美味、没去过的美景越来越多了，觉得自己都白活了。

又是一个不眠夜，天已经蒙蒙亮了。折腾了整整一宿，他终于把自己折腾累了，躺在沙发上不知不觉地睡着了。醒来的时候，发现天已经黑漆漆的了。他起来随便吃了点东西，简单地洗漱一番，准备去参加美美为他操办的生日大帕（Party）。一辆黑色的大悍马停在他的别墅大门口，一个高大威猛的壮男倚在车旁叼着烟，他是刘铁的司机兼保镖二虎。见刘铁大步走过来，二虎赶忙扔掉手里的烟头，点头哈腰地打开了车门。随着一阵轰隆隆的马达声，黑色的大悍马渐渐隐在了大北京灯火阑珊的夜色中。

为了给刘铁庆生，美美提前好多天就已经开始张罗了。她要在工体的 MGM 组织一场盛大的生日派对。说到美美，很难用一句话概括她的身份。她 16 岁就在娱乐圈儿摸爬滚打混了，今年刚刚 20 出头。她拍过戏、发过 EP、做过车模、当过 PP 游戏代言人，还是当下娱乐圈儿一位经常抢头条的"网红"。她经常自称是集影视歌模于一身的多栖明星。

不过，最终奠定美美在娱乐圈标签的，还是凭着她在车展上大尺度的裸秀，以及有意无意走光的 D 杯"胸器"，被各大媒体一致公认为新一代的"胸器女神"。"红了才是硬道理！""老娘也要做豪门！"是美美的一些名言，也是圈里小伙伴经常励志的座右铭。事实上，美美的确凭着霸气外露的"胸器"和修长的白腿，一次次地征服了一颗颗男人的小心脏，一次次地登上了各大小娱乐新闻的头条。

位于双井的富力城，是公认的在北京混得比较牛逼的美女居住的地方。一间装修豪华的公寓里，美美正一手拎着一款鳄鱼皮的爱马仕包包,蹬上了一双10公分的MiuMiu高跟鞋,着急忙慌地推开了房门,走到了电梯口,拿出手机大声说着:"玲玲,你出门了吗?"

"亲爱的,路上了!"

"千万别迟到啊!今儿可是铁哥的生日,知道吗?"

"哎呀,美美姐姐,人家Chiling什么时候掉过链子呢!"

"行了,能不能好好说话,你丫都快嗲死了,真把自己当志玲姐姐了!挂了。"

"贝贝,你到了吗?"

"马上了,小妈!"

"今儿可是铁哥的生日大帕,铁哥,知道吗?"

"哇塞,太知道了!'土豪'中的战斗机啊,欧耶!"

"知道就好,拿出状态来,好好表现,懂吗?"

"懂懂懂,必须懂!放心吧,嘻嘻。"

"艾雪,你到哪儿了?"

"我已经到了,是88号总统包房吗?"

"是是是,还是我们家艾雪最乖。"

"美美姐,这里场面太大了,好紧张!"

"没事儿,宝贝儿,到时候听我安排就好了。艾雪,今儿可是铁哥的生日大帕。铁哥,知道吗,'土豪'中的男神啊!你不是想要参加今年的'中国好歌声'大赛吗?今晚你要好好表现哦,如果铁哥肯帮你,你必火无疑,你懂的!"

"哦……我会尽力的!不过,是不是要潜规则啊?……"

"哈哈哈……你想什么呢?铁哥身边美女如云,有多少美女都排着队等着想睡他呢!铁哥要是想潜你,那是你的Lucky!好了好了,不跟你说了,我马上就到了,一会儿见,挂了。"

美美明明还没出门,却说自己马上到了,这是她一贯不靠谱的风格,大家都早已经习惯了。不过,这一点儿也不妨碍美美在小伙伴心目中的偶像地位。美美年轻貌美,住豪宅、开名跑、背名包、穿名牌,身边永远都围着各路大哥、土豪和"二代",永远都有随时听候调遣的小演员、小模特、小歌手等,具有超强的组织能力和号召力,是工体等各大夜店的座上客。忙忙叨叨地打了一通电话,觉得安排落实得差不多了，她长长地吁了一口气，钻进了她的红色玛莎拉蒂，飞驶向了工体的著名夜店 MGM。

工体可以说聚集了北京城顶级的夜店了。从工体的东南西北门进去，很快就可以看到一栋金碧辉煌的建筑。这栋具有欧陆风尚的殿堂，这就是工体夜店里最高端大气上档次的 MGM 了。MGM 有京城首家专业 F.lounge，有女子 JAZZ 乐团，有携手顶级 DJ 打造的百分百的潮流音乐，有波尔多系列的各大庄园的红酒和世界 TOP10 雪茄等等。因此，这里自然就成了土豪美女们趋之若鹜的地方了。

美美将红色玛莎拉蒂停在了 MGM 停车场。猛一看 MGM 的停车场，很多人会误以为到了一个世界顶级名车的车展。什么太空战舰兰博基尼、幻影劳斯莱斯、最新款软顶 911 保时捷等等。加上从这些豪车里上上下下的长腿美女，很容易让人联想到"海天盛筵"的壮观情景。再看看这些豪车的车牌号，什么"京 A88888""京 A80""京 OA"等等之类的，一看就知道这些车主一定是非富即贵。

MGM 的乔总是负责日常管理的，见美美朝着大门走来，急忙带着几个保安跑上前，笑容可掬地簇拥着美美。MGM 的保安人均身高都在 190 以上，呼啦一下将美美团团围在了中间，像保护一线大咖明星似的簇拥着她走向大门。美美很享受这种感觉，戴着遮着半个脸的超大号墨镜，扭着性感的腰肢，急步走着问道："铁哥到了吗？"

"还没呢！"乔总点头哈腰的。

"房间都布置好了吧？"

"美美姐，我办事，您还不放心啊？"

"都谁到了？"

"宝哥、熊哥、黑哥等好多人早到了，还有你的那些姐们儿也都到了，大概有……小七八十号人了吧！"

"那赶紧的，别铁哥先到了，又该骂我不靠谱了！"

美美在乔总和几个保安的一路护送下，到了 88 号总统包房门口。门口两侧，十几个一水儿的超短裙妹妹，不停地鞠躬欢迎着各路贵宾。两个保安拿着手电筒站在门口，认真核对每一张邀请函，唯恐有人滥竽充数混入其中。不过，这里的每一个人显然都认识美美，美美连墨镜都没摘，径直走进了包房，微笑着与男男女女打着招呼。

88号总统包房十分奢华，空间足以容纳上百号人。为了给刘铁庆生，包房里布满了精美的鲜花、五彩的气球等，看上去十分浪漫温馨。每位来庆生的人都是盛装出席，美女们更是争奇斗艳。大家都在捕捉着彼此的猎物，各路土豪与美女们眉来眼去，彼此相互加着微信，你一言我一语地攀谈着。

　　MGM大门口，刘铁的大悍马一个急刹车停了下来。二虎跑着过来打开车门，刘铁伸出一双大长腿下了车。他身材高大但不粗犷，穿了一件灰黑色Giorgio Armani长款风衣，白色衬衫领口松开了两个扣子，隆起着健美的胸肌，修身的西裤下一双Dolce&Gabbana鳄鱼皮靴闪闪发亮，看上去十分风流倜傥。

　　一直等候在大门口翘首以望的乔总，率领着几个保安呼啦一下子围了上来，驱赶着大门口的人群，毕恭毕敬地齐声大喊了一声"铁哥"。刘铁冲他们微微地点了下头，嘴角微微上扬露出一抹狂野不羁的微笑，整个人散发着一种冷傲的阳刚之气，在众人的前呼后拥下趾高气昂地走进大门。

　　88号总统包房大门，乔总、保安及二虎争先恐后地为刘铁推开了房门。刘铁大步走进了包房，包房里的人立马站了起来，响起了一片热烈的掌声。他一边向大家招手致意，一边脱掉了风衣，将衬衫袖口卷到手臂中间，露出小麦色的皮肤，手腕上的一块卡地亚铂金满天星全钻手表银光闪闪，夺人眼球。

　　包房里挤满了人。刘铁健步走到包房中央，一双深邃的黑眸扫视了下包房，整个包房一下子就安静了下来。刘铁就是有这样强大的气场，别看他年纪轻轻的，有很多比他年龄大的、比他有钱的、甚至一些当官的男人，都会不自觉从心里敬他三分。他那刀刻般的五官，总会令人感到一种不怒而威的霸气。

　　大家目不转睛地盯着刘铁。只见他嘴角微微上翘，露出了一种令人难以琢磨的、非常独特的微笑。他的微笑看上去令人觉得有点儿孤傲、有点儿冷漠、有点儿坏坏的、又有点儿孩子气……很难用一个词来形容。认识刘铁的女孩都说，这是专属于刘铁的标志性微笑，真心比什么"盖茨比的微笑"还要迷人。

　　刘铁清了清嗓子，双手合十，嗓音充满磁性又略带沙哑地大声说道:"感谢今晚在座的各位兄弟姐妹捧场!别的我就不多说,请大家千万别拘着,千万别给我省钱,一定吃好喝好玩好!谢谢各位!"刘铁说完举起酒杯敬大家,众人也急忙举起酒杯大声叫着:"铁哥,生日快乐!"

美美看上去十分激动,搔首弄姿地走上主持台,拿起麦克风,哆哆地大声说道:"各位亲,ladies and 帅哥们,大家请安静一下!安静一下!我是美美,是今晚我最亲爱的铁哥生日大帕的主持人。现在我宣布,生日大帕正式开始!"众人被美美不伦不类的港台腔里夹杂着蹩脚的英语搞得忍俊不禁。

美美在台上说着,包房里的女孩儿眼珠子依然一动不动地盯着英俊潇洒、气宇轩昂的刘铁身上,七嘴八舌地偷偷小声议论着:"哎妈,铁哥好 MAN 哦!简直帅爆了!"

"我晕,长腿土豪哥,太酷啦!"

"铁哥好像……李敏镐啊,我的男神!"

"什么呀,像吴彦祖,好吗?"

"我去……像刘烨,好吗?"

几个女孩越说声音越大,台上的美美白了她们一眼,示意她们安静下来。她再次举起酒杯:"各位亲,ladies and 帅哥们,现在我提议,大家先祝铁哥生日快乐、身体健康、美女多多、Money 多多、想啥有啥……大家说好不好?"

包房里发出了一浪高过一浪的尖叫声。美美说完暧昧地看了一眼刘铁,她刚要走下主持台,这时,有一男人大声叫道:"美美小姐,请等一下!我是您的忠实粉丝,借此机会,我想问您个私人问题,您最近又有新男朋友了吗?"

美美妩媚地笑了笑说:"这位哥哥,今天是铁哥的生日,关于您的问题,等明年愚人节的时候我再向您表白,可还行?"众人听后哄堂大笑。

"美美小姐,请等一下!我是你的铁杆粉丝,曾看过你读书时的一张照片,我想问,那时候你的胸真的就这么大了吗?"那哥们儿还在穷追不舍地问着。美美大大方方地反戈一击说:"哎哟,哥哥,那时候你就看得出来了?"

"美美小姐,你还记得不,有一个活动,你就坐在我左手边,当时我一下子就硬了,Sorry,Sorry!是……僵硬了!请问女神,今晚你能否坐在我右手边啊?"那哥们儿花痴地看着美美。

"这位哥哥,下次我坐你怀里!好不啦?"

包房里再次发出一阵哄笑。美美没再接话,走下主持台招呼大家。这时,坐在一个区域的几个男人几乎同时都站了起来,冲着美美挥着手大声叫着。美美显然和这几个男人都很熟,她一扭一扭地走到了他们中间。几个男人嬉皮笑脸地看着身边的美女,争先恐后地说:"美美,赶紧介绍一下我们哥几个啊!"

美美白了一眼几个男人,拉着他们的手一一做着介绍:"这位是京城著名房地产大亨宝哥,这位是京城著名证券大鳄熊哥,这位是山西'煤大爷'黑哥,他们可都是个顶个的大土豪!"这时,其中一个人高马大、浓眉大眼的男人,一看就是个典型的东北爷们儿,他是美美刚才介绍的京城著名地产大亨宝哥。宝哥举起酒杯冲着美女们点头示意着,催着美美赶紧介绍美女,美美瞟了宝哥一眼说:"看见美女就坐不住吧?哼!"

美美又拉着美女们的手一一介绍着。她们有学表演的,有学舞蹈的,有学唱歌的;学唱歌的里面还有学通俗、民族、美声的;学舞蹈的还有一位得过"桃李杯"冠军的。几个男人听得喜笑颜开,目不暇接看着。美美浪笑着说:"我就不多介绍了,相信一会儿你们肯定比我了解得还会更加'深入'的!"

美美说完转身去招呼其他客人了。几个男人开始和美女们喷了起来。宝哥说:"美女们,不好意思,我来补充一下!是这样的,我现在除了做房地产,已经大举进军文化娱乐产业了,投资电影电视剧啦!"挨着宝哥坐的是证券大鳄熊哥,他最喜欢和宝哥争风吃醋斗嘴了。此时,见宝哥抢了风头,用劲地一把将宝哥拉到沙发上,站起身来嘲讽地说:"你快拉倒吧!宝哥,我听你说拍电影都好几年了,但就是没见你投过一分钱!"

宝哥喜欢吹牛说大话,是个出了名的大嘴。在宝哥嘴里,只有你想不到的,没有他做不到的。只要你敢开口,让他帮忙办事儿,哪怕是让他搞个"神舟十八号"之类的,他都会眼睛不眨地说没问题。熊哥与宝哥相识多年,整天听宝哥谈着各种上亿的项目,却从没见宝哥吃饭喝酒主动买过一次单。其实,熊哥和宝哥有一拼,也是个出了名的抠门儿,是个空手套白狼的主儿。

　　熊哥是地道的北京人,矮胖子,圆圆的大脑袋上长着一双贼溜溜的小眼睛,薄薄的嘴唇上留着几根稀稀拉拉的胡子,笑起来让人很容易联想到"猥琐"这个词。熊哥说起话来跟唱歌似的,满口的京腔京韵,最喜欢显摆他自己见多识广了,话里话外总是告知着别人他是皇城根儿下土生土长的北京人,唯恐别人不知道。为了压住宝哥的风头,熊哥也自我补充介绍了起来:"美女们,以后别听美美瞎说我是什么'证券大鳄'!中国股市已经连续六年'熊冠全球'了,已经连续六年被誉为'全球最熊屌丝'了,老子早就不玩儿!熊哥我早就投资拍影视剧了!我投的那部戏马上就在横店开机了!"

　　"熊哥,要我说,都怪你姓'熊'!把中国股市都给整'熊'了!要不,你改姓'牛'得了?"宝哥不失时机地攻击着熊哥。

　　"宝哥,我怎么听说,你们搞房地产的,跳楼的跳楼,跑路的跑路,真特么太惨了!这家伙,一会儿限购了,一会儿要征房产税的,银行也不给贷款了,日子是真心难过噢!"熊哥也针锋相对,不甘示弱。

　　"熊哥,你就嘚瑟吧!"宝哥瞪着牛眼说。

　　"行啦,别吵了!你俩怎么见到美女就干仗呢?听我说两句,我最近可真金白银投了好几部戏了!我也已经不挖煤了,我们都已经是文化人了,不能再干仗了,让人家妹妹笑话,对不?"

　　说话的是美美介绍的山西"煤大爷"黑哥,他浑身上下各种一线名牌,搭配身上却怎么看怎么土,看上去很搞笑。他操着一口浓浓的山西普通话,站来身来故意装作劝架。美女们看着宝哥、熊哥、黑哥几个男人斗嘴,偷偷地笑着。

　　黑哥,地道的山西人,不知是因为做煤炭生意的原因,还是因为他本人肤色黑的原因,反正不知从哪天起,大伙儿都管他叫"黑哥"了。黑哥确实是一位金主,据说他以不同的户口在北京买了几十套房产,是名副其实的"房叔"。黑哥山西老家有个老婆,北京还有四个女朋友。他给四个女朋友每人买了一套房,重点是都买在了同一高档小区、同一单元、同一楼层。最牛逼的是,据说四个女朋友相处得还相当和谐,经常一起逛逛街、打打麻将什么的。

听到黑哥的话，熊哥还没忘了攻击宝哥："听听，听听，人家黑哥怎么说也投了几部戏了。你呢，宝哥？"

"我这不是一直没遇到好项目嘛！"宝哥说完低下了头。

"还聊项目呢？现在都流行聊上市公司了！"熊哥不依不饶。

"是啊！现在吃饭都点厨子了，穿衣服都私人订制了，不戴金链子都戴佛珠了。宝哥，你 out 了！嘿嘿。"

"那这么说，美美事业线里的佛牌也够大的，也应该算是新土豪了！哈哈。"宝哥找话给自己解围。黑哥也跟了一句。

宝哥、熊哥、黑哥是刘铁多年的死党，和刘铁几乎每天都形影不离地在一起玩耍。哥几个斗着嘴贫着，美女们则在一旁悄悄地议论着："铁哥的局真是高大上啊！"

"是呀，你看看，不是土豪，就是二代，真心牛逼！"

"就是，不像一些大忽悠的局，讨厌死了！"

"唉……我要是能坐铁哥身边就好了！"一个气质女感慨着。

"就你，那什么跟飞机场似的，铁哥会看上你？"一个大胸妹说。

"就你胸大无脑招男人，行了吧！切！"气质女鄙视地说。

"我本来就很美！哼！"大胸妹举着手机自拍着说。

"铁哥肯定喜欢我这类型的，你看我，可爱得都发芽了！"

几个女孩儿在那儿争风吃醋着，三个男人开始了不厌其烦的泡妞游戏。宝哥口才好，口若悬河，唾沫星子乱飞，各种乱喷，很快就和两个大胸妹妹打成了一片。熊哥嘴皮子更溜，很快也和一个叫可儿的女孩儿聊得火热。可儿说自己是个演员，问熊哥是否认出她来了？熊哥故意睁大眼睛惊讶说："当然了！有印象！哥哥对你印象老深了！你是不是演过现在网上正火的那部网络剧《青春时期》？就是那个一上来就被强暴的女孩儿，然后就死了，对不？""哎呀，熊哥哥，你好讨厌的呢！"可儿撒着娇，故意用胸顶着熊哥。

宝哥、熊哥聊得热火朝天的，黑哥也没闲着，他正搂着一个比他高半头的模特儿，一边非常动情地唱着《鸿雁》，一边笨拙地跳着上个世纪的交谊舞。黑哥边唱边跳着，样子看上去非常认真，非常自我陶醉，还做着一些高难度动作，试图拉着那模特儿的手转圈儿。但那模特儿比黑哥高半头，黑哥够不着，不得不跳着高转圈儿。后来黑哥实在跳不动了，干脆自己围着那模特儿转起圈儿来。那模特儿举着胳膊围着黑哥转着圈儿，尴尬地哭笑不得。

包房的男男女女不停地过来给刘铁敬酒，刘铁是来者不拒，动不动就是一满杯，看上去大有不醉不休的架势。这时，美美带着一个干干净净的女孩儿走到刘铁跟前，给他介绍着女孩儿是刚从音乐学院毕业不久的艾雪。刘铁天天身边美女如云，性格直来直去，看着不顺眼的女孩儿，他连坐都不让坐在身边。刘铁抬头打量了艾雪一眼，跟她随意打了个招呼。

美美和刘铁认识多年了，比较了解刘铁的喜好，知道他喜欢清纯范儿的女生，最好还是学唱歌的，所以特意给他约了艾雪。艾雪是个典型的湘西妹子，面容甜美，五官精致，尤其是那一双水灵灵的大眼睛，像清泉一样通透。她没有化妆，和包房里浓妆艳抹的女孩儿形成了鲜明的反差。但她皮肤白皙如凝脂，看上去非常舒服。艾雪是第一次见这么大的场面，平日最多也就是跟同学去钱柜、纯K之类的唱唱歌。今晚一进门，她就被惊呆了，一直傻傻地躲在角落里。

看着霸气外露的刘铁，艾雪傻傻地站在那里，手脚都不知该放哪儿，紧张地一时没敢坐。美美一时也没把握，不知道刘铁到底是什么意思。刘铁发现艾雪还一直在那儿站着，转过头再次打量着眼前这个亭亭玉立的女孩儿，看到她穿了一身简约的白色连衣裙，包裹着玲珑有致的身材，整个人散发着一股淡淡的文艺气息。刘铁突然盯着艾雪看着，一副若有所思的样子，眼睛里闪动着一种欣赏的目光。

美美偷偷地松了一口气，从刘铁的眼神里看得出，他对艾雪应该还挺满意的，自己的任务应该能完成了。不过，连她自己都记不清，以前自己曾给刘铁介绍过多少女孩儿了，刘铁都很少正眼看的，但这次不同，她从刘铁的眼神里隐约地读到了一丝异样。美美赶紧拉着艾雪坐在刘铁身边，刘铁看了艾雪一眼，立马就知道她是没怎么出来混过的女孩儿。

这时，电话里一直自称为Chiling的女孩儿，扭动着性感热辣的腰肢，不请自来地走到刘铁身旁，嗲嗲地自我介绍说："铁哥哥，您可是人家妹妹心目中的男神呢！人家妹妹叫玲玲，英文名Chiling，和志玲姐姐的英文名字一样的呢！我可以坐在您的身边吗？"玲玲说着，没等刘铁答话就一屁股坐了下来。美美看了眼搔首弄姿的玲玲，翻白眼走开了。

刘铁用余光扫了一眼玲玲，见玲玲穿了一身夸张的大开叉 D&G 豹纹裙，肩上背了个红色的 Dior 包包，手腕上还戴了块"卡地亚"最新款的"蓝气球"钻表。刘铁天天在夜店里混，什么样的女孩儿看一眼就明白了，心想这位 Chiling 妹妹一定是个经常出来傍大哥的主儿，这种女孩儿他见多了。

玲玲自信地看着艾雪，眼神里充满了轻视和傲慢，率先举起了酒杯，眼波流盼地盯着刘铁，娇滴滴地说："哎哟，铁哥哥，总听美美姐姐说起您呢，今天终于见到真人了耶，人家真的真的好兴奋的呢！来来来，让人家妹妹敬哥哥一杯好不好吗？哥哥，不准说不喝的哦！一定要给妹妹面子哦！"刘铁听着玲玲的一串肉麻的话，立马浑身鸡皮疙瘩都起来了，头都没抬和玲玲碰了一下。

刘铁侧过身看着一旁的艾雪，发现她神色十分紧张，像学生上课似的倍儿直坐着，尴尬地冲着刘铁笑了笑。刘铁饶有兴致地盯着艾雪看着，艾雪急忙羞涩地低下了头，拿着酒杯的手有点儿发抖，怯生生举起酒杯，声音小得几乎听不见说了句："铁哥生日快乐！"刘铁眼神有点儿迷离，依然盯着艾雪看着，举起酒杯轻轻地和艾雪碰了下。他突然情不自禁地脱口说了句："真的……太像了！"

"啊……像什么呀，铁哥？"艾雪疑惑地问着。

"哦……没什么……对了，你叫什么名字？"

"我叫艾雪。"

"叫什么？"

"艾……雪。"艾雪弱弱地回答着。

"我去，连名字都像！"

"啊……像……谁呀？"

"没事儿、没事儿，喝酒、喝酒！"

包房里的男男女女兴致高昂地玩耍着，五颜六色的镭射灯摇曳着照在他们的脸上，酒精的气味、烟草的味道，以及各种香水的味道混合在一起，慢慢地在包房里发酵着。这时，大屏幕上放起了当时红遍全球的神曲《江南 Style》。

宝哥兴奋地跑到包房中央，认真地学着屏幕上"鸟叔"的样子，卖力地跳起了"骑马舞"，包房里立马发出了一阵阵尖叫声。美女们被宝哥的激情表演所感染了，也都纷纷加入了"骑马舞"的队伍。"骑马舞"的队伍越来越壮观，一个女孩儿特意跑上来给宝哥戴上了一个墨镜，另一个女孩儿显然喝大了，干脆直接就站到了沙发上，疯狂地扭动着露着肚脐的腰肢。

唱完神曲后，宝哥擦了擦满头大汗，故意提议让美美来一首当时红遍大江南北的中国神曲《忐忑》。众人一听大声尖叫着说好。熟悉美美的都知道，她是个五个音最多能找到两个音的主儿，每次唱歌跑调的程度都会让人笑翻。她还是个人来疯，听到宝哥的提议，立马夺过麦克风，倍儿认真地学着那位神曲歌手的神情，眼珠子在眼眶里不停地乱转着，动作夸张地唱了起来："ā……á……ǎ……à……哦"、"阿的弟，阿的刀，阿的大的提的刀……"

听着美美搞怪的歌声，包房里的人都笑得前仰后合，上气不接下气的。有的实在受不了，跑到包房门外笑得捂着肚子，蹲在地上喘着粗气。宝哥故意跑上前，拿着麦克风调侃着美美："请问美美小姐，您是如何做到，能用一个音把一首歌唱完的？"

"去你大爷的！"

美美开玩笑地骂着，穿着十公分的高跟鞋，像一只大企鹅似的，举着麦克风追赶宝哥满屋跑。包房里再次爆发出一阵狂笑，刘铁也忍不住笑出声来。刘铁酒量超好，但架不住这么多人上来敬酒，此时他有点儿微醉了。他不经意地转身看了看艾雪，发现她整个晚上都一直安静地坐着，低眉顺目的样子，看上去很是让人怜爱。

这时，房间里突然传出了"砰、砰、砰……"九声巨响，只见乔总带着九个统一制服的礼仪美女，从房间的四面八方，突然出其不意地点燃了九枚生日礼花。礼花绽放出了五彩纷呈的花瓣儿，在旋转的镭射灯下飘落着，落在了每一位来宾的身上。紧接着，生日歌奏响了。大家知道，午夜 12 点就要到了，切蛋糕的时间就要到了。

只见几个帅哥靓妹推着一个精心设计的巨型生日蛋糕，伴随着生日歌缓缓地走了进来。刘铁的助理郑大光跟在后面，手里拿着一瓶超大号的 Moet&Chandon 香槟酒瓶。他使劲儿地摇晃着，猛地抽出了瓶塞，随着"砰"一声钝而沉的巨响，香槟的泡沫喷洒而出。所有的人都举起酒杯站了起来，尖叫声、欢呼声响成一片。

这时，美美再次激动地一扭一扭走上主持台，声音有些颤抖地说："各位亲，在这最牛逼的时刻，我提议，大家共同举杯，让我们一起恭祝铁哥生日快乐！"

"铁哥，生日快乐！"众人大声高喊着。

"铁哥，我爱你！"一些美女尖叫着。

"铁哥，我想做你的女朋友！"几个美女高喊着。

"铁哥，我想睡你！"宝哥故意学着女孩儿的声音大叫了一声。

"嘘……下面我提议，有请今晚的寿星，亲爱的铁哥发表一下生日感言，大伙儿说，好不好？"美美再次提议。

"好好好……"众人大声起哄。

"我去，还什么生日感言啊？这整得忒正式了，算了吧！"刘铁站在那里，显得有点儿不好意思。

"哎哟，铁哥，您可是纯爷们儿啊，这不是您的风格啊！您就说两句吧！"

美美说着强拉着刘铁走上了台，大家一看掌声更加热烈了。刘铁站在台上尴尬地笑着，两只手一会儿插进裤兜里，一会儿又抽出来，显得有些不自然。大家见此，更加起哄开着玩笑，七嘴八舌地说："铁哥，作为京城金融新贵，请谈谈您的发家史吧！"宝哥说。

"铁哥哥，作为男神，谈谈您心目中女神的标准吧！"玲玲说。

"铁哥，咋地啦？别紧张，说吧，我们又不是什么好人！"宝哥又说。

"是呀，铁哥，您可以的，可以的！我很看好你哦！"熊哥说。

"铁哥，您可千万别煽情哈，我们都哭不出来！嘿嘿。"黑哥说。

"你们这帮坏人，放心，打死你们，我也不说！"刘铁笑着说。

"铁哥，来几句深刻点儿的！哎呀，都快十二点了，要许愿切蛋糕啦！快说几句吧！"美美催着刘铁。

"唉，说多了都是眼泪啊！"刘铁故意说。

"放心，我们真哭不出来！"宝哥坏笑着说。

"好吧，那我就感慨几句吧。不过，先等我喝几口酒，我这人脸皮薄，你们都懂的!"

刘铁说着,一下子拿起三杯洋酒,倒进了一个大杯子,一口气儿喝了下去,扫视了下全场,包房里一下子安静了下来。他嗓音低沉而又略带沙哑地说:"我想说,十年前,就是在这儿,在 MGM,为了求一份儿工作,我女朋友被羞辱,我被暴打了一顿!十年前,就是在这儿,在 MGM,为了活下来,我做保安,我女朋友做服务员!我想说,十年前,就是在隔壁的有璟阁,我女朋友想请我吃一碗长寿面为我庆生,被非常礼貌地轰了出来!我想说,十年前,曾经有一个手持'核武器'的成功男人,夺走了一个手无寸铁的穷小子的爱情,夺走了那个穷小子'生命中的女人'……"

刘铁越说越激动,情绪几近失控。他深深地低下了头,房间里的气氛一下子变得凝重了起来。包房里的人都被搞得一头雾水,呆站在那里一时不知所措。大家谁都不敢相信,如今风光无限的京城金融新贵刘铁,十年前居然会在 MGM 做过保安?这怎么可能呢?还有,刘铁说的一个什么手持"核武器"的成功男人,夺走了他"生命中的女人"等等,这一番话到底有几个意思,背后又到底有多少故事?

这时,一直站在包房门口的乔总偷偷地看了一眼刘铁,悄悄地溜出了房间。美美焦急地看着刘铁,急忙走上台去,拉着刘铁的衣服,趴在他耳边说着些什么。刘铁一边听着一边点着头,知道自己喝得有点大,再加上触景生情,想起十年前的往事,情绪一下子失控了,有点儿失态了。

刘铁自己也没想到,今晚会如此激动和感慨。怕扫了大家的兴,他赶紧调整自己的情绪,双手合十道歉说:"各位,对不住、对不住!不好意思,煽情了、煽情了!"

"铁哥,早说您这点儿伤心的往事啊!好让哥几个早点儿开心开心啊!哈哈哈。"宝哥开着玩笑。

"可以的,可以的!铁哥,您的排比句可是越来越长了,那可都超过 8 分钟啦!我看,别人是没机会上头条喽!"熊哥也跟着贫着。

"是的呢!再说下去,我真快哭了呢!"黑哥也逗着。

"你大爷的!不说了,不说了!"

唱完生日歌,房间的灯熄灭了。刘铁慢慢走到那个像艺术品一般的巨型蛋糕前,闭上眼睛,心里默默地许着愿:"有一天,你会回来的!"随后,他一口气吹灭了蜡烛。大家热烈地鼓着掌,纷纷跑上来向刘铁祝贺生日快乐,美女们更是争先恐后地围着刘铁合影。刘铁切了一块蛋糕,端着回到沙发坐下,小心地放在茶几上,眼神呆滞地看着那块蛋糕。

没人知道,十年来,每逢过生日,他都会单独切出一块来。没人知道,刘铁为什么这么做。只有刘铁自己知道,这块蛋糕是专门为一个女人留的,是为他生日感言里所说的那个"生命中的女人"留的。这时,刘铁的手机收到了一条"生日快乐!"的信息,电话号码没有姓名,只显示着"AA"两个英文字母。也没人知道,这个神秘的"AA"英文字母背后又是谁。

刘铁看了看信息,顿了一下,拿起手机,轻轻地关了机。看着包房里的男男女女,伴随着震耳欲聋的重金属音乐,疯狂地扭动着腰肢又喝又唱又跳着,刘铁点上一根烟,深深地吸了一口,长长地吐着烟圈儿,眼神呆滞地直视着前方,似乎陷入了沉思。

对于夜夜笙歌、醉生梦死的刘铁来说,其实这只不过是他试图遗忘过去的一种方式,但他发现,在自己以为忘却过去的时候,比起记得过去的时候更加痛苦;在自己放纵的时候,内心反而更加空虚和孤寂。平日里那些不敢想、不愿想的碎碎片片的往事,那些不敢轻易触摸的残梦,总会在这个时刻跃然眼前,一种隐隐的刺痛感总会悄悄地袭来……

1.2 放肆的灵魂

唱完了生日歌,切完了蛋糕,来参加派对的人开始陆陆续续地撤了。送走了大部分人,刘铁有一种如释重负的感觉。他发现自己过个生日,却累得跟个孙子似的。再看看留下来的宝哥、熊哥、黑哥等那几个死党,个个眉飞色舞、乐此不疲地继续玩着泡妞游戏,发现谁组织这种破派对,就等于是谁花钱搭台让别人泡妞。

宝哥、熊哥、黑哥几个死党还是泡妞的老套路,在那里相互抱怨着为了真爱到现在都还没女朋友了。这时,一个90后的女孩儿突然站起来，看着宝哥等几个大老爷们儿，翻着白眼非常不屑说了句："好幼稚！敢不敢不聊这种2B的话题呀？"几个男人面面相觑，一时不知如何接话，知道这一招被识破了。美女们喝了点儿酒，情绪激昂地在那儿痛斥着："内什么，连'传奇'都'因为爱情'离婚了，谁还相信爱情啊！"

"是啊！听说那哥们儿天天泡夜总会，还在那儿装情圣，假死了！"

"人家是演员嘛！看看人家前几任，谁红了他就去泡谁，这才是真正的影帝啊！"

"唉，男人都是用下半身思考的动物。还有那个什么王八导，守着那么漂亮的老婆，还要去找八百块的小姐，还玩儿双飞，简直就是个牲口！恶心死了！"

"唉，现如今找个靠谱的男人真是太难了！还是现实点儿吧！"

"对啊！还是人民币比男人靠谱，房子比男人保值！"

"所以啊，还得看真金白银！男人钱花在哪儿，心就在哪儿！"

"别介呀！提钱多俗啊？多伤感情啊！"

"不提钱伤人好吗？男人给女人带来的，除了背叛就是伤害！"

一个姐们儿激动地站起来现身说法，说自己曾有个青梅竹马的男朋友，两个人一起共同奋斗打拼了好多年。她在男朋友面前从来不敢提钱，一提钱男朋友就斥责她太现实。可她等了男朋友十年，都等到28岁了，还住在出租房呢！后来她妈妈真急了，说什么也不干了，强迫她与男友分手了。没办法，终要先在北京活下来吧？

另一个姐们儿说自己也有过相似的经历，但不同的是，她男朋友奋斗了十年确实发了，买房买车了，心想自己跟着他过了十年苦逼生活，等得长发也及腰了，终于可以结婚了，但后来男朋友是结婚了，可新娘不是她，是一个20岁的姑娘，刚认识才三个月。

"靠！这些臭男人，没钱的时候天天说爱你，那是因为他没钱泡妞，一旦丫有钱了，马上就变成白眼狼了！"

"没错！苦逼的男人一旦牛逼了，长期压抑的他们，一下子面对花花世界，花起来像疯狗似的！简直是报复性的！"

"所以啊，姐妹们，靠谁都靠不住，做个女汉子，加油！"

"没错，加油！哈哈哈……"

女孩儿们越说越激动，相互击着掌，共饮了一杯。几个男人看着这些女孩儿，其实内心是十分理解的。扪心自问，男人有几个是不花心的？女孩儿都想找个一心一意爱自己的纯爷们儿，但现实让她们越来越没有安全感了，不得不天天拼命赚钱，把自己逼成纯爷们儿了。几个男人心里虽这么认为，嘴上却另有说辞。他们相互交换了下眼神，故意调侃起来。

"瞧瞧，现在的女孩儿张口闭口就是钱钱钱的，这还咋追求真爱啊？"宝哥假模假式地说。

"没钱谁屌你啊！追求真爱，难啊！"熊哥也摇头晃脑地帮腔。

"追求个屁！我经常被一些外围女骗呢！尼玛，来了就脱，干完就走，没劲得很！唉，现在是白天'非诚勿扰'，晚上'让子弹飞'啊！"黑哥嬉皮笑脸地说。

"天啊，那有多少'赵氏孤儿'啊！"大光故作惊讶地跟了一句。

美美试图制止几个男人的调侃："行啦，别贫了！不装逼能死啊？就你们几个，自个儿说，有谁是靠谱的？"

"嗯呢，我不懂音乐，确实不靠谱！呵呵。"宝哥说。

"嗯呢，我五音不全，确实不着调！哈哈。"熊哥说。

"嗯呢，自古英雄难过美人关！嘿嘿。"黑哥说。

"唉，我还是好好骗钱吧！骗到了钱，女孩儿还用骗吗？"大光长叹一声。

"靠！行啦！谁骗谁呀？大家各取所需罢了！"美美不耐烦地说。

刘铁一直坐在那儿一言不发。他发现现如今，女人抱怨男人不靠谱，男人抱怨女人太现实；女人身边一帮成功男人，男人身边一群美女，但彼此都抱怨找不到爱情。其实，女人不缺男人，男人不缺女人，男人和女人都丢了一样东西，就是彼此的真诚和信任，缺少了最基本的安全感。

再想想自己，自暴富以来，天天纸醉金迷、声色犬马的，经历了很多女人，但经历的女人越多，却越发不敢相信爱情了。他觉得男人和女人都在那儿斗智斗勇的，其实心里都有自己的小九九，挺没劲的。想着，刘铁打断了他那些狐朋狗友的争论："行啦，都别矫情了！有意思吗？"

"没意思！"大光紧接一句。

"还是我说的，'公平交易、不欺骗、不伤害'！"

"精辟！'十字方针'！"大光掰着手指，拍着马屁。

"说到底，这个世界最需要的就是'公平'二字。只有做到公平了，大家心里就会平衡了，社会也就和谐了。小学课本上学的什么'燃烧自己，照亮别人'，凭什么啊？'自己'不是人啊，凭什么就'燃烧'了！所以，什么奉献、牺牲啊之类的都是扯淡。人和人之间，能做到'公平'二字，就很讲究了！"

"铁哥、铁哥、铁哥……远了，扯远了！"宝哥打断了刘铁。女孩儿们却交口称赞："还是铁哥实在！讲究！鼓掌！"宝哥、熊哥、黑哥一看，担心刘铁破坏了他们的好事儿，赶紧拉着美女们继续喝酒瞎贫去了。

熊哥乘胜追击，跟可儿吹着自己最近正在投资的一部影视剧。可儿一听一屁股坐到了熊哥的大腿上，还拿出手机在百度上搜自己的名字，果然搜出了一大串听都没听过的影视剧，还有一些大尺度的写真照。熊哥知道，一些女孩儿为了抬高身价，都是花钱在百度上瞎编的。不过，熊哥不但没捅破，反而将计就计，顺势搂住可儿的腰，拧了一下可儿的臀部，满口答应一定要给她留个好角色。可儿拿起熊哥的手机，拨了自己的电话，并存上了自己的名字。

这时，不知啥时候，美美站在了他们俩面前。可儿一看，急忙从熊哥的大腿上站了起来，心虚地解释说："美美姐，我正想给你说呢，我留了熊哥的电话，你懂的！"美美装作若无其事地说："熊哥哥，可儿可是我的亲妹妹，床上老有主观能动性了，你可要好好奖励她！要发大红包哦！"熊哥转动着小眼睛，淫笑着说："是吗，你丫用过啊？哈哈哈……放心吧，你亲妹妹就是我亲妹妹，哥哥亏待谁，也不能亏待咱自家的亲妹妹啊，对吧？"

其实，熊哥明白美美话里的几个意思：一是，在这个圈儿里，一般第一次，中间介绍人至少要抽水 20% 以上，这是规矩；二是，可儿不应该偷偷留熊哥电话，这叫"跳活儿"；三是，美美知道熊哥是个出了名的抠门儿，担心他办完事儿不给钱，或少给钱，自己也就没钱挣了。熊哥不是没干过这种事儿，所以美美不放心。

有一次，在一个局上，熊哥私下勾搭上了美美的一个姐们儿。那姐们儿本以为这次可以省中介费了，谁知后来那姐们儿哭着打电话给美美，控诉熊哥不给钱，也没给她安排什么角色，让美美帮着她要钱。美美问她怎么回事儿，那姐们儿解释说，熊哥说不能给钱，不给钱属于两个人"拍拖"，给钱性质就变了，就属于"卖淫嫖娼"了！熊哥还说他从不做犯法的事儿。美美听后哈哈大笑，送给那姐们儿两个字："活该！"

刘铁侧目看着一直低着头的艾雪，一旁的玲玲看着刘铁的眼神，醋意和嫉妒写在脸上，举起杯酒，一笑百媚地叫着："哎哟，哥哥，想啥呢？ Chiling 妹妹再敬您一杯，好不好嘛？"刘铁被玲玲嗲嗲的叫声叫得再次竖起了毛孔，忍着和玲玲喝了一杯。玲玲说着，高耸的双乳使劲儿往刘铁身上贴着，一双细手拉着刘铁的大手，没话找话地问："铁哥，您是天蝎座的呀？"

"嗯。"

"人家玲玲是巨蟹座的呢，和铁哥绝配耶！"

"是吗？"

"当然啦，不信你上网查查，巨蟹女和天蝎男，绝配！"

"哦⋯⋯对了，艾雪，你是什么星座的？"

"我？⋯⋯也是巨蟹座的。"

"哈哈，那咱俩也绝配呀，对吧？"

"啊⋯⋯这？⋯⋯"

"这样吧，既然绝配，那就做我女朋友吧，怎么样？"

"好呀，好呀！"玲玲抢着说。

"Chiling 妹妹，不好意思，我问艾雪呢！"刘铁冷冷地对玲玲说了一句，心想要不是自己的生日，早就把玲玲骂走了。刘铁再次转身盯着艾雪，两道剑眉泛着柔柔的涟漪，幽暗的双眸令人感到一种魅惑。艾雪不敢再抬头看刘铁的眼睛，低着头紧张地揉搓着一张纸，一时不知道如何接话，心想这下完了，估计铁哥想要潜规则她了。

今晚来之前，美美曾跟艾雪做了半天工作，说是有个特别重要的人，让艾雪过来唱两首歌捧捧场。美美知道艾雪一直想参加"中国好歌声"的大赛，说今晚这个特别重要的人非常牛，肯定能帮她找人疏通关系，保证她能进入决赛。开始艾雪婉拒了，但美美再三打电话给她，连哄带骗地把她叫来了。不过，艾雪跟美美明确说，自己已经有男朋友了，陪着喝酒唱歌什么的都行，但是，陪睡她肯定不能接受的，这是她的底线。

一旁的玲玲忍着一肚子的嫉妒，强压着心中的不悦，听到刘铁说让艾雪做他的女朋友，故作惊讶地大声笑着，话里明显带着醋意说："哈，铁哥，别逗了，您会没有女朋友？是太多了吧？"

"女朋友，真没有！但老婆有一个！"刘铁毫不隐晦地说。

"哈哈哈，懂了！铁哥是想找个'小三'啊？不过，'小三'怎么啦？谁说'小三'就没有真爱啦？对吧，铁哥？"玲玲故意对刘铁抛着媚眼说。

"玲玲妹妹说得极是啊！老大不一定有爱情，'小三'也不一定没真爱。怎么样，艾雪，做我的女朋友吧？"

"啊……铁哥，您别拿我开玩笑了！"艾雪依然低着头。

"没开玩笑！怎么，是不是不愿意做'小三'？"

"啊……这！……"艾雪又不知道怎么接话了。

"啊啥啊！艾雪，知道男人为什么要找'小三'吗？"

"为什么呀？"玲玲好奇地问。

"那是因为，这个男人很可能没有在老大那儿得到爱情！哈哈哈……我去，我怎么都扯到'爱情'这个词儿了！说实话，一提这个词，还挺不好意思的！"

刘铁自嘲着露出了一抹坏坏的笑，立体的五官显露着邪魅的性感。平日里，他从来不谈及"爱情"这个话题，连他自己都没想到，刚才自己居然提到了"爱情"这个词。他做了个抽自己嘴巴的动作，玲玲花痴地盯着刘铁扑哧一下笑出声来，艾雪也嫣然一笑。刘铁赶紧举起一杯酒，扯开了话题。没想到艾雪轻轻拿过刘铁的酒杯，将满满的一杯酒倒给自己一大半，劝他少喝点儿。

刘铁诧异地盯着艾雪清秀的脸，觉得这个安安静静的女孩儿，似乎比同龄女孩儿懂事很多。艾雪被刘铁盯得脸上火辣辣的。刘铁伸出了手，轻轻搭在艾雪的纤纤细手上，艾雪一下子像触了电似的，本能地抽了回去。艾雪的矜持反而引起了刘铁的好奇，他坏坏地盯着羞涩的艾雪，舌头有点儿发直地说："艾雪，你不是学……音乐的吗？唱首歌吧?"

"好的,唱那首《到爱情为止》,行吗?"

"到什么……为止吧?"

"《到爱情为止》,是一首新歌,刚发布不久,不过最近很流行的!"

刘铁眯着眼点点头,说了句好吧。艾雪礼貌地叫了声服务员,服务员听艾雪说要唱《到爱情为止》,高兴地说她也可喜欢这首歌了。不过,这是一首男女对唱的歌,艾雪约请刘铁一起试着唱唱,刘铁摇摇头示意算了。一旁的郑大光自告奋勇地说自己会唱,于是和艾雪合唱了起来:

女:那一天,我哭了
　　泪水轻轻地在脸庞滑落
　　那曾经的美好
　　成了不敢轻易触摸的残梦
　　生存和梦想　碎了爱　谁的错
　　疲惫的身影　悄然地丢失在远方
　　我心痛的是　已不再心痛
　　到爱情为止吧
　　因为我们　不得不

男:那一天,我醉了
　　泪水静静地在杯中流淌
　　那无尽的欲望
　　成了不敢轻易停下的追逐
　　纸醉和金迷　迷了路　谁的错
　　放肆的脚步　漠然地流浪在远方
　　我心痛的是　已不再心痛
　　到爱情为止吧
　　因为我们　不得不

合:已走得太快　已走得太远

欲望的生活　　正在摧毁着磐石般的感情
不愿再相信　　不愿再去付出
到爱情为止吧
因为我们　　不得不
……

刘铁眉头微皱，似乎被《到爱情为止》这首歌打动了，夸赞着歌词直击人心，道出了在北京打拼人们的心声。包房里一下子安静了下来，大家似乎都沉浸在这首歌的情绪里。坐在一旁的玲玲抽出几张纸巾，擦着眼泪表情夸张地抽泣着说："这歌……怎么好像在说我的故事呀！呜呜呜……"

"这歌……不错啊！谁唱的？"刘铁一副若有所思的样子。

"是一个叫姚贝贝的唱的，也是个新人。"

"再放一遍，放原唱！服务员，快！"

刘铁有点儿兴奋。这一次，刘铁眼睛紧紧地盯着大屏幕，仔细地看着每一句歌词，仔细地捕捉着每一细节，非常认真地听了起来，似乎在寻找着什么。他想到十年前，自己和那个"生命中的女人"，不也是演绎了一场不得不"到爱情为止"的故事吗？刘铁拿着酒杯的手有些轻微地颤抖着，不由得长叹一声："是啊，欲望的生活，正在摧毁着磐石般的感情……"

细心的艾雪留意到了刘铁的动容，心想这个外表花天酒地的男人，似乎还藏着一份侠骨柔情。又想到刚才刘铁的生日感言，猜想他一定有过一段刻骨铭心的爱情。这时，美美走到刘铁身边坐了下来，给艾雪挤了下眼，偷偷地竖起了大拇指。美美捅了一下刘铁，说："哎哟喂，铁哥，至于吗？眼神好深情呢！不就一首破歌吗！对了对了，说真的，你觉得我们家艾雪唱得怎么样呀？"

"嗯……真心不错！"刘铁点点头。

"那是，我们家雪儿，那可是正经音乐学院毕业的啊！"

"谢谢美美姐夸奖！"艾雪急忙说。

"艾雪，你是哪个音乐学院毕业的？"刘铁好奇地问艾雪。

"中国院儿的。"艾雪小声地回答了一句。

"我去！还他妈都是一个院儿的！"刘铁不由得露出了诧异的眼神。

"啊？……和谁是一个院儿的呀？"艾雪疑惑地看着刘铁。

"哦……没谁、没谁……"刘铁说着低下了头。

"艾雪，不该问的不要问，不该知道的就别知道，这是铁哥的规矩，懂吗？"

"对不起！不好意思，美美姐！不好意思，铁哥！"

"没事儿，没事儿！对了，铁哥，我们家雪儿想参加今年的'中国好歌声'大赛，您帮帮她呗！"

"你别他妈的'雪儿''雪儿'的，行吗？叫大名，艾雪！"刘铁一下子急了，美美吃惊地看着刘铁，不知他为什么突然会发火。但美美已经习惯了刘铁的脾气，猜想他可能喝酒喝多了，就没太在意，急忙哄着刘铁说以后自己记住了。刘铁心里知道自己为什么发火，他想起了那个"生命中的女人"。但他不想解释，转移话题问美美："你刚才……说什么？"

"哦……是这样的，艾雪想参加今年的'中国好歌声'大赛，您看您能帮帮忙不？您也知道，这种选秀节目，没有背景……"

"哦……这事儿啊？我懂！可以，我和他们头儿都很熟的！"

"我就说吧！没铁哥搞不定的！艾雪，还不赶紧敬铁哥一杯！"

"太好了！谢谢您，铁哥！"艾雪说着露出了惊喜的笑容，激动不已地拿起酒杯站起来，给刘铁深深地鞠了一躬，嘴里不停地说着感谢，仰起脖子一口气喝了一满杯。刘铁看了看兴奋不已的艾雪，心里马上明白了美美今晚带艾雪来的目的。刘铁知道，近两年一些像"中国好歌声"等选秀节目火了之后，让一些默默无闻的歌手一夜暴红，演出机会和身价都倍增，这成了一条快速成功的捷径。

艾雪从小就有一个歌星的梦想，但毕业没多久就发现，生存是她首要的任务，为了挣钱养活自己，她不得不到处跑场唱歌，歌星的梦想简直就遥不可及了。艾雪和很多漂在北京各个角落的歌手一样，也非常想参加此类大赛。但她听说，这类大赛竞争激烈，各种明规则和潜规则的，没有一定的关系和背景，连各赛区的海选都进不了；即使实力超群闯入了海选，如果没人在后面挺你，也走不长走不远；至于能否进入最后决赛并能拿奖，那就要看谁的后台硬了。

美美放下酒杯,在艾雪耳边小声地说着什么,艾雪听后使劲儿地摇着头,一旁的玲玲看着吃醋地噘起了小嘴。刘铁故意地再次握住了艾雪的细手,艾雪再次本能地往回抽了一下,但这一次,她抽到一半却停了下来。刘铁盯着艾雪的眼睛,坏坏地笑着说:"怎么样,晚上跟我回家吧?"

"啊!……"艾雪惊得眼睛睁得大大的。

"啊什么啊!艾雪,我都说过你多少次了!"美美着急地说。

"美美姐,我说过的,我有……男朋友的!"

"就你那个破男朋友,李小迪?切,艾雪,你让我说你什么好呢!"

"哈哈哈……哈哈哈……"

刘铁突然大笑了起来,笑得眼泪都快掉出来了。美美和艾雪被刘铁弄得不知所措,宝哥、熊哥、黑哥、大光也停下了手里的色子,好奇地望着刘铁。美美两眼冒火瞪着艾雪,艾雪惊慌地低下了头。刘铁自言自语感慨着:"唉,这一茬茬的北漂,真他妈是每天都在重复着同样的故事啊!"

"咋啦,铁哥?"宝哥伸着头问。

"完了,铁哥,你不会又要排比句了吧?"熊哥调侃说。

"艾雪,惹铁哥不开心了?"美美恶狠狠地说道。

"就是,神马破歌呀!《到爱情为止吧》,破坏气氛,哼!"玲玲也借机攻击着艾雪。

"对不起,美美姐,对不起,铁哥……"艾雪不停地道歉。

"哈哈哈……没事儿,没事儿,喝酒,喝酒!"

刘铁看了看惊慌失措的艾雪,赶紧举起酒杯来解围。宝哥他们也随着举起了杯,不解地摇着头。美美气呼呼地走开了,玲玲觉得自己的机会到了,急忙凑过身来献殷勤,但刘铁并没理睬她。艾雪着急得都快哭了。刘铁轻轻地拍了一下艾雪的肩膀,笑嘻嘻地安慰着她:"艾雪,没事儿,逗你玩儿呢!"

"惹您不开心了,对不起,铁哥!"艾雪依然不敢抬头。

"不至于!不至于!这样吧,艾雪,要不你先回家吧,我觉得这里好像不太适合你!"

"铁哥……我?"艾雪可怜巴巴地抬头看着刘铁。

"嘘……艾雪,我明白你今晚来的目的,也很明白你此时此刻的心情,但我答应你,我会帮你的。我说话算数,放心!"

"铁哥?……"

"赶紧回家吧,已经很晚了,我猜,你男朋友肯定等急了!"

"铁哥……"

"别说了,留个微信,我会联系你的,放心!"

艾雪将信将疑地看着刘铁,拿过刘铁的电话,在朋友圈二维码上扫了扫,留了自己微信。趁大伙儿没注意,她像做贼似的溜出了包房。玲玲耸了耸肩,斜着眼睛看着艾雪狼狈的背影,得意地从鼻子里发出一声:"哼!"

玲玲似醉非醉地端着酒杯,一屁股坐在刘铁的大腿上,嘴上埋怨着:"都怪艾雪,好讨厌的呢!真是有病!好好的气氛都给破坏了,跑这儿唱什么《到爱情为止》!您说,这年头有谁还相信爱情啊?拍《北漂爱情故事》电影呢?真可笑!真是的!来来,铁哥,Chiling 陪您喝酒……"美美狠狠地瞪了玲玲一眼:"玲玲,好好喝酒,哪儿来的这么多废话!"

"哎哟,美美姐,你不怪艾雪,说我干吗呀!"

"可笑你妹啊!是人都渴望爱情,懂吗?"

"哎哟,美美姐姐,您相信爱情呀?"

美美被玲玲一句话问得一时哑口无言了,不接话了。几个男人也都围了过来,开始插科打诨地调侃着美美:"美美,你也开始相信爱情啦?今儿出门忘吃药了吧?"

"美美,千万别放弃治疗呢!"黑哥说。

"美美,熊哥相信爱情,熊哥顶你!"熊哥说。

美美一看,赶紧给自己解围,拉着宝哥的手问他最近又去澳门耍了吗?宝哥说刚回来没几天,现在还没缓过劲来呢。美美又追问宝哥赢了输了?宝哥嘿嘿笑着说:"小赢,小赢!"美美一听喜笑颜开,缠着宝哥要起了红包。几个女孩儿听到宝哥赢钱了,"哗啦"一下把宝哥团团围住,也跟着要红包。宝哥坏笑看着美美和女孩儿们,提议说:"美美,要不咱玩儿点游戏呗?"

"宝哥,啥游戏啊?"

"老游戏，老规矩，一杯一万，纯的！敢不敢？"

"多大点事儿啊！谁怕谁呀？走着！"

女孩儿们将信将疑，叽叽喳喳地问着真的假的？宝哥从包里拿出了十万港纸，又拿过一个酒杯，倒了杯纯的洋酒，开始数着钱。一个女孩儿手疾眼快，抢过那杯酒，仰起脖子一饮而尽。喝完后伸出手，瞪着宝哥大声叫道："说了不算，王八蛋，宝哥，给钱！"

"牛啊！"宝哥说着，把一万港纸折起来，色迷迷地塞到那女孩儿胸里，趁机还摸了一下。那女孩儿拿到钱，打着酒嗝，脑袋一阵眩晕，瘫坐在沙发上。女孩儿们一看宝哥来真的了，都上来抢着杯子。这时，只听到美美一声大叫："都闪开，姐先来！瞧你们那点出息，一帮见钱腿开的！"美美拉开那些争先恐后的女孩儿，端起了一杯纯的洋酒，豪放地干了。

宝哥拿了一万港纸递给了美美。美美抢过钱，自己又倒了一杯，不由分说地举起来又干了。宝哥又拿了一万港纸递给了美美，故意装作很心疼的样子说道："美美，这酒很贵的！敢不敢给其他姐们儿留点儿机会啊？别再喝了，乖！"两杯纯的下肚，美美顿时觉得天旋地转。但她依然坚持着，自己又倒了一杯，指着宝哥大声骂着："你大爷的！我要喝！就要喝！"

宝哥看着要钱不要命的美美，劝她别再喝了。几个女孩儿上来拉住美美，劝她说："姐，别喝了，都两杯纯的了，不要命啦！"美美甩开那几个女孩儿，抢过酒杯又干了第三杯。三杯纯的洋酒下肚，美美明显不行了，已经有点站不住了，捂着肚子就想吐。两个女孩儿急忙上前扶着美美去洗手间，但美美刚走两步，就扑通一声摔倒在地上。

两个女孩儿把吃奶的劲儿都使出来了，才将美美扶起来，再次向洗手间走去。但美美回头看着酒桌上的浅红色的港纸，嘴里吐着白沫，大声叫着："钱，钱，钱！我的钱！"一个女孩儿赶紧走过去拿过港纸，放到了美美的手里。美美一边举着钱，一边哈哈大笑着说道："钱呀！是尼玛神马玩意儿呀？人生呀，啥意思啊！……"

"哎呀妈，听听，都快听听，咱美美都感慨上人生了！"宝哥在那儿幸灾乐祸地调侃着，房间里爆发出了一阵狂笑。美美感慨完人生后，扑通一声又瘫倒在了地上，哇哇地大吐起来。服务员赶紧递过来垃圾桶，女孩儿们有的拿面巾纸，有的拿水，有的捶背，直到美美把胆汁都吐出来了。

美女们并没有被美美倒下而吓倒，继续纠缠着宝哥玩着游戏。一个女孩儿也学着美美连喝了三杯，结果当场就口吐白沫，躺在地上直翻白眼。美女们害怕地尖叫着，一个女孩儿打了120建议洗胃，不一会儿就听到了120的喇叭声。

刘铁骂宝哥嘚瑟，让他别再瞎玩儿了。美女们看到已经倒下了两个，也不再纠缠了。她们坐回到沙发上不久，一个个又开始大声尖叫了起来："我去，我的手机怎么不见了？""我的也不见了耶！讨厌的啦，人家刚买的爱疯5s呢！"几个女孩儿着急地叫着，到处翻着找着手机。刘铁见状，环顾了下房间，把郑大光叫了过来，在他耳边说了几句。郑大光点着头会意地走出了包房。

不一会儿工夫，郑大光和几个大个子保安拖着熊哥走了进来，从他几个口袋里翻出了七八部手机。刘铁给女孩儿们解释，说熊哥喝大了喜欢各种瞎闹，其中一大爱好就是藏手机玩儿。女孩儿们个个鄙视地看着熊哥，心里骂着熊哥变态。

熊哥好像酒醒了，突然从沙发站了起来，扭着腰，挥着手，唱起了《最炫民族风》："你是我天边最美的云彩，让我用心把你留下来……留下来，留下来，留下来……"熊哥没完没了就只唱着那一句"留下来"，唱着唱着终于扑通一下摔在了地上，摔了个狗吃屎。但熊哥趴在地上，嘴里依然叽里咕噜地唱着那句"留下来，留下来……"郑大光和几个保安忍着笑，把熊哥再次抬到了沙发上。

黑哥说话也早已语无伦次了，满口的山西老家话，基本上没人能听懂。一个女孩儿给黑哥抛着媚眼儿划着拳，也听不懂黑哥在说些什么，反正是一出手就说黑哥输了。黑哥迷迷糊糊地主动递过酒杯，一边打着酒嗝，一边嚷着："妹妹，老子喝酒就喝水！酒嘛、水嘛，喝嘛、醉嘛、咱俩一起睡嘛！"

宝哥也已瘫坐在沙发上，就剩下眨眼皮的力气了，但嘴还不肯闲着，他指着一旁的女服务员，大声叫喊着："兄……兄……兄弟，再给我来一瓶大号的XO！尼玛，不是哥哥吹牛，这……这一小瓶XO，老子一口干完……都不会醉！"宝哥挣扎着睁开眼睛，盯着身边袒胸露背的女孩儿，舌头打着弯儿说："妹妹，喝完这瓶……跟哥哥回家，放心，家里还有……大大的港纸！哈哈哈……"那女孩儿一笑，夺过那瓶大号的 XO，心想别喝多了耽误了正事儿。宝哥睁开牛眼，不顾一切地扑了上去，扑通倒在了地上，死死地抱住了那瓶大号 XO。

美美四仰八叉地躺在沙发上一直感叹人生，熊哥趴在一个女孩儿的大腿上还在唱着"留下来"，黑哥说着听不懂的山西话和那女孩儿仍然嗷嗷地划着拳，宝哥趴在地上和那个女孩儿拼命地抢着那瓶大号 XO……在这个放纵的夜晚，看着满屋的狼藉，刘铁感觉自己的灵魂没着没落的，似乎放肆地在无垠的旷野中游荡着、流浪着。突然，他站起身来大喊一声："撤了，都撤了！忒尼玛乱了……"

刘铁醉醺醺地走出了 MGM 大门口，二虎和大光在两旁保护着，玲玲心花怒放地紧随其后。宝哥、熊哥、黑哥也搂着各自的妞儿东倒西歪地走向停车场。一直躲着没露面的乔总，带着几个保安突然围了上来护送着刘铁。大悍马呼啸而去，乔总和几个保安站在大门口眺望着，眼里充满了羡慕和崇拜。

"乔总，铁哥十年前真的在咱这儿当过保安啊，还曾是您的手下？"一个保安问。

"是啊！人家现在可是大老板了，是咱京城赫赫有名的金融新贵了！唉……十年过去了，我还是当我的小经理，人比人真的气死人啊！"乔总摇着头感慨地说着。

"乔总，您很快也会成为'新贵'的！耶！"

"滚！成你大爷个'新贵'！不过，你还年轻，还有希望，赶紧好好上班去吧！"

"是，乔总，我会努力的，争取早日成为'新贵'！"那个保安说着"啪"敬了礼，转身正步走了。乔总看着那个保安傻乎乎的样子，脸上露出一副苦笑，嘴里骂了句："傻×！"

1.3 爱和性的分离

刘铁醉醺醺地回到了家，用力地推开了房门，晃晃悠悠地走进了客厅，一屁股坐到宽大的真皮沙发上，醉眼蒙眬地看着搔首弄姿的玲玲。玲玲进门后东张西望着,一惊一乍地叫道:"哇塞,哥哥,您这别墅得有多少平米啊?这么黄金的地段,得多少钱一平米啊?这大 house,太高大上了吧!妈呀,恐怕我这一辈子连个洗手间都买不起!"

刘铁坐在沙发上一言不发,看着玲玲那极其夸张的表情。玲玲转身看到刘铁的眼神,羞涩地往下拉了拉自己的裙子,嗲嗲地说:"哎呀,铁哥,不要老盯着人家看的啦,讨厌的啦,看得人家都不好意思了呢!"说着,一扭一扭地走过来,坐在刘铁的大腿上,娇媚地拉起刘铁的手,肉麻地说:"嘻嘻,就知道铁哥会带人家 Chiling 回家的!那个什么艾雪,土死了,切!铁哥,您是不是喜欢人家呀?您喜欢人家什么呀?"

"喜欢你够骚!"刘铁从牙缝里挤出来这几个字。

"哎呀,铁哥好讨厌的呢!"

玲玲噘起嘴,一副生气的样子。她轻轻地脱掉了外套,露出了透明吊带钢丝的胸罩,一双爆乳故意凑到刘铁的眼前,一只手开始在刘铁两条大腿之间轻轻地撩拨着。刘铁被挑逗得血脉贲张,迅速解开了皮带,猛地一把将玲玲的头按了下去。

"哥哥,您别急呢!卧室在哪儿?我们去卧室吧?"

玲玲抬头指了指二楼,急忙站起来快步向盘旋的楼梯走去,问道:"哥哥,卧室在楼上吧?我先去洗个澡,或者我们一起洗,好不好吗?"说着,玲玲已经小步跑到了楼梯上。

"站住!"突然刘铁大吼了一声。

玲玲站在楼梯上,惊愕地看着刘铁。刘铁大步走到玲玲身边,一句话也没做解释,就粗暴地扯掉了她的衣服,顺势扳过她的身体,将她推到了楼梯的墙上,试图站立着进入她的身体。玲玲喃喃地挣脱着说:"哥哥,您口味好重哦!"她从胸罩内取出一只安全套举着说:"洗完澡,戴上小雨伞,好吗?"

"Safe and clean,可以!哈哈哈……"刘铁大笑着。

刘铁没有带玲玲上二楼,而是将她带到了一楼的书房。他的书房超级大,一看就是改造过的。书房里除了宽大的书桌和书架外,还有一个小型的酒吧区,吧台上放着各式各样的酒,旁边有一个非常专业的酒柜。另外，书房里还有一张宽大豪华的欧式真皮软床，床上凌乱地放着几本有关股票方面的书。

"铁哥，您平常都是住在书房的吗？"玲玲好奇地问。

"嗯！"刘铁冷冷地点点头。

"哇塞，您的书房简直太酷了！"

刘铁打断了玲玲，顺手指了指书房里的浴室。玲玲慌张地拎着包，急匆匆地走进浴室，迅速地反锁上了门，从包里拿出了手机，打给了美美。此时美美已经回到富力城的家里，刚洗完澡躺在床上，就看到玲玲的电话。她讥讽地笑着问："怎么？这么快就……完事了？这不像铁哥的风格啊！"

"不是不是！美美姐，问你呀，铁哥是不是有点儿性暴力啊？"

"怎么了？"

"刚才我想上楼去他的卧室，他在楼梯上就想干！现在又把我带到他的书房，铁哥不会是……变态吧？"

"放屁！他只是喝了点儿酒，可能有一点点儿粗暴而已！"

"哦……对了，刚才我想上楼，还被他骂了，哼！"

"他从不允许任何人上楼！"

"为啥呢？"

"据说，是因为那个'生命中的女人'……你丫问题真多！你要好好表现，别惹铁哥不高兴，听见没？"

"哦……"

玲玲很快就洗完了澡，走出了浴室。刘铁抬起了头，只见玲玲换了一套护士服，露着修长雪白的大腿，摆了个很诱惑的pose，搔首弄姿地问："哥哥，怎么样？喜欢吗？嘻嘻。"

"我靠，可以啊！"

"那当然！下次我再换一身教师制服，好不好呀？"

"那一定是个禽兽女教师！"

刘铁说着大步走上前，抱起玲玲就扔到了床上，三下两下撕扯下她的护士服，粗暴地撞击着她的身体。玲玲翻着白眼，夸张地大声叫着："哥哥，好棒啊！好强啊……"听着玲玲的叫声，刘铁不由得想起了日本AV女优，心里骂了句"真你妈假！"

刘铁懒得换姿势，一鼓作气就完事儿了。他拉开床头柜的抽屉，拿出一万块钱，扔到床头柜上，然后躺在宽大的床上，点上了一颗事后烟，深深地吸了一口，表情变得异常冷漠，酒也似乎醒了。玲玲温柔地抚摸着刘铁说："哥哥累了吧？要不要人家 Chiling 给您按摩按摩呀？"

刘铁闭着眼拿开了玲玲的手，指了指床头柜上的钱。玲玲瞥了一眼，娇滴滴地说："对了，哥哥，要不要玲玲陪您过夜呀？不过，过夜的话，哥哥要多奖励一点儿妹妹哦……"刘铁一直闭着眼睛没说话，脸上明显写着一种厌烦。但玲玲还不死心，不识趣儿地仍然表达着想要过夜的意思。见刘铁没有反应，她自言自语道："哎哟，铁哥真是'提起裤子不理人'呢！真是的！"

"你想听什么？"刘铁突然睁开眼睛低声问道。

"哎哟，您终于说话啦！人家就想知道，铁哥喜欢人家玲玲吗？"

"想听真话假话？"

"当然真话啦！"

"好吧！对于出来卖的女孩儿，我从来不考虑喜不喜欢，干完就只想说一个字，'滚'！"

听到刘铁的话，玲玲尴尬地笑了笑。她赶紧收拾着东西，拿起床头柜上的一万块钱问："铁哥，这是给我的奖励吗？"刘铁闭着眼睛点了点头。玲玲瞟了瞟刘铁，拉起了刘铁的手撒娇道："铁哥，您这么大的老板，才给一本呀？人家另外一个搞股票的哥哥，随便一给就是两三本呢！铁哥，再给妹妹一本呗！好不好嘛？人家妹妹一个人在北京孤苦伶仃的，多不容易呀！"

刘铁皱了皱眉，弯下身在床头柜的抽屉里又拿出了一万块，扔到床头柜上。玲玲高兴地亲了下刘铁，夸赞着铁哥人真好，心满意足地把两万块钱放进了包包里，起身走向房门。突然，她发现吧台上摆放着一盆很特别的杜鹃花儿，走过去伸出了两个手指，做了个萌萌哒"耶"的表情，拿出手机刚要拍照，只见刘铁从床上猛地站了起来，大吼一声："你嘛呢？别碰它！滚！快马不停蹄地滚！"玲玲被这突如其来的一声大吼吓得浑身一抖，惊慌失措地逃出了房间。

刘铁看着关上的房门，再次重重地躺倒在床上。他双眉紧锁，瞪着眼睛，直愣愣地盯着天花板，他知道完了，又很可能睡不着了。他赶紧伸出手，从床头柜抽屉里拿出了艾司唑仑、帕洛诺西汀片等几个药瓶，将一把白色药片送进嘴里。

刘铁是一个把性和爱分得很开的人。他把女人分为两种，一种是他生命中的女人，一种是可以消费的女人。自从他失去了那个生命中的女人后，他觉得自己不会再爱上任何女人了。他发誓要夺回那个生命中的女人，在没有夺回那个生命中的女人之前，他把所有的女人都视为了可以消费的女人。他本以为放纵能使他可以暂时忘记那个生命中的女人，但他发现却每每适得其反。每次喝完大酒干完那事后，那个生命中的女人在他脑海里却更清晰了，赶都赶不走。

玲玲跑出刘铁的别墅后，拦了一辆出租车，坐上车后马上给美美打了个电话："美美姐，我回家了。给了一本，回头把钱打到你卡上！"

"不用了，铁哥的钱，我不挣！"

"哦……那好吧！哎，对了，美美姐，铁哥人真的好怪啊！我就碰了一下下他吧台上的一盆破花儿，想拍张照片而已，就被他破口大骂了一顿，哼！"

"你丫手真贱啊！"美美挂了玲玲的电话。

美美把手机丢在床上，闭上了眼睛，脑海里不由得想起了刘铁书房里那一盆小小的杜鹃花儿。美美自认为很了解刘铁，但刘铁真的有太多故事了，很多事情她也搞不懂，就比如为什么刘铁不让任何人碰那盆杜鹃花儿。

很久以前，她也曾因为和那盆杜鹃花儿拍过一张照片，并发到了她的微博里，被刘铁狠狠地骂了一顿。有一天她正在三里屯和一姐们儿喝下午茶，突然接到了刘铁的电话："美美，你是想让地球人都知道，我们睡了呢、还是睡了呢？"

"我无所谓啊！"

"我有所谓，好吗！以后不准再碰那盆花儿了！"

"至于吗！为啥啊？"

"不该问的不要问，记住！"

"哦……记住了！"

很多人都知道，美美和铁哥的关系非同一般。那是2008年的事儿了。那时，美美刚刚出道，刘铁也刚刚暴富。也是在刘铁的生日派对上，美美认识了刘铁，一下子就被年轻有为、英俊潇洒的刘铁迷住了，开始了疯狂地追求。她用尽了千方百计，终于有一天和刘铁上了床，并把自己的第一次给了刘铁。后来，刘铁给美美在富力城租了套房子。美美每天都觉得很开心和幸福，以为自己从此以后就是刘铁的女朋友了。

但刘铁多次郑重地警告过美美，他已经结婚有老婆了，并再也不相信什么所谓的爱情了，他和她就是"炮友"，不想涉及到什么感情。但那时美美已经狂热地迷恋上了刘铁，根本无法控制自己的感情。她什么都答应刘铁，表示完全不在乎刘铁的过去，只要能和刘铁在一起就够了。但说归说，时间长了，美美对刘铁越来越依恋了，慢慢地想要超越刘铁给她划的红线了。她想得到刘铁的心，想得到刘铁的爱，甚至想到了结婚。

刘铁慢慢发现美美越来越不对了，警告她要的太多了，自己给不起。他不想欺骗她，更不想伤到她。一天早上，刘铁跟美美提出了分手。美美开始接受不了，死活不答应，并开始死缠烂打。刘铁多次明确地告诉她，他是一个把爱和性分得很开的人，但美美还是不死心，千方百计地想得到刘铁的爱。

直到有一天晚上，美美擅自去了刘铁的别墅，结果一进门，傻了。她看到了令她永生难忘的一幕。刘铁正和一个女孩儿在床上翻云覆雨。美美气得冲上前，狠狠地抽了那女孩儿一个耳光。美美本以为刘铁会跟她道歉，没想到刘铁穿好了衣服，非常淡定地问了她一句："怎么了，美美？"

"怎么了？铁哥，你对得起我吗？"

"啊？……有问题吗？"

"你……和……她！"

"我和她怎么了？我和她，跟和你的关系是一样的！我说了一亿次了，我们只是简单的男女关系！请问，我们爱过吗？只是睡过吧？"

听到刘铁的话，美美一下子哑口无言了。她跪在地上，伤心欲绝地大哭起来。刘铁自始至终没有劝她，任凭她大哭。美美毫无尊严地跪在刘铁的面前，告诉刘铁自己真心爱上了他，以后再也不多想了。看着痛苦的美美，刘铁心软了，拉着美美起来，两个人喝起了酒。刘铁很快就喝大了，给美美讲了藏在自己心里的故事。

他告诉美美，自己不光有老婆了，还有一个"生命中的女人"。他和那个女人可以说是像连体婴儿似的，一起从小长大、一起考大学到北京的，是他生命中别人无法替代的女人。但大学毕业不久，她却被一个成功的商人抢走了。如此坚如磐石的爱情都被残酷的现实摧毁了，从此，他再也不敢相信爱情了……那天，刘铁给美美讲了很多，酒醒后三番五次地警告美美，绝对不可以把他的事情说出去。

美美知道了刘铁的秘密和心结，理解了他许多奇怪的想法和做法。她并不恨刘铁，是自己一厢情愿的。她觉得刘铁是坦诚的，至少从来没有欺骗过她。刘铁也不是无情无义之人，美美跟了他一年多了，他对美美也是有感情的。况且他很清楚，美美不是冲他钱来的。他再三给美美解释，他心里只有那个生命中的女人，无法接受任何其他的女人。如果美美愿意，他愿意把她当成亲人。

后来，刘铁干脆把给美美租的富力城的房子买下来，送给美美算是给她一个交代，从此再也没碰过她了，真的是把她当成亲人了。刘铁就是这样，越不是冲他钱来的女人，他就对其越是大方。他要求自己做到不欺骗、不伤害，做到交易公平。后来美美发现，要想得到刘铁的心实在是太难了！痛苦了很长一段时间，终于有一天，她放手了。

美美惊讶之余十分感动，觉得刘铁是个有情有义之人，要换成其他男人，十有八九早跑了。从此，美美也把刘铁当成了亲人，对刘铁很信任、很忠诚、很关心。后来，在娱乐圈混了两年，她更觉得男人没一个好东西，从此也不再相信什么爱情了，把主要精力都放在任何一个可以挣钱出名的机会上了。

美美躺在床上，回想着自己和刘铁的往事，苦笑了一下，蒙上了被子……

艾雪从 MGM 逃出来后，回家的路上心情也一直未能平静。今晚刘铁高大上的生日派对，对她来说是个完全陌生的世界。她感到既新鲜又刺激，既兴奋又忐忑。一路上，她努力驱赶着刘铁深邃的眼神，还有他那句低沉略带沙哑的声音:"晚上跟我回家吧?"

去MGM之前,艾雪自认为已经做好了思想准备。她知道,求刘铁帮着参加"中国好歌声"大赛,自己必须付出、也应该付出些什么。但听到那句"晚上跟我回家吧?"时,她还是逃了!这是她给自己定的底线。

艾雪神情恍惚地下了出租车,回到了自己居住的出租房。这是大悦城附近的一栋老式住宅楼。房间非常小,放上一张床、一张餐桌、一张电脑桌,就基本上没有什么剩余的空间了。很晚了,艾雪轻轻地推开了门。房间里电脑桌上的台灯还亮着,一个眉清目秀的小伙子,正在电脑旁坐着发呆。

小伙子叫李小迪,是艾雪的男朋友。李小迪是艾雪的老乡,也是大学同学,比艾雪小两届,刚刚毕业离校。他长得酷似李云迪,白白净净的,留着一头长发,是个典型的文艺大男孩儿。熟悉他的老师和同学都知道,他是一个内心特别简单、特别干净的人,是一个除了音乐之外几乎什么都不懂的"音乐痴"。

艾雪一边换拖鞋,一边低着头说:"小迪,我回来了,你还没睡呢?"李小迪仍然坐着发呆。艾雪知道,他又完全沉浸在音乐创作的世界里了。本来自己这么晚回家,艾雪心里还有点惴惴不安的,见李小迪没有注意,她偷偷地松了口气,赶紧走进洗手间洗脸卸妆。

不一会儿,艾雪走到李小迪身旁,关心地说:"小迪,早点儿睡吧,明天再创作吧!"李小迪温和地笑了笑,缓缓地说:"你先睡吧,我写完这一点儿的。"艾雪看着李小迪干净的眼神,有点儿内疚地低下了头。

艾雪躺在床上辗转反侧,怎么也睡不着。她闭上眼睛,刘铁的微笑、眼神和MGM的一幕一幕,总是在她眼前晃。不知过了多久,李小迪躺在了她的身边。李小迪惊讶地问:"艾雪,喝酒啦?你身上好大的酒气啊!"

"小迪,我困了,快睡吧……"艾雪紧张地回了句。

艾雪佯装很困的样子,赶紧转过身去。李小迪看着转过身去的艾雪,心里有一点儿异样,他虽不爱说话,但却很敏感,察觉到了艾雪的魂不守舍,但他没多想,也不愿意多想。

艾雪几乎彻夜未眠,翻来覆去地想着刘铁的每一个眼神、每一个动作、每一句话。她想到刘铁给她要了微信，想到刘铁说的"我会帮你的，会找你的"，心里又兴奋又不安。但当她又想到自己逃走时的狼狈样儿，想到刘铁身边有那么多美女，自己又不肯……她有点儿心灰意冷了，心里纠结着："他真的还会再找我吗？"

艾雪觉得刘铁可能不会再找她了，人家凭什么再找自己啊！好几天过去了，艾雪一直查看着自己的朋友圈儿，但发现自己发出的请求添加为朋友的验证信息，始终都没有得到刘铁的同意。她觉得没戏了，刘铁肯定不会再找她了。

一周过去了。又到了周末，又到了刘铁最疲惫的时刻。一周下来紧绷的神经，使刘铁觉得脑袋快要爆炸了。他推掉了所有的应酬，准备晚上回家好好休息一下。下班高峰，密密麻麻的大小车辆，像蚂蚁一般爬行着。刘铁疲倦地靠在大悍马的后座上，闭目养神。郑大光和二虎两个人在车里斗嘴："你丫敢不敢开慢点？知道吗？你已经闯了好几个红灯了！"

"光哥，这能怪我吗！这大雾霾天儿，谁能分出红绿灯啊？"

"我看你丫是想上学习班了！"

"放心！连红绿灯都分不清，车牌号能拍到吗？"

"倒也是，这大雾霾，真是遛狗不见狗，狗绳提在手，见绳不见手，狗叫我才走啊！唉……"

"是啊！现在我感觉特像骑着一匹骏马，周围全是祥云啊！"

两个人正贫着，刘铁的手机响了。他懒洋洋地睁开眼，是美美的电话。美美问刘铁，周末了要不要出来喝两杯。刘铁想了想，婉拒了。其实美美打电话给刘铁，除了约刘铁喝酒之外，还有一个目的，就是想知道他有没有联系艾雪。

多少年来，美美每次都是这么矛盾，既不得不介绍女孩儿讨刘铁欢心，又担心刘铁真的会喜欢上其他别的女孩儿，进而占领了她在刘铁心里的位置。好在她发现，刘铁一般不会和一个女孩儿在一起超过三个月。但这次介绍了艾雪，美美不知为什么，心里一直隐约地担心刘铁会喜欢上她。于是，她试探着问道："铁哥，忘了问您了，上次那个艾雪，和您联系过吗？"

"啊？艾……雪……我靠，不提我都忘了，还答应过找她呢！"

"这样啊，那要不要今晚约她出来呢？"

"嗯……算了吧，今儿特累！"

"哦……也好！"

刘铁挂了电话，脑子里浮现出了艾雪的样子。那天晚上，艾雪确实给刘铁留下了很深的印象，主要是因为她很多地方都非常像那个"生命中的女人"。美美只知道刘铁有个"生命中的女人"，具体的就什么都不知道了。但敏感的美美还是从刘铁对艾雪的眼神里捕捉到了一丝异样。

刘铁靠在后座上，想着艾雪的模样。说实话，他也就是当时心动了一下，今天要不是美美再次提到艾雪，他还真有点儿把她给忘了。他突然想起了艾雪那晚唱的《到爱情为止》那首歌，不由自主地哼唱了起来："到爱情为止吧，因为我们不得不……"刘铁唱得很忘我，郑大光和二虎相互看了看，没敢笑出声来。

刘铁哼着唱着，突然吃吃地笑了。他想起了那晚自己对艾雪说"晚上跟我回家吧？"时，艾雪惊慌失措的样子。其实当时自己也就是那么一说，并没太当真，但没想到艾雪却十分认真地拒绝了他，还十分坚定地说自己有男朋友了，表达出一副对爱情很坚贞的样子。一直习惯了被美女仰视的刘铁，想着想着，心里突然产生了一种好奇心。艾雪和她男朋友所谓的爱情真的有那么坚固？

自己十年前坚如磐石的爱情都被残酷的现实摧毁了，十年后的今天，欲望的生活难道还会有不可以摧毁的爱情？刘铁嘴角上翘，诡秘地一笑，瞬间做了一个决定。他准备做个试验，先帮艾雪参加"中国好歌声"，再给她钱。他想看看，到底多少筹码可以摧毁艾雪和她男朋友的爱情？于是，他拿起手机，打开微信把艾雪添加为好友，并发了一条微信："艾雪同学，你好！晚上有时间吗，请你吃饭？"

"好啊！"刘铁的手机迅速收到了一条回复。

出租房里，艾雪拿着手机，心里小鹿乱撞，努力克制着兴奋的心情。她偷偷地收拾化妆完后，给李小迪说了句要去找朋友吃饭，急匆匆地走出了家门。大悍马车里，刘铁盯着微信笑了。他打电话给美美，说自己改主意了，要去工体有璟阁吃饭，并说自己还约了艾雪。

有璟阁是刘铁经常请客吃饭的据点儿，大家开玩笑地说这里都快成了他的食堂了。大家都以为刘铁喜欢来这里是因为离着MGM等夜店近，吃喝玩乐一条龙，但很少人知道，刘铁是对这里有着特殊情结的。十年前，就是在这里，他和那个"生命中的女人"曾被羞辱过。后来，暴富后的刘铁悄悄地把这里买下来了，成了幕后的老板。

有璟阁有刘铁的一个专用包间，很少对外。十年前曾经羞辱过他的那个四眼经理依然还在这儿上班。四眼经理曾多次提出过辞职，但刘铁或者给他加薪，或者威胁，反正就是不让他走，还立下了规矩，以后凡是他来这儿用餐，四眼经理必须亲自服务。更让四眼经理倍感折磨的是，刘铁不但不骂他，不刁难他，反而对他还相当客气，这让四眼经理更加诚惶诚恐。

刘铁和大光在专用包间坐了下来。美美很快到了，她在车里等着艾雪到了才一起走进来。美美让艾雪坐刘铁身边，可紧张的艾雪还是在美美边上坐下来。刘铁盯着艾雪的脸，不禁又联想起了"生命中的女人"那雪。美美看着刘铁的眼睛，假装吃醋地说道："哎哟，铁哥，眼神儿可够脉脉含情的啊！"

"是吗？男人好色，英雄本色！哈哈。"

"没那么简单……吧？"美美学着那首歌，边唱边说。

"还是美美最了解我！"

"那当然，谁让我们睡过呢，虽然没爱过，哼！"

"又来了！还能不能好好聊天了？"

"好啦，开玩笑呢！说实话，是不是喜欢上艾雪妹妹啦？"

"可能是'北京遇上西雅图'了吧？！"

"别呀！'北京遇上西雅图'算啥呀？不就是一个北京小三去美国生孩子吗？您这眼神儿，看上去是遇上真爱啊！哈哈哈……"

"精辟！不过，美美，我有老婆，必须实事求是。"

"你有老婆吗？铁哥，这么多年，都没听说过啊？"

"行啦！装逼不是我的风格，我早给人家艾雪老实交代了。"

"哦……那可就委屈我们家艾雪当小三啦呀！"

"小三怎么了？很委屈吗？唉，你是不懂男人为啥要找小三啊！"

"别逗了！我不懂？屁，还不是为了那点儿事儿！"

"哪点儿事儿啊？如果为了'那点儿事儿'，天天换好不好？找小三又累心又费钱的,有病啊?"

"那倒也是哈!"

"我给你说,其实男人找小三,很多是在找一个寄托自己精神的地方。那个地方就叫'爱情',懂吗?"

"'爱情'?那当初为啥不把你的精神寄托在我这儿呢?我哪儿不好啊?切!"美美半真半假地抱怨着,毕竟她是真心喜欢过刘铁,想起过去心里依然不是滋味。不过,刘铁多次告诫过她,不要再多想了,否则连朋友都没得做了。美美明白自己必须忍着,怕刘铁真的会不理她了,也怕打破了现在这种平衡关系。美美一肚子醋意无处发泄,扭过头正好发现四眼经理站在门口,倒霉的四眼经理一下子成了美美的活靶子。

"嘛呢,四眼?你丫要不要坐下来一起聊聊啊?"

"美美姐,您别客气了,不用了!"四眼经理居然当真了。

"哈哈哈,还真不把自己当外人,还不上菜去,你大爷的!"

"啊……哦……好的好的,马上,马上!"

四眼经理被莫名其妙地骂了一顿,尴尬地转身走了。美美无聊地翻看着朋友圈。刘铁没再理会美美,琢磨着怎么给艾雪洗脑。

"艾雪,你看过那部电影吗?"

"啊……西雅图吗?看过的……"

"觉得怎么样?"

"哦……挺好的,挺感动的!"

"完了,完了,肯定是被忽悠了!"

"怎么呢?"

"你肯定是被那个过十条马路买豆浆油条的怂男人给忽悠了!"

"啊……不是十条吧!是三条吧?"

"啊?是三条吗?不过,三条也挺感动的,对吧?"

看着刘铁一副假装认真的样子,艾雪不禁嫣然一笑。美美心里酸溜溜的,她知道刘铁特别会哄女孩儿开心,当然,必须是他喜欢的女孩儿,不喜欢的他屌都不屌。刘铁见艾雪慢慢地放松下来了,继续调侃着:"艾雪,知道吗,你上当受骗了!"

"怎么呢?"

"你想啊，女孩儿怎么会爱上一个被老婆抛弃的、失业的、没出息的男人呢？女孩儿从心里是不会欣赏那样的男人的，过十条马路买豆浆油条也不好使！"
　　"哦……"艾雪眼里似乎有几分认同。
　　"女孩儿真正喜欢的是顶天立地的男子汉！"
　　"对，就像铁哥这样的纯爷们儿！"大光及时补充着。
　　"我猜想，那部电影的编剧、导演等一定不了解真实的小三生活！人物太符号化了，故事太扯淡了，完全不接地气儿。"
　　"是吗？那小三真实的生活是什么样的？"艾雪问完，立马觉得有点儿不妥，急忙低下了头。
　　"就我所了解的，现在养小三的男人，不是电影里描写的那种暴发户，而大多是有文化有素质的成功男人。"
　　"对，都是像铁哥这样的成功男人！"大光拍着马屁。
　　"还有，小三也不像电影里演的那样浅薄、无知、刁蛮，就知道天天刷卡、挥霍等等。真正的小三不光要钱，还要人！"
　　"就是，只要钱的女孩儿叫'外围'！"大光再次及时补充着。
　　"大光，你敢不敢等我说完了再补充？"刘铁瞪了一眼大光。
　　"就是，你不说话能死啊？"美美讥笑道。
　　郑大光拍马屁的节奏显然有点儿快了，以至于总是抢话。美美幸灾乐祸地看着郑大光，心里骂着"马屁精"，张着的口型明显地在骂着"傻逼"两个字。艾雪一直低着头，想到了自己一个闺蜜，现在就是个小三。她闺蜜整天说她"老公"可好了，经常陪她吃饭、逛商场、看电影什么的，根本不像电影里说的那样天天见不着面。她闺蜜还说，天天见不着面的不是她，而是她"老公"的老婆。刘铁见艾雪似乎对他的话并不反感，继续说着："艾雪，知道为啥老婆大人们都特恨小三，不恨外围和小姐吗？"
　　"为啥呀？"
　　"因为小三某种意义上可以理解为情人，而情人意味着爱情。也就是说，小三会摧毁家庭！"
　　"哦……这样啊！"艾雪若有所思地点着头。
　　"怎么样，艾雪，做我的情人吧？咱不做小三，小三太难听了！"

刘铁单刀直入,却又像在开玩笑。

"啊?!……"艾雪没想到刘铁会如此直接,一下子脸就红了。

"哎哟,做铁哥的小三?这太让人羡慕嫉妒恨呢!人家美美也求包养呢!"美美故意撒娇。

"祝贺你,嫂子,大喜啊!"大光习惯性地应和着。

艾雪感到大脑有点儿缺氧似的,耳边嗡嗡作响,尴尬地左也不是右也不是,一句话也说出来,只好再次埋下了头。刘铁微笑着举起了酒杯解围,装作若无其事的样子说道:"喝酒,喝酒!"美美和大光赶紧举起了酒杯,艾雪仍然在低着头发呆。美美拉了拉艾雪的衣角,艾雪赶紧不好意思地举起了酒杯。

吃完饭后,刘铁说送艾雪,艾雪没有拒绝。刘铁还非常绅士地为艾雪亲自打开了后车门,艾雪受宠若惊地上了车。此时,夜晚的北京城下起了绵绵细雨,暂时赶走了浓浓的雾霾,也给这座喧嚣的城市增添了几分宁静。刘铁一上车就看着窗外一言不发,瞬间和刚才那个诙谐霸道的男人判若两人。

刘铁就是这样,说起话来滔滔不绝,不想说了一句话都没有。借着黑暗,艾雪打量着身旁这个男人,他的时而霸气外露,时而忧郁冷漠,令人难以捉摸。艾雪想到刚才刘铁的话,下意识地联想到,如果自己真的做了刘铁的情人或者小三……她被自己的想法吓了一身冷汗,以前她从没想过,自己有一天也会想这个问题。

毕业两年多了,艾雪一直没有找到一个像样的工作,为了生存不得已到处跑场子、跑剧组,靠唱歌和演个小角色挣钱交房租,像个大姐姐似的照顾着李小迪。一个女孩儿在娱乐圈儿里打拼,什么明规则和潜规则的,艰辛可想而知。日子久了,她时常会感到心力交瘁。尤其是看到以前各方面都不如自己的同学,有的都坐上奔驰、开上宝马了,内心也难免不平衡,自然也有一些委屈和抱怨。但是,每当她看到李小迪那简单干净的眼神时,抱怨和不平也就憋回心里。她坚守着和李小迪的爱情,坚守着自己做人的底线。她幻想着,有一天,自己也许能成为一位大歌星,李小迪也许能成为一位出人头地的音乐家。

"嫂子,是不是前边那栋楼啊?"

大悍马已经开到了大悦城,车里的郑大光指着一栋破旧的住宅楼,回头问着艾雪。艾雪疑惑地看着郑大光,突然明白了郑大光是在喊她嫂子。心想这个郑大光真会拍马屁,这哪儿跟哪儿呀,就喊她嫂子了。她顺着郑大光指的方向看去,急忙答道:"是的是的,光哥,您就在路边停下来就好了,谢谢!"

"别价啊,必须送到楼下啊!"

"不用了不用了!就停在这儿吧!谢谢啦!"

"大悦城?这不是传说中的北京五六七八九线演员、模特、歌手和小姐聚集的地方吗?"刘铁抬头张望着说。

"铁哥经常来吧?很熟吧?"艾雪半开玩笑地说。

刘铁明白艾雪在暗示说,他一定是经常泡妞,所以才对这里比较熟。他嘴角一扬,坏坏地笑了一下。车慢慢停在马路边,刘铁下了车再次绅士地打开了车门,艾雪说了声"谢谢"下了车,低着头不好意思地站在刘铁面前。

刘铁伸出手,轻轻地放在艾雪肩上想要说什么,艾雪顿时感到像触了电似的,紧张地转身就要走。刘铁叫住了艾雪,递给她一个信封。艾雪接过信封,又抬头疑惑地看着刘铁。刘铁诡秘地笑了笑,"嘘"了一声,示意艾雪回家再打开看。

郑大光在反光镜里看到了这一切,见刘铁上车,赶紧转头直视着前方,假装什么都没看见。其实郑大光猜到了信封里装的应该是什么。他非常了解刘铁,刘铁对女孩儿是出了名的大方,这对大多数女孩儿来说无疑是个致命的杀手锏。

艾雪紧张地拿着信封,脚步匆匆走向了出租房。就在此时,不远处的一个小超市,一个清秀的小伙子正站在超市大门前,手里拿着两个装满食物的塑料袋,呆呆地注视着眼前的这一幕,正是艾雪的男朋友李小迪。艾雪担心的事情还是发生了。她潜意识里一直担心李小迪会看到这一切,不让郑大光把车停在出租房楼下,坚持在路边下车,没想到还是被李小迪看到了。

1.4 还剩了多少摧不毁的爱情

艾雪心里猜测着信封里到底是什么。回到家后,见李小迪不在,她迫不及待地打开了信封。信封里居然是一张银行卡，艾雪惊愕地差点儿叫出声来，脑子顿时一片空白。还没等她缓过劲儿来，刘铁的微信到了："本人刘铁，自愿无条件地赠予艾雪人民币 30 万元，银行卡密码 888888，以此微信为证。"艾雪急忙给刘铁发了一条微信："铁哥，我没明白，什么意思呀？"

"你猜！"艾雪很快收到了一条回复。

艾雪盯着那张银行卡，心都快跳到嗓子眼儿了。对她来说，那可是一笔巨款，是要省吃俭用、在后海小酒吧唱多少年才能攒到的一个天文数字。艾雪本想，刘铁说让她做他的女朋友，只是和其他男人一样想和她上床，作为帮她参加"中国好歌声"的交换条件，或者根本就是在开玩笑。艾雪万万没有想到，刘铁会给她钱，还是这么一个巨额数字。

都说男人钱花在哪里，心就在哪里，难道刘铁真的喜欢上了自己？艾雪正苦思冥想着，突然听到了李小迪熟悉的脚步声，她赶紧手忙脚乱地将那信封连同银行卡塞到屁股底下。李小迪提着两个购物袋推开了房门，低着头换上拖鞋，问艾雪："今儿这么早就回来啦？没去'后海'唱歌？"

"哦……今天请假了，同学过生日，一起吃饭来着……"

"哦……同学，我认识吗？"

"你……不认识！"

艾雪从来没有对李小迪撒过谎，不敢正视眼前的李小迪。趁李小迪没注意，她急忙将信封连同银行卡塞到床下一个隐蔽处，努力掩饰着不安的情绪，上前接过李小迪手里的购物袋，问他是不是还没吃完饭，慌张地转身煮方便面去了。李小迪茫然地看着艾雪的背影，想到刚才那个开大悍马的高大男人，心里掠过几分疑惑。

李小迪从来没有怀疑过艾雪，他一直坚信，在这个世界上，艾雪是他最信任的人。李小迪心想，那个开大悍马的高大男人，没准是艾雪一个混得比较牛的同学，他不愿意再去多想些什么，而愿意相信艾雪说的每一句话都是真的。于是，他又坐到了电脑旁，进入了他的音乐世界。

艾雪煮好方便面，送到李小迪面前，见李小迪没再追问她什么，心里暗自松了口气。她悄悄地躺在床上，偷偷地看着聚精会神创作的李小迪，心里突然感到一阵内疚和羞愧。她又想到藏在床下的银行卡，感觉像一枚炸弹放在自己的身下，顿时又紧张不安起来。她躺在床上翻来覆去，心乱如麻，她想尽量地让自己冷静下来，但却怎么也做不到。现在自己怎么办啊？刘铁可是真金白银已经付出实际行动了，难道自己真的要答应做他的女朋友？认识刘铁这些天来，艾雪自己整天魂不守舍，今天所发生的一切，更像做梦一般。

艾雪回想着刘铁的一言一行，梳理着这些天所发生的事情。她心里不得不承认，刘铁又帅又有钱又有魅力，着实令人着迷，一般女孩儿见了都会喜欢。但像刘铁这样的男人，身边美女如云，为什么要找个小三啊？难道真像他所说的，是为了寻找爱情？难道他不爱他老婆？或者他老婆不爱他？

另外，有那么多主动投怀送抱的美女，小三又为什么是她呢？假如自己真的做了刘铁的小三，岂不是从此不用再那么辛苦，马上就能过上好日子了，也能马上实现自己的音乐梦想了吗？这是多少北漂想要的生活啊！难道这不是自己过着苦逼的生活，拼命坚守在北京，努力想要实现的梦想吗？

有情饮水饱，可惜只能饱一时。生活是现实的，爱情总不能当饭吃。艾雪又想，假如靠自己或靠李小迪，那需要打拼多少年才能实现自己的梦想呢？很可能打拼一辈子也实现不了呢！想想这几年，自己一直像大姐姐一样照顾着李小迪，在外面不知吃了多少苦、受了多少气，生活过得既艰辛又没安全感。

艾雪有时也会想，自己也是个女孩儿，也想找个强大的男人依靠，也想被照顾和被呵护，这有错吗？艾雪内心激烈地斗争着，感觉想得脑子都快要爆炸了。夜深了，李小迪伸了个懒腰，疲惫地走到床边，他担心吵醒艾雪，轻轻侧身躺在了床上。艾雪背对李小迪佯装睡着了，没再像往常那样温柔地钻进李小迪的怀抱。

接下来的一周，刘铁并没再约艾雪，甚至连一个电话和短信都没有。艾雪曾给刘铁发过两条微信，但没有得到刘铁的回复。这一周艾雪过得十分煎熬，几乎夜夜失眠，每天都在纠结着同样一个问题："自己该怎么办啊？要不要做刘铁的女朋友？"

左手是面包，甚至是触手可及的梦想，右手是最初的爱情，是尊严，怎么选择似乎都有道理，但怎么选择又似乎都是错的。周末晚上，艾雪照例梳洗打扮好，准备去后海那家小酒吧区唱歌，这时，突然她接到了一个电话，电话里是一个陌生中年男人的声音："你好，是艾雪吗？"

"我是，请问？"

"我是'中国好歌声'的钱导，现在正式通知你，你可以直接参加我们今年的大赛，不用海选了！恭喜你！"

"啊？……您说什么？"艾雪简直不敢相信自己的耳朵。

"我说，我是'中国好歌声'的钱导，欢迎你参加我们今年的大赛！"电话里的声音非常肯定。

"什么？我没听错吧？怎么回事儿啊？"

"别问这么多了，好好准备吧！"

"好的好的，谢谢您，钱导，谢谢您！"

"不用谢我，你该感谢另外一个人！祝你好运！"

电话挂断了。艾雪被这突如其来的喜讯一下子惊呆了，手里拿着的手机"啪"的一声掉到了地上。能够参加"中国好歌声"大赛是她梦寐以求的梦想，现在突然就这么来了，一时间她激动得一句话都说不出来，一下子蹲在地上，双手抱头，先是小声地抽泣，之后抑制不住失声大哭了起来。李小迪不知道发生了什么，慌忙跑过来问艾雪怎么了？

艾雪只是哭，一直在哭，没有回答李小迪。过了一会儿，她慢慢地安静了下来，想起了钱导的最后一句话，猛然猜到一定是刘铁帮她打了招呼，心又一下子揪了起来。刘铁兑现了他的诺言，不但真的帮了她，还给了她那张巨额银行卡。艾雪对刘铁既心存感激，内心又纠结万分。自己该怎么办啊？能拿什么予以回报呢？背着李小迪做刘铁的女朋友？或者干脆和李小迪分手做刘铁的小三？

艾雪脑子蒙了，以至于没听到李小迪焦急的呼叫声。李小迪不停地询问艾雪到底怎么了？是不是老毛病胃病又犯了？要不要去医院看医生？终于，艾雪从恍惚中抬起头，长时间地看着李小迪。她仔细地端详他那双清澈见底的眼睛，看着他那张白皙俊秀的脸庞，觉得他是那么干净通透,就像夜空里皎洁的弦月。艾雪再次感到了一阵深深地内疚,赶紧低下了头,弱弱地说了一句:"没事儿,就是……突然想哭了!"

"不对!艾雪,你从来不骗我的!快告诉我,到底发生了什么?我们一起想办法,好吗?"李小迪着急地拉着艾雪。

"真的没什么事儿!不是,小迪,你听我说,是这样的,我刚才接到了'中国好歌声'钱导的电话,说通知我参加比赛!"

"哇塞,真的假的?太好了!懂了懂了,你这是激动的泪水啊!哈哈哈,太好了,祝贺你,艾雪!"李小迪显得比艾雪还兴奋。

"好了,小迪,我要去上班了!"

"还上什么班呀?马上就成大明星啦!"

"什么大明星呀,八字还没一撇呢!"

艾雪说着站了起来,勉强地对李小迪微笑着,说自己必须马上走了,否则上班会迟到了。其实,艾雪想赶紧逃离李小迪,找一个没人的地方,让自己冷静下来,好好考虑一下自己到底该怎么办?她拿起背包匆忙走出家门,没等电梯就直接走下了楼梯,疾步地冲出了楼房大门,跑到马路边长长地喘着粗气。

艾雪呆呆地站了许久,茫然地看着来来往往的车辆和人流,目光渐渐地变得越来越冷静。她不由抬起头,看着那间熟悉的出租房里微弱的灯光,两行热泪不知不觉顺着脸庞就流了下来。她告诉自己要镇定,从包里拿出面巾纸,擦了擦泪痕,又拿出一个小镜子照着补了补妆,朝一辆驶来的出租车挥了挥手,目光异常坚定地拿出手机:"喂……是铁哥吗?您在哪儿呀?我想见见您,有时间吗?"

"哦,艾雪啊?我在家,一周下来太累了,哪儿都不想去了!"

"哦……那我可不可以去您家,方便吗?"

"哦,方便!不过,有事儿吗?"

"嗯……就是想见见您!"

刘铁挂了艾雪的电话,嘴角露出一丝不易察觉的微笑。他给艾雪发了个家的地址,然后将手机放在茶几上,在宽大的真皮沙发坐下,跷起了二郎腿。刘铁想到艾雪一定会打电话给他,没想到现在打给他,于是他故意地试探艾雪,看她是否敢来他家里。现在艾雪真要来了,刘铁猜测着艾雪的来意。

没过多一会儿,刘铁的微信响了,艾雪说自己到了。刘铁走出门将艾雪带进了宽大的客厅,客气地将艾雪让到沙发坐下。艾雪怯生生地两只手搭在腿上,背挺得倍儿直。看到艾雪紧张的样子,刘铁微笑着看着艾雪,开玩笑说:"嘛呢,艾雪?上课呢?"

"啊?……"

"喝点儿什么?"

"随便吧,都行。"

"别呀,看你不像随便的女孩儿啊!"

"不是不是!我是说……随意的意思。"

"开玩笑的,别当真!艾雪,千万别拘着哈。放心,我不算什么好人,也不算什么坏人,不是流氓,更不是黑社会。"

"不是不是!铁哥,我没有那个意思!绝对没有!"

"哈,跟你开玩笑,看你认真的!"

"不好意思,我确实有点儿……紧张!"

"紧张啥呀?110,会打吗?"

"铁哥,您真会开玩笑!"

"我晚上喜欢喝点儿红酒,有助于睡眠。你呢?"

"我也跟您喝红酒吧。"

刘铁从酒柜里取出一瓶82年的拉菲。他举着酒杯走近艾雪,艾雪急忙站起来接过酒杯。刘铁抿了一口酒,艾雪生怕出丑,也学着刘铁抿了一口酒,然后把酒杯轻轻地放在茶几上。

"这酒还不错吧?"

"铁哥,不好意思,我不懂酒!"

"82年的拉菲!"刘铁的口气带着一种炫耀。

"肯定很贵吧?"艾雪有意恭维着问。

"市面上也就卖几万块钱吧。"刘铁故意地轻描淡写。

"几万块?都够我一年生活费的了!"艾雪吃惊地伸了伸舌头。

"艾雪,我想,你今天来一定有很多问题吧?我不喜欢装,尤其是现在,一不再会为挣钱装孙子,二不再会为泡妞装情圣,三不再会为虚名装文人，所以，已经没必要装了。说吧，有问必答。"

"哦……我明白。铁哥，我今天来……是想……"

"说，大胆地说！"

"我是来感谢铁哥的！谢谢铁哥帮我参加'中国好歌声'！不过……"

"不过什么？说吧，放心，我这人经受得起任何表扬！"

"嗯……就是那张30万的银行卡，我觉得无功不受禄，所以，我想……还给您！"艾雪说着从包里掏出银行卡，放在了茶几上。

"别呀！你这不是骂我了吗？送出去的东西怎能再收回来呢？"

"不是不是！我只是觉得……自己什么都没做！"

"我是男人，我先付出！这年头骗子太多，大家谁都不敢付出了，谁付出谁就输了，对吗？"

"是啊，现在大忽悠太多了，靠谱的人太少了！"

"你没少让人忽悠吧？"

"嗯，的确挺多的！什么培养你成歌星啦，介绍你去拍戏啦，如何喜欢你啦，其实，就是为了骗你……上床！"

"那你是不是经常被骗上床啊？"

"没有没有，绝对没有，我向天发誓，一次也没有！请相信我！"

"我相信你！但我担心你不相信我，把我当成骗子，所以，先付出我的诚意。我猜，你今天来，是不是想告诉我，已经想好了，愿意做我的女朋友了，对吗？"

"啊……这……"

"哈哈哈……我忘了，你不会开玩笑！"

刘铁看到窘迫的艾雪，端起酒杯赶紧解围。艾雪和刘铁碰了一下猛地一口气全喝下去了。艾雪听说"酒壮尿人胆儿"，她想让自己尽快胆子大起来。果然，一杯酒下去，她顿时感觉自己放松了许多。她抬起头来，第一次正视着眼前这个男人。看着坦诚的刘铁，艾雪觉得比那些道貌岸然的男人舒服多了。

艾雪有时会想，自己何德何能让这个男人为她付出这么多，难道自己不应该付出些什么吗？况且像刘铁这样的男人，自己有什么理由不喜欢呢？如果真做了他的女朋友，有什么不好呢？其实，在给刘铁打电话,在决定来他家时,她自己潜意识里就已经下了决心,今晚豁出去了:"铁哥,我想问个问题,您身边有那么多美女,为什么是……我?"

"因为第一眼看见你,就觉得很像一个女人,一个我的'生命中的女人'!"

"是吗,都哪儿像呀?"

"哪儿都像!你们长得很像,又都是学唱歌的,还都是一个院儿的,我猜也都有着同样的音乐梦想。还有,你们的名字都带个'雪'字……"

"哦?她叫什么呀?"

"那……雪!"

"那……雪,名字真好听!"

艾雪发现,刘铁说到"那雪",眉宇之间不由得流落出了一丝忧郁,表情也变得没那么平静了。艾雪猜想,刘铁一定对那雪的感情很深。她给刘铁倒上了一杯酒,自己也加满了一杯,柔声说道:"铁哥,喝酒吧?我敬您!"

"好啊!聊聊你吧,别光说我了。"

"我没什么好说的,太平常了。"

"上次你说有男朋友,对吗?"

"嗯……"

"聊聊呗!方便吗?"

"哦……他是我师弟,也是学音乐的,老师和同学也都夸他挺有才的。只是刚毕业,就失业了。"

"懂了!浪漫青涩的校园爱情……"

"是啊!那时,吃学校的路边摊、骑一辆没有铃铛的自行车,都觉得是件很浪漫幸福的事儿。但是,毕业了才发现,那只是一个小小的世界。生活很现实,总要吃饭、穿衣、交房租的!"

"明白!我也是从那时候过来的。其实一茬茬的北漂都一样,都要先面对生存问题。"

"铁哥,可不可以不说这个话题啊?很压抑的!还是喝酒吧!"

艾雪端起酒杯又一口气喝了一杯。在酒精作用下,她觉得自己越来越放松了,可以坦然地直视刘铁了。艾雪似乎有点儿微醉,眼睛直勾勾地看着刘铁，刘铁反而被艾雪看得有点儿不好意思了。刘铁背对着艾雪，拿着酒杯在客厅里来回踱着步。艾雪借着酒劲儿，胆子越来越大了，继续追问着："铁哥，我还有一个问题。"

"问吧！"

"您说男人找小三，是为了寻找生活中丢掉的爱情，是吗？"

"是的，我说过。"

"那，您还相信爱情吗？"

"爱情？哈哈哈……咱可不可以不聊这个话题啊？"

刘铁一听到"爱情"这个字眼儿，自嘲地笑了起来。他继续在空荡荡的客厅里来回踱着步，假装镇定自若，假装冷漠洒脱。刘铁从来不跟任何人聊"爱情"这个话题，更不会跟任何人袒露心声。但阅人无数的刘铁，感觉艾雪是个真诚善良的女孩儿，是个温顺老实的女孩儿，加上她的善解人意，心里不由得产生了一种喜爱，使他有一种倾诉的欲望。

刘铁在酒精的作用下，和艾雪聊了起来："是人都渴望爱情！我又不是牲口，当然也渴望爱情。只是在现实生活中，很难再敢相信爱情了！唉，现在得到一个女人的身体容易，得到一个女人的心就很难了！"

"您的世界，真的让人难以理解！您天天美女如云，难道都没有遇到爱情？"

"哈，你只见到我纸醉金迷的一面，没见到我寂寞空虚冷的一面！知道吗，放纵的背后，一定是极度的空虚！"

"铁哥，您这么强大，也会空虚？"

"哈，强大的外表，孤独的内心！其实，我经常感到自己的心是空的，尤其是在夜深人静的时候……"

"因为……没有爱情？"

"是的，因为没有精神支撑！"

刘铁眯起双眼，嘴角习惯性地上扬，露出了淡淡的笑。他的笑似乎有点儿苦涩，有点儿落寞，揉在惆怅里，寂寞得让人心疼。艾雪看着眼前的刘铁，心里突然感到一阵酸楚。她想上去安慰这个孤傲却寂寞的男人，但又不知道自己应该充当什么角色。但有一点她很确定，不管怎么说，为了报答刘铁，自己应该做点什么。

艾雪内心激烈地斗争着、挣扎着，一直坚守的底线终于被彻底打破了。她做出了一个决定，不管今后怎样，今晚自己要付出一次。但她心里想知道，刘铁是不是喜欢她，还是只把她作为一个交易的对象，于是她再次鼓足勇气问了一句："铁哥，你……喜欢我吗？"

听到艾雪的问题，刘铁感到有点儿意外。他犹豫了一下，考虑着如何回答艾雪。他意识到，艾雪话里有话。他很清楚，自己只是觉得艾雪很像那雪，只是有点儿喜欢而已。他只是做个试验，看看艾雪的爱情多么坚固，没想玩儿真的。但看到艾雪认真的样子，他的态度也变得认真起来："艾雪，你很像她，实话！"

"明白了！谢谢您的坦诚！对了，铁哥，卧室在楼上吗？"

"嗯。"

"可以参观一下吗？"

"抱歉，不可以！是这样，我平时住书房，带你参观一下？"

"啊……好的！"

艾雪疑惑地看着刘铁，刘铁慢慢地拉起她的手。艾雪没有拒绝，没有放开，跟着刘铁走进了书房。艾雪感觉身上似乎有一股电流在流淌，呼吸也变得越来越急促，心脏像小鹿似的怦怦乱跳。她环顾着宽大的书房，看到墙上挂着一幅巨大的油画，赶紧没话找话地问："这是谁呀？"

"哦，我的偶像，索罗斯！"

"哦……好像是一位'股神'，对吧？"

"哈，是的。"

"铁哥，你很喜欢杜鹃花儿吗？"艾雪指着那盆杜鹃花问。

"哈，是的。我老家漫山遍野都是！"

"开得好美！铁哥把这盆杜鹃花儿呵护得这么精心，我猜，这杜鹃花儿一定有着特别的故事，所以，只可远观……"

"懂事儿！"刘铁不由心一动，赞叹艾雪的善解人意。

"铁哥，可以借用一下您的洗手间吗？"

"当然！"

艾雪走进了浴室。不一会儿，浴室里传来了洗澡的水声。艾雪冲洗着自己的玉体，身体不停颤抖。艾雪知道，自己即将跨出去的一步意味着什么。浴室的水声停了，艾雪裹着一条白色的浴巾走了出来。刘铁一抬头，露出了惊讶的表情。只见艾雪脸色绯红，慢慢地松开了浴巾，浴巾滑落在地，露出了她那玲珑完美的曲线。

刘铁如醉如痴地看傻了，像是在欣赏一件精美的艺术品。刘铁看着看着出现了幻觉，感觉眼前的艾雪简直就是十年前活脱脱的那雪。刘铁站起身来，却不敢靠近，似乎是怕惊动了一个美丽的天使。过了一会儿，刘铁慢慢地从幻觉中清醒过来，低下了头。

刘铁彻底明白了艾雪的来意，虽然似乎在他的意料之中，但他又不愿意相信这个事实。他不愿意相信自己实验的结果这么快就有了答案。想起十年前那个成功男人追求那雪的时候，无论如何那雪还是做了很长时间的挣扎。刘铁宁愿艾雪也能够像那雪一样，甚至能够去坚守她和她男朋友的爱情。

刘铁不禁感叹，现如今爱情翻篇的节奏真的是越来越快了。现在的男人追女人，一次不行，二次不行，三次再不行，对不起，下一个；女孩儿也一样，一次没表示，二次没表示，三次再没表示，对不起，拜拜再见不联系。现在的男人和女人都越来越现实了，欲望的生活面前真不知道还剩下多少不可以摧毁的爱情了，所谓的爱情脆弱得那么不堪一击。

刘铁突然一下子感觉特没劲，他慢慢地走到艾雪身旁，捡起地上的浴巾给她披上，眉头微皱着说："艾雪，我想，你可能误会了，我不需要你这样！"

"但，铁哥，我觉得，这是我应该付出的！"

"我明白你的心情，但是……我不需要！"

"铁哥，但是，我是自愿的……"

刘铁看着艾雪坚定的眼神，一时间又不知道该怎么办了。刘铁在MGM和有璟阁就发现，艾雪不是那种出来混的女孩儿，人很善良也很懂事，自己帮她参加"中国好歌声"大赛，甚至给她那张银行卡，只是一场实验，他只想知道答案，没真想要回报。他甚至想，假如艾雪拒绝了他，自己所谓的付出反而是非常值得的。

现在答案揭晓了，自己却觉得特没劲了。怎么办？刘铁想了想，现如今是个爱和性分离的时代，反正也没几个女孩儿还拿这事儿当回事儿的，再说自己也是个精力旺盛的男人，又不是什么圣人，也无所谓了。刘铁试探性地问："艾雪，你……想好了？"

"嗯！"艾雪羞涩地低下了头。

刘铁小心地捧起艾雪的脸，艾雪被看得面红心跳，咬着樱花般粉嫩的唇，呼吸越来越急促，脸上显着几分惶恐、几分渴望。刘铁弯下腰，轻轻地亲了下艾雪的唇，她顿时融化了。艾雪情不自禁地双手钩住了刘铁的脖子。心旌摇荡的刘铁克制着身体的冲动，轻轻地将艾雪放到床上，开始一颗一颗解开自己衬衫的纽扣，露出了宽阔的肩膀和布满肌肉的胸膛，艾雪害羞地转过身去。

突然，刘铁的瞳孔放大，像被打蒙了似的呆呆地站在那里，紧紧地盯着艾雪裸露的背。他看到一个血红色的文身、一个女人的头像印在了艾雪的背上……刘铁看着看着，眼神惊恐，浑身颤栗，双手用力地按着太阳穴。

艾雪不知道发生了什么，或自己做错了什么，赶紧用刘铁丢在床上的衬衫遮住了自己裸露的身体，眼睛里充满了惶恐。书房里静得令人窒息。过了许久，艾雪终于试探着问："铁哥，怎么了？出什么事了？"

"没事儿，没事儿……"刘铁摇着头。

"铁哥，到底怎么了？"艾雪着急地问。

"没事儿，没事儿，艾雪，你……穿上衣服吧！"

"铁哥，是我做错了什么吗？"

"不是，不是！你赶紧……穿上衣服吧！"

艾雪不知所措，急得都快哭出来了。刘铁慢慢地走到沙发坐了下来，眉头紧锁，闭上了双眼。艾雪呆呆地看了一会儿刘铁，慢慢穿好了衣服，也悄悄地坐在沙发上，不时地偷偷看着刘铁。刘铁脸色很难看，闭着眼睛问道："艾雪，你背上的文身……是怎么回事？"

"哦……您是因为这个吗？对不起，吓到您了吧？文身……是我妈妈的头像！"

"哦……能跟我说说吗？"

艾雪鼻子一酸，眼泪扑簌扑簌地落了下来。原来，艾雪很小的时候家里不富裕，但日子过得还蛮开心的。后来爸爸去深圳做生意了，艾雪就很少见到爸爸了。初中的时候，爸爸在深圳的生意越做越大，就基本上不回家了。高中的时候，她听说爸爸在深圳有了新的女人。艾雪老家的镇子很小，关于爸爸的风流韵事传得满天飞，妈妈整天不敢出门，不敢见人，终于有一天，妈妈的精神崩溃了。

"后来呢？"刘铁不由得问了一句。

"一天，我放学回家，看到我们家楼下围了好多人，我跑上去一看，地上躺着一个人，满地是血！呜呜呜……"

"艾雪，对不起！别说了！"

"是我不该说这些的，对不起！"

"我去，太巧了！她脖颈上也有个妈妈的文身，是我刻的！"

"啊？你是说……那雪姐姐？真的假的？"

"难道这是老天故意安排的？"

"铁哥，能给我讲讲她的故事吗？看得出来，您对那雪姐姐感情很深，一提起她，您的脸上就写满了思念！"

"那都是很多年前的事儿了！"

"算了，是我不好，让您想起伤心的往事了。不过，铁哥，我觉得您真的应该找一个爱的人陪伴和照顾。您工作那么忙，精神压力又那么大……"

"照顾倒是不需要，主要是精神无处安放！"

刘铁说着点上了一根烟，脸色渐渐地变得凝重起来。艾雪凝视着刘铁，眼里充满了关切，那是来自心灵深处的善良。她没想到，这个表面风光无限的男人，内心其实却非常孤独。

刘铁深深地抽了一口烟，烟圈儿在空中慢慢飘散着，他的思绪飞向了遥远的过去……

第二章　囚禁的残梦

　　总会有一段时光，让我们无法释怀，因为它不可替代地写进了我们的生命里。当有一天蓦然回首时，已成了不敢轻易触摸的残梦……

2.1 那些无法释怀的日子

　　1980年，赣南山区的一个小镇，在客家人独有的围屋里，刘家生了个黑乎乎的大胖小子，虎头虎脑地着实招人喜爱，邻居们有的管这孩子叫铁蛋儿，有的管这孩子叫煤球儿。刘父给这孩子取了个大名叫刘铁。第二年，邻居家的那老师生了女娃，皮肤冰雪如玉，那老师给这个孩子取了个大名叫那雪。

　　转眼间，刘铁和那雪长大了。刘铁长得剑眉俊目，由于从小习武，身体非常强壮，比同龄的孩子高出了半个头。他天资聪明，学习成绩总是名列前茅，很自然地就成了孩子王。那雪长得清纯秀丽，宛如一朵出水芙蓉，尤其是那双黑白分明的眸子，仿佛吸取了大自然的灵气。镇上的大人们都夸他俩是一对金童玉女。

　　小学时，刘铁经常拉着那雪的手上下学。蓝天上的白云飘得高高的，青山的塬上开满了漫山遍野的杜鹃花儿。山间的小路上，经常回荡着那雪唱的清脆悦耳的客家童谣。那雪有一副天籁般的好嗓子，这是那方水土给她的恩赐。

　　初中时，有一天，少年的刘铁牵着那雪的手，兴高采烈地走在放学回家的路上。突然，那雪停下了脚步，指着前方大声喊着："铁子哥，快看快看，那只蝴蝶，好漂亮啊！"

　　"雪儿，等着，我给你逮住它！"

　　"不要不要，让它飞吧……"

　　雪儿的话还没说完，铁子一个箭步飞了过去，一把抓住了那只蝴蝶。铁子拿着蝴蝶走到那雪身边，打开了捂着的双手，蝴蝶已经奄奄一息了。雪儿急得都快哭出来了，晶莹的泪珠噙在眼眶里。铁子天不怕地不怕，就怕那雪掉眼泪了，赶紧跑过来用袖口给雪儿擦眼泪，劝着那雪说:"都怪我武功太强大了,等着,我再给你抓一只活的!"

"不要啊!你看你,它都快死了,真是的!"

那雪说着,小心地从铁子的手里接过蝴蝶,轻放在了一朵杜鹃花瓣儿上,心疼地凝视着。看着那雪伤心的样子,刘铁知道自己做错了事儿,赶紧想着办法把雪儿逗笑。他围着那雪一会儿学着青蛙跳,一会儿学着土狗叫,一圈一圈儿的,嘴上不停地说着自己错了。那雪看着刘铁认真的样儿,破涕为笑。

"铁子哥,以后不要再这样了,好吗?"

"雪儿,我发誓,以后再也不了!别哭了,行吗?"

"我才没哭呢!"

夕阳西下,围屋的四周炊烟升起,缭绕在空中。刘铁的母亲正和邻居的阿婶阿婆们准备着晚饭。刘铁牵着那雪的手,兴高采烈地走回围屋。分别时,两个人依依不舍。第二天是周末,刘铁约那雪一大早儿去爬青山,那雪听后高兴得小脸儿红扑扑地回家了。

清晨,和煦的阳光照在青山上,那漫山遍野的杜鹃花儿,色彩斑斓,像似一副艳丽的水彩画,煞是好看。万花丛中,那雪穿着一身简洁干净的白色连衣裙,扎着两个小辫儿,一首一首地吟唱着家乡的民谣。

刘铁坐在一块石头上,聆听着那雪珠圆玉润的歌声,不敢大声喘气,安静地凝视着她,唯恐破坏了这天籁的寂静。那雪唱累了,刘铁咧着嘴笑着,表演起了自己的童子功。他的秀如猫、抖如虎、行如龙、动如闪、声如雷,摘叶飞花,练完后,得意地看着那雪,折断了一朵杜鹃花插在那雪的秀发上,谁知那雪又生气了。

"雪儿,我又咋啦?"

"你看你,把花儿都弄坏了!"

"啊?……哦,我错了!这样好不好,回家以后,我把杜鹃花栽在花盆里养起来,行吗?别生气了,行吗?"

刘铁牵着那雪的手往山坡走去,遇到了几个大男孩儿在山上玩耍。一个大个子男孩儿看见他们,一副趾高气扬的样子走上前来,非要让那雪唱一首歌才能走。刘铁没理他们,咬着嘴唇,拉着那雪的手径直往前走。几个大男孩儿嘲笑地看着那雪,大个子男孩儿有点儿恼火,小声地给几个同伴儿说:"没爸爸的野种!"

刘铁听到后脸憋得通红，青筋暴粗。只见他甩掉上衣，赤膊上阵，健步如飞，眼里充满了杀气，一个扫堂腿将那个大个儿男孩儿撂倒，之后就是一阵拳打脚踢，顿时，那个大个儿男孩儿满脸是血。那大个儿男孩儿双手紧紧地抱着头，不停地大声求饶，但刘铁还是不肯罢休，继续踢打着。

站在一旁的那雪吓得浑身发抖，急忙跑上前去，死死地抱住了刘铁，大声地喊着："铁子哥，别打了，别打了，他都出血了！"

"听着，以后再敢胡说八道，老子就打死你！"

刘铁牵着那雪的手回家了，一路上气呼呼的。那雪低着头也没再说话。他们回到围屋时已近响午了，刚走进围屋大门，那雪赶紧松开了刘铁的手。只见刘铁的父亲迎面站在面前。他表情非常严肃地说："不好好背书，一大早儿就跑出去耍？"

"我都背好了！"

"怎么身上还有血，又和别人打架啦？"

"是一个坏孩子欺辱雪儿，该打，哼！"

"让你学武是为了强身健体，不是让你打架的，懂吗？"

"大大，都是我不好，不怪铁子哥！呜呜呜……"

"雪儿，别哭，大大没怪你！"

刘铁的父亲是个十里八村远近闻名的文化人，他教育刘铁常用办法不是体罚，而是在地上画一个"圆圈圈儿"，犯了错就让刘铁站在"圆圈圈儿"里背书和反思。这时，刘铁看到父亲转身在地上画了一个"圆圈圈儿"，知道又要被罚了。他二话没说，像个英雄似的昂首挺胸地走了进去，嘴上还不服气地念叨着什么。那雪可怜巴巴地给铁子求情："大大，求求您了，都是我的错！求您别再惩铁子哥了，行吗？"

"雪儿，打架是不对的，要罚的！"

"但铁子哥又考了个全班第一名，您就饶了他这一次吧！"

"雪儿，功是功，错是错。"

"雪儿，好汉做事儿好汉当，哼！"

中午的阳光很毒，刺得刘铁的大眼睛睁不开，但他依然倔强地昂着头。刘铁父亲摇了摇头，拉着那雪的小手送回她家。那雪手里捧着那只杜鹃花，一步一回头地看着刘铁，眼泪快掉下来了。刘铁却若无其事的样子,还偷偷地给那雪挤眉弄眼扮了个鬼脸。

刘铁父亲推开了那雪家的门儿。那雪的母亲正给一尊佛像上着香,看到刘铁父亲带着雪儿站在门口,急忙站起身来道谢。刘铁父亲客气地点了点头走了。那雪母亲端上了一些素餐,喊着女儿吃饭,但发现那雪眼泪汪汪的,心疼地询问着怎么了,那雪咬着嘴唇一句话也没说,母亲猜到她一定是在外面又受了委屈。记得有一次,那雪曾哭着回来,问自己的父亲在哪儿,母亲告诉她,她的父亲已经死了。从此,懂事儿的那雪再也没问过有关父亲的事儿。

那雪的母亲是满族人,据说家族还是正黄旗。她父亲是当年北京某音乐学府的著名教授。那一年,老教授被打成了右派,"文革"时又被打成了走资派,被关进了牛棚。从此,那雪的母亲就再也没有见过自己的父亲。作为走资派的女儿,她成了第一批上山下乡的知识青年,被分配到了赣南山区接受贫下中农再教育,那一年她才17岁。

那雪的母亲从小就受父亲的熏陶,特别喜欢音乐。刚到赣南山区时,她除了干农活,业余时间还经常教这里的孩子们唱歌。她曾经和一个知青小伙子相爱,但她却被镇长看上了,并霸占了她。后来,镇长把她提拔到了镇里的小学当了音乐老师,那个知青小伙子也返城了。再后来,那老师生下了那雪,镇长却因贪污被抓进了监狱。那老师希望那雪能像青山上的雪一样,纯洁无瑕。

那雪坐在桌旁吃饭,却怎么也吃不下去。那老师问雪儿怎么了,那雪哀求母亲救救铁子哥。那老师从二层阁楼里往下张望,看见了站在"圆圈圈儿"里的刘铁,问那雪怎么回事儿。懂事儿的那雪担心母亲会伤心,只是说铁子哥打架了,但没说是因为别人羞辱了她。母亲放下碗筷,心疼地下去劝说刘铁了,但不一会儿又摇着头走了回来,嘴里念叨着刘铁这孩子太倔强了。

太阳已经慢慢地下山了,刘铁一直站在"圆圈圈儿"里。到了吃晚饭的时候了,铁子妈又心疼又着急。她知道铁子一根筋的倔脾气,站在围屋的二层阁楼上,冲着下面大声喊着刘铁:"铁子,赶紧上来吃饭,快给你爸认个错!"

"我!没!错!我!不!吃!"

刘铁冲着楼上大喊着,依然倔强地站在"圆圈圈儿"里。一群小朋友围着他指手画脚，刘铁挥舞着拳头吓唬着他们，但始终不敢走出"圆圈圈儿"半步。那雪心疼刘铁，偷偷地跑了下来，将一包饼干放到了"圆圈圈儿"里。刘铁看着地上的饼干，又饿又馋，但他仍然仰起着头，就是不吃。那雪眼泪汪汪小声地说："铁子哥，妈妈在镇上买的，吃吧！"

"我！不！吃！"

高中的时候，刘铁已经长成班里最高的了。放学回家的路上，俩人都下意识地保持着一定的距离。那雪经常会出神地看着刘铁，含情脉脉的，刘铁则会懵懵的傻笑，不好意思地低下头。有一天放学回家的路上，那雪突然把自己的手从刘铁的手里抽了出来，脸红耳赤地说："铁子哥，从现在开始，以后不能再牵手了！"

"为啥呀？"

"因为我们已经是大人了啊！"

那雪母亲信佛，她为人善良、真诚、宽容。在抚养那雪的同时，她还救济了一些家境困难的孩子，经常为他们洗衣做饭，辅导功课等。她自己的那点儿微薄工资，也大都花在了孩子们身上。也许是受母亲的影响，那雪从小就特别懂事儿，从不和小朋友们争抢什么，经常把一些好吃的、好玩的和小朋友们分享。她受了委屈，也从不抱怨和争辩。镇上的大人小孩都喜欢听那雪唱歌，每当大人们问起那雪，长大了她的理想是什么呀？那雪都会毫不犹豫地回答："我要当一个歌唱家！"

那老师的身体一直都不好，加上常年劳累过度，积劳成疾，终于在那雪考大学的那年病倒了，经常不停地咳嗽，有时还会咳出血。但她一直瞒着所有的人，坚持给孩子们上课。每次下课回到家，她都累得躺在床上起不来。那雪一边准备高考，一边照顾着母亲。那雪多次劝母亲去县里的大医院看病，但母亲总是找各种理由拒绝了。其实，母亲是担心去大医院会花很多钱，想把省吃俭用的积蓄留给那雪上大学用，还有那些可怜的孩子们。

一天深夜，围屋内寂静无声。一阵急促的脚步声划破了安静的夜。那雪慌乱地跑到刘铁家，焦急地敲着门。屋内的灯亮了，门打开了，那雪站在门口哽咽地说，母亲浑身发烫，咳嗽不止，一直喘不上气来了。刘铁一家没等那雪说完，穿上衣服跑到了那雪家。看到那雪母亲已经半昏迷了，刘铁父亲果断地说了句赶紧送县医院。刘铁听后二话没说背起那雪母亲，向黑暗中疾步远去。那雪一路跑着，刘铁父亲骑着自行车驮着老伴儿一直追赶着刘铁。

到了县医院，做完检查，医生告诉刘铁父亲，那雪母亲已经是肺癌晚期，估计没多长时间了，并叮嘱赶紧准备一万元的住院费。刘铁父亲眼眶湿润了，叹惜这么好的一个人怎么会得这种病。他实在不忍心告诉那雪，一边安慰着那雪，一边和老伴儿商量着那个天文数字的住院费。

两周过去了，那雪母亲的病情越来越恶化了，刘铁父母把家里的所有积蓄交了住院费，后来不够还卖了一头牛。那雪母亲得知后坚决要求出院，强迫医生拿来出院书，并在"自愿"一栏里签了名。那雪母亲恳求刘铁父母千万不要告诉那雪和刘铁，也千万不要告诉围屋里的老乡们。

临近高考了。那雪一边细心地照顾着母亲，一边复习着功课。看到母亲的身体每况愈下，她心急如焚，甚至有了放弃高考的念头。母亲得知后很生气，严肃地告诉那雪，一定要考上大学，做一个优秀的歌唱家。她最大的愿望就是希望有一天能听到女儿站在舞台上的优美歌声。那雪哭着，咬着嘴唇使劲儿点着头，默默地发誓，一定要实现母亲的愿望。

刘铁父母含着泪告诉了刘铁实情，刘铁得知后傻了，也说不想考大学了，要出去挣钱救那雪母亲。父母流着眼泪告诉他，医生说已经是晚期了，唯一的可能性是换肺，但那是他们一辈子都挣不到的钱。刘铁听后愤怒地号叫着，抱头痛哭。之后，刘铁每天都陪着那雪，分担着她的辛劳和痛苦。

高考结束了。躺在床上的那雪母亲呼吸微弱而吃力，已经奄奄一息了，但嘴里却天天念叨着，两个孩子的高考成绩啥时候才公布啊？那雪看着瘦得不成样儿的母亲，忍着悲痛拉着母亲的手，她的心在滴血。刘铁陪在那雪身边，寸步不离。

又是一个寂静无声的深夜，一声撕心裂肺的哀号划破了围屋的上空，那雪抱着昏迷过去的母亲失声痛哭。一直守护着那雪的刘铁赶紧叫来了父母，邻居们也都闻讯而来了。大伙儿都抹着眼泪七嘴八舌地说着，那老师人太好了，都是为了学生们操心累成这样的。

那雪母亲慢慢地醒过来了。她看着跪在床边的雪儿，眼神是那么的依依不舍。那雪趴在母亲的怀里，紧紧地抱着母亲泣不成声。那老师轻轻地抚摸着那雪的黑发，看着身旁的刘铁，一字一句吃力地说："雪儿，别哭，妈妈该心疼了！铁子，替我照顾好雪儿……"

"嗯！您放心！"

刘铁强忍着泪水使劲地点着头，目光坚毅。刘铁父亲慢慢地走到那雪母亲身边说："雪儿妈，坚持住！天亮了我就去镇上，一定给你带来雪儿的大学录取通知书！"刘铁母亲也哽咽着说道："雪儿妈，您最挂念孩子们，天亮了，我就喊孩子们去！"那雪母亲微笑着用力点着头。

这是个漫长的夜，狭窄的房间里挤满了人，桌子上的闹钟滴答滴答地响着，房间的空气似乎凝固了。天终于亮了，刘铁母亲带着孩子们来了，孩子们自觉地排好了队，都要看看他们心里最敬爱的那老师。那老师努力地微笑着，示意孩子们不要哭。

"雪儿妈，雪儿妈，考上了，考上了……"围屋的大门口外传来了刘铁父亲洪亮的声音。那声音越来越近，只见刘铁父亲满头大汗地跑进了屋里，手里高高地举着两个信封，满眼热泪。那老师笑了，笑得那么安详、那么幸福。这个隐忍一生、含辛茹苦、心怀大爱的女人，慢慢地转过脸去，看着窗外，望向很远的地方，似乎看见了天堂，在幸福的微笑中慢慢地闭上双眼。那雪一声号啕，啼天哭地，悲凉的哭声回荡在整个围屋的上空。

秋日的青山，漫山遍野的杜鹃花儿依然绽放着，一阵秋风吹来，几片杜鹃花瓣儿飘落在山间的小溪中，散落在那雪母亲的墓碑旁，树林里鸟哭猿啼。母亲走后，那雪变成了个泪人，天天以泪洗面。她几乎每天太阳一出来就到青山上陪伴着母亲，刘铁则一直陪着那雪，想尽千方百计安慰着她。

刘铁和那雪就要踏上去北京求学的旅程了。这天早上，俩人又来到了青山上，站在那老师的墓碑前。那雪整个人瘦了一圈儿，看上去非常憔悴，让人心碎。那雪呆呆地站在墓碑前，洁白的连衣裙随着秋风飘动，她的泪水似乎已经流干了。刘铁站在那雪身边，脸色凝重。那雪脸色惨白，突然扑通一下跪在墓碑前，从发髻里抽出了一根妈妈留给她的银簪，说："铁子哥，求你件事儿，行吗？"

"说啥呢？肯定行！"

"帮我在脖子上刻一个字，mama！"

"啊……什么？雪儿……求求你了，别这样，好吗？"

"铁子哥，你答应我了！"

"雪儿……求求你了，别这样……"

"铁子哥，从小到大我都听你的，这次听我的，行吗？"

"雪儿！"

那雪露出了雪白的脖颈，目光坚定地拉过了刘铁的手。刘铁再也无法控制自己了，失声痛哭起来。从小到大，无论遇到什么事儿，刘铁从来都不哭。小时候，有一次，那雪眼睁睁地看着七八个大孩子围着刘铁打，打得他浑身是伤，他却一滴眼泪也没流。而此刻，他跪在地上哭了，哭了好久。刘铁内心挣扎着，但看到那雪坚定的眼神，终于，他咬着牙，眼睛死死地盯着那雪的脖颈，用银簪在上面文上了一个小小的mama。

一滴滴鲜血慢慢地从那雪的脖颈上渗了出来，就像那鲜红的漫山遍野的杜鹃花儿。刘铁一笔一血，一画一泪，感到笔笔都刻在了自己的心上。那雪眼睛死死地盯着母亲的墓碑，似乎已经忘记了疼痛。她紧紧地咬着牙，默默地自言自语着："妈妈，我发誓，一定让您在天堂里听到女儿的歌声！"

"贫穷真是太可怕了！都怪我们没钱！"

"但，妈妈是幸福的！妈妈说了，心安就幸福！"

"雪儿，我发誓，以后我要挣很多钱，我要用命照顾你一辈子！"

刘铁紧紧将那雪揽入怀中，撩起她的长发，看着那个仍在渗着鲜血的mama，心如刀割。那雪抚摸着铁子的脸庞，久久地望着他。俩人紧紧地拥抱在一起。

刘铁和那雪要去北京读书了，这可是镇子上最大的事儿了，也是围屋里客家人的骄傲。镇上的长途汽车站，刘铁的父母、围屋里的长者、一些老师同学都来送行了。那雪手里捧着一小盆杜鹃花，那是刘铁一直精心养的那只杜鹃花。杜鹃花喜家乡的山土，为此刘铁还专门带了一袋子家乡的山土。

刘铁和那雪上了车，刘铁母亲千叮咛万嘱咐着他们一定要注意安全，还塞给了刘铁一碗客家人的梅菜扣肉，说是铁子爹亲自下厨做的，让他们路上吃。长途汽车开动了，刘铁母亲哭着追赶着长途汽车，刘铁父亲深邃的目光一直望着他们。刘铁鼻子一酸，强忍着眼泪，急忙转过脸去，不敢再去看父亲和母亲的眼睛。那一刻，刘铁懂得了什么是父母的舐犊之情。刘铁隔着车窗，从反光镜里看着渐渐远去的父母身影，没敢再回头。

1998年秋天的北京火车站。

"咚咚咚咚咚，东方红……太阳升……"浑厚洪亮的《东方红》乐曲钟声响了五下，大大的表针指向了凌晨5点整。北京，这个无数人向往的地方，这个刘铁和那雪从小就魂牵梦绕的地方，今天，他们终于踏上了这片土地，开始了梦想的启程。刘铁拉着那雪的手，两个大山里的孩子，站在北京站广场，心潮澎湃，激动万分。他们抬头仰视着那个巨大的钟，抑制不住内心的兴奋，高喊着："北京，我们来了！"

刘铁读的大学，是世界闻名的自由王国，在那自由的空气里，知识的海洋里，刘铁似乎每天有使不完的劲儿，如饥似渴地吮吸着各种知识。刘铁是学金融专业的，除了刻苦学习西方经济学理论外，他最感兴趣的是尼采、黑格尔、弗洛伊德之类的哲学，经常以能引用几句他们的语句而沾沾自喜，并引以为豪。有时候，那雪好奇地追问他，他们的话到底是什么意思？其实刘铁也一知半解，但还是会口若悬河地说上一大堆。那雪虽然听得糊里糊涂，不过，还是很崇拜地看着他。

也许是受母亲的影响,那雪骨子里根深蒂固地偏爱中国传统文化。除了刻苦学习民族声乐专业知识外，她特别喜欢读一些中国文学名著。另外，对冰心、林徽因、张爱玲的作品情有独钟。对此，刘铁非常不屑，经常嘲笑那雪"老土"，总是说她赶不上时代的潮流。刘铁多次劝那雪趁早改行学"流行音乐"，日后才有可能成为大歌星，才有可能红了、火了挣大钱。那雪听后总是一笑了之。

刘铁的梦想深深地打上了时代的烙印。2000年的中国，正处在改革开放的巨变中。大量国外的各种文化元素、思想理念涌入中国，各种文化、思潮交织在一起，碰撞着、矛盾着、冲突着。中国传统的文化体系被打破、被摒弃了，而新的主体文化体系又没有建立起来，人们在缺乏主导、引导下不加选择地汲取着，使得每个人脑子越来越乱、心越来越空，整个社会似乎都在追逐着同一个梦想，那就是金钱。

刘铁就是在这种氛围中学习和成长的，毫无选择地吸取着社会上的各种思潮。平日里，同学聊的话题也已经不再是学习和抱负，而是谁谁家里特有钱，哪个班花系花被豪车接走了，谁谁毕业后牛了发了等等。刘铁努力地辨识着小时候梦想中的北京，和眼前现实中的北京差别是非常大的。

如果说那雪母亲的病逝曾深深地刺激了刘铁，让他认识到了金钱的重要性。到北京后，他发现在这个庞大的帝都，一出学校大门就是钱，离开钱寸步难行。人们似乎都在一刻不停地追逐着名利，而衡量一个人成功与否的标准似乎只剩下了金钱。

青春原本是简单的、纯洁的、浪漫的。然而，对于刘铁和那雪来讲，他们的青春过早地面对了赤裸裸的现实。刘铁觉得，对于他这种草根背景的北漂来说，唯一能改变命运的就是知识。他和那雪约定只在周末约会，平日里刻苦用功学习。周末他们约会的主要节目也只是看场电影。

当时的电影院里，除了好莱坞大片，就是香港的古惑仔片、周星驰的搞笑片。他们看的第一部电影，是在中关村海淀剧院郑伊健主演的《胜者为王》。有一天，刘铁居然抽上烟了，还喝上了红星二锅头，那雪非常惊讶地质问。刘铁的理由很简单，因为很多电影里的英雄都抽烟喝酒，他觉得很帅。那雪听后哭笑不得，但她知道，自己阻止不了倔强的刘铁。

刘铁非常要强。上大学后他就再也没跟家里要过一分钱了。他知道父母都很辛苦，家里也不富裕，为了给那雪母亲治病甚至还欠了些外债。刘铁除了玩命学习外，满脑子想的都是如何挣钱。学校组织的舞会上，同学都在跳舞，他却在卖酸奶之类的挣钱。别人业余时间都在谈恋爱，他却想尽各种花样儿出去打零工。刘铁讨厌循规蹈矩，从不死读书，总是别出心裁，是学校里各种活动的积极分子。

刘铁天资聪慧过人，学习又讲究方式方法，门门功课拔尖，考试成绩总是名列前茅。由于刘铁在学校各方面都很突出，加上英气逼人，还有那桀骜不驯的霸气，成了很多女生爱慕的偶像。很多女生，包括一些干部子弟、富家女都很喜欢他，甚至主动追求他。但大家都知道他心里只有青梅竹马的那雪。刘铁还故意让那雪来找他在学校里一起吃饭，去图书馆一起看书，去操场一起散步，让很多喜欢刘铁的女生心生遗憾。

2000年，全球掀起互联网热潮，全球股市出现了互联网泡沫，中国股市里也出现了很多一夜暴富的案例，这让学金融的刘铁激动不已。刘铁不再满足打工挣小钱了，整天琢磨着如何一夜暴富。他买了大量有关股票期货操作的书籍，开始潜心研究。买不起电脑，他就坚持用笔画着每日股票K线走势图。

美国有两位股票大师，一位是巴菲特，一位是索罗斯，但刘铁觉得巴菲特的投资模式挣钱太慢，索罗斯的模式虽具有浓厚的投机色彩，但挣钱快，所以，他更加崇拜索罗斯。刘铁曾凭着自己的号召力，鼓动同学凑了一万块钱，由他掌控来炒股，结果不到一年就翻了五倍，他一度成了同学们心目中的"刘股神"。但好景不长，随着后来网络经济泡沫的破灭，他把赚的钱又全部赔了回去。刘铁非常讲信誉，还掉同学们的本钱，自己又重新成为了一个穷光蛋。

那雪则是个循规蹈矩、刻苦学习的好学生。她几乎天天都泡在琴房和练功房里，一待就是一整天。有时过于投入，会错过学校食堂吃饭的点儿，就随便打发下肚子。那雪在专业上进步非常大，加上长期注重文化学习，老师和同学们都非常看好她，都认为她是品学兼优的好学生，日后一定会成为一名优秀的歌唱家。

音乐学院是出了名的美女如云，但站在众多美女中，那雪还是会让人眼前一亮、一眼就能被发现的那种女生，是被公认的"校花"。那雪是无数男生心目中的偶像，就连一些女同学也不得不暗自称赞。同学们都说那雪是一个典型的中国式美女，身材高挑，腰肢纤细，标准的瓜子脸，一笑时自然露出两个浅浅的梨涡，一头乌黑亮丽的秀发闪闪发光，一打开就像黑色的瀑布一样。

那雪肌肤细腻，晶莹剔透，她很少化妆，经常素面朝天。她最喜欢的颜色是白色，夏天永远是一身白色的连衣裙，冬天也是白色的羽绒服，再搭上一双白球鞋，典型的学院风。再加上她那双眸剪水的眼睛，整个人散发着一种清雅灵秀、不食人间烟火的气质，会让人感觉世界都是那么干净、透彻和安静。

同学们都说，那雪是一个"脸上就写着爱情的姑娘"，看到她会让人不由得就联想到"爱情"这个词。很多男同学带着女朋友看到迎面而来的那雪，都会情不自禁地回头张望，结果被女朋友揪着耳朵责骂一顿。不过，刘铁是不会给那些男生任何机会的，他几乎出没过那雪学校的每个角落，让那些虎视眈眈的男生都不得不望而却步了。

那雪的心仿佛总是静的，总是定的。班里的同学、宿舍里的室友，受社会大环境的影响，都在比谁穿得好用得好。今天一个同学带回来了一个包包，明天一个室友被豪车送回宿舍了。有一天，一名校花居然都背上了LV的包包。2002年，奢侈品刚刚进入中国，那时的LV不像现如今泛滥成了"驴牌"，那会儿可是一种身份和时尚的象征。对于这些奢侈品，那雪自然也喜欢，但她知道刘铁和自己都买不起，也从不给刘铁任何压力。

那雪还利用业余时间做了两份家教，教孩子唱歌弹琴，挣点儿外快，交学费和贴补生活。她从不跟刘铁要钱，也反对刘铁乱花钱。另外，也许是母亲的影响，也许是信佛的原因，大三的时候，她利用自己所学的音乐知识，偷偷地去了郊区的一家孤儿院做了义工，教那里的小朋友们唱歌弹琴。每次她都是早出晚归，要转很多次公交车和地铁才能到郊区的那家孤儿院，非常辛苦。

四年的大学生活，无论是北京春天的风沙和柳絮，还是夏天的闷热和暴雨，秋天的落叶和暖阳，冬天白雪和寒风，刘铁总会骑着一辆破自行车穿过大街小巷，去找那雪一起去学校附近吃路边摊，一起去看场周末电影，两个人有着许多共同难忘的经历。

2000年新年钟声敲响的时刻，两个人曾手牵手挤进了人潮如海的"世纪坛"，听着新世纪的钟声，激动地感慨畅想着美好的新世纪；2001年7月13日，这是每个中国人无法忘却的日子，中国人申奥成功了！刘铁得知后兴奋地找到那雪，扔掉了破自行车，一起奔向了人潮汹涌的长安街，见谁都跟见到亲人一般热烈地拥抱；另外，刘铁炒股票发小财时，曾用挣来的第一笔钱，在西单的某个角落找到了一个地下文身店，花了整整50块，偷偷地带着那雪又重新文了一个漂亮的mama文身，还花了100多块在西单吃了第一次匹萨。

不过，有一点儿刘铁对那雪还是有意见的。那时候学校的风气已经很开放了，很多男女同学都搬出去同居了，没条件的甚至会偷偷地在寝室里做那种事情。青春期的刘铁也很想和那雪亲热，但那雪似乎不很配合，刘铁总是责怪那雪不浪漫，太保守，甚至说她有点儿精神洁癖。

后来那雪也反思过自己，总觉得亲热那种事情很尴尬。她总觉得两个人牵牵手不是挺好的吗，为啥一定要那样啊？每次刘铁听到那雪这些话，都会掩饰不住地生气。后来那雪定了一个规矩："亲热可以，但时间长短，我说了算！"刘铁讨价还价："三次由你说了算，一次由我说了算，三比一！"那雪拗不过刘铁，最后笑着同意了。

美好而平静的时光总是过得那么快。春去春来，花开花落，转眼间他们的大学生活，像一幕黑白电影，很快就一页页翻过去了。2002年初夏，马上就要毕业了。校园里弥漫着毕业的伤感。随处可见的毕业生小摊位上，一些同学大声叫卖着啃过的书本和用过的杂物；招聘信息栏前人头攒动，一双双渴望的眼神仔细地搜寻着；三五结伴的同学喝得大醉，大声地唱着嚷着，宣泄着离别和忧虑的情绪；一些情侣则躲进树林里互诉衷肠，哭诉着各奔东西的悲伤。

刘铁一脸失望地从招聘栏前的人群里钻出来，回到了凌乱不堪的寝室。寝室里已经空荡荡的，仅剩下刘铁简单的行李和被褥，床上堆放着厚厚的登着招聘信息的报纸。2002年互联网泡沫的破灭，导致了全球经济的不景气，也不可避免地影响到了中国金融业，到处都是金融机构停止招聘、甚至局部性裁员的消息。刘铁满脸惆怅地望着天花板，怪自己运气不好，生不逢时。

学校的湖边，明月照在湖面，那雪依偎在刘铁怀里，湖水映着他们的倒影。那雪愁眉不展，虽然她各方面一直拔尖，但班里几个保送去中央歌舞团等几大专业歌舞团的名额，都被一些有关系有背景的同学抢走了。刘铁也一样，也没轮到一个留京指标，更没有轮到一个好单位的名额，两个人成了地地道道的北漂一族。

但年轻无敌，他们对未来还是充满了希望，野心勃勃的刘铁心中更是燃烧着狂热的梦想。刘铁望着天上的星星，畅谈着自己未来的梦想："雪儿，我的初步计划是，30岁先整个金融巨子，40岁再进入中国富豪排行榜100强，50岁必须进入世界500强了！你觉得怎样？"

"啊？……哦……"

"还有，我要成为中国的索罗斯！"

"索罗斯……是谁呀？"

"说你老土吧，连索罗斯都不知道！我的偶像，股神啊！"

"铁子，我只希望以后你能做踏踏实实的人！"

"光踏实有什么用啊！必须牛逼，懂吗？对了，说说你，今后有何远大理想？"

"我就想好好唱歌。你知道的，我答应母亲，一定让她在天堂里听到女儿的歌声！铁子，你会支持我吗？"

"铁子的命都是你的！"

刘铁双手捧着那雪的脸，轻轻地、深情地吻着那雪的唇。他撩起了那雪乌黑的长发，月光下那个红色mama刺青显得格外刺眼。那雪双手紧紧地抱着刘铁，任凭刘铁疯狂地吻着，泪水从眼角轻轻地在脸庞滑落下来……

2.2 路途艰辛，在一起

2002年，那时似乎还没有"雾霾"这个词。北京的秋天，似乎还像文人笔下的北京的秋天。天空经常还是蓝的，也经常会有几朵白云，偶尔会有一群白鸽在天上盘旋，鸽哨声声，欢快中带着几丝悲凉，也就更像传说中的北京秋天的天了。

东二环边上一个上世纪五六十年代的小区，一栋简陋老旧的筒子楼墙上写着一个大大的"拆"字。这天，刘铁身上背满了行李，牵着那雪的手站在一条小街口。小街暮气沉沉，空空荡荡的。起风了，秋风吹扫着街上的落叶，将树叶卷起后，四散飘扬。

两个人吃力地爬上这栋老旧楼房的楼梯。楼梯不仅狭窄，感觉好像随时会一脚踩空,还透着一股潮湿的霉味儿。那雪小心翼翼地跟在刘铁身后,手里捧着大学四年刘铁一直养的那盆杜鹃花。两人停在一扇破旧的防盗门前,相互凝视着,相互鼓励打气。

刘铁轻轻地敲响房门。随着防盗门吱吱咂刺耳的开门声,一个衣衫不整、光着膀子、肥头大耳的中年男人开了门。他打着哈欠,脸上的横肉挤作一团,眯缝着一双小眼睛,贼溜溜地看着刘铁和那雪,然后操着一口京腔儿,唱歌似的说道:"哎哟喂,一对儿大学生啊!还带了一盆花儿,够浪漫的啊!"

"您好,先生!我们是来租……"

"知道啦,赶紧进屋吧,把门儿给我带上哈,进蚊子!"

刘铁和那雪进了房间,随着房东爬上了上面的阁楼。阁楼里小得几乎只能放下一张床,一个木制的五斗柜看起来也有些年头了,柜子上有个落满了灰的小镜子,床底下还有一大一小两个脸盆和一把暖水瓶,这就是所有家具了。刘铁看了下那雪,又看了下房东,房东显然明白了刘铁的心思,皮笑肉不笑地说:"怎么着,嫌小啊?前门楼子大,你去住啊!"

"大叔,挺好的、挺好的,我们挺满意的!"

"我可告儿你们,房租要按时交,否则,我可就对不住啦!"

"大叔,您放心!"

"还有,你们干那事儿的时候,给我动静小点儿,大叔我心脏不太好,受不了刺激,听见没?"

"你……你说什么呢?"刘铁一下子气得瞪着眼睛,那雪拉了一下刘铁的衣角,小声地劝阻着他。房东嘴里依然不依不饶,嘟嘟囔囔地晃着浑身的肥肉下楼去了。那雪环顾小屋,看到了一扇小小的天窗,兴奋地说:"嘻嘻,看,这儿还有一扇天窗呢!"

那雪小心翼翼地将那盆杜鹃花放在窗台上,刘铁搂着那雪,心里觉得非常羞愧。那雪依偎在他怀里,凝视着天窗外的蓝天白云。天窗外的天空,在他们两个年轻人的心里显得格外的蓝,格外的高。

"我相信,我们的未来,会和这蓝天白云一样美、一样高!"

"没错儿!这都是暂时的!雪儿,我说过,30岁我一定先整个金融巨子,等40岁嘛再弄个……"

"行啦，行啦，知道啦。"

"你不信啊？"

"信，我信，我信！"

"必须信，你必须得信啊！"

这是刘铁和那雪第一次真正意义上的"同居"。刘铁满心欢喜，那雪也非常高兴，无论怎么讲，两人总算是有一个属于自己的窝儿了。大学四年，刘铁看到同学们都那么开放，也曾给那雪提出过同居的要求，但都被那雪找各种理由拒绝了。刘铁有时不免话里话外地埋怨那雪。那雪是金牛座的，刘铁经常开玩笑说她太保守，性子慢，干啥节奏都慢，跟不上时代的步伐；那雪也会开玩笑地说，自己确实不如射手座的刘铁那么开放。

晚上睡觉时，两个人躺在床上，都显得有些紧张，毕竟这是他们第一次躺在一张床上。刘铁躺在床上，感到浑身热血沸腾，但却一动不敢动，那雪更是紧张得背过身去，小心地喘着气。终于，刘铁再也无法控制身体的冲动，生硬地扳过那雪的身体，疯狂地吻了起来。那雪惊愕地挣扎着、反抗着，本能地阻止着刘铁。

但这次刘铁实在有点儿急了，没再顾忌那雪的感受，强行进入了她的身体。事后，刘铁喘着粗气茫然地盯着天花板，那雪却侧过身去小声地抽泣了起来。见那雪哭了，刘铁慌了，问那雪到底爱不爱他？那雪抽泣着说，自己当然爱他，但她自己也说不清楚，反正是觉得那种事儿挺奇怪的，让她觉得爱情没有那么美好了。刘铁听了，无奈地笑着摇了摇头。

次日清晨，那雪早早起来，给刘铁整理着衣服。刘铁睡眼蒙眬地看了一眼床边上的小闹钟，噌地一下爬了起来，着急地穿着衣服。那雪仔细地给刘铁系着白衬衫的扣子，打上了领带，又将一摞厚厚的简历放进了一个包里，似乎未来的梦想都写在这些A4纸上了。刘铁穿上重大场合才穿的唯一的西装，精神振奋、斗志昂扬、自信满满地走出了出租房。

刘铁挤进了地铁，地铁呼啸地驶向了他的梦想之地——金融街。刘铁兴奋不已，感觉自己离梦想越来越近了。他首先闯进了全国最大、最牛的银河证券公司，他认为只有在这样的公司才能施展自己的才华。一开始,接待他的工作人员非常热情,沏茶倒水的。坐下来后,工作人员问他是谁介绍来的,刘铁答是自己找上门来的。工作人员的笑容很快就收了起来,扫了几眼他的简历,便起身说了句谢谢送客了。

刘铁明白银河证券是没戏了,但他并没有沮丧。金融街证券银行林立,他又去了投资广场一家不错的中型证券公司。在一间小会客室里,一位戴着眼镜、面色威严的女主管正襟危坐。女主管上下审视着他,镜片后面表达出了一副不屑的神情。但刘铁依然信心满满地推销着自己:"如果我能进入贵公司,我有信心给公司带来……"

"不好意思,刘先生,我们招的是投资银行高级经理,是身经百战且有过辉煌战绩的人才!希望以后有合作的机会!"

"领导,在学校时,我管理的证券账户曾半年翻了十五倍!请给我一个机会,我会……"

"哈哈,素质还不错嘛!但不好意思,我们这里不是'蓝翔'培训基地!"

女主管观赏着刘铁的表情,露出轻蔑的微笑。她目光冷漠站起了身,刘铁说了句谢谢,走出了小会议室。此处不留爷,自有留爷处。刘铁又来到了一家大型国企。在一间办公室里,一位很正统的领导模样的中年男人,扶了扶眼镜,心不在焉地看着刘铁的简历,语重心长地说:"小伙子,我们要求有三年以上工作经验的,所以,抱歉!"

"领导,诸葛亮带兵之前还没出过山呢!"

"这样吧,如果三年后,我们这个国企还没被我们领导搞垮,领导还没落马,你再来找我吧!"

整整一上午,刘铁不停地穿梭于各大写字楼之间。他自己都记不清去了多少家公司,挨了多少双白眼了,但依然一无所获。那雪一直陪着他,不停地给他打气。中午了,他们想吃点东西,在金融街上转悠着,看着一家家的鲍鱼店、鱼翅店,他们绕着走得远远的。好不容易找到个胡同,赶紧钻了进去。他们买了烧饼和矿泉水,蹲在角落里三下五除二地就吃完了。到了下午上班时,刘铁整理衣装,重振精神,继续穿梭于各大写字楼。

夕阳西下,夜幕慢慢地降临了。刘铁一脸无奈地从一座座写字楼里走了出来。一直等在楼下的那雪,赶紧跑了过来,看着垂头丧气的刘铁，不停地安慰着他。写字楼前的喷泉边，刘铁用力地扯下了领带，撩起水往脸上泼打着，脸上写着愤怒和倔强。他仰望着周围高耸入云的写字楼群，感觉整个楼群似乎在旋转，天空也在旋转，自己的梦想也在旋转。他仰望着刺眼的阳光，眼睛不由得想要流泪。

那雪心疼地从背后抱住了刘铁。刘铁缓缓地转过身，羞愧地望着那雪的大眼睛，一双大手轻轻地捧起她的脸，疑惑地问道："雪儿，我是不是……很没用啊？"

"铁子，不要灰心，我相信你！"

晚上，奔波了一天的他们，拖着疲惫的身躯，来到了三里屯酒吧一条街，刘铁又开始陪那雪找工作了。其实，之前那雪也自己偷偷地去过北方歌舞团等等找工作，跟刘铁的遭遇几乎一模一样，主管开口便问道是谁介绍你来的。那雪无言以对，接下来就是委婉或直接的拒绝了。为了生存，为了能继续唱歌，那雪也只能面对现实，想着先暂时去酒吧里找一份主唱或助唱的工作。

夜晚的三里屯，灯红酒绿，酒吧林立，人头攒动。马路边上，揽客的小伙儿和穿着超短裙的美女，围追堵截着过往的行人，神秘地兜售着各自店里独特的"料儿"。刘铁拉着那雪的手，从"男孩女孩"到"地平线"酒吧，挨家挨户推销着自己。因为那雪是学民歌的，大部分店都拒绝了。有少数几家感兴趣的，也都是因为看那雪长得过于出众，但他们或者提出要穿露胸的工服，或者提出要陪客人喝酒，有的老板干脆直说他们家只招"公关女郎"。

刘铁看着那些不怀好意盯着那雪的老板，气得拳头攥得咯咯直响。那雪担心刘铁打架，拉着他的手赶紧走了。他们又来到一家很小的酒吧，那雪怯生生地问一个满脸横肉的老板："老板，我是音乐学院毕业生，各科成绩优秀，得过奖学金，请问，您这里招不招'主唱'或'助唱'？"

"什么？'主唱''助唱'？我们招'主陪'！"

"老板，请您给我一个机会，唱不好不给钱，行吗？"

"你先把马路上的人拉进来喝酒，先给我一个机会，行吗？"

那男人说完"咣当"关门走了，刘铁愤怒地差点儿冲进去把老板打了，那雪紧紧地抱住了他。三里屯的大小酒吧他们算是跑遍了，都吃了闭门羹。刘铁劝那雪别灰心，听说工体里有很多高档的夜店，鼓励那雪去试一试。那雪听后有点儿犹豫不决，刘铁强拉着她的手，从工体东门走了进去。走进工体，远远的一座金碧辉煌的建筑映入了他们的眼帘，一个巨大的霓虹灯 LOGO 夺人眼球，上面写着英文缩写 MGM。刘铁拉着那雪的手，鼓着勇气向 MGM 走去。

"这家看上去很高档的啊，我……能行吗？"

"不试怎么能知道呢？"

"要不……算了吧！"

"雪儿，你未来一定是个大歌星！现在受累去他们家唱歌，那是给他们家面子，就算实习了，走吧走吧！"

刘铁牵着那雪的手，走到了著名的 MGM 夜店大门口。刘铁好奇地朝里面东张西望着。这时，一个身高至少 190 以上的彪形大汉，穿了一身保安制服，朝他们走了过来。那保安挡住了刘铁的视线，瞪着大眼有点儿结巴地大声说："看、看……看啥呢？想进去啊？男的买票，女的免费。"

"大哥，我是来找工作的！"那雪怯生生地说。

"找……工作？嘿嘿，妹子长得不错嘛！我看行！"

刘铁走上前把那雪挡在了身后，怒目而视着那个傻大个。这时，从 MGM 大门走出了一个西装打扮的男人，看到那傻大个保安嬉皮笑脸的样子，对着他大吼着："大傻，你丫干吗呢？上班呢，还是泡妞呢？"

"报……告乔总，上班呢！"傻大个"啪"敬了个礼。

"去你大爷的！我观察你小子半天了，一晚上都没跟男的说过话。"

"报告乔总，这说明我……是正常的！"傻大个表情倍儿认真。

"正常你大爷！赶紧的，给我正常地站好了！"

"是，乔总。"

刘铁和那雪看着那个傻大个的样子，忍不住想笑。那雪看着那个穿西装的男人，又听到那个傻大个称呼他"乔总"，知道他一定是个领导。于是，那雪急忙走上前去，推销着自己："领导，您好！能耽误您一点儿时间吗？"

"啥事儿？"

"我是音乐学院的毕业生，各科成绩优秀，得过奖学金，请问您这里招不招'主唱'或'助唱'？唱好了给钱、唱不好不给钱，请您给我一个机会，行吗？"

乔总从头到脚上下打量着那雪，被那雪的清丽秀雅深深吸引住了，随后露出了惊喜的表情。刘铁看着乔总的眼神，总觉得他的眼神鬼鬼祟祟，不怀好意，和三里屯酒吧的那些老板没什么两样，心里顿时不爽，但是，为了给那雪找份工作，他回避着乔总的眼神，低下头忍着。乔总一改之前严肃的表情，似笑非笑地说："哦……这样啊，机会倒是有一个！我们的总统包房正好需要一个像你这么出色的美女DJ呢！"

"啊？DJ啊？但，我是学唱歌的啊……"

"DJ比唱歌挣得多多了，尤其是总统包房，小费500呢！北京城你打听打听，有几家比我们家高的！总统包房的DJ可不是一般美女就能做的，我们招聘好几拨了，一个都没看上！"

"你他妈说什么呢？你他妈怎么不让你妹当小姐啊！"

一直低着头的刘铁，听完乔总的话，一下子脸色变得铁青，因为他认为DJ就是小姐。从白天金融街找工作被拒，到晚上三里屯那雪被羞辱，本来就憋了一肚子怒火的刘铁，终于爆发了。刘铁不由分说，挥起拳头冲向乔总。乔总惊恐地躲闪着，几个保安迅速地把刘铁挡住了。面对几个彪形大汉，刘铁没有丝毫的畏惧，眼睛里充满了杀气，玩命和他们纠打在一起。

刘铁虽有童子功，但几个保安个个也有两手，他们费了九牛二虎之力，最后还是将刘铁按倒在地，之后就是一顿拳打脚踢，刘铁顿时满脸是血。那雪惊恐地看着眼前的场面，跑上前去死死地抱住刘铁的头，一边惊恐地哭着，一边不停地哀求着："乔总，别打了！大哥，别打了！对不起，求求你们了！"

乔总看着地上满脸是血的刘铁，喊住了几个保安，让他们别打了。刘铁一边抹着鼻子、嘴角上流出的鲜血，一边慢慢站起身来，露出了倔强的、不服输的微笑。他死死地盯着乔总，眼里充满了杀气。乔总被英气逼人的刘铁盯得有点儿心虚，急忙解释说："小子，你丫没事儿吧？DJ 不是小姐，是服务员！土包子！"

那雪没再理会乔总，拉着刘铁的手赶紧走。刘铁一瘸一拐地转身离去，听到几个保安小声议论着他，说这小子肯定练过武功，没想到这么难搞定，倒是个当保安的料儿。那雪一边走，一边心疼地帮刘铁擦着脸上的血，要拉着刘铁去医院。刘铁坚决不去，若无其事地说："嗨，这都不是事儿！也就算给我活活血了！"

回家的路上，刘铁让那雪给他买了一瓶小二锅头，把酒涂在伤口上，说是消炎。剩下的酒，他一边喝着，一边唱着，像个受伤的战士一样，一瘸一拐地回了出租房。一路上，那雪劝慰着刘铁，并告诉他所谓的"DJ"就是包间的服务员，并不是小姐。刘铁听后说，反正都是伺候那些有钱人的事儿，还是不同意那雪当什么"DJ"，要找就找一份唱歌的工作，不能耽误了专业，以后还得让那雪当大明星呢！那雪苦笑着，说还是先考虑在北京活下来再说吧。

刘铁和那雪，两个草根背景的年轻人，像没了娘的孩子，又如同一叶小舟，离开了平静的港湾，驶向了一个波涛汹涌的大海，拼命游啊游啊，却感到始终看不到岸。以前还可以把学校引以为豪当作单位，把宿舍当作自己温暖的家，而现在这一切也没了。

回到出租房，那雪帮刘铁擦着脸上的血，身上的污渍，用创可贴和一块干净的布紧紧地包裹住了刘铁的头，依偎在刘铁怀里，疲惫地睡着了。刘铁看着身边的那雪，心里非常内疚和难受，觉得自己太没用了。他瞪着大眼，怎么也睡不着，他担心吵醒那雪，忍着身上的伤痛，一动不敢动。

那雪醒了，发现刘铁还睁着大眼，吓了一跳，急忙问他是不是疼得厉害睡不着觉，要不要去医院。刘铁抱着那雪说自己没事儿，只是有些感慨。他感慨着，发现大学毕业似乎等于失业了。这偌大的北京城人才济济，竞争惨烈，没有一点背景和关系，要想找到一个理想的工作简直是痴人说梦。自己所拥有的，只剩下赤手空拳了。尤其是当他看着那一栋栋的高楼大厦，还有那一窗窗的万家灯火，发现根本和他没有半毛钱关系。

一天清晨，传来了一阵猛烈的敲门声，随后便是房东毫不客气的、不干不净的一阵阵谩骂:"猪,知道都他妈多少天没交房租了吗?信不信我把你们的东西扔出去啊?"那雪惊恐地抱着刘铁。刘铁定了定神儿,打开了房门。房东本来准备一顿狗血喷头的大骂,但看到头上缠着白布的刘铁,吓得噔噔噔地跑下了楼梯。刘铁说要去和房东谈谈。那雪很担心刘铁与房东打起来,死活不让他去。刘铁向她保证,绝对好好地和房东解释。

刘铁来到了房东的房间,房东非常紧张地站了起来,下意识地顺手抄起一根棍子,警告刘铁说:"小子,我可告儿你,你可别犯浑哈,不然我报警了!"

"放心,欠账还钱,天经地义!我再犯浑,这个道理还是懂的!"

"哦,态度倒是不错哈!但那管个蛋用啊?关键是钱,钱啊!两个月的房租啊!"

刘铁诚恳地请房东先别生气,坐下慢慢说。房东坐在了桌边,手里还拿着那根棍子,警觉地看着刘铁,做好了随时战斗的准备。刘铁突然站起身来,深深地给房东鞠了一躬。房东被刘铁这突如其来的举动吓了一跳,猛地抄起棍子站了起来。刘铁抬起了头,恳求房东多给他点儿时间,并保证自己是个爷们儿,绝不会欠一分钱的房租。房东看着头上缠着白布的刘铁,不耐烦地挥着手,让他赶紧走。刘铁再次鞠躬表示了感谢,回到了房间。

看到刘铁脸色凝重回到了房间,那雪非常担心地询问着情况。刘铁微笑着说没事儿,搞定了,那雪这才算松了一口气。刘铁一头倒在床上,盯着天花板,回想着刚才给那个肥猪房东鞠躬的那一幕,他突然觉得,自己的内心轻松了很多,似乎放下了一种沉重的包袱。他突然发现,原来低下自己那高傲的头也没那么难,没那么丢人。刘铁坐起来,抚摸着惊恐的那雪的长发,自言自语地感叹着:"人在屋檐下,不得不低头啊!"

"铁子,别着急,我们还年轻,不怕,慢慢来!"那雪温柔地拉着他的手。

刘铁又开始了早出晚归找工作,在金融街的写字楼挨家挨户地推销着自己。每天早上,那雪给刘铁准备好洗干净的衬衫,系上那条唯一的领带,用鼓励的眼神目送着刘铁。到了晚上,那雪准时地准备好热腾腾的方便面，内心充满着期盼。而刘铁总是拖着疲惫的身子回到家中，回来都是一头钻进被窝里，呆呆地看着天花板。

又是几周过去了，他们坐吃山空，连买方便面的钱都快没有了，日子实在熬不下去了。清早的小街上冷冷清清的，过往的行人也越穿越厚了，天气渐渐变得冷了起来。那雪提出，要不自己就先去MGM当DJ，挣点儿钱交房租。刘铁听后死活不同意，说要自己挣钱养那雪。那雪又建议刘铁，先找一个一般的工作凑合干着，刘铁坚决拒绝去干那些专业不对口的工作，说那是浪费青春，会耽误他实现金融巨子的梦想。

11月的北京是挺难熬的，尤其是上旬，天儿越来越冷了，但还没到供暖气的时间。四面漏风的阁楼，更是阴冷阴冷的。晚上，跑了一天的刘铁吃了碗那雪煮的面，倒在床上发出了震耳欲聋的呼声。那雪站在天窗前，久久地看着高高挂起的秋月，目光呆滞，内心感叹着现实的残酷，青春的无奈。

那雪上了床蜷缩在被窝里，一束清冷的月光从天窗射入房里。那雪辗转反侧，一夜未眠。早上，刘铁穿上衣服，推开房门大步走了。房东见刘铁走远了，鬼鬼祟祟地上了楼。他一边敲着门，一边嬉皮笑脸地唱歌儿似的念叨着："妹妹，说心里话，哥哥见过的美女也多了去了，但像你这么有气质的美女还真是头一回见！你开下门，跟哥聊聊，行不？"

那雪蜷缩在床上，不敢出声，一双惊恐的眼睛紧紧盯着那道脆弱不堪的门，不停地发抖。房东见房里没反应，开始恼羞成怒地踹起门来："妹妹啊，穷小子走了，要不你陪陪哥哥，这月房租咱就免了？操，还你丫装逼，你倒是给个话儿啊！"那雪快速穿好衣服，悄悄地拿起了暖水瓶，走到房门旁边，紧紧盯着被踹得颤抖的房门。一会儿，房东好像骂累了，骂骂咧咧地走了。那雪确认房东走了，迅速地拉开房门冲了出去。

那雪在北京的街头漫无目的地走着。她站在一座过街天桥上，注视着桥下拥挤的车流发呆，迷茫的眼神看着这急速旋转的世界。天桥上过路的行人投来了异样的眼光，一个好心的大妈还走到她跟前，关心地上下打量着，劝她千万别想不开。那雪苦笑地对着大妈摇摇头，走下了天桥。

不知不觉,那雪走到了一处街心公园,坐在一张长椅上发呆。这时,一只可怜的流浪狗跑了过来,舔着一瓶歪倒在长椅上的矿泉水瓶,吸着流出的水。那雪抱起那只小狗,怜爱地抚摸着它,自言自语着:"小可怜,姐姐现在连自己都养不起,有家也不敢回,所以,不能带你回家!对不起……"

那只可怜的流浪狗摇尾乞怜地蹲在地上,一双可爱的大眼睛呆萌地看着那雪。那雪抱起了那只流浪狗,想要流泪。那雪和那只流浪狗玩儿了一下午,终于等到太阳下山了,她估摸着刘铁应该快回家了,放下了那只流浪狗,一步一回头走了。那只流浪狗跟着那雪跑了很久很久,终于停了下来。

那雪站在一个公共汽车站准备乘车回家。一辆公交车驶来,人群蜂拥而上,那雪被一群人连推带搡的挤上了车。车上一个中年男人一直鬼鬼祟祟地瞄着那雪,慢慢地移动着脚步,用身体紧紧地顶着那雪,那雪忍着不敢出声。那中年男人见那雪没敢反抗,便有恃无恐起来,开始在那雪身上蹭来蹭去,后来还明目张胆地动起了手脚。那雪知道自己遇到了"咸猪手",害怕地躲闪着,慢慢地移到了车门口,车终于停了,那雪慌张地跑下了公交车。

十字路口,下班高峰,绿灯亮了,斑马线上人潮汹涌、你推我搡。那雪被人群推着往前走着,目光呆滞的那雪稍微分了下神儿,差点儿被后面蜂拥的人群挤倒在地。她不得不提起精神,跟着人潮大步往前走着。她走到另外一个公共汽车站前,想等下一辆公交车。这时,一辆大奔一个急刹车停在了她的身边。

大奔车窗缓缓落下,一个油头粉面的男人伸出头来,嬉皮笑脸地冲着那雪说:"妹妹,去哪儿呀?哥哥送你呀?"那雪看着那男人不怀好意的脸,哆哆嗦嗦地往前走去。那辆大奔锲而不舍地尾随着她:"美女,别走啊!上车吧,哥不是坏人,哥叫雷锋……"那雪吓得调头朝着相反的方向跑去。那辆大奔无奈地只好向前驶去,油头男人还恋恋不舍从车窗往回看着,嘴里还嘀嘀咕咕地说着什么。

那雪没敢再坐公交车,干脆走着回家了。回到了简陋的出租楼房前,看着楼上的那扇窗,想着肥头大耳的房东,那雪心里打着颤不敢上去。她害怕房东再次骚扰她。这已经不是第一次了，每次刘铁出门找工作，房东都会找借口过来调戏她。而她不得不赶紧跑出去，在马路上漫无目的游荡着。那雪知道刘铁的暴脾气，不敢告诉刘铁，怕刘铁再因此打架，只好自己忍着。

出租房的楼前有一个简陋的小卖部，这是她经常等刘铁回家的地方。那雪慢慢地走到那家小卖部门旁，疲惫地蹲了下来，双臂环抱着身体，眼睛注视着前方，盼望着刘铁早点儿回来。远远的，一个高大的身影渐渐地清晰起来，那雪眼睛一亮，知道是刘铁回来了。一天的阴霾，一肚子的委屈，在看见刘铁的那一刻，似乎全都散去了。那雪笑盈盈地走上前去。

刘铁手里拿着两个苹果走了过来，发现了蹲在小卖部旁边的那雪，心疼地看着她问道："你怎么不在家待着，这儿多冷啊！"

"不冷，在这儿能早点儿看见你呀！"

"不对，你脸色很难看！是不是谁欺负你啦？是不是房东？"

"没有！真没有！"

"如果那个肥猪敢欺负你，我就拿菜刀剁了他，你信吗？"

"没有啦……你千万别多想！"

"饿了吧，给，先吃个苹果吧。"

刘铁说着，把手里的两个苹果在身上擦了擦，每个咬了一口，然后挑了一个给那雪。那雪笑了笑，高兴地吃了一口，嘴里不停地说着好甜。不过，那雪心里一直有个问号，不知道为什么刘铁每次总是先把两个苹果各咬一口，然后再递给她一个？那雪一直疑惑，但没多想。

出租房的路边有个大排档，刘铁和那雪坐下来吃了碗馄饨。饿了一天的那雪眼睛始终没有离开过那碗热气腾腾的馄饨，刘铁更是三口两口把一碗馄饨喝完了。刘铁吃完，一直低头不语，心事重重。那雪明白，他一定又是一无所获。那雪看着刘铁的那个苹果，突然好奇地吃了一口，发现刘铁的苹果明显不如自己的脆甜可口。瞬间，她明白了，眼眶顿时湿了，赶紧地侧过脸去，看着远方，忍着不让泪水滑落下来。

这时，刘铁抬起头，看着那雪，欲言又止。最后还是开了口，说道："今天我去找了两个老同学，想先借点儿钱交房租。但一个见到我就先管我借钱，一个听到我要借钱，就说他要卖肾了，唉！"

"哦……这样啊！大家都不容易，理解吧！"那雪苦笑了一下。

"是啊，现实面前，人人自危啊！雪儿，我好没用，对不起……"

"铁子，别这么说！我知道，前面的路肯定很艰辛，但我们在一起，就什么都不怕了！"

刘铁听了那雪的话，赶紧站起身来去结账了，他真的害怕自己的眼泪会掉下来。吃完饭回到了出租房，不出所料，房东正堵在门口，叼着一根烟，斜视着刘铁。欠人家房租，刘铁自知理亏，腰板儿也没那么硬了。为了骗房东，刘铁撒了谎，说明天就能拿到钱了，房东半信半疑地放他们进去了。

上了阁楼，刘铁便一头扎进了被窝，嘴里还念叨着好冷好冷。房间里还没来暖气，想着跑了一天的刘铁，那雪心疼地看着他，让他赶紧躺着休息一下。那雪开始整理刘铁脱掉的衣服，一边收拾房间，一边疑惑地问被窝里的刘铁："明天真有钱交房租呀？"

"嗨，骗房东的！过了今晚再说呗，车到山前必有路嘛！"

"啊？这样不好吧？"

"明天……只能去找他了，郑大光！"

"郑大光？你们班的那个高干子弟？"

"没错！"

"你不是最瞧不上他了，和他关系不好吗？"

"但现在就他有钱啊！大丈夫能伸能屈，懂吗？"

郑大光是刘铁的大学同学，北京人，有着皇城根下北京人天生的优越感。郑大光的父亲虽只是个国家机关的处级干部，但他却天天以高干子弟自居。刘铁是班里公认的男生头儿，又是女生追逐的偶像，这让自认为高人一等的郑大光很是羡慕嫉妒恨。四年了，两个人谁也看不上谁。郑大光总是想尽千方百计打压刘铁的风头，但无奈始终处于下风。毕业后，郑大光靠着父母的关系，进了中国银行，是目前同学里最风光的了。

第二天，刘铁给郑大光打了个电话，说是有点儿事儿想求他。听到刘铁开口求他，郑大光既好奇又兴奋，欣然答应了。他们约在了金融街的复兴门地铁口见面，那里离着郑大光上班的地方很近。郑大光站在复兴门地铁口等着刘铁，当看到刘铁一副落魄的样子顺着滚梯走出地铁的时候，不禁得意地一笑，马上猜到这小子十有八九是来借钱的了，这次终于落到老子手里了。

"哎哟，铁子，你这是打工地上过来的吧？"

"嗨，这不一大早就跟老板去密云工地视察工作了嘛！"

"行啊，做房地产了？大买卖啊！你不是要做金融巨子吗？"

"所以啊，我准备把老板炒了，出国深造去了，哥伦比亚大学非得要收我，我也不好拒绝啊！"

"牛逼啊！祝贺祝贺，那你今天找我这是？……"

"出国嘛，费用较比大，这你肯定知道的，所以……"

"明白了！借钱，对吗？"

"对对对，大光果然是咱班最聪慧的！"

"哈哈，刘铁，我记得，咱俩好像关系好像……不是很铁吧？"

"关键是咱班同学就你最牛啊！我不找你，那不是骂你吗？"

"呵呵，这倒也是！"

"别呀，肯定是啊！"

"你出国，那雪怎么办呢？要不要我先帮你托管着？"

"兄弟，你太客气了！她跟我一起去。"

"那你准备借多少呢？"

"2000！"

"2000？美金吧？你是去美国的哥伦比亚，还是去美洲的哥伦比亚？够吗？"

"美国的，当然是美国的啦，呵呵。大光，放心，等哥们儿到了美国，在华尔街挣了大钱，我还你2000美金！"

"哈哈哈……这样吧，这2000美金就算了，2000人民币也不用还了！但有个条件，能别再装了吗？"

"大光，果真聪慧，绝对大有前途！不过，哥们儿确实碰见了点儿急事儿，嘿嘿嘿……"

郑大光骄傲地、满足地笑了，潇洒地数了2000块钱，塞到了刘铁手里，一个漂亮的转身走向了金融大街。刘铁看着郑大光远去的身影，还有那和他没有半毛钱关系的金融大街及那些高楼大厦，心里很不是滋味。他快速地钻进了地铁站。

　　回到出租房，他把房租递给房东，房东马上就眉开眼笑了，还夸赞刘铁说话算数，是个爷们儿。交上了房租，留了点儿生活费，这一关暂时算过去了，但以后怎么办？刘铁不得不考虑这个问题。晚上，那雪端上了热腾腾的面，刘铁钻在被窝里看着她，欲言又止。那雪看出来了，小心翼翼地问他："铁子，你是不是有什么话想说啊？"

　　"我想……"

　　"想什么呀？说呀！吞吞吐吐的，不像你的风格啊！"

　　"我想，要不……你先去MGM，做那个什么DJ？我问了，DJ不是小姐！"

　　"本来就不是啊！这事儿啊？我没问题！"

　　"对不起，雪儿，我太窝囊了！"

　　"别这么说，现在就业形势多不好啊，你的要求又高，没事儿，慢慢来吧。"

　　"雪儿，我真他妈是个废物，让你受委屈了！"

　　"行啦行啦，赶紧下来吃面吧，快来。"

　　"哦，对了，我能在被窝里吃吗？"

　　"为啥呀？这么懒啊！"

　　"那什么……被窝刚暖热……"

　　那雪一下子明白了，为什么刘铁每次睡觉前都抢着钻被窝了！刘铁虽然看上去大大咧咧，但却是粗中带细。那雪顿时泪水在眼眶里打转儿，她知道刘铁是在用心疼爱她的。那雪并不奢求什么大富大贵的生活，有一个这样疼爱她的铁子就心满意足了。那雪低下了头，幸福地微笑了。

　　第二天傍晚，刘铁和那雪早早地坐公交转地铁再步行，终于到了工体。一进工体大门，他们远远地又看到了那个醒目的MGM的LOGO。刘铁拉着那雪的手离MGM越来越近了，想到DJ也是一个低三下四伺候那些有钱人的工作，觉得委屈了那雪，刘铁的内心再次激烈斗争起来。那雪看出了刘铁的心思，劝慰着刘铁说："铁子，我们一不偷二不抢三不骗的，做DJ丢人吗？不就是伺候人吗？咱们客家女人，这点儿事儿算个啥呀！"

"但，你是学唱歌的，你是未来的歌唱家啊……"

"先做 DJ，说不定以后能有机会当上 MGM 的主唱呢！"

刘铁拉着那雪的手，低着头走到了 MGM 夜店大门口。门口的几个保安一下子认出了刘铁，很警觉地站成了一排，有一个保安还跑步去叫了乔总。不一会儿，乔总在几个保安的保护下走了出来。看着眼前的刘铁和那雪，乔总冷笑着说道："怎么着，你小子不服，又来找削呢？"

"乔总，您误会了，我们来是求您的！乔总，上次您说的 DJ，我想做这份工作，求您……"那雪抢着说道。

"你男朋友不是不同意吗？"

"同意，同意，之前是他误会了。"

"就是嘛，不懂就问嘛！脾气够暴的啊！这样吧，下周来上班吧，试用期三个月。不过，丑话说在前面，DJ 没有底薪，收入全靠小费，懂吗？"

"我懂我懂！谢谢乔总，谢谢乔总！"

那雪连忙不停地给乔总鞠躬道谢。乔总瞥了他们一眼，冷冷地笑了笑，转身就要离去。一直一言不发的刘铁，突然大声喊着乔总，脸上挤出了尴尬的笑容，说道："乔总，小弟还有一事儿求您！您看，我来您这儿干保安，行吗？我小时候练过武功……"乔总听到刘铁的请求先是一愣，随即得意地笑了。

那雪惊愕地睁着大眼睛，疑惑地看着刘铁。当她看到刘铁坚定的眼神儿时，才确认刘铁并没有开玩笑。她着急地使劲儿拉着刘铁衣角，大声说着："铁子，你疯了！你怎么能干保安呢？你是金融专业的高材生，别闹了，好吗？！"

"哈哈，我靠，大学生，天之骄子啊！我们这儿还从来没有过大学生保安呢！哈哈哈……不过，上次我就看出来了，你小子确实有点儿身手，但你可要想好了！"

"乔总，我想好了。我真的很需要这份工作！"

"铁子，你真的疯了？我求你了，别闹了，行吗？"

"雪儿，我没疯！谁说大学生就不能当保安了？那些写字楼不要我，老子还不稀罕呢！"

"铁子，你忘了你的梦想了吗？"

"没忘，怎么能忘呢！但是，我们要先吃饭，要交房租，要先在这座城市活下来，对吧？"

"之前你怎么也不跟我商量下呢，我们回家再说，好吗？"

"说了你会同意吗？你看看，这种地方多乱啊？我怎么能放心让你一个人在这种地方呢？我必须得保护你呀！对吧？放心，这只是暂时的嘛……"

"不行，反正我不同意！"

"反正你不让我当保安，我也不让你来当DJ！我说过，我要用命保护你一辈子的！"

那雪看着倔强的刘铁，知道他的犟脾气上来了谁也挡不住。但她心里明白，这种夜店什么人都有，确实太乱了，刘铁是怕她受欺负，是在牺牲自己来保护她。那雪说不出是感动还是心酸，紧紧地抱住了刘铁，努力控制着不要哭出来。刘铁轻轻地抚摸那雪的头发，小声地劝慰着她："雪儿，卧薪尝胆，听说过这词儿吧？"

站在一旁的乔总看不下去了，大声说："我靠，太你妈感人了！求求你们了，回家恩爱去，行吗？"几个保安也故意地装得被感动的样子，夸张地做着擦眼泪的动作。那雪不好意思地松开了刘铁的手，再次朝着乔总鞠了一躬。乔总摇着头转身走了。

刘铁拉着那雪的手向工体外走去。MGM夜店的隔壁，有一家京城著名的餐厅叫"有璟阁"，他们正好路过。那雪走着走着，侧身看着"有璟阁"的大牌子，想起什么似的，突然停了下来大叫了一声："铁子，还记得今天是什么日子吗？你的生日，傻瓜！我要请你吃长寿面！"

"啊？……哦……我都忘了！那待会儿回家煮碗面给我吃吧！"

"不要，今天下馆子吃！我们都有工作了啊，双喜临门啊！"

"好吧，走吧，我们出去找找。"

"就在这家，有璟阁，好不好？"

"啊！……这里？你请我？"刘铁瞪着大眼指着有璟阁。

"吃碗长寿面的钱还是有的，走吧！"

那雪说着，高兴地拉着刘铁的手，推开了有璟阁大门。他们刚要进去，一个戴眼镜的经理模样的人急忙迎了上来，上下打量着他们，非常礼貌地拦住了他们。眼镜经理似笑非笑地问道："请问，二位想吃点儿什么？"

"我们想要一碗长寿面，可以吗？"

"哦……这样啊！实在抱歉，咱们家没有长寿面，只有'长寿王八'，红烧的！"

四眼经理看着那雪，微笑中带着明显的讥讽。刘铁气得拳头攥得嘎嘎直响，一个箭步冲到"四眼"跟前怒视着他，强压着心中的怒火，从牙缝里挤出了一句话："请问，你们家的'长寿王八'，有四只眼吗？"

"你！……"

"你什么你！信不信我抽你丫的！狗眼看人低！"

四眼经理被吓得不敢再多说什么了，快步离开了。那雪紧紧地拉着刘铁的手，唯恐他脑门一热再把四眼经理打了。那雪知道，从小到大，只要是有人敢欺负她，刘铁都会不计后果地跟别人打架。不过，今天那雪觉得这个四眼经理确实挺势利的，心里也挺生气的，不就是看他们穷吗！但也没必要这么羞辱别人吧？

"铁子，这人真没素质，我们走吧！"

"我看他就是只'四眼狗'，连'长寿王八'都不如！人家'王八'多低调啊，从来都是趴着看人！"

"行啦，走吧！"

2.3 脸上写着爱情的姑娘

北京的冬天是一年四季里最长的。以前读书的时候，刘铁和那雪并没有觉得北京的冬天有多冷，因为学校里的暖气特别给力。但住进筒子楼的出租房后才发现，其实北京的冬天还是很冷的，尤其对他们两个南方人来说。

北京的冬天也有点儿干燥，两个南方人嘴唇经常会变得干裂，晚上经常嗓子眼儿干燥得咳醒。北京的冬天也总是灰蒙蒙的，加上街上的建筑物大多也是灰色的，长得也都差不多，总让人莫名地感到有点儿压抑，有点儿黯然。两个人平时都喜欢躲在出租房里，能不出门就不出门。

　　由于刘铁长得英俊潇洒,他被乔总特意安排在了MGM的大门口,而且是最显眼的位置。每天晚上,刘铁穿着厚厚的保安制服,迎着凛冽的寒风,直直地站在那里,看上去还相当威武。不过,以前刘铁也并没觉得北京冬天的西北风有多大,偶尔还会觉得它有着一份难以琢磨的豪放气概。但站在外面呼啸的寒风里,用不了多一会儿,他就被吹得透心凉了。刘铁经常觉得呼啦啦的大风,跟冰冷的大北京一样,太没有人情味儿了。

　　MGM对刘铁来讲是个完全陌生的、刺激的世界。没上几天班,刘铁就大开了眼界。每天晚上,刘铁迎来送往着各路客人。来MGM的有钱人似乎比他想象中的还要夸张。看着那些坐着豪车、穿着名牌、戴着名表的有钱人,每天身边都被美女包围着,个个耀武扬威地进进出出,开始刘铁还有点儿敌视,很不情愿地学着其他保安低着头哈着腰,但后来也就慢慢地习惯了。他发现,自己内心里并不讨厌这些有钱人,只是羡慕嫉妒恨而已。他暗自发誓,总有一天,自己也会像这些有钱人一样,趾高气昂地走进这扇大门。

　　那雪由于长得天生丽质,气质脱俗,加上仪态万方,举止得体,受到了乔总的器重,被特意指定到了MGM88号总统包房做DJ。那雪平日里都是一身简洁素衣,但按照MGM的要求,换上了袒胸露背的工作服,这让她感到很不习惯、很不自在,总会自觉不自觉地遮挡着自己暴露的身体。

　　不过,那雪终究是音乐学院毕业的品学兼优的大学生,不但有着出众的外表,还有着内外兼修的素养,即使穿上了暴露的工作服,娴静端庄地站在那里,依然是秋水伊人,如出水芙蓉,身上散发一种令人仰止的温婉神韵,看上去让人不容侵犯,不忍亵渎。

　　有一天,MGM88号总统包房里,上班不久的那雪,半跪给客人们倒着酒。和她同一个房间的DJ叫赵小汐,长得也非常漂亮,且聪明机灵。房间里坐着两个客人,一位是梳着大背头的商人,看上去不到40岁,一位是看上去像领导模样的中年男人。两个男人眉开眼笑地聊着天,几个衣着暴露的女孩儿陪在左右,打情卖笑地敬着酒。

　　大背头男人满口喷着唾沫星子地大声说:"肖领导,一会儿到的潘石,可是京城地产界的青年才俊,著名'万国地产'的大老板!别看他牛,一般人请不动,不过,他是我师弟,我就一个电话的事儿,哈哈哈……"

"段总您也是金融圈儿响当当的人物啊!哈哈哈……"

"嗨,那还不是仰仗领导您的多年关照啊!哈哈哈……"

"哪里哪里,做好服务,保驾护航嘛!"

就在此时,一辆黑色奥迪 A8 在 MGM 的大门口停了下来,车里下了来一位温文尔雅、风度翩翩的男人,看上去大概 35 岁左右。他身着一款深色的商务风衣,围着一条深色的粗线围巾,笔直的西裤下面的一双皮鞋一尘不染。此人就是段总刚才所说的京城地产界青年才俊,"万国地产"的老板,大名鼎鼎的潘石。

潘石下了车,保安们都毕恭毕敬地向他致意。潘石微笑着跟保安打着招呼,独自走进了大门。以往牛逼的客人来了,保安们都是前呼后拥、高接远送的,但这位潘大老板却多次交代说,自己只是来消费的,不需要护送,也不喜欢什么排场。

刘铁有点儿好奇地看着这位与众不同的潘总,打问着一个保安这个潘石的来头。那保安说,这位潘石大老板为人非常低调,别看他开的是奥迪,可那是奥迪 A8,整个北京城都没几辆。据说副部级以上才有资格坐。刘铁一边儿听着保安们议论,一边儿低头若有所思,自言自语道:"这位潘总看上去很面熟啊,像谁来着?……"

"大明星陈道明,对不?"

"对对对,你别说,还真挺像!"

"都这么说!"

刘铁和几个保安正闲聊着,这时,一辆红色的法拉利跑车一个急刹车停在了 MGM 大门口。几个保安相互看了看,一窝蜂似的围了上去,争先恐后地上前开车门。车里伸出了一双红色的高跟儿鞋,随后下来了一个身材前凸后翘的女孩儿,看上去 20 岁左右,穿着一身范思哲时装,脖子上挂着一串骷髅头的项链,打扮得非常前卫。她撩起遮住脸的一头乌黑长发,露出了标致的五官,高傲的眼神直视着前方,一副旁若无人的样子。紧接着,车上又下来了一个短头发女孩儿,大概也 20 岁左右,穿着一身紧身皮衣,看上去有一种超越性别的俊朗,猛一看会让人还以为是个帅气的小伙儿。

几个保安簇拥着她们，大声喊着："让开，让开！熊姐，菲姐，您慢点儿！"拥挤的男男女女人群被推开了一条小路，两个女孩儿在众人仰慕的目光中，趾高气扬地走进了 MGM 大门。刘铁看着这位盛气凌人的女孩儿，觉得牛烘烘地好夸张，心里不由得产生了一种反感。停车的保安气喘吁吁地小跑回来了，咧着嘴傻笑着仍朝大门里眺望。刘铁好奇地问道："这女孩儿谁呀？这么大的派头！"

"'工体一姐'啊！大老板的千金，这都不知道？"

"不知道！"

"这姐可好了，每次来都喝大，喝大了就乱发小费，兄弟们都可盼着她来呢！嘿嘿。"

潘石走到 88 号总统包房外敲了敲门。肖领导和段总正左拥右抱着美女，眉飞色舞地侃着大山，见潘石推门进来了，两人急忙将手从美女身上拿开。段总急忙迎上前去，满脸堆笑地大声说："哎哟，潘大老板！来来来，师弟给你介绍一下！"

段总拉着潘石的手走向肖领导，肖领导缓缓地站起身来审视着潘石。段总边走边在潘石的耳边小声说，这位肖领导可是秘书长，别看是副职，但可是实权人物。潘石看上去眉波不涌，不亢不卑走上前，礼貌地与肖秘书长握手。

"您好，领导，幸会！"

"潘大老板吧？久闻大名啊！果然是谦谦君子、大气非凡啊！"

"过奖过奖！以后还要请领导多多指导，把握方向啊！"

"哪里哪里，做好服务，保驾护航嘛！"

"哈哈，别客气了，都没外人！"

潘石与领导打完招呼，转过身脱下了风衣，露出了雪白的干净衬衫。服务员赵小汐急忙上来接过衣服，潘石微笑着朝她点了点头。赵小汐非常高兴地看了看潘石，拿着衣服转身走向包房的衣柜。那雪急忙打开了衣柜的门。赵小汐一边挂衣服，一边悄悄地对那雪说："那雪，我跟你说，这位潘总人老好了，可绅士了，对咱们服务员都很尊重的，从来不大吼大叫的，不用紧张哈。"

"嗯，好的。小汐，你以后还要多带带我，我做得不到的，你就直接说！"

"没问题。对了，你赶紧去泡一壶大红袍，潘总最喜欢喝了。"

"哦，好的，我这就去。"

肖秘书长眼睛直视着潘石，仿佛要从潘石眼里看出点儿什么，主动地举起了满满的一酒杯。潘石淡定地端起酒杯，微笑着和肖领导碰了一下。潘石知道，男人初次见面，斗的是气场。中国的酒文化暗藏玄机，心想这位肖领导是想通过这杯酒和他过过招，一来看看他的诚意，二来看看他的胆魄，可谓是一箭双雕。

老辣的段总自然明白其中的含义，心里提着一口气。他知道两个牛人交锋，有时候是一件风险很大的事儿。潘石说了一句先干为敬，将那满满的一杯一口喝了下去。肖领导看着沉稳自若的潘石，又看了看笑眯眯的段总，微微点了点头，自己也干了一杯。

这时，那雪端着茶走了进来，学着赵小汐半跪在地上，小心翼翼地倒着茶。赵小汐又告诉那雪，潘总喜欢喝红酒，尤其偏爱美国纳帕酒庄的红酒，让那雪赶紧去点一瓶。那雪会意地点点头站起来，不一会儿拿来了一款红酒，轻轻地倒进醒酒器里，然后拿起醒酒器就想倒。赵小汐赶忙拉了一下那雪的衣角，小声地告诉她，喝红酒很讲究的，至少要醒半小时。

那雪不好意思地看了看小汐，又偷偷地看了眼潘石，发现他正在和肖领导聊天，心里暗自松了口气。那雪的目光在潘石身上多停留了几秒，发现这位潘总看上去十分斯文儒雅，让人感觉很亲切、很温和、很放松，不像那位拿腔拿调的领导和油腔滑调的段总，总是让她感到非常紧张和不安。

肖领导漫不经心地和潘石闲聊着，问潘石是哪里人等等之类的。潘石简单地介绍自己是山东曲阜人，段总时不时地插嘴及时补充着，说潘石当年是被保送上大学的，本来可以读最热门的金融专业，但他却酷爱中国文化和历史，师从著名的历史学家孟老，后来还读了孟老的研究生。

肖领导听后大加赞扬，说自己也是山东人，也特别偏爱中国文化和历史，最喜欢和山东人交朋友了。肖领导握住潘石的手，语重心长地说:"山东人好啊!实在、仗义!"

"领导夸奖!"

"潘总是学历史的研究生,老家又是孔子的故乡,想必对中国文化有很深的造诣吧?"

"不敢不敢!领导您高屋建瓴,以后还要多指教!"

"哪里哪里,共同学习,共同进步嘛!我们以后要多交流啊!"

"好!以后要多多向领导学习!"

"领导,我跟您说,别看潘总这么年轻,可是少年老成!在学校时就是学生会主席,天生当领导的料儿。对了,当年他还创办过一个'现代与未来学会',天天指点江山、激扬文字,可是领一代风骚的校园大才子啊!"

"是吗?不得了!不得了!对了,潘总是哪年的?"

"哈哈,我是1970年1月1号出生的,就多了一天,勉强赶上了个70后!"

"不得了啊!年轻有为!我比你整整大十岁,老了!"

"哪里,领导您正当年啊!"

"哇塞,人家都说,嫁给摩羯男,就等于买了终身保险!怪不得潘总看上去这么成熟稳重呢!"这时,一个女孩儿突然插了一句,说完后还脉脉含情地看着潘石。

"哈,比较固执、传统!"潘石礼貌地看着那个女孩儿回了句。

"领导,我跟您说,潘总毕业后也在国家部委工作过,并很快就成了他们部最年轻的处长!只是人各有志,后来潘总下了海。对了,我们师兄弟可是在海南岛结下的深厚友情,领导,您说是不是缘分啊?"

"不得了!不得了!你们师兄弟俩都不得了啊!"

"领导,别听我师兄在那儿吹牛!师兄,行啦,就别在领导面前班门弄斧啦!"

"得嘞,不说了!今晚两位老大相聚,一定要多喝几杯,玩得开心,玩得尽兴!来来来,美女们,敬酒,敬酒!"

段总说着端起了酒杯,几个美女也纷纷上来敬酒。肖领导提议大家共同举杯,段总带头大声说好,于是大家都站了起来喝了一杯。喝完酒，段总又大声地吆喝着，安排着美女们落座。段总叫了两个非常妖艳的女孩儿坐在了肖领导身边，他知道肖领导的喜好，不怕长得硌碜，就怕穿得不够少，只要胸够大就好。

接着，段总又拉着两个美女走到潘石身边，神神秘秘地趴在潘石耳边小声嘀咕，说知道师弟平日喜欢琴棋书画、舞文弄墨的，今儿专门叫了两个歌舞团的妹妹，一位叫冰冰，一位叫琪琪，两个女孩儿不光歌唱得好，那方面也好得不得了。段总说着，眼睛眯成了一条缝，哈哈哈地发出了一阵淫笑。

两个女孩儿娇滴滴地坐在了潘石身边。冰冰拉起了潘石的手，妩媚地介绍自己是学民族歌曲的，还介绍自己是金牛座，和摩羯男最般配。潘石微笑着说自己不懂星座。琪琪则将一只手搭在潘总的大腿上，介绍自己是学流行的，还悄悄地说最瞧不上学民族的，太老土了。

两个女孩儿介绍完自己，争先恐后地抢着点歌，非常投入地唱了起来。潘石一直礼貌地点着头，和冰冰和琪琪碰着杯。段总一边和两个女孩儿聊骚着，一边左右观察着，感觉气氛已经活跃放松下来了，该谈点正事儿了，于是走到肖领导身边坐了下来说："老大，最近兄弟搞了批特供的茅台，30年的！回头我让司机给您送几箱过去。"

"哈哈，兄弟就是兄弟，什么好事儿都想着我！"

"那必须的！您是我老大啊，不想着您还想着谁啊？"

"哈哈，好兄弟！对了，段总，今儿有什么事儿吗？"

"哦……是有件事儿，想麻烦下领导……"

"说吧，自家兄弟，别客气啦！"

"哦……是这样的，潘总看上了东二环边上的一块地皮，我知道这事儿难度挺大，不过，您看……一会儿先给我个面儿？"

"哦……明白明白，放心放心！"

段总一听，顿时眉开眼笑，给肖领导作了个揖，端着酒杯又坐到了潘石身边。段总脸上泛着酒气微醺的红光，附在潘石耳边说，刚才他跟领导说了东二环边上那块地皮的事儿，凭他跟领导的关系没的说，领导一听就满口答应帮忙了。段总说着露出了得意的笑容。潘石一听急忙举杯敬段总，郑重其事地表示了感谢。段总拍着胸脯表示，师弟的事儿就是我的事儿，千万别跟师兄客气。潘石再次感谢，并提议自己去敬肖领导一杯，段总笑着点了点头。

肖领导看到潘石端着酒杯过来了，急忙站起身来，非常热情地握住潘石的手，一副和蔼可亲的领导风范。潘石说了句都在酒里了，喝了一满杯表示感谢。肖领导亲切地拉着潘石坐下，满脸真诚地说，一见到潘总就有一种似曾相识的感觉，今日相识是一种缘分。

肖领导还特意看了段总，说段总的好兄弟就是自己的好兄弟，以后有事儿就说话，千万别客气。潘石微笑着点着头。肖领导端起一杯酒回敬了潘石一杯，并强调喝完了这杯酒就要改口叫肖哥了，不能再一口一个领导领导地叫了。

潘石在官场上混过几年，觉得自己一没背景二不善于拍马溜须，混一辈子最多也就是个司局级，再往上爬就难了，且很多事情不一定跟自己的努力成正比，稍不留神站错队伍就很可能被牺牲了。他时常感到很压抑，加上当时社会上正盛行"下海潮"，尤其是海南岛更是传说中的淘金热土。潘石有一位叫王全银的师兄在海南岛发了大财。潘石不甘寂寞，不久就辞职下海投奔了师兄王全银。

潘石谈笑有鸿儒，与肖领导谈起了国际国内形势，并不失时机地夸赞肖领导的真知灼见。突然，潘石话题一转，问道："对了，肖哥，我很喜欢收藏字画，不知肖哥是否喜欢？"

"喜欢，很是喜欢啊！像范曾先生的字画，那可是'国内白描无人比肩'啊！"

"巧了，我也很喜欢范先生的字画，改天拿一幅请您鉴赏下。"

"客气了，太客气了！回头有机会让我开开眼就可以啦！"

"肖哥谦虚了！一听您就是内行，好的艺术品最忌明珠暗投，您刚才还说把我当好兄弟呢，对吧？"

"哈哈哈……那我就恭敬不如从命了。对了，您那事儿放心，我会尽最大努力的。"

"又给领导添麻烦了！"

"这话说的，您是在为首都建设做贡献啊！肖哥必须支持啊！"

段总和几个美女心不在焉地喝着酒，偷偷观察着肖领导和潘石的一举一动，见俩人聊得火热，还不停地举杯，猜到这两位牛人勾兑得一定不错，心里一块石头落了地，于是撸起袖子高兴地和美女们开怀畅饮起来。

段总手腕上一款纯黄金劳力士手表闪闪发光,引来了众多美女的羡慕眼光。陪潘石的冰冰却不以为然,跟身边的琪琪小声嘀咕说:"别看潘总戴的表没钻什么的,那可是限量版的'百达翡丽',世界名表排名第一,能买好多块段总的劳力士呢!"

"哇塞,真的假的?看不出来呀!"琪琪惊得下巴都要掉下来了。

"不懂了吧?这叫真人不露相!"

冰冰和琪琪正说着悄悄话儿,潘石拿着酒杯走了回来。两个女孩儿看到潘石回来了,赶紧给潘石在中间留出了空位。段总想着自己的目的,觉得时机差不多了,端着酒杯凑了过来,故意和冰冰和琪琪调侃着:"哎,我可告儿你们,别跟潘总套磁,没戏!"

"什么意思呀?"冰冰好奇地问。

"潘总是出了名的'只坐台不出台'的主儿!"

"真的假的呀?我就喜欢潘总这样的,谁像你,见一个就上一个的,哼!"

"喜欢潘总,对吧?那就赶紧敬酒吧,酒不到位没机会啊!"

潘石心里明白,段总今晚摆这么隆重的局,还把肖秘书长请来,又帮着自己在领导面前说话,一定是有事相求,估计事儿还会不小。段总一杯一杯敬着潘石,假惺惺地说好久没见想师弟了。潘石笑而不语,等着段总摊牌。

段总一边继续活跃着气氛,一边在寻找着良机。他刚犹犹豫豫地想说什么,这时,肖秘书长站起身来看了看表,拿起了公文包,摆出一副要走人的样子。段总和潘石急忙站起身来,肖秘书长走过来和他们一一握手,一本正经地说:"这样,明儿还有个会,就先撤了,你们师兄弟好好聊聊!"

"领导,再坐会儿吧?"潘石客气地说。

"不了!潘总,今天相识真是太高兴啦!以后要多聚,常聚!"

"必须,必须!改日还要登门打扰领导呢!"

"领导,别呀!怎么说走就走啊?您天天日理万机的太辛苦啦!这样,您稍等片刻,安排一下再走!"

"老段,你这是什么意思?"

"肖哥,我的意思是,您的身体不仅是您自个的,也是我们兄弟的,是我们大家的,更是我们老百姓的!您不保重好贵体,全国人民会怪我的!对吧,美女们?哈哈哈……"

"老段,你是知道的,我是一个很有原则的人!"

肖领导表情严肃地说着,不经意地瞄了一眼潘石。段总看着领导的一反常态,马上明白了。领导曾经批评过他,说他嘴巴大,没把门儿的,不要在公众场合,尤其是这种高档娱乐场合暴露他的身份,要注意影响和形象。肖领导和潘石终究是第一次见面,还得装着拿着。想到此,段总赶紧打圆场说:"对对……领导误会了,我没别的意思。我当然知道领导是最讲原则的啦!"

"潘总,不好意思,你们继续潇洒,我先走一步啦!"

"领导,我送您吧?"

"不用不用,都别动!都是自己人嘛,千万别客气!"

这时,一直坐在肖领导身边的一个女孩儿打着哈欠站了起来,拎起了包包,一副很累的样子说:"领导,我送您吧?正好我也累了,想早点儿回家休息!"肖领导看了看那个女孩儿,说不用了,一会儿下去打个车走就行,并强调自己从来不用公车。

那女孩儿和段总交换了下眼色,段总偷偷地竖起了大拇指。那女孩儿上前挽住了领导的胳膊,坚持要送领导。肖领导假模假式问道:"小范,顺路吗?"那女孩儿急忙答道:"顺路顺路,正好我也住万寿路!"

女孩儿说完,一扭一扭地挽着领导的胳膊走了。段总把领导送出包房,一会儿走了回来,一脸坏笑地在潘石身边坐了下来,摇着头对潘石说道:"唉,领导,都这样!"潘石微笑而不语。段总说领导走了也好,他们师兄弟可以放开了好好叙叙旧了。段总大声叫服务员再点一瓶红酒。潘石知道,接下来段总应该摊牌了。

那雪半跪着将红酒倒在醒酒器里摇晃着。段总看了一眼那雪,突然眼睛定格在了那雪身上,眼珠子都快掉出来了。潘石注意到了段总的失态,顺势一看,不由得眼前一亮,心里暗自惊叹,没想到 MGM 这种地方会有如此清纯脱俗的女孩儿。那雪被看得非常尴尬,急忙试图用手遮挡胸部,谁知一紧张把茶几上的酒杯碰到了地上,酒正好洒到了潘石的裤子上。那雪顿时就傻了。

站在一旁的乔总见状，上来便瞪着眼破口大骂："你丫没长眼啊？弄脏了潘总衣服，你丫赔得起吗？"那雪赶忙站起来鞠躬，磕磕巴巴地道着歉："对不起，潘总！对不起，乔总！我……我不是故意的！"那雪说着，抽出纸巾想帮潘总。潘石笑了笑，连声说没关系，自己擦擦就行了。段总故意板着脸说："看看，怎么这么不小心！还不赶紧坐下来陪潘总喝几杯酒赔罪？"

段总说着，猛地一把将那雪拉坐在沙发上。那雪挣扎地拿开了段总的手，站起来再次给潘石鞠躬道歉。段总看着举止大方的那雪，觉得自己很没面子，歪着头恶狠狠地瞪着乔总。那雪急忙又给段总鞠躬道歉，并解释公司有规定，服务员不允许坐在沙发上。乔总瞪着那雪说："没事儿，今儿公司破例，快坐下陪潘总、段总喝酒！"

"对不起，乔总，我不会喝酒！"

"你他妈这么多废话！还想不想干了？快坐下，快！"

那雪站在那儿一动不动没再说话，乔总上来开始推搡着那雪。潘石见此状况，急忙站起身来劝阻，说一点小事儿没关系的，再说服务员也不是故意的，就不要为难她了。乔总看了看潘石，急忙点头哈腰道歉，自己拿起酒杯自罚了一杯。

段总看看潘石，也没再继续纠缠了。潘石的眼神不由得停留在了那雪身上。眼前这个亭亭玉立的女孩儿不卑不亢地站在那里，不急不躁，没有委屈，更没有哭泣，也没有因受到谩骂和羞辱而愤怒，身上似乎有着一种安静的力量。那雪察觉到了潘石的目光，低眉顺目地低下了头。恰恰是这一低头，让潘石联想起了徐志摩的那首诗："最是那一低头的温柔，像一朵水莲花不胜凉风的娇羞。"

潘石突然觉得心怦然一动，觉得在这个浮躁的都市里，在这个声色犬马的夜店里，眼前的这个女孩儿让他耳目一新。那雪非常感激潘石刚才的解围，抬头想表达自己的谢意，恰好遇到潘石的目光。那雪感觉有点儿异样，下意识地躲闪着潘石的眼睛。

赵小汐拿胳膊碰了碰那雪，示意她赶紧收拾东西。那雪如梦方醒，赶紧收拾掉在地上的酒杯。潘石微微地低下头，若有所思，心里泛起了一层波澜，觉得眼前这个身份卑微的服务员，与包房里的花枝招展的女孩儿相比,身上不但没有寒酸之气,反而有着一种内外兼修的气息。

乔总见潘石有点儿失神,以为潘石不高兴了,再次给潘石道歉,并不停地解释这个服务员是刚来的,没有经验,还自我检讨管理无方等等,希望潘总千万不要生气。他还介绍说,这个新来的服务员是音乐学院刚毕业的大学生,歌唱得不错,提议让服务员唱首歌算是赔个不是,看看行不行?潘石一听似乎明白了,难怪这个服务员气质如此超俗,原来是个音乐学院刚毕业的大学生。潘石急忙点头说好。

那雪听后心里松了口气,心想这一关总算是过去了。她忍不住看了一眼潘石,看到了一双和善的目光,心里顿时感到一阵温暖。那雪想了想,点了一首《塞北的雪》,拿着话筒,深情地演唱起了这首经典老歌:

> 我爱你塞北的雪
> 飘飘洒洒漫天遍野
> 你的舞姿是那样的轻盈
> 你的心地是那样的纯洁
> ……

包房里一下子安静了下来,每个人都沉浸在了她那美妙的歌声里,被她干净甜美的歌声镇住了。潘石认真地听完后,略显激动,不由自主地带头鼓起掌来,向那雪投去了欣赏和鼓励的目光。那雪不好意思地看了看潘石,心里再次感到了一种异样。

段总坐在那里,一切都看在眼里。他察觉到潘石对这个服务员似乎有着特别的欣赏,于是也使劲儿地鼓起了掌,大声夸赞那雪唱得非常专业。段总想着自己的事儿,虽然心里有些着急,但为了把潘石的情绪调动到最高,他提议潘石也唱一首,和美女服务员好好PK一下。潘石推辞说自己是业余水平,不敢和专业的PK。

段总大声介绍说,想当年潘石可是他们大学的十大歌手之一,是业余里面的专业水平。段总再三提议,鼓动着包房里的女孩儿起哄鼓掌,潘石只好答应了,点了首姜育恒的《梅花三弄》认真地唱了起来:

> 问世间情为何物
> 直教人生死相许
> 看人间多少故事
> 最销魂梅花三弄
> ……

那雪双手下垂站在一旁，静静地听着潘石演唱。潘石虽然没受过专业训练，也没过多的演唱技巧，但他唱歌非常真诚，让人感到那是一种发自内心的真情流露。听他唱歌，仿佛在听他讲一段故事，时而娓娓道来，时而感情激昂，歌声抑扬顿挫，浓烈的情感暗流涌动。

那雪知道，一个歌者能够演绎好一首歌，除了要有嗓子和技巧之外，更需要有深厚的生活阅历以及对生活的深刻领悟。那雪猜想，这个外表平和的潘总一定是个有故事的男人，是一个有着浪漫情怀的男人。包房里响起了热烈的掌声，那雪也情不自禁地跟着大家鼓掌，不由得向潘石投来赞许的目光。

段总终于觉得时机成熟了，举起酒杯提议大家为潘石的优美歌声共同举杯，大家积极响应并热烈鼓掌。果然，段总放下酒杯拉着潘石坐在了包间的另一侧，回避着包房里的女孩儿，露出了为难的样子，故作欲言又止。潘石开门见山地问道："师兄，有事儿啊？别客气！"

"嘿嘿，还真有点儿小事儿……是这样，我最近资金上有点儿紧，想拿我的那'老三股'做质押，从你那儿抵押融点儿资，大概两个亿吧，您看？"

"哦……这事儿啊！师兄，说心里话，你坐庄的'老三股'风险太大！我可听说，有关部门可盯上你了，要注意啊！"

"我知道，我知道，您放心，您放心！"

"另外，师弟劝你两句，一些不该挣的钱最好别挣，钱是挣不完的，控制风险第一！"

"哈哈，师弟，瞧您这话说的，这赚钱哪有嫌多的啊！现在这年头，钱是什么？钱就是地位，钱就是尊严，钱就是美女，钱就是一切！哈哈哈……"

段总一提到钱，唾沫星子就到处乱喷。潘石看着他兴奋的样子陷入了沉思，他没有去评价，也没有去指责。他知道段总的话确实代表了很多人的想法。确实现在很多人似乎满脑子就一个"钱"字，不过，令人感叹的是，不管是挣到钱的，还是没挣到钱的，又都在骂娘，似乎都不开心，似乎都觉得少了点什么。

　　段总看着沉思的潘石没松口，有点沉不住气了，着急地拍着胸脯对潘石说，保证一定按期还钱，并再次强调肖领导那边儿包在他身上了。潘石笑了笑，答应段总回去研究一下。段总听后连忙作揖道谢，但心里还是不踏实，心想今晚无论如何也要让潘石带走一个女孩儿，拿到潘石的把柄。想到此，段总拉住潘石的手说："师弟，这么早着急回家干吗啊？您老婆常年在美国，回去也是独守空房！"

　　段总了解潘石，知道他妻子孟美是恩师孟老的女儿，也是他们学校外语系的师妹。孟美从小就特别崇尚西方的文化和生活，加上当时盛行"出国潮"，孟美曾多次要求潘石一起去美国发展。但也许是受老家山东儒家思想的耳濡目染，潘石从小就偏爱中国文化，坚持留在国内发展。孟美毕业后很快就去了美国，之后潘石也下海去了海南岛，两个人为了各自的梦想各奔东西。从此，潘石过着长期有名无实的婚姻生活。

　　段总认为男人都好色。他一直想利用美色来套住潘石，但却屡屡未能得手。今天看到潘石仍然不动声色，他有点儿急了，继续说道："师弟，别说师兄鄙视你，今天不能再装了。冰冰和琪琪必须带走一个，或'双飞燕'，我请客！"

　　"谢谢师兄的美意！不过，明天还有事儿，算了吧！"

　　"别呀师弟！千万别告诉我，你天天都靠左右手吧？选一个！"

　　潘石一笑，没再接话，站起身来收拾着东西。赵小汐急忙帮他拿来了外套。段总抢着买了单发了小费，挎着一个美女走向房门，嘴里还不停地埋怨着潘石不给他面。潘石一直笑而不语，俩人走到门口，潘石突然想起什么似的，转向那雪礼貌地问了句："不好意思，请问你叫什么？……"

　　"潘总，她叫那雪。"一旁的乔总急忙抢答。

　　"哦，那……雪！"潘总朝那雪微笑着点了点头，转身走了。

潘石和段总走后，赵小汐和那雪开始打扫房间。赵小汐拉着那雪的手，笑嘻嘻地问那雪潘总人怎么样？对潘总的印象如何？那雪若有所思地说："感觉……像一个……熟悉的老师！"

夜深了，那雪收拾完房间，换上自己的衣服，到保安值班室，准备等着刘铁下班一起回家。忙碌了一晚上的那雪疲倦地靠在一把椅子上，不知不觉睡着了。

2.4 阡陌缘，亦凌乱

MGM 大门口的霓虹灯依然闪烁着。熊姐和菲姐喝得醉醺醺地走出来了。保安们一下子全都围了上来，殷勤地簇拥着熊姐，争先恐后地献媚。他们知道，熊姐乱撒钱的时候到了。果然，熊姐从钱包拿出一沓钱，见一个发一个，拿到小费的保安个个眉开眼笑，点头哈腰。刘铁站在一旁，没上去讨要小费。

熊姐，大名熊小乖，据说是某位神秘大老板的千金，很小就开始泡在 MGM 了，天天挥金如土、喝酒买醉。MGM 的老板多次交代过，这位熊大小姐来了，绝对要贵宾待遇，谁要是惹了她就立马滚蛋。MGM 的上上下下，见了她都跟见了活祖宗似的，小心翼翼地供着捧着。

熊小乖几乎每次来 MGM 都会喝大，喝大了就会又哭又闹，最要命的是，喝大后逮谁就跟谁说自己的爱情故事，不管别人爱不爱听。熊小乖初中时交了一个男朋友，那是她的初恋。那男孩儿长得很帅也很聪明，但家境一般。熊小乖特别喜欢那个男孩儿，对他非常用心，经常给他买这个买那个的，还给他钱用。后来那男孩儿考上了清华，毕业后不久就去了美国，到美国不久就给她发了封"伊妹儿"，说已经不爱她了，理由是受不了她的霸道。

初恋男友的背叛对熊小乖打击很大。从小到大，熊小乖是被父亲和周围的人溺爱大的，只要她想要的就没有得不到的道理。她从小特喜欢各种玩具熊，玩腻了就扔掉，扔掉了再买。在她的概念里，只有她抛弃玩具熊的份儿，没有可能有被玩具熊抛弃的份儿。她曾多次闹着要去美国找那个小白脸算账，都被她父亲以没收身份证、护照的办法阻止了。但从此熊小乖就像变了一个人，不允许任何人再提那个小白脸，经常说再也不相信什么狗屁爱情了。

　　熊小乖把自己那段最单纯的初恋封存起来，并想尽千方百计忘了那个小白脸。她甚至玩起了爱情游戏，专门勾引小帅哥，让他们先对她发狂，然后再毫不留情地把他们甩了。熊小乖很享受这种感觉，每次看到帅哥们为她争风吃醋大打出手，她都会开心得哈哈大笑。当然，因此她也经常惹是生非，但她有的是钱，还结交了一些社会上的小混混儿，每次惹了事儿都会有人出头帮她摆平，事后她再论功行赏，发放奖金以资鼓励。就这样，她在社会上的名气越来越大了，不知从哪一天起，熊小乖被尊称为"工体一姐"了。

　　熊小乖有很多追求者，听说最近被"京城五大少"之一的小飞哥看上了。小飞哥可是个典型的富二代，他妈开的饭店可有上百家的连锁店。小飞哥不是缺妞儿，只是想拿下"工体一姐"以证明自己的江湖地位。据说，前段时间小飞哥专门来MGM会熊小乖，当场就要带熊小乖回家。但没想到的是，熊小乖根本不吃他这一套，还当场把小飞哥给撅走了。大家都夸熊小乖很拽，不过也为她捏了把汗，因为大家都知道小飞哥可不是好惹的。

　　今晚，熊小乖显然是又喝美了。她东倒西歪、比手画脚、又说又笑又唱，走向了她那辆红色法拉利跑车。走着走着，突然，跟随在她身后的几个保安不走了。熊小乖醉眼蒙眬地定神一看，只见一辆银色的兰博基尼跑车旁正站着一个帅哥，发型酷似郑伊健，嘴上叼着一根烟，大晚上的还戴着个很酷的墨镜，身边两个彪形大汉保镖虎视眈眈地站在那里。几个保安离着很远就不停地点头哈腰，冲着那帅哥不停地叫着"小飞哥"。

　　小飞哥学着电影里经常出现的"大哥"派头，不紧不慢地扔掉了烟头，用一双范思哲的长筒皮靴踩了一下，然后用力地捻了几下，轻轻地挥了挥手，示意保镖原地不动，自己一个人慢慢地走到熊小乖跟前，似笑非笑地一只手轻轻搭在熊小乖肩上。熊小乖半醉半醒，毫不示弱地盯着小飞哥傲慢的眼神。小飞哥说："小乖，又漂亮啦！怎么样，做我女朋友吧！想好了吗？"

　　"把你的臭爪子拿开，小乖是你叫的吗？"

"乖哈，今儿小飞哥心情好，不想发火！"

"今儿熊姐心情不好，滚开！"

"小乖，别闹！这么多人看着呢！做我女朋友吧，哥会罩着你的！"

"哈哈哈……做你女朋友？你……爱不爱我？你到底爱不爱我……"熊小乖突然唱起了当时最流行的零点乐队成名曲《你到底爱不爱我》。

"我靠，行啊！还唱上了？"

小飞哥一看，知道熊小乖又喝大了，扭动了下脖子，无奈地笑了一下。他慢慢地从口袋里拿出一包烟，弹了一下烟盒，用嘴轻轻地叼出了一根儿，潇洒地甩了一下"纪梵希"牌打火机，滑盖弹起发出了一声清脆的响声，燃烧的火苗照着小飞哥耍酷的脸上。小飞哥不紧不慢，显得很有耐心，再次将手搭在熊小乖的肩上，微笑着说："都怪你，长得跟香港那个大明星一样一样的！能怪小爷我喜欢上你吗？"

"快把你的臭爪子拿开，姐不稀罕！"

"熊姐，江湖有江湖的规矩，你应该懂吧？"

"我不懂，也不想懂，懂吗？"

"你应该知道，哥不缺妞儿，哥就想睡你一次，以后哥罩着你，说得够明白了吧？"

"哈哈哈……姐不想睡你，明白了吧？"

"别这样好吗？你知道，小爷我脾气不太好！别闹了，跟哥回家，乖，走吧！"

"你丫谁呀？跟你回家？自个回家找你妈去！"

小飞哥终于失去了耐性，没再接话，上来拉住熊小乖就要走。熊小乖一边挣脱着，一边嘴上大骂着，求助地看着几个保安，但几个保安站在那儿谁也没动。张若菲一看要出事儿，急忙上前拉住小飞哥的手，拉下脸说好话求情。小飞哥很不耐烦地瞥了张若菲一眼，嘴里骂骂咧咧的，一把将她甩倒在地上。熊小乖这下真火了，双手开始不停地挠着小飞哥。小飞哥一边躲闪着，一边径直地拖着熊小乖往车的方向走。

这时，在大门口站岗的刘铁实在看不下去了，三蹿两跳就冲了上来，横着堵在了小飞哥面前，冷冷地说："等等，你觉得一个老爷们儿欺负一个小女孩儿，有劲吗？"

"你丫谁呀？"小飞哥先是一愣，定神儿看了眼刘铁。

"保安，刘铁！"刘铁冷冷地回了句。

见是一个保安，小飞哥嘴里轻蔑地骂着，不耐烦地对着两个保镖大喊着，赶紧让这个傻逼保安滚开，自己拖着熊小乖继续往前走。两个保镖一下子冲上来围住了刘铁。

突然，刘铁一个燕子转身闪开了保镖，拿出一个酒瓶子，猛地对着小飞哥脑袋上砸了过去，只听"啪"的一声，小飞哥抱着脑袋蹲在了地上，头上顿时流出血来。两个保镖先是一愣，然后像猛虎一样扑向刘铁。刘铁快速拿起滴着鲜血的半拉酒瓶子顶住小飞哥的脖子，两眼充满了杀气，呵斥两个保镖站那儿别动。保镖不敢靠近，警告刘铁别冲动。小飞哥恼羞成怒，抱着脑袋大骂着："我操,你他妈活腻了吧？知道我谁吗？"

"不知道，我只知道，男人不能欺负女人！"刘铁冷冷地说。

这时乔总带着十几个保安赶来，惊愕地看着眼前的状况。一边儿是小飞哥，一边儿又是熊姐，乔总左右为难不知该如何是好，只好来回劝架。乔总呵斥刘铁赶紧松手，刘铁拿着半拉酒瓶子退到了一旁。小飞哥捂着脑袋从地上站起来，乔总急忙上前作揖道歉，解释说保安是刚来的，不认识他小飞哥。小飞哥觉得自己太没面子了，看都不看一眼乔总，拿出手机打电话叫人。

乔总拉着小飞哥的手，恳求他大人不记小人过，并说陪他去医院。小飞哥冷笑着说："不用了，一会儿还是让我兄弟送那个保安去医院吧！"果然，没过一会儿，从四面八方来了几十号人，把MGM大门口围得水泄不通。小飞哥逼着乔总交出刘铁，并放狠话非要把那个穷保安打成一级残废。

这时，所有的保安把刘铁里三层外三层围住了，他们毫不犹豫地站在刘铁一边。他们知道，如果这次刘铁被打了，以后再出什么事儿就没人给他们撑腰了。乔总明白保安们的心思，不敢把刘铁交出来，再说终究刘铁是为MGM的客人出的头，况且客人又是熊大小姐。小飞哥看乔总不交人，怒了，下令他的兄弟动手，几十号人一下把保安围了起来，眼看着双方就是一场恶战。刘铁满脸杀气，一直向外冲着，说不想连累大家，闹着和他们拼了。

就在这时，一辆劳斯莱斯急刹车停了下来，一个中年男人从车里走了下来，是MGM的老大，社会上都尊称"四哥"。乔总一看急忙跑到他身旁耳语着。中年男人听后点了点头，慢慢地走到小飞哥面前，小声地跟他说了些什么。小飞哥知道"四哥"在社会上可是位前辈级的人物，他大晚上都亲自赶来，知道自己无论如何也要给他面儿。

为了给自己找台阶下，小飞哥故意提高嗓门大声说："兄弟们，我四哥发话了，都住手吧！"四哥吩咐乔总把保安叫过来给小飞哥道歉。刘铁从来没见过四哥，上前礼貌地打招呼，但他的倔脾气又上来了，坚持说自己没错，拒绝道歉。四哥看着刘铁，一言不发。刘铁突然拿酒瓶朝着自己的头上就是一下，然后满脸流着血走到小飞哥面前，从牙缝里挤出一句话："小飞哥，你看，这样行吗？"

小飞哥不由得往后退了几步，惊讶地看着刘铁。这时，熊小乖突然从后面冲了过来，拉住四哥的胳膊，指着小飞哥大骂："这孙子欺负我，让他给我道歉！"小飞哥抹了抹嘴角上的血迹，轻蔑地笑了笑。熊小乖不依不饶。小飞哥看着骂骂咧咧的熊小乖，又看了看满脸是血的刘铁，再看看一言不发的四哥，心想再闹下去就没办法收场了。于是，他嬉皮笑脸地给熊小乖说了句"哥错了"，但又冲着刘铁恶狠狠地骂了句："操，都怪这个穷保安！要不是看着四哥的面，我非弄死你不可！"

刘铁一听，气愤地说："你嘴巴干净点儿，穷保安也是人！"四哥看着嚣张的小飞哥，脸色阴沉下来。小飞哥觉得自己有点儿过了，再次提高嗓门大声地喊着："兄弟们，没事儿了，让大哥也早点儿回去休息，我们走！"小飞哥说完向四哥挥了挥手，钻进他的银色兰博基尼。十几辆豪车同时发出一阵阵发动机轰鸣声，向着工体的东西南北门飞驶而去。

四哥安慰了下熊小乖，还夸了刘铁一句，然后在乔总和保安的护送下上车走了。几个保安和刘铁转身刚要走，熊小乖晃晃悠悠地跑过来，瞪着大眼睛拦住了刘铁，表情夸张地说："我靠，哥们儿，太酷了！行啊，下手够狠的啊！你……没事儿吧？"

"没事儿！"刘铁抹了一把脸上的血迹，勉强笑着转身要走。

"等等，哥们儿，够帅的啊！笑起来很像那个明星刘……烨啊！"熊小乖一把拉住刘铁，上下仔细打量着刘铁。

"嘿嘿，刘铁，跟刘烨差一个字，我手下！帅吧？"乔总抢答道。

"刘……铁？太他妈……爷们儿了！姐喜欢！"熊小乖没理乔总，眼睛依然直勾勾地盯着刘铁。

张若菲被刚才的场面吓得还没缓过劲来，急忙上来拉住熊小乖的手，劝熊小乖赶紧离开。熊小乖甩开张若菲的手，拉着刘铁的胳膊，眼神迷离地看着。刘铁被看得有点儿不好意思，轻轻拿开熊小乖的手，转身又要走，熊小乖突然一把拉住了刘铁的衣领："站住！别走！让姐看看……流了好多血啊！疼吗，帅哥？"

刘铁明白这位姐惹不起，呆站那儿一动不敢动。熊小乖眼似秋水，踮起脚尖，红唇像熟透的樱桃迎上来，挑逗地盯着刘铁。刘铁尴尬地举起双手，躲闪着熊小乖。熊小乖突然感到脑袋一阵阵眩晕，肚子里一阵阵翻江倒海，刚想说什么，嘴一鼓，一口吐了出来，顿时，刘铁的制服被吐得惨不忍睹。

刘铁愣愣地站在那里，心想自己帮这位姐打架，却被她吐了一身，回家还得让那雪洗衣服，心里又恼又急。他看了看乔总，乔总一脸无可奈何的样子，转过脸去，装作什么都没看见。一旁的几个保安低着头吃吃地偷笑。刘铁强压着心里的火，但也知道不能怎么着这位姐，只能装作若无其事的样子。

熊小乖忍不住哈哈哈大笑起来，额头上的碎发随风飘舞着，心里充满好奇看着这位保安帅哥，再次上前抓着刘铁的衣领，身体紧紧地贴了上去，百般妩媚地说："帅哥，说，你英雄救美……是不是想泡我啊？"

"不是！"

"你的伤没事吧？姐带你去医院啊？"

"不用！公司有医务室。"

"你的衣服脏了，脱了吧！姐亲自给你洗，好吗？"

"不用！"

"你多说一个字会死啊？"

"会吧！"

"靠！那你喜欢姐吗？你爱我吗？你到底爱不爱我……"

"啊？不爱！"

"哈哈哈……你们都听到没有？这保安太屌了，居然说不爱我！"

"乖乖，别说了，咱赶紧回家吧？"张若菲拉着熊小乖。

"菲菲，你干吗老是回家回家的呀？他又不在家，我不回，我还要喝酒！"

"乖乖，醒醒吧，那个王八蛋早他妈去美国了！"

"是吗？但他说过，很快就会回来的呀！"

"乖乖，你喝多了，咱回家吧！"

"谁他妈喝多了！菲菲，你说谁喝多了？"

"唉，我说我喝多了！你听错啦！"

"你到底爱不爱我，爱不爱我……快说，帅哥，你到底爱不爱我？"

熊小乖死死地抓着刘铁的衣服，张若菲怎么拉也拉不开。刘铁不敢推也不能躲，任凭她撕扯着自己的衣服。熊小乖唱着唱着，突然鼻子一酸蹲在地上哭了，哭了一会儿又哈哈大笑起来。她从手包里拿出一沓钱，举在刘铁眼前晃着说："快说爱我！说爱我，这钱就是你的了！说呀，快说呀！"

刘铁看着熊小乖可怜兮兮的眼神，心想这位姐虽说喝大了，但看来还是个特别重感情的女孩儿，是个敢爱敢恨的女孩儿。刘铁正想着，忽然见熊小乖将手里的钱抛向空中，一下子跳到了刘铁身上，紧紧地抱住他的脖子，强吻他的嘴。刘铁说什么也没想到熊小乖会亲他，一下子被搞得非常尴尬。他努力摆脱了熊小乖，口气尽量温和说："小姐，你喝多了！"

"你大爷的，你骂谁小姐呢？"一听刘铁的话，熊小乖一下子收起笑脸，指着刘铁鼻子大骂起来。

"小姐，我……没骂你啊？"刘铁有点儿莫名其妙。

"你大爷的，还说没骂我？还叫我小姐！你他妈睁大你的狗眼，看看我熊小乖像是出来卖的吗？"熊小乖边骂边推搡着刘铁。

"啊？……不是不是！我不是那个意思！对不起，小姐；不对，大姐；不对，女士；不对，'熊姐'，对不起！"刘铁明白熊小乖误会了，急忙道歉。

"哈哈哈……你是不是再喊，就喊我'亲妈'了！哈哈哈……你好可爱啊！"

熊小乖看着到处乱躲的刘铁，哈哈大笑得前仰后合。张若菲、乔总和几个保安也被逗得哈哈狂笑起来，刘铁一脸尴尬地停下，不好意思地跟着大伙儿笑了。乔总走到刘铁面前，一副很严肃的样子，郑重其事介绍了熊小乖和张若菲，说她们可都是MGM的金卡贵宾，并再三叮嘱刘铁记住了，以后别再小姐小姐的叫了，要叫"熊姐"和"菲姐"。刘铁"啪"的一个立正，大声说道："知道了，'熊姐''菲姐'，两位贵宾，金卡的！"

乔总又走到熊小乖和张若菲跟前，悄悄地告诉她们，这个刘铁是刚来的，不光长得帅，还是大学生，而且还是名牌大学毕业的。熊小乖做了个吃惊的表情，用力推了一把乔总，一边骂乔总吹牛，一边说那就让大学生保安送她们回家。刘铁一听急忙说自己没驾驶本。一个保安自告奋勇，接过车钥匙飞快地钻进了红色法拉利。

大家好不容易连哄带骗把熊小乖塞进了车里。熊小乖骂着要开车的保安，连踢带踹地让他滚开，眼睛始终盯着刘铁，不停地叫："我要刘铁送，熊姐爱上你了，我给你钱！"张若菲紧抱着熊小乖说："男人没一个好东西，菲菲回家陪你！"

"我他妈不喜欢女人！"熊小乖挣扎着大叫着。

红色法拉利强劲的尾气喷在了刘铁的脸上，车一溜烟儿地就不见了。乔总摇着头走了，几个保安七嘴八舌地议论着："这辈子谁要是能搭上熊姐，可就飞黄腾达啦！"

"是啊！熊姐对喜欢的帅哥，那出手老大方了！"

"去你大爷的，瞧你那熊样儿，想啥呢？"

"想想不行啊？唉，我要长成刘铁这么帅就好了！"

"刘铁，回头发了工资，赶紧弄个本去吧！"

"是啊！多好的一个财色两收机会啊！可惜喽！"

刘铁没再听他们贫下去了，捂着脑袋走回了MGM大门口。这时，那雪站在大门口，见刘铁朝MGM大门走来，急忙又躲回了保安值班室。原来她很早就站在大门口了，目睹了熊小乖亲吻刘铁那一幕。她心里很不舒服，但又劝自己，一定是客人喝多了，不能怪刘铁，也不想让刘铁知道自己看见了这一切。

刘铁在 MGM 医务室做了简单地处理,脑袋上缠着纱布找到了那雪。那雪看着纱布渗出的血迹,心疼地问他疼不疼?刘铁若无其事地回了句:"这都不是事儿!"

回家的路上,两人一路默默无语。刘铁突然停下脚步,瞪着大眼看着那雪。那雪疑惑地看着刘铁,刘铁支支吾吾地说:"我怎么听说,你陪客人唱歌了?"

"啊?哦……你误会了!是这样,我不小心把酒洒到客人身上了,乔总罚我唱首歌,算是给客人赔不是。"

"哦……是吗?!……"

2003 年很快就要到了。元旦前,熊小乖和张若菲两个人在三里屯喝下午茶。熊小乖乐此不疲地说着她如何斗智斗勇,耍得那些小帅哥团团转。张若菲习惯了熊小乖,一直陪着她哈哈大笑,并不失时机地夸她太有魅力了。张若菲是个天生的拉拉,老是对熊小乖半认真半开玩笑地说,男人没一个好东西,自己会爱她一辈子、等她一辈子之类的。

熊小乖对女人没兴趣。不过,张若菲对她衷心,从小就跟在她屁股后面百依百顺的,尤其是在她失恋最痛苦的时候更是随叫随到,寸步不离,这让她非常感动,也觉得很安全。于是,张若菲就成了她无话不谈、最信任的闺蜜了。

晚上,熊小乖和张若菲两个人跑到工体有璟阁大吃了一顿,酒足饭饱后觉得没事儿干,于是,熊小乖提议去 MGM 喝酒,张若菲顺从地说好。熊小乖又想起了那晚与小飞哥打架的事儿,再次追问当时发生的每一个细节,张若菲已经给她描述了好几遍了,但还是不厌其烦地再重复了一遍。

张若菲发现,熊小乖追问的重点一直没有离开那个"英雄救美"的保安刘铁,每次提到刘铁拿酒瓶子砸小飞哥脑袋的那段,熊小乖都会兴奋地哈哈大笑,不停地夸赞刘铁太酷了。两个人聊着聊着,熊小乖突然诡秘地说:"菲菲,你说,我这次玩玩这个保安,如何?"

"啊?乖乖,你没事儿吧?"

"你不觉得那个保安还挺帅的吗？"

"帅哥多了去了！你花痴吧？保安也不放过！"

"还别说，我还真就偏偏对这个穷保安情有独钟了，我也不知道为什么，这算不算所谓的缘分啊？我怎么觉得自己……还有点儿凌乱了呢？"

"我看你不是凌乱了，是错乱了！"

"对了，你不是说穷保安还是个大学生吗？"

"乔总说的，谁信啊！名牌大学生在MGM当穷保安？脑子进水了吧！"

"但你不觉得穷保安还挺仗义的吗？人家凭什么替我出头啊？还受了伤，咱怎么着也得表示一下吧？"

"那你回头多给他点儿小费不就完了吗？"

"但你不觉得，这哥们儿还挺爷们儿的吗？面对小飞哥那么多人，一点儿都不怂，那股狠劲儿和帅劲儿，真他妈像周润发！"

"不是像刘烨吗！又改周润发了？不过，不好意思，好像人家根本不屑你！"

"真的假的！不会吧？我记得他挺喜欢我的呀，还亲了我！"

"反了！是你强吻的人家，被人家无情地拒绝了！"

"我靠！真的？穷保安，看姐怎么玩死你！走着！"

"啊？……真玩啊？"

"别废话，走着！"

熊小乖拉着张若菲兴奋地跑到了MGM。熊小乖知道保安不可以进包房，就特意让乔总选了个最好的VIP卡座坐了下来。熊小乖点了一瓶皇家礼炮，两人一边喝着，一边商量着怎样耍弄刘铁。一想到自己还从来没有玩过穷保安，熊小乖心里痒痒的，觉得还蛮刺激的。

熊小乖想象着那个穷保安疯狂地爱上了她，再被她狠狠地甩了的悲惨样子，心里觉得还蛮好玩儿的，不由得吃吃地笑出声来。一旁的乔总看着熊小乖在那儿傻笑，也跟着咧着嘴傻笑。熊小乖白了他一眼，收起笑容大声说："你丫跟那儿傻笑啥呀？快让那个保安，叫刘铁的，过来陪我喝酒。"

"啊？熊姐，他是保安，还上着班呢！"

"怎么着？熊姐这点儿面儿都没有，是吗？"

"不能不能！我这就去安排。不过,这小子脾气有点儿倔，还挺傲,我担心他会惹您生气！"

"哈哈哈……倔？还傲？行啊，姐就喜欢这样的，好玩儿！"

"好吧，那我这就去叫他。"

"等等，对了，你说他还是个大学生，吹牛了吧？"

"这还有假！他的身份证、毕业证什么的都在我这儿呢！"

"我靠！那他怎么会在这里当保安呢？"

"是这样，他女朋友在我手下当 DJ，估计这小子不放心吧！"

"哈哈哈……还有女朋友？很好！刺激！你赶紧的吧！"

"好嘞！"

乔总转身走了。熊小乖的表情变得异常兴奋，一副跃跃欲试的样子，像是要马上玩儿一个惊险刺激的新游戏一样。不一会儿，乔总带着刘铁来了。刘铁看到熊小乖，客气地喊了声"熊姐"，然后就木木地站在那里，目视前方，一言不发。熊小乖依稀记得那晚刘铁喊她"小姐"被骂的事儿，窃窃地笑着，好奇地上下打量着身材高大挺拔、面容冷峻的刘铁，心中暗自欢喜，挑逗着说："帅哥，来，坐这儿，陪熊姐喝酒。"

"熊姐，我在上班，不能喝酒，抱歉！"

"没事儿，你可以脱了这身保安皮了。"

"我脱了这身保安皮，就更不能陪熊姐您喝酒了。"

"为什么？"

"因为我是个男人，不是少爷，不坐台，更不出台！"

"哈哈哈……我吐！你他妈想得美！"

"熊姐想吐啊？要不要我帮您去拿个垃圾桶？"

"还挺贫，是吧？信不信我让乔总把你开了？"

"这个，我信！"

"那还不乖乖地陪我喝酒？"

"这个，不能！"

熊小乖一下子急了，"啪"的一声拍着桌子站起来，乔总说这穷保安脾气倔，还挺傲，但没想到这个穷保安居然这么屌，连她熊小乖都敢顶撞。她刚要发飙，张若菲赶紧拉住她，在她耳边嘀咕了几句，熊小乖听着会意地笑了笑。两个人漫不经心地喝着酒，熊小乖说烟没了，让刘铁出去买烟。

刘铁买了两盒中南海回来，还特意买了适合女孩儿抽的 5mg 中南海，但熊小乖偏说她喜欢抽 10mg 的，让刘铁拿回去换。刘铁明明看到吧台上放着的就是 5mg 中南海，明白了熊小乖是在故意整他。刘铁领教过这位熊姐的威风，不想失去保安这份工作，只好忍了。不一会儿，刘铁冻得哆哆嗦嗦拿着烟跑了回来，但没等他站稳，熊小乖又说自己大姨妈来了，让他去超市帮她买卫生巾，且还说已经等不及了。

刘铁气得咬着牙，心里劝着自己好男不和女斗，转身又跑出去了。他听到背后熊小乖发出了一阵狂笑。刘铁回来后，发现熊小乖和张若菲两个人你一杯我一杯的，不一会儿就把一瓶皇家礼炮喝光了。他知道，这个富家女一会儿就喝掉了他好几个月的工资。

刘铁想想自己一个堂堂的大学毕业生，辛辛苦苦一个月站在大门口跑来跑去的，还不够她们一会儿造的，心里很不平衡。刘铁站在那里发呆，听到熊小乖在叫他，抬头一看，只见熊小乖吐着烟圈儿，从一款写着 L 和 V 的包包里，拿出了同样写着 L 和 V 的钱包，从钱包里面拿出一沓钱，伸手递给他说："给你的，拿着吧！"

"什么意思？"

"小费啊！"

"这？……我没坐台，更没出台啊？"

"去你大爷的！这是对你上次'英雄救美'的奖励！"

"哦……那就不用了！那是我的工作。"

"怎么？嫌少啊？再给你加五千，可以了吧？"

"熊姐，你误会了！上次我只是觉得，男人不应该欺负女人！"

"说得好！够爷们儿！这样吧，给钱是有点儿俗，我送你一部手机吧？诺基亚 8800 黄金版的，从香港搞到的，和我的黄金版 Vertu 正好很配！"

"哎哟，熊姐，有备而来呀？包里还随身带着呢！啥时候也送我一部呗，我也想和你的黄金版 Vertu 配对呢！"

"好啦好啦,知道啦,也送你!"

"熊姐这么看得起你,刘保安,还不赶紧拿着?"

"谢谢熊姐!但不用了。"

"让你拿着就拿着,以后我找你方便,快点儿,拿着吧!"

"不用了,我女朋友说,这个月发了工资就给我买一部。"

"你女朋友?哈哈哈……听说是这里的DJ?"

"是的!但她是音乐学院的高材生,在这里只是实习,以后很快就是个大歌星了!"

"哈哈,DJ?大歌星?哈哈哈……"

"熊姐,你别骂人好吗?也就是看你是女孩儿,否则……"

"否则怎样?还敢用酒瓶子打我脑袋?算了算了,看在你救过我的份上,我就原谅你了!"

"但我还没原谅你呢!请你为刚才侮辱我女朋友道歉!"

"你说什么?让我给你……女朋友道歉?"

"是的!"

"那如果我不呢?"

"你是个女的,我不能揍你,但我可以离开!"

"好了好了,刘铁同学,乖!"

"熊姐,请你道歉!我已经很忍你了,就看你是个女的!"

"我靠!我道歉,我道歉,行了吧?"

"行!"

"刘铁同学,听说你是为了你的女朋友,才在这儿当保安的?"

"嗯。"

"你多说一个字会死吗?"

"会!"

"那你能告诉我,你的梦想是什么吗?"

"投资银行家。"

"我靠,保安?投资银行家?是不是远了点儿啊?这样吧,你做我男朋友吧?我保证你能做个投资银行家,实现你的梦想,怎么样?"

"熊姐,我不出台!"

"你大爷!你屌,好吧,站着吧!"

这时，舞池里响起了震耳欲聋的音乐，熊小乖让刘铁看好她们的衣物，和张若菲跑进舞池，随着音乐疯狂地扭动性感的腰肢。熊小乖低胸露背，双乳呼之欲出，在光怪陆离的灯光下显得格外引人注目，很快几个打扮怪异的小伙儿就将她团团围住了。熊小乖目眩神迷，不时地朝远处的刘铁抛着媚眼。刘铁躲闪着她的眼神，假装着什么都没看见。

舞曲结束了，熊小乖和张若菲走回 VIP 卡座，有两个黄毛帅哥嬉皮笑脸地跟了过来，还动手动脚的，熊小乖二话没说，转身就是一个大嘴巴。那个帅哥先是一愣，随即恼羞成怒就想动手。这时，刘铁一个箭步冲了上去，像提溜小鸡似的把他们拖出了大门。熊小乖哈哈大笑着，头都不回地径直走回卡座。

刘铁回来后，看到熊小乖又点了一瓶皇家礼炮，和张若菲两个人若无其事地又喝了起来，还手舞足蹈地玩起了小蜜蜂的游戏："人在江湖走，不能离了酒。人在江湖飘，哪能不喝高……"不一会儿，熊小乖就进入豪言壮语状态了，张若菲也已半醉半醒，痴迷地看着熊小乖，握着她的手喃喃地说："亲爱的，你好迷人呢……"

"又来了！都说了一万次了，我喜欢男人！"

"臭男人有什么好的呀？玩腻了，还不是把你甩了呀！"

"你他妈又提那个白眼狼，是不是？是我甩的那个王八蛋！"

"乖乖，听我的……男人真的没他妈一个好东西！"

"都是他妈白眼狼，我知道，呜呜呜……"

张若菲的话显然又勾起了她的伤心往事，触及到她最敏感、最脆弱的神经。她突然鼻子一酸，趴在吧台上大哭了起来，哭着哭着，又突然哈哈大笑起来，自己劝着自己，说再也不会为那些臭男人哭了，再也不相信什么狗屁爱情。

熊小乖拉着张若菲举杯豪饮，张若菲的酒杯明明是满的，但熊小乖已经喝大了，对着酒杯又是一顿猛倒，吧台上顿时被酒淹没了。熊小乖掏出一根中南海往嘴里塞着，但过滤嘴的一头是朝外的，刘铁急忙帮她翻了过来，打着火机帮她点上，大声叫着服务员赶紧过来收拾吧台。

张若菲看到熊小乖又喝多了，担心她再惹事儿，劝她别再喝了，但发现已经劝不住了，只好陪着熊小乖继续喝下去了。张若菲看着熊小乖疯疯癫癫的样子，心里其实非常心疼。她是从小和熊小乖一起长大的，太了解熊小乖了。张若菲知道，熊小乖是被娇生惯养大的，养成了刁蛮霸道的性格。不过，张若菲还知道，熊小乖是个敢爱敢恨，敢作敢当的女孩儿，尤其是在爱情方面，是个敢为爱情赴汤蹈火的女孩儿。

这些年来，熊小乖天天玩着爱情游戏，把那些狗男人搞得神魂颠倒，但从来没让任何一个垂涎她美色的男人得过手。张若菲知道，熊小乖只是想以这种方式报复男人。张若菲一直暗恋熊小乖，多次向熊小乖示爱，但她发现，熊小乖其实内心里还藏着一份渴望，渴望遇见一个真正爱的男人。

美酒往往伴随着孤独和寂寞。两个女孩儿内心都藏着自己的痛苦，你一杯我一杯的，很快又把第二瓶皇家礼炮喝完了。熊小乖趴在吧台上，突然抬起头，扯着嗓子大声来了一句："谁说姐一无所有，姐有孤独和酒！"刘铁不知道她是在唱还是在叫，没想到她喝多了还能整出这么文艺的词儿，看起来还蛮可爱的，忍不住扑哧一下笑出声来。

熊小乖转过脸来瞪着刘铁，指着他的鼻子大叫着："傻帽，笑什么笑？快，赶紧给姐……再上一瓶！"

"熊姐，别喝了吧？"刘铁赶紧收起了笑容劝了一句。

"怎么，帅哥，心疼姐了？"熊小乖妩媚地看着刘铁，突然猛地搂住了刘铁的脖子，吃吃地笑着。

"熊姐，您真的……喝太多了！"

"放屁，我没喝多！我没喝多！我喝多了吗？"

"对不起，熊姐！您没喝多，没喝多！"

"帅哥，你叫刘……铁，对吧？"

"对对对，熊姐！"

"哈哈哈……看看，姐没喝多吧？刘铁，你是个爷们儿！姐喜欢你！要不……你做我的男朋友，好不好？"

"熊姐，早点儿回家吧！"

"回他妈什么家啊？刘……烨，说，你愿不愿意为了我也当保安啊？你愿不愿意为了我也不要8800啊？黄金版的……"

"乔总，乔总……服务员，快去喊乔总去，快！"

2.5 每个故事都有一个密码

2003年元旦到了。

恰巧的是,潘石是1月1日生人,摩羯座。不过,他已经不记得有多久没过生日了。这天一大早,潘石自己驾车行驶在通往郊区的高速公路上,很少人知道,多年来潘石一直资助着郊区的一家孤儿院,每当节假日他都会去看望那里的孩子们。假日的北京,高速公路上的车比平日少了许多。潘石握着方向盘,目光显得有些迟钝,眼里有一种不易察觉的沉重。

和一代代北漂一样,如今成功的潘石,其实也有着鲜为人知的心酸史。妻子孟美去美国的那年,他们已经有了一个三岁的女儿贝贝,潘石提议小贝贝留在北京由他来照顾。潘石特别喜欢孩子,加上贝贝天资聪明伶俐,长得又漂亮可爱,对贝贝更是喜爱有加。贝贝特别喜欢唱歌,总说长大后要当大歌星,每当回到家听到女儿稚嫩的歌声,潘石都会感到无比的满足。孟美去美国不久,潘石便去了海南岛,贝贝无人照管,潘石只好请了个小保姆。

一个炎热的夏日,贝贝发高烧,没想到小保姆却把小贝贝反锁在屋里一走了之了。贝贝连续高烧多日,后来被邻居发现送到了医院。潘石赶回北京在医院里见到了贝贝。医生告诉潘石,孩子虽没什么大碍,但由于长时间高烧,声带严重受损了。贝贝张着嘴努力地想要叫声"爸爸",却始终发不出声音。潘石双腿一软,一下子瘫在了病床前,握着女儿的小手,失声痛哭。

三年后,孟美硕士毕业了,准备一边打工一边继续攻读法律博士。春节回国探亲时,她发现贝贝声音沙哑,觉得有些异样,潘石如实地说了三年前发生的事儿。孟美听后非常愤怒,指责潘石太自私,为了自己的发财梦牺牲了女儿,并坚决把贝贝接到了美国。从此,贝贝就再没回来。为此,潘石一直十分内疚和负罪,漫长的痛苦也与他如影随形。

女儿的事情对潘石的影响很大,他经常反思自己,是否应该放慢一些追逐财富的脚步,不要再去在乎那些所谓的社会地位等等虚名。

也许是为了寄托对小贝贝的思念，也许是为了赎罪，潘石托人在郊区一家孤儿院认养了一个小女孩儿。在孤儿院，看到那些失去了父爱和母爱的孩子们，潘石越发自责自己没有做好一个父亲。

黑色奥迪 A8 驶出了郊区的高速路口，很快在孤儿院的大门口停了下来。孤儿院看门的王大爷见到潘石，热情地迎了上来，笑眯眯地像见到亲人一样。潘石谦和地和王大爷打着招呼，王大爷想要去通报一下孤儿院的张院长，潘石客气地谢绝了，说自己想先去院子里随便走走。

柔和的晨光照耀着院子的白墙红瓦，空气格外清新，和喧嚣的市区形成了强烈的反差。潘石漫步在院子里，呼吸着新鲜的空气，顿时感觉心里十分安宁。远远地，一间教室里传来了孩子们清脆明亮的歌声。那首耳熟能详、香满世界的《茉莉花》，飘荡在薄雾的上空：

> 好一朵美丽的茉莉花
> 好一朵美丽的茉莉花
> 芬芳美丽满枝桠
> 又香又白人人夸
> ……

潘石被孩子们的歌声吸引，轻步走近教室。薄雾将退，教室玻璃窗上挂着的朦胧水雾，在柔和的晨光里慢慢融化成了一粒粒水珠，轻轻地滑落着。透过玻璃窗往里看去，一位年轻的女老师坐在一架简易的钢琴前，十指正轻巧地在黑白键之间跳跃着。晨光打在她婀娜多姿的身上，勾勒出了一个美丽的倩影。她一边弹着钢琴，一边和孩子们合唱着，犹如一幅爱的画卷。

潘石被眼前情景拨动了心弦，尤其是晨光下那个美丽的倩影，是那般如梦如幻。他久久凝望着，感觉像在欣赏着一幅淡雅的水墨画。潘石发觉自己心里似乎有一种期待，期待着下课铃声的响起，期待着那个美丽倩影的出现。潘石自嘲着自己怎么突然会有这种想法，眼睛却不自觉地看着手表。

下课铃声终于响了，一群孩子欢呼雀跃着从教室里跑了出来，他们几乎都马上认出了潘石，高兴地将他团团围住。潘石弯下身来，幸福的笑容溢于言表。"潘叔叔，潘叔叔！"这时，一个小女孩清脆的呼唤声传来。潘石抬头望去，见一个楚楚可人的小姑娘正向他奔来。潘石高兴地站起身来，突然，他愣住了，呆呆地凝望着前方，看到小姑娘背后站着一个亭亭玉立的姑娘。

那是一张熟悉的清秀面孔，初冬的微风吹拂着她那乌黑闪亮的长发，恬静的脸颊嫣红透白，尤其是她那一双秋水般的眸子，犹如一股清泉一下子沁入了潘石的心底。潘石不敢相信自己的眼睛，那个期待中的美丽倩影竟然是她？

"那……雪？是你吗？"潘石惊讶地脱口而出。

"潘总？是……您呀！"

"真巧！"

"是啊，真巧！"

那雪见到突然出现在眼前的潘石，也露出了惊愕的表情。两个人目光交汇，那雪莞尔一笑，不好意思地低下了头。潘石疑惑地问："那雪，你……怎么会在这儿？"

"我在这儿做义工，教孩子们音乐。对了，潘总，您怎么也会在这儿呀？"

"哦……我也算是一名义工吧！"

潘石掩饰着内心的吃惊，因为他很难把一名夜店的服务员和孤儿院的义工联系在一起。人们常说，你是什么样的人，就会相逢什么样的人。他心里十分感叹，人海茫茫的大北京，有多少人只是擦肩而过，有多少人挥挥手说声再见后就再也没再见。北京实在是太大了，大的如果不联系，一生都不会再遇见。而今天，在郊区的这个偏僻的孤儿院里，自己却和那雪相遇了。

"潘叔叔，好想你！"说话的小姑娘就是潘石认养的那个孤儿，确切地说是个弃儿。她是被看门的王大爷从孤儿院的大门口捡到的。裹着她的被子里面有一张纸条："母亲，姚"。贝贝是个可怜的孤儿，不过，上帝为她打开了另外一扇窗，给了她一副天生的好嗓子。她特别喜欢唱歌，是班里的文艺委员，励志长大后当一名了不起的歌唱家。

潘石赶紧蹲下了身，温和地看着她，眼里充满了怜爱。潘石对这个小姑娘疼爱有加，她总会让潘石不由得想起自己的女儿。为此，他特意给她起名叫"姚贝贝"，借此寄托自己对远在美国的女儿的思念。姚贝贝一直想喊潘石"爸爸"，但潘石说自己是一个没有资格当爸爸的男人，一直让姚贝贝喊他"潘叔叔"。

孤儿院的张院长和一些老师、志愿者闻讯都来了。张院长向大家介绍了潘石，不停地夸赞他多年来对孤儿院默默的付出，尤其是潘石捐助的"爱心基金"。一旁的那雪悄悄地朝潘石投来了欣赏的目光，她没想到在MGM那种地方认识的这位成功商人，还有着这么一颗慈悲的心，这是很多有钱人做不到的。

孩子们正在积极准备"新年晚会"的文艺节目，张院长邀请潘石能留下来和孩子们一起欢度新年，潘石一听高兴地答应了。张院长和潘石等一行人来到一个宽大的教室，和那些孩子们围坐在了一起。那雪是"新年晚会"的总导演，热烈地和孩子们讨论着表演的节目。张院长动情地说，那雪是音乐学院毕业的高材生，也是个心地善良的姑娘。她上学的时候就一直坚持到孤儿院做义工，现在一家公司上夜班打工，特别辛苦，经常见她眼圈儿是黑的。潘石听后，不由得将目光再次转向那雪。

那雪布置完各个小组的节目后，孩子们高兴地排练了起来。贝贝突然跑过来拉着潘石的手，要求和他表演一个男女生二重唱。潘石问贝贝唱什么呀？贝贝认真地想了想，提议合唱《纤夫的爱》，潘石听后开怀地大笑了。看着开心得像个孩子似的潘石，张院长和那雪边说边笑聊着天，想起潘石女儿的故事，不由得感慨地说了几句。那雪看着和孩子们玩耍的潘石，心里掠过一丝莫名的伤感。

"新年晚会"结束了。在潘石的诚恳邀请下，那雪坐上了潘石的车。回城的路上，两个人一直都默默无语。潘石手握方向盘，目光盯着前方。那雪坐在车后座，看着沿途的风景。突然，潘石的手机响了，是段总打来的。潘石猜到，年底了，银行催收贷款了，段总要过年关，找他肯定是谈抵押贷款的事儿。潘石不认同段总一些经营理念，尤其是段总质押的股票，有违法违规之嫌。他没接电话，而是和那雪聊了起来："对了，那雪，你是怎么想起来孤儿院做义工的？"

"哦……可能是受母亲的影响吧！小时候，我母亲经常帮助我们山里的孩子，她常说，付出是一种幸福……"

"那雪，你有个了不起的母亲！不过，说实话，现在像你这样的女孩儿不多了！"

"谢谢！没什么的，能为孩子们做点儿事儿，我也很开心的。"

"对了，上次在MGM听你唱歌，非常不错，我觉得，你在MGM上班实在是太可惜了！"

"潘总夸奖了！不过，有很多事儿，都是不得不的！"

"明白！"

潘石作为较早一代的北漂，很能理解那雪目前的状态。他知道，一代代北漂都一样，要考虑的首先是生存的问题。以前自己毕业那会儿，大学生和研究生还相对较少，出校门还都不舍得摘校徽，找工作也相对容易些。现在的大北京，大学生和研究生遍地都是，竞争日益残酷，再加上一些"二代"们的不公平竞争，社会提供给草根背景北漂的机会也越来越少了。潘石回头看了眼那雪，真诚地说："那雪，如果你愿意，我很愿意帮助你！"

"啊？……谢谢潘总！我自己会努力的！"

"我明白，我们还……不熟！不过，我是一名资深的北漂，很了解你现在的无奈，现实很残酷……我想，你是个有梦想的人！我很愿意帮助你，因为我认为，你是个善良的人！"

"再次谢谢潘总！我不会放弃自己的梦想的！"

"我是过来人，我们追求'财富自由'的目的，是为了有一天能做到'精神自由'，能够做自己内心想做的事情，实现心中的梦想，这样，人生才是快乐的，所以，加油，那雪！"

两个人聊着，车已经不知不觉地驶进了市区，路况慢慢变得拥堵起来。潘石的手机又响了起来，还是段总。潘石看一眼，没接。他试探地问："要不要找家咖啡馆坐一会儿？"

"不了，我要去MGM上班了。"

"哦……元旦也不休息啊！那……我送你吧？"

"不用了，已经很麻烦您了，我坐公交车就行了。"

"我没什么事儿，别客气，送你吧！"

"哦……那好吧！"

黑色奥迪A8慢慢地行驶着，那雪呆呆地看着车窗外，看着一栋栋灯火阑珊的高楼大厦从眼前掠过。不一会儿，车驶进了工体东门，远远就看到了MGM闪烁的霓虹灯。在离MGM大门口不远处，那雪坚持要下车，潘石明白，那雪是担心同事看到说闲话。下了车，那雪躲避着潘石的眼睛，说了句谢谢，匆忙走了。

潘石目送着那雪的背影，渐渐地淹没在远处MGM大门喧嚣的人群中。灯红酒绿的MGM，与清新宁静的孤儿院简直是两个世界。潘石开动了发动机，车缓缓地驶出了工体东门。突然，他的手机又响了，又是段总。潘石犹豫了一下，想找个理由拒绝他，于是接通了电话："段总，不好意思，刚在开车……"

"师弟啊，您可急死我了！还以为出啥事儿了呢！您现在哪儿呢？"

"我现在……在工体附近。"

"工体附近？太好了，我也在工体！一直打电话约您，您也不接！我在MGM老房间都等您好久了，您快过来吧！又好久没见您了，快想死您了！过来吧，咱哥俩儿好好聊聊。"

"是抵押贷款的事儿吧？我们研究过了，不过……"

"师弟，来了再说，好吗？我等您啊！一定要来啊！"

潘石挂了电话，犹豫了半天，鬼使神差地调转车头，驶向了MGM。连潘石自己都很惊讶，自己怎么就调转了车头去见段总？他知道，是自己潜意识里想再次看到那雪，虽然他并不愿意承认这一点。走到88号总统包房，他轻轻地推开大门，段总和上次的那个冰冰等几个女孩儿都已经到了。段总看到潘石，就像看到救命稻草似的急忙迎了上来，握着潘石的手说了一通肉麻的话。

那雪也刚刚进房不久，看到潘石走了进来，露出了惊讶的表情，但听到段总的一段开场白，顿时明白是怎么回事儿了。赵小汐看到潘石非常开心，急忙让那雪赶紧去泡一壶潘石最喜欢喝的大红袍，自己去点了瓶潘石最喜欢喝的美国纳帕酒庄的红酒。

潘石在沙发上坐了下来，冰冰又紧贴着潘石坐了下来。紧接着段总带来的女孩儿一个接一个上来给潘石敬酒。潘石很清楚，这是谈生意惯用的两招：一是美酒把你灌得豪言壮语失去理性，二是美色把你搞得神魂颠倒。但这两招对久经沙场的潘石不很奏效。潘石选择了开门见山,直奔主题:"师兄,上次抵押贷款的事儿,我回去研究了,恐怕让您失望了!"

"别啊,师弟!这次您一定要救我啊!就一个月,过了年关,我缓口气,马上还您!至于抵押的条件,我们再商量,这样吧,利息比市场上的再加几个点,您说了算,好吗?"

"师兄,不是利息的问题,主要是您质押的股票风险太大!"

"我知道,我知道!这样吧,股票我翻倍质押,您总该放心了吧?师弟,这次全靠您了,您可不能见死不救啊!"

"哦……那好吧!利息就不用再加点了,但股票质押真的要翻倍。兄弟归兄弟,生意归生意,望师兄理解!"

"师弟,您……您让我说什么好啊!"

段总听到潘石的话,感动得都快跪下了,端起酒杯连喝了三杯。潘石又突然为自己刚才的决定诧异了,他本不想做这笔生意的,怎么就答应了呢?也许是他动了恻隐之心,也许是他认为质押的条件是安全的,也许是……潘石心想,算了,就帮他这一次吧。

段总大功告成,心花怒放。但他还是有点儿不放心,心里盘算着如何给那笔抵押贷款再上上保险,今晚无论如何一定争取把潘石搞定。之前他就给冰冰放了狠话,只要今晚能把潘石搞定,要多少钱都行。他甚至暗示冰冰,如果能拍张照片或录个视频什么的,那可就加倍奖励了。

段总给冰冰使眼色,冰冰立马心领神会,一笑百媚地和潘石套近乎:"潘总,您是北京人吧?一看气质就老高贵了!"

"我是山东曲阜人,孔孟之乡。"

"哎哟,孔孟是谁呀?中国首富吗?很有钱吗?比您还有钱吗?"冰冰一脸认真的样子。

"停!现在的年轻人真没法聊天了!孔子孟子知道吗?和咱潘石是老乡!我就奇了怪了,你他妈大学是怎么考上的?"段总尴尬得有点儿恼怒。

"哈哈哈……段哥,您好幼稚哦!有什么好奇怪的吗?我们学校,交点儿钱,再陪陪领导……就 OK 啦呀!这你都不懂?"

"我靠,这么一说,我还真他妈挺幼稚的啊!哈哈哈……"

段总一边插科打诨给冰冰解着围,一边给冰冰使眼色让她别乱说话。段总知道,潘石一向对没文化没素质的女孩儿不感兴趣的。潘石确实没心思和冰冰聊天了,目光一直注视着那雪。这时,段总突然站了起来,拍了拍手,大声说:"美女们,都过来,说点儿正事儿!今晚的主题是要解决咱潘总的个人生活问题。我透露一个国家机密,潘总,还没女朋友呢!"

"真的假的?太好了!那我们不是都有机会啦?嘻嘻。"

"师兄,你又开玩笑!"

"你自个说,你老婆在美国都多少年没回来了?你一个人孤苦伶仃的,尤其是到了晚上,床上也没人照顾!知道吗,你在侵犯你自个的人权啊!"

"啊?……几个意思?"

"你是自个在侵犯自个的性爱权利啊!哈哈哈……"

"师兄,你这嘴,唉……"

"谁像你啊,见一个睡一个!人家潘总追求的是爱情,对吧,潘总?"冰冰翻着白眼说。

"拉倒吧!这年头还有爱情吗?说实在的,师弟,你和你老婆有爱情吗?再说,你们的婚姻也早就名存实亡了,要是我,早离了!我知道,你是个懂得感恩的人,也知道是因为孟老不好意思提出离婚……"

"师兄,家家有本难念的经!来来,不说这些了,喝酒!"显然,潘石不想在这种场合提及自己的私事。他主动站起来敬了大家一杯,试图岔开话题。段总的话说中了潘石的痛处,他自己也心里很清楚,当年和孟美结婚,确实很大成分是因为她是导师的女儿。

想当年,自己想继续读孟老的研究生,一门心思都放在了学业和未来前程上,根本没精力想爱情之类的事儿。再说,对他这个从山东来的穷小子来说,当时能娶到导师的女儿已经是攀高枝了。不过现在想起来,潘石觉得当时有利用孟美的成分,内心始终有一种愧疚感。还有,导师对他恩重如山,他无论如何都不好意思提出离婚,只能走一步看一步了。

"师弟,婚可以不离,但是,没必要禁欲吧?说真的,这么多年我一直很好奇一个问题,您的个人问题究竟是怎么解决的?总不会天天靠左右手解决吧?哈哈哈……"段总不失时机地调侃说。

"师兄,说实话,我也一直很好奇,你见一个睡一个,是个女的就行,会不会有时也觉得奇怪呢?"

"奇怪?有啥奇怪的?这泡妞就和吃饭一样!你想想,咱中国有八大菜系,为什么还有数不清的各种地方小吃呢?这泡妞和吃饭的道理一样,吃完了八大菜系,再吃吃地方小吃,换换口味而已,多符合人性啊!哈哈哈……"

"食色性也,人之常情,无可非议!但人总要讲点儿精神的,总要有点儿自控力的,否则,不就是纵欲了?欲壑难填啊……"

"师弟,你境界高,我不敢和你比!听说,你平时除了读书,居然还写诗、写小说?我真服了你了!流金岁月啊,谁还待在家里读书写字啊?"

"是啊,如今偌大的中国,还能放下几张安静的书桌啊?"

"得,不能再说了,再说您又要感慨了!来来,美女们,敬酒敬酒!"

房间里的女孩儿都站起来纷纷上来敬酒。潘石十分礼貌地和每个女孩儿碰着杯,女孩们的目光敬重地看着潘石。其实,这些女孩儿虽然都是为了钱或者机会出来应酬的,但也欣赏潘石这样有素质的有钱人,很讨厌像段总这种有钱就了不起的男人。段总经常吆五喝六、摸来摸去的,似乎付了钱就恨不得都要摸回去,唯恐吃了亏似的。

那雪一直低着头倒酒,听着段总和潘石的聊天。她想起了孤儿院里潘石和孩子们玩耍时高兴的样子,想起了张院长讲的潘石女儿的故事,又联想到刚才段总说的话,诧异眼前这个令人羡慕的潘石,却过着如此孤独的生活。那雪轻轻地抬起头,恰好遇到潘石的目光。

这次,那雪没再躲避潘石的目光,而是微微地向潘石一笑,眼里流露出一种柔情,并主动提议潘石唱首歌,不想让他再去想不开心的事情。读着那雪的眼睛,潘石心中一暖。他想了想,点了一首刘欢唱的《去者》,拿着麦克风,盯着大屏幕,一字一句动情地唱了起来:

人鬼天地

万金似慷慨

浮生若梦安载道
　　唯苦心良在
　　……

　　那雪听完,情不自禁地鼓着掌称赞说:"潘总,您唱得真的太好了!您把这首歌的魂和意境,以您对生活的感悟,以您真诚的表达方式,演绎得真的是淋漓尽致!"

　　潘石惊讶地看着那雪,想着那雪刚才的评价,没想到这个夜店的服务员能说出这番话,不由得对那雪再次刮目相看。这是一首电视剧《胡雪岩》的主题曲,唱出了一代儒商胡雪岩对青春、爱情、财富乃至生命的态度。潘石非常敬慕红顶商人胡雪岩,所以对这首歌爱之又爱。不过,这首歌的歌词比较难理解,很多年轻人只读懂每一个字,但每一个字组合成的歌词,就不懂其中的寓意了。

　　这时,坐在潘石一旁的冰冰心里非常不爽,觉得自己被一个服务员抢了风头,又见潘石十分欣赏地看着那雪,醋意大发,噌地一下站了起来,斜着白眼怒视着那雪说:"你一个破服务员,懂什么呀?什么'魂'啊、'意境'的,闹鬼呢?这破歌词,每个字我都认识,但组装在一起,我一句都没看懂!我不懂,你一个服务员懂个屁呀?装什么装呀?切!"

　　潘石觉得冰冰的态度太过分了,语言明显地在侮辱一个人的人格。潘石表情严肃地告诫冰冰,说话要有礼貌,要懂得尊重人。那雪赶忙给冰冰说了句对不起,低头不语了。潘石看着那雪,不由得感到心里一阵心疼,这么一个优秀的女孩儿,为了生存不得不在这种地方斟茶倒酒,每天还要面对客人的调戏和谩骂、斥责和侮辱,既要强颜欢笑,又要彬彬有礼,真是不容易。潘石心想,那雪心里一定有着道不尽的委屈和心酸。

　　段总见状,急忙岔开了话题,搂着几个美女哈哈大笑着:"美女们,想不想听听想当年我和潘总在海南岛打拼的故事啊?"

　　"好啊好啊,快讲讲,你们是怎么挣那么多钱的呀?我也想挣大钱、发大财!"冰冰一听兴奋地站了起来说。段总一把将冰冰拉了坐下来,骂了她一句让她别说话了。

段总点上了一根雪茄，一副得意洋洋的样子，慢条斯理讲起了在海南岛打拼的光辉历史："想当年，海南岛那真是遍地是黄金啊！到处都在他妈搞'圈地运动'。刚到海南岛那会儿，我们师兄弟那可没少吃苦！海南岛，那多热啊！每天都要挤公交车上下班，打个的都不舍得！别看如今咱潘总这么风光，想当年差点儿没被饿死！"

"潘总？真的假的呀？"冰冰好奇地问。

潘石笑了笑，想起了段总说的那段经历。原来，他刚去海南岛那年，扣掉汇给孟美的钱，及给小保姆留下的钱，基本上就身无分文了。为了省钱，他借了张学生证，买了一张从北京到广州的半价火车票，然后从广州又坐长途车到了湛江，从湛江再坐船到了海口，四天三夜才到了海南岛。到了的时候，身上就剩下几块钱了。

当时潘石是投奔已经发达了的师兄汪全银的。但不巧的是，那天是周末，师兄去三亚度假了，自己也没好意思说没钱了。师兄走后，他用仅有的几块钱买了两包饼干，等师兄周一回来的时候，饿得真有点儿快站不住了。

"真的假的？三天就吃了两包饼干，一个大男人，妈妈呀！"冰冰惊愕地大叫着，包房的其他女孩儿也叽叽喳喳地摇着头。那雪不由得敬佩地望向潘石，内心感叹着，如今成功的潘石也有过这样艰辛的奋斗史，真是没有随随便便的成功。

段总突然自己在那儿忍不住大笑起来，笑得前仰后合的。大家好奇地看着他笑了半天，段总终于停下了大笑说："美女们，想不想听听潘总第一次去夜总会的故事啊？每回我想起那次的事儿，都会笑得不行不行的！"女孩儿们似乎明白了段总的意思，故意地起哄鼓掌说好。潘石用手指了指段总。

原来，在海南的时候，段总叫了几个师兄弟去陪一个客户喝酒，也把潘石拉去了。那是海口最著名的一家夜总会"中国城"。师兄弟们各自都找了个小姐。潘石第一次去夜总会，看上去非常拘谨，后来段总硬塞给了他一个小姐。那小姐为了讨好客人，故意地往潘石怀里倒着，潘石被吓得不停地躲。潘石有点儿紧张地坐在那里，不知自己都应该干些什么，于是和那位小姐聊起天来。

潘石问那小姐为什么年纪轻轻干这个啊？为什么不好好读书啊？

为什么不珍惜自己的青春年华啊？等等。聊着聊着，包房里突然安静了下来，发现男男女女都好奇地正看着他，后来大家都忍不住哈哈大笑起来。潘石不知道自己做错了什么，还傻傻地问怎么了？大家一听笑得更受不了了，嘲笑他到夜总会跟人家小姐谈人生和梦想。

　　段总绘声绘色讲完了这段往事，发现包房里的女孩儿并没笑，他突然意识到自己这个笑话看来不太恰当，女孩儿们一定是觉得段总把她们也当小姐了。段总赶紧岔开了话题，夸赞潘石比自己能干，很快就挣到了第一桶金。最牛的是潘石及早地发现形势不对了，迅速地撤离了海南岛，没有接最后一棒，不然也会跟有的师兄弟一样死在海南岛了。

　　潘石看了看表，打断段总说时间不早了，别再吹当年的光荣史了。段总知道潘石平日里生活很规律，他拉住潘石的手，一脸坏笑地说："师弟，撤是可以的，但你今天必须'打包'一个，否则就太不给师兄面子了！我还是给你强烈推荐冰冰，活儿可好了！哈哈哈。"

　　"别闹了！"潘石淡然一笑。

　　"师弟，接点儿地气儿好吗？趁着年轻，赶紧把能干的坏事儿都干了吧！别再追求什么精神了，OK？"

　　潘石没再接话，拿出钱包准备结账，他不想欠段总这种人情。段总一看，急忙抢着买单，刚把包房费给结了，就发现潘石抢着发了小费，包房里所有的女孩儿都发了一千。女孩儿们个个开心得不得了，赵小汐高兴地抿着嘴看着那雪，突然，那雪数出五百块递给潘石，认真地说："潘总，我们这里小费是五百，您给多了！"

　　包房里几乎所有的女孩儿都不约而同地转向了那雪，恶狠狠地盯着她，心里骂着这服务员一定有病。潘石也被那雪突如其来的举动搞得先是一愣，随后装作很随意地说："哦，是吗？那你先拿着吧，下次就不用给了。"

　　"下次是下次的，谢谢潘总！"那雪依然固执地伸着手说。

　　包房里的女孩儿都翻着白眼，嘴里小声骂着"有病吧！"各个拿起东西赶紧地走人了。那雪转身去衣柜里帮潘石取外套，顺手把那多给的五百块放进了外套的口袋里。潘石没再说什么，微笑着看了一眼那雪，和段总并肩走了。

潘石和段总走后，赵小汐一边收拾包房，一边埋怨着那雪太傻，哪有给钱不要的啊？再说这是不给潘总面子。那雪一直听着，笑而不语。下班了，那雪找到刘铁准备回家，刚走出 MGM 大门，正遇到也准备回家的赵小汐。她换下了工作服，穿上了很时髦的服装，一边走向远处停着的一辆宝马车，一边挤眉弄眼地跟那雪打了个招呼。

刘铁盯着赵小汐背的包包，突然发现，好像跟熊小乖背的一样，都标有 L 和 V 两个大英文字母。他心里突然一阵不爽，撇着嘴说："看她嘚瑟的！"

"怎么了？她招惹你了？"

"那倒没有！不过，就是看不惯她的做派！"

"她怎么了？"

"呵呵，她？！傍大款啊！还背个 L 和 V 的包包！总有一天，她会坐在宝马车里哭，哼！"

"行啦，咱不议论别人的事儿，好吗？"

"对了，那 L 和 V 是什么包啊？"

"不懂了吧？那叫路易威登，简称 LV。"

"L 和 V……哪儿有卖的？"

"听小汐说，在国贸、王府井之类吧。"

"哦……那我也给你整一个！"

"啊？……哈哈，好吧！"

"几个意思？看不起我？"

"没有没有！铁子，很晚了，咱回家吧。"

"等等，对了，雪儿，我怎么听说今天有一个大款开车送你来上班的？还听说，你又陪客人唱歌啦？"

"啊？……没有没有，别听他们瞎说……"

第三章　爱上了爱情

　　青葱岁月,我们往往只是爱上了爱情本身。而当面对实实在在的生活时,彼此却往往会以爱情的名义,相互灼伤、折磨及消耗着……

3.1 没有一朵花是错开的

刘铁从小就是一个把面子看得非常重的人。那晚，看到赵小汐的那个 L 和 V 包包，看到那雪那掩饰不住的羡慕眼神儿，看到赵小汐那副嘚瑟的样儿之后，刘铁就暗下决心，发了工资后不吃不喝也要给那雪买个 L 和 V 包包，并且必须要和赵小汐的，还有熊小乖的一模一样。他发誓，别的女人有的，我的女人也必须有。

那雪虽不贪慕虚荣，但不等于说她不喜欢名牌包包和服装。大多女孩儿对奢侈品似乎天生没有免疫力，有爱美的天性，也有攀比的心理。不过，那雪更偏爱读书，更关注精神领域的东西。在那青葱的岁月，那雪的世界里，除了书籍，只有爱情，只有刘铁。

在 MGM 干了几个月的保安，刘铁感觉自己的眼界开阔了。见的有钱人多了，受的刺激多了，思想在悄悄地发生着变化。从小争强好胜的刘铁，在现实面前不得不低下了高傲的头，变得不再讨厌那些有钱人了，而是憎恨自己不是有钱人。他感受到了一种从未有过的危机感，一种巨大的无形压力。

这天上午，刘铁揣着刚发的八百元工资，再加上平常攒的小费，特意穿上了自己唯一的那套西装，一大早就神神秘秘地出了门。他坐公交倒地铁，一路打听着，来到传说中的国贸。来北京这么久，刘铁只是偶尔路过国贸，还从来没敢进去过。今天，他第一次鼓起勇气，走进了这个富丽堂皇的殿堂。

看着令人眼花缭乱的世界一线品牌的 LOGO，刘铁东问西问终于找到了 LV 店。他整了整西装，挺直了腰板，大摇大摆地走了进去。看着货架上琳琅满目、各式各样的包包，他顿时感到眼花缭乱。刘铁正在乱逛着，这时，一位漂亮的女服务员，带着职业的微笑迎上来问道:"先生,请问,有什么可以帮您的吗?"

"买包!"

"先生,喜欢哪款?我帮您……"

"哦……我先随便看看!"

刘铁说不上来熊小乖和赵小汐背的具体叫什么款,只记得大概的模样,只好从一个柜台走到另一个柜台,找着那款长得同样的包包。女服务员一直跟在他身后不停地介绍着。也许是自己心虚,刘铁总觉得服务员看他的眼神是异样的,对他的微笑是嘲讽的,跟在他身后让他心里很不自在,甚至有些反感。

刘铁尽量保持着一副傲慢的样子,在几个柜台间找来找去,但找了半天始终没有找到那款包包,急得额头上的汗都冒出来了。突然,他一转身,对着那位一直轻手轻脚地跟着他的服务员大声说道:"你老跟着我干吗?"

"先生,这是我的工作!"

"你的工作就是……跟踪我?"

"没有没有!先生,我没跟踪您,我只是想帮您介绍!"

"我自己没长眼啊?不用你介绍!"

"先生,您别激动!您都转了半天了,这样吧,您告诉我需要哪一款,我给您拿,好吗?"

"就是上面写着……L 和 V 的那款!"

"先生,抱歉!咱们家的包包,都写着 L 和 V……"

服务员无奈地笑了笑。刘铁急得满头大汗,看到服务员脸上的微笑,顿时有点儿恼羞成怒,恶狠狠地瞪着眼质问她笑什么。服务员终于拉下脸来,冷冷地回了句没笑什么。这时,店门口站着的两个高大帅气的保安走了过来,上下打量着刘铁身上土得掉渣的西装,眼里带着一种轻视说道:"先生,给你出个主意,去附近的秀水街看看,就隔两条马路!"

"什么意思?"

"国贸看货,秀水提货啊!"

"那又是……什么意思?"

"就是说,那里的货非常便宜,比较适合你!"

"懂了！'狗眼看人低'对吧？老子有钱！"

"先生，怎么骂人啊？再骂人，我们就不客气了！"

"哈哈，就你们两个？不过，长得挺帅啊！以前是男模吧？实话告诉你，老子也是保安！"

"哎哟，同行啊！那您跑这儿溜达什么呢？"

"溜达过来看你呀，同行！"刘铁和两个保安对上了，眼看就要打起来了，很多人都围了上来。这时，一位年龄偏大的女士一路小跑过来，自我介绍是店里的经理。她急忙向刘铁解释和道歉，婉转地希望他能尽快离开，不要影响店里的生意。

刘铁觉得再僵持下去也挺丢人的，转身准备离开，正好看到眼前一个年轻貌美的女孩儿，正挽着一个油头粉面的中年男人，肩上背着一个L和V组合的包包。刘铁突然眼前一亮，指着那个女孩儿兴奋地喊道："就这款！我找的就是这款！"

那位经理上前亲自接待刘铁，非常礼貌地夸赞刘铁有眼光，并耐心地给刘铁解释，那款包是今年春季的最新款，因为是限量版的，所以就专门放在展示柜了。油头粉面的中年男人鄙视地看着刘铁，冷笑了一声，挽着那个艳丽的女孩儿走了。服务员也偷偷地撇了下嘴，心里骂着刘铁土包子，不情愿地转身走向展示柜，把那款包拿了出来，放在了柜台上。刘铁兴奋地盯着那款包问："太好了！多少钱？"

"两万三千八百元，先生。"

"什么？多少钱？"

"两万，三千，八百元，先生。"

看着刘铁那吃惊的样子，服务员故意一字一顿地回答。刘铁简直不敢相信自己的耳朵，想了想自己口袋里的一千多块人民币，一下子感觉脸都红到耳根儿了，不敢再正视那位服务员的眼睛了。服务员小姐职业地微笑着，但微笑里明显带着一种轻蔑和得意。刘铁挠了挠头，尴尬地问道："这么贵？小姐，能不能打折啊？"

"先生，不好意思！我们是全国统一定价，从来不打折的。"

刘铁支吾着，脚步慢慢地向大门移动。此刻，他心中只有一个想法，就是赶紧逃离这个地方，一分钟都不要多待。他狼狈地转身快步走向店门口，差点儿撞上了大门口的保安。保安打开门，得意地说了句:"哎,哥们儿,早就告诉你了吧?去秀水买去吧,长得和这里一模一样的,看不出真假!"

刘铁没有了刚来时的大摇大摆,也没再接保安的话,做贼似的慌忙地逃离了LV店。他一直低着头在国贸大厅里快步地走着,感觉来来往往的人仿佛都在用鄙视的目光看着自己。这个地方让他窒息,令他无地自容。他的脚步越走越快,几乎是跑出了国贸。

站在国贸的大门口,他大口地喘着气。定了定神儿,刘铁放慢脚步走在CBD的大街上。看到一些像自己一样穿梭于CBD楼群之间的打工族,突然心生感慨,他觉得在这个繁华的大都市里,自己只不过是个赤手空拳的穷光蛋,只不过是一个背井离乡的过客。自己看似生活在这里,其实和这里没有半毛钱关系。

高楼林立的CBD大街上,刘铁一边走一边想,毕业半年多了,自己在MGM做保安,风里来雨里去的,每天工作几乎都在十几个小时以上,下了班后累得像狗一样,回到简陋的出租房倒头就睡,难道自己大老远从赣南山区跑到这儿,拼了命读了四年书,就是为了在MGM当保安?难道就是为了看那些鄙视的眼光?自己在学校时的雄心勃勃哪儿去了?自己最初的梦想哪儿去了?

他猛地停住了脚步,压抑的内心一下子爆发了,突然仰天一声长吼。他偷偷地看了看两边的行人,担心会有人停住脚步看自己,不过,他马上发现自作多情了,因为根本都没有一个人注意他。有一个行人倒是冷冷地看了他一眼,嘴上还捎带着骂上一句"傻逼"。然后脚步不停地走了。

刘铁突然哈哈大笑起来,笑得弯着腰蹲了下来。他真心觉得自己刚才太可笑了,太"傻逼"了,太他妈把自己当回事儿。以前在老家也好,在大学也好,他一直觉得自己还挺牛逼的。没想到扔到这人海茫茫的大北京,原来自己是那么的渺小、那么的无足轻重。

狂笑一会儿,似乎笑够了,他想起了今天出来的目的,擦了擦眼角笑出的眼泪,慢慢地站起身来。他决定今天无论如何也要买到那款L和V的包包,哪怕是假的也要买。他一路打听,很快就找到了著名的秀水街。

秀水街上大小商铺林立,估计这个世界上能有的这里几乎是应有尽有了，尤其是那些世界著名一线品牌的商品，这里更是随处可见。刘铁很快就发现，这里几乎每家店都有那款 L 和 V 的包包，且标价居然从几百到几千不等，看上去和国贸的没什么分别。刘铁百思不得其解，为什么同样的东西，秀水的和国贸的差距那么大呢？

刘铁挑了半天，特意挑了一个比较贵的，标价为两千二。他仔细地看了半天，觉得和国贸两万多的实在没什么区别，一模一样地写着 L 和 V。刘铁当即决定买下，但他身上只有一千多，不过自己是学金融出身的，要学有所用，于是他开始跟老板讨价还价，开口就是拦腰一刀，把价格杀到了一千一。鸡贼的老板扫了他一眼，立马就猜到了刘铁这位客官的大概其，故作非常为难地犹豫了半天答应了。刘铁又兴奋、又感激，还觉得占了个大便宜。

回到家里，刘铁发现那雪不在。他躺在床上举着 L 和 V 的包包看了半天，心想自己辛辛苦苦一个月挣的钱，才只够在秀水街买一个假的LV，再想想每天在 MGM 挥金如土的那些男人，想想熊小乖一晚上就喝掉两瓶皇家礼炮……凭什么呀？想着想着，手攥得咯咯直响。

不过，只要能让那雪开心，让自己的女人也能背上同样牛逼的包包才是重点。再说了，自己还年轻，以后会挣大钱的，像索罗斯那样……突然，刘铁自嘲地咧着嘴笑了起来，他发现自己好久都没想过他的偶像了，也好久没再想起来他的投资银行家的梦想了。

那雪推门进来了，躺在床上傻笑的刘铁没有察觉到。那雪走到床边，好奇地看着他，轻轻地拍了拍床。刘铁被吓了一跳，赶紧坐起来，晃了晃脑袋，帮那雪取下肩上的帆布包。这个帆布包是读书时自己炒股票挣的钱买给那雪的。他傻笑着看着那雪，那雪疑惑地看着他："傻笑什么呢？买彩票中大奖了？"

"再猜！"

"找到理想工作了？"

"接着猜！"

"你知道我笨，我猜不到。快说嘛！"

"哈哈，就知道你猜不到！那就烦请那雪同学闭上眼睛，好吗？"

"干吗呀，神秘兮兮的。"

"先闭上眼睛嘛！"

"好好，闭上了！"

"OK 了！现在睁开眼睛，你看，这是什么？"

"LV 包包！还和赵小汐那款一样的！"

"那必须的！赵小汐能背，雪儿也必须能背。"

"铁子，你疯了？这包要两万多呢！你哪儿来的这么多钱啊？快告诉我！"

"早上出去干了一大票，抢了一家银行，哈哈哈……"

"没跟你开玩笑！快说实话，否则，这包我不要了！"

"瞧你那认真的样儿，我还真能去偷去抢啊？不过……"

"不过什么？"

"不过，我就用了一千一就搞定了，牛吧？"

那雪扑哧一下笑了，立马明白了刘铁买的是假货。不过，她不但没有不高兴，反而觉得心里踏实多了。刘铁每月挣多少钱她很清楚，如果这包是真的，她反而会紧张了。刘铁能有心给她买个包包，即使是假的 LV，她已经很满足了。

那雪温柔地亲了一口刘铁，夸赞着 LV 包包好漂亮好喜欢，刘铁满足地笑了。那雪说也有礼物送给他，也要求刘铁闭上眼睛，刘铁听话地闭上了眼睛，睁开眼睛的时候，他看到了一款诺基亚的手机。他有些惊讶，随即故意学着那雪的口气说："你疯了？哪儿来的这么多钱啊？"

"反正也不是偷不是抢的！嘻嘻。"

"是那个大哥送的吧？"

"去你的！你发工资了，我也发工资呀，傻瓜！"

"哦，你发了多少？"

"加上小费五千，嘻嘻。"

"我靠，本来就比我多，又涨了！为什么我还是他妈的八百啊？"

"八百还都给我买包了！不过，我给你买的这款手机也是最便宜的，也八百多，你别嫌弃哈！"

"这款就很好啦，我很喜欢！"

刘铁一把抱住那雪，那雪温顺地抱着刘铁。两个人紧紧地拥抱在一起，两颗心也紧紧地跳动在一起，犹如阁楼窗外天边的云与蓝天紧紧相拥。虽然现实让他们感到有些身心疲惫，但两个相爱的人依然坚信着、憧憬着美好的未来。刘铁深情地看着那雪，轻轻地说了句："雪儿，谢谢诺基亚，嘿嘿。"

"嘻嘻，谢谢铁子！谢谢LV！"

刘铁轻轻地吻着那雪，那雪深情地闭上了眼睛。刘铁越吻越疯狂，并拥吻着那雪朝床的方向移动，那雪马上明白了，急忙挣脱了说，大白天的多不好意思，再说，没准房东还在楼下。但刘铁已经顾不上那么多了，再次疯狂亲吻着那雪，那雪再次挣脱了刘铁。刘铁像泄了气的皮球似的，一屁股坐在了床上，呆呆地不说话了。那雪知道刘铁不高兴了，慢慢坐在他身边道歉，希望他不要不开心。刘铁强装着笑脸，说了声没事儿。

那雪知道，精力旺盛的刘铁对她这方面很不满意，有一次还开玩笑地说她"性冷淡"，有时甚至还怀疑她是否爱他。那雪肯定是爱刘铁的，但连她自己也说不清楚为什么总是会逃避那种事儿，从心里觉得那种事儿很尴尬。有时候她真的怀疑自己是不是有精神洁癖，甚至有刘铁说的"性冷淡"。

那雪经常会感到很对不起刘铁，每次都像哄小孩似的哄刘铁。这次也一样，刘铁一会儿又被哄高兴了，拉着那雪的手说要亲自给那雪做饭，但刘铁从来没做过饭，手忙脚乱地在一通乱帮。那雪笑着系上围裙，说她做的面好吃，把刘铁推到了床边，让他别帮倒忙了，有时间去多看看书。刘铁笑了笑，拿起了一本《炒股秘笈》看了起来。

刘铁和那雪吃完面，照旧一起坐公交倒地铁去MGM上班了。在服务员衣柜间，赵小汐惊讶地看着那雪肩上的LV包包，没看几眼就露出了会意的笑容。那雪毫不掩饰地告诉了赵小汐，这包是刘铁在秀水街买的A货。赵小汐摇了摇头，补充纠正着说，A货也分等级，有高仿的和低仿的。以她的经验，很权威地告诉那雪，这个包包充其量是个B货。那雪听后半信半疑，赵小汐又问花多少钱买的，那雪直言花了一千一。赵小汐露出了吃惊的表情，随后又补充了一句，这包再打个对折，五百块撑死了，那雪一时目瞪口呆。

夜深了，客人走了，那雪和赵小汐收拾好房间，准备下班了。赵小汐不停地抱怨着说，今天晚上真是太倒霉了，遇到了素质这么低的一帮客人，被摸来摸去不说，红的、黄的、洋的各种酒喝了多少杯都记不清了，最后才拿了五百块小费，一分都没多给。那雪就更惨了，她一不陪喝酒，更不允许客人对她动手动脚，结果被客人各种刁难，几乎被整整骂了一个晚上，当然，最后小费一分钱也没拿到。

　　那雪的脸色很难看，心里也很难受，但她没有抱怨，选择了沉默。当然，赵小汐终究是老服务员了，这种事儿也不是一次两次遇见了，所以，抱怨了一会儿也就算了。她看着沉默不语的那雪，知道她心里一定很委屈了，走过来拉着手劝那雪。那雪笑着说没什么，但赵小汐还是察觉到了她眼角里藏着的泪水。

　　赵小汐安慰着那雪，自己的脸色也慢慢地凝重了，给那雪讲起了自己的心酸故事。原来，赵小汐曾是大连某知名艺术院校的一名大学生，学跳舞的。大一那年，十七岁的她爱上了一个帅哥，其实是个社会上的混混儿，年纪轻轻手底下就有二十多个小弟了，打起架来老狠了，那时候，赵小汐觉得他老酷了，简直就把他当成英雄了。

　　有一次，同班的几个女生欺负赵小汐，为了给赵小汐出头，她男朋友在学校附近堵住了那几个女生，连同她们的男朋友一起都给打得鼻青脸肿的，其中的一个男生还被打成了骨折，她男朋友因此进了监狱，被判了一年半。后来赵小汐发现自己怀孕了，她偷偷地打掉了孩子，退了学，一个人跑到北京打工。到北京后，她干过很多零工，还差点儿被骗做了小姐。她拼命挣钱，坚守着自己的底线，为的是早日能把男朋友捞出来。她每月都会回老家一趟，把省吃俭用挣来的钱送到监狱里。

　　但是，无论赵小汐如何发誓，她男朋友就认定了她已经在北京当了小姐，每次见了她都会用最侮辱人的语言痛骂她一顿，不过她送来的钱还是照收。赵小汐每次都是哭着离开，但她还是继续坚持着每个月去监狱送钱，每月挨一顿辱骂，就这样她坚持了一年多。因为她认为自己是为了爱情，甚至还觉得自己的爱情很伟大、很悲壮。后来，她男朋友被放出来了。出狱的那天，她男朋友狠狠地抽了她一个耳光，恶狠狠地骂了她一声婊子，然后从她手里拿过钱，再也不见她了。

　　听着赵小汐的讲述，那雪心里非常难受，心疼地抱住赵小汐，轻轻地帮她擦眼角的泪水。虽然赵小汐的爱情故事听起来有点儿不可思议，感情甚至有点儿扭曲，但那雪还是被她真挚的感情深深地打动了。赵小汐咬着嘴唇自言自语地说："后来我一直在问自己，当初，自己是爱上了爱情，还是爱上了他？"

"是爱上了爱情，还是爱上了他？"那雪心里重复着赵小汐的这句话，觉得这话挺有道理的。很多人都是在青葱岁月里爱了，在不懂爱情的日子里爱了。那时候的爱情，往往是一种外在的愉悦感。读书的时候，石子路上微风吹拂着一个女生白色的连衣裙，篮球场上一个男生的一个三分球投篮，甚至两个人喜欢同一首歌曲，就足以让彼此爱上，爱得那么没有理由。

但随着年龄的增长，心智的成熟，尤其是面对着实实在在的生活，往往会发现那时很盲目和冲动。当初也许只是爱上了爱情本身，爱上了爱情的美好色彩，至于什么是爱情，到底爱对方什么，应该爱一个什么样品质的人，显得并没那么重要。

赵小汐擦干了眼泪，收拾好了东西，看着那雪说："过去了！一切都他妈过去了！现在想想，那时自己真的太傻了！还觉得自己是为了伟大的爱情……"

"我觉得，没有一朵花是错开的！你们是爱情，不用后悔！"

"什么他妈的爱情！现在我已经完全释怀了，因为我知道那根本就不是爱情，只不过是以爱的名义罢了！那个男人就是个流氓、就是个混蛋，根本不值得去爱！虽然现在这个人，他有家庭，但至少他很疼我，至少不会看不起我，至少不会花我的钱，至少不会骂我是婊子……"

"小汐，我懂，我懂！听得心里好难过……在北京活下去，不容易！"

"那雪，我们认识不久，但我能感觉到，你是个善良的人！我很想和你做最好最好的朋友！"赵小汐真诚地看着那雪。

"谢谢小汐，我很高兴和你做好朋友！"

"那雪，在 MGM 我见的人多了，这里什么样的人都有，精英和骗子，鱼龙混杂的。我想说，你是一个非常优秀的女孩儿，恐怕连你自己都不知道到底有多优秀，所以……其实……我挺为你担心的！"

"为我担心?担心什么呀?我挺好的呀!"

"我很担心你会……重复我的故事!"

"你的故事?哈,小汐,放心吧,我们很好的!"

"那雪,我想说,现实很残酷的,尤其是北京!"

"我明白你的意思,谢谢你小汐!"

"那雪,你条件这么好,在 MGM 实在是太可惜了!你应该考虑长远点儿,你知道,女孩子的青春太宝贵了!"

"我知道,我会的!我答应过我母亲,不会放弃梦想的!我会和刘铁一起努力,挣钱养梦!"

"那雪,其实……我想说……"

"小汐,你到底想说啥呀?"

"其实……我想说,我挺不看好你和刘铁的!我觉得潘总好像对你……我知道,这样说你会觉得我很现实,但是……不过……"

"小汐,别说了!对了,你明天白天有事儿吗?"

"咋啦?"赵小汐觉察到那雪的神色不对。

"陪我去趟医院,行吗?"

"医院?生病了?"

"没有没有。是这样的,我已经一个多月都没来那个了,最近还总恶心……"

"啊!你不会?……刘铁知道吗?"

"不知道,还没告诉他。"

"为啥呀?"

"我想去医院确认了后,再给他个惊喜!嘻嘻。"

"啊?……还惊喜呢?"

"啥意思啊?"

"没有啦,我只是觉得以你们现在的情况,似乎不太适合要孩子。"

"我懂你的意思!但我相信靠我们的双手,是可以养得起一个孩子的吧?"

"算了,不说了,明天上午我先陪你去医院吧!"

那雪挎上她的 LV 包包,到保安值班室找到刘铁,两个人牵着手又路过必经之地有璟阁。有璟阁已经打烊了,刘铁停了下来,站在大门前，抬头死死地盯着红色的"有璟阁"三个大字。那雪猜到刘铁心里在想什么，急忙跑上前去拉着他回家。刘铁信誓旦旦地说："雪儿，总有一天，我会把这儿给买下来，你信吗？"

"啊？哦！铁子，咱快回家吧！"

"我问你，信吗？"

"我信，我信！我真的信！走吧走吧，回家吧，我困了。"

"还有，等我有钱了，一定会给你买个真的LV，不对，一百个、一千个LV包包，那都不是事儿！哈哈！你都不知道，今天卖LV包包的老板想蒙我，开口报价就是两千二，没想到老子拦腰一斩就是一千一！他也不想想，我铁子是谁？我可是金融专业的高材生，哈哈！"

看着眼前得意洋洋的刘铁，想起赵小汐说的话，那雪低下了头。她不想告诉刘铁这个包撑死了不过五百块，刘铁可是用一个月的工资给她买的，为的就是让她能背上和赵小汐一样的LV包包。那雪心里一酸，努力地扬起头微笑着，想让快要涌出来的泪水赶紧倒回眼底。寒风中，她那黑色的长发随风飘舞，遮住了眼睛。她紧紧地握着刘铁的手。

十字路口，有一家漂亮的婚纱店展示窗里的灯还是亮着的。那雪松开刘铁的手，兴奋地跑了过去，凝望着展示窗里模特儿身上那套洁白典雅的婚纱，眼神充满了渴望，久久不舍得移开。刘铁慢慢地走了过来，从背后轻轻地搂住了那雪的腰，亲吻着她的脸颊说："雪儿，你若穿上这套婚纱，一定是世界上最美的新娘！"

"铁子，咱们……结婚吧？"那雪突然转过脸来，渴望地看着刘铁。

"啊？……结……婚？！"刘铁显然非常惊讶，没想到那雪会突然提出结婚这么大的事儿。

"对啊！铁子，你……不想？"那雪凝视着刘铁。

"想啊！怎么可能不想呢？不跟你结婚，我还能跟谁结婚啊！"

"铁子，我是说，马上要过年了，要不咱们回老家后……就把事儿给办了吧？"

"啊？……回老家……结婚？现在？"

"对啊！"

"别逗了！不行不行不行！我一个穷保安……"

"铁子，我知道在MGM当保安委屈你了！但我觉得，我们可以先结婚,其他的可以慢慢来。只要我们一起努力,总会有机会的,总会好起来的!"

"不行不行不行!我的新娘,那一定要是这个世界上最美的新娘、最幸福的新娘!雪儿,再等几年,等我成了金融巨子,成了中国索罗斯了,到那时候,我一定给你买个大别墅,然后你再给我生个大胖小子,哈哈哈……我的儿子,那一定要上贵族学校,受最好的教育!对了,要让他去美国读书,小学就去!大学嘛,不是斯坦福大学都坚决不能让他上……"

"铁子,别给自己太大压力了!现实点儿吧!"

刘铁演讲一般地慷慨激昂,没有留意那雪的表情和感受。当那雪听刘铁说到他们未来的儿子要如何如何的时候,下意识地摸了下自己的肚子。她想明天和赵小汐要去医院检查,万一检查出来自己真的怀孕了,该怎么办?现在满脑子狂想的刘铁很可能会不接受的,那就意味着自己必须要打掉这个孩子……想着想着,她黯然神伤,心里一阵隐隐的刺痛,看婚纱时那种幸福的心情顿时荡然无存了。

看着依然在那里激动不已的刘铁,那雪突然觉得他就像一个还没长大的大男孩,整天沉浸在自己的幻想中,一点儿都不成熟。不安是女人的天性,其实那雪内心里最想要的是安全感,而不是什么金融巨子或大别墅。那雪不停地问自己,要不要把自己有可能怀孕的事儿告诉刘铁?如果说了,会不会影响和耽误刘铁实现他的梦想呢?刘铁会不会很为难?但是,如果不说,万一自己怀了孩子,那可是她和刘铁爱情的结晶,难道真要打掉吗?

那雪万分纠结,一想到有可能打掉孩子,忍不住蹲下来抽泣起来。刘铁听到了抽泣声,终于停止了滔滔不绝的演讲,转身看着那雪,笑了,蹲下来,抚摸着那雪被风吹得凌乱的长发,笑着问:"哈哈,是不是为我们美好的未来激动得热泪盈眶啦?"

"嗯嗯,是,是的,铁子。"那雪支吾着。

"嘿嘿,这还只是我未来计划的一小部分,我还有更伟大的计划,等我……"

"嗯嗯,铁子,我知道了。我好累,咱回家吧!"

"饿了吧?我们吃点儿东西再回吧?"

"不吃了,太晚了。等你挣了大钱,请我吃大餐,好吗?"

"嗯……好吧,就明年吧!咱们去中国大饭店,怎样?"

"嗯嗯,好的。"

"我还要给你买一个真正的 LV 包包,两万多的!"

"嗯嗯,好的。"

冬日的月光透过阁楼里的小窗,投在地板上一道寒冷的光。那雪紧紧地依偎在刘铁的怀里,抱得很紧很紧。刘铁似乎还在延续着刚才畅想的伟大计划,眯着眼看着窗外,睡意全无。那雪也心事重重睡不着。她突然睁开眼睛,用试探性的口气问道:"铁子,要不你考研究生吧?"

"考研?怎么突然想起这个问题了?"

"其实我一直想跟你说的。你也看到了,现在本科生在北京想要找到一份理想的工作多难啊!如果考上研究生……"

"拉倒吧!读研要读三年,三年后,黄花菜都凉了!"

"怎么就都凉了呢?你这么年轻、这么聪明!"

"哈哈哈,你看看每天去 MGM 的那些有钱人,有几个是研究生毕业的?不行,我要用最快的速度挣到大钱!"

"铁子,你应该了解我,我不奢望什么大富大贵的生活,只想要属于我们自己的踏实生活,这不好吗?"

"雪儿,我真觉得和你是金牛座有关,你怎么一点斗志都没有啊?那不是我想要的生活,也不是我想给你的生活,我有我的梦想,我要做金融巨子,我要做……"

"那就更应该考研究生了!梦想也要脚踏实地、一步一个脚印地去实现,对吧?你就听我一次,好吗?"

"我读研究生,你养我三年?拉倒吧!我可不想让你和赵小汐一样,回头再让有钱人拐跑了!"

"铁子,说什么呢!你就这么看我的?"

"开玩笑!放心吧,我已经有了一个迅速发财的大计划,嘿嘿。"

"好吧,我说不过你,睡吧。"

那雪说完转过身去睡了,刘铁陷入了沉思。想想自己在 MGM 这半年多来，看到的和听到的，有多少女孩儿，或为了生存，或为了名利，或为了各种欲望，都毫无底线地出卖着自己的青春和身体。虽说自己和那雪青梅竹马，爱情也坚如磐石，但刘铁还是担心，觉得必须要挣很多很多的钱，要买房买车买名牌，才能让他们的爱情不接受现实的考验。

那雪睡着了，刘铁侧身看了看怀里的那雪，轻轻地吻了她一下，闭上眼睛也睡了。睡梦中，刘铁突然坐了起来，脸色铁青，额头上全是冷汗。那雪被惊醒了，迷迷糊糊地睁着大眼睛，不知发生了什么事儿。刘铁一把紧紧地抱住那雪，不安的眼神死死地看着她。那雪猜到，刘铁可能又做噩梦了，温柔地问："是不是做噩梦了呀？"

"雪儿，你……不会离开我吧？"

"怎么说这种傻话呀？"

"我刚才梦见你坐上了一辆黑色的大奔，黑暗中我跑啊跑啊，追啊追啊，却怎么追也追不上……"

"哎呀，梦都是反的，别瞎说了！"

"车窗缓缓地升起，你还微笑着对我挥手……"

"哎呀，别胡思乱想了，赶紧睡吧，天都快亮了……"

3.2 忘了怎么哭了

第二天，一晚上几乎没睡的那雪早早地起了床。看了看熟睡的刘铁，她轻手轻脚带上了房门走了出去。公交车上，那雪眼神迷离，心情十分复杂。

九州女子医院到了，那雪下了车。她发觉自己的脚步是那么的沉重，心跳在不断地加快，心情越来越焦虑紧张，甚至感到恐惧。已经等候在医院大门口的赵小汐，上前拉住了那雪的手，一句话也说不出来。她有过相同的经历，完全理解此时那雪内心的感受。

医院走廊里的长椅上，赵小汐陪着那雪坐在那里，焦急地等待着检查结果。赵小汐尽量找话安慰着那雪，分散她的注意力。那雪特别紧张，握着赵小汐的手越握越紧，手心里的冷汗渗了出来，仿佛在等待着一份性命攸关的判决书。

过了一会儿，那雪紧握着赵小汐的手慢慢松开了，眼神也变得异常坚定。原来，那雪想起了昨天晚上婚纱店前，刘铁听到那雪提出结婚时所表达的坚决的态度。想到那一幕，一股透骨的心酸袭来，一行热泪在她的脸庞滚落下来。就在这一瞬间，她做出了一个决定，假如自己真的怀孕了，她将会瞒着刘铁打掉这个孩子。

这时，一个护士伸出头来，大喊了一声那雪的名字。那雪站起身来跟着护士走了进去。赵小汐鼓励着那雪加油，泪水却止不住地涌了出来。那雪走进诊室，看到一个戴眼镜的中年女医生正在看她的检查单子。看了一会儿，抬头扫了一眼那雪，冷冷地问："结婚了吗？"

"还……没有。"

"知道吗，你怀孕了！"中年女医生镜片后面一双轻蔑的眼神看着那雪。

"哦……是吗？"那雪咬了下嘴唇，故作镇静。

"说吧，准备怎么处理？"

"打掉！"这两个字一说出，那雪心里感到一阵刺痛。她不知道，这也成了她一生都无法忘掉的刺痛。

"想好了？"

"嗯，想好了！"

"那个男人呢？"

"哪个？"

"让你怀孕的那个啊！"

"哦……没告诉他。"

"做流产手术是很危险的，需要家属签字的，懂吗？"

"啊！那我自己……签字，可以吗？"

"也可以，走吧！"

"谢谢！"

"对了，要打麻药吗？打麻药的话，费用要贵一些。"

"啊？那就……不用了，谢谢！"

"也好，不打麻药也好，知道疼也好，以后就知道长点儿心了！"

"啊？会……很疼吗？"

"怎么，还怕疼啊？乱搞的时候，没想过疼吧？"

"啊……乱搞？我没有，医生！"

"还不承认！那你老公呢？这时候怎么找不到人了？这种不负责的臭男人，我见多了，切！真是造孽，还是个男孩儿……"

"啊！……"

"啊什么啊？进去吧！"

那雪跟着戴眼镜的中年女医生进了手术室。一直趴在门缝看的赵小汐，看到了里面的一切。看着那个中年女医生冷漠变态的脸，再看看那雪那张善良无辜的脸，赵小汐气得直咬牙，心里不停地骂着，这个老女人说话太难听了，肯定是以前受过很多刺激，才造就了她那张死鱼脸。赵小汐想着自己能想到的各种恶毒的语言，心里不停地咒骂着那个中年女医生。

这时，手术室里突然传来了一阵阵撕心裂肺的惨叫声。门外的赵小汐一下子哭了，失声大哭了，她蹲在地上紧紧地抱着自己的头。不知过了多久，那雪终于出来了。她咬着牙，弯着腰，步履艰难，脸色惨白。赵小汐急忙跑上前去，小心翼翼地扶着那雪，心疼地看着她。那雪无力地微笑着说没事儿。

出了医院，她们上了一辆出租车，到了赵小汐的家。一路上，赵小汐紧紧地抱着虚弱的那雪，沉默无语。但一进赵小汐的家门，那雪一下子抱住了赵小汐，抑制不住地号啕大哭起来。她发现自己好久没有这样痛快地哭过了，似乎都忘了怎么哭了！记得上一次这样痛哭，还是在母亲的墓碑前。

那雪终于平静下来。赵小汐把她扶到床上，让她躺下来先好好休息。那雪躺在床上，目光呆滞地盯着天花板。赵小汐事先专门买了一只鸡，去厨房炖鸡汤了。那雪闭上眼睛，似乎睡着了。不知过了多久，她慢慢地睁开了眼睛，看到赵小汐端着一碗鸡汤坐在床边，正心疼地看着她。那雪挣扎着坐了起来，眼里充满了感激。

喝完热乎乎的鸡汤，那雪突然想起了什么似的，声音微弱地说："小汐，能用一下你的手机吗？"

"当然！"

"我想给铁子发个信息，怕他醒了看不到我，会着急的！"

"那雪，你真他妈是个大傻瓜！"赵小汐气得浑身发抖，随即大骂道:"刘铁,我操你大爷!你是天底下最混最混的王八蛋!呜呜呜……"骂着骂着,蹲在地上哭了起来。

"小汐,别这样!我自己决定的,不怪他!"

"那雪,你让我说你什么好啊!"

"小汐,答应我,千万别告诉刘铁,好吗?求你了!"

赵小汐把手机丢在那雪身旁,转身走开了,她实在不忍心再看可怜的那雪了。那雪吃力地拿过了手机,想了想,编了一条信息发了出去。她努力控制着眼里的泪水,但泪水似乎却越积越多,终于还是扑簌簌地滚落下来。她哭得像个孩子,觉得自己是那么的无助。

冬日的阳光,从阁楼的那扇小窗照射进来。刘铁醒了,不见那雪,大声喊着,猛地坐了起来,四周环视着,脑子急速地转着,猜想着那雪有可能去哪儿。他焦急地拿起那雪给他买的手机,发现了一条陌生号码的信息:"铁子,怕吵醒你。我和小汐逛街呢,放心!"

刘铁拿着手机,笑了笑,长长地松了一口气。狭小的房间里,刘铁踱来踱去,回想着昨天晚上的一幕一幕。他想起了那雪在婚纱店前那渴望的眼神,想起了自己给那雪描绘的美好蓝图,想起了那雪莫名其妙的抽泣,想起了那雪坐上一辆黑色大奔的噩梦……他突然感到了一种从未有过的压抑和窒息。

刘铁点上一根烟,靠在床头思考着。他知道,在这竞争残酷的大北京,要实现自己描绘的美好蓝图,就凭自己的赤手空拳,不知要等到猴年马月了。自己必须要找到一个最快速度发大财的捷径。他想起了前天晚上,熊小乖在MGM曾告诉他,她认识龙德集团的老大,不但可以帮忙引荐他,并保证能让他去龙德集团上班,去帮他实现投资银行家的梦想。当然,条件是刘铁要乖,必须做她的男朋友。

刘铁觉得,熊小乖三番五次地说要他做她的男朋友,无非是一个富家女闲得无聊拿他开玩笑,根本没当真。不过,熊小乖所说的龙德集团,那可是京城乃至中国都赫赫有名的金融控股集团,是刘铁很向往的一个神秘的地方,有了这个平台,梦想可以说就实现了一半了。想到此,刘铁咧着嘴笑了笑,从口袋里拿出来一张小纸条,看着熊小乖留给他的电话号码,犹豫着是否给熊小乖打个电话。

熊小乖真的认识龙德集团的老大吗？真的会帮他引荐吗？万一她说的是真的呢？同事们都说她是个神秘大佬的女儿，连MGM的老大都那么怕她，看来来头不小。如果她真能把自己弄到龙德集团，那就太牛了。至于熊小乖的条件，反正熊小乖一个女孩儿，也不能怎么样。刘铁想着，于是拿起了手机，略显生疏地拨打了熊小乖的电话。

没一会儿，刘铁的出租房楼下就传来了一阵马达轰鸣声。刘铁从窗口伸出头，看到了那辆熟悉的红色法拉利跑车。熊小乖左手不停地按着喇叭，右手拨着刘铁的手机。刘铁本想给熊小乖打个电话试试运气，有一搭无一搭的，没想到她还真来了，而且来得还这么快。他手忙脚乱地到处找那套唯一的西装，快速穿上，大步跑下楼梯。

熊小乖站在红色法拉利跑车旁，一手掐着腰，一手扶着车门，上下打量着刘铁，扑哧一笑："你丫行不行啊？穿一身几十块钱的西装，还打一条破腰带！土不土啊？赶紧回去换一身去，随便点儿就行！"刘铁低头看看自己觉得还挺帅的，跟熊小乖解释道，这是他唯一一套像样儿的衣服了，一会儿要见龙德集团的老大，必须穿得正式点儿，以示尊重。熊小乖无奈地摇了摇头，指着他脖子上的领带说："熊姐求求你，能不能把脖子上那条破腰带解下来呢？土鳖！"

刘铁尴尬地憨笑，解下领带揣兜里，低着头好不容易上了那辆红色法拉利跑车。熊小乖故意猛地一脚油门，跑车呼啸着就飞了出去，刘铁吓得赶紧到处乱抓着。熊小乖开心地哈哈大笑，像个顽皮的孩子。刘铁面红耳赤，偷偷地看了眼熊小乖，发现这个刁蛮跋扈的富家女，其实就是个没长大的孩子。

红色法拉利已经飞快地行驶在长安街上了，并驶向了刘铁又爱又恨的金融街。想到熊小乖现在真的要带他去见龙德集团的老大，刘铁内心十分兴奋，也十分感激。怎么说自己毕竟是个穷保安，别管是出于什么目的的，至少熊小乖没有嫌弃他，至少她不是个势利的女孩儿。熊小乖开着车，瞥了刘铁一眼，发现了他手里紧紧握着的手机，阴阳怪气地说道："行啊，哥们儿，有手机啦！谁送的？"

"嘿嘿，我女朋友送的。"

"比我的那部诺基亚8800好，对吗？"

"不是，你那太高级了，我配不上啊！熊姐，咱现在真的是去龙德集团啊？"

"那你想去哪儿啊？前面就是中南海……"

"中南海？不是，我不会游泳！我是说，你真的认识龙德的老大？"

"熊龙德，听说过吗？"

"如雷贯耳啊！龙德集团董事会主席，证券大鳄！"

"看来你貌似真是学金融的哈！"

"绝对正宗，如假包换！对了熊姐，我还想多一嘴，能否问下熊龙德和熊姐您是啥关系？我就是随便一问哈，熊姐可以不回答的。"

"熊龙德是我爹！"

"我靠，真的假的？"刘铁兴奋得声音都变了。

"你大爷！有他妈随便认爹的吗？"熊小乖抬手给了刘铁一拳。

"有啊，当然有了！现在最流行的就是认干爹了啊！"

"滚！你信不信我一脚把你踹下去啊？"

"我信我信我信！不过，我还是有点儿不敢相信自己的耳朵，难道2003年我刘铁要走狗屎运了？"

"你他妈会不会聊天啊？什么叫狗屎运啊？谁是狗屎啊？"

"啊！瞧我这张破嘴！我太他妈不会聊天了！熊姐见谅哈！"

"刘铁，知道吗，你在犯罪！"

"啊？……熊姐，我知道错了，但离犯罪是不是远了点儿啊？"

"刘铁，像你这样不可多得的人才在MGM当保安，你自己说，你对得起政府吗？难道这不是在犯罪吗？"

"你别说，熊姐这一批评，还真把我骂醒了！我真的是对不起政府对不起党对不起人民啊！"

"知道你给我国金融业造成的损失是多么不可估量吗？"

"应该……挺巨大的吧？犯罪啊，我是在犯罪啊！"

"是吧！那就赶紧的悬崖勒马，回头是岸吧！"

"必须悬崖勒马呀！我这不是刚刚才遇见熊姐，找到组织嘛！唉……您是不知道，千里马好找，伯乐难寻啊！感谢熊姐的知遇之恩！"

"行啊！嘴皮子挺溜的,脑瓜子够快的,和在MGM判若两人啊！"

"这里是长安街，不是MGM！熊姐，您慢点儿，红灯儿！"

"是吗？哪儿呢？我怎么没看见呢？"

"啊！……懂了，熊姐霸气，眼里没红灯儿！"

"刘铁，你说，我这个火眼金睛的美女伯乐，会不会也有看走眼的时候呢？"

"不能！不可能！放心，以后我刘铁这条小命就是熊姐您的了，什么小飞哥大飞哥的，谁若是再胆敢欺负熊姐你，那可就不是打架了，那就是缺胳膊少腿了，你信吗？"

"哈哈哈……为我打架打得头破血流的男人多了去了，你信吗？"

"信！当然信！熊姐美若天仙，不敢说是'中国一姐'，怎么也是'京城一姐'吧！你说，哪个男人见了不追，见了不爱，见了不打个头破血流？对吧，熊姐？"

"嘻嘻，小嘴儿还挺甜，不过，我喜欢。刘铁，我问你，你是不是觉得因为你帮我打了一次架，我才带你去见我老爸的？"

"我想，主要还是因为熊姐爱惜人才吧！对吧？"

"哈哈，装，接着装！喜欢装，是吧？那接着装吧！前边儿的红绿灯我就调头！"

"别别别，不敢装！不敢装！那您……几个意思啊？"

"就他妈一个意思！熊姐我喜欢上你了！"

"哈哈，熊姐，您这玩笑开得有点儿过了吧！"

"我像是在开玩笑吗？对了，我警告过你很多次，让你喊我'乖乖'，不听话，是吧？记住了，从现在起，我喊你'铁子'，你喊我'乖乖'，好吗？嗯，好的，对吧？那就这么定了！"

"啊……这……不太合适吧？您是我的伯乐啊，我只是一匹千里马，咱这关系不能乱，辈分更不能乱，对吧，熊姐？"

"又叫熊姐，喊乖乖，快！"

"别别别，我从心里非常敬慕熊姐、感激熊姐，所以……"

"所以你大爷！还接着装，是吧？前面就是金融街了，你先继续装着，我先调个头。"

"别别别，熊大老板可是中国的索罗斯，我的偶像啊！您说，一会儿见了熊大老板，我应该注意些……"

"故意打岔，是吧？叫'乖乖'，快叫'乖乖'！"

"不是，伯乐，这……我可真是太受宠若惊了！"

"铁子，你耳朵聋啊？我喜欢上你了，听明白了吗？"

"熊姐，我有女朋友了！所以，嘿嘿。"

"知道，那雪，服务员，青梅竹马，两小无猜……"

"行啊，了解得够详细的啊！"

"铁子，你们俩在一起不合适！"

"您这又是……几个意思啊？"

"就一个意思，分手！赶紧分了吧，别在一起瞎耽误工夫了！"

"哈哈哈……熊姐，咱还是说正事儿，好吗？"

"哈哈哈……正事儿？你知道你现在的正事儿是什么吗？"

"是什么？"

"是在最短的时间里，让你自己强大起来，在北京站住脚跟、站稳脚跟，懂吗？"

"嗯，这一点……我非常认同！"

"所以啊，那就赶紧分了吧！你说，你自己还没站住脚，还带上个女的，结果是不是两个人都站不住？"

"咱能不能……不讨论这个话题啊？"

"不能，必须讨论！金融街马上就到了，你说，待会儿见了我老爸，我怎么介绍你呢？"

"千里马呀！"

"哈哈哈……我觉得如果我说带来了一头驴，没准儿我老爸会夸我有眼光呢！"

"哈，是吗？龙德集团还养驴呢？业务够大的呀，跨界啊！"

"行啦，别贫了，电梯到了。铁子，一会儿见了我老爸，我会介绍说你是我的男朋友，开心吗？"

"啊……这……好吧！那我就受累冒充一回吧！"

"你能再不要脸点儿吗？"

"熊姐，这个……还真能！嘿嘿。"

"叫'乖乖'，听见没？快！"

"啊……这个……不太好吧？"

"行啊，很顽强、很倔强嘛！好吧，你自个儿上电梯吧，再见！"

熊小乖说着真调头往回走去。

"别别别……乖乖伯乐，您这样……也不太好吧？"刘铁急忙拉住熊小乖。

"哈哈哈……怎么，怕啦？"

"哈哈哈……我刘铁长这么大，还真不知道'怕'字怎么写！"

"够爷们儿！好吧，那你还是自个儿上电梯吧，再见！"

"别别别……我是说，之前不知道'怕'字怎么写，今儿遇见熊姐，立马知道了。"

"叫'乖乖'！"

"乖乖！"

"哈哈哈……这就对了！走吧，上电梯吧！"

刘铁无奈地摇着头，跟着熊小乖走进了电梯。电梯间里，刘铁还故意和熊小乖保持着一定的距离。熊小乖看出来了，偏上前挽住了刘铁的胳膊，一副若无其事的样子。刘铁试图抽出胳膊，但熊小乖的手死死地拉着他。刘铁心想她就是个简单率真、任性好斗的孩子，就没再继续反抗。

刘铁仰起头，很不自然地在电梯间乱看着。好在电梯上升的速度很快，刘铁感到一丝丝的耳鸣。他们很快就到达这栋39层写字楼的顶楼。金融街，这个让刘铁又爱又恨的地方，几乎埋葬了他的梦想和激情。虽然毕业才半年多，但已经深深认识到了梦想与现实的距离，而此刻，似乎梦想就在前方了。刘铁的心跳加速，转身看了眼身边的熊小乖，心里突然冒出一个念头："这个人面桃花的富家女，能够做她的男朋友，该是多少男人梦寐以求的事儿啊！"

电梯的门开了，赫然醒目的"龙德集团"四个大字进入刘铁视线。他第一次离这个LOGO这么近，站在那里呆呆地看着。前台小姐见到熊小乖急忙站了起来，非常客气地引领他们走到一间写着董事长办公室的大门前。熊小乖拉着刘铁的手趾高气扬地走着，嘴里对刘铁说："不用紧张，有我呢！"刘铁手心里冒出了汗，嘴上还是回了一句："我怎么会紧张呢！"

一间宽敞豪华的办公室，像个篮球场那么大。一张巨大的大班台后面，坐着一位四十岁左右的中年男人，刘铁曾在报纸杂志网络等各种媒体见过这个男人，他一眼就认出了这个男人就是"龙德集团"的掌门人熊龙德。熊龙德抽着雪茄，眼神冷漠，表情严肃，审视着走进来的刘铁。熊小乖让刘铁坐，自己走到熊龙德身边，一屁股坐到他的腿上，撒娇地喊了一声老爸。

熊龙德抱着女儿，顿时满脸堆笑，问长问短，责备她又好久没来看老爸了。刘铁环顾着这间宽大的办公室，办公室里摆放着各种古玩和大家的字画，每一件看上去都像拍卖品。熊小乖见父亲被她哄得差不多了，赶紧给刘铁使了个眼色，介绍说："刘铁，我男朋友，怎么样？是不是一表人才？他可是名牌大学金融专业的高材生啊！"

熊龙德没看刘铁，只是拉着熊小乖的手说着："乖乖，老爸见你一次可真不容易啊！以后你能不能经常来看看我啊？"熊小乖笑着说知道了，以后一定会经常来的。熊小乖再次介绍刘铁，熊龙德这才慢慢地转过头来，收起了笑容，目光咄咄逼人，直视着刘铁的眼睛，仿佛想要一眼看穿眼前这个年轻人的心。刘铁明显地感到了熊龙德审视的目光后有一种轻视。不过，这种目光他已经习以为常了，也已能淡定地对待了。

刘铁不卑不亢地站起来，眼睛迎接着熊龙德的目光，非常礼貌地跟熊龙德打了个招呼。熊龙德面无表情，指了一下对面的椅子，示意他坐下。熊龙德继续抽雪茄，没再说话，办公室里的气氛顿时有点儿凝重。熊小乖见此急忙再次摇着父亲的胳膊，撒娇说："老爸，刘铁是学金融的，他可是您需要的人才啊！"

"哦……是吗？他现在不是在MGM当保安吗？"

"他是在那儿体验生活的，暂时的。"

"哦……是吗？学金融的，改行拍戏了？还体验生活。"

"老爸，他那叫卧薪尝胆，懂了吧？我告诉你，刘铁他很聪明很有才，关键时刻也很爷们儿！他就是缺少一个机会，一个平台，以后他肯定能成为一个金融巨子的。老爸，你就是那个伯乐啊！"

"哈哈，我看他是在MGM保护金融巨子吧！"

"老熊，你会不会聊天啊？"

"哈哈，老熊！这么一会儿老爸就改老熊啦！说翻脸就翻脸啦？"

"谁让你这样对待我男朋友呢，哼！"

"乖乖，如果我没理解错的话，他应该只是你的男性朋友吧？"

"不是男性朋友，就是男朋友的啦！"

"乖乖，你知道为什么老爸能做这么大的生意吗？"

"你厉害，你牛，你阴险，你……"

"哈哈哈……乖乖，这北京城是个精英和骗子鱼龙混杂的地方，每个人最需要具备的一种能力就是'识人能力'，要学会在最短的时间里识别一个人的品质，懂吗？"

"不懂，也不想懂！"

"乖乖，人生是单行道，选错了方向，走错了路，是没有回程票的，懂吗？"

"不懂，也不想懂！老熊，你没听懂我的话吗？"

熊龙德看到宝贝女儿真的急了，心想怎么也得给她一个面子。他想和眼前这个年轻人随便聊几句，让他知难而退，打发走也就算了。于是，熊龙德抽了一口雪茄，目光犀利地看着刘铁，低声地问："刘铁，你是哪儿人？"

"熊主席，我是赣南人，一个没人听说过的小镇。"

"赣南人？是客家人吗？"

"是的，熊主席。"

"客家人刻苦耐劳、冒险犯难、坚忍卓绝，我非常敬重！但，你不会是客家人的例外吧？"

"熊主席，谢谢您对客家人的高度评价！但我没明白您的意思！"

"我的意思是，客家人里没有吃软饭的男人！"

刘铁立刻被熊龙德的话激怒了。从小到大，刘铁最瞧不起的一种男人就是"吃软饭的男人"，也最担心别人把他看成是"吃软饭的男人"了。本来现在那雪比他挣得多，他就一直很压抑，但想想自己在MGM只不过是个过渡也就忍了。现在听到熊龙德这番话，又想到盛气凌人的熊小乖，强烈的自尊心让他再也无法自控。

刘铁猛地从沙发上站起来，眼里充满了愤怒，从牙缝里一字一句地说："尊敬的熊主席，我是客家人，但不是'吃软饭的男人'！还有，我不是您女儿的男朋友，甚至连普通朋友都不是，可能让您误会了，抱歉！不过，我还是感激您女儿对我的厚爱！对不起，我还有点事儿，再见！"

刘铁说完，转身大步走出了熊龙德的办公室。熊小乖瞪了一眼熊龙德，生气地责怪道："老熊，你……你说什么呢？你怎么能这样说他呢？真是的！"熊小乖说完，一路小跑地追刘铁。刘铁站在电梯前，用力地拍了一下按钮，他联想到了逃离国贸时的那种羞辱感。熊小乖气喘吁吁地跑到刘铁面前道歉。刘铁脸色铁青，一句话都不说。电梯的门终于打开了，刘铁大步走了进去，熊小乖急忙跟了进去。

电梯里只有刘铁和熊小乖两个人，一时间，熊小乖也找不到什么合适的话语来劝慰刘铁。她上前拉着刘铁的胳膊，但被刘铁毫不客气地甩开了。熊小乖虽然知道刘铁倔脾气，但也没想到他会发这么大的火。不过，想到自己老爸实在是有点儿过分了，熊小乖忍住了小姐脾气，低声说："铁子，不好意思。我老爸说话确实有点儿难听，你别介意哈！"

"哈哈，熊姐，您太客气了！太给我面儿了！我有资格介意吗？我算个什么东西啊？我只是个保护'金融巨子'的穷保安！"

"好啦好啦，晚上请你吃饭，给你赔罪，好吗？"

"吃饭？熊姐，麻烦您记住了，我刘铁不是个'吃软饭的男人'！"

"好啦，别生气啦。我也没想到会这样，但我是好心要帮你的。"

"感谢熊姐的好心！不过，我可不可以最后求熊姐一件事儿？"

"说吧！"

"今天给你打电话是我错了！不过，我恳求熊姐，请您以后不要搭理我了，也不要再来骚扰我了，可以吗？"刘铁脸色铁青。

"我已经给你道歉了！也责怪过我老爸了！你别上脸，行吗？"熊小乖也急了。

"呵呵，呵呵！"刘铁干涩地冷笑两声。

电梯门一开，刘铁就大步径直走出电梯，看都不看熊小乖一眼，很快就把熊小乖甩在了后面。十公分的高跟鞋在办公楼明亮的大理石地板上咔咔作响，熊小乖一路紧追不舍。刘铁走出办公楼大门，直奔复兴门地铁站方向，熊小乖指着停放在大门口的VIP专属车位，大声叫着刘铁上车。

刘铁像没听见一样，根本不予理睬。熊小乖看根本追不上刘铁，又掉头往回跑回到红色法拉利车上，开车追上了刘铁，放下车窗，一边大声解释，一边劝刘铁上车再说。但无论熊小乖怎么说，刘铁头都不转一下。熊小乖又气又急又恼，快速地想着各种刺激刘铁的话，试图让他停下脚步。

"刘铁，王八蛋，我熊小乖的忍耐是有限度啊！你醒醒吧！知道吗？你现在最主要的任务是在最短的时间里，让自己强大起来，不管用什么手段！懂吗？"

"铁子，你还想不想挣大钱了？还记得上次我给你说的那个大项目吗？"

听到最后这句话，刘铁一下子停住了脚步。他想到那天晚上，熊小乖和张若菲去 MGM 喝酒期间，熊小乖曾问过刘铁，想不想挣大钱，想不想跟着她做"倒卖石油"的大项目。之前，他也曾听很多同学和同事说过，现在"倒卖石油"是最发财的买卖了，但条件是能认识上层关系，拿到石油配额，再转手卖给其他的二三级经销商，这中间的差价就大了去了，绝对的暴利。

但刘铁也知道，"倒卖石油"可不是一般人能玩儿的，一是要有本钱，二是要有很牛的关系。那晚熊小乖在 MGM 说，她的一个什么伯伯是有关部门的主管领导，她能拿到各种型号的石油配额，只要刘铁听话做她的男朋友，她就带着刘铁一起玩儿。刘铁对"倒卖石油"的大项目确实动了心，当时只是碍于面子，没好意思找熊小乖。

熊小乖刚才的话显然刺到了刘铁的要害。的确，他现在最大的任务就是在最短的时间内，不管用什么手段，让自己强大起来，强大才是硬道理，有钱才是硬道理。想想刚才熊龙德的羞辱，想想之前在国贸 LV 店的羞辱，不就是因为自己是个穷光蛋吗？不就是因为自己没钱吗？不就是因为自己不强大吗？再说了，熊小乖也不欠自己什么，看得出来是真心想帮他，是她父亲羞辱了他，自己没有理由对熊小乖发脾气，没有理由对着一个女孩子耍威风。

"强大才是硬道理，有钱才是硬道理！"熊小乖说得对，自己是应该醒醒了！想到这些，刘铁迟疑地停了下来。熊小乖发现自己的最后一招奏效了，得意地笑了笑，朝刘铁挥了挥手，示意他上车。刘铁低下头，低下了他那高傲的头，再次钻进了熊小乖的车里，看着前方问道:"去哪儿啊?"

"工体有璟阁,去吃饭。"

"为什么去那儿呢?"

"因为离MGM近啊!"

"然后呢?"

"然后去MGM喝酒,支持你的工作啊!傻瓜!"

"MGM就算了吧,我说过,不需要熊姐的施舍!"

"是我贱,想多和你在一起待一会儿,算我求你了,可以吗?"

"但只谈石油项目,可以吗?"

"可以!"

"谢谢,熊姐!有个问题想问下,为啥对我这么好?"

"哈,因为我还没见过一个拒绝我的男人;因为,我还没见过一个男人为了一个女人,拒绝了我的8800……"

"哈哈,真是个孩子!熊姐,不对,是乖乖,其实,你是个很好的女孩儿!真心希望你别再玩儿'爱情游戏'了,也别再拿我这个穷保安寻开心啦,没啥意思啊!"

"哈哈,铁子,你觉得我是在玩儿你吗?我问你,假如为了我,你会放弃一份理想的工作,甘心当一名穷保安吗?那你会为了我,拒绝其他女生的8800吗?"

"不会!"

"你大爷的!你有种!"

"乖乖,我从不骗人,心里有啥说啥!我觉得,什么事儿还是说清楚比较好!"

"你觉得有些事儿能说清楚吗?有些事情是说不清楚的,懂吗?"

"但有一点我很清楚,我这一辈子只会对一个女人好!"

"够了!够了!你他妈说够了没有?"

"对不起!说够了!不说了!那,熊姐,咱那石油项目还谈吗?"

"谈啊!当然谈!为什么不谈?必须谈!"

熊小乖气急败坏地说着,猛地踩了一脚油门,红色法拉利轰隆隆冲向了长安街。熊小乖将车窗缓缓地降了下来,任冬日的寒风吹着她的黑发,也许是出于对刘铁的生气和失望,也许是被刘铁的爱情所感动，熊小乖的眼睛有点儿潮湿了。

　　傍晚，冬日的一道残阳落在赵小汐的家里，射在那雪苍白的脸上。那雪躺在床上似睡非睡，看上去非常虚弱。整整一天，她都一直咬着牙，忍着下身的疼痛，背对着赵小汐偷偷地流着眼泪。想起在医院的那一刻，想到一个小生命就这样被打掉了，她的心一阵阵的刺疼，感觉自己像死过了一次似的。

　　赵小汐也曾有过堕胎的经历，所以特别能理解那雪此时的痛苦。赵小汐知道，无人能代替此刻的那雪，她只能自己默默地承受这一切。赵小汐又热了一碗鸡汤，轻轻走到床边，叫醒了那雪，一勺一勺地喂她。这时，赵小汐的电话响了，是刘铁打过来的。

　　那雪担心自己会情绪失控，示意让赵小汐帮她接，自己转头望向窗外渐渐黑了的天。赵小汐拿着手机犹豫着，想着如何骂刘铁。那雪知道到吃晚饭的时间了，刘铁一定是担心她了，拜托赵小汐撒谎转告刘铁，就说在她家吃饭等等之类的，然后就直接去MGM上班了，让刘铁别等她。赵小汐听着听着就急了，坚决不同意她再去上班。那雪明白赵小汐的心意，急忙解释说："小汐，我必须得去！否则，刘铁发现我没上班会怀疑的！"

　　"还怀疑啥啊？你受了这么大的罪，他应该知道的！"

　　"求求你，小汐，千万不要告诉刘铁！他自尊心特强，若是知道了一定会自责的。他现在一心忙着事业，我不想影响他的心情，更不想耽误了他的前程！他是个有梦想的人，很有才华。他说了，再过两年，等他当上了金融巨子，挣了大钱，就买套大房子，就娶我，到那时，我们再要孩子……"

　　"哈哈哈……一个破保安，还前程？还金融巨子？还大房子？那雪，你让我说你什么好呀！你能不能醒醒啊？能不能别这么天真啊？你有没有想过你自己的梦想呢？难道你的梦想就是在MGM当一个优秀的服务员？"

　　"我？……再说吧！总要有牺牲的。刘铁当保安也是为我做出的牺牲啊！难道我不应该做出一些牺牲吗？"

　　"我靠，好伟大的爱情！好感动！你为了我牺牲，我为了你牺牲，结果是两败俱伤！我想，爱情不应该是这样的……"

"那爱情应该是怎样的呢？"

"我也说不好！但肯定不是相互耗着，相互耽误吧？你看看你现在的样子，有了孩子还不得不打掉，还不敢告诉他，这牺牲太大了！"

"小汐，别说了！"

"那雪，其实我一直都想说，和刘铁分手吧，长痛不如短痛，你们俩太不现实了！像你们现在这样，一个保安，一个服务员，啥时候才能相互成就出来啊？你条件这么好，会有大把成功的男人喜欢你、追求你的！我早看出来了，潘总就很喜欢你，再说了，潘总人多好啊，哪儿找去啊……"

"小汐，别再说了，我累了！"

"是心累吧？"

"小汐，别忘了帮我给刘铁打电话或发个短信，他会担心我的！"

"好的好的，我现在就打，行了吧？"赵小汐拿起手机，拨了过去。电话响了半天没人接，赵小汐无奈地看了看那雪。见那雪焦急的样子，赵小汐赶紧说马上给刘铁发短信，但刚编辑了一半，刘铁的电话就打过来了。那雪看了看赵小汐，做了个拜托的手势。

赵小汐摇了摇头，接通了电话，说那雪做饭呢，吃完饭就一起上班。刘铁说有事儿跟那雪说，让那雪接个电话。那雪担心刘铁多想，就接了电话。她极力控制着自己的情绪，听着电话里刘铁兴奋的声音："雪儿，晚上我要谈一个大项目，就不和你吃饭了。如果这个项目成了，可以赚到很多钱！等我赚到了这笔钱，马上就给你买个大房子，到时候，你就别上班了，如果你想结婚就结婚，如果你想要孩子就要孩子，反正我是不能再让你受苦了，你放心，我一定……"

电话里，刘铁滔滔不绝地说着，那雪躺在床上拿着电话耐心地听着，此刻，她不知道自己是该哭还是该笑？

3.3 想要一个支撑下去的理由

夜幕降临，华灯初放，有璟阁披上了奢华和神秘的色彩。熊小乖趾高气扬地站在大门口，大声地吆喝着："铁子，嘛呢？给谁打电话呢？快点！"刘铁挂了那雪的电话，大步走了回来。这时，那个曾经羞辱过他和那雪的四眼经理，正点头哈腰热情地招呼熊小乖。

刘铁一边心里骂着这个狗眼看人低的势利眼，一边大步走到他面前，死死地盯着他看。四眼经理一抬头，显然认出了刘铁，露出了尴尬的表情。不过，老练的四眼经理看了看身边的熊小乖，假装不认识刘铁，转身热情地引路，带着他们来到了一间VIP包间。

两人刚刚坐定，张若菲就推门走了进来，诡秘地看了眼熊小乖，心领神会地笑了笑。熊小乖连菜单都不看，给自己和张若菲点了顶级燕窝，给刘铁点了个日本极品鲍鱼，其他菜吩咐四眼经理看着安排了。张若菲和熊小乖交换着眼神，小声嘀咕着什么。

不一会儿，餐桌上就摆满了刘铁见都没见过的各种大菜，刘铁心想，这一顿饭，很可能又他妈吃掉了老子好几个月的工资。正想着，张若菲和熊小乖你一言我一语地聊了起来："哎哟，乖乖，我来合适吗？不会影响你俩谈情说爱啊？"

"别逗了，人家铁子有女朋友的。"

"哦……你是说MGM的那个DJ吧？那多不靠谱啊！我敢打赌，过不了多久肯定拜拜的！"

"打赌？人家可是青梅竹马，两小无猜。铁子可是为了那个DJ才做保安的，如此磐石般的爱情，你还敢赌吗？"

"哎哟，一个男人，大学毕业，为了一个女人当保安，太他妈感人了！但是，这个男人还算是个男人吗？一个男人要顶天立地，要有钱有车有房。难道这个男人就想成为一个优秀的保安，再把人家DJ娶到出租房吗？我说得对吧，刘铁？"

"菲菲，这叫'有情饮水饱'，懂吗？这叫爱情，懂吗？"

"唉，有情饮水饱，可惜只能饱一时啊！没房没车没钱的，怎么养家糊口，还谈什么爱情？现在的女孩儿多现实，见到有钱的男人恨不得马上就跟人家跑了。不过，这也真不能怪她们，现实是残酷的，总要先活下来吧！乖乖，我敢跟你打赌，你必输无疑！哈哈哈……"

"我可不敢跟你赌！有人就是不愿意面对这个现实，整天还觉得自己挺爷们儿的，这明显地就是自欺欺人嘛！"熊小乖撇撇嘴。

"哎哟，乖乖，这不是'死要面子活受罪'吗？"

"熊姐菲姐，不是所有的人都那么现实，好吗？"刘铁有点听不下去了。

"刘铁，你好天真好可爱哦！听菲姐一句，勇敢地面对现实、面对自己吧！到头来耽误了自己，也耽误了人家女孩儿，这样好吗？"

"铁子，菲菲也是为你好，你不觉得自己在浪费青春和才华吗？别怪我老爸说你，你这样下去，永远都成不了金融巨子，只能保卫金融巨子，真的！"

"刘铁，不是我诅咒你，你现在这样，女朋友早晚都得跟有钱男人跑了，不信咱就走着瞧，哼！"张若菲唯恐自己说得不够狠。

"还能不能吃饭了？"刘铁有点儿怒了，但为了项目，劝着自己忍着。他突然大叫道："靠！这什么肉啊？这么大块！这怎么吃啊？"

"哈哈哈……那不是肉，那是鲍鱼！"

"鱼？鲍鱼？别逗了，什么鱼也不能长成这样啊！"

"哈哈哈……哈哈哈……"熊小乖和张若菲笑得前仰后合的，被逗得不行不行的了，都差点从椅子上掉下来。

刘铁知道这两个大小姐一定又嘲笑他土鳖了。他一不做二不休，干脆用筷子夹起那块鲍鱼，塞到嘴里大口嚼起来，一边嚼着一边还夸赞着好吃。熊小乖和张若菲看到刘铁没用刀叉，而是用筷子吃鲍鱼，又忍不住哈哈大笑起来。一直躲在包房外面的四眼经理也偷偷轻蔑地笑着。

"笑够了没有？熊姐，说正事儿，你真认识中石油的大领导啊？"

"铁子，我再次警告你，叫'乖乖'，听到没？"

"好嘞，乖乖，快说说，你真的认识中石油的大领导？"

"刘铁，动动脑子，乖乖老爸是何等人物，啥领导不认识啊！"

"啊？……明白了，还得求熊主席！"

"铁子,我说你敢不敢别'死要面子活受罪'了？求老熊怎么了？你自个说，是挣到大钱重要，还是你的脸重要？"

"当然挣大钱重要！我还要什么脸啊？在你们面前，我有脸吗？"

"别别别，你脸多大啊！不然，乖乖会搭理你，切！"

"感谢乖乖给脸！事成之后，你拿8，我拿2，怎么样？"

"你拿8，我拿2吧！哈哈哈……"

"那不行!主要是你的关系,我只是跑腿的。放心,我刘铁绝对讲信用!"

"哈哈哈……我一点儿也不担心,这样吧,赚了钱都给你!"

"那不行!做生意要讲规矩、讲信用、讲公平!"

"刘铁,我说你他妈是真傻呀还是假傻呀?"

"咋啦,菲姐?"

"乖乖是喜欢你,不是为了钱,懂吗?"

晚饭后,熊小乖和张若菲又在 MGM 大厅要了个 VIP 卡座,点了两瓶皇家礼炮,又让乔总特批了一下,让刘铁站在卡座一旁站岗放哨。张若菲发现,熊小乖不太像纯粹耍弄刘铁玩儿了,她的眼神儿里似乎有一些异样。难道熊小乖对刘铁来真的了?刘铁确认了熊小乖真的认识中石油的大领导,兴奋得根本没心思上班了,当然,也没再关心那雪是否和赵小汐来上班了。他脑子全是下一步该如何实施倒卖石油挣大钱的计划。

赵小汐没能劝阻住那雪,她们还是去了 MGM 上班了。那雪担心刘铁不放心她,到 MGM 第一件事儿就是去找刘铁了,但一个保安却告诉她,刘铁被一个客户叫去陪着喝酒了。那雪失望地刚转头要走,背后发出了吱吱的讥笑声。赵小汐再次心疼地劝那雪赶紧回家休息,并要找乔总请假,但被那雪拦住了。不过,幸运的是 88 号总统包房没来客人,一晚上,赵小汐都在细心地照顾着虚弱的那雪。

喝酒的人都知道,人的酒量除了和先天的身体素质,后天的锻炼有关之外,还和心情有直接的关系。一晚上,熊小乖都心事重重的,不停地抢酒喝,一口一杯,还全都是纯的,拦都拦不住,一瓶皇家礼炮很快就被干掉了。不一会儿,第二瓶也被干掉一大半。

张若菲试图上前阻拦,但发现为时已晚,熊小乖又已经开始胡言乱语了。张若菲赶紧劝熊小乖回家。熊小乖一听到"回家",一下子又急了,指着张若菲的鼻子骂道:"菲菲,你他妈怎么每次都要回家回家的?回他妈什么家啊!"

"没有啦,乖乖,我是怕你喝大了,不能再喝了!"

"我喝多了?切!我喝多了?告儿你,上次在拿铁,我一个人干他们七八个男生，我都没醉，哈哈哈……"

"妈呀，还没醉呢！你还记得你是怎么回家的吗？"

"菲菲，回家回家，就知道回家，瞧你那点儿出息！我不回，回什么回，要回你回，讨厌！我还要和铁子谈大事儿！铁子，你到底爱不爱我？你说……"

"啊！我还以为谈石油大项目呢！这下完了！菲姐咋整啊？"

"我哪儿知道啊！你是爷们儿，你整啊！"

刘铁藏着酒和酒杯，张若菲收拾着熊小乖的包包，两个人连哄带骗地拉着熊小乖往外走。熊小乖东倒西歪地已经站不住了，刘铁和张若菲左右搀扶着她。熊小乖闹着不走，嘴里又唱起了那首《你到底爱不爱我》，还比手画脚对刘铁说："以后跟着熊姐混，有熊姐罩着你，什么搞石油，大项目，挣大钱，北京城都不是事儿，哈哈哈……"

两个人好不容易把熊小乖拖到车旁，不料熊小乖一下子抱住了刘铁的脖子，妩媚地看着刘铁，闹着要去簋街吃宵夜。刘铁唯恐她再像上次那样吐他一身，左右躲闪。熊小乖看到刘铁躲她，反而更来劲了，猛地跳到刘铁的身上，用力地抱住刘铁的脖子，试图强吻刘铁。刘铁狼狈地躲闪着熊小乖性感的双唇，张若菲则在一旁狂笑不止。熊小乖不依不饶地缠着刘铁问："亲爱的，乖乖爱上你了！你爱不爱我？你到底爱不爱我啊？"

"你喝多了，别闹了，赶紧下来，求你了，好吗？"

"不好！你不说爱我，我就不下来，你说爱我，我就下来，哼！"

"熊姐，别闹了！不是，乖乖，求你了，我……爱……行了吧？"

"哈哈哈……这还差不多！"

熊小乖终于松开了手。但又一个难题来了，熊小乖非要刘铁开车陪她去簋街吃宵夜。乔总和保安们都躲得远远的看笑话，刘铁摸了摸口袋里在过街天桥上面买的驾照，张若菲鼓励他说有熊姐在不用怕。刘铁一咬牙，硬着头皮，接过了张若菲手里的车钥匙，心想今晚豁出去了，钻进了车，找了半天油门和刹车，终于开动了发动机。

红色法拉利在MGM大门口画着龙转着圈儿，车里的熊小乖不但不害怕，反而觉得很刺激，哈哈大笑着，再次抱住了刘铁的脖子，眼睛直勾勾盯着他，喃喃地说："铁子，你好帅噢！开车呀！开车呀！

真乖！这才是我的小乖乖！你要是我小乖乖，我就是你的小乖乖。"

熊小乖撒着娇，长长的睫毛忽闪忽闪的，万种风情。刘铁紧张地看着满眼的仪表盘，一不留神"轰"的一声就蹿了出去。刘铁死死握着方向盘，脑门儿上瞬间冒出了冷汗。正在这时，熊小乖突然从车窗里隐隐约约看到，有两个女孩儿站在 MGM 大门口，正朝她们这边张望着，其中一个清秀女孩儿眼神儿十分惊愕。

也许是女孩儿所谓的第六感，熊小乖本能地反应，她很可能就是刘铁的那个服务员女朋友。熊小乖立刻露出了轻蔑的微笑，故意从副驾座爬起来，用力地扳过刘铁的脸，狠狠地将双唇印在刘铁的脸上。刘铁一边躲闪着熊小乖，一边紧张地握着方向盘，红色法拉利一溜烟儿似的消失在了远方。

熊小乖的第六感没错，大门口站着的就是那雪和赵小汐。今晚88总统包间虽然没来客人，但按公司规定，必须到晚上一点才能回家。那雪坐在服务员休息室，好不容易熬到了下班时间。赵小汐搀扶着那雪，本打算找刘铁一起回家，但万万没想到会看到刚才这一幕。那雪哭了，紧紧地抱着赵小汐哭了。

在这个寒风瑟瑟的冬日，在这个孤寂的夜里，在这个冰冷的大北京，那雪哭得那么伤心。寒风里，她手里还拿着一包刘铁爱吃的糖炒栗子，热气腾腾的氤氲出一团白气。赵小汐一边骂着刘铁，一边安慰着那雪。两个女孩儿相互拥抱着，似乎精神上相互告慰着。

这时，停在远处的宝马车缓缓地驶了过来，赵小汐扶着那雪上了车。赵小汐劝那雪晚上跟她回家住，但那雪婉言谢绝了，坚持回自己的出租房，说是要等刘铁回家。赵小汐把那雪送到那间狭小的出租房，劝她不能什么事儿都憋在肚子里，不能没有原则地谦让。那雪说没事儿了，赵小汐待了一会儿，给那雪盖好被子，让她先好好休息，然后关上房间的灯，走了。

黑漆漆的出租房里，那雪蜷缩在被窝里，没有了刘铁的体温，被窝里是那么的冰冷。听着窗外的呼啸寒风，她咬着牙，努力不再让眼泪流出来。她突然发现自己心里有一种很可怕的感觉，很难用语言来表达，赶紧强迫自己不再想下去。她说服着自己，要相信刘铁，相信他们的爱情。她盼望着刘铁能够早点回来，渴望着刘铁能够在这个起风的夜晚，给她一个坚强的理由，给她一个支撑他们爱情的理由。

红色法拉利冲出了工体西门，在马路上一路画着龙。大冷的天儿，刘铁握着方向盘的手居然冒出了很多汗。醉醺醺的熊小乖在车里手舞足蹈，扯着嗓子唱着零点乐队的那首《你到底爱不爱我》，还强迫着张若菲和刘铁和她一起唱。张若菲无奈地哼唱着，刘铁说自己不会唱。熊小乖抢着方向盘强迫刘铁唱。刘铁有点儿急了，大叫着："坐好了，危险！"

"不行！给我唱歌！"

"不会！"

"我给钱！唱不唱？"

"给金子也不唱！"

"刘铁，你就唱吧，又死不了人！我看，不唱真会死人了！"

"好好好，我唱、我唱！你到底爱不爱我……"

"好听，好听，真是我的小乖乖，嘻嘻……"

"菲姐，完了完了完了！警察！我的本儿是买的呀！"

"别紧张，镇定点儿！多少钱买的？"

"50呢！"

"你大爷！过街天桥上小贩那里买的吧？"

话音未落，只见前方不远处，不知啥时候冒出了一个警察，已经高高地举着手，示意他们停车了。临近春节了，是北京查酒驾比较严的时期，尤其是工体这种夜店扎堆儿的地方，更是警察重点蹲点的地儿。刘铁看到警察脸儿都绿了，他一个急刹车，红色法拉利滑出去了大概有一米远，停在了马路中间。很快，那个警察已经走到了他们的车旁，向刘铁行了个礼，礼貌地请刘铁出示驾驶证。

刘铁哆哆嗦嗦地从口袋里拿出了驾驶本，心里默默地祈祷着，佯装镇定地递给了警察。警察一边仔细地看着，一边皱着眉头说："先生，你是开车呢，还是画龙呢？"刘铁支吾地说道："警察叔叔，对不起，我……"

刘铁话还没说完，熊小乖就抢着接了话儿："警察叔叔，你傻呀？你没看到我们在唱歌呢，画什么龙啊？真是的！"警察低下头看了看车里的熊小乖，一看她就喝大了，没理会她。警察让刘铁把车开到马路边停好，然后拿着对讲机说着什么。这时，熊小乖从车里冲了出来，手里举着一沓钱，晃晃悠悠地走到警察叔叔面前，醉眼蒙眬地看着他说："警察叔叔，你给我唱'你到底爱不爱我'，好不好吗？你给我唱一句，这钱就是你的了！"

"小姐，请不要妨碍我的工作！"

"你大爷的！骂谁是'小姐'呀？我他妈最讨厌别人喊我'小姐'了！"熊小乖最听不得"小姐"这两个字了。

"对不起，女士，请你松开我的衣服！"

"那你唱'你到底爱不爱我'，唱了我就松手！"

警察威严地瞪着熊小乖，但发现熊小乖不但毫不示弱，还给他抛着媚眼。警察应该说是见多识广，但估计今天这种情况还是第一次遇到，他显然有点儿不知所措，哭笑不得，但依然非常礼貌和耐心。站在一旁的刘铁，本来还紧张得腿有点儿发抖，看到这一幕，忍不住笑出声来。

"还笑呢？先生，你的驾驶本是假的，跟我们走一趟吧！"

"啊？不是吧？警察叔叔，我错了，下次不敢了！"

"警察叔叔，你好帅啊！你到底爱不爱我啊？"熊小乖抓着警察不放。

"这位女士，你喝多了，快放手！"

"放屁！谁喝多了，我发誓，我要是喝多了，你是傻×！"

"蹲那儿！说什么呢？说谁傻×呢？"

"啊？我发誓，我要是喝多了，我是傻×！不对，我发誓，我要是喝多了，你是傻×！你不唱歌，就是傻×！"

"放手！知道吗，你这是妨碍公务，再胡闹，把你一起带走！"

"去哪儿呀？咱去哪儿去呀？你别跑啊！跑什么呀？你是不是看上我了？哈哈哈……"

熊小乖一边喊着，一边追着那个警察。那位警察叔叔估计是真没遇见过熊小乖这样的主儿，被追得到处躲闪，拿着对讲机呼叫着。很快，另外一个警察跑了过来，见此状况，也差点儿没忍住笑出声来。熊小乖看到又来了个新警察，又开始向他扑了过去。新来的警察也被吓得到处躲闪，拿起对讲机呼叫着。不一会儿，一辆警车驶了过来。几个警察大声呵斥："蹲那儿，都给我蹲那儿！"

"我靠，你是哪根葱啊？凭什么对我吼啊！也不打听打听，老娘我是谁，哼！"

"你是谁呀？"

"'工体一姐'，熊小乖，怎么着，怕了吧？"

"哈哈，怕了怕了，怕了你了！行啦，'工体一姐'，上车吧！"

"警察叔叔，我开的车，我去！"

"去，还挺仗义！她在妨碍警察执行公务，懂吗？都带走！"

"警察叔叔，不好意思，我姐们儿喝多了，求求你让我们走吧？"张若菲知道问题有点严重了。

"说谁多了？说谁多了？菲菲，我告儿你，就我的酒量，你们所有的人加起来，都他妈不是个儿！你信吗？我敢跟你打赌，我要是喝多了，你是傻×……"熊小乖又来了。

"我信我信，我是傻×，行了吧？乖乖，好啦好啦，赶紧回家吧，要出事儿啦！"

"不对！你不是傻×，那个警察是傻×！他不唱歌，就是傻×！"

"哎呀，乖乖，你真是个活祖宗啊！"

看到熊小乖已经喝到一定境界了，几个警察没再搭理她，拉扯着刘铁上了警车。熊小乖一看，突然疯了似的冲向警车，一直被熊小乖骂的警察实在是忍无可忍了，没再废话，毫不客气地把熊小乖也拖上了车，熊小乖嘴里骂骂咧咧地拼命反抗着。张若菲心里一凉，心想这次完了，出事儿，要赶紧想办法。

刘铁和熊小乖被带到了交通队。刘铁被带到了一间小屋做笔录去了，熊小乖依然在又吵又闹地胡言乱语，几个警察想等她酒醒了再说，让她蹲地下，谁知熊小乖根本不理会，四处走着看看，嘴里还好奇地问："Here is where?Where?Here？这里是哪里呀？什么情况？"

"这美女还说英文呢！行啊！"一个警察调侃道。

"这里是派出所，老实点儿，懂吗？"另一个板着脸说。

"你丫谁呀？瞧你那色迷迷的样儿，说，是不是想泡我？哈哈哈……瞧你那厌样儿，还是个爷们儿不，哼！"

"我是警察,听明白了?你家的电话是多少?快说!"

"想要我电话?我就说你想泡我吧?不要脸!"

"我要你家的电话,好通知你家人领你回家,明白了吗?"

"我不回家!我才不回家呢!回家干吗呀?这儿挺好的呀!这儿是哪儿呀?"

"是监狱!别闹啦!再闹把你关到小黑屋里去!"

"哈哈哈……你以为我熊小乖吓大的吗?信不信我一个电话,立马把你们场子给砸了?信不信?"

"别闹了!快给你老爸打电话,让他赶紧过来。"

"哈哈哈……你以为我傻呀?我老爸来了,就不让我在这儿玩儿了,我才不打呢!嘿嘿,我聪明吧?"

"那你就坐那儿老老实实待着,不准动啊!"

"你不让我动……我就不动啦?我偏动,就动,哼!"

熊小乖说着又唱又跳了起来。几个警察挠着头,一个警察建议还是先给她关小黑屋里吧。于是,几个警察连哄带骗地把熊小乖带进了一个小黑屋,"咣当"一下关上了门。熊小乖一下子就怒了,歇斯底里地大闹起来,她一会儿踢门,一会儿大骂,一会儿唱歌,一会儿跳舞,一会儿中文歌,一会儿英文歌,一会儿流行歌,一会儿美声歌等各种歌:"你到底爱不爱我,你到底爱不爱我……"

"I love you,you TM 不 love me……"

"啊……太阳,你是我的太阳……"

"臭男人,没他妈一个好东西!"

几个警察被熊小乖整得啼笑皆非,无可奈何的。一个警察吃惊地问:"这孩子怎么不知道累呢?这家伙儿一首接一首的,都不带暂停的!"但几个警察不敢睡,怕熊小乖别再出点儿意外,只好坐在那儿闲聊天儿,等着熊小乖酒醒,等着她自己折腾累了。其中一个老警察,调侃着一个新入职的警察:"大学生,听听,那女孩儿唱的什么英文歌啊?"

"我哪知道啊!真听不懂,估计连老外也听不懂!"

"唉,这孩子,精神头儿真好,怎么不知道累呢?"

"你说,这孩子,得喝多少酒才能喝成这种境界啊?你说,如果把这女孩儿今晚的演唱会传到网上去，火了吧？"

"肯定火！且大火特火！比'冬天里的一把火'还要火！"

几个值班的警察一边逗闷子，不知不觉天色渐渐亮了。张若菲带着熊小乖的父亲来了，一位领导模样的警察陪着他。警察把熊小乖从小黑屋里带了出来。看到自己的宝贝女儿，熊龙德又气又疼又无奈，赶紧上前问："乖乖，你没事儿吧？"

"咦，老熊，你也在呀？来开会？"

"所长，不好意思，给你们添麻烦了！"

"没事儿，孩子嘛！别客气，熊老板。"

"乖乖，跟老爸回家了，快，乖。"

"就知道回家！铁子，铁子呢？"

熊小乖父亲看了看领导，领导向两个警察点了点头，不一会儿，刘铁也被带了出来。门外停着熊龙德的一辆黑色奔驰600，两个保镖急忙打开了车门。熊小乖上前拉着刘铁的手，要拉他一起上车。刘铁发现熊龙德正威严地盯着自己，急忙甩开了熊小乖的手。他想起了熊龙德在办公室侮辱他的那句话，心想绝对不能让熊龙德认为他是个"吃软饭的男人"。于是主动走到熊龙德面前，不卑不亢地说："熊主席，我是MGM的保安兼代驾，是应熊小乖女士的要求，开车送她回家的！"

"哈，是吗？结果送到公安局了？看来也不是个好保安嘛！"熊龙德的一句话把刘铁憋得哑口无言了。张若菲急忙上来解围说："熊伯伯，这事儿还真不怪刘铁，他很仗义的，关键时候挺身而出，一点儿都不尿！"

"就是，老熊，你怎么就喜欢说他呢！"熊小乖半醉半醒地走上前护着刘铁。

"乖乖，上车！赶紧回家！"

"就不！我答应过铁子的，以后不理你了，除非你答应他去你那儿上班，哼！"

"好啦好啦，小祖宗，咱先上车，上车再说，好吗？"

"不好！就不上！除非你先答应我！老熊，实话告你，我爱上他了，铁子是我的，懂吗？"

"好啦好啦，老爸答应你，好吗？"

"真假？你发誓！拉钩！"熊小乖说着摇摇晃晃地走到熊龙德跟前，逼着熊龙德跟她"拉钩"。熊龙德躲闪着，转身看着刘铁说："你准备下，去公司上班吧！"刘铁几乎想都没想，冷冷地回了句："熊主席，谢谢您！不过，不必了！"

"你没事儿吧？别再'死要面子活受罪'了，行吗？"张若菲毫不客气地说着刘铁。

"菲姐，也谢谢您！再见！"刘铁说完转身大步径直往前走了，头也没回。看着刘铁的背影，半醉半醒的熊小乖突然流下了委屈的眼泪。张若菲一看急了，冲着刘铁的背影破口大骂道："刘铁，别他妈不知道好歹，乖乖不欠你的，她只是喜欢上你了，懂吗？"

刘铁渐渐地走远了。张若菲又气又急，赶紧安慰着熊小乖。熊龙德显然也没料到刘铁的态度，苦笑了一下，极力哄着熊小乖上了车。他若有所思地说："乖乖，老爸阅人无数，刘铁的确是块好料！不过，他眼里有一股野性，很难驾驭！况且，像他这种长期压抑的年轻人，一旦发了或成功了，会很难控制，甚至还可能会变本加厉地报复，无法无天……"

一路上，熊小乖没再说话，也许是折腾了一夜太累了，靠在张若菲的怀里似乎睡着了。

刘铁回到出租房已经是凌晨了，他轻轻地推开房门，蹑手蹑脚躺在了床上，睁着大眼看着天花板，回想着这一天发生的事儿。当他想到熊小乖大闹交通队时，竟然吃吃地笑出声来。他想到那个倒卖石油的大项目，想到即将发大财的计划，一时间热血沸腾，兴奋不已，完全没有注意一旁捂着肚子侧躺着的那雪。他以为那雪早就睡着了。

其实那雪躺在床上一直没睡着，这一天内发生了这么多事儿，她根本无法入睡，眼前不停地切换着不同的画面：医院里那个戴眼镜女医生轻蔑的白眼；做手术时亲属栏里没人签字时的悲凉；打掉那个无辜的小生命时的负罪感；MGM大门口红色法拉利跑车里那个漂亮的富家女亲吻刘铁……这一幕一幕，深深地刺痛着她的心。听着窗外寒风呼啸，一种落寂和恐惧笼罩在她的心头。

那雪忍着身体的疼痛，吃力地转过身来，抱住了刘铁。一直沉浸在发财大梦中的刘铁，只是顺势搂着那雪，并没有留意太多，眼睛仍然盯着天花板。那雪突然感到心里一阵冰凉，她问自己，这还是她那个一心一意在乎她的铁子哥吗？是的，赵小汐说得对，她需要一个答案，需要一个解释，需要一个理由。于是，那雪声音微弱地问："铁子，你怎么……才回来啊？"

"啊？……你还没睡着啊？唉，别提了，昨天有个富家女说是给我介绍工作，结果被他爹羞辱了；晚上她去 MGM 喝酒喝大了，非要让我代驾，结果被警察逮了个正着，还去了趟交通队……"

刘铁从不欺骗那雪，一五一十把和熊小乖的事儿简单讲了一遍。那雪听着听着，心慢慢地踏实了下来。那雪知道，刘铁是个诚实的人，她选择了理解和包容。她抱着刘铁，越抱越紧，喃喃地说道："铁子，你身上怎么这么烫啊？是不是感冒啦？"

"没事儿，可能吧！雪儿，你干吗老捂着肚子？肚子疼吗？"

"哦……没事儿，例假来了。"

"那就多喝红糖水，多休息。"

"没事儿，咱客家女人，没那么娇气。对了，铁子，那个富家女……是不是喜欢上你了？"那雪试探地问。

"怎么可能？我一个穷保安，现在的女孩儿多现实啊！你以为都像你啊！再说了，我一个男的，她不能把我怎么样！别胡思乱想啦，睡吧！"

那雪慢慢地松开了紧紧抱着刘铁的手，闭上眼睛，试着让自己尽快睡去，但还是睡不着。望着刘铁的后背，想着刚才刘铁说的"多喝红糖水""多休息"之类不疼不痒的话，还有那心不在焉的表情，那雪突然感到了一种从未有过的陌生感。

中午，刘铁醒了，看到小桌子上摆放着几盘煮好的简单饭菜，还有一碗剥得干干净净的糖炒栗子。那雪正拿着一个小碗儿，站在天窗旁边，浇着他们一直精心养着的那一小盆杜鹃花儿。

刘铁笑了笑，从床上跳下来，从背后抱住了那雪，又兴奋地说起了那个倒卖石油的大项目："雪儿，你说，等我这笔买卖做成了，你想要点儿啥？"

"铁子,赶紧洗脸刷牙,准备吃饭。"

"我第一件事儿,就是先去趟国贸,给你买一个真正的 LV 包包!"

"行啦,铁子,赶紧吃饭吧,菜都凉了!"

"然后,再给你买个大房子……"

"吃完饭别忘了把这个月的房租和水电费给房东,他又催了,钱放在桌子上了。"

"哦,好的。对了,一会儿你去趟超市,给我买 50 块钱的电话费,我这一做起大买卖来,电话肯定是断不了了。"

"我今儿不舒服,你能不能去一趟超市啊?顺便帮我买副防水手套,我来例假了。"

刘铁做了个 OK 的手势。吃完午饭,他急急忙忙地穿好衣服要出门,那雪不自主地想起了那个富家女,疑惑地问刘铁要去哪儿?刘铁说要和郑大光一起合作做这笔石油大买卖,郑大光关系广,应该可以搞到火车皮。说完,刘铁急匆匆地就走了,连习惯性的吻一下那雪都忘了。

复兴门地铁站,刘铁激动地和郑大光侃着倒卖石油的大项目。开始郑大光半信半疑,后来听刘铁说认识龙德集团大老板的女儿,慢慢也激动了起来。郑大光承诺,只要刘铁能搞到石油指标,他来负责找二级经销商等下家,至于找火车皮运输等等之类的更不在话下。

两个人热烈地讨论着、核算着,初步计算着这一单可以能挣到多少钱。兴奋地击掌拥抱后,两人几乎同时想到了同一个问题,那就是如何分成。刘铁先开了口:"这样吧,大光,我们五五分,怎么样?"

"铁子,说实在的,你只是动动嘴儿,即使是拿到了石油指标,没有下家,没有火车皮……对吧?"

"四六分,我四你六,怎样?"

"唉,说实在的,铁子,也就是看我们是老同学,关系一直也不错,换别人我肯定不干!"

"那你是……同意了?"

"成交!"

接下来的一段日子,刘铁可是忙得不亦乐乎了,从早到晚,恨不得 24 小时都在打电话,合同也由开始的几百万越谈越大,最后都谈到上亿的单子了。刘铁经常打着打着电话，突然就没话费了，然后着急地让那雪下楼去超市买充值卡，充值卡从100块、到50块、最后到30块，很快就把那雪身上的几百块零用钱打没了。

那雪从不多问，也不多说什么，只是默默地陪着刘铁。她白天给刘铁做饭，晚上坚持去MGM上班。刚刚堕完胎的那雪身体非常虚弱，但她不敢表现出来，强作笑脸，分享着刘铁的兴奋，不断地说着鼓励的话。赵小汐来看她，还带来炖好的鸡汤，但那雪看着刘铁熬得眼睛都红了，心疼地留给他喝。刘铁头都没抬，一口气把鸡汤喝了。

3.4 一个人走出的风景

自从孤儿院偶遇那雪后，潘石偶尔会想起教室里那个美丽的倩影，还能清晰地记得当时怦然心动的感觉，连他自己都为此感到吃惊。但潘石告诫自己，孟美和小贝贝还在美国，自己不应该多想。不过，他觉得那雪是个善良的姑娘，又是音乐学院毕业的大学生，歌还唱得那么好，在MGM上班实在太可惜了，想力所能及地帮她做点儿什么。

这天，88号总统包房被收拾得一尘不染。那雪早早地泡上了大红袍，醒上了纳帕酒庄的红酒，仔细地检查着每一只酒杯。原来，那雪一到MGM，赵小汐就拉着她的手，神秘兮兮地说，今晚一位重要的客人要来，还专门打电话给她，并让她转告那雪。那雪马上猜到了是潘石，一丝暖意在她心头掠过。

晚上，包房门口传来了潘石字正腔圆的声音，赵小汐和那雪鞠躬行礼上去迎接。只见乔总引路，潘石和一位中年男人有说有笑地走了进来，他微笑着对那雪和赵小汐点头致意。潘石和那个中年男人坐了下来，悄悄地说着什么，那位中年男人看着那雪不住地点头。那雪偷偷看了眼中年男人，发现他头发留得很长，扎着个马尾，举止温文尔雅，看上去像个艺术家，而且还有点儿面熟，似乎在哪儿见过，但又不敢确认。

潘石叫了一声那雪，介绍中年男人是他的朋友卞总。还说卞总特别喜欢音乐，今天是专门来听她唱歌的。那雪犹豫了一下，觉得自己终究是个服务员，另外还担心刘铁知道了再说她。乔总马上走了上来，又开始软硬兼施地劝那雪。那雪想到孤儿院的情境,从心里认为潘石是一个好人,就答应了。

接下来,卞总点了很多风格的歌曲,从《塞北的雪》到《茉莉花》,从《辣妹子》到《望春风》,从《女人花》到《约定》等。那雪一首一首唱着,越唱越放松,越唱越投入,一时间,恍惚感觉自己回到了学校的练歌房,仿佛站在了一个梦想中的大舞台上。潘石和卞总一直认真地听着,时而鼓掌,时而交谈。

卞总越听越兴奋,频频点头称赞,后来干脆拿着麦克风,自己动情地演唱了起来。卞总唱了一首普契尼《图兰朵》版本的《茉莉花》。听着卞总演唱,那雪一下子惊呆了,傻傻地站在那里,崇拜地看着卞总,赞叹着说:"卞总,您唱得太好了!"

"哈哈,那雪,告诉你个秘密,想不想听?"

"什么秘密呀,潘总?"

"不瞒你说,卞总就是著名的音乐家,'北方歌舞团'的团长。"

"啊?……天呐!我说怎么这么面熟呢!以前都是在电视里看到卞老师的!卞老师是我的偶像,早知道我就不敢唱了!天呐,真不敢相信,您怎么会来这儿啊?"

潘石看着那雪激动兴奋的样子,微笑着说明了今晚的来意。潘石对那雪说,卞老师是一位特别执著于音乐本身的艺术家,也非常爱惜人才,这次请卞老师过来,是想请卞老师听听她的唱功,希望能推荐她到"北方歌舞团"工作,跟卞老师好好学习。但担心她会紧张,影响她正常发挥,就没透露卞团长的真实身份。

那雪被这突如其来的状况弄得目瞪口呆。卞团长认真地点评了那雪的演唱,夸赞着那雪综合素质好、功底扎实,是个好苗子。那雪诚惶诚恐,一时间一句话都说不出。卞团长说自己有事要先告辞了,让那雪找个时间去团里找他再好好聊聊。

送走了卞团长,赵小汐看上去比那雪还要激动,高兴地向那雪祝贺。那雪心情跌宕起伏,手微微颤抖地给潘石倒着酒。潘石温和地看着不知所措的那雪说:"'北方歌舞团'有你的事业和梦想!去试试吧!"

"潘总,谢谢您!不过……"

"那雪，你还不过什么呀！这么好的机会，还有潘总的一番好意，你还犹豫什么呀？真是的！"

"能去'北方歌舞团'是我从小的梦想，但，这……实在是太突然了！"

"那雪，刚才我和卞团长交换了下意见，他很客观地评价了你，对你的专业素质评价很高！你说去'北方歌舞团'是你从小的梦想，你现在北京打拼，不就是为了追逐你的梦想吗？我非常愿意帮你！"

"不用了，不用了，潘总，谢谢您！"

"那雪，你是不是大脑进水了？潘总好心好意的，你这是干吗呀？潘总，那雪不好意思，我就替她答应了，就这么定了！"赵小汐拽着那雪的衣服，递给她一个酒杯，着急地拉着她一起敬潘石。那雪无奈地看了看赵小汐。

她们俩刚站起身来准备敬酒，突然听到包房大门外一阵躁动。房门被猛地推开了，刘铁闯了进来，乔总和几个保安在后面拉着他，拼命地把他拖出了房间。潘石看到了一个高大英俊的小伙子，看到了一双愤怒的眼睛瞪着他，但不知发生了什么。

原来，潘石和卞团长来了后，门口的保安就开始七嘴八舌地议论了起来。有的说潘总专门给那雪定的房，估计是看上那雪了；有的说那雪陪着两个大款唱歌了。刘铁得知后一下子火冒三丈。那雪惊愕地看着闯进来的刘铁，想上前问问怎么了，却被赵小汐用力地按住了。不一会儿，乔总走进包房，解释说是一场误会，是保安走错门了，给潘石道歉。

赵小汐拉着那雪的衣角，凑到她耳边小声地叮嘱着，就当什么也没发生，千万不要说刚才闯进来的是你男朋友。那雪听着笑了，慢慢地站起身来，对潘石鞠了一躬，礼貌地说："潘总，不好意思！刚才闯进来的是我男朋友，这里的保安，我想出去一下，看看发生什么事儿了，马上就回来，可以吗？"

"啊？……这样啊？当然可以！当然可以！"面对眼前的突发事件，潘石显然感到有些意外，联想到刚才那雪对去"北方歌舞团"吞吞吐吐的态度，他马上明白了其中的原因，脸上不由得露出了一丝尴尬的表情。

那雪推门出去了，乔总紧跟着也走了出去，迅速地关上了包房大门，拉住那雪恶狠狠地说："刘铁我已经给他解释清楚了，他误会你了！赶紧回包房好好工作，别再惹事儿了，否则小心我让你们一起滚蛋！"那雪一听，心想刘铁确实误会了，再说自己心里没鬼，回家给他好好解释一下，他会信任她的。于是，那雪转身推门回了包房。

潘石淡定地看着那雪，知趣地站起身来，借口自己还有事儿就先回了。乔总和赵小汐一看，急忙上前劝着潘石，求他千万不要生气。赵小汐更是担心那雪去"北方歌舞团"的事儿黄了，煮熟了的鸭子再飞了，于是故意对乔总说，那雪今天身体不舒服，不如先让那雪早点儿回家休息，还提议麻烦潘总送下那雪。乔总自然明白赵小汐的意思，说特批那雪可以先回了，并故意问潘石方不方便送一下那雪。

潘石随口说了句："当然方便！"那雪却站在那儿不动，一时间房间里的气氛有点儿尴尬。潘石明白了那雪的心思，急忙站起身来准备离开，但走了几步，他突然停下，改变了主意。潘石虽然为人低调谦让，但又是个一旦认定正确的事情就不退让的人。想到孤儿院的那雪，潘石认定那雪是一个善良的女孩儿；想到刚才卞团长对那雪的评价，又认定那雪是一个很有音乐才华的女孩儿。

潘石心想，自己想帮那雪实现音乐梦想，这有什么问题吗？如果现在躲躲闪闪地走了，那不表明自己不够坦荡、心里有鬼了吗？想到此，潘石走到那雪身旁，目光坚定地说："那雪，我想再和你聊聊去'北方歌舞团'的事儿，顺便送你回家，可以吗？"

那雪毫不犹豫地拒绝了，潘石尴尬地站在那里。乔总和赵小汐一看都急了，把那雪拉到一旁，你一言我一语地说那雪。乔总急得脸都绿了，说那雪已经得罪了很多客人，威胁那雪今天如果再得罪了潘总，就立刻马上滚蛋。见那雪没有反应，乔总又开始求那雪，说回头老板知道得罪了像潘总这样的大客户，连自己也得滚蛋。

赵小汐也责备那雪，说潘总好心好意地想帮她，把卞团长都请来了，她这样太不给潘总面子了，太让潘总下不来台了。再说了，人家潘总想要跟她谈"北方歌舞团"的正事儿，一不偷二不抢的，没什么见不得人的。

那雪听着乔总和赵小汐一阵狂轰滥炸，脑子都快爆炸了。那雪想起刘铁送富家女回家,陪富家女喝酒,还亲眼看到那个富家女亲了刘铁,自己不依然选择了相信刘铁吗?又想起孤儿院的潘石,想到几次和潘石的接触,觉得他是个人品很好的男人。再说,今晚潘总用心良苦,难道自己真不想去"北方歌舞团"吗?那个富家女不也给刘铁介绍工作了吗?自己不也表示支持了吗?两个人应该相互信任,相互支持彼此的梦想,刘铁应该明白这个道理吧?

想到这儿,那雪礼貌地朝潘石微笑了一下,去服务员更衣室换衣服了。乔总冲潘总谄媚地笑了,为了避免刘铁再次闹事儿,他偷偷地用对讲机通知保安队长把刘铁支走。不一会儿,那雪换好了衣服低着头回来了,赵小汐拉着那雪不停地小声嘱咐了些什么。乔总和站在门口的两个保安,一路护送着潘石和那雪上了车。车刚刚驶出不远,潘石似乎从反光镜里看到一个小伙子被乔总和几个保安死死地抱着,但那雪并没有看到这一幕。

乔总、保安队长和几个保安一边拦着刘铁,一边七嘴八舌地说着:"铁子,你丫是不是不想干啦?""潘总可是咱这儿的大客户,连咱老板都得哈着他,知道吗?""人家潘总素质老高了,不能把你媳妇咋样的,别担心!"刘铁手指攥得咯咯直响,眼睛死死地盯着远处渐渐消失的那辆黑色奥迪A8。

那雪今晚本来很开心的,但刘铁突然闯进包房,让她感到非常不安。现在自己又坐着潘石的车回家,她有点儿后悔了,更担心刘铁知道了会怎么想?他会像自己一样信任他吗?那雪茫然地看着车窗外,沉默不语。潘石明白那雪此刻的心情,但也一时找不到话题,屡屡欲言又止,车里陷入了沉默。过了许久,潘石坦诚地说:"那雪,不好意思,我是不是给你带来麻烦了?"

"啊……潘总,别这么说!"

"那雪,虽然和你认识不久,但我觉得,你很优秀,能去'北方歌舞团'工作是个很好的机会,希望你能理性地对待!"

"谢谢潘总!我非常想去,不过,我得回家跟我男朋友商量一下。"

"哦……那个小伙子是你男朋友?对不起,他好像有点儿……"

"没关系的!是我应该说对不起,您好心好意的……"

"没关系!对了,方便的话,能说说你男朋友吗?"

"哦……我们是同乡，从小一起长大，一起来北京读书，他是金融专业毕业的大学生，不过，为了我，暂时在 MGM 做了保安……"

"明白了！不过……"

"不过什么？说吧，潘总，别客气！"

"那雪，我希望能像朋友一样，真诚地和你聊聊！"

"潘总，我很愿意！"

"说实话，你男朋友为了你当保安，令人感动，但这种做法不是很理性，并不可取！我想，你一定也希望他能够有更好的选择、更好的发展，对吧？"

"嗯！是的，其实我心里很内疚的。但没有一定的关系，找一份理想的工作太难了。我曾劝过他考研究生，但他不认同，觉得那样太浪费时间了。对了，最近他好像在做买卖石油的大项目，说只要上层有关系，就能挣大钱，潘总，您上层有关系吗？"

"哦……不好意思！说实话，我不认同这种倒买倒卖的事儿，倒是觉得你考研的建议不错！我觉得，做人做事还是本分点儿好。"

"真不好意思……我是想，假如我真的能去了'北方歌舞团'，他怎么办啊？"

"我想，他应该不会反对吧？也不希望你在 MGM 做服务员吧？我理解，爱情应是把彼此变成更优秀的人，而不应是彼此耽误前程，这是一种内耗！对不起，我可能说得比较直接……"

"没事儿，您说的是事实！但我相信，这是暂时的！我们一起努力，会好的！"

"人生，三万天，一瞬间！没有比内心快乐更重要的事情了！谁都骗不了自己的心，假如放弃了梦想，内心就会不快乐，就会有意无意地传导给对方，时间长了，就会觉得委屈，就会发牢骚、埋怨、甚至吵架，生活也就会变了味儿。"

"嗯……有道理！"

"哈，我是个过来人。老舍有句话，大概的意思是，年轻时有牙没花生米，等有花生米了，却没牙了！我当初毕业时也是个穷小子，主要的任务是为吃饭而奋斗，根本没有精力和资格谈爱情，更不用说梦想了！"

"是啊！我现在就是在为了吃饭而奋斗。"

"生存终究是第一位的，然后才有资格谈爱情和梦想！但遗憾的是，我们总是做不到，总是在有牙的时候没有花生米，有爱情的时候没有面包，这就是现实，尤其是在竞争惨烈的北京！"

那雪没再接话，觉得潘石每句话都很实在。其实很多道理她心里都明白，只是不愿意去面对罢了。毕业半年多以来，尤其是在MGM上班以来，听得多了见得多了，她已经深深地感受到了现实的残酷。想想自己和刘铁，虽然嘴上还对未来有着美好的憧憬，但冷静下来的时候，她不得不承认，刘铁整天沉浸在狂想中，自己的梦想也已经渐行渐远了。有时她会自问，自己的内心真的快乐吗？放弃了自己热爱的歌唱梦想，天天在MGM做着简单重复的工作，难道这就是自己想要的生活吗？

"那雪，你快到你家了吧？回去好好和你男朋友商量下，我等你的回复。"

"嗯，好的！对了，潘总，马上就到春节了，你太太和女儿快回来了吧？你很快就可以见到你女儿了吧？"

"哦，她们不回了！前两天她妈妈打电话了，说工作忙……"

"啊！那你一个人过年啊？"

"哦，没事儿，习惯了。女儿连我的电话都不肯接，我知道，她不肯原谅我，实际上，我自己都无法原谅自己……"

提到女儿，潘石的语气变得沉重起来，许久没再说话，车里再次陷入了沉默。那雪侧身看了看忧郁的潘石，从他的眼神里感受到了一种孤独，突然心里感到一种莫名的酸楚。那雪转头看着车窗外，看着沉睡了的大北京，感慨万分，不知这个城市写下了一代代多少北漂的辛酸史。

潘石的车在那雪住的出租房楼下停了下来，潘石下车给那雪打开车门，那雪躲避着潘石的眼睛下了车。潘石深邃的目光看着那雪，满含怜爱地低声地说："那雪，晚安！"

"晚安，潘总！"

那雪说完急忙转身走了。寒风里，她冻得浑身瑟瑟发抖，背影渐渐消失在了寂寞的夜里。潘石目送着那雪，看着她一个人走出的孤独的背影。

    那雪快步走在黑暗的小区里，突然，一只流浪猫从角落里蹿了出来，快速地一闪跑掉了，那雪被吓得大叫了一声。她一路跑着回了出租房，心一直在怦怦跳。回到房间，她定了定神儿，简单地梳洗了一下，躺在床上，闭上眼睛，回想着晚上发生的一幕一幕：卞团长的突然出现，触手可及的"北方歌舞团"梦想，潘石的肺腑之言以及他那真诚的目光……那雪感到了一种温暖和力量。

    也许女人天生有一种依赖感，希望被呵护和保护，希望找到一个让自己崇拜的男人，并能从心里保持对这个男人的尊重和爱慕。当然，这要求这个男人必须强大，相反，如果一个男人不够强大，往往会缺乏自信，甚至自卑。刚刚毕业不久的刘铁正处在为了吃饭而奋斗的阶段，自然没有能力去照顾别人，但从小就死要面子的他，却喜欢把自己装成硬汉，以掩饰自己的自卑。

    内心的自卑感使得刘铁喜怒无常，经常会无端地发脾气，他就像一个长不大的孩子，那雪总是要像哄小孩子似的迁就他，总是让那雪整天提心吊胆。时间长了，那雪觉得心里很累。潘石就不一样，也许因为从小缺乏父爱的原因，想起潘石，那雪总觉得他像个父亲、像个老师，或像个兄长，总觉得心里很踏实，有一种想倾诉的冲动。

    那雪躺在床上，想到晚上怒不可遏冲进包房的刘铁，心里顿时紧张起来，担心刘铁会胡思乱想，火爆脾气再发作了。果然，没多久，刘铁就怒气冲冲地回来了。他用力推开房门，脸色蜡黄，二话没说就一头倒在了床上。

    那雪觉得自己并没做什么见不得人的事儿，也想认真地和刘铁商量一下去"北方歌舞团"工作的事情，于是温柔地将手搭在他身上，主动解释说："铁子，是这样的。一个客人潘总，觉得我唱歌不错，把我推荐给了'北方歌舞团'的卞团长，卞团长来考察我，对我还挺满意的……"

    "哈哈，客人潘总？他对你可真好啊！"

    "我跟潘总说了，回家跟男朋友商量一下。"

    "是吗！那我要谢谢你啦，还记得我这个保安男朋友！觉得我特给你丢人吧？"

"有什么可丢人的啊？否则我就不说了！"

"那个客人潘总，是不是看上你了？他为什么给你介绍工作？"

"他只是想帮我，没别的意思！再说，我告诉他我有男朋友了！"

"哈哈，没别的意思？是没别的意思，就他妈只是对你有意思！"

"你想多了！人家怎么会对我一个小小的服务员有意思啊！潘总对每个服务员都很客气的！"

"那潘总是不是都送每个服务员回家呢？"

"他是想跟我说'北方歌舞团'的事儿，我拒绝了，但乔总骂得很难听，你应该明白的。"

"听说你又陪客人唱歌了，对吗？"

"不是不是！是潘总引荐的卞团长要听我唱的。"

"别他妈老给我提什么潘总潘总的！"

"铁子，潘总不是那种乱七八糟的人，素质很高的，你别误会。"

"潘总人挺好的，是吧？素质很高，是吧？"刘铁猛地从床上跳了起来，眼睛几乎要瞪出来了，胳膊一甩，差点儿把那雪甩到地上。那雪看着刘铁火冒三丈的样子，心里"咯噔"一下，知道他的暴脾气又上来了。那雪轻轻拉住他的手，耐心地说："铁子，你先别急，我们好好说，行吗？"

"我他妈没你那么淡定！知道同事们都怎么说吗？说我媳妇被一个大款泡了，我他妈能淡定得了吗？"

"这些人怎么能这么胡说八道啊！潘总真的不是那样的人！"

"行啦行啦！我问你，去 MGM 的有钱人，有他妈几个好东西？有哪个不是去泡妞儿的？"

"好了好了，我知道了，我错了，行了吧？我不应该唱歌，更不应该让潘总送我回家，以后绝对不会了，别生气了，乖！"

"你错了吗？是我错了吧？错就错在我就是一个他妈穷保安！"

"铁子，说心里话，其实，你当保安，我也不开心！"

"那我是为了什么啊？"

"我知道，是为了我，但，说心里话，我并不希望你这样做！"

"你这话什么意思？是他妈几个意思，你说？"

"铁子，别总他妈他妈的，好吗？骂了一晚上了！"

"好吧，好吧，你说，你这话几个意思？"

"我的意思是，你在MGM当保安，我心里很不安！再说了，确实是在浪费你的青春和才华，我觉得，你应该去尝试找更好的工作。那个富家女不是给你介绍工作了吗？"

"我不是拒绝了吗！不也是为了你吗？"

"我并没让你拒绝啊！为什么拒绝呢？很好的机会呀！铁子，我是相信你的！我们应该相互信任，对吗？那个富家女三番五次的，我并没说什么吧？"

"我明白了，你这是在变相地给自己找借口！你是想去什么'北方歌舞团'，对吧？是想和那个潘总……是啊，多好的机会啊！不去多可惜啊！你怎么能辜负人家潘总呢？"

"铁子，你不觉得你是在无理取闹吗？"

"哈，我无理取闹？你以为我傻呀？那个潘总要是对你没意思，凭什么帮你去'北方歌舞团'啊？"

"那你这么说，那个富家女也对你有意思了？"

"但我是男的啊，怕什么！"

"我是女的怎么了？"

"现在的女孩儿有几个能禁得起诱惑的？对了，就说那个赵小汐吧，是什么东西呀，你以后少跟她来往！"

"你怎么又把小汐扯上了？"

"她就是一个天天傍大款的主儿，你和她能学什么好啊？"

"铁子，每个人有每个人的难处，不要武断地去责备别人，好吗？"

"怎么，小汐也不能说了？她不是那种人吗？那个经常来接她的宝马车是怎么回事儿，难道你不知道吗？"

"有些事儿不像你想象的那样，不要去指责别人，做好自己就行了，好吗？好了好了，不说了，咱睡觉吧！"

"还没说清楚，睡他妈什么觉啊！"

"还有什么没说清楚啊？如果你不同意我去'北方歌舞团'，我就不去了，行吗？"

"我不同意！还有，以后不要再和那个潘总来往了！"

"好啦，知道啦，睡觉吧！"

"睡觉？你他妈睡得着吗？"

"铁子，你刚才骂什么？你现在都开始骂我了，对吗？"

"我没有！我是他妈骂我自己呢！"刘铁怒目圆睁，已经几近歇斯底里了。看着刘铁的样子，那雪既生气又难过。这些天来发生太多事情了，熊小乖和潘石的出现、医院堕胎、刘铁天天卖石油对她的忽略等等，她已心力交瘁，实在没力气再争吵下去了，也不想再争吵下去了，于是，她默默地躺在了床上，眼里含着泪水。

漆黑的夜里，一束月光照在刘铁的脸上。寂静房间里，刘铁咬着牙咯噔作响，脸都扭曲变形了。突然，他大叫一声，从噩梦中惊醒坐了起来，下意识地找着那雪。他发现那雪居然不在他身边，一下子从床上跳了下来，东张西望地四处找寻着。他惊愕地发现，那雪正蜷缩在墙角下，手里捧着那盆杜鹃花儿，呆呆地蹲在地上。月光映射在她异常苍白的脸上，眼角上的泪痕依稀可见。

刘铁紧紧地抱住了那雪，声音里带着隐隐的哭腔："雪儿，你怎么蹲在这里啊？雪儿，对不起，是我不好，不该发这么大火！"那雪没有说话，表情异常冷静，这让刘铁感到更加恐惧。他一边道歉，一边摇晃着那雪："雪儿，说话呀，别这样好吗？你打我一顿，骂我一顿，好吗？"

那雪目光呆滞，自言自语地说："铁子，我们是不是出什么问题了？不再像以前那样彼此信任了！"刘铁也坐在地上，陷入了沉思。那雪将头靠在刘铁的肩膀上，仰望着窗外的月光。月亮面无表情地照着这一对年轻人，它可曾知道，生存的压力正一点一点地侵蚀着他们的感情。他们每天挣扎着，渴望着能在这座城市过上有尊严的生活，内心还没忘记各自最初的梦想，但现实和梦想之间的距离究竟有多远，他们谁都不知道！

那雪靠在刘铁的肩上，突然低声地说："铁子，其实，我看到过那个富家女抱你、亲你……"刘铁没有想到那雪会说出这句话，更没有想到那雪已经发现了这些事儿，急忙抚摸着她的脸庞，急忙解释说："雪儿，她是 MGM 金卡客人，连我们老板都怕她，我也没办法！另外，我承认，我有点儿利用她的成分，她确实认识很多大领导，有很多关系……但你要相信我，我只是想利用她做成那笔大买卖！"

"铁子，我曾经无数次地告诉自己，要相信你、相信自己、相信我们！但我也知道，我内心也并没有做到，就像你今天不相信我一样！"

"雪儿，不是我不信任你，主要是那个潘石……"

"我明白，他很有钱，也很优秀……"

"雪儿，放心！我会比他更优秀的！我说过，我要做一个金融巨子，要挣很多钱，要给你买大别墅，让我们的儿子受最好的教育！我们的儿子，绝对不能再像我们这样，看别人的白眼，受别人的歧视……怎么了雪儿，你脸色怎么这么难看？"

"我们的……儿子！"那雪喃喃地说着，眼泪不由得充满了眼眶。

"是啊，我们的儿子！我最近又联系了一笔大生意，这笔成功的可能性很大，至少要得挣上千万，等我拿到这一千万，我们就辞掉MGM的工作，到那时……"

"铁子，别说了，别说了，求你了！行吗？"

那雪想起了医院堕胎的那一幕，差点儿没忍住哭出来，她赶紧地低下了头。刘铁疑惑地盯着那雪，猜测着她的反应。看来她是不相信自己以后会成为金融巨子，不相信自己描绘的未来蓝图？或许她还再怀疑他和熊小乖的关系？或许她心里还在想那个潘石？……信任就像橡皮擦，越磨越薄，不管他们嘴上是否承认，事实上，他们彼此的信任正在被现实无情地磨损着。

接下来的日子，刘铁更加没日没夜地忙起了他的大买卖，只是那雪经常听到他在电话里抱怨，要么是买家不靠谱，要么就是卖家不靠谱，要么发现他们都是中间的中间的中间人。刘铁依然偷偷地和熊小乖打电话见面，那雪装作不知。

熊小乖虽然非常想帮刘铁，天天联系中石油的这个叔叔、中石化的那个大爷，但他们都会问同一个问题："这事儿，你爸爸知道吗？"熊小乖自然回答不知道，还要求叔叔、大爷们替她保密。这些叔叔大爷哪敢相信她这个小毛孩子，还担心她别再惹出什么事儿，再把他们给连累了，于是都是面儿上应付她、哄着她玩儿，没有一个真敢给她什么大单子的。

潘石没再来过 MGM，也没再和那雪联系过。有时，那雪会不自觉地想起潘石，想起"北方歌舞团"的事儿，但每次都强迫自己不要再想下去了。有时她很自责，觉得既辜负了潘石的一番好意，还惹得刘铁不高兴，认为是自己没有把这件事情处理好。自从上次信任风波后，刘铁和那雪似乎变得没有以往那么随意了，说话变得礼貌客气了，彼此都小心翼翼的。

3.5 过去的现在的是遇见的

2003 年春节就要到了。来自四面八方打拼的外地人，都各自忙着回老家过年了，北京渐渐地变成了一座空城。刘铁决定，今年就不回老家过年了。一来火车票一票难求，二来回老家总要花钱，三来主要是刘铁觉得自己现在 MGM 当保安，不知应该如何向父母交代？总不能骗父母 MGM 是个外企吧！

那雪从小什么就听刘铁的，知道他自尊心强，明白他的心思，没说什么就同意了。但那雪永远不会忘记，五年前为了给自己母亲治病，刘铁父母把家里的牛都卖了，她早已把刘铁的父母当成自己的父母了。那雪平常省吃俭用攒了一些钱，背着刘铁偷偷地给他父母汇过去了。为了缓和之前"MGM 事件"造成的紧张气氛，过一个快乐祥和的春节，那雪很早就开始准备了。

北京的冬天，风很大，呼啦啦的，吹得光秃秃的树枝来回摇晃着。这天，那雪拿着自己所有的年终奖金，鼓足勇气去了趟平时都不敢走进去的蓝岛商场，给刘铁买了件比较贵的皮夹克，给自己也买了件便宜的线衣。那雪知道刘铁现在不如自己挣得多，心里一直很压抑，时时处处都小心翼翼。刘铁穿上皮夹克十分精神，那雪露出了心悦的笑容。刘铁躲闪着那雪的目光，苦笑着凝视着前方。

那雪特别喜欢孤儿院的姚贝贝，觉得她特别有音乐天赋，又特别喜欢唱歌，为此专门去了趟附近的百脑汇，给小贝贝买了个 MP3 播放器。那时，韩国人发明的 MP3 风靡了中国内地，广东某家公司也追赶着生产了一款，还特地花了数百万请了因电视剧《还珠格格》一炮而红的赵薇做广告。刘铁看着那雪手里纸袋子上"小燕子"夸张的大头照，不屑地说自己最讨厌看叽叽喳喳的《还珠格格》了。那雪笑着解释说小孩子都喜欢"小燕子"，再说这个牌子相对比较便宜。

　　第二天，下雪了，窗外白茫茫的一片。这应该是2003年北京的第一场雪，就在人们的熟睡中悄悄地降临了。那雪从小就喜欢雪，看到雪就莫名地兴奋。刘铁仍在熟睡，她兴奋地从床上跳了下来，眼睛睁得大大的，凝视着纷纷扬扬的雪花，看着大雪无痕的世界，感觉时间仿佛已没了皱纹。

　　一场雪，给平日喧嚣的北京带来短暂的一丝宁静、一丝喜悦。那雪轻手轻脚地带上房门，伴着令人着迷的咯吱咯吱踏雪的声音，顿时觉得心情格外舒畅。她不由得张开双臂，陶醉地仰起头，深吸着干净的空气。洁白的雪花落在了她的手上慢慢地融化了，她感到疲惫的心似乎得到了一种片刻的宁静。

　　要过年了，放寒假了。每逢佳节倍思亲，潘石想去孤儿院把姚贝贝接到家，他知道这时她一定渴望家的温暖。一觉醒来，他站起来活动着身体，发现了窗外突来的飘飘洒洒的雪花，顿时感觉心情振奋，急忙换好衣服走出房门，决定马上赶往郊区的孤儿院。

　　马路上行人不多，积雪不是很厚。他想起了小时候自己的家乡，那时候气温似乎比现在低很多，雪的厚度经常也会有半尺或一尺深，屋檐和树枝都会结起冰凌，大地被厚厚大雪覆盖着也显得格外的壮丽。潘石觉得，也许是全球温室效应的问题，现在北京下的雪都是比较小了；也许是现在的人都太忙了，自己小时候打雪仗、堆雪人的情境，似乎现在在北京也很难看到了。

　　因为寒冷，冬天的阳光是迷人的，是和蔼可亲的，人们都很珍惜这难得的温暖。走进孤儿院，老远就听到了一群孩子的欢笑声。雪花发着银白色的光照射大地，给孩子们带来了无穷的欢笑。天气虽然寒冷，但孩子们的额头上却都冒着热气，正在认认真真地从头拍到脚堆着雪人。

　　站在皑皑雪地里，看着眼前久违了的情境，看着孩子们天真无邪的笑脸，潘石感觉自己仿佛置身于一个传说中的童话世界。雪花漫天飞舞，轻轻地落在他身上，清清凉凉的，令他感到心情格外的宁静而舒畅。雪是冬天的使者，让冬天富有诗意，而眼前的一切美得简直就像一首诗。

这时，一个身穿红色羽绒服的小姑娘进入了银白色的画面。她耳朵上戴着一副耳机，一边跳着一边唱着。一个身穿白色羽绒服的姑娘紧跟在她身后，朦朦胧胧露着温馨的笑。潘石的目光一下子被深深地吸引住了，片刻无法移开，他被眼前的画面震撼了。

朦胧处，是伊人。潘石一直自认为是个很不浪漫的人，也从不相信所谓的一见钟情，但就在这一瞬间，他觉得似乎自己已经渐渐远去的青春再次被唤醒了，长期压抑在内心里对爱情的幻想和渴望似乎再次被点燃了。

潘石踏着积雪朝那个美妙的画面走去。积雪发出了咯吱声，穿红色羽绒服的小姑娘果然是可爱的姚贝贝。只见她拿着一个白色的MP3，双手冻得微微颤抖，依然爱不释手。穿白色羽绒服的姑娘蹲着身，使劲儿地搓着小贝贝冻红的小手。潘石心中惊喜，难道真的又是她，那雪？

"潘叔叔，潘叔叔……"小贝贝惊喜地大声叫着。穿白色羽绒服的姑娘抬起头，一双清澈雪亮的眼睛与潘石相遇，脸上露出一丝惊讶，随即对潘石回以淡淡的微笑。潘石凝视着那雪，那雪下意识地整理了下头发。盯着那雪指尖滑过的地方，潘石感到一阵心跳加速。

"潘叔叔，你看，那雪姐姐给我买的MP3！"

"哦……是吗？真漂亮！那雪姐姐心真细，潘叔叔都没想起给你买新年礼物！对了，潘叔叔这次来，是准备接你回家过年，你觉得好不好啊？"

"啊？……好！好！太好了！"小贝贝兴奋极了。

"那我们什么时候走啊？"

"可是……张院长知道吗？"

"放心吧！已经给你请好假了！"

"可是……我还没收拾东西呢？"

"不用了，正好叔叔带你去买新衣服。"

"可是……我还没带牙膏牙刷呢？"

"我们买新的，好不好？"

"不好！那样很浪费的！潘叔叔，您能等我一下下吗？很快的，最多五分钟！"

"哈哈，当然没问题，不着急！"小贝贝高兴地转身飞快地跑了。那雪微笑着转过身来，再次遇到了潘石炙热的目光，急忙低下了头。潘石的眼睛几乎就没再离开过那雪："你……还好吧？"

"我挺好的，潘总！"

"对了，那天晚上……没事吧？"

"啊？哦……没事儿！对了，我让小汐给您打电话，还希望您能理解！"

"小汐？给我打电话了吗？有事儿吗？"

"啊？哦……没什么！"

"哦……一会儿小贝贝回来，一起回城吧？"

"不了不了！我坐公交车回就行。"

"下雪路滑，一起走吧！"

这个春节，熊小乖是孤独的。熊小乖虽是熊龙德的掌上明珠，但父亲在外面还有个年轻漂亮的女人，他们一起去法国过年了。熊小乖的母亲是个老实本分的人，是父亲来北京闯荡时老家的原配。熊小乖不想让母亲伤心，一直没有跟母亲说父亲在外面有女人的事儿，但其实她母亲也是知道的，只是睁一只眼闭一只眼不说罢了，她借口不喜欢城市的生活，一直住在老家。

春节假期间，熊小乖曾多次打电话给刘铁，约他出来吃饭，但都被刘铁拒绝了。后来熊小乖再给刘铁打电话，刘铁干脆不接了。熊小乖非常生气，发了很多条短信骂刘铁，但始终没有回音。她整天百无聊赖地赖在床上，摆弄着各式各样的玩具熊，命令它们必须按照她的意思谈恋爱。实在无聊的时候，熊小乖就约张若菲到三里屯喝下午茶打发时间，但话题绕来绕去，总是离不开刘铁。

除夕这天，那雪把房间收拾得整洁、温馨，买了肉馅和蔬菜准备包饺子，笑嘻嘻地在厨房里忙得不亦乐乎。刘铁兴致勃勃地看着那雪洗菜、切菜、刷锅、炒菜，动作十分熟练麻利。"呲"的一声，一股刺鼻的辣椒味扑面而来，小小的厨房里顿时弥漫着辣椒味和油烟味，把刘铁呛得咳嗽不止，眼泪都流出来了。

那雪让刘铁赶紧出去等着。刘铁走上前搂着那雪的腰，起腻地说自己要给那雪当下手。那雪说不用了，他不添乱就不错了。刘铁顺势亲了那雪一下，嬉皮笑脸地赖着不走。那雪露出了温馨的微笑，关掉燃气灶，用力推着刘铁往客厅里走："你这样的，我还怎么炒菜呀！快出去，出去！"

刘铁被推了出来，洋溢着幸福的微笑。心想自己真是有福气，媳妇又贤惠能干，又温柔善良，和同龄的女孩儿相比，那么质朴诚实，那么知道疼人，一点儿也不矫情。不一会儿工夫，那雪端出了几道地道的客家菜，萝卜干炒腊肉、酿豆腐、盐焗鸡、大盆菜等等。看着色香味俱全的老家菜，刘铁馋得哈喇子都要流出来了，趁着那雪没注意，直接下手拿起了一块盐焗鸡，一口塞到嘴里。

"不许偷吃！"那雪端一个砂锅走出来，故意嗔怪地说。

"我这是领导试吃，看你的年夜饭O不OK！"

"那领导觉得还OK吗？"

"OK OK OK，太OK了！"

"打开盖子，尝尝我做的梅菜扣肉怎么样？我知道，肯定不如你爸爸做得好吃！"

"不能这么说，应该说你做的是新派梅菜扣肉！嘿嘿。"

"我这就下饺子，说话就好。"

"得嘞，媳妇辛苦了！待会儿我这儿有大奖哦！"

刘铁吹着口哨，跷着二郎腿，抽着中南海，看着一个从废品收购站买的21寸的小电视。不一会儿，那雪端着两盘热气腾腾的饺子走了出来。刘铁站起身来，神秘兮兮地弯下腰，从床底下拿出了一个纸袋子，上面写着LV两个醒目的英文字母，故意瞪着大眼看着那雪："媳妇，瞧，这是什么？L和V啊！"

那雪似乎对LV的标志已经有了心结，一看见就会想起刘铁去秀水街买假货被人坑的事儿。那雪曾多次自责，自己不应该表现出对LV的喜欢，无形中给了刘铁压力。此时，刘铁脸上挂着得意的微笑，看着那雪吃惊的样子，高高举起 LV 袋子摇晃着说："放心，这次绝对不是假的，国贸买的！"

"你哪儿来的钱啊？"

"哈哈，卖了点儿石油。"

"真的啊？那就应该把钱存起来，或者寄回家里，我真的不需要背这么贵的包包！"

"那不行！人活着就是一口气，不蒸馒头争口气。我不能让你在赵小汐面前丢了面子！"

"哎呀，什么面子不面子的，其实，真的无所谓的！我知道铁子最能干了，最疼我了！赶紧吃饭吧，快八点了，春晚马上要开始了……"

那雪拿了一瓶二锅头和两个一次性纸杯，说除夕夜一定要陪刘铁喝一杯。那雪说刘铁口才好，让他说两句。刘铁挠了挠头，想了想词，站起身来，有点儿不好意思地说："雪儿，祝你永远年轻漂亮！"

"铁子，祝你早日找到理想的工作！"

两个人碰了一下，那雪一口气儿喝了下去，辣得张着嘴赶紧喝了口水。刘铁笑了，帮那雪拍了拍后背，然后大口吃菜，大口喝酒，表现得非常开心的样子。那雪的眼睛突然停在了刘铁的胳膊上，她隐隐约约地发现，刘铁的胳膊上有一贴创口贴。那雪问刘铁胳膊怎么了？刘铁赶紧躲藏着，说不小心碰了一下，擦破了层皮。看着刘铁躲躲闪闪的眼神，那雪顿时觉得不对了。刘铁从小就不会撒谎，更不会对那雪撒谎，每次撒个小谎都不敢直视那雪的眼睛，甚至脸红。

那雪似乎明白了什么，强拉过刘铁的胳膊，揭开了创口贴，发现了一处发红的针眼儿。她惊愕地睁大了双眼，声音颤抖地问："铁子，这针眼儿是怎么回事儿？"刘铁装作满不在乎地抽回胳膊说："啥针眼儿啊！你看错了，吃饭！"那雪再次拉过刘铁的胳膊，盯着那个发红的针眼儿认真地看着看着，突然失声大叫："铁子，你是不是去卖血了？"刘铁低头不语。

刘铁每月工资多少、年终奖发了多少，那雪都很清楚。以刘铁的收入，根本没能力买得起 LV 包，也没听说他做成了石油大买卖，难道他为了给自己买 LV 包，钱不够去卖血了？刘铁从小就要强爱面子，为了给她一些惊喜和感动,时常会冲动和任性,时常做出一些很出格的事儿。她知道,以刘铁的性格,卖血给她买 LV 包不是做不出来的。再看看刘铁装作若无其事的样子,那雪知道自己猜对了,眼泪一下子顺着眼眶涌了出来。

刘铁轻轻抚了下那雪的脸,擦了擦她眼角的泪珠,强作笑脸,死撑着不肯落一滴眼泪。那雪呆呆地坐在那里,不知道自己是应该感动,还是应该内疚。

"别哭了,大过年的,哭啥呀,赶紧吃饭吧,菜都凉了。"

"铁子,答应我,以后别再干傻事儿了,好吗?"

"你不懂,人要适当放点儿血,促进新陈代谢,对身体好,嘿嘿。"

"铁子,我心里好难受……"

"难受啥啊!吃饭,赶紧吃,吃完好看春晚,快快快……"

刘铁正要拿起筷子给那雪夹菜,他的电话响了,电话上显示着"乖乖"。刘铁急忙把手机翻了过去,那雪似乎猜到了什么。刘铁的手机断了又响,响了又断了,刘铁紧锁着眉头,尴尬地说陌生号码不接了。那雪看着刘铁撒谎的样子,收拾起桌上的盘子和碗筷去厨房了。她一边洗着碗筷,一边若有所思,脑海里浮现出熊小乖的模样,心里泛起了一股莫名的心酸,感叹现在的铁子也是有秘密的人了。

那雪离开后,刘铁赶紧躲到一个角落里接通了熊小乖的电话,还没等他开口,就听到熊小乖一顿破口大骂。熊小乖刺耳的叫骂声语无伦次,听起来舌头也已经明显的大了。刘铁知道,这个大小姐一定是又喝多了,似乎电话里都能闻到她嘴里的酒气:"刘铁,你他妈居然敢不接我的电话!"

"你喝多了,我挂了!"

"你敢再挂下我电话试试?我马上去你家找你,靠!"

"你想干吗?"刘铁压低了声音说。

"我想你了!你说'我想你了',快说!"

"别闹!"

"你说不说?不说,我现在马上就去找你!你信不信?"

"过年好,我挂了哈!"刘铁故意提高了声音。

"你他妈的敢!你挂下试试?"

"你到底想怎样?"刘铁压低了声音。

"你想我了吗?快说!"

"嗯……"

"不行,要大声说出来,不然,你等着!哼!"

刘铁知道,熊小乖是绝对说得出做得到的,万一她真的找到家里来,那场面就不好收拾了。刘铁脸憋得发紫,压着自己的暴脾气,深呼了一口气,压低了声音,故意含糊不清地说了句:"想你了。"

"哈哈哈……哈哈哈……"熊小乖得意地笑着,挂断了电话。

刘铁紧张地往厨房里瞄着,担心那雪会听到,担心他们努力打造的春节气氛被破坏了,他故意大声叫着那雪:"雪儿,雪儿,快来看,春晚开始了,快快快!"

那雪脱下身上的围裙,对着镜子调整着自己的表情,不停地告诉自己,母亲走后,在这个世界上,刘铁是自己最亲的人,自己一定要相信刘铁。她端着一盘瓜子走了出来,努力微笑着说:"铁子,来来来,吃瓜子喽!"刘铁伸手去拿瓜子,躲避着那雪的目光。那雪感觉到他眼神里的一丝游离,尽量地装作一无所知,努力表达着一种喜悦心情,但她清楚地意识到,自己的心里似乎也藏着一丝秘密,彼此之间已经没有了以前的那种通透。

那雪安静地一边吃着瓜子,一边认真地看着电视。电视里正上演着热闹的歌舞组合《过大年》,那雪随口说了一句:"这首《过大年》,是'北方歌舞团'下团长作的曲!"刘铁看着舞台上载歌载舞的女演员,又转头看了一眼那雪,看到那雪眼里流露出的羡慕眼神,心一下沉了下来。他故意问了句:"雪儿,是不是特别羡慕她们啊?"

正聚精会神看表演的那雪,没有察觉到刘铁话里有话,随意地点了点头,随口应了一句"嗯!"刘铁盯着那雪,低沉地说:"雪儿,我觉得,我特对不起你!我觉得,是我耽误了你的前程!我觉得,你也许应该去'北方歌舞团'!去了'北方歌舞团',没准儿也上春晚,没准这会儿正和她们一起唱《过大年》呢……"那雪依然没有反应过来刘铁的意思,又随口说了一句:"得了吧,别嘲笑我了!"

看着那雪神情投入的样子,尤其是发觉那雪没注意到自己的醋意,刘铁心里越发不是滋味了,他感到自己被轻视了,不自觉地又想起了那个潘总，越想越生气，于是故意说："雪儿，要不，你再去找找潘总？让他再给卞团长打个招呼？今年春晚是上不了了，争取上明年的吧！"

这会儿，那雪终于反应过来刘铁话里有话。她转头看着刘铁，刘铁故意认真地盯着电视不看她。大过年的，那雪不想惹刘铁不开心，更不想破坏了他们一起精心打造的春节气氛，就没接话继续看电视，想让这事儿就过去了。见那雪没接话，刘铁觉得心里更堵得慌了。他盯着电视，继续说："没事儿，潘总对你那么好，会帮你的，还来得及！"

"铁子，大过年的，咱不提不开心的事儿，好吗？"

"没有啊，我没有不开心啊！我主要是觉得你不开心，耽误了你的梦想！"

"好了，铁子，看电视吧！快看，赵本山！"

这时，电视里赵本山、高秀敏和范伟正演着小品《心病》，那雪看着看着，忍不住笑了。刘铁看看那雪，又看看赵本山那逗乐的样儿，也跟着笑了起来……

潘石今年春节终于不是一个人过年了。退休的父亲来看望他了，还带来两位山东老乡。一位是同事陈老师的老伴苗阿姨，另一位是苗阿姨的儿子陈俊宏。去年俊宏考大学的前夕，陈老师不幸病逝了，俊宏备受打击，也没考上大学。陈老师去世后，潘石父亲看他们孤儿寡母的，提议他们来北京，一来可以照顾长期一个人生活的潘石，二来看看能否给俊宏在潘石的公司谋个工作。苗阿姨欣然同意了。潘石听了父亲的介绍爽快地答应了，并尊敬地称呼苗阿姨为苗老师。

以前，潘父也来过几次北京，但每次住不了几天就闹着回去，说不喜欢人多车多没有人情味的北京，总觉得没有老朋友老同事聊天心里闷得慌。今年父亲能来北京过年，潘石格外高兴，一定要亲自下厨做年夜饭。客厅里，潘父逗着小贝贝玩耍。厨房里，苗老师和俊宏给潘石当帮手，不一会儿工夫，就端上了一道道香喷喷的饭菜。苗老师惊叹潘石这么大的老板居然还能炒一手好菜，不停地夸奖潘石好手艺。潘石谦和地说，这是他的一大爱好而已。

饭菜上齐了，几个人上了桌。潘石拿出了收藏的茅台，毕恭毕敬地给老爷子倒上了酒。潘父抱着小贝贝，微笑里藏着一丝失落。潘石明白老人家的心思，知道老人家又想亲孙女了，于是故意找了一些政治、历史等老人家感兴趣的话题攀谈着，分散着老人家的注意力。潘父一边喝着酒，一边偷偷地看着墙上的闹钟。

闹钟响了八声，春节晚会开始了。潘石招呼着大家围坐在一起看电视，没话找话地和父亲聊天。但潘父始终心不在焉，终于忍不住地说："贝贝和小贝贝差不多大吧？都多少年没看见她了！"

"是啊！时间过得真快！"

"孟美……她还好吧？"

"她很优秀！拿到了美国法律博士学位，还拿了美国职业律师资格，现在是一家律师事务所的合伙人。"

"现在美国应该是早上了吧？孟美和贝贝应该起床了吧？过年了，要不要给她们打个电话啊？"

"好的，我这就打！"潘石知道，父亲也是下了很大决心才提出这个要求的。他拿起手机，手在微微颤抖，拨打着那个既熟悉又陌生的电话号码。电话嘟嘟嘟响了很久，潘石感觉心提到了嗓子眼。终于，电话通了，是孟美接的电话，两个人客气地问候了一番。

但孟美始终没提女儿潘贝贝，潘石实在忍不住了，告诉她父亲就在身边，希望能和贝贝说几句话。潘石把电话递给了潘父，老人家显得有点儿激动，声音颤抖地对孟美问长问短。说了一会儿，孟美才礼貌地说贝贝还没起床，等会儿起来后让她再打过来。老人家听后连忙说好，但神情失落。

见老爷子挂了电话，潘石急忙继续找着话题和老人家聊天。老人家心不在焉地看着电视，眼睛却不停地瞄着潘石的手机，但手机却始终没有再响。老爷子失望地说要去休息了，潘石十分愧疚地将父亲安顿好，自己独自走进书房，呆呆地坐在沙发上，想着远在天边的女儿，想着想着，似乎睡着了。

不知什么时候，小贝贝走进了书房，关心地拉起潘石的手，认真地说坐在沙发上睡会感冒的。潘石迷迷糊糊地睁开眼，擦了擦眼角的泪痕，微笑着将小贝贝搂在怀里。小贝贝突然说想那雪老师了，提议给那雪老师打个电话问新年好。潘石下意识地看着窗外，脑海里一下子闪现出了那个美丽的倩影，那个脸上写着爱情的姑娘。他定了定神儿，告诉小贝贝自己没有那雪老师的电话号码，哄着她睡觉去了。

热闹的节日里，孤独的人最容易触碰最真实的角落。往年的春节潘石大都是一个人过的，后来似乎已经习惯了，不但不觉得冷清，反而会享受这份安静。今年的春节，父亲来了，还带了苗老师和儿子俊宏，再加上小贝贝，这个年比往年热闹了许多，但不知怎的，他反而有了一种从未有过的孤独感。在这个合家欢聚的时刻，他清晰地意识到，自己的生命里缺少了一样东西，那就是一个寄托精神的地方。

自第一次在 MGM 遇见那雪，到孤儿院里看到那个美丽的倩影，潘石惊讶地发现，自己会经常有意无意地想起那个脸上写着爱情的女孩儿。那晚带卞团长见那雪，知道了刘铁的存在后，他多次告诫自己不要再去打扰那雪的生活。他找着各种理由让自己不再去想，但发现还是会不自觉地想起，尤其是第二次在孤儿院偶遇之后，那雪恬淡的微笑更是挥不去地出现在他的脑海里。

有时他会自问，难道真的有一种感情，与年龄无关，与风月无关，只与倾心有染？但他又很快地自责自己是个有家庭的人了，那雪也有了自己的爱情，自己不能破坏别人的感情。但感情这东西真是无法控制，想与不想，它就在那里。潘石有时会反省自己，虽然自己找各种冠冕堂皇的理由去关心那雪，但他内心不得不承认，自己对那个姑娘已经超越了喜欢的界限。

人常说，爱情里无智者。此时的潘石也是如此，刚才小贝贝一提那雪，一下子让他坐立不安起来。他鬼使神差地做出了个决定，去一趟那雪居住的出租房，去远远地、静静地看一眼，哪怕只是一个身影。潘石被自己的想法吓到了，自嘲居然还有着年轻人的激情与冲动。他在书房里走来走去，犹豫再三，最终还是说服了自己。他觉得过去的、现在的都是遇见的，遇见的都是最好的，应该珍惜生命中每一次真诚的遇见。

想着，他拿起车钥匙，走出了大门，很快就驶到了那雪出租房的楼下。他仰着头倚靠在车旁，凝视着那昏黄的灯光……

出租房的电视里，倪萍、朱军、李咏等正煽情地高喊新年钟声的倒计时。刘铁也兴奋地站了起来，跟着一起喊着"5、4、3、2、1"，新年的钟声响了。刘铁激动地拥抱着那雪，轻轻地亲吻了她一下。然后高兴地拿出准备好的鞭炮，把鞭炮绑在一个细长的棍子上，跑到窗户旁伸了出去，并大声叫那雪过来看。那雪站在刘铁身后笑着说害怕，不想看，并大声叮嘱刘铁小心点儿。

刘铁点上了一根烟，使劲地抽了两口，烟头忽闪忽闪的，随后点燃了绑在棍子上的鞭炮。导火线燃起了火花，震耳欲聋的鞭炮噼里啪啦地响起，冒出了一道道闪光。突然，闪光中，刘铁发现楼下停着一辆熟悉的黑色奥迪A8。他愣了一下，怀疑自己是不是出现了幻觉？又仔细地望过去，看到一个似曾相识的人影倚靠在车旁，正远远地朝他这儿望着……刘铁感到浑身的血"噌"的一下蹿到了脑门，愤怒地将半颗烟丢在了地上，用脚尖压住烟头，用力地捻着，狠狠地叫了一声："那雪，你过来一下！"

那雪担心刘铁扫兴，微笑着摇了摇头走了过来。刘铁转头看了一眼那雪，用手指向远处那辆熟悉的奥迪A8，嘴角上扬，自嘲地笑了笑，一声不吭地转身回了房间。那雪一时愣在了那里，她看到了一个熟悉的身影上了一辆熟悉的车，然后缓缓地消失在了夜色中。这时，北京的夜空，爆竹声声，五颜六色的烟花刺向天空，东南西北中交相辉映。绚烂的夜空下，那雪呆呆地站在那里。

"啪！"的一声巨响，刘铁将一瓶"小二"猛烈地摔在了地上，那刺耳的声音，刺穿了那雪的心。那雪没再过去劝慰刘铁，也没再哭泣，而是慢慢地蹲下来。她脸色苍白，双臂紧紧地抱着自己。面对他们千疮百孔的爱情，两个人都意识到，尽管彼此都在拼命地坚守着、捍卫着，但在现实面前，他们的确已不可否认地打了折扣，且变得越来越脆弱；两个人都意识到，彼此在相互折磨着、灼伤着、内耗着，只不过是以爱的名义……

第四章　颠倒的梦想

有一天，我们会发现，自己最初的梦想，已经物化为车子房子票子，虚化为红了火了发了。不知不觉中，梦想已被欲望替代、被欲望强暴了……

4.1 出租房离梦想有多少街区

刘铁的书房里，艾雪托着腮，聚精会神地听着他十年前的故事。她时而眼泪汪汪，为刘铁过去的爱情故事而难过，尤其听到那雪在医院堕胎的那段，无法自控地哭出声来；时而又满脸纠结，因为从刘铁的故事里，她似乎看到了自己和李小迪的影子，感觉自己正在重复着刘铁和那雪过去的故事。

寂静的夜，伴着窗外清冷的月光，刘铁的回忆是沉甸甸的。他一根接一根地抽着烟，烟灰缸里已经堆满了烟头。十年过去了，刘铁也曾说服自己忘记，过去的已经过去了，谁也无力改变岁月的轨迹。但过去的那些日子，总是令他无法释怀，令他依然以爱的名义折磨着自己。如今，自己已经拥有了十年前所梦想拥有的一切，但似乎再也找不到美好的过去了。

书房的闹钟响了两下，深夜两点了。刘铁眯着眼睛倚靠在沙发上，满脸惆怅。艾雪的手机响了，传来了《到爱情为止吧》那熟悉的歌声。寂静的夜里，歌声显得格外刺耳。刘铁睁开眼睛寻找着，原来艾雪把这首歌设置成了她的手机铃声。

艾雪的电话响了又断，断了又响，艾雪始终看着没敢接。刘铁猜到应该是艾雪的男朋友李小迪的电话。艾雪紧张地把手机翻过来扣在了沙发上。刘铁站起身来走到窗前，看着窗外冰冷的月光，脸色凝重。然后，转过身看着艾雪温和地问："你男朋友吧？"

"嗯……"

"不早了，我送你回去吧！"

"铁哥，不急的！"

"但你男朋友一定是等急了，我很能体会这种心情！"

"真的没事儿,他经常晚上四五点才睡觉的。"

"哈,貌似搞文艺的都喜欢白天睡觉,晚上工作。"

"没错。对了,铁哥,我想知道,那后来,您到底是和那雪姐姐好了,还是和乖乖姐姐好了?"

"你猜!"

"我猜不到!那雪姐姐人真的太好了,那么善良,那么善解人意!不过,说心里话,我觉得乖乖姐姐除了脾气不好外,人也蛮真诚的,重点是,我感觉,她也好爱你呀!"

"我们不说了,好吗?"

"哦……好吧!铁哥,听了您的故事,我心里好难受,也好纠结,觉得自己好像正在重复着你们过去的故事……"

刘铁看着眼前的艾雪,心想自己本是想拿艾雪做个试验的,看看多少筹码可以摧毁她和李小迪的爱情,没想到结果这么快就出来了,这不免让刘铁有点儿感慨。想想当年,自己和那雪为了捍卫他们的爱情,还曾与残酷的现实做过惨烈的挣扎。十年后,随着社会商品化程度越来越发达,人们追逐名利的脚步也越走越快了,所谓爱情翻篇的节奏也和狗熊掰棒子似的越来越快了。

是啊,欲望的生活正在摧毁着磐石般的感情。生存在同一片天空下,有谁又能逃脱时代的命运呢?都说要不忘初心,但在物欲横流的生活中,又有几个人还记得初心呢?想当年,自己也是怀揣着最初的梦想,踌躇满志地来到了北京,但在现实面前,自己也不得不低下了头.在不知不觉中,最初的梦想,也早已物化成了车子房子票子,虚化成了红了火了发了。偶尔停住脚步,蓦然回首,发现梦想早已经被欲望替代了,已经被欲望强暴了。一切似乎都锁定在名利欲上。

刘铁内心一声叹息,感叹一茬茬的北漂,似乎都在轮回着相同的故事。比起十年前,在互联网迅猛发展的今天,人们的生活方式已经被彻底颠覆了。互联网带来了时空的开放,同时也带来了人们思想意识的开放。每天扑面而来的各种光怪陆离的信息,不断地冲击着人们坚守的各种底线。刘铁发现,现在很难再去判断一件事物的好与坏了,因为似乎已经根本没有了是非标准。

刘铁正冥思着,艾雪的手机再次响了起来,刺耳的歌声打断了他的思绪。他无奈地摇摇头，自嘲着自己刚才的愤青，转过身来看着艾雪，发现艾雪正慌张地拿起手机，将手机关成了静音，快速地放进了包包里。刘铁很快调整了自己的状态，恢复了平日的玩世不恭，似笑非笑地说："艾雪，赶紧回家吧！"

"啊？……铁哥，我们不……那个啦？"

"哈哈，哪个呀？赶紧回家吧！我可不想你男朋友像我十年前那样被人欺辱！"

"但是，你帮了我这么多，我无以为报！您说过的，做人做事要公平，但是，我觉得，现在这样……不公平的！"

"你让我回忆起了十年前的美好，让我发现了自己内心深处对爱情还有一丝渴望，所以，公平了！"

"铁哥，以前也有很多男人想……但我从来都没有过，但是，现在我是自愿的！"

"怎么，喜欢上我了？'大叔控'啊？哈哈，赶紧回家吧，乖！"

刘铁说着，慢慢地走到艾雪跟前，将外套温柔地给艾雪披上。艾雪的眼泪一下子掉下来了。她知道，眼前的这个男人并没有把她当成一个交易的对象，她感到了一种尊重，心里充满了感激。艾雪穿好了衣服，收拾好自己的东西，走到那盆杜鹃花儿旁，神秘地说了句："铁哥，我知道你为什么喜欢'杜鹃花'了……"

"聪慧！"刘铁会意地笑了笑。

孤独的夜里，刘铁的大悍马快速地行驶在东三环上。艾雪坐在副座上，偷偷地瞄着眉目之间忧郁的刘铁。艾雪心想，是人都渴望爱情，假如以后自己真的做了这个男人的女朋友，没准他也会爱上她的。她被自己的想法吓了一跳，赶紧收回了思绪。刘铁眼神迷离，也陷入了沉思。两个人各自想着自己的心事。

大悍马行驶到了"国贸桥"上，一座座高耸入云的楼群映入了眼帘，国贸三期、中国大饭店、大裤衩、建外 SOHO 楼群以及正在拔地而起的中国尊等等，争奇斗艳、各领风骚，彰显着这座帝都的霸气。刘铁指着眼前的楼群，饶有兴致地问艾雪："知道为什么一茬茬的北漂，明明知道自己在北京过着苦×的生活，还赖在北京不肯走吗？"

"为什么呢?"

"因为这里有梦想!这里有象征着财富和成功的CBD,有'中国合伙人'的好榜样!虽然自己住通州或更远的出租房里,却觉得离CBD很近。他们梦想着有一天,通过自己的打拼,也可以走进CBD的某座写字楼里。但出租房离CBD到底有多少街区?其实,近在眼前,远在天边,很多人打拼了一辈子,也许都走不到这里,也许只是一个过客而已……"

"没错!我每次只是经过这里,但从没敢进去过,真的感觉和这里半毛钱关系都没有,自己只是个过客!"

"北京就是这样一个既充满梦想、却又离梦想很遥远的地方!为了那遥不可及的梦想,很多北漂在这里挣扎、奋斗。虽然过着苦×的生活,但总是不甘心,总是觉得还有希望,幻想着有一天自己也许红了火了牛了发了!"

"铁哥,您说得太现实了,听上去让人感觉都要绝望了!有时候我会想,自个儿大老远从老家跑到北京读书、奋斗,到底是为了什么?不就是为了那遥不可及的梦想吗?"

"哈哈,梦想?你还记得你最初来北京的梦想吗?"

"记得呀,我喜欢音乐,想当一名歌唱家!"

"那现在呢?还这么想吗?还记得自己的初衷吗?"

"现在呀,现在就想……赶紧出名,出名了好挣钱,挣钱了好买房买车!铁哥,我这样想是不是很现实啊?"

"现实面前,谁能不现实呢?别的不说,就说这北京的房子吧,房价越涨越高,不知让多少男人竞折腰!别说三环四环的房子了,假如北京有十环的话,恐怕很多人奋斗一辈子也买不起!你说,不现实,行吗?"

"别说了,再说我想哭了!每次看到万家灯火,我都会想,什么时候能有'一扇窗'是属于我的啊?"

"那你干吗不回老家呢?回老家,在父母身边,上班下班,结婚生子,生活多安逸啊!"

"回老家?那多没意思啊! 20多岁的人,60岁的生活都能看得见了,那和等死有啥区别呢?"

"没错！老家没有北京的梦想，这就是北京的魔力所在！不过，女孩儿倒是问题不大，总能找到一个喜欢自己的嫁了，但是男人就不同了。十年前我就懂了一个道理，在这魔都里，男人唯一的选择，就是让自己强大起来，哪怕是不择手段！否则就得滚蛋……"

"是啊！我的一些小伙伴儿已经混不下去了，已经逃离北京了！还在坚守的，有的开始说是为了爱情，后来对爱情绝望了，又说是为了父母能过上好日子！其实就是不甘心，给自己找个坚守下来的理由！"

"不说了，不说了，再说下去，你会被小伙伴儿们乱棍打死的！"

大悍马在国贸桥上盘旋着，开往了京通高速方向。艾雪已经从大悦城搬到双桥了，因为这边的房租相对便宜些。刘铁加大了油门，着急地说："都快三点了，你男朋友一定快等疯了！对了，他在哪儿上班？"

"他不上班。我劝过他，去酒吧唱唱歌之类的，但他觉得那是糟践了他的神圣艺术！他平常都在家里搞创作……铁哥，说心里话，在您面前，我觉得自己是个小朋友！而在他面前，我觉得自己是个大姐姐，好累！"

"了解！是不是他还经常会对你这个大姐姐发火？"

"您怎么知道呀！？"

"你猜。"

"就知道您会说这句！"

"好吧！我告诉你，想当年我当保安，还不如那雪挣得多，心里很压抑，经常怀疑她的钱来路不清，所以，就经常莫名其妙发火！一个男人靠女人吃饭，即使女人不抱怨，男人的自尊心也会受不了！"

"没错没错！我每次给他钱，他都会审问我半天！但他也不出去挣钱……"

两个人正聊着，刘铁的电话突然响了。刘铁看了看电话，对艾雪做了个不要出声的手势。艾雪心领神会地点了点头。刘铁接通了电话，电话里传来一个女人冷冷的声音："知道有多久没回家了吗？"

"这不在外地忙一个小项目了嘛！"

"你不会在忙'辽宁号航母'那个小项目了吧？"

"唉,只能说是添砖加瓦吧!"

"好吧!不过,有些事儿我劝你这辈子还是别想了!"

电话"咔"挂断了,发出了嘟嘟声。刘铁无奈地笑着摇了摇头,艾雪瞪着好奇的大眼睛问道:"是老婆……大人?"刘铁点了点头。艾雪又问道:"是那雪姐姐,还是乖乖姐姐?"刘铁笑了笑,说:"你猜!"艾雪摇了摇头:"好吧,以后不问了!"

从双桥出口驶出京通高速,在艾雪的指引下,刘铁左拐右拐,终于来到了一个比较偏僻的小区。刘铁下了车,很惊讶地看着周边的环境,问艾雪怎么跑到这么荒凉的一个地方住了,不是给她钱了吗?艾雪也下了车,低着头说自己什么都没有付出,那钱不能动。刘铁笑了笑,劝她别想太多了,还是赶紧想想回家怎么给男朋友编故事吧。艾雪抬起头,感激地看着刘铁说:"谢谢您,铁哥,请相信,我是个知道感恩的人!"

"艾雪,我想对你说……你知道,主要是因为你像十年前的那雪!我所做的,对我来说是举手之劳,你不必有什么思想负担,希望你能好好准备参加'中国好歌声'的比赛。还有,我希望你能去坚守你们的爱情!"

"我明白您的意思,实际上我一直在坚守!但是,很挣扎!"

"艾雪,知道吗?我现在突然觉得,自己特像十年前那个拿着'核武器'的男人,在欺负一个手无寸铁的小朋友。我甚至觉得,我有点儿对不起你的男朋友,赶紧回家吧!"

"铁哥,您的意思……不再见我了?您以后还会见我吗?"

"艾雪,你是个好姑娘,我不想伤害你!做好朋友吧!"刘铁说完转身上了车,头都没回。伴随着发动机的轰鸣声,大悍马急速地驶向远方。

艾雪呆呆地望着远去的大悍马,心情久久难以平静。就在这时,黑暗的角落里一个黑影闪了一下不见了,艾雪对此全然不知。艾雪从来没有这么晚回过家,这让李小迪非常担心,急得像热锅上的蚂蚁在出租房里转圈儿。李小迪给艾雪打电话,艾雪没接,后来还关机了。

李小迪想起艾雪临出门时魂不守舍的样子,突然,一个可怕的想法闪现在他的脑海:"艾雪会不会又去参加那个开大悍马的男人所谓的生日派对了呢?"强烈的好奇心促使李小迪下了楼,他躲在黑暗的角落里,冻得浑身哆哆嗦嗦的,但仍然一定要看个究竟,正好看到刘铁送艾雪回来。

艾雪怀着极其复杂的心情回了家。她忐忑不安地站在门口,深吸了一口气,镇定着自己的情绪,脑子急速地旋转着,想着如何给李小迪解释今天为什么这么晚回家。艾雪知道李小迪诚实简单,但也特别敏感。李小迪多次强调过,他最不能接受的就是欺骗。

艾雪心里有鬼,准备接受李小迪各种可能的质问。她拿出钥匙,小心翼翼地打开了房门,尽量让自己做到像往常一样。房间里漆黑一团,艾雪以为李小迪睡了。她轻轻地换上拖鞋,挂上外套,正想去洗手间卸妆,突然,"啪"的一声,随着强烈撞击鼠标的声音,电脑屏幕亮了,照着李小迪的脸。艾雪被吓了一跳,惊吓地叫道:"哎呀,吓死我了!你……还没睡呢?"

李小迪没作声,艾雪顺手打开了灯,把散落的头发扎起来,急忙走到卫生间卸妆。她从卫生间里伸出头,偷偷地看了一眼李小迪,见他眉头紧锁地抽着烟,貌似在精力集中地看着电脑,但她明显地感觉到了李小迪在极力控制着压抑的情绪。

艾雪轻手轻脚从洗手间走了出来,镇定地走到李小迪身边,搂着他的脖子亲了一下,然后开始收拾电脑桌。电脑桌上,烟灰缸里装满了烟头,几瓶空的燕京啤酒瓶和两盒空的康师傅方便面盒杂乱地摆放着,还有几张揉成团儿、撕成片儿的纸,估计都是李小迪废掉的音乐作品。

艾雪一边收拾着满桌子的垃圾,一边偷偷观察着李小迪的表情。看到李小迪那孩子般的脸上布满了愁云,她内疚地说:"小迪,今天跟几个同事在一起,回来晚了,对不起!你怎么晚上又吃的方便面呀?要不我给你做点饭吧?"李小迪没有回话,却闻到了艾雪身上浓烈的酒气,他的眉头皱得更紧了,脸上表现出了明显的反感,声音非常低沉地说道:"今儿喝得不少吧?"

艾雪也闻到了自己浑身的酒气,想到在刘铁家的一幕幕,顿时心虚起来。她紧张地躲开了李小迪,快步走到床边,整理凌乱的床单被褥,心怦怦直跳,支支吾吾说了句:"亲爱的,我累了,先睡了……"

艾雪是个不会撒谎的女生，也从不跟李小迪撒谎。但今天，她自己都感觉到自己说话的声音明显在颤抖。她心里不停地祈祷，这一刻赶快过去吧！于是，急急忙忙躺到了床上，蜷缩在被窝里，背对着李小迪。

已经焦躁不安整整等了一夜的李小迪，转过头看着床上明显异常的艾雪，想到刚刚自己在楼下偷窥到的那个开大悍马的高大男人，额头上的青筋一下子暴胀起来。他本希望艾雪能主动给他一个解释，一个否定他各种猜想的解释！但是，艾雪的轻描淡写以及逃避，让他愈发确信了他的猜测。终于，他愤怒了，爆发了。

李小迪走到床边，猛地一把将艾雪身上的被子掀开，艾雪惊愕地转过头来看着他。黑暗中，艾雪看到李小迪的脸有点儿扭曲，但她仍然强作镇定，心想这下无论如何都要面对了，但自己无论如何也要找借口搪塞过去，不能让李小迪发现了她的"不忠"。她故作生气地说道："小迪，你这是干吗呀？都快吓死我了！"

"艾雪，难道不想给我说点儿什么吗？"

"对不起，亲爱的！一个同事过生日，回来太晚了，别生气了。"

"吃到三点？满汉全席吧？"

"吃饭后又去'依贝莎'唱了会儿歌，喝了点儿酒，对不起！"

"艾雪，你知道我最恨骗人了！你看着我的眼睛说话！"

"亲爱的，我没有骗你，真的！同事过生日，特殊情况，下不为例，行吗？太晚了，我好累，睡吧，好吗？"

艾雪一边说着，一边去拉着李小迪的手，示意他脱衣服睡觉。但艾雪没想到，李小迪用力地甩开她的手，眼睛喷着火，非常厌恶地冷笑说："都干什么了，累成这样！体力活吧？"

艾雪明白李小迪话里的意思，加上自己心虚，躲闪着李小迪的眼睛，低头说："瞎说什么呢你？"李小迪脸色变得更难看了，上次发现刘铁送艾雪回家时，他曾告诉自己要相信艾雪。但今晚，当他再次看到了那辆大悍马和那个高大男人时，他无法淡定了。他想知道事实的真相，问个究竟。他再次猛地掀开了艾雪的被子，冷冷地问道："艾雪，你睡得着吗？我觉得你真不应该学唱歌，应该去学表演！"

"小迪，别这样，我知道错了，原谅我吧，行吗？"

"为什么不接手机？说！"

"太闹了……没听见！"

"那后来为什么关机？"

"我没有关机，真的没有关机啊！"

"还在撒谎，是吧！没关机，是吧？手机呢？"

李小迪说着就要找艾雪的包包。艾雪慌乱地跑下床，急得眼泪都快出来了，哀求着李小迪不要去翻她的包包。李小迪更疑心了，粗暴地抢过包包，找到了手机，背过身去查看着手机。艾雪心惊胆战，浑身都在抖。不料，过了一会儿，李小迪转过脸来，似乎没有那么愤怒了。他把艾雪的手机放回了包包，点上一根烟，坐了下来，说道："以后出门记着带充电器！"

艾雪听到这句话，差点儿跪地上。心想自己在刘铁家只是把手机关静音了，但不知道手机真的没电了。真是谢天谢地，老天保佑。艾雪赶紧坐到李小迪身边，像个小姐姐似的搂着他的脖子，亲了他额头一下，温柔地理着他那蓬乱的黑发，劝着李小迪别再生气了。

李小迪渴望艾雪说的每一句话都是真的，渴望艾雪否定他的各种猜疑。他怕艾雪欺骗他，也怕失去艾雪，更怕失去他们的爱情。毕业以来，艾雪几乎每天都出去跑场唱歌挣钱，每天都早出晚归的，他心里一直没有安全感。但他知道，艾雪不是那种乱七八糟的女孩儿，听到艾雪多次的恳求，他努力地否定着自己的猜疑。也许那只是一个艾雪不敢得罪的客人，艾雪只是撒了个善意的谎言而已。想到此，李小迪的心软了，决定原谅艾雪了。

过了一会儿，李小迪突然拉起艾雪的手，认真地说："艾雪，我们结婚吧！"听到李小迪这句话，艾雪傻了，眼睛瞪得大大的。她无论如何也没想到，此时李小迪会冒出这么一句话来。她摸了一下李小迪的额头，嘴角上挂着一丝无奈，随即转身铺着弄乱了的被褥，开玩笑地说："结婚？小迪，不是吧？没发烧吧？别闹了，拿什么结呀？在哪儿结呀？在这儿吗？"

"这儿怎么了？不能结婚吗？法律有禁止吗？记得在学校时，你曾说过，无论以后我是否有车有房，都会爱我一辈子，都会嫁给我的，不是吗？"

"小迪，我们都毕业了，也该面对现实了！"

"什么意思？现实是什么？现实是我是个穷光蛋，你嫌弃我了？"

"我不是那个意思，我没有……不过，现在和我们在学校时能一样吗？小迪，睡觉吧，以后再聊，行吗？"

"怎么不一样啦？请你告诉我？我还是我啊！"

"亲爱的，你说，我们在北京拼命读书、工作，是为了什么呀？"

"为了傍大款？为了迅速上位？为了当大明星？对吗？"

"咱能不能好好说话呀？"

"我是在很认真地好好说话啊！难道我说的不是事实吗？"

"当大明星怎么了，这是我从小的梦想，这有错吗？"

"是，你没错！那我有错吗？我就是想要一份简单的生活，一个爱我、疼我、不嫌贫爱富、陪着我追求艺术梦想的女孩儿，难道，我错了吗？"

"是，你没错！但是，你天天就知道你想要的生活，什么时候关心我想要的生活是什么，你不觉得你太自私了吗？"

"我自私？我自私！你不自私？"

"算了算了，睡觉吧，行吗？"

"不行！我认为这个问题很重要，必须说清楚。"

"又来了，别这样好吗？"艾雪真的不想再说下去了。两个人面面相觑，陷入了长时间的沉默。之前，他们也曾有过无数次类似的争论，结果都是不欢而散。后来发现，两个人的思维方式都是以"我想要的，我有错吗？"为出发点的，都是以自我为中心，所以每次争来争去，发现似乎对方都有道理，似乎都没错，最后争辩的结果自然也都是不了了之了。

艾雪有时候会想，其实他们还是两个连自己都照顾不好的孩子，又怎么能做到去照顾对方呢？她一直觉得，自己一个女孩儿出去跑场挣钱，还要给李小迪洗衣做饭，已经做得很好了。而李小迪天天呆在家里，有时候激动起来还会含沙射影地说她嫌贫爱富什么的，心里已经觉得很委屈了。还有，为了李小迪，艾雪曾经拒绝过很多有钱人的追求，她觉得自己已经付出很多、牺牲很多了。

不过，艾雪总是找各种理由来安慰自己。她觉得李小迪内心简单干净，是个真正追求艺术本身的人，幻想着有一天他能成为一个大艺术家。退一万步讲，即使李小迪成不了大艺术家，至少不会像爸爸抛弃妈妈那样，有一天也会抛弃自己。每当想到这些，艾雪就会放下心中所有的委屈，又开始新的一天生活了。

两个人躺在床上，但谁也没睡着。夜静得可怕，静得让人不安。李小迪翻来覆去地，脑袋都快要爆炸了。时间过得好慢，艾雪祈祷着这个夜快点过去，祈祷着李小迪别再追问下去了。但李小迪总觉得有一口气堵在嗓子眼儿出不来，终于忍不住又开始问了："对了，你还没回答我，为什么不能结婚？说白了，你就是不愿意跟我过苦逼日子，对吗？"

"天呐！小迪，你能不能饶了我啊？结婚不是过家家，总要有一定的经济基础吧？"

"什么经济基础！你就是嫌贫爱富，不是吗？"

"好吧！那你告诉我，天底下有几个嫌富爱贫的女孩儿啊？"

"终于说出心里话了吧！艾雪，你变了，知道吗，你他妈现在满脑子都是钱！钱钱钱钱！你不觉得自己很俗吗？这样吧，从明天起，你别再去那些地方上班了，那些臭男人，我实在是受不了！"

"小迪，我只会唱歌呀！我能干什么呀？你说我满脑子钱钱钱，说我俗，但是，不去赚钱，我们吃啥、喝啥、拿什么交房租啊？要不你和我一起去酒吧唱歌吧，一来可以挣钱，二来可以保护我，行吗？"

"你的意思是，让我和你一样，去那些地方卖唱？对不起，我不想脏了我的艺术！"

"切，也没见你创作出什么艺术来！"艾雪被李小迪弄得有点儿失去耐心了，苦笑着小声嘀咕了一句，但还是被李小迪听见了。显然这句话触到了李小迪的痛处。黑暗中，他的手越攥越紧，发出了吱吱的响声，声音中带着压抑的怒火："是！是！我是还没创作出牛×的艺术作品，但那也比你在那种地方卖唱强吧！请问，你和那些'坐台小姐'、那些'外围女'有什么区别吗？对了，有区别，还是有区别的，就差卖身了！不过也难说，谁他妈知道呢，没准早他妈卖了！哈哈哈……"

"小迪，你说什么？你刚才说什么？你知道你在说什么吗？你疯了吗？我天天辛苦挣钱养家，你就是这么想我的吗？"艾雪终于被激怒了，"哇"的一声抱着枕头委屈地大哭起来。想到每天的奔波和劳累，想到每天要面对的各种脸色，想到与李小迪无法割舍的感情，想到残酷又充满诱惑的现实……所有的委屈和难过，一时间全部涌上心头。艾雪越哭越伤心，眼泪像决了堤一般倾泻而出，似乎想把自己心里所有的委屈全部都哭出来。

李小迪看到艾雪哭了，觉得终于刺痛到艾雪了，内心突然感到一种莫名的快感，仿佛找到了一种从未有过的男人的自尊，他决定将这种快感进行到底。李小迪没有去哄艾雪，在他的记忆里，永远都是艾雪哄他让他的。他索性爬起来走到电脑旁，点上一根烟，漫不经心地玩起了游戏，任凭艾雪的委屈布满房间的每个角落。不知过了多久，他终于心软了，拿了几张纸巾，走到艾雪面前，递给了她。

艾雪没接纸巾，只是不停地在哭，哭得那么伤心。突然她猛地从床上爬起来，快步跑到洗手间，使劲儿地呕吐着，突然一股黄色的胆汁吐了出来。她抬头看了看镜子里眼睛青肿的自己，感到浑身软弱无力。过了一会儿，她擦了擦满是泪痕的脸，走回房间再次蜷缩在床上。李小迪这时才坐到了床边，看着可怜的艾雪说："好了，别哭了，我给你道歉！"艾雪没说话，呆呆地发愣。

"艾雪，我给你道歉了，你还想怎样？"李小迪提高了嗓门。

李小迪本以为艾雪听到他道歉就会没事儿了，会像以前那样转过身来温柔地抱着他、亲吻他……但是，这次艾雪没有，而是表现得异常冷漠，这让李小迪感到很意外，同时也感到了一种恐惧。他脑子里又开始了胡思乱想，又想到了那个开大悍马的高大男人，顿时感到浑身一阵发冷，自言自语道："艾雪，你以前不是这样的！一定是因为刚才开大悍马送你回家的那个狗男人！你变了……"

艾雪惊愕地睁开了双眼，她万万没有想到李小迪居然发现了刘铁的存在，更不知道他是如何知道的。但是，她已经不想再做任何解释了，不想再这样无休止地纠缠下去了，只期盼着这一夜赶紧过去。李小迪见艾雪沉默不语，一下子失去了理智，疯狂地摇晃着她的肩膀，愤怒地质问着她："说，你和那个男人到底是什么关系？"

"朋友！"

"你发誓?"

"我发誓!"

"那……你告诉我,你还爱我吗?"

"爱!"

艾雪机械地、坚定地回答着李小迪的每一个问题。艾雪知道,自己不能再承认任何事情了,否则,今晚是过不去了。李小迪捧起艾雪的脸,努力地读着她的眼睛,试图从她的眼睛里寻找到自己想要的答案。李小迪内心极其复杂,既渴望知道真相,又害怕知道真相。看着艾雪坚定的目光,他似乎再次相信了艾雪。他弯下身,抱着艾雪,开始吻她。艾雪知道,每次和李小迪吵架最好的和解方式,就是和他做爱。她知道通过这种方式,可以让他心中的压抑和愤怒发泄出来。

李小迪开始疯狂地吻艾雪,脑子里控制不住地出现了幻觉。他仿佛看到艾雪和那个高大男人做爱的情景,而且越想越有一种控制不住的兴奋。他掐住艾雪的下巴,生硬地扳着艾雪的脸,拼命地亲吻着她的唇、她的眼、她的眉、她的额、她的脸……艾雪不敢直视李小迪的眼睛,想要掰开李小迪掐着自己的手,但又担心他多想,只能任其疯狂。

每当此刻,艾雪都会觉得眼前的李小迪特别陌生,这还是平日那个害羞单纯的大男孩儿吗?她挣扎着呼唤李小迪的名字,泪水滴落在李小迪的手上。李小迪死死地抱着艾雪,绵延温柔的亲吻变得越来越亢奋有力,舌伸进艾雪的嘴里,紧紧吮吸着艾雪的舌。李小迪疯狂地撞击着艾雪的身体,艾雪兴奋和疼痛地呻吟着。艾雪的颈部留下了一道深深的咬痕,李小迪盯着那道血痕,心里有一种占领的满足感和安全感。他们绝望地要着对方,在光秃秃的床垫上,奔向了那短暂的死亡……

终于,李小迪筋疲力尽地躺在床上,睁着大眼睛盯着房顶。短暂的快感很快就退去了,李小迪无法控制自己的大脑,总是幻觉刚才那个占有艾雪的男人不是他,而是那个送艾雪回家的高大男人。突然,他紧紧地抱住艾雪的胴体,失声大哭起来。艾雪亲吻着浑身瘫软的李小迪的额头,像个姐姐一样抚摸着他,轻轻地用纤细的手指梳理着他的头发,任他放肆地哭着……

李小迪哭着哭着，内心突然感到一种无助和恐惧，他再次紧紧地抱住艾雪，可怜巴巴地低语："亲爱的，对不起，我太爱你了！""亲爱的，对不起，我弄疼你了！""亲爱的，对不起，我不能没有你，不能失去你！"

…………

寂静的夜，死亡般的宁静，只有时钟滴答滴答的声音与李小迪的哭泣声交织在一起，声声刺痛着两颗年轻的心。两个挣扎的年轻人紧紧地拥抱着，仿佛在拼命留住正挣脱而去的爱情和梦想。天知道，两个年轻人究竟还能相拥多久？

4.2 被欲望强暴的梦想

送完艾雪，刘铁回到家已经凌晨了。给艾雪讲了太多自己过去的事情，勾起了太多的回忆，刘铁心情十分沉重，知道今晚又将是一个不眠夜。他坐在沙发上闭着眼睛，那雪从小到大一张张纯美的笑脸、一声声清亮的歌声，甚至连轻微的呼吸声，都活生生地浮现在他眼前、回荡在他耳旁。他猛地睁开眼，抬起头，看了看从不允许任何人走上去的二楼，犹豫了一下，起身慢慢走了上去。

他轻轻推开了一间房门，宽大的房间里空荡荡的，靠墙有一张黑色真皮沙发，房间的中央有一大块白布，遮盖着一个看上去像雕塑似的物体，但不知白布遮盖的是什么。四周的墙上挂满了那雪不同时期的照片，他一张一张仔细地看着，用袖子擦着相框上薄薄的灰尘，每一张照片都是难忘的回忆。看着看着，他的眼眶渐渐地湿润了。他都记不清，有多少个夜深人静的夜晚，自己都是伴随着无尽的思念，在痛苦与煎熬中度过的。

他盯着一张发黄的照片看。那是他和那雪刚来北京时，在天安门广场看升国旗时的一张照片。看着照片上那个阳光帅气的小伙子，背着一个军绿色的大书包，露着憨厚纯朴的笑容。他至今还清晰地记得，那时自己还是个有理想的有志青年；他还清晰地记得，自己离开家乡时曾跟父亲说，学成后他要回家乡改变贫穷落后的面貌，不要让雪儿的母亲因贫穷而离世的悲剧再发生了。

十几年过去了，看看现如今油头粉面的自己，他发觉自己早就认不出自己了。至于刚来北京的梦想，早就抛到九霄云外了，早就被无尽的欲望强暴了。现如今自己除了追逐名利，就是花天酒地，总感觉心里空空的，感觉放肆的灵魂整日在无垠荒漠中流浪着，不知道究竟想要什么，想到哪儿去。

刘铁想着想着，坐在沙发上就睡着了。没睡上几个小时，二虎就打电话接他上班。他赶紧洗了把脸，上了车赶往公司。他要在九点半沪深股市开盘之前赶到办公室，坐在电脑旁，紧盯着涨涨跌跌、红红绿绿的股票走势。他是个玩起来很疯狂，工作起来不要命的人，无论前一天几点睡，第二天早上他一定会准时坐在办公桌旁，多少年来雷打不动。

现如今，刘铁也有了一间和当年熊龙德一样如篮球场大的办公室。他的"龙盛私募基金"也设在了十年前曾经无数次将他拒之门外的金融街写字楼。每天，他西装笔挺，目不斜视地走进公司大门，穿过一个又一个办公区域，接受着员工们毕恭毕敬的致意。

他办公室的正中央摆放着一张足有4米多长的大班台，大班台上放置着几台尺寸大小不等的苹果电脑。舒适的大班椅背后，挂着一幅索罗斯的画像，旁边还挂着一把限量版的瑞士军刀。他坐在大班椅上，同时看着几台电脑，沪深股指、香港恒生、美国道琼斯等各种股票实时走势图尽收眼底。

下午三点，沪深股市收市了。他疲惫地伸了伸腰，摇了摇脑袋，脖子发出了咯咯的响声，常年的工作习惯导致他颈椎好几节都严重受损了。漂亮的女秘书送来了一杯浓浓的咖啡，他用小勺慢慢地搅拌着，让咖啡的香气驱散着身心的疲惫。这时，美美打来了电话，他懒洋洋地接通了：

"铁哥，您还这么淡定呢？"美美的声音立即钻进耳朵。

"怎么，你又怀孕了？那肯定不是我干的吧？"

"去你的！您是不是都忘了今天是什么日子啦？"

"什么日子？你结婚大喜？"

"别闹了，就知道您忘了，今天是2012年12月20日，玛雅人说的'世界末日'！说好的跟我一起度过人生的最后一晚呢！"

"你脑子给驴踢了，还是被枪打了？这你也信！"

"我不管！反正您答应我了，晚上 MGM 见！我组织了一个'世界末日真心大告白'的局，哈哈！"

"对我来说，每天都是'世界末日'！活着干、死了算！"

"说真的，铁哥，如果真的有'世界末日'，你会和谁一起过？会不会是我呀？"

"你猜！"

"真没劲！"

刘铁挂了美美的电话，不禁问着自己："如果真的有'世界末日'，会和谁一起过？"他翻开手机电话本，那个电话代码"A"第一个就映入了他的眼帘。看着只有他自己明白的电话代码，想象着电话代码背后的女人，好久没有她的消息了，不知道她现在怎么样了……他的脸色慢慢地变得凝重起来，木木地看着那个电话代码，看了许久。

晚上，刘铁来到 MGM，推开了熟悉的 88 号包房大门。他惊讶地看到，包房里烛光闪闪，所有的灯都没开。突然，美美从一个角落里跳了出来，一跃抱住刘铁亲了一下，调皮地说："亲爱的，末日快乐！"刘铁疑惑地看着，拉开美美的手说："什么乱七八糟的！"

"到了十二点，地球就黑了！放心，我已经做好了充分的准备，和您共同度过这最后的时刻……"美美指着一个纸箱子，里面放满了蜡烛、饼干、方便面、矿泉水，还有一大盒杜蕾斯。刘铁看着美美无奈地摇头："你丫真能作！"

"No zuo no die，哈哈！"美美嬉皮笑脸地说着，挽着刘铁走到包房正中央的位置坐了下来。宝哥、熊哥、黑哥一班人早就到了，还有美美带的一帮新面孔的姐们儿。他们在那儿聊着最近各地围绕"世界末日说"发生的一些稀奇古怪、五花八门的事儿。据说成都一哥们儿，把自己所有的积蓄都取了出来，过上了及时行乐的"倒数日"；浙江的哥儿俩发誓要潇洒走一回，辞掉工作去抢银行了，等等。一时间仿佛整个世界都纷纷扰扰、浮躁不安的。

熊哥在那儿假模假式地感慨着："唉，近年来，这个世界似乎灾难真的越来越多了？一会儿什么南方的暴雪了、'5·12'汶川大地震了、印尼海啸了、H1N1 了等等。说实话，本来我是不相信有什么世界末日的,但现在都开始动摇了！"说着还转向宝哥,借用流行语"元芳,你怎么看？"问宝哥："世界末日了,宝哥,你怎么看？"

"啊？我怎么看？我隔着窗户看！"宝哥诡秘地笑着说。

"什么意思？"熊哥疑惑地看着宝哥。

郑大光听了哈哈笑着,竖起大拇指说："宝哥,您站得高,尿得远啊！"郑大光给熊哥解释说,前阵儿有个电视台的记者采访一位老婆婆,问她对家门口的一家鞭炮加工厂怎么看？本来记者希望婆婆能说出几句污染环境等深刻的话,谁知婆婆答了句："怕鞭炮崩到自己,她隔着窗户看！"听完郑大光的解释,大伙儿都乐了。

熊哥听了也不屑地笑了笑,没忘了显示自己是个文化人,继续在那儿咬文嚼字着："唉,世界末日马上就到了,还是赶紧想想去哪里寻找诺亚方舟吧！"宝哥受不了熊哥的装腔作势,讥讽说："皇帝不急,你丫一个小太监急个屁啊！想当年,'非典'那么凶,北京还不是扛过去了！要我说,北京就是诺亚方舟！"

美美听不懂他们说的什么"诺亚方舟",鄙视地瞥了他们一眼,大声地叫着："某些人不装逼能死啊！别忘了今天的主题是'世界末日真心大告白'！大家别跑题,在这最后的夜晚,赶紧都把自己心里最不要脸的话说了吧,别留下什么遗憾……"

"美美,那你就先抛玉引砖,先说说呗！"宝哥故意呛了一句。

"在这最后的夜晚,我就说一句话,人家就想和铁哥一起躺在床上,直到永远……"美美说着,故意深情地看着刘铁。

"我去,老子他妈又躺着中枪了！"刘铁无奈地低下了头。美美说完坐到刘铁身边,暧昧地挽着他的胳膊,敬了他一杯酒。刘铁放下酒杯,点上了颗烟,顺口问了一句："艾雪没来啊？你没喊她？"

"哎哟,怎么？想她了？"美美斜着眼,紧盯着刘铁的眼睛。

"哈哈,是吗？我……会吗？我只是觉得她唱歌不错！"

"是吗？只是觉得她唱歌不错,就没有点儿其他的？"

"你猜！"

"切！又来了！那要不要打个电话让她过来呀？"

"我无所谓,你定吧！"

"那是我打呢,还是铁哥打呢？"

"我不打,人家有男朋友,不好!"
"切!明明想人家吗,还装啥!装逼可不是铁哥的风格啊!"
"我靠,打就打!"

自从上次和刘铁分开后,艾雪就没再与刘铁联系。尤其是经历了李小迪那场歇斯底里的大闹后,艾雪说话做事都变得非常谨慎了。她曾在朋友圈里发了一条感慨,婉转地表达对刘铁的感恩。也许是自己有点儿心虚,也许是担心被李小迪多疑,她偷偷地在朋友圈把李小迪屏蔽了。不过,李小迪很快就发现了,并质问她什么意思。她赶紧删除了那条微信,恢复了允许李小迪看她的朋友圈。

艾雪努力地坚守着和李小迪的爱情,但时时感到很挣扎、很辛苦。她经常控制不住地想起那个口口声声不再相信爱情的刘铁,经常不自觉地将铁骨柔情的刘铁和面前温雅柔弱的李小迪相比较。她吃惊地发觉,自己似乎越来越喜欢刘铁那种男人了。而对于善良的李小迪,她除了有一份对过去纯美爱情的留恋外,还有一种内疚和心疼。她可怕地意识到,自己的心,可能走了。

艾雪虽然每天特别准时地回家,一如既往非常细心地照顾着李小迪,但她经常会不自觉地独自发愣。没遇见刘铁之前,艾雪觉得日子过得平淡而平静,而遇到刘铁后,她突然觉得生活似乎有了一种激情和期待。"世界末日"这天,她答应了李小迪,请假在家陪着他,准备一起度过所谓的"最后的夜晚"。艾雪心不在焉地看着电视,听着主持人批驳着"末日说"的荒唐。

突然,艾雪的电话响了。不知怎么,每次她的手机一响,她都会感到莫名的紧张。她渴望那个电话,但又害怕,尤其是李小迪在的时候。她偷偷地看了下手机,发现是个陌生号码,这才放心地接了。电话里传来一个男人的声音,说是"中国好歌声"的"金导",让艾雪去一趟工体的"八样菜",要找她谈一谈,然后没等艾雪说话就挂了。

艾雪想起了之前的"钱导",现在怎么变"金导"了?难道"金导"是"钱导"的领导?她把这事儿告诉了李小迪,李小迪不想艾雪晚上出门,心里十分不悦,说没准是个骗子,要陪着艾雪一起去。艾雪拦住他说,不会有什么事儿的,自己很快就回来了。

艾雪到了工体"八样菜",找到了"金导"的包间,只见一个身材瘦小、打扮时髦的中年男人坐在餐桌中间,旁边还坐着两个年轻漂亮的女生。一个油头粉面的帅哥自称是金导助理,给艾雪介绍说金导是"中国好歌声"的总导演。艾雪和另外两个女生坐在一起,三个人都很紧张,一句话不敢说。

金导看上去很严肃,先说了自己和四位导师的关系,又说了自己和投资人的关系,还说了自己在娱乐圈儿多么有实力,等等,然后一本正经地询问她们三个各自的情况。两个女生着急地说自己连"北京赛区"的海选都没过,问金导怎么办?金导听后哈哈大笑说遇到他算是找对人了。艾雪说自己已经通过初选了,金导听后板起脸来说,想要晋级必须他说了算。三个女生一听吓得大气都不敢喘了。

金导突然和蔼可亲地笑了起来,安慰她们不要紧张。油头粉面的帅哥也说金导老平易近人了。金导说先吃饭喝酒,过了今晚"世界末日"再说,没准明天地球就没了,还搞什么"中国好歌声"大赛!接着,金导海阔天空地侃了起来。金导助理问她们三个,父母是做什么生意的,有没有男朋友啊之类的,就是不提比赛的事儿。一个女生开始不耐烦了,拿起包说自己有事儿先走了;另外一个女生低着头玩起了微信;只有艾雪傻乎乎地听着。

看到一个女生走了,金导很不高兴地批评现在90后的女生忒现实,脑子里就考虑三个问题:"这事儿,能挣钱吗?挣得多吗?挣得快吗?"五分钟之内就能做出自己的判断,不礼貌地站起来走人,礼貌的就在那儿玩微信。也不想想,不付出哪儿来的回报啊?说着还瞪了一眼玩微信的女生,笑嘻嘻地转身看着艾雪,夸赞像艾雪同学这样的最有前途。

金导助理也帮腔说,这个圈儿就两点,要么给钱,要么给人,这都已经是"明规则"了,连这点儿都不懂,怎么出来混的。金导助理说完还冲艾雪眨了眨眼。玩微信的女生一听,慌忙站起身说有事儿先走了。艾雪礼貌地问了一句是不是钱导让找她的,金导说不认识什么钱导,但瞪着眼大声说到处都是他的人。艾雪这才知道自己遇到骗子了。她起身刚要走,被金导一把拉住了。

艾雪盯着金导的手,脑子里第一个反应是找刘铁,顿时她觉得自己很有底气，十分镇定地拿开了金导的手。正在此时，她的手机响了，一看居然是刘铁的来电。艾雪顿时又惊又喜，急忙接通了电话："喂，铁哥，是您呀？"

"嗯，你干吗呢？没打扰你们吧？"

"没没……我现在工体的'八样菜'，有位金导找我，但……"

"金导？不是钱导吗？骗子吧？让他接电话！"

艾雪把电话递给金导。金导开始还牛×哄哄地不接，后来勉强接了。不知道刘铁跟金导说了些什么，不一会儿，就见金导点头哈腰地走了过来，不停地跟她说着对不起。艾雪接过电话，刘铁说让她去MGM找他。艾雪高兴地说了句："好！"

艾雪很快就来了，见到美美急忙打招呼。美美问艾雪怎么了，艾雪大概把刚才的事儿重复了一遍。美美说这都是家常便饭，让艾雪别小题大做。艾雪点头说是，转头看了眼刘铁，恰好与刘铁的目光相遇。刘铁正举着酒杯，嘴里含着半口酒没急着咽下去，冲艾雪微笑了一下。艾雪顿时感到一股暖流从心头掠过，脸也热辣辣的，不由自主地低下了头。

艾雪很想坐到刘铁身边，但担心美美不高兴，自己也有点儿不好意思。正犹豫着，听到刘铁喊她过去，再次喜出望外，高兴地过去给刘铁敬酒。刘铁说了句："我干了，你随意。"听到刘铁这句话，艾雪觉得刘铁对自己很照顾，很男人又不乏柔情，感动得眼泪差点掉下来，也一口气干了一杯，辣得直流眼泪。

刚刚的一切，美美都看在眼里，心里觉得很不舒服。她拿起麦克风，大声地再次强调今晚的主题是"世界末日真心大告白"，并提议做个小游戏，即每人必须回答一个问题，谁也不准装。她学着"中国好歌声"一位导师的腔调说："各位亲，在这世界末日最后的夜晚，请问，你最后的梦想是什么？"

大家听完吃吃地笑了。美美走到宝哥面前，让宝哥先带头说。宝哥拿起麦克风，清了清嗓子，大声地说："老子最后的梦想是……把我所有的钱拿出来，在澳门来一次'末日之战'，与各路赌神一决雌雄。我要成为真正的赌王！"

"我去，靠谱！我为你转身，发你张PASS卡！"美美拍了拍宝哥的肩膀，然后走到黑哥面前："到你了，黑哥？"黑哥挠了挠头想了想，淫笑地说："我的最后的梦想是……对了，老子想当一回全能神总教主，和今晚包房里所有的美女一起睡，直到精尽人亡！"

"这非常像你的风格！也给张PASS卡！熊哥，到你了？"

"我啊？我想带着自己心爱的姑娘，一起爬到珠穆朗玛峰顶峰，然后一起冻死在那里，成为一座永恒的雕塑！"熊哥说着，眯着小眼睛，一副十分神往的样子。不过，挺唯美的一幅画面，经熊哥的嘴说出来，还是变了味儿。美美看着熊哥那张猥琐的脸，做了一个夸张的想吐的动作说："我吐！太他妈假了！铁哥，您说，这不能转身吧？"

"您是导师，您老大，您说了算！"刘铁咧着嘴笑。

"好吧！熊哥，对不起，您自己冻死在珠峰，让姑娘回来吧！不给PASS卡！接着想！大光，到你了，说说吧！"

"我啊？说实话，从小到大我就经常做梦数钱，就让我躺在银行的金库里数钞票吧，数到累死为止！"

"这个……可以有！那就可怜你一回，给张PASS卡！铁哥，这回可到你了，想好了没有呀？让我替你说吧？是不是也和我的梦想一样，我们俩一起躺在床上打炮，直到死去，呜呜呜……"美美说着，一副风情万种的样子。刘铁拿出一支烟点上，坏笑着说："美美，这样吧，你先躺在床上等着，我先抽根烟，好吧？"

"讨厌的啦！"美美知道刘铁也不会有什么好话，一点儿也不生气，依然撒娇地坐到了刘铁身边。包房里的女孩儿们也叽叽喳喳地各自说起了自己最后的梦想：早知道就不减肥了，我要先把世界上最好吃的美食都吃个遍；早知道就不攒钱了，我要先把世界上最好玩的地方都玩个遍；我要先把天天说爱自己的那个骗子宰了喂狗；我要先把骗自己钱的闺蜜扔到河里去；我就想梁朝伟能看我十秒钟；有的说，我就想让Rain能亲我一下。

美美翻着白眼，冲那些女孩儿大声说："瞧你们那点儿出息！敢不敢有点儿高大上的追求啊？作为你们的梦想导师，我很失望！"刘铁拉了一下美美说："别老提那位梦想导师，好吗？可烦那位虚伪的梦想导师了！整天高冷的和人类都没朋友了，天天问别人的梦想是什么？他自己知道什么是梦想吗？其实，他的梦想就是极端自私、极端自我的欲望！就是不停地追逐名利，就是不停地离婚再结婚！我最烦这种装×的人了！来来来，在最后的夜晚，让我们喝死算尿了！"

"精辟！老大高屋建瓴！对对对，喝死算尿了！"郑大光带头鼓掌，并提议是纯爷们儿的就干三杯纯的洋酒。宝哥等都不示弱，每个人都连干了三杯。酒过三巡，哥儿几个都没忘了泡妞儿的主要任务。这几个人长期在一起玩耍，已经形成了一种默契。熊哥口才好，一般第一个开场："哥儿几个，别整天就知道挣钱，多少钱是钱啊？非要跟马云PK啊？差不多就得了，赶紧找个好姑娘结了吧！"

"熊哥，你不也单着呢吗？别老是整天忙着投资拍戏的！"

"哥哥们，你们演累了么？我眼累了！"一个女孩儿头都不抬说了一句。

"唉，演技太Low了！"另外一个女孩儿也不屑地跟了句。

哥儿几个一听，知道遇到老江湖了，必须换路子了。熊哥马上换话题："我最近投了两部电视剧，马上在'横国'开机了，妹妹们有没有兴趣啊？"美女们一听"呼啦"一下都围了上来。

"真假啊？"

"是不是要'潜规则'啊？"

"潜就潜呗，别忽悠就行！"

"我倒是想被潜呢！都说潜规则，哪儿他妈有啊！前两天，我去见了一个投资人，话已经很明显了，但人家说还有事儿把我支走了！"

"妹妹，不好意思，那是人家没看上你，不想潜你！"

"那是没遇到熊哥！熊哥绝对不忽悠！"郑大光竖着大拇指，夸赞熊哥是个讲信用的讲究人，还说他们哥儿几个和铁哥都一个毛病，就是坚持"公平交易、不欺骗、不伤害"的原则，都是在铁哥的严格要求下茁壮成长起来的。

黑哥突然愤愤不平地说："'十字方针'也要看对谁！"原来他前段遇到了一个女孩儿，自称是演员。黑哥"百度"了一下，还真列举了不少影视剧，但好像就是一部都没听说过。黑哥满心欢喜地问那女孩儿在哪儿见面，女孩儿说在"新光天地"。宝哥打断黑哥问："那女孩儿是不是在什么香奈儿之类的店里等你呢？"

"是呀！你怎么知道？"黑哥惊讶地问。

"女孩儿是不是问你，哥哥，这个好看吗，那个好看吗？"

"是呀！你怎么知道？"

"最后买单了吧？"

"是呀！你怎么知道？"

"后来呢？搞定没有？"

"别提了！他娘的，连个小手都没摸呢！人家妹妹接了个电话，说有事儿先走了，回头再联系我！"

"哈哈哈，对了，黑哥，君甚屌，家翁可知？"

"熊哥，啥意思嘛？"

"不懂了吧？文言文，就是，你这么屌，你家人知道吗？"

"家人？我媳妇？不知道呢！咋敢让她知道呢！"

看着黑哥逗比的样儿，大伙儿哭笑不得。宝哥说恭喜黑哥遇见"绿茶婊"了。那些"百度"上的资料，都是花千八百找人在百科上编的。黑哥说后来再给那女孩儿打电话不接了，自己现在一想起来，心堵得还跟在北京三环上似的。黑哥痛骂着"绿茶婊"一点儿没有职业道德，还不如明码标价的小姐，人家至少是"公平交易"。

郑大光听后苦笑着劝黑哥莫生气，说自己和黑哥有一拼。他说自己之前认识了一个自称某电影学院的学生妹，看上去很清纯。然后带着那个学生妹去了一个很浪漫的地方喝下午茶，自己在那儿侃人生、理想、爱情，足足侃了一个多小时，自己把自己都侃感动了。后来人家学生妹妹终于急了，很礼貌地打断他问："哥哥，咱到底是去你家呀，还是去我家呀，还是去开房啊？"自己当时有个地缝真钻进去了，太尼玛屌了。

宝哥感叹说，大家都说娱乐圈很乱，其实哪个圈儿不乱呀？听说一个外企的美女生孩子，她老公高兴地在手术室外面等着，终于孩子出生了，护士出来祝贺她老公得了一个宝贝儿子，她老公幸福得都哭了。但等孩子推出来后，她老公当场就晕倒在地，因为看到了一个黑乎乎的非洲小孩儿。熊哥也添油加醋地说，某著名医院的高干病房，一位美女护士被查出了艾滋病。美女护士还比较淡定，但很多领导的魂都被吓飞了，都偷偷摸摸地验血去了。

美美和艾雪则一直在陪着刘铁唱歌。刘铁让艾雪唱那首《到爱情为止吧》，说自己想学。艾雪告诉服务员去点歌，因包房声音嘈杂，她喊服务员的声音比较大。谁知刘铁突然瞪着眼对她吼道："你自己不会去点吗？"艾雪惊讶地看着刘铁，不知他为什么突然发火了。等到她点完歌小心翼翼地坐下来，刘铁低声说："艾雪，对不起，刚才我的态度……"

"哦……没事儿，铁哥，我没那么多事儿，咱唱歌吧！"

刘铁心里知道，刚才的一刹那，他突然想起了十年前曾在MGM当服务员的那雪，一下子情绪失控了。刘铁在MGM是出了名的特别关照服务员的，但很少人知道原因。见艾雪真没在意，刘铁觉得她比同龄女孩儿懂事多了，欣慰地拿起麦克风，和艾雪一起合唱了起来：

> 那一天，我醉了
> 泪水静静地在杯中流淌
> 那无尽的欲望
> 成了不敢轻易停下的追逐
> 纸醉和金迷迷了路谁的错
> 放肆的脚步漠然的流浪在远方
> 我心痛的是已不再心痛
> 到爱情为止吧
> 因为我们不得不
> ……

刘铁不怎么会唱歌，每首歌只会唱关键的那几句，不会唱的部分就让美美和艾雪替他唱。刘铁又点了一首陈奕迅的《好久不见》，美美扯着五音最多能找到两个音的嗓子卖力地唱着，终于等到刘铁喜欢唱的那几句了，他夺过麦克风，动情地唱了起来：

> 你会不会突然的出现
> 在街角的咖啡店
> 我多想和你见一面

看看你最近改变
……

唱完《好久不见》，刘铁兴致很高，又点了汪峰的那首《当我想你的时候》。美美问刘铁不是不喜欢这位导师吗？刘铁说："实事求是地说，这位导师早期的作品还是不错的，之前唱的青春、爱情、生命、灵魂什么的，还是唱出了当下人的一些心声。但是，这人啊，一旦出了名，就变喽！"

又到了刘铁最喜欢的那几句了，他从艾雪手里夺过麦克风，站起来深情地吼着：

至少有十年我不曾流泪
至少有十首歌给我安慰
可现在我会莫名的哭泣
当我想你的时候
……

刘铁一会儿站起来抢麦克风，一会儿又坐下等着关键的那几句，看上去像个孩子一般又好笑又可爱。唱着唱着，刘铁声音渐渐地有些哽咽了。美美和艾雪偷偷地看过去，发现他脸上可以假装若无其事，但眼里却噙着泪水，且撑着不肯让泪水落下来。美美和艾雪都知道，在这个所谓的"世界末日"，他一定是思念那个生命中的女人了。

美美突然故意地大声惊叫："大家都停停停！马上就12点了，地球马上就没了！让我们一起倒数十下，好不好？"大家跟着起哄，关掉了包房里所有的灯，点上了满屋的蜡烛，一起高声大喊着："10、9、8……"

4.3 轮回的节奏

夜深了，大家都喝多了，玩不动了，也早把什么"世界末日"忘到九霄云外去了。他们男男女女勾肩搭背地走出了MGM大门。乔总带着几个保安前呼后拥地送刘铁。刘铁有点儿醉，走路有点儿像太空步。艾雪搀扶着刘铁的胳膊，关心地问他有没有喝多。刘铁挥着手说都不是什么事儿。

此时，黑暗的角落里，李小迪正眼睛喷火地看着他们。寒风中，他被冻得瑟瑟发抖，估计是已经待了很久了。正在大家有说有笑地走向停车场时，他突然从黑暗的角落里冲了出来，发了疯似的冲到刘铁跟前，没等所有人反应过来，跳着高一拳打到了刘铁的鼻梁上，顿时，刘铁的鼻子里鲜血流了出来。

刘铁愣了一下，看清眼前一个看上去非常清秀的小伙子，白白净净的，不像个会打架的主儿。不知他哪儿来的爆发力，这一拳还是很重的，要不是刘铁个儿高，没准鼻梁都会被打折了。刘铁脑子快速地转着，琢磨着怎么回事儿。这时，听到艾雪惊叫了一声："小迪？"

原来艾雪被所谓的金导叫出去之后，李小迪本能地又想起了那个大悍马高个男人，他根本就不相信是什么"中国好歌声"的金导，认为艾雪是找借口。强烈的好奇心和妒忌心，迫使李小迪打了个车一路尾随着艾雪到了工体的"八样菜"，之后又尾随到了MGM，非要寻找到一个真实的答案。果然，他看到了大悍马男，还有搀扶着他的艾雪。

连自己都不知道怎么来的那么大的勇气和爆发力，李小迪面对着高大的刘铁和他身边那么多大个子保安毫无畏惧，愤怒和羞辱已经让他失去了理智，他几乎用尽了全身的力气，一拳打在了刘铁的脸上，之后也并没有住手，仍然拼命地挥着拳头在刘铁的脸上乱打着。刘铁听到艾雪的惊叫，立马明白了怎么回事儿，站在那儿一动不动，任凭李小迪疯狂地打他的脸。刘铁的保镖、乔总及MGM的保安们"呼啦"一下围了上来，刘铁却怒吼了一声："都别动！让他打！"

所有的人听到刘铁的怒吼都站在那里一动不敢动看着。刘铁冷峻的目光看着歇斯底里的李小迪，心里却感到一阵阵的酸楚。艾雪先是目瞪口呆，后来蹲在地上哭了。李小迪的拳头越来越无力，身体越来越软，脸色也变得越来越苍白，终于停了下来，蹲在了地上。

宝哥、熊哥、黑哥、大光等等都围了过来，问刘铁到底发生了什么事儿。刘铁用手抹着鼻子里流出的血，笑了笑说："没事儿，大伙儿都各回各家，各找各妈吧！"蹲在地上一直哭的艾雪缓过神儿来，急忙跑到李小迪身边拉着他的手哭着解释："小迪，不是你想的那样的，对不起！"李小迪头都没抬，一把将艾雪甩到地上，对着艾雪大吼了一声："滚开！"艾雪爬了起来，不知所措地抱着自己抽泣着。刘铁站在那里一动没动，他明白，此时任何解释都是苍白的。

宝哥、熊哥、黑哥等所有的人看到艾雪一直在哭，又跑上去给李小迪道歉，也就大概明白怎么回事儿了。只有美美冷冷地看着眼前的这一切，从包里拿出了纸巾帮刘铁擦脸上的血。刘铁一把从她手里夺过纸巾。

这时，一辆警车拉着警笛由远而近驶了过来，停在了MGM的大门。刘铁看着警车愤怒地大吼道："谁他妈报的警？"大光低着头走到刘铁跟前说："铁哥，是我！我是担心这小子……"刘铁指着大光的鼻子骂道："你他妈是不是唯恐天下不乱啊？"

这时，几个警察已经下了警车询问情况，乔总跑到警察面前嘀咕了一会儿，警察会意地点了点头，走到刘铁面前客气地问："刘总，听说这小子无故寻事、滋事打人？您没事儿吧？"

"是吗？我想，可能搞错了吧！警察同志，是这样，那小伙子是我的一个小兄弟，有点儿误会，一时冲动打了我两下，一点儿皮外伤而已。没事儿、没事儿，误会、误会！"

"刘总，您……确认？刚才报警的人说，有人无故寻事滋事打人致伤，乔总刚才也把情况给我们说了。您知道，这可是触犯刑法的，是要坐牢的！我们要把这小子带走做个笔录。"

刘铁一边擦脸上的血，一边儿悄悄地在警察耳边小声地说："带回去吓唬吓唬，就放了吧！"警察会意地笑了笑，拉起蹲在地上的李小迪走向警车。这时，蹲在地上一直哭泣的艾雪看到警察要带李小迪走了，疯了似的冲上前去拉住了警察，哭着哀求说："警察叔叔，对不起！对不起！他不是故意的，放了他吧！"警察看了看艾雪，不知道她又是怎么回事儿，严肃地说："他是无故寻事滋事，并打人致伤，至少也要拘留，后果严重的话，还要坐牢，懂吗？"

艾雪一边跟警察求情，一边拉住李小迪的手，用哀求的眼神看着李小迪说："小迪，对不起，原谅我，但真的不像你想的那样的，相信我！"李小迪冷冷地看了看艾雪，表情异常冷静。这是艾雪从未见到过的一种眼神，这眼神里有一种鄙视、一种陌生、一种绝情。艾雪内心里感到了一种恐惧。李小迪从牙缝里挤出了一句话："艾雪，别再把我当傻×，行吗？我都亲眼看见了！我说过，你可以不要我，但不可以欺骗我！"说完，转身走向了警车。

艾雪仍在苦苦地哀求着、解释着，说自己真的没骗他，请李小迪一定相信。李小迪突然哈哈大笑地转过身来，眼睛死死地盯着艾雪质问："你让我相信什么？相信你的忠诚？相信我们的什么爱情？哈哈哈……我现在只相信这个！"说着，从口袋里拿出了一张银行卡，举在手上。正是刘铁送给艾雪的那张卡，不知道李小迪何时找到的，艾雪一下子又傻了。李小迪冷笑了一下，看了看刘铁，又看了看艾雪，自嘲地说："这算我卖媳妇的钱吧？艾雪，密码是多少啊？"

"小迪，别这样，求你了……"

"艾雪，别装了好吗？我们……到此为止吧！快说，密码是多少？快说，快说啊！"

"小迪，我错了，对不起！但……"

此时，警察也大概明白怎么回事儿了，大声叫着："你们两个人可以了吧？快上车！"随后把李小迪拉上了警车。警车开动了，李小迪手里仍举着那张银行卡，眼睛喷火，大声怒吼着："密码？密码？"艾雪扑通一下子跪在了地上，痛哭着说："密码是……你的……生……日……"

刘铁看着远去的警车，眉头紧皱，慢慢地走到艾雪身旁，蹲下来语气沉重地说："艾雪，对不起，怪我！"艾雪一听，"哇"的一声跪在地上哭得更惨了，哭得更加伤心欲绝。

刘铁不由得想起了十年前的自己，想起了那个拥有核武器的成功男人夺走那雪时，自己当时悲愤交加、痛不欲生的情景。刚刚被警车带走的李小迪，不就是那个十年前赤手空拳的自己吗？而此刻的自己不正在重复着十年前那个拥有核武器的成功男人做的同样事情吗？十年后的今天，艾雪和李小迪不正在上演着十年前他和那雪曾经的故事吗？

刘铁心里产生了一种负罪感。他不停地给艾雪道歉，并让她放心，不会有什么事儿的，他已经跟警察说好了，很快就会放他出来的。艾雪不停地摇头，仍在低着头痛心地哭着，嘴里还自言自语地说："不是的，不是的，我是在哭……我们的过去……"

本来，艾雪对她和李小迪的爱情还存有一线希望，把那张银行卡的密码设成了李小迪的生日，幻想有一天也许可以平静地告诉李小迪，或者能在关键的时候为他们的爱情做点儿什么。但是，就在刚才李小迪怒吼着问密码时，尤其看到李小迪那双愤怒而绝望的眼神时，她感到了一种陌生和恐惧，她知道那个曾经内心简单干净的男孩儿走了，彻底离开她了。

艾雪伤心至极，她知道自己这次彻底地伤了李小迪的心，他再也不会相信她了，再也不会相信他们的爱情了。李小迪拿走的不是一张银行卡，而是彻底拿走了他们的爱情。刘铁看着一直跪在地上的艾雪，心里有说不出的滋味。他抚摸了一下艾雪的长发，帮她擦去眼角的泪水，安慰她说："艾雪，冷静一下，等他出来，再好好解释一下！"艾雪突然紧紧地抱住了刘铁，眼泪汪汪的大眼睛呆呆地看着刘铁问道："解释……还有意义吗？一切……都结束了！"

一直站在一旁的郑大光突然低声说了一句："尼玛，这90后翻篇的节奏真快，和尼玛狗熊掰棒子一样！"刘铁转头怒视着郑大光，大声说了一句"住嘴！"郑大光愣了一下，转过脸看着别处，没再说话。刘铁再次劝艾雪，让她先冷静下来。艾雪犹豫着点了点头，站起身来。刘铁将艾雪扶上车，想送她回家。艾雪怯生生地问刘铁，今晚能不能先去他家借住，她不想一个人回家。

刘铁明白，此时艾雪不敢再去那间熟悉的出租房。他觉得现在的局面自己也有责任，心里很不是滋味，觉得自己应该负起责任来。他答应了艾雪，将艾雪安排在另外一间卧房，轻轻地关上了门。

回到书房，他吃了安眠药，但过了好久还是睡不着。心里不停地感叹："一代代的北漂，谁能逃脱这时代轮回的痛？只不过这轮回的节奏越来越快了……"

李小迪被带到派出所后，警察连夜给他做笔录，准备走个形式就给他放了。审讯室里，警察诱导着李小迪，问他是否是刘铁的小兄弟，李小迪斩钉截铁地说不是；警察又诱导着问他，是不是认错人了才袭击刘铁的，但李小迪坚持说自己是有意的、有计划要袭击刘铁的；警察苦笑着，多次停下手中的笔，并告知如果是故意伤人，要拘留十五天，如果被袭击者伤势严重，就触犯刑法了，会被判刑坐牢的，让他好好想想再说。

　　李小迪似乎并没有被警察的话吓到，更不懂警察是故意让他按照警察的意思说的，表现得无所畏惧，而且说得一遍比一遍详细，居然还愤怒地说，自己曾一度想杀了刘铁，棍子都准备好了，但只是出门的时候忘了拿了。警察听得哭笑不得，心想自己办案这么多年，还真没遇见过这么傻的。最后警察无奈地摇着头，把李小迪说的"想拿棍子杀了刘铁"之类的话删了，轻描淡写地写上"打架斗殴、拘留十天"的处罚决定，连夜把李小迪转送到了拘留所。

　　北京市的拘留所绝大多数都是很规范的，但也有个别的存在着一些陋习。不幸的是李小迪被关押的正是那种不规范的。到了拘留所，换上号服，李小迪跟着警察叔叔连续进了三道铁门，最后来到了7号监室。随着铁门"哐啷"一声关上，李小迪愣愣地站在了一个大概只有几平米的黑漆漆的房间里。一束光从一个小小的窗口投射进来，李小迪已经分不清那是月光还是晨光。

　　李小迪正不知所措，犹豫着低下头想找个地儿，地上呼啦一下子坐起来了十几个人，十几双眼睛在黑漆漆的房间里泛着青光，像是一群饿极了的野猫突然发现了一只老鼠。李小迪被吓得差点儿瘫地上。他定神儿仔细一看，原来地上有一张木板通铺，木板上密密麻麻地挤着十几个人。这时，躺在离铁门最近的一个脑袋圆圆的胖头男人朝他吼了句："给我站好了！"李小迪浑身一哆嗦，下意识地挺直了身体。最里面的一个长得像黑社会的中年男人靠在墙上，用沙哑的声音问道："犯什么事进来的啊？"李小迪低着头不敢看那个男人，低声答道："嗯……打架！"

　　听到李小迪答的"打架"二字，十几个犯人都端着身子仔细地观察着李小迪，看了一会儿都吃吃地笑了起来。一个头发染成黄毛的年轻人站起来，走到李小迪跟前讥笑着说："行啊，小白脸，还会打架呢！是不是很会打啊？比老子还会打吗？"说着，"啪"地一挥手就是一记耳光，打得李小迪顿时满眼都冒金星，倒在了地上。黄毛得意地笑了笑蹲了下来，扯着李小迪的头发问道："小白脸，知道号里的规矩吗？"

"啊？……不知道！"

"哦，好，那就给你先上上课！乖，把裤子脱了，快！"

"干吗呀？"

"走板儿啊！"

李小迪疑惑地看着那个黄毛，问什么叫"走板儿"。黄毛笑着一把拉起李小迪，把他推到了墙边，避开了号里的监视器，用力地脱掉了他的裤子，抄起一块木板，对着他的屁股就是一顿乱打。李小迪被打得哇哇直叫，疼得哭出来了。黄毛打完后，拍了拍手，笑着告诉他："记住了，这就是走板儿！"李小迪还是第一次在这么多男人面前光屁股，他感到了一种从未有过的羞耻感。他忍着痛试图想穿上裤子，但又听到一声大吼："嘛呢？不懂规矩！以为就完事儿了？还得'打飞机'呢！明白不？"

话音未落，又上来一个壮男，粗暴地扒光了李小迪的所有衣服，强迫他将两只胳膊朝后背起，做了一个飞机飞行的造型。李小迪哀求着，那壮男和黄毛理都不理，每人端起一盆冷水，猛地从头到脚灌了下来。李小迪感觉自己好像又掉进了一个冰窟窿里，冻得浑身打战，几乎站不住了。但这次李小迪似乎被浇醒了，没再哭泣，也没再哀求，而是眼里充满了仇恨，直直地挺在了那里。

不知过了多久，李小迪又听到那个长得像黑社会男人的沙哑的声音："算了，别搞他了，看着像个学生！"壮男和黄毛立马点头哈腰地回到了自己的位置，嘴上还不停地喊着他"海哥"。被尊称为"海哥"的男人又吩咐说给李小迪安排一块板儿，那个胖头男人也乖乖地往里挤了挤，腾出了一点空儿。李小迪穿上潮湿的号服，将自己塞进了几乎插不进去的那一点空儿，蜷缩在了那里。

胖头男人一边嬉皮笑脸地夸赞李小迪细皮嫩肉，一边继续给他介绍号里的规矩。告诉他最里面的海哥叫头板儿，是号里的老大，以后什么事儿都要听头板儿的。依次便是二板儿、三板儿等，新来的睡最后一块板儿，也叫立板儿。立板儿旁边有一个洗漱的水龙头和一个马桶，新来的要负责每天洗马桶擦地板等。他还分别介绍了每个人进来的原因，有偷税漏税的、有吸毒贩毒的、有传销诈骗的、有打架斗殴的，而他自己则是因耍流氓进来的。

李小迪又累又困又冷又饿，听着听着就睡着了。他刚睡着，"哐当"一声，铁门上打开了一个小窗口，有人叫着开饭了。李小迪被吵醒了，抬头看了看小窗口的那道光，猜到是中午饭的时间到了。号里的人有序地拿着盆儿碗儿，每人分了一碗白菜汤，一个窝窝头。李小迪也领了一份，心想这种东西是给人吃的吗？但他已经饿得实在顾不上了，伸手抓起了窝窝头，刚要往嘴里放，突然被一只大手抢走了。胖头男人瞪着大眼说，他刚进来肚子里的油水多，需要清清肠子，说着又把他那碗白菜汤也端走了。李小迪眼巴巴看着被抢走的窝窝头和白菜汤，突然觉得是那么香。

对于脑子里只有音乐的李小迪来说，他想象不到这个世界上居然还有这种地方。在这里，人最基本的尊严几乎已经丧失殆尽，他做梦也没有想到过，自己会跟眼前这些人渣躺在了一起，且还要对他们唯命是从。他不由地想到了出租房，那里的阳光原来是那么的灿烂，艾雪做的家常便饭原来是那么的美味，每天早出晚归挣钱养家的艾雪原来是那么的辛苦，自己在艾雪面前的自命清高，原来是那么浅薄、那么放肆……想着想着，两行冰冷的泪水从眼角滚落下来。

黄毛踢了他一脚，嘴里骂道："哭他妈什么哭！赶紧起来刷马桶、擦地板！把自己当少爷了吧？"李小迪一惊，赶紧起来干活儿。黄毛在一旁监督着他，动作稍微慢点儿就给他一巴掌。李小迪把马桶和地板擦得溜光，还没等喘上一口气儿，又被指派给海哥按摩捶背。浑浑噩噩中，又到了吃晚饭的时候了，照例又是一碗白菜汤和一个窝窝头，胖头男人再次手疾眼快地抢了过去，并把自己的一根火腿肠献给了海哥。李小迪不敢吱声，抬头看见了海哥，发现他还吃着咸鸭蛋，觉得很奇怪。胖头男人问他带钱进来了没有，李小迪说没有。胖头男人叮嘱李小迪，让家里人送点钱来，再买点儿好吃的孝敬海哥。说完朝海哥献媚地咧着嘴笑了笑。

好不容易熬到晚上睡觉了，李小迪偷偷地松了口气，虽然又冷又饿又累又疼，但终究是不再被折腾可以安静地躺下了。他侧卧着挤在那块狭小的板儿上，一动也动不了。望着小窗口里挤进来的一束月光，他却怎么也睡不着。突然，一只大手伸进了李小迪的被窝里，他顿时浑身鸡皮疙瘩都起来了，"嗷"地叫了一声跳了起来。这时，李小迪再次听到了那个低沉沙哑的声音："行啦，胖头，别再整他了！"

胖头男人听后立马老老实实地睡了。李小迪胆怯地朝里面的海哥看去，黑暗中，一根烟头忽闪着，照在他一张胡子拉碴的脸上。海哥靠在墙上抽着烟，一副若有所思的样子。他让李小迪到他那儿去，李小迪站着不敢动。后来海哥命令他过来，李小迪才裹着被子战战兢兢地坐在海哥板儿上。海哥伸手递给李小迪一个烟屁股，李小迪哆哆嗦嗦地接过来，使劲儿地抽了一口，感觉似乎精神放松了许多。

海哥问他是不是湘西人，李小迪好奇地点头称是。海哥说他是从李小迪的口音听出来的，并说自己也是湘西人。海哥又问，看着他是个读书人，怎么会因为打架进来的。李小迪简单讲了下自己的事儿，海哥听了不以为然，说弱肉强食很正常，还毫不客气地说李小迪不能怪自己的女朋友跑了。自己一个大男人不能挣钱养自己的女人算什么爷们儿，尤其是在北京，男人不挣钱不买车买房，人家女孩儿怎么跟着你。如果实在有气就往自己身上使，让自己赶紧牛×起来，牛×了人家才看得起你，才有资格搞对象，否则拍屁股滚蛋，离开这里。

海哥还说自己没读过什么书，经常因为没文化被别人坑，所以特别羡慕那些读过书的人。他还告诉李小迪，自己是因为看他像个读书人，又觉得可能是老乡才护着他的，否则，号里的规矩还多着呢！就是刚才的"打飞机"，按道理要在那里站一宿的。李小迪听着不住地点头，感激得一句话也说不出，眼泪又快掉下来了。海哥又训斥了他，说男人要坚强，不能动不动就掉眼泪，李小迪赶紧擦了擦眼角，使劲儿地点着头，并问海哥是因为啥事儿进来的。海哥吐了口烟圈儿，讲起了自己的故事。

海哥从小家里很穷，他非常喜欢读书，但却没钱读。十七八岁时他就来北京打工了，在北京混了二十年了，干过很多活儿，吃过很多苦，受过很多罪。他靠自己的努力，供养着家乡的老母亲，还供了两个弟弟读大学。海哥为人仗义，经常为农民工出头，很快就成了农民工兄弟的大哥。

后来跟随海哥的农民工兄弟越聚越多,他成立自己的包工队,当了包工头,但他这个包工头从来都不扣农民工兄弟的血汗钱,而是处处为他们争取利益。这次被关进看守所,就是为了给农民工兄弟讨要过年的工钱,被房地产老板以聚众闹事为由陷害。他恨自己没文化,看不懂什么合同,被房地产老板耍了。他说自己很快就要出去了,出去后要好好学点法律知识。

海哥问李小迪是学啥的,李小迪说自己是学音乐的,主要写歌什么的。海哥一听很高兴,说自己嗓门很高,也很喜欢唱歌,小时候经常在山里唱山歌。海哥说自己的父亲走得早,母亲养他们兄弟三个很不容易,自己一直以来有个心愿,就是给自己的老母亲写一首歌。还有,跟着他的那些农民工兄弟也都不容易,也想为他们写首歌,可惜自己没有学过音乐,只是瞎唱着玩儿而已。李小迪听着这个长得像黑社会的男人说的话,渐渐地没了之前的恐惧,感觉他是一个心地非常善良、为人正直不阿的男人,是一个令人尊重的男人。

面对这个胡子拉碴的男人,李小迪内心突然感到了一种羞愧。以前自己从来不屑一顾,甚至鄙视海哥这样的人,原来不是他想象的那样。海哥每一句朴实的话,都针针见血,句句刺激着他这个自命清高的文化人。他发觉其实自己是那么的弱小,那么的微不足道,以前的自命清高是那么浅薄,那么不接地气。在看守所待了一天,他就懂得了一个道理:不要看不起任何人,每个人在人格上其实都是平等的。想到此,李小迪低着头小声地说了一句:"海哥,如果你信得过我,出去后我给你写歌吧!"海哥高兴地看着李小迪连声说道:"好啊好啊!出去以后给我打电话,记住啊!"

海哥似乎还意犹未尽,自言自语地感叹道:"夜深人静的时候,最怕想起某个人,想就觉得负罪,要流泪,天亮了才知道,心安才好啊!"李小迪听到海哥的话,猛地一下子又坐了起来,神经质地大声叫着:"我靠,太牛×了!"海哥被李小迪吓了一跳,疑惑地问道:"什么太牛×了?"李小迪兴奋地说:"歌词啊!"

海哥笑了笑,明白这个年轻人又在搞创作了。海哥于是继续对他说此刻的心情。

"心安才好!"海哥这句朴实的话深深地刺痛了李小迪,他不由地又想到了艾雪，眼睛顿时潮湿了。李小迪看着那扇小小的窗口，窗口里透出了微弱的光，那是东方的鱼肚白。他渴望着天快点儿亮起来，盼望着那扇小小窗口黑白交替得再快一点儿，盼望着早日离开这个可怕的地方。天渐渐地亮了，两个人聊了整整一宿。海哥拍了拍李小迪的肩膀问："小迪，出去后有什么打算啊？"

"海哥，出去后我要自食其力，让自己强大起来！"

"小迪，走自己心中的路，坚持下去！"

"嗯！我会的！"

"海哥支持你！哈哈哈……"

两个人你一言我一语，聊得越来越高兴，声音也越来越大。号里的人被他们吵醒了，一个个睡眼惺忪坐了起来，好奇地看着他们，七嘴八舌地问他们聊了啥好事儿。海哥踹了身边的二板儿一脚，让所有的人依次往后移，并说从现在起李小迪是二板儿了。

号里的人都知道，海哥是个有钱的主儿，跟着他的农民工兄弟有上百号人。他进来第一天就做了头板儿，拘留所的警察都对他很照顾，估计是他那帮农民工兄弟都打点好了，大家心知肚明。听到海哥的命令后，一个个都乖乖地照办了。李小迪很不好意思地再三推辞，但被海哥强令挨着他躺下了。

果然，李小迪不用再洗马桶擦地板了，也没人敢再抢他的白菜汤和窝窝头了。每天李小迪呆呆看着小窗口那道光，从强到弱、从弱到强交替着，一首歌的旋律在他脑海里慢慢地孵化着，那旋律由模糊变得越来越清晰了。

4.4 窗外的青春很无奈

李小迪被抓进去的第二天下班时，刘铁就给乔总打电话，询问李小迪的情况。乔总苦笑着把李小迪如何犯傻一五一十地讲给了刘铁，并嘲笑说李小迪这种傻×就应该在里面待几天，好好接接地气。刘铁挂了电话，坐在大班椅上想了想，拿出手机打给了一个哥们儿。不一会儿，哥们儿给他回电话说，已经疏通好了，把关十天改成了五天，也只能如此了。

晚上，刘铁推掉应酬，专门回家陪艾雪，还把李小迪的事儿如实告诉了她，嘱咐她这两天找个时间给李小迪送一些棉衣和钱什么的。艾雪低头说了声："知道了，谢谢铁哥！"

第二天一大早，艾雪就回到出租房，取了李小迪最厚的一件羽绒服去了拘留所。她恳求警察，希望能见李小迪一面。警察一会儿出来告诉她，钱和羽绒服收下了，但李小迪拒绝见她，并捎话给她，以后不要再和他联系了。艾雪抬着头看了会儿那高墙铁丝网，流着眼泪默默地走了。

艾雪再次回到了出租房，看着眼前熟悉的一切，酸甜苦辣各种滋味涌上心头。回想着这几天的经历，觉得恍如隔世，她甚至还没回过神儿：自己和李小迪怎么就走到了相互失去的地步？艾雪躺在床上睡着了。睡梦中，她梦见自己隔着铁窗见到了李小迪。李小迪手里举着那张银行卡，面目狰狞地一直对着她吼："密码？密码？"

艾雪惊恐地大叫一声醒了，额头上冒出了豆大的汗珠。她睁着眼睛盯着天花板想让自己放空，但过去的和现在的、美好的和痛苦的，所有的回忆一幕一幕在她眼前不停地闪回、切换，她感觉脑袋快要爆炸了，窒息得快要疯了。她猛地从床上跳了下来，想马上逃离出租房，一分钟都待不下去了。她看了看手机，已经是深夜二点多了。她想打电话给刘铁，但又不知该不该再打扰他。她急得都快哭了，犹豫再三，终于，一咬牙还是拨通了刘铁的电话。

刘铁把艾雪接到自己的别墅已经很晚了。他劝艾雪等李小迪出来后再好好谈谈，又陪她聊了会儿天，就回书房睡觉了。艾雪躺在床上翻来覆去依然睡不着，不断地问自己，到底什么是爱情呢？自己还爱小迪吗？爱小迪什么呢？小迪是自己心目中的男人吗？为什么自从遇见刘铁后会动心了？是仅仅因为他有钱，还是因为他才是自己心目中的男人？但是，刘铁身边有那么多美女，会爱上自己吗？刘铁只是把自己当成了那雪的影子吧？刘铁给自己那么多钱，又帮自己参加"中国好歌声"比赛，自己主动献身却被拒绝，难道不是因为喜欢自己吗？如果刘铁喜欢自己，自己真的就做他的小三吗？刘铁心里只有那雪，会真正接受自己吗？李小迪绝情的表现是赌气，还是不爱她了？自己对李小迪是内疚、是心疼、是可怜、是不舍，还是依然爱着他？……

艾雪感觉自己像是在做感情上的奥数题，思来想去，天渐渐地亮了，她感觉精神也快要崩溃了。

中午，刘铁坐在大班椅上，想到家里从来也没开过火，啥吃的也没有，于是给艾雪发了一条微信，让她先叫点儿外卖吃。等了一会儿，艾雪没回，刘铁猜她可能睡着了，自己又忙去了。到晚上下班时，刘铁给艾雪打电话，想让她跟着去参加一个饭局，但艾雪的手机关机了。他又打家里的座机，也没人接。刘铁有点儿慌了，心想艾雪这孩子别再一时想不开干出点什么傻事儿吧？他赶紧叫上二虎开车直奔家里。直到看到艾雪躺在床上睡着了，刘铁才松了一口气。

刘铁看着艾雪憔悴的脸，有点儿心疼，但更多的是内疚。他轻轻地把艾雪叫醒，喊她一起出去吃饭。艾雪很不好意思地坐起来，说自己昨晚一夜没睡，不想出去了。刘铁问她中午吃东西了吗，艾雪摇了摇头。刘铁问她为啥不回微信，艾雪说不想见人，就把手机关机了。刘铁让二虎赶紧出去打包了一些东西回来，艾雪吃了两口又放下了，说实在是一点儿胃口都没有，让刘铁不要管她了，赶快忙正事儿去吧。刘铁犹豫不决地看着她，暗示她不要胡思乱想，艾雪勉强笑了笑，让刘铁放心。刘铁觉得艾雪应该没什么事儿，这才重新走出家门参加饭局去了。

刘铁走后，艾雪又开始翻来覆去地思考那些问题，想来想去还是没想明白，又陷入痛苦的纠结中。不过，有一点艾雪心里很明确，自己不能这样不明不白地住在刘铁家，不想让刘铁误会自己想赖上刘铁，不想让刘铁看不起她，必须要尽快打算。但是，出租房她是实在没勇气再回去住了，后海西岸酒吧自己也好几天没去了，老板打电话也没接，估计给酒吧也造成了不小的损失，也不好意思再回去上班了。自己到底该怎么办呢？艾雪思来想去，想得头疼。

晚上十二点左右，刘铁回来了。洗漱后换好衣服，他来到艾雪房间。艾雪紧张得大气不敢喘，裹着被子坐在床上。刘铁看了看桌子上打包的饭菜还是一点儿没动，心里很是忧虑。他点上一根烟，一时不知从何安慰艾雪。沉默了半天，刘铁借着酒劲，还是把自己的心里话说了出来。

刘铁直截了当地告诉艾雪，当初给艾雪钱，帮她参加"中国好歌声"

比赛，除了因为她很多地方像那雪外，还有一个更主要的原因，就是拿她和李小迪做个试验，看看到底多少筹码可以摧毁他们的爱情，没想到……听到这里，艾雪打断了刘铁的话，说自己懂了，请他不要再说下去了。

  但是，艾雪心想，难道自己和李小迪的爱情就值 30 万？难道自己真就是仅仅因为钱才主动献身刘铁？如果那 30 万换成别人给的结果会怎样呢？艾雪心里特别清楚，她和李小迪之间的问题一直都在，对刘铁的态度绝非仅仅为了钱。她心里很难过，又无法诉说，也不想过多解释什么。她背对着刘铁躺在床上，说自己累了想睡了。刘铁再次表示了抱歉，转身走了。刘铁走后，艾雪觉得身体越来越冷，她把被子紧紧地裹在身上，蒙住头，痛苦地抽泣着。第二天，刘铁推掉了应酬，回家准备专门带艾雪出去吃饭，但发现艾雪不见了。

  五天的时间眨眼工夫就过去了。李小迪走出看守所的大门，抬头看了眼天空，阳光显得非常刺眼，他一时不适应赶紧低下了头。李小迪下意识地左顾右盼寻找着一个身影，但偷偷观察了半天，那个身影不在。他打开手机，很快看到了一条艾雪的信息："如你愿意，晚七点老地方见。"李小迪看着这条留言，似乎明白些什么，脸上十分冷静，大步向前走去。

  回到出租房，李小迪站在门口犹豫了一下，然后轻轻地推开了房门，低头走了进去。出租房里很寂静。他环顾周围熟悉的一切，呆呆地坐在了地上，百感交集，猛然失声大哭起来。他为自己曾经纯真的爱情哭了，为自认为曾经伟大的爱情哭了，哭得那么悲壮。

  哭着哭着，他发现这个曾经温暖的出租房，此刻却是那么冰冷，毫不在乎他那悲壮的泪水。过去的一幕一幕在他脑中闪现，他想起了和艾雪过去的美好时光，想起了那张银行卡，想起了艾雪挽着刘铁的手，想起了过去噩梦般的五天，想起了海哥说的那些话。

  不知不觉中，夜色已经降临，他不禁感叹北京的夜黑得真的很快。他突然仰天大笑起来，手紧紧地攥着告诉自己：这个城市是个战场，这个城市不相信眼泪，这座城市不接受失败。爱情已禁不起等待，青春和生命也不允许等待，自己必须成功，否则，就要和这个城市说再见。

　　此时,从在看守所里就一直酝酿的一首歌一下子从脑海里跳了出来。他找到一张纸和一支笔,疾速地写了起来,一首歌《夜黑得很快》几乎是一气呵成:

　　　　当你轻声说再见转身的那一瞬间
　　　　心已知不能再将你拥有
　　　　窗外的青春很无奈
　　　　失去了它原本的色彩
　　　　有谁会在乎
　　　　爱情悲壮的哭泣
　　　　这个城市不强大就要说BYEBYE

　　　　夜,黑得很快
　　　　爱,已禁不起等待
　　　　青春渴望像烟花绽放时的绚烂
　　　　我笑着站起来
　　　　……

　　李小迪写完,简单地收拾了自己的一些衣物,拿起了心爱的吉他,还有他视为生命的一些创作手稿,环顾了下熟悉的出租房,轻轻地挥了挥手,却发现无人说再见,也不需要说再见了。他鼓励自己,青春应该像烟花绽放时那样绚烂,要笑着,站起来,再出发。

　　此时,艾雪正坐在音乐学院附近的一家咖啡馆里等着李小迪。这家咖啡馆是以前读书时她和李小迪经常去的老地方,也是她和李小迪今晚约见的老地方。艾雪知道今天李小迪出来,但她没有去看守所接他,也没有在出租房里等他,因为她不知道如何面对李小迪,也担心老实的李小迪别再一时冲动做出什么吓人的事儿来。

　　艾雪给李小迪发了条信息,选择了在老地方等他,希望和他能平心静气地谈谈。她坐在他们以前经常坐的老位置,紧张地看着手机,七点已经过了、八点也过了,她一直等到快十二点,李小迪始终没有出现，艾雪怅然若失地走了。

李小迪在大街上走着走着突然停了下来，因为他发现自己不知道究竟应该往哪儿走了？以前在出租房，他曾觉得自己已经是个北京人了，现在发现自己根本就是个居无定所的外地人，和流浪汉没什么区别。大街上寒风瑟瑟，他抬头看着黑洞洞的夜空，摸了摸空空的口袋，在附近转悠了半天，找到一家最便宜的小旅店，钻进了一间地下室暂时住了下来。

离开了艾雪的照顾，第一次一个人面对生活，李小迪感觉自己像个孩子似的无助。他跑出去买了盒方便面，跟老板娘要了一瓶热水，狼吞虎咽地吃起来。吃完后，他躺在床上，不由地怀念起以前有艾雪照顾的日子，感叹那段时光原来是那么幸福。他又想起了在看守所的日子，那个让他彻底放下了所谓面子和尊严的地方，知道自己以前太把自己当回事儿了。他决定出卖以前自己视为艺术的音乐作品，先从吃饭穿衣居住开始自食其力。

第二天，李小迪拿着自己心爱的音乐作品，开始在798、718这种文化创意园的各个大小音乐制作公司转，兜售自己以前那些"不能卖的艺术"。但令他惊讶和气愤的是，几乎所有的人都说他的作品没有生活，基本上属于无病呻吟。李小迪简直不敢相信自己的耳朵，气愤地将那一沓沓音乐作品手稿撕得粉碎，用力地抛向了空中，愤然离去。

这天中午，李小迪正在昏睡，被一阵猛烈的敲门声惊醒，他迷迷糊糊地睁开眼睛抬头一看，小旅店的老板娘已经站在床边，横眉怒目地看着他，身边还站着一个彪形大汉。李小迪坐了起来，老板娘伸出戴着金光闪闪手镯的手，操着一口地道的东北话，大声呵斥道："知道吗，你都欠两天房钱了，马上滚犊子！"李小迪急忙解释说，有两家公司可能要买他的歌，他马上就有钱了。老板娘给身边的大汉使了个眼色，那大汉二话没说，上来一把像提溜小鸡子似的将李小迪从床上提溜下来，并开始往外扔他的东西。李小迪惊惶地抱着他那把心爱的吉他，被连推带搡地轰了出来。

李小迪再次拖着自己破旧的行李箱，背着心爱的吉他，漫无目的地走在大街上。走着走着，他想到了一个地方，于是钻进地铁直奔西单。他来到了西单地下过街通道，看到一个弹着吉他卖唱的小伙子。他远远地看着，心里激烈斗争着，终于，他拿出了吉他弹唱了起来。开始，尤其是偶尔当行人弯腰把零钱丢到他吉他箱子里的时候，他只是羞愧地说一句谢谢，但始终不敢抬头。

后来，他似乎忘记了羞愧，越唱越激愤，尤其唱刚创作的《夜黑得很快》时，唱得异常投入，引来不少行人的注目。晚上十点多，行人越来越少，他数着讨来的零钱，准备找点儿吃的，再找个小旅馆住下。突然，有几个看上去像乞丐的小孩儿跑过来，动作非常麻利地抢走了他手里的钱，然后飞快地消失了。

李小迪默默地走出了地下通道口，又一次漫无目的走在了喧嚣后暂时安静的大街上。他又累又饿又冷，脚步也越来越沉重了。突然一家24小时自助银行吸引了他的目光，他停住了脚步，眼睛死死地盯着里面的自动取款机。李小迪身上实在是分文没有了，他从行李箱里找出了那张刘铁送给艾雪的银行卡，慢慢走进自助银行的大门，将银行卡插进了自动取款机。

自动取款机提示输入密码，李小迪手指抖动着输入了自己的生日。果然，自动取款机的屏幕打开了，显示着取款、存款、查询的界面，一行热泪顿时从李小迪的眼眶涌出，落在了自动取款机上。李小迪仰起头哭着，想起在MGM质问艾雪银行卡密码的那一幕，突然感到一阵羞愧和内疚。他犹豫了一下，用力按下了退出键。

外面瑟瑟寒风，李小迪蹲下来，闭上眼睛不知不觉睡着了。他嘴角挂着微笑，似乎进入了甜蜜的梦乡。不知过了多久，有两只大手猛地将他拉了起来，将他从梦中惊醒。李小迪睁开眼睛，见有两个保安正警觉地上下打量着他，质问了他半天后，最后将他轰了出来。李小迪举目无亲地站在黑漆漆的街头，突然，他想起了看守所的海哥，于是拨通了他的电话。

艾雪失踪十几天了，并将手机设置了限制呼入。刘铁十分担心艾雪，想到自己无端地拆散、伤害了两个无辜的人，越想越觉得内疚，甚至感到有些负罪，他觉得自己应该对此事负起责任来。刘铁到处寻找艾雪，并叮嘱美美也帮着找找，美美很不情愿地答应了。

艾雪离开刘铁的别墅后，投奔了自己大学的好友娜娜。娜娜曾是他们学校的校花，男朋友是班长，也是校草，是当时同学们羡慕的一对。艾雪和娜娜好久没联系了，彼此都不知道在做什么。艾雪知道娜娜开上了一辆宝马3系，混得相当不错。

娜娜见到艾雪失魂落魄的样子非常惊讶，后来听艾雪给她讲了和李小迪的事儿，很不以为然地劝艾雪说，当初在学校时同学就很不看好她和李小迪，分手是早晚的事儿。娜娜还嘲笑艾雪是个爱情白痴，不花男人的钱也就罢了，还自己辛苦卖唱养着他，真是有病。艾雪问娜娜和她男朋友怎么样了，娜娜哈哈大笑着说了句："早他妈分了！"

艾雪暂住在娜娜家后，就一直把自己关在屋里，情绪十分低落。开始娜娜没说什么，但时间长了，娜娜言语中就略带微词了。艾雪也觉得自己白吃白喝白住得很不好意思，于是准备开始找新的工作。娜娜劝她不要再出去找什么卖唱的破工作了，靠卖唱何年何月才能在北京买得起房呀，并教育她说，现在的男人都不靠谱，女人还得自己靠自己。

艾雪问娜娜如何靠自己，娜娜神秘地笑了笑。艾雪发现，娜娜基本上都是白天睡觉，晚上神神秘秘地很晚才回来，也不知道她做什么工作，娜娜不说，自己也不好多问。有一天，娜娜说晚上有个高大上的局，有领导、企业家、慈善家、著名导演等等，全是社会名流，要带她一起过去捞钱。艾雪下意识地想到了MGM认识刘铁的那一幕，犹犹豫豫地答应了。

晚上，艾雪坐着娜娜的宝马到了一个十分隐秘的会所。餐桌上坐着几个男人，几个美女分别穿插坐着。娜娜穿了一身白色低胸衣，胸前挂着一块佛牌，坐在一位所谓的年轻企业家身旁。艾雪被安排到一个大胡子导演的身旁。酒局开场，一个领导模样的人先就国际国内经济形势进行一通分析，那位年轻企业家也就各行各业的发展趋势做了一番判断，大胡子导演则痛骂着那些耳熟能详的大导演拍的烂电影，并激昂地说自己要拯救中国电影。

几轮酒过后，大家不再讨论那些有的没的了，各自开始和身边的美女们攀谈起来。年轻企业家的眼睛始终没有离开娜娜，他扫了眼娜娜拎着的香奈儿包包以及手腕子上卡地亚蓝气球钻表，再看看娜娜清高的样子，似乎猜到了什么，露出了会意的微笑，一本正经地自我介绍说："美女，你好！我姓屠，名刚。请问美女怎么称呼？"

"若娜，叫我娜娜就好了。不好意思，请问您是哪个 Tu 啊？"

"屠夫的屠，屠宰的屠，屠杀的……"

"哦，懂了，屠哥！跟某歌星一个姓。"

"娜娜，喝杯酒吧？"

"真不好意思，我不喝酒的！"

"哦……为什么呢？"

"我信佛，不喝酒的！"

"哦……那美女是做什么工作的呢？"

"小妹主要是做慈善的。比如资助一些孤儿院、敬老院之类的，业余时间也拍拍戏、拍拍杂志什么的。"

"哇，不得了！失敬，失敬了！对了，妹妹这佛牌老酷了，泰国买的吧？"

"不是买，是请！对了，屠哥，您信佛吗？"

"我重点是心中有佛！"

"真的啊？那太好了！正好我家里还请了很多佛牌呢，回头给哥哥挑块最好的，开过光的！"

"妹妹，谢谢！前段时间我去泰国，在批发市场帮一个妹妹也请回来好多呢！她说要在朋友圈儿卖，我当即就批评了她，请的东西怎么能卖呢！对吧，娜娜美女？"

娜娜翻着白眼，尴尬地笑了笑，低头刷起了朋友圈。屠哥偷偷笑了笑，心想自己这个老炮什么鸟没见过，以他的经验，身边这位娜娜十有八九是个"绿茶婊"，还戴着块佛牌装清高，简直就是亵渎佛祖。屠哥心里骂着，眼睛却还是离不开娜娜，试探着换了个话题，啧啧称赞说："瞧这身行头，一看妹妹就是个有品位的人！"

"是吗？屠哥过奖了！看您这满天星的大钻表，还有这一身的阿玛尼，您才是真正有品位的人啊！"

"唉，都好久没出去逛了！对了，要不明天妹妹受累，陪哥哥去趟国贸或新光什么的？"

"真的假的？行呀！那咱明天几点见呀？"

"听妹妹安排！"

"那就下午三点，怎样？哥哥，您可不准放妹妹鸽子哦！"

"不能！你看哥哥像那种人吗？"

"那就这么愉快地决定了。不过哥哥，咱可事先说好了，我只是陪你逛，妹妹我可不是那种随便的人儿！"

"对对对，和屠哥一样，随便起来不是人！"

"啊？……啥？……"

"我是说，都不是那种随地大小便的人！"

"哥哥，说真的，我可是很讲原则的人，不开玩笑的！"

"对对对，原则就是钱必须到位！"

"您说什么呢？讨厌的啦！"

"我是说，原则就是做事儿必须到位。妹妹放心，哈哈。"

屠哥说着，一只大手开始往下移动着，轻轻放在了娜娜丰腴的臀部上，观察着娜娜的反应。见娜娜没有反抗，反而妖娆地摆弄着头发，故意装作不知。屠哥鄙视地笑了笑，顺势将手滑向了娜娜的大腿。娜娜瞄了眼色迷迷的屠哥，端起一杯酒，妩媚地说："哥哥，娜娜敬您一杯酒吧？"

"妹妹信佛，不是不喝酒吗？"

"唉，今儿遇见知己了，必须破个例啊！"

"不瞒你说，哥哥也深有同感啊！来，干一个！"

"Cheers！"

屠哥放下酒杯，突然嘘了一声，握住了娜娜的手，一脸痛苦的样子，小声地说要给娜娜诉说下自己的苦恼。他说自己现在是事业越做越大，钱越挣越多，但却感觉越来越迷茫，有时候觉得活得没什么意思了，甚至自杀的心都有了。他诚恳地看着娜娜，请求娜娜快想想办法，多来点儿心灵鸡汤什么的，拯救一下他的灵魂。娜娜听后笑了，然后一本正经地说："屠哥，我建议您，修行！修行八万四千、法门殊途同归嘛！"

"啊？……几个意思啊？妹妹能再具体点儿吗？"

"屠哥，妹妹看得出来，您是个很有爱心的成功人士！您不能只做一个企业家，还要做一个慈善家！要不，和妹妹一起做慈善吧？"

"做慈善？功德无量啊！好主意！不过，屠哥我可不想把钱捐给什么机构！和妹妹一起做慈善，算是找到组织了吧？对了，妹妹，那什么，出场费是多少啊？"

"什么出场费啊？说什么呢！"

"我去，今儿怎么老口误呢！哥哥的意思是，做慈善一般需要多少钱？"

"嘻嘻，那要看哥哥的诚意了！不过，做慈善也没那么简单，妹妹可是3Q游戏的代言人，也算个公众人物了吧，你懂的！"

"懂！放心，哥哥不会让咱公众人物失望的！"

"敞亮！那要不我们去会所的房间里好好聊聊？"

"这一说做慈善，屠哥也老激动了！要不咱就去我车里好好聊聊吧？去房间我怕领导们误会，你懂的！"

"可以是可以，不过……"

"不过，我车里有五万，你看做慈善是不是少了点儿啊？"

"可以可以……没问题！最重要的是一颗爱心嘛！"

"那妹妹受累，给哥哥一次奉献爱心的机会？"

"放心，肯定会让哥哥满意哒！嘻嘻。"

屠哥此时已经完全确认了眼前娜娜是个百分之百的"绿茶婊"，心里骂着真是个既做婊子又立牌坊的主儿，装来装去不就是想把自己的×格抬高点儿。他想起了王朔的一句话："B是一样的B，装上见高低。"不过，骂归骂，此刻屠哥已经是欲火中烧，欲罢不能了，他是真心舍不得娜娜，心想今晚无论如何也要拿下。屠哥趁没人注意，偷偷地溜出了包间，过了一会儿，娜娜说去趟洗手间，也走出了包间。

车里，两人坐着后座上。屠哥呼吸已经越来越急促了。娜娜则从容淡定地脱着衣服、胸罩、丁字裤等等，瞬间就把该脱的都脱完了。完全没了刚才的矜持和清高。然后一边帮屠哥解皮带，一边还没忘了打情卖笑说："屠哥，够时髦的呀！还是个'车震族'啊！"

"偶尔震一下，不专业！"

"那屠哥喜欢什么姿势呀？"

"就简单自由势吧！！"

完事儿后，屠哥提着裤子，嘴里不停地抱怨着："介尼玛也忒快了吧！你老催老子干吗呀？"娜娜没理会屠哥，迅速地穿好了衣服，整理好弄乱了的发型，从化妆包里拿出口红、粉底什么的，一眨眼的功夫补好妆了。

艾雪注意到娜娜和那个年轻企业家前后脚出去了，但没多想。身边的大胡子导演不停地问她拍过什么戏、唱过什么歌之类的，艾雪低着头不好意思地说，其实自己没有什么经验和成绩。大胡子导演一听，瞪着眼夸赞艾雪潜质巨大，日后肯定能红，不过前提是要有他这样大牌的导演培养。不一会儿，大胡子导演看到屠哥和娜娜又分别前后脚回来了，顿时心领神会地笑了。他一本正经对艾雪说，有一个非常重要的角色很适合她，剧本放在会所的房间了，让艾雪跟他去趟房间看看剧本。

艾雪看了看若无其事的娜娜，犹豫了下，心想应该没什么问题，站起来跟着去了。到了房间，大胡子导演坐到沙发上，随口说了句："你先去洗澡吧！"艾雪一时没反应过来怎么回事儿，疑惑地看着大胡子导演问了句："洗澡？……"大胡子导演也疑惑地看着艾雪，笑着说："你是真不懂啊，还是真不懂啊？"艾雪这下似乎懂了，紧张地跟大胡子导演说了句不好意思，吓得急忙夺门而出，没给娜娜打招呼就跑了。

过了一段时间，刘铁终于从美美那里得知了艾雪的下落。这天晚上，三里屯南街的路边上，刘铁下了车，一个人走向了一家不起眼的酒吧。一个小伙子急忙迎了上来，介绍说他们家没有最低消费，但服务绝对是一流的，还暗示他可以介绍美女。刘铁没搭理他，径直走进了酒吧，在后面一个角落里坐下来。

酒吧里只有一黑一白两个老外。刘铁问服务员歌手几点唱歌，服务员说八点半，马上就开始了。话音刚落，艾雪和一个吉他手就上台了。艾雪先唱了一首英文歌，又唱了一首经典老歌，紧接着又唱了那首《到爱情为止吧》：

那一天，我哭了
泪水轻轻地在脸庞滑落

那曾经的美好
　　成了不敢轻易触摸的残梦
　　生存和梦想
　　碎了爱谁的错
　　……

　　艾雪唱得非常动情，似乎是在诉说着自己的故事。刘铁认真地听艾雪的演唱，脸色动容。要中间休息了，艾雪微笑着朝台下说了声谢谢，准备走下台，突然，她听到有人喊了句"艾雪"，然后就看到刘铁正向她走来，顿时呆立在那里。刘铁大步走到她跟前，上前一把拉住她的手，眼神凝重地看着她，低声说："艾雪，走吧！"

　　艾雪没想到刘铁会在这里出现，一时不知所措，下意识地松开了刘铁的手，低下了头。刘铁诚恳地看着艾雪说了句："艾雪，是我不好，对不起！"艾雪听后差点儿失声哭了。刘铁再次拉住艾雪的手，二话不说拉着她就往外走。艾雪急忙解释说自己要唱十首歌，现在才刚唱了三首，还没收工。刘铁说了句："别唱了，走吧！"看着刘铁坚定的目光，艾雪没再犹豫，跑到后台收拾起自己的东西，跟着刘铁一路小跑走出了酒吧。

　　车里，刘铁习惯性地点上了一根烟，将车窗慢慢地降了下来，向外吐着烟圈儿，沉默了一会儿，将烟头丢到了车窗外。刘铁看了看低着头的艾雪，说她走后的这些天，自己非常担心和内疚。艾雪一直低头听着，大悍马很快就驶进了三里屯附近的一个高档小区，在一座公寓楼前停了下来。刘铁下了车，艾雪还呆坐在车里，刘铁喊她下车。艾雪疑惑地抬头看了看那座公寓楼，没敢多问些什么，跟在刘铁后面上了楼。

　　电梯在十八层停了下来，艾雪跟着刘铁走了出去。刘铁走到一扇防盗门前打开了门，大步跨了进去，环视着房间的设备，转过身来问艾雪对房间是否还满意。艾雪迷迷糊糊地看着刘铁点了点头。刘铁解释说这房子是给她租的，已经交了两年的房租，让她踏踏实实地住在这里，好好准备"中国好歌声"的比赛。

　　艾雪听着听着，蹲在地上突然抽泣起来。刘铁轻轻地将艾雪扶了起来,把她扶到沙发上坐下。刘铁再次对艾雪道歉,说是自己破坏了她和李小迪的感情。艾雪使劲儿地摇着头,说这些天自个也想明白了,她和李小迪分手是早晚的事儿,不怪别人。春节马上就到了,她准备过了春节重新租房子,开始新的生活。

刘铁感叹时间过得太快了,不知不觉马上就到2013年的春节了。他不由地联想起了十年前自己和那雪在出租房里那个不堪回首的春节,想起了当初自己卖血给那雪买LV包包,想起了那辆黑色的奥迪A8和潘石的身影,那一幕幕对刘铁是一段不愿回首的往事,更是一段不敢轻易触摸的残梦。

从那个春节之后,刘铁似乎得上了"春节恐惧症",一过春节就会想到那雪,就会想到潘石,就会想到他和那雪破碎的爱情。

刘铁点上了一根烟,幽幽地问艾雪:"记得上次你问,最后我是和那雪好了,还是熊小乖好了?"

"嗯嗯!"

"好吧!"

第五章　到爱情为止

到爱情为止！一声叹息，不知道有多少在北京打拼的人，面对生存、梦想和欲望，不得不跟爱情说再见时的无奈、挣扎、不甘心……

5.1 活在北京，挣钱养梦

刘铁给艾雪继续讲起了十年前的那些往事。

2003年的那个春节，刘铁愤怒地将一瓶小二摔在了地上，气得半天说不出话来。过了一会儿，那雪默默地进屋，没有跟刘铁解释和道歉，而是将一地的玻璃碴子打扫干净，然后躺在床上，一动再没动。刘铁压着心里的怒火，没再说什么，而是把自己喝大了，一个人靠在沙发上睡了。

被烟花和鞭炮点亮了的夜空下，潘石也看到了刘铁。潘石尴尬地上了车。回家路上，潘石很自责，也很后悔，觉得自己不该大年三十跑出来，偷偷地窥视别人的女朋友。不过，本来对那雪朦朦胧胧的感觉，在这一刻，让他第一次面对了自己的内心，正视了自己对那雪的感情。他惊讶地发现，自己真心喜欢上了那雪。

后来，刘铁和那雪都没再提除夕晚上的事，但都发现他们彼此之间微妙的变化。刘铁不再像以前那样不管多晚都要等那雪一起回家了，也不再像以前那样抢着给那雪暖被窝了。再后来，刘铁整天忙活着卖石油、炒股票，天天做发财梦，对那雪更是不闻不问了。

刘铁经常一个人喝闷酒，有时还和他的保安同事出去喝，每次都要喝得酩酊大醉。那雪也发现,刘铁看她的眼神不像以前那么深情了，说话的态度也时常不耐烦了，有时甚至还会莫名其妙地发火了……所有的这一切变化，那雪看在眼里，痛在心里。

2003年春节过后，"非典"疯狂地席卷了整个北京城，一时间，北京几乎成了一座空城、一座死城。那段时间，人们尽量地选择不出门，出门也都会戴上口罩。公共汽车上经常就只有一两个人，大小饭店里经常会空无一人，公共场所一个人打个喷嚏所有的人都会恶狠狠地看着他。大家都紧张兮兮的，唯恐自己被传染上。刘铁和那雪仍然坚持去 MGM 上班，但经常会一个客人也没有。

有一天，刘铁和那雪去了楼下一个小店吃饭。小店空无一人，老板看到他们走进来，小声地跟一个女服务员嘀咕了几句。一会儿，那个女服务员战战兢兢地走近他们，离他们一米远递过来一个体温计，非要给他们测量体温。刘铁一听，暴脾气一下子爆发了，气得拿起体温计追着老板，非要先给老板测测体温，结果吓得老板到处乱跑。

"非典"时期，潘石的公司也被迫放假了，他经常待在家里看书，同时，只有他自己知道，他已陷入了情网之中。潘石觉得，偌大的北京城，人海茫茫，自己与那雪虽是浅相遇，但总感觉是深相知。潘石本以为，自己的青春已长满了厚厚的青苔，但自从遇见那雪后，感觉犹如一股清泉，正洗刷着他封藏已久的心。他毕竟才三十多岁，时光还未老，爱情还未迟。

春节过后，父亲又闹着要回山东老家，还半开玩笑地说，如果潘石再不派车送他，就自己买火车票回去了。潘石觉得，现在的人"孝顺"主要是"顺"，老人都有自己的退休工资，生活也习惯了节俭，根本花不了多少钱，所以，顺着父亲是重要的。这天，潘石扶着父亲走向车，心里突然一阵心酸。

记得小时候，自己总是跟在父亲身后跑，那时父亲的脚步是那么矫健，背影是那么伟岸；长大后，自己开始和父亲并肩走了，那时，父亲的话总是那么语重心长；而如今，父亲却已是满头银发、步履蹒跚了，自己都要搀扶父亲了。

载着父亲的车渐渐地远去了，潘石久久地凝视着不肯离去。苗老师赶紧上前劝潘石，潘石客气地请苗老师放心，过了"非典"特殊时期，马上就给俊宏在公司里安排工作，并叮嘱俊宏要坚持学习，最好能利用业余时间读个成人大学。俊宏是个老实的小伙子，憨厚地笑着，不住地点头。

潘石回到书房，一时感觉心里空落落的。他拿起了一本书，却不能静下心来。北京目前"非典"这么严重，不知那雪怎么样了？潘石不自觉地又想到了那雪，自己也不知道为什么挂念起那雪来了。他想到了赵小汐，想从她那里了解一点儿那雪的近况，于是拨通了她的电话。但还没等潘石说话，就听赵小汐着急地说了一通。她说那雪为了多挣点儿钱还在上班，怎么劝也不听，正好潘石打电话，希望潘石能想办法劝劝那雪。潘石听后心里咯噔一下，决定当晚就去 MGM。

以前热闹的 MGM 基本上没什么客人了。潘石刚一进 88 号包房，一眼就看到了略显憔悴的那雪，心里一阵阵的心疼。他克制着多日的思念之苦，焦急地劝那雪不要再上班了，太危险了。那雪看到突然出现的潘石，非常惊讶，听完潘石的一番话，心里一暖，明白了潘石的来意。那雪被潘石的一番真诚所感动，语气温柔地解释说，MGM 每天都会用 84 消毒液消毒一遍，不会有什么事儿的。

潘石见那雪仍在坚持，恨不得马上拉着她就走。但他坐在了沙发上，耐心地继续劝那雪。潘石说，其实目前"非典"的情况非常严重，官方公布的很多数据都不真实，希望那雪能重视起来，最好赶紧回家，尽量别出门。那雪听后感激地笑了，说不怕，老板答应给双倍的工资。潘石见劝不动那雪，干脆让那雪给他点瓶红酒。那雪一见，开始劝潘石赶紧回家，说公共场合的确挺危险的。潘石说没事儿，既来之则安之，自己正想和那雪好好聊聊天儿。

那雪没再推辞，点了潘石喜欢的红酒，醒了半个小时，轻轻地倒进酒杯三分之一。潘石看着那雪优雅熟练的动作，心想那雪一定研究过红酒了，会意地笑了笑。他端起酒杯，将酒杯向外倾斜，然后逆时针向内摇晃了几下，再将酒向内倾斜，闻了闻，呷了一口。那雪看着潘石，好奇地问道："潘总，能问您一个问题吗？"

"当然！"

"您为什么这么偏爱红酒呀？"

"可能是喜欢红酒的细腻、含蓄、内敛的特质吧！"

"我想起了'诗贵含蓄'！听您这么一说，觉得红酒就像中国诗歌一样！"

"是的，就像那句诗，东边日出西边雨，道是无晴却有晴！"

听到这句诗，看到潘石炙热的眼神，那雪明白了他是在借用这句诗来表达对自己的爱慕之情，于是急忙低下了头。潘石见此，赶紧又把话题扯回到红酒上，说喝红酒不像其他，入口不要立刻吞下，要慢慢品味，才能品出它的细腻和含蓄。就像中国人品茶，喝一杯好茶会"齿颊留香"。那雪正在泡大红袍，潘石盯着又出神儿地说："你看，这喝茶，水是沸的，心却是静的。就像看见你，心里总会感觉，这个世界就安静了。"

潘石抑制不住自己对那雪的爱意和思念，指东说西地表达着自己的情感。那雪很礼貌地扯开话题，帮潘石点了几首歌，都是以前潘石唱过的。潘石表面看上去十分冷静，内心其实却在暗流涌动。尤其是当他唱到《梅花三弄》的最后一句："问世间情为何物，只教人生死相许"的时候，情绪有点儿激动，一双炽热的眼睛深情地看着那雪。

那雪一下子紧张地站了起来，故意端起了服务员的礼仪，试图以此来拉开与潘石的距离。潘石发现了自己的失态，赶紧收敛着自己的情绪。包房里陷入了一阵长时间的沉默，潘石试图调节一下尴尬的气氛，找一些轻松的话题。那雪明白潘石的心思，犹豫了一会儿，非常诚恳地说："潘总，您还是早点儿回去吧！这儿其实挺危险的！"

"那雪，我们聊聊天吧！像朋友一样，好吗？"

"当然，是我的荣幸！不过，我觉得，您似乎没必要和我这个小服务员做朋友！"

"那雪，每个人在人格上都是平等的，这不是大话空话。人贵在精神，富在梦想！我非常尊重你的人品，还有你的善良、真诚、平和、知性……"

"潘总，您过奖了！事实上，我就是个卑微的小服务员！"

那雪打断了潘石，默默地低下了头。她觉得眼前这个优秀的男人和自己这个小服务员简直就是两个世界的人，不排除潘石也像其他有钱人一样，只不过是拿她开心找乐。潘石似乎看出了那雪的心思，于是也很坦诚地说，自己不是什么圣贤，也有七情六欲。当年他在海南岛的时候，偶尔也找过小姐，回北京后，也曾和一个歌星好过。

不过，潘石自己最了解自己，内心一直渴望一份真正的爱情。在他看来，男女之欢只是低级轮回，他更注重精神上的愉悦。他说一个人最重要的是要有自控力，而文化的力量可以净化人的精神、提升人的自控力。他说很多人也许会认为他装，和段总一样，但他不想解释什么。

听到潘石一番坦诚的话，那雪不但没有对他产生反感，反而觉得非常可以理解，终究潘石完全具有花天酒地的条件。潘石喝了杯红酒，继续说自己内心的一些想法。他告诉那雪，她虽是个服务员，但千万不要自己看不起自己，没有人有权利看不起别人。他鼓励那雪一定要坚守自己心中的梦想，因为现代女性内心最想要的是主宰自己的命运。他说自己特别欣赏精神上和人格上独立的现代女性，并非常愿意帮助和支持那雪。

潘石的话句句说到了那雪的心坎上。面对眼前这个男人越来越明显的表白，那雪说自己心里一点儿也无动于衷，那显然是假的。那雪从心里觉得，潘石无论在做人，还是在智慧、能力、责任心等各方面都是一个很优秀的男人，自己从心里非常欣赏他。正如潘石所说，自己内心最想要的就是主宰自己的命运，实现自己的音乐梦想，难道这不是自己坚守在北京的原因吗？难道不是自己辛辛苦苦，连"非典"时期都坚持在 MGM 上班的原因吗？自己不就是想多挣点钱，为了早日实现自己的梦想吗？那雪经常说，自己现在是"活在北京，挣钱养梦！"

潘石是过来人，自然了解那雪内心的纠结。他再次提到了"北方歌舞团"的事儿，那雪闪烁其词地回避过去了。潘石马上想起了那晚冲进包房的那个小伙子，知道在他和她之间有一个他，还有自己远在美国的妻子和女儿。这显然是一个不得不面对的问题。但是，潘石内心很挣扎，他经常问自己，难道爱情可以谦让吗？难道为了名存实亡的婚姻，自己就要放弃一生对爱情的追求吗？自己终究谈死还早，谈爱还未老。

潘石抬起头注视着那雪，突然问了一个令那雪觉得意外的问题："那雪，你觉得……什么是爱情？"那雪看了看潘石，感觉此时潘石的眼神就像一个孩子，她嫣然一笑，没有回答，低头给潘石倒酒沏茶。不过，想着潘石简单的问题，她突然发现，如果以前在学校时，自己肯定会说出一大套，但现在却觉得不知如何回答了。于是，她调皮地反问了潘石一句："你觉得呢？"

潘石认真地想了想说，爱情应该主要是精神领域的事儿，是生命中最真诚的遇见，是两个人精神上的相互欣赏、相互陪伴。当然，精神必须是建立在一定的物质基础之上了，否则，整天为了柴米油盐而奋斗，也就无暇顾及爱情了。但遗憾的是，人们总是在没有面包时遇到了爱情,在有了面包时却错过了爱情,就像当初自己也曾经为了面包而忽略了爱情。

那雪陷入沉思,她深知,对于草根背景的北漂来说,多少人苦苦打拼了一辈子,在北京也只是"活着",连个有尊严的"生活"都很难达到,哪有精力和能力再去谈什么爱情,就更别谈什么梦想了。那雪想着想着,顿时感到很压抑,安静下来不说话了。

潘石似乎被谈论的有关爱情的话题所感染,对那雪长期压抑的爱慕和思念在内心涌动着,眼里闪动着青春的激情,鼓足了足够的勇气,凝视着那雪说:"那雪,从见到你第一眼起,尤其在孤儿院的偶遇,你就像一股清泉,始终静静地在我的心里流淌着……我非常欣赏你!所以……"

那雪没想到潘石会突然如此直接的表白,觉得脸在一阵阵的发烫,双手都不知道应该放在哪儿了,低着头声音颤抖着说:"潘总……请您……别说了!"

但此刻,潘石对那雪的爱慕之情,就像洪水一样决堤了。他已经忘记了喝红酒的讲究,举起酒杯一口气就喝了下去,站起身来在包房里来回走着。突然,他转过身来,语气笃定地说:"那雪,我觉得,爱情应该是把彼此变成更好的人,而不应是相反!"

潘石的话虽然没说透,但那雪明白其中的含义。她心里也承认,刘铁为她做了保安,并拒绝了熊小乖的好意;她为刘铁拒绝去"北方歌舞团",这些看似挺伟大,但实际上却是在彼此耽误,相互内耗,只不过是以爱的名义。

潘石说完这番话,继续坚定地说:"那雪,我知道你有男朋友,也很尊重你们的感情!事实上,我也曾多次自责,自己是一个拥有'核武器'的人,正和一个手无寸铁的小伙子,在进行着一场不公平的战争!但是……但是,你知道,感情这东西是很难控制的。我曾多次强迫自己放弃,但是……很遗憾!"

"潘总,请您别说了!我爱我男朋友,所以,对不起!"

包房里再次陷入了长时间的沉默。那雪不由得想起了刘铁。虽说刘铁为她做了保安,但她知道,其实刘铁的内心很压抑,心里是有怨气的,而且总是会有意无意地发泄出来。尤其在 MGM 天天见到那么多有钱人,令刘铁时常感到自卑,越是自卑,他就越是表现得不容冒犯,性格也越来越暴躁。那雪必须时时小心谨慎,事事迁就忍让,唯恐刺伤了他的自尊心。

潘石听到那雪的回答,情绪似乎也有点儿失控了,激动地继续问:"那雪,你认为,他为了你做了保安,你为了他拒绝去'北方歌舞团',这难道是你们彼此的梦想吗?你有没有问过自己的心,对自己目前状况还满意吗?"潘石的这句话显然刺痛了那雪,那雪脸上现出了难有的不悦,语气强硬地说:"潘总,这好像是我自己的事情吧?"

潘石发现了自己的失态,知道自己刚才的话有点重了。他低下了头,似乎在反思着自己,自言自语地说:"那雪,对不起,我无意冒犯你!其实,我们每个人都会在某一时刻,不得不重新审视自己的过去,审视自己的内心,思考自己内心真正想要的是什么,谁都回避不了,我也一样!"

那雪看着尴尬的潘石,又想到潘石冒着"非典"的危险来看自己,觉得刚才自己的态度似乎有点儿过了,于是急忙给潘石倒了杯酒,歉意地看了眼潘石。不过,潘石刚才的话仍然在她耳边萦绕着。那雪平生第一次问了自己的心:"自己对目前状况还满意吗?自己还记得最初的梦想吗?"想想天天忙忙碌碌、疲于奔命的自己,平日里很少会想到这个问题,或者说根本不愿意去想这个问题,甚至刻意回避着这个问题。

现实改变人。毕业不到一年,那雪发现,她和刘铁都实实在在地变了,他们努力坚守的爱情也变味儿了。刘铁变得越来越浮躁,天天就想着一夜暴富的发财梦,很少关心那雪。每当夜深人静时,想到生活的艰辛,在 MGM 受的委屈,以及渐行渐远的梦想,那雪都会感到心力交瘁,暗自神伤。

不过,那雪和刘铁就像连婴体一样,一起共度了那么多风风雨雨,生活已经成了一种习惯,她从没敢想过要去打破这种平衡。那雪经常会回忆起小时候为她打架的铁子哥,大学时代简单纯朴、朝气蓬勃、充满理想的铁子哥,以此来安慰自己、逃避现实。

什么样的生存环境造就什么样的爱情,毕竟大家不是活在《山楂树之恋》的那个时代。潘石和他妻子目前的状况,那雪和她男朋友目前的状况,应该说都是时代生存环境的产物,不存在谁对谁错的问题。

潘石思索着，突然站起身，深情地凝视着那雪说："那雪，时间对了，人对了，世界就对了！一个男人应该站在高处去引领一个女人，我很自信就是那个人！"

潘石说着走上前想去拉那雪的手，那雪下意识地急忙往后退了几步，礼貌地说："潘总，时间不早了，您要不请回吧！"

"那……好吧！不过，别再上班了，太危险了！"

"我会考虑的，谢谢您，潘总！"

潘石看了看表，收拾好了东西。那雪转身给潘石打开门。潘石走出房门，又停下了脚步，真诚地看着那雪，再次提到了"北方歌舞团"的事儿，并说这两天约一下卞团长再见一面，希望那雪能理性地再考虑考虑，不要感情用事。那雪犹豫了一下，微微地点点头。潘石走了，那雪关上了房门，呆呆地站在那里许久。

第二天，潘石就约了卞团长。他担心那雪会有所顾虑，特意请赵小汐陪同那雪一起过来。"非典"期间，潘石专门选了一个朋友开的会所，觉得相对安全放心。潘石和卞团长早早就到了会所，着急地等着那雪，果然，赵小汐和那雪如约来了，潘石十分高兴。席间，潘石只跟那雪谈了有关她的工作的事情，没有涉及半点儿感情上的问题。卞团长也再次向那雪抛出了橄榄枝，夸赞她是个不可多得的人才。

晚饭很快就结束了。临走时，潘石偷偷地交给赵小汐两个诺基亚手机的手提袋，一部是送给赵小汐的，另一部是送给那雪的，说是自己没办法联系那雪，有个电话方便，拜托赵小汐一定让那雪收下。赵小汐诡秘地冲潘石笑了笑，请他放心。回来的路上，赵小汐把手提袋交给那雪，兴奋地说是诺基亚最新款的 8800，限量版的。

那雪开始说什么也不要，还责怪赵小汐不该替她随便接受别人的礼物。赵小汐责备那雪太傻太幼稚，并软硬兼施地警告那雪，不能驳潘石的面子，也不能不给她面子。那雪苦笑着接受了。一路上提溜着那个手提袋，那雪感觉仿佛拎着一颗定时炸弹。

5.2 最温柔的背叛

到了 MGM，那雪看着手里的手提袋，不知如何是好。这时，远处传来了乔总的声音,那雪赶紧把手提袋藏了起来。乔总走进包房说,看来今晚不会有什么客人了,如果到十一点还没客人来,就可以回家了。

果然,十二点了还没有一个客人来。那雪收拾好房间,用衣服包裹着手提袋,战战兢兢地去保安室找刘铁。没想到值班的保安神秘地笑着说,刘铁早就跟熊姐走了,估计又谈什么大买卖去了。那雪听后不但没有吃醋,不知怎么,反而觉得心里有点儿踏实和释然了。

那雪一个人脚步匆匆地回了家,到家后手提袋藏在了一个角落里,简单地洗漱后,躺在床上看着窗外的月光,静静地发呆。想着这两天发生的事儿,那雪反复地问着自己,难道自己真的要放弃去"北方歌舞团"这个难得的机会吗?这可是自己从小就梦寐以求的梦想啊!刘铁会同意吗?刘铁会支持她吗?自己如何跟刘铁说呢?如果刘铁知道了自己和潘石还有来往,会不会再像上次那样大发雷霆啊?那雪越想越头疼,想着想着,睡着了。

睡梦中,那雪感到了一道刺眼的灯光。她睁开眼睛一看,原来是刘铁回来了。以前刘铁回来晚了,从来都不开灯的,而是蹑手蹑脚地躺下来,唯恐吵醒她。今晚,刘铁不但开了灯,还阴沉着脸,那雪顿时紧张了起来,感觉情况有点儿不对。莫非是刘铁知道些什么?会不会他那些多嘴的同事又在背后说了些什么?那雪一阵心虚,心一下子揪了起来。

刘铁知道那雪醒了,但没理她,从柜子里找出了一瓶"小二",自己闷头喝了起来。那雪尽量地保持着镇定,自己劝慰着自己,无论怎么说自己拒绝了潘石,捍卫了他们的爱情,没做什么对不起刘铁的事儿,自己心里坦坦荡荡的。想到此,那雪轻轻地下床,帮刘铁脱了外套,换上了拖鞋,抚摸着刘铁的肩膀说:"这么晚了,别喝了,好吗?"刘铁装作没听见,仰着头吐着烟圈儿,依然不理那雪。

那雪观察着刘铁的脸色,感觉事情有点儿严重。不过,她还是劝自己,别此地无银三百两,这段时间他一直忙项目,也没怎么上班,没准谈项目又被别人忽悠了。想着,那雪温柔地去拿刘铁手里的"小二",再次劝他别喝了。但没想到,刘铁猛地甩开了她的手,"嗖"的一声将那瓶"小二"甩了出去,一下子砸在了墙上,摔得粉碎。那雪心里一凉，猜想刘铁十有八九是听说什么了，看来一场暴风雨又不可避免地要来了。

刘铁依然一句话不说，脸色变得越来越青，站起身来一头躺倒在床上，闭上了眼睛。那雪心扑通扑通地跳着，默默地扫着一地的酒瓶碎碴。此刻，她多么渴望刘铁的信任，哪怕只是一个坚定的眼神，都会给她足够的力量和勇气。那雪扫完地，战战兢兢地躺在了刘铁身旁，将头轻轻地依偎在他的胸膛。

刘铁见状，再次拿开了那雪的手，几乎是从床上跳了下来，眼里闪着一股无法遏制的怒火，牙齿咬得格格作响，气得浑身都在发抖。那雪一看决定赶紧主动向刘铁坦白交代，以免造成更大的误会："铁子，是这样的，现在北京'非典'严重，潘总去 MGM 劝我别上班了。"

"哈哈哈……我的女人，让他妈别的男人来关心！"

"铁子，你千万别多想，就是朋友关心……而已。"

"哈哈哈……这都他妈成朋友啦！好吧，说说你们两个朋友整个晚上都干了些什么？"

"啊……就聊天！"

"就聊天？聊这么久？好吧！就聊天，是吧？那都聊了些什么？"

"他劝我别上班了……"

"哈哈哈……你自己相信自己说的话吗？"

"铁子，你应该相信我的，对吗？"

"好吧，就算我相信你，可你知道，那些保安都怎么看我吗？"

"铁子，你觉得那很重要吗？我只在乎你怎么看我的！"

"你和他单独在一个房间，聊了整整一个晚上，你教教我，我应该怎么看你？"

那雪不想和刘铁争吵，但又不知如何给刘铁解释。她是多想告诉刘铁，自己是如何坚定拒绝了潘石，拒绝去"北方歌舞团"工作的机会。但她知道不能说这些，以刘铁的火爆脾气，听了一定更加浮想联翩，她只会越描越黑。那雪侧躺在床上，背对着刘铁，选择了沉默。

刘铁见那雪不再解释了，更加恼怒了，觉得胸口像有一口气卡在那里，脑子里产生了各种猜想，越想越遏制不住心中的妒火，突然，他停下脚步，感到一股热血蹿到了脑门上，声音像沉雷一样滚动："那雪，你他妈都懒得给我解释了，是吗？"

"铁子，你现在跟我说话都带脏字了，是吗？"

"嫌弃我素质低了，是吧？不如潘总有修养，对吧？"

"你冷静点儿，别无理取闹，好吗？"

"我无理取闹？你和那个潘总单独在房间聊了一晚上，一晚上就劝你别上班了？我无理取闹？哈哈哈……你觉得我会信吗？"

"睡觉吧，行吗？求你了！"

"不行！说清楚再睡！"

"那你到底想听什么呀？我怎么回答你才能满意啊？"

"你说呢？"

"我要……睡了！"

那雪说着，无奈转过身去。恼羞成怒的刘铁像困兽一样，在狭小的房间里大步来回走着。他开始疯狂地翻那雪的包，将包里的东西倒了一地，但什么也没发现。那雪躺在床上听着，心里说不出的心酸和难过。每当刘铁翻她的包时，她总是怀疑，这还是那个青梅竹马、两小无猜的铁子哥吗？什么时候他们连最基本的信任都没有了？

这时，刘铁突然发出了一阵冷笑，目光盯在了角落里的那个诺基亚手提袋上。他弯腰将手提袋捡起来高高举起，走到床边在那雪的眼前晃着。那雪感到脑袋"嗡"的一声，眼前一片漆黑，心也随之一下子沉到了谷底。

那雪转身绝望地看着刘铁，只见刘铁脖子上的青筋凸起，脸上的肌肉痉挛，双眼喷着火，一只拳头在暗中攥得格格作响。他像一头受了伤的野兽，发出一声号叫："这是什么？！"此时的刘铁已经怒不可遏，号叫声简直要把屋顶掀翻了。那雪额角上顿时渗出了冷汗，浑身都在瑟瑟颤抖，心想这下就是跳进黄河也洗不清了。她双唇直打战地说："铁子，你听我解释好吗？我是准备……"

"听你解释？还他妈的有什么好解释的！哈哈哈……"刘铁狂笑着，长期积压在心中的羞怒，此刻如火山一般彻底爆发了。他像一头被激怒的狮子，猛地将手提袋抛向空中，手提袋里的手机被抛在了空中，慢慢地摔落在地上。刘铁发现，摔落在地上的那款限量版的诺基亚8800手机，居然跟熊小乖曾想要送给他的是同一款，他更是狂笑不止，笑得眼泪都快掉了出来。

那雪被吓坏了，不顾一切地跑下床，紧紧地抱住了刘铁，几乎跪在了他面前，大声哀求着刘铁。盛怒之下的刘铁，已经根本听不进去那雪的任何解释，他几近歇斯底里了。他随手抓起桌上的茶杯、酒瓶等等，用力地往地上摔去。

摔完东西，刘铁一屁股坐在地上，又开始抽起了自己嘴巴，一巴掌接着一巴掌，越抽越响，越抽越狠。刘铁的脸被妒火与愤恨、无奈和痛苦扭曲着，他绝望地仰起了头，眼睛呆呆地盯着天花板，半天说不出话来。

过了一会儿，刘铁开始语无伦次地自语起来，声音极其低沉，低沉到近乎哭腔："谁他妈都不怪！要怪就怪我是个穷保安！我他妈就是个孙子！什么青梅竹马、两小无猜、山盟海誓的，哈哈哈……哈哈哈……"那雪哭了，哭得是那么的伤心、那么的绝望，但仍然不停地乞求着刘铁，嘴里不停地重复着："都是我的错！都是我的错！对不起，对不起！"那雪一边道歉，一边使出全身的力气拉刘铁，求他别坐在地上了。刘铁大手一甩，那雪顿时被甩在了地上。

那雪坐在地上蜷缩成一团，浑身一阵阵地痉挛，无声地抽泣着。刘铁躺在地上，冷冷地闭上了眼睛，没去扶那雪。房间里死一样的宁静，只听到那雪隐隐地抽泣。不知过了多久，刘铁从地上坐了起来，点上了一根烟，他转脸看着蜷缩成一团的那雪，冷冷地问道："那雪，现在请你给我一个相信你的理由！"

"铁子，你应该了解我的，我不是那种贪钱的人吧？我是准备找机会还给他的！我怕你多想，就没敢告诉你……"

"哈哈，好吧！那我再问你最后一遍，那天晚上你们都干了什么？"

"那天晚上，潘总除了劝我别再上班了，还聊了一些关于……爱情的话题，对不起，我怕你多心，所以没说。"

"完了？"

"嗯！"

"哈哈，可以，可以！你陪他聊了一晚上的爱情，结果他就送了你一限量版的诺基亚 8800 手机，你可是比华尔街的大律师聊天收费的标准都高啊！你觉得你自己会相信吗？"

"不是……不是，对不起，我承认他对我有好感，但我拒绝了！"

"哈哈哈……天下没有免费的午餐，没有付出哪来的回报？说吧，你到底付出了什么，换来的这部手机？"

"铁子，你这话……是什么意思？"

"哈哈哈……我什么意思？我他妈什么意思，你心里不清楚吗？"

刘铁满脸通红，怒发倒立，样子令人发指。那雪眼睛直勾勾地盯着刘铁，明白了刘铁话里的含义，感到了一种莫大的羞辱和心痛，大脑一阵眩晕。她擦了擦眼角的泪珠，眼神变得越来越暗了，呆呆地坐在地上。那雪说什么也没想到，刘铁居然怀疑她……她伤心到了极致，突然变得异常的冷静，沉默了，不再做任何解释了。

刘铁看到呆滞的那雪，脑子里突然闪现出了可怕的一幕，难道她真的和那个潘总？……刘铁开始疯狂地摇晃着那雪，眼神惊恐地盯着那雪的脸，寻找着想要的答案。那雪被刘铁的大手抓得疼痛难忍，但她没有挣扎，没有反抗，而是慢慢抬起了头，眼神陌生地看着刘铁，牙齿咬着嘴唇咬出了一道血痕，声音极其低沉地说："刘铁，我向你发誓！但请你记住，这是第一次，也是最后一次，我以我母亲的名义向你保证，我那雪没有做任何一点儿对不起你的事情！"

刘铁万万没有想到，那雪会拿自己逝去的母亲发如此毒誓，他被一下子惊到了，呆呆地立在那里，终于停止了嘶吼。过了好久，他终于冷静了下来，觉得那雪无论如何也不会是那种人，一定是自己误会她了。他慢慢地心软了下来，开始给那雪道歉，说把手机还给潘石这事儿就算过去了。但他提出了一个条件，就是必须当着他的面，让那雪给潘石打电话说清楚，强调他要的就是一个态度。

那雪苦笑了一下，说没有潘石的电话号码，回头让赵小汐帮她还给潘石。刘铁一听赵小汐，突然气又不打一处来了，坚持让那雪必须马上当着他的面打电话给赵小汐，说着拿出手机递给那雪。那雪愣愣地看着刘铁，声音微弱地说："这么晚了给小汐打电话，不合适吧？"

"有什么不合适的？赵小汐是个什么东西啊？就他妈是个二奶，就是个卖的！没事儿，她这种贱货，现在不知道躺在哪个大款床上呢！"

"铁子，你怎么又把小汐扯上了？每个人有每个人的生存方式，我们没有权利责备别人！"

"怎么，说你闺蜜都不高兴呀？不过也是，她不是一直在帮你和潘总通风报信吗？我就知道你会护着她！不行，必须给她打电话，就现在！"

刘铁说着，拿起电话就开始拨打赵小汐的电话。电话响了半天终于通了，传来了赵小汐睡得迷迷糊糊的声音。赵小汐看到刘铁的电话，还以为这么晚了那雪有什么事儿，急忙打起精神接听了电话，没想到电话里传来了刘铁连讽带刺的声音："小汐吧？不好意思，这么晚了，没打扰你和哪个大款约会吧？"

"放你妈的屁！什么事儿？有话快说，有屁快放！"

"小汐，谢谢你对我们家那雪一直的关照！这不，在你的培养下，我们家那雪也学会傍大款了，那个潘总送了她一部手机，还是诺基亚8800限量版的，但不好意思，我们家那雪不要，麻烦你把那个潘总的电话号码给我一下呗？"

"刘铁，你脑子有病吧？我凭什么把潘总的电话号码给你啊？你以为你是谁呀？一个穷保安，还整天穷横穷横的！什么东西啊！我警告你，那雪能忍你，我可没时间屌你，切！"

"没错，我不是东西！你多牛啊！天天坐在宝马车上哭！"

"哈哈哈……瞧你那穷酸样儿！我就是愿意坐宝马哭，怎么啦？不像某些人，天天骑一个破自行车，还让那雪天天哭！"

"靠！那也比卖的强点儿吧？"

"刘铁，你再他妈的胡说八道！"

"小汐，你别对号入座嘛！我只是说卖的，又没说你！"

"刘铁，你个王八蛋！你知道自己是个什么东西吗？你还是个男人吗？你以为那雪姐不知道你和熊小乖的关系吗？自己和一个富家女搞暧昧，让自己的女人一个人去医院做流产，你他妈简直就是个畜生！"

"你说什么？赵小汐，你说什么？"

听到赵小汐最后一句谩骂，刘铁举着电话，像一根木桩子似的杵在了那里。那雪也听到了小汐的叫骂声，脑子也嗡的一声蒙了。刘铁目瞪口呆，脑袋像挂了个铅球似的吃力地转过来，一把拉起了那雪，惊愕地质问道："怎么回事？赵小汐说的……流产？是真的吗？"

"嗯！……"那雪的心在滴血。

"什么时候的事儿？"

"那天晚上，我们回家，路过婚纱店，我说我们结婚吧！你说，等你发了大财，住上了别墅，不能让你的儿子出生在出租房里！我知道，你不会要这个孩子的……"

刘铁没等那雪说完，扑通一下就跪在地上，失声痛哭了。那雪缓缓地站起来，抚摸着刘铁的黑发。刘铁满脸泪水，一下子紧紧地抱住了那雪，哀求着说："雪儿，对不起，对不起……"那雪目光呆滞地说："都过去了……"

那雪没再哭泣，没再解释，没再说话，陷入了长时间的沉默，任凭刘铁一直痛哭着。沉默是一个女人最悲凉的哭泣，是一个女人最温柔的背叛。多少年后刘铁才知道，自己爱的女人哭了，谁对谁错不重要，别让她伤心最重要。如果有一天你发现，你爱的女人突然沉默了，不再哭了，自己也就走在追悔莫及的路上了。

5.3 不要怕，有我在

2003年5月初，北京骤然沦为了全国"非典"的重灾区。往日繁华热闹的北京，车辆行人零零落落。大大小小的社区都拉上了警戒线，很多学校都停课了，很多企业和机关也实行轮流值班。大家都憋在家里不敢出门，天天看着政府的新闻通报，议论着今天又有多少疑似病例、确诊病例、死亡病例。

起初，由于有关主管部门信息公布不及时、不准确、不透明，一时间各种传闻甚嚣尘上，尤其是关于北京死亡人数的说法更是众说纷纭，各种耸人听闻，搞得人心惶惶，人人自危。直至卫生部的一位高官及地方政府有关领导被免职，政府三令五申不信谣、不传谣、不造谣，大家的情绪才安定下来。

那段时间，很多北京人都想尽办法跑到外地，甚至跑到国外避难。为了逃避各种检查，担心被当成"非典疑似病人"隔离了，很多人选择了开私家车逃往外地。当时北京人已被视作了瘟神，出京的道路异常艰难,各个路口都被设了路障。很多省市地区都挂上了"北京人不准入内!""北京人滚出去!"等大横幅。外地人一旦发现北京牌照的车辆会立马围追堵截,一旦听到北京口音的人会毫不客气地直接送到当地医院隔离检查。

皇城根儿下骄傲的北京人做梦也没想到,自己有一天也成了过街老鼠那么不受人待见了。北京人一下子少了很多平日的抱怨,多了一些人生的感慨,个个盼望着"非典"赶紧过去,往日的繁华和自由赶紧回来。有的甚至发誓,等"非典"过去,一定会加倍珍爱生命,珍惜当下,走遍北京城的每一个大小角落,去感受美丽大北京的生活美好。

潘石的"万国地产"集团也放假了,只有少数人在轮流值班。潘石自己还坚持每天去办公室。这天,他像往常一样,坐在明亮的办公室翻阅着文件。他的办公室没有过多的奢侈装饰,看上去非常典雅整洁。正中央的墙上挂着"大爱江河"四个大字,看上去苍劲有力、笔扫千军,是著名书法大师都本基先生的手笔。

自上次大胆向那雪表白爱意被婉拒后,潘石就一直提醒自己,君子不夺人所爱,以后不再打扰她的生活。但"抽刀断水水更流",潘石对那雪的思念不但没有减少,反而变得愈加浓烈了,他总会情不自禁地想起那个"脸上写着爱情的女孩儿"。这时,潘石的手机突然响了,手机上显示着赵小汐的名字。他眉头一锁,不知怎的,心里突然涌起一种莫名的不祥。果然,电话里传来了赵小汐心急如焚的声音:"潘总,潘总……"

"小汐,别着急,慢慢说!"

"潘总,那雪……她……"

"那雪……怎么啦?"

"她被同事举报了,说她被传染上'非典'了,被救护车拉走了!快,快,潘总,您快救救她,救救那雪……"

潘石一听懵了,握着电话的手瞬间渗出了冷汗,内心感到一种从未有过的恐惧。他声音极其低沉,一字一板地问:"那雪现在人在哪儿?"赵小汐急速地说:"说是被送到小汤山了!"潘石的脑子飞速地转着,马上想到了卫生主管部门的老朋友蔡局,决定要第一时间赶到小汤山"非典"医院，第一时间出现在那雪的身边。

潘石想着，迅速地拨通了蔡局的电话，说他现在马上要赶去小汤山"非典"医院，一位亲戚那雪被送到了那里，麻烦蔡局联系一下医院负责领导，抓紧落实病人的具体情况。蔡局听完老朋友潘石一番话，劝他说那里太危险，不能去。而且小汤山武警严密把守，进出需通行证，一般人是不能靠近的。潘石拜托蔡局无论如何也要想办法，说完没等蔡局回复就挂了电话，外套都没顾得上穿就跑出了办公室。

黑色奥迪 A8 在空无一人的马路上飞驶着，时速表针指向了 180，车很快就驶到了小汤山。临时搭建的"非典"医院大门口，一位军官和一位护士站在那里，潘石下车快步迎了上去。那位军官自称是李院长，潘石客气地伸出了手，李院长说"非典"时期就不握手了，现在病人很多，人手有限，也就不多说了。病人那雪查到了，住在 5 病区 21 床。

潘石心急如焚地请李院长赶紧带他进去。李院长严肃地问："您确认要进去吗？太危险了！"潘石目光坚定地点了点头。穿好了"隔离衣"和"防护服"，戴上了"专用口罩"，全副武装好后，潘石和李院长一起并肩走进了戒备森严的医院。李院长边走边介绍说，他们很多人来这里都是写了遗嘱的。潘石边走边竖起大拇指，说有勇气来的都是英雄。很快，他们走到了一个临时搭建的隔离区，找到了 5 病区 21 床。

一个三层玻璃的小窗口，是病人与外界唯一能交流的地方，食物和药品都从这个小窗口送进去。透过这个隔着三层玻璃的小窗口，潘石看到了躺在病床上的那雪，她被各种仪器包围着。潘石一下子感觉自己的心掉进了深谷，脸"唰"地变得惨白，心疼得眼泪差点涌了出来。他一下紧紧地握着李院长的双手，几乎恳求地说："李院长，请求您，让我进去看看病人，可以吗？"

"这……医院有规定，况且，实在是太危险了！"

"李院长，病床上躺着的是我挚爱的姑娘，相信您能理解我此刻的心情吧？恳求您！"

"好吧！蔡局有过交代，不过，请务必抓紧时间！"

"感谢！"

潘石跟着李院长走进病房,几平米的隔离区,仅仅能放下一张床和一些仪器。潘石走近病床,看着嘴上戴着呼吸机、身上戴着各种监测仪器的那雪,心如刀割,不由想起了当年在医院看到女儿贝贝时的心情。护士上前轻轻地呼唤了下那雪,那雪微微睁开了双眼,模模糊糊地看到了全副武装的潘石,瞳孔渐渐地变大,一行热泪顺着眼角唰的一下滚落下来。

潘石急忙上前示意她不要激动,并让护士拿了一张纸和一支笔,飞快地写了几个字,举在那雪面前:"不要怕,有我在!"那雪心里顿时感到了一种强大的力量。她微微地抬手,示意要纸和笔,吃力地在纸上写着什么。之后慢慢地抬起头,递给了潘石,眼神里充满了一种对死的恐惧和对生的渴望。

潘石拿着纸的手在剧烈地抖动,看到纸上歪歪扭扭写着几个字:"不想死,答应过妈妈!"他急忙转过脸去,强忍着悲痛,告诉自己此刻那雪需要的是信心和鼓励,不能让眼泪流下来。潘石镇定了下情绪,转过身,弯下腰,深情地凝视着那雪,眼神中有着一种不容置疑的自信,似乎在告诉那雪,她不会有事儿的,一切都会过去的。他冲着那雪微微地点点头,伸出了两个手指,做出了一个 V 字手型。

那雪凝望着潘石,含着泪水的眼睛会意地笑了笑。李院长礼貌地催促潘石,潘石缓缓地站直了身,再次给那雪投以鼓励的目光,然后慢慢地转身走出了病房。看着潘石的背影,那雪觉得就像见到亲人,心里踏实了很多,安静地闭上了眼睛。

走出病房门,潘石急切地询问着那雪的病情。李院长简单地介绍说,那雪目前有高烧、咳嗽等明显症状,但还没有最终确诊为"非典"。不过,特殊时期,必须要采取特殊的手段,希望潘石理解。潘石表示理解,并再三说要不惜一切代价救治那雪。李院长说会与潘石及时沟通病人的情况的,让他不要太着急。

潘石低着头,和李院长及护士一起走向医院大门口。潘石询问了一些具体情况,一旁的护士边走边说,他们是接到了群众举报,连夜去的 MGM 把那雪接到这里来的。还说当时的场面非常混乱,一个小伙子说是她男朋友,非要跟着过来,疯了似的一直追着救护车。

"非典"爆发以来,熊小乖整天呆在家里憋得发慌,只有张若菲敢过来陪她玩儿。熊小乖每天差不多给刘铁打十几个电话,始终没人接,后来干脆关机了。熊小乖气得不行,非要拉着张若菲到MGM去找刘铁,到了以后才听乔总说,那雪被作为"非典疑似病人"关到小汤山去了,刘铁属于"密切接触者",好像也被隔离了。熊小乖一听,急得眼泪差点掉了下来,二话没说拉着张若菲就跑到社区居委会去了。

社区居委会一位自称主任的大妈接待了她们。熊小乖急切地询问刘铁的情况。大妈警觉地先给熊小乖和张若菲测量了体温,并询问她们最后一次是什么时候见到刘铁的。熊小乖忍着一肚子气,告诉大妈好久没见到刘铁了。大妈这才坐下来介绍刘铁的情况,说他虽然没有出现"非典"的明显症状,但还没解除隔离,所以不能见。

大妈还嘀咕着说,这个刘铁太难缠了,天天闹着要去小汤山,说是要去看他的女朋友,有一次还差点跳窗户跑了,幸好她们寸步不离,严防死守……大妈说着,突然停下来好奇地盯着熊小乖,问她是刘铁的什么人?熊小乖翻着白眼说,我才是刘铁的女朋友。熊小乖留下自己的电话号码,并再三叮嘱大妈,刘铁一旦解除了隔离,一定要第一时间通知她。大妈看着熊小乖离开的背影,摇着头,感叹如今的年轻人真是搞不懂。

过了几天,主任大妈通知刘铁,他可以解除隔离了。刘铁一听,一点儿也高兴不起来,迫不及待地询问那雪的病情。大妈告诉他,那雪还住在小汤山医院,还没有最终的结论,让刘铁别着急。刘铁没等大妈把话说完就冲出了居委会。他在马路上站了半天,好不容易才拦下一辆出租车,但司机一听"小汤山"三个字,又看了看蓬头垢面的刘铁,脸色立马就变了,一脚油门开车就跑了。刘铁又拦了两辆出租车,司机都是一听就跑了。情急之下,刘铁跑回出租房,砸开了房东的破自行车的链子锁,骑上车就直奔小汤山了。

北京的春天很短,风沙很大,马路上穿什么的都有。刘铁上身穿着衬衫,下身穿着大裤头,拼命地蹬着自行车,不一会儿就汗流浃背了。也不知骑了几个小时,他终于到了小汤山,但还是吃了个闭门羹。小汤山医院附近到处都是警戒线,有很多武警站岗把守,无论他怎么哀求，站岗的武警都不让他跨进半步。

刘铁恶狠狠地瞪着那些武警，死缠着就是不走。眼看着时间一分一秒地过去了，刘铁着急地把手机里能打的电话几乎打了个遍，希望能找到个关系帮忙疏通下，但大家都劝他赶紧离开那个可怕的地方。

而此时的熊小乖正睡眼惺忪地睁开了眼睛，在床上打了几个滚儿，习惯性地摸着电话。拿起电话一看，发现了几个未接电话，她隐隐约约地感觉，可能是居委会打来的。她猛地从床上坐了起来，急忙拨回了电话。果然，电话里传来了那位主任大妈的声音，她告诉熊小乖，刘铁已经被解除隔离了。熊小乖说了声谢谢，挂断了大妈的电话，立马拨打刘铁的电话，电话嘟嘟嘟地响了半天没人接，熊小乖不停地摁着重拨键，电话终于通了，传来了刘铁低沉的声音："熊姐，什么事儿？说！"

"你现在人在哪儿？"

"小汤山！"

"你疯了！你跑到那儿去找死吗？"

"对了，熊姐！不是，小乖！正好，能不能求您件事儿，我女朋友可能染上'非典'了，现在小汤山医院，您能不能帮着找找熟人，让我进去看她一眼？就一眼！熊姐！小乖！求你了……"

熊小乖听着，泪水夺眶而出，举着的手机在不停地颤抖着。她赶紧用另外一只手捂住了嘴，不让自己哭出声来。熊小乖多日对刘铁的担心解除了，同时也被刘铁对那雪的一片痴情深深地打动了。刘铁真是一个为了自己心爱的女人连死都不怕的男人，自己是多么渴望也能遇到这样一份真挚的爱情啊。熊小乖擦着眼泪，电话里刘铁仍然不停地在呼叫着："小乖、小乖？是不是不想帮忙？要是不想帮忙就算了……"

"我他妈什么时候说不帮了！你等一下，我老爸认识市卫生局的，我马上打电话，马上回复你，等着！"

熊小乖挂了电话，立马给蔡局打了个电话。蔡局问熊小乖和那雪是什么关系，熊小乖回答是好朋友。蔡局解释说，"万国地产"的老板潘石前几天已经去过了，就别再为难他了。熊小乖挂了电话，心里说不出的滋味，不知道该如何回复刘铁。她犹豫了一下，一边穿着衣服，一边拨通了刘铁的电话："铁子，已经联系上了，你在小汤山那儿等我，千万别动！"

熊小乖随便穿上了件衣服，跑到她那辆红色法拉利旁，风驰电掣开往了小汤山。一路上她一直在想，无论如何也要先把刘铁赶紧带离那个可怕的地方。车很快地就飞驶到了小汤山，熊小乖远远地就看到了站在警戒线外的刘铁，泪水再次不由地涌出。她减慢了车速，擦干了泪水，缓缓地将车停到了刘铁身旁，放下车窗，说："铁子，先快上车吧，上车再说！"

刘铁走了过来，趴在车窗外，疑惑地看着车里的熊小乖，不停地问到底联系好了没有、能不能进去、为什么要先上车等等问题。熊小乖没有回答，打开车门跑了下来，拉着刘铁就上车。刘铁甩开了熊小乖大声地吼着："到底联系好了没有？上车干吗？我不上！"

"铁子，你先别急，上车慢慢说，好吗？"

"对不起，我他妈没心情跟你这儿慢慢说！"

"你知道这里有多危险吗？上车再说，乖！"

"熊姐，你是不是又在玩儿我呢？"

"你他妈凶什么凶！好像是你在求我吧？上不上？"

两人正在争吵着，来了一队武警，带着很多设备，二话没说强迫他们马上上车，并说要对车进行全面消毒。两人不得不上了车，红色法拉利的车外顿时水雾弥漫，水枪喷着的消毒药水重重地击在汽车的挡风玻璃以及车身上，发出了嗡嗡嗡的巨响。刘铁顾不上这一切，仍然不停地追问熊小乖："熊姐，你到底联系上了没有？不会是在耍我吧？"

"联系上了，给卫生局的蔡局打电话了。"

"真的？太好了！谢谢，谢谢你，小乖！"

"你能不能别一会儿熊姐，一会儿小乖的！"

"不好意思，谢谢你，小乖！"

"你不用谢我，蔡叔叔拒绝了我！不过……你倒是不用担心！"

"什么意思？你这话什么意思？"

"有一个人已经替你去了！你应该去谢谢他！"

"你到底什么意思啊？快说啊！"

"潘石，潘大老板，应该知道吧？刚才蔡叔叔告诉我，说潘总早就去过了，已经什么都安排好了，所以，你……不用担心了！"

熊小乖直视着挡风玻璃，不忍转头去看刘铁的脸。挡风玻璃上的水珠在慢慢地滑落下来，刘铁死死地盯着那一颗颗滚落下来的水珠，一句话都说不出来。熊小乖自言自语地感慨说："真太他妈感人了！你和潘大老板，都冒生命危险来看她！我怎么就没那个命呢！"

"你他妈能别说了吗！"刘铁怒目圆睁。

"我靠，你他妈骂我干吗？有本事找潘石去呀！"

这时，车门被打开了，几个武警要求他们下车，说车内也要全面消毒，他们两个人也必须接受消毒，完了之后就赶紧回家。刘铁和熊小乖默默地下车来，抬起了胳膊接受着消毒。几个武警相互询问着，确认无误后让他们重新回到了车上，并强迫他们赶紧离开。熊小乖一脚油门，车飞离开了小汤山。半道上，刘铁突然想起来了房东的那辆破自行车，熊小乖摇着头骂了句："还他妈什么破自行车啊！"

太阳已经西下，天色已经渐渐地黑了下来。他们进了城，熊小乖看到刘铁憔悴的样子，知道这段时间他肯定没吃好没睡好，于是提出晚上一起吃饭。为了怕刘铁多想，还专门给张若菲打了个电话。刘铁问去哪儿吃，熊小乖说现在外面饭店都关门了，去她家让阿姨做饭吃。刘铁低着头阴着脸，闷闷地说了声不去。熊小乖一听急了，生气地说："你别不知道好歹，行吗？"

"我一个穷保安去您家，不合适！"

"放心，我老爸怕死，早就跑到国外躲起来了。"

"我不是怕你爸，我是怕你！"

"你大爷的！我有那么可怕吗？会咬人吗？刘铁，怎么说我也帮你联系了蔡叔叔，还跑到小汤山，你个王八蛋难道没长心吗？"

"小乖，说心里话，感谢！感激！但，吃饭还是算了吧！"

"铁子，求你了，别再整天穷横穷横的，行吗？自己的女朋友却让别的男人去照顾，知道你在潘石面前有多渺小吗？"

"住嘴！你他妈有完没完了？"

"没完！别他妈对着我叫！铁子，我说过，这个城市就是个战场，你没权没钱没地位，你就是个屁！你现在首要的任务，就是让自己在最短的时间内强大起来，别再要你的那些臭面子了，懂吗？"

"哈哈哈……说得好！是啊，这个城市是个战场，男人唯一能做的就是让自己强大起来！"

"这样吧，你去我老爸那儿上班吧！我老爸已经答应了，就等你一句话了！"

"有啥条件吗？丑话说在前面，我虽是个小保安，但不卖身！"

"你丫倒是想卖呢！求你了，别再拿自己太当回事儿了，行吗？我谢谢你！"

"停车，我要下车！"

"就不停！"

"小乖，说心里话，我知道你对我好，也很感激！但你应该明白，我很爱我女朋友，所以……"

"我不明白！我他妈也不想明白！刘铁，你大爷的，我爱你，你明白吗？"

"小乖，停车！快停车！"

刘铁说着，按住熊小乖握着方向盘的手，强迫熊小乖停车。熊小乖抢着方向盘死活不肯放手。红色法拉利在马路上画龙，几个行人惊恐地看见一道红色的闪光冲上了马路牙子上。刘铁从车里挣扎着钻了出来，径直大步地往前走去。熊小乖趴在方向盘上号啕大哭，嘴里不停地叫喊着："你个王八蛋，我爱你，你知道吗？我熊小乖哪一点儿不如她啊？呜呜呜……"

不一会儿，张若菲找到了熊小乖。看到熊小乖哭肿了的双眼，心急地问发生了什么事儿。熊小乖一下子紧紧地抱住张若菲，哭得更伤心了。张若菲没再多问，没再多劝，任凭熊小乖趴在她怀里，放声委屈地大哭着。过了许久，熊小乖终于停止了哭泣，慢慢冷静了下来。张若菲心疼地看着她，拿出纸巾，轻轻地帮她擦拭着满脸的泪水。熊小乖一把夺过纸巾，不一会儿纸团儿就扔满了车。张若菲摇着头说："亲爱的，何必呢！不就是一个破保安吗？"

"放你妈的屁！破保安怎么啦？穷保安怎么啦？有几个男人能像他这个破保安一样，为了一个女孩儿，冒着生命危险去小汤山，你说？有几个男人能像他这个破保安一样，为了一个女孩儿，一个大学生跑去夜店当保安,你说?有几个男人能像他这个破保安一样,拒绝去我爸公司上班,你说?有几个男人能像他这个破保安,拒绝了我这个富家女,你说?你说呀!呜呜呜……"

刘铁离开熊小乖后,一路大步往前走着,但熊小乖的痛哭声和那句刺耳的"我爱你"一直在他的耳边环绕着,他的内心被震撼了。毕竟熊小乖不欠他刘铁什么,毕竟她为了他都去了没人敢去的小汤山,自己也是有血有肉的男人,内心其实是很感动的。但感动归感动,他知道自己心里只有那雪,想到那雪还在那个可怕的地方被"非典"煎熬着,想到强大的潘石去照顾了自己的女人,想到自己的弱小和无能为力,刘铁感觉自己快要疯了。突然他愤懑地仰天长啸,那叫声近乎哀鸣。

一时间,刘铁感到天旋地转,闭上了眼睛,顺势扶住了一根电线杆,想让自己尽快镇静下来。过了一会儿,他缓了缓神儿,想到熊小乖的红色法拉利撞到马路牙子上,也许被撞坏了,也许开不了,如果自己就这样走了,那也太不爷们儿了。想到此,他急忙又转过身,大步往回跑了回去。跑着跑着,耳边响起了熊小乖说的"这个城市是个战场"那句话,脚步越跑越快,感觉自己像是个悲壮的战士。

熊小乖正趴在张若菲怀里哭着,听到有人敲打车窗的声音,本以为是行人或者警察来了,抬起头刚想发作,惊讶地看到满头大汗的刘铁,眼神一下子定住了。她慢慢地咧开了嘴,猛地冲出了车,一下子搂住了刘铁的脖子,破涕而笑。

刘铁轻轻地拿开了熊小乖的手,蹲下身开始检查车,发现除了保险杠被撞弯了外,其他并没什么大碍。这时,张若菲也下了车,在刘铁耳边低声警告他,不要再惹熊小乖生气和伤心,否则跟他没完。三个人上了车,红色法拉利一溜烟儿消失在空无一人的马路上。

车很快就驶进了京城一处著名的别墅区,停在了一座独栋的欧式田园风格别墅前。身材高大的刘铁从跑车里低头弯腰爬了出来,目瞪口呆地打量着眼前这栋富丽堂皇的别墅,发现比他无数次梦里幻想过的还要高级很多,高级得似乎有点儿不真实了。他前后左右张望着,一脸的茫然,感觉这个梦幻的地方就在自己的脚下,似乎离得很近,却又那么遥远。熊小乖看着傻乎乎的刘铁,开玩笑地说:"傻看啥呢?

你安全部的呀?"

"你确认……这是人住的地儿?"

"怎么说话儿呢!我和我老爸是人不?"

"哦……那应该算是!"

"滚!"

熊小乖星眸微嗔地骂了声刘铁,上前挽着他的胳膊,推开了别墅大门。走进了客厅,刘铁又一次呆住了。客厅里摆放着各种珍贵的实木家具,家具上雕花的每个细节都是那么精致而生动,宽大的真皮欧式沙发看上去十分气派和舒适,浮华的吊顶上垂落下来一盏巨大的吊灯,一幅世界著名的油画挂在墙上,展现主人高贵的品位。刘铁正傻看着,这时,一位阿姨笑容可掬地迎了上来,熊小乖没有给阿姨介绍刘铁,而是随口吩咐阿姨送一些茶点到酒吧区来。

熊小乖捅了捅傻站着的刘铁的腰,嘴角露出得意的微笑,带着刘铁参观起了她亲自设计的主题酒吧区,并说是她亲自起的名字,叫做"水与火"。还别说,这酒吧区被熊小乖设计得还真挺有个性,各种奇特的酒吧椅,配上时尚的酒吧台,看上去非常时尚和前卫;几处射灯发出绚丽柔和的光,从不同角度打在了一幅貌似《圣经》里裸男裸女的油画上;一张人工缝制的土耳其绣花地毯铺满了地,踩上去感觉极其舒适,整个氛围令人十分放松。

熊小乖拉着刘铁的手坐了下来,支使张若菲去酒柜里取出了两瓶82年的拉菲。张若菲将红酒打开倒进醒酒器里醒着,没话找话调节气氛,讲着一些趣事儿。她开玩笑地说"非典"有坏处也有好处,好处是有利于增进男女感情,促成家庭和睦团结。说她有一姐们儿是个空姐,"非典"后就很少飞了。空姐的男朋友是个有钱人,平日里天天出去鬼混,和空姐天天也吵架。"非典"后她男朋友怕死得要命,大门不出二门不迈,两个人天天窝在家里,没事儿干就天天干那事儿,结果一不留神,空姐怀孕了,男朋友也不得不和她结婚了,后来还给孩子取了个名字叫"典典"。

红酒醒好了,三个人碰了下喝了起来。压抑依旧的刘铁一杯接一杯喝着,张若菲趴在熊小乖的耳边小声地嘀咕,问着她到底是怎么想的?是玩玩儿呢,还是来真的?熊小乖低头不语。张若菲盯着熊小乖的眼睛，看到她躲闪的眼神，心想看来这次她是陷进去了。张若菲了解熊小乖，别看她天天玩什么"爱情游戏"，其实内心特别渴望爱情，并且是个敢为爱情赴汤蹈火的人。以前那个小白脸就是个惨痛的教训。

张若菲不愿意看到熊小乖再次为爱情受伤，警告她可要想清楚了，别到最后再伤了自己。两个人正说着悄悄话，一转头发现那瓶82年的拉菲已经给刘铁喝了一大半了。张若菲使劲儿忍着没笑出声来，熊小乖半开玩笑地说："大哥，这可是82年的拉菲，你当啤酒呢？土鳖！"

"啊？……才知道我是土鳖呀！"

"好吧！姐今儿心情不错，你爱怎么喝就怎么喝吧！"

"这破红酒太没劲儿了，还是'小二'好！"

"一会儿让阿姨去超市买箱小二，行了吧？"

"行！"

"刘铁，行啊！说实话，这么多年，还真没见小乖这么惯过谁！"

"菲姐，那我是不是该磕头谢恩啊？"

熊小乖和张若菲没再理刘铁，一时都沉默不语陷入了沉思。熊小乖第一次认真地思考了起来，连她自己都说不清楚为什么会对刘铁这么好，从心里就是想对他好。如果说起初是想拿刘铁开开心，继续玩儿她的"爱情游戏"，教训那些臭男人解解气，现在发现自己不对了，难道自己真爱上这个土鳖保安刘铁了？

众所周知，张若菲是个天生同性恋，虽对熊小乖也爱慕已久，但她知道，熊小乖喜欢男人，不可能对她有兴趣的。不过，作为熊小乖忠心耿耿、死心塌地的"闺蜜"，她最不能看到的是熊小乖受伤害，只要熊小乖开心怎么都行。

两个人各自低头想着心事，这时，刘铁举起空空的酒杯，瞪着大眼问还有酒吗？两个人几乎不约而同地看向了那瓶空空如也的82年拉菲。熊小乖偷偷地笑了笑，起身想去拿酒，阿姨正好抱着一箱"小二"走了过来。刘铁一看急忙站起来，客气地说了声谢谢，然后不停地说："这个好，这个好！"

熊小乖和张若菲相视而笑。张若菲再次趴在熊小乖的耳边悄悄地说，既然这么喜欢这小子，干脆一不做二不休，等刘铁喝大了就一举拿下，自己负责往死里灌刘铁。张若菲说完咯咯地笑着，熊小乖也觉得是个狠招，会意地点了点头。

目标已定，两个人开始行动了。她俩你一言我一语地说着，你一杯我一杯地敬着，刘铁则不停地喝着。想到小汤山的那雪，加上那段被隔离的日子，刘铁心里太压抑了，自己本身就想往死里喝，所以是来者不拒，不一会儿工夫，他就喝得烂醉如泥，躺在地毯上昏睡过去。熊小乖和张若菲本想把刘铁抬到卧室去，但费了九牛二虎之力最后还是没有成功。张若菲找到阿姨叮嘱了几句，然后诡秘地冲着熊小乖笑了笑，走了。

熊小乖跪在地毯上，看着烂醉如泥的刘铁，看着这个平日像匹桀骜不驯的烈马，此刻像个安静的大男孩儿一样的男人，长长的睫毛时而微微眨着，硕壮结实的胸膛随呼吸微微起伏着。熊小乖的心怦怦跳得厉害，感到一种致命的诱惑，情不自禁地将脸贴在了刘铁的胸口，感受着他的心跳，轻轻地说了句："你是我的！我爱你！"

熊小乖慢慢解开了刘铁衬衣上的扣子，举起一杯红酒慢慢倾斜着，红酒像一滴滴挂了丝的水滴，落在了刘铁条状的胸肌上。熊小乖春心荡漾，桃花玉面，手指向那健硕的胸膛轻柔地游离着，慢慢地俯下身来，张开性感的朱唇，舌尖吸吮着胸肌上一滴滴滚淌着的红酒。刘铁身体的反应越来越明显了，恍惚中，他猛地一下子惊醒了，看着眼前性感撩人的熊小乖，惊愕地跳了起来，一把抓起自己的衬衫，晃晃悠悠地慌忙夺门逃了。

5.4 这个城市是个战场

刘铁逃回出租房后，昏天黑地睡了整整一天一夜，酒也慢慢地醒了。他一睁开眼，眼前就浮现出了熊小乖性感的红唇。他再次将床单蒙上头，强迫自己不要去想，又接着睡了。接下来的日子，刘铁感觉度日如年，每天都在煎熬中。

刘铁经常会从噩梦中惊醒，每每都是一身冷汗。他经常会梦到戒备森严的小汤山，梦到那雪躺在病床上惨白的脸，梦到那雪和潘石坐着氢气球飞走了，梦到熊小乖痛哭着大声喊"我爱你"……他感觉自己快要崩溃了。

那段日子,潘石的心也几乎天天都吊在嗓子眼儿上。他经常给李院长打电话,了解那雪病情的每一个细节,后来又专门去了一次小汤山,托李院长转交给那雪一些书,如冰心的《繁星·春水》、席慕蓉的《无怨的青春》、张云成的《假如我能行走三天》,等等。他希望这些书能帮助那雪度过漫长的日子,激励她树立起信心,用顽强的意志战胜病魔。

那段日子,对那雪来说无疑是生命中一段黑暗的时光。几乎每天她都在面对着死亡的考验。每当她觉得自己快坚持不下去的时候,总会想起自己的母亲,想起儿时保护她的铁子哥,还有潘石那鼓励和坚定的眼神。也许,没有比面对死亡的时候,更容易让人愿意思考青春、爱情,乃至生命的意义等话题了。在漫长孤独的黑夜里,那雪每天躺在病床上,都会反复梳理和反思着自己的过去,认真思考着以前从来没时间去思考的一些问题。

爱情是什么?潘石说,爱情是生命中最真诚的遇见,是两个人精神上的相互欣赏、相互陪伴。按照潘石的说法,爱情是精神领域的事儿,是精神上的相互欣赏和相互愉悦,那么,自己现在精神上还欣赏刘铁吗?还爱不爱刘铁呢?这对那雪是一个可怕的问题,每当想到这个问题,她都会尽量逃避,但越是想方设法地逃避,就越是会反复问自己。当成长的青涩褪去,当爱情的神秘色彩溜走,彼此的爱是否依然存在,谁说了都不算,只有自己的心说了算。

她知道,谁都骗不了自己的内心。现在的刘铁,面对着生存的压力,性格越来越暴躁,心胸越来越狭隘,想法越来越自我,整天沉浸在狂想中,一点儿也不脚踏实地,死要面子,从不认错和让步,似乎永远也长不大,总是让她偷偷地哭泣。而成熟稳重的潘石,充满了爱心和智慧,总是能站在高处引领着她的精神,令她从心里欣赏乃至崇拜……她骗不了自己的心,自己对刘铁最美好的回忆,都是停留在漫山遍野杜鹃花丛中的那个铁子哥。当初是誓言,后来是坚守,现在和刘铁在一起只是一种习惯。

她知道,放手一段感情,远比开始一段感情需要更大的勇气。刘铁对她来说，记载着她的青春足迹，已经成了生命中的过程，不可替代。但爱情毕竟要忠实于自己的心，自己是不是应该勇敢地放手过去？但是，假如接受了潘石，自己背上嫌贫爱富的骂名事小，对刘铁的打击一定会非常大。

这些问题经常使她陷入痛苦的深渊，但她知道，自己现在最大的问题是，还能否活着出去？潘石那句"不要怕，有我在！"经常萦绕在她耳边，自己毕竟青春未老，答应母亲的誓言还没兑现，自己怎敢死去！想到这些，那雪总会觉得浑身充满了力量，努力调动良好的心态，积极配合着医生的治疗。

那雪是幸运的，老天对她也是眷顾的。终于有一天，李院长和护士来到了病房告诉她，经过几周的观察治疗，最终可以确认，她仅为"非典疑似病例"，现在已经完全治愈了，日后也不会有任何后遗症，明天就可以出院了。那雪听着听着，笑了，眼泪扑簌簌地流了下来。

李院长向那雪祝贺，并告诉那雪已经通知了潘石，明天一早就会过来接她出院。也许是经历了这次"非典"的生死考验，让那雪成长了许多，内心强大了许多，她并没有表现出过多的兴奋和激动，而是多了一份淡定。

2003年6月5日这天早上，阳光似乎格外的明媚。小汤山医院的大门口挂着各种"热烈庆祝抗击'非典'战役全面的胜利"之类的横幅标语，人们手捧着鲜花，簇拥着自己的亲人问长问短。接到李院长的电话时，潘石哽咽了。一大早，他就站在医院的大门口，手拿一束紫色的郁金香，期待着那雪的出现。

那雪几乎一夜未眠，早早地起来坐在病床上，静静地等待着太阳升起。在李院长的陪同下，那雪慢慢地走出医院的大门。当她看到站在大门口的潘石时，泪珠一颗一颗地从眼眶里滚落下来。潘石看着那雪，笑了，可眼泪却掉了下来，激动地上前抱住了那雪。

那雪没有躲闪，没有拒绝，没去擦干泪水，也不想停止哭泣。她依靠在潘石的怀里，抬头看着湛蓝的天空，看着这个并没带走她的世界。潘石不停地说："就知道，你这么善良，不会有事的！感谢老天，感谢老天……"那雪一句话也说不出来。

潘石发现李院长一直站在一旁，不好意思地松开了那雪，急忙走上前紧紧地握着他的手，再三表示感谢。李院长则向潘石表示祝贺，并叮嘱潘石，那雪身体上需要加强营养，精神上需要静养，心理上需要康复，要尽量避免情绪波动，避免受任何刺激。潘石不住地点头，和李院长道别。

潘石转身搀扶那雪上车，发现她正在左顾右盼，明白她是在寻找刘铁。那雪犹豫地上了车，挥手向李院长道别。潘石开着车缓缓地驶向了市区。那雪不由地回头看了眼渐渐远离的小汤山，感慨地说："真是噩梦一场！"

"都过去了！"

"潘总，真的太……"

"嘘……什么都别说，别想，听医生的话，好好静养！"

那雪看着开车的潘石，感觉就像个亲人，像个父亲，心里特别踏实。她将头无力地靠在椅背上，眼睛眯着，看着车窗外明媚的阳光，感叹着人生的无常，生活的美好……想着想着，安静地睡着了。潘石见状，放慢了车速，小心翼翼地躲避着马路上的坑坑洼洼。这时，一辆出租车迎面呼啸而过，潘石听到了一声刺耳的急刹车声音。他从反光镜里看到，那辆出租车冲了过去又停了下来，从车里跳下了一个小伙子，站在那里向他这边张望着。潘石下意识地想到了刘铁。

的确，那个小伙子正是刘铁。这天上午，刘铁是被居委会的电话叫醒了，他昏昏沉沉地接通了电话。电话里主任大妈高兴地告诉刘铁，刚得到消息，今天那雪可以出院了。刘铁一听，激动得差点儿没晕过去，穿着大裤衩就冲出了出租房。他跑到马路上，直接站在了马路中央，疯狂地拦截着出租车。一辆出租车一个急刹车停在了刘铁的面前，差一点儿就撞到他了。司机伸出头来对刘铁大叫"有病吧！"刘铁二话没说拉开车门上了车。

在通往小汤山的马路上，刘铁不停地问还有多远，催他再开快点儿。出租车大哥说再快就飞了。想到马上就能见到日思夜想的那雪，刘铁的心脏加速地跳动着。就在这时，有一辆熟悉的黑色奥迪A8迎面驶来，刘铁心里"咯噔"一下，趴在挡风玻璃前死死地盯着那辆车。他看到了一个熟悉的男人和侧靠在车里的女孩儿一闪而过。刘铁突然大叫一声"停车！"出租车大哥下意识地狠踩了一脚刹车，出租车滑出了好几米停了下来。刘铁跳出车门，呆呆地看着渐渐远去的那辆黑色奥迪 A8。

刘铁呆站了一会儿，突然咧着嘴笑了，再次上车告诉司机继续往小汤山方向开去。出租车大哥被刘铁一惊一乍搞得只喊大哥，刘铁发着呆没说话。刘铁不愿意相信那辆黑色奥迪 A8 里坐的是潘石和那雪，他觉得那可能是自己的幻觉，他坚信那雪一定会在小汤山医院等着他的。出租车大哥询问着心急如焚的刘铁，刘铁说自己女朋友要出院了，出租车大哥听后加大了油门。

出租车不一会儿就到了小汤山医院。刘铁下了车，疯了似的就往里面冲去，但又被武警拦下了。刘铁耐心地给武警说明了来意。不一会儿，出来了一个穿白大褂的军人，客气地告诉刘铁，病人那雪已经被人接走了。听到这句话，刘铁像被雷劈了一般，一下子杵在了那里。出租车大哥走上来问刘铁情况，刘铁不知如何回答。

潘石开着车，一路上想着刚才那个熟悉的小伙子。本来他已经安排好了，想让那雪去郊区雁栖湖度假村好好静养一段时间，但想到刚才那个小伙子，他改变了主意，开车驶向了那雪居住的出租房。潘石双手紧紧地握着方向盘盯着前方，心情十分矛盾和复杂。

潘石发现自己已经爱上了那雪，但不知道如何处理和刘铁的关系。他知道自己是一个拿着"核武器"的人，在和一个手无寸铁的小伙子在战斗，但又觉得在爱情上人都是自私的，不应该谦让。想来想去，他决定把这个难题交给时间，交给老天。

黑色奥迪 A8 缓缓地停在了那雪的出租房楼下，潘石回头看了看那雪，发现她脸上有一道泪痕。潘石下车，掏出了一根烟，站在车外静静地抽了起来。过了一会儿，那雪醒了，努力地睁开眼睛看着四周，看到了那栋熟悉的出租房，自言自语道："到了？"

潘石见那雪醒了，扶她慢慢地下了车。他想着要不要告诉那雪，刚才路上看到了一个小伙子可能是刘铁，但犹豫了一下没说。那雪抬起头，望着那个熟悉的窗口，想象着一会儿见到刘铁时的情境。潘石没去打扰她，转过脸去看着前方。那雪低着头走到了潘石身旁，小声地说："这段时间，我想好了！人生短暂，生命无常，为了梦想，还有我的母亲……我想去'北方歌舞团'！"

"嗯嗯，好！你应该去！"

"我会珍惜的，也会努力的！"

"加油！你没问题的！不过，你现在最重要的任务是静养，知道吗？没什么事儿，那我就……先回去了？"

"对了，还有件事儿想麻烦您，不知道您能不能帮一个忙？"

"说吧，那雪，别客气。"

"实在不好意思说出口，但是……"

"说吧，那雪！"

"他是学金融的，您看，能不能帮他找份工作？我知道，这个请求有点儿……"

"哦……明白！我想想办法。那雪，赶紧回家吧！记住医生的话，好好静养。随时给我打电话，好吗？"

"嗯……好吧！"

那雪说完低着头慢慢地走了。潘石看着那雪的背影，长长地舒了一口气，自言自语说了句"感谢老天！……"

那雪站在了那间熟悉的出租房门口，想象着马上就要见到刘铁的情景，激动得心脏都快跳出来了。她轻轻地叩打着房门，房门打开了一个缝儿，露出了房东肥头大耳的脸，那雪的心一下子凉了半截。那雪礼貌地向房东打着招呼，往房间里东张西望着。房东像躲瘟疫似的躲闪着那雪，说刘铁一大早就去小汤山接她去了，还问她怎么一个人回来了？那雪顿时明白了，一定是潘石早于刘铁先到了小汤山。她礼貌地朝着房东微笑了下，自己慢慢地爬上了阁楼。

那雪坐在床上，呆呆地看着熟悉的房间，一时感到恍如隔世。在小汤山的几周，尤其是听到"非典"夺走了一些年轻的生命，对那雪的震撼很大，使她感受到了生命的脆弱，青春的宝贵。那时她就下了决心，如果自己能活着出去，一定会更加珍爱生命和青春，追逐自己的梦想，主宰自己的命运。

那雪心里很清楚，潘石对自己是一片真情，不是所有的人都敢不顾个人安危来小汤山的，对此她十分感动和感恩，觉得自己至少不应该再辜负潘石的厚爱了，和刘铁也不应该再相互牺牲、相互内耗了，想见到刘铁后好好谈一谈。

那雪想着，又开始习惯性地收拾起杂乱的房间，等着刘铁回家。中午，那雪终于听到了一阵急促的脚步声，听脚步的节奏就知道是刘铁回来了，心开始加速地跳了起来。刘铁用力地推开了门，大汗淋漓地站在门口，表情十分复杂地站在那里，一动不动。那雪一下子跑上前，紧紧地抱住了刘铁，像个孩子一样"哇"的一声号啕大哭。

刘铁愣愣地杵在那儿，默默地流下了眼泪。哭了一会儿，那雪慢慢平静了下来，抬起头凝视着刘铁，踮起脚，擦着他脸上的泪水。但那雪隐隐约约地发现，刘铁眼神里有一种说不出的感觉，心里顿时掠过一丝不安。刘铁愣了一会儿，想到大病初愈的那雪受了那么多苦，暂时把路上看到潘石车的事儿放到了一边，心疼地捧起那雪的脸，仔细地端详着，几近哭腔地说："好想你！好担心……以后再也见不到你了！"

"都过去了，不哭了！"那雪温柔地抚摸着刘铁的脸。

那雪准备去做饭了，发现家里什么都没有，再看看胡子拉碴的刘铁，想象着这段时间他一个人没人照顾，那雪感到一阵心酸。刘铁习惯性地点上了一根烟，坐在床上看着那雪一言不发。想到自己日夜挂念的那雪，最后却是被那个黑色奥迪A8接回家的，他的脸又开始慢慢地变青了，内心愤懑无法掩饰地写在了脸上。

那雪看到冰箱里只有速冻饺子，问中午吃饺子行吗？刘铁垂下了眼睛，闷闷地哼了一声。那雪敏感地猜到，刘铁一定是知道潘石把她接回家的。她知道，这是个无法回避的问题，于是慢慢地走到床边，低下了头。沉默了一会儿，她坦诚地说："铁子，是潘总把我接回家的。"

"嗯，我知道！"

"希望你不要介意！"

"不会！"

"铁子，我想好了，去'北方歌舞团'！你也别在MGM干了，我拜托潘总，看看能不能帮你联系去证券公司上班。"

"是吗？潘总真是个大活菩萨！替我好好谢谢他！对了，还有，感谢他这段时间对你的照顾！雪儿，对不起，怪我是个穷保安，没能在你需要的时候在你身边！我去过小汤山，但人家不让进……"

"我听说了！都过去了，以后我们会慢慢好起来的。铁子，我觉得……我们都不应该再在MGM浪费青春了，我们都有梦想，不是吗？"

房间里陷入一阵寂静。那雪小心翼翼地起身想去煮饺子，刘铁拉住那雪，说他去煮。两个人都很冷静，很客气，彼此感到了一种从未有过的陌生感。接下来的几天，刘铁尝试着去照顾那雪，但看到笨手笨脚的刘铁，那雪还是自己动起手来。两个人长期没上班了，身无分文。

那雪找赵小汐借了点儿钱，维持着日常的生活。那雪曾多次找机会和刘铁谈工作的事情，但一提到这事儿，刘铁就会连讽带刺地说潘石，那雪也就不敢再提了。刘铁经常会晚上一个人喝闷酒，喝多了就莫名地发火，大发雷霆，有时候还摔东西。那雪理解刘铁的心情，但不敢劝刘铁，因为一劝刘铁火更大。看着刘铁的样子，那雪既心疼又无奈，有时还感到绝望，觉得他就像个永远长不大的孩子，让她看不到希望。

刘铁自上次从熊小乖家逃走后，就再没和她见过面。他觉得见面会很尴尬。熊小乖很快就得知了那雪出院的消息，担心自己和刘铁刚燃起的火苗再被那雪浇灭了，给刘铁打电话就更频繁了。刘铁开始不接，后来把手机调成振动，再后来偷偷地躲开那雪说几句就挂了，这让熊小乖妒火更加愈烈，整天不依不饶地按着重拨键，不停地给刘铁打电话，搞得刘铁经常和那雪面面相觑。那雪没有抱怨和质问，更没有查电话号码之类的。

熊小乖一想到刘铁和那雪在一起就抓狂，见不到刘铁，后来就经常无端地对张若菲发脾气。张若菲早就习惯了熊小乖的大小姐脾气，知道她上次并没有拿下刘铁，也知道她从小想要什么就必须得到的性格。为了能哄熊小乖开心，张若菲积极献计献策，帮着设计如何再次设局拿下刘铁。张若菲旁观者清，知道能够引刘铁出来的唯一方法就是给他介绍挣钱的大项目。

熊小乖一听分析得有道理，于是，两个人决定演一出戏。张若菲给刘铁打了个电话，说是要介绍中石油领导的女儿给刘铁认识，说此女能耐非同一般，一定会帮他拿到石油配额指标，现在就在熊小乖家，来不来随他。刘铁将信将疑地挂了电话，在房间里来回踱着步，翻来覆去地琢磨着去还是不去，想到万一这位领导的女儿能帮他拿到石油配额指标，那可就发了。最后，刘铁决定去熊小乖家赴宴。

到了熊小乖家，刘铁很不自然地跟着熊小乖走进房间，发现还真有一位看上去很高冷的女孩儿坐在那儿，正眉飞色舞地跟张若菲侃着什么，见到熊小乖挽着刘铁走过来，那女孩儿收起了笑容，上下打量着刘铁。熊小乖让刘铁喊那女孩儿丽姐，并故作神秘地说不能暴露丽姐的全名。三个女孩儿偷偷地交换着眼色。

熊小乖先站起来敬了丽姐一杯，说刘铁是自己的男朋友，请她务必帮忙。刘铁看到连熊小乖都这么敬着这位丽姐，看来来头不会太小。随后张若菲也站了起来敬了丽姐一杯，说这杯酒是替熊小乖感谢她的，请她务必要帮帮熊小乖。丽姐冷冷地看着刘铁，笑了笑。张若菲瞥了一眼刘铁，示意刘铁赶紧去敬酒。

刘铁急忙站了起来，从口袋里掏出一瓶"小二"，点头哈腰地走到丽姐面前敬酒。丽姐故作惊讶地说："行啊！整白的啊？够爷们儿，走一个！"丽姐说完一仰脖子喝了一杯，刘铁看到丽姐喝完了，手里拿着那瓶"小二"犹豫了一下，装出一副不在话下的样子，硬着头皮把整整一瓶"小二"干了。

三个女孩儿偷偷地相互看了看，忍住了笑。接着，丽姐就开始口若悬河地吹了起来，说上周介绍给哥们儿一个大项目，结果一笔就挣了多少多少钱，那哥们儿非要送她一辆宝马表示感谢；前天又介绍了一个大项目给一个姐们儿，结果那姐们儿非要要她的银行卡号汇钱，但她觉得大家都是朋友，再说她也不缺那点儿小钱，就都给拒了。

刘铁听得目瞪口呆。熊小乖再次敬丽姐，并非常认真地说，如果帮刘铁做成一单大项目，她一定会代表刘铁，送给丽姐一辆和自己一模一样的红色法拉利。丽姐一听，不高兴地说熊小乖太见外了，说自己是冲着熊姐的面子，和钱没关系。

刘铁越听越觉得这事儿靠谱，心中暗喜。想到熊小乖居然能为自己的事儿拉下脸来求人，心里也十分感动。他觉得自己是个爷们儿，不能再让熊小乖冲在前头了，于是拉开了熊小乖，自己和丽姐拼起了酒。张若菲给熊小乖使了眼色，熊小乖会意地笑了笑上楼去了。

张若菲又让阿姨把上次买的那箱"小二"搬了过来，并告诉刘铁一定要有诚意，必须整白的。刘铁哈哈大笑着说，本来也不喜欢喝红的，跟喝水似的没啥意思。丽姐不停地夸刘铁是个纯爷们儿，自己就爱和这样的男人交朋友做生意。刘铁一听更来劲了，一杯一杯敬着丽姐。丽姐也高兴了，提议玩"小蜜蜂"游戏，刘铁满口答应，笨手笨脚地老输，不一会儿，刘铁已经开始豪言壮语了。

突然，张若菲盯着楼梯惊讶地大叫了一声："My God，天哪，简直就是一个性感尤物啊！"刘铁顺着张若菲指的方向迷迷糊糊地望去，只见熊小乖穿着一身D&G的黑色蕾丝透视小晚礼服，扭动着前突后翘的身材走了下来。她那一对翘乳伴着轻盈的脚步雀跃着呼之欲飞，一双雪白的大腿令人头晕目眩，十个脚趾盘缠在高跟鞋里丹蔻朱红。熊小乖还故意学着模特儿的眼神，微张着性感的双唇，一边走一边魅惑地往下看着刘铁。

熊小乖平日里都是一身潮流前卫的太妹打扮，刘铁这还是第一次看到她穿得如此女人，如此性感妩媚，尤其是她那S曲线火辣的身材，说她是个"性感尤物"一点儿也不过分。张若菲和丽姐站起身来夸张地鼓着掌，看到刘铁瞠目结舌的样子，熊小乖突然甩掉高跟鞋跑了下来，一把搂住了刘铁的脖子，哈哈大笑说："我不装啦！太他妈累啦！哈哈哈……"

熊小乖紧紧地抱着刘铁，刘铁闻到了她身上那诱人的体香，呼吸变得加速，脸上火烧火燎的。熊小乖勾魂的眼神儿死死地盯着刘铁，高耸的胸部紧紧挤压着刘铁。刘铁明显意识到自己的下体不自觉地膨胀起来，尴尬地试图将熊小乖放下来，但熊小乖猛地一跳，双腿死死地缠在了刘铁的腰上，眼神更加妩媚妖娆。刘铁摇了摇头，努力摆脱着酒精发酵的作用，用力地掰着熊小乖的双手，小心地将她放在了地毯上。但没想到熊小乖顺势抬起了美腿，双脚钩住刘铁的脖子，用力地往回一钩，刘铁顺势倒在了地毯上。

刘铁还是挣扎着站了起来，张若菲和丽姐一看必须赶紧趁热打铁。

丽姐拿了一瓶"小二"递给刘铁，故意说感情深不深、事儿能不能办可就看这一口了。刘铁一听急忙夺过那瓶"小二"，大笑说："这都不是事儿！"然后仰起头咕咚咕咚一口喝了下去。这时，熊小乖突然大声地捂着肚子叫说肚子疼死了。张若菲和丽姐假模假式地蹲下来，并让刘铁搭把手，赶紧把熊小乖送到楼上卧室。刘铁已经醉得自己都快站不起来了，但还是强撑着推开了丽姐和张若菲，一把抱起熊小乖往楼上走去。

一切都在熊小乖的设计之中。张若菲和丽姐向熊小乖轻轻地挥着手，熊小乖得意地给了她们一个飞吻。刘铁抱着熊小乖走进了卧室，将她放在了一张象牙白的大床上，嘴里还嘟囔着"丽姐，您放心，我刘铁绝对……没问题！"熊小乖没等刘铁把话说完，用力一把将刘铁拉在了床上。刘铁一头栽倒在床上，手无力地挥着，没再爬起来。

欧式典雅华贵的纱幔半垂着，熊小乖看着趴在床上几乎醉得不省人事的刘铁，使劲儿将他翻过身来，开始一粒一粒解着刘铁衬衣的扣子。熊小乖伏在刘铁耳边轻声说："你是我的！我爱你！知道吗？"

这个画面曾无数次出现在熊小乖的幻想中，她张开了性感的双唇，慢慢地移到了刘铁的唇上，轻轻地吻着，用力地吻着，拼命地吻着，仿佛要把他整个人吞下去。刘铁的脸变得越来越亢奋，熊小乖猛地将手伸进了刘铁的下体，刘铁似乎被惊醒了，试图抗拒，但身体却已经欲罢不能。熊小乖一下子骑到了刘铁的身上，水蛇般的腰肢开始蠕动着、起伏着。

此时，刘铁男人的野性终于被彻底地激发了，他猛地将熊小乖死死地压在了身下，疯狂地撞击着。熊小乖一边呻吟，一边问："铁子，你爱我吗？你是爱我的，知道吗？我不管，我爱你，你是我的！"熊小乖疯狂地与刘铁缠绵着，那狂放的生命之流，那融为一体的欢乐之流，将他们一起带到了那最后的冲刺……不知过了多久，刘铁慢慢睁开了眼睛，发现自己居然趴在熊小乖的怀里，看着熊小乖雪白的胴体，明白了刚刚发生的一切。他猛地坐了起来，迷惑地环顾着周围，用力地用手掐着太阳穴。

刘铁回到出租房已经是凌晨了,那雪早已经睡了。刘铁坐在床边，偷偷地看着安安静静的那雪。想想刚才发生的那一幕，他唯恐那雪醒来睁开眼睛，那样自己将不知如何面对她。刘铁小心地躺在了床上，那雪转了个身继续睡。刘铁躺在床上一动也不敢动，呆呆地看着房顶，感觉一切都像一场梦。

　　刘铁打死也没想过，自己有一天会和其他的女人发生肉体关系，他不停地给自己找各种借口，觉得自己是酒后乱性，是为了发大财喝多了酒，是熊小乖勾引他的，是熊小乖太诱惑了等等，但无论怎么给自己解脱，心里还是十分懊悔，感觉以前所有的美好，都不再那么美好了。

5.5 一转身，便是一生

　　潘石离开那雪后，担心给那雪带来麻烦，就忍着没再和那雪联系。他只希望那雪能够安安静静地调养身心，能够赶紧好起来，能够去"北方歌舞团"上班。至于对那雪的感情，他觉得自己进也不是，退也不是，左右为难，不知如何是好。人大概在无能为力的时候，总喜欢把问题交给老天，潘石也是。他总是劝自己，一切随缘吧，至于缘深缘浅，还是让老天来定吧。他尽量地把精力扑在工作上，来分散自己对那雪的思念。

　　这天，潘石坐在办公室里正看着文件，段总突然急匆匆地闯了进来，一副非常焦急的样子。潘石请段总坐下来慢慢说，并给他倒了一杯大红袍。段总擦着额头上的冷汗，根本无意品茶，心急如焚地说，如果下周保证金不到位，他公司自营盘坐庄的股票就要被强行平仓了。然后他拍着胸脯请潘石放心，自己是个绝对讲信用的人，上次借潘石的钱连本带息准时还款到位了。

　　段总说完眼睛死死地盯着潘石，额头上的冷汗不停地往外渗，说现在是关键时刻，谁都指望不上了，还得靠师弟。潘石看了眼坐立不安的段总，段总看出了潘石的犹豫，恳求说："师弟，一定要再帮我一次，不然师哥就死定了！和上次一样，我拿股票2:1配比质押，利息6个点，再给师哥融一个亿？就一个月，保证连本带息准时还款，您放心！"

　　"师兄，说实话，上一次我本是不同意的！一是不赞成你坐庄，二是坐庄的股票风险太大，但念在师兄的份上才勉强同意了！"

　　"我知道！我知道！但师弟，这次真的是人命关天，师弟不会见死不救吧？"

"中国茶道的精髓，在于一个'和'字，既然师兄开口了，我会尽力的！"

"感谢师弟的大恩大德啊！"

"别客气，喝茶、喝茶。"

段总终于松了口气，端起那杯大红袍，咕咚咕咚大口大口地喝了起来，一口气把满满的一杯茶喝完了。潘石谈笑风生，心里在评估着贷款的风险。段总放下茶杯，觉得心里还不踏实，说他最近认识了一位歌星，还神秘地趴在潘石耳边说了个名字，似乎是当下正火的一位女歌手，提议晚上请客去 MGM 喝酒，介绍给潘石。

潘石听后笑了笑，说晚上已经安排了，就算了。突然，潘石想起了答应过那雪的事儿，于是顺便给段总提了提，看看他那儿能不能安排一下刘铁的工作。段总一听坏笑地问："师弟，说实话，你是不是看上那个服务员了？怎么样，搞定没有？说心里话，我心里早就很痒痒了，哈哈哈。"

"师兄，你除了钱就是美女！我就顺便一提，你别为难！"

"别呀！都开口了，必须落实啊！你让那服务员联系我，我来安排！这都是小事儿，我那可是救命的事儿。"

"谢谢师兄！"

"对了师弟，您怎么想起帮那服务员的男朋友介绍工作呢？明白了……稳定好后方，就好下手啦！高，实在是高！"

"师兄，别瞎说！"

"要我说，用不着这么费劲，夜店的女孩儿，多给点钱就行了！"

"那雪可不是那种女孩儿！"

潘石知道段总嘴大，整天胡说八道的，不想再和他瞎扯了，更不想聊那雪的事儿，免得他出去到处乱说，于是找了借口，送走了段总。回到办公室，他想了想，觉得为了避免刘铁多想，再给那雪添乱，还是给赵小汐打个电话，让她转告那雪比较合适。潘石电话里也没给赵小汐多说什么，只是给了一个电话号码，说那雪拜托的事儿，与这个人联系。赵小汐也没多想，马上拨打了刘铁的电话。

刘铁还在昏昏欲睡，被赵小汐的电话吵醒了，看到是赵小汐的电话，知道是找那雪的，于是喊那雪接电话。刘铁背对着那雪将电话递给了她，他自己心虚，不敢直视那雪的眼睛，转过身继续睡了。那雪正在洗衣服，接过电话听赵小汐把潘石说的又讲了一遍，急忙找了一张纸和笔把电话号码记了下来。

那雪知道昨晚刘铁很晚才回来，一身酒气，怕吵到他，想让他多睡一会儿，那雪躲到一旁打通了那个电话号码。当知道是段总时，那雪有点意外。段总解释说，是潘石拜托他帮忙的，说明天周末有时间，让那雪去找他。那雪满口答应着表示了感谢。

第二天晚上，那雪跟刘铁说找赵小汐有点儿事儿，没说去找段总帮他找工作的事儿，一是觉得八字还没一撇，二是觉得是潘石介绍的。刘铁低着头说知道了。那雪出门后，刘铁顺手看了眼手机，发现有好几个熊小乖的未接来电，犹豫了半天，还是给熊小乖回了。

熊小乖电话里语气严肃地说，今天晚上必须要和他谈谈，因为她老爸熊龙德回国了，可能是他们家阿姨打了小报告，熊龙德找她谈了一次话，听起来感觉好像知道刘铁和她的事儿了，熊龙德还说要找刘铁好好谈谈。刘铁听着听着，感到背后凉飕飕的，心想这次可能惹上大麻烦了。

那雪按照段总给的地址，乘公交，转地铁，又问了好几个人，终于找到了一家私人会所。她发现自己似乎来过这家私人会所，应该是上次和潘石、卞团长、赵小汐一起吃饭的同一家。她走进了一间包间，里面坐着段总和几个男人。段总看见门口的那雪，眉飞色舞地急忙迎上前，咧着大嘴哈哈大笑着让那雪快请坐。那雪礼貌地说段总有客人就不坐了，把男朋友的简历交给段总就走。段总一边拉着那雪的手，一边说要和她好好谈谈。那雪不好意思再推辞，勉强坐了下来。

段总给饭桌上那几个男人介绍说，那雪是他的一个好妹妹。那几个男人浪笑着说："段总妹妹真多！"段总悄悄地给那雪说，那几个男人是银行的领导，自己有求于他们帮忙贷款，一会儿麻烦那雪替他敬几个酒。那雪露出了为难的表情，刚想说自己不会喝酒，段总又补充了一句，说男朋友的事儿就包在他身上了。

那雪一听，只好硬着头皮起身敬酒。那几个银行领导故意灌那雪，有的还动手动脚的。那雪差点儿放下酒杯就走，但想想刘铁工作的事儿，也就豁出去了，忍着连喝了十几杯。终于，饭局结束了，那几个男人走了。

刘铁挂了熊小乖的电话，大脑一片空白。他分析了半天形势，最后还是老老实实去了工体有璟阁，想找熊小乖解释清楚，昨晚自己是喝大了，想求熊小乖的谅解。熊小乖和张若菲早早就等在那里了，看到刘铁那副怂样儿，熊小乖哈哈大笑起来。她让刘铁放轻松，不用害怕，不用紧张，自己是自愿的，大不了有了自己养，不用刘铁承担什么责任。

刘铁越听越出冷汗，一直低着头不说话，熊小乖故意逗刘铁，问她床上的功夫如何，对她是否满意？听到熊小乖的问题，刘铁不由地脑子里闪了一下，心想，之前还真不知道，原来那种事儿还可以那么疯狂和刺激。看着刘铁愣神儿，熊小乖偷偷地笑了笑，警告刘铁说，只要他乖乖的，熊龙德那儿她自己搞定。

那雪喝得头昏脑涨，保持着不让自己晕倒和失态。段总抽着烟，看着那雪的曼妙身材，露出了邪恶的光。那雪见客人走了，急忙从包里拿出刘铁的简历，刚要递给段总，看到段总的眼神，紧张得手一抖，简历掉落在了地上。那雪不好意思地冲段总笑了笑，急忙弯下腰伸手去捡简历。段总看着那雪弯腰露出的雪白肌肤，感觉一股热血上涌，起身假装帮那雪捡，顺势搂住了那雪的腰。那雪本能地一挥手，一巴掌打到了段总脸上。

段总被这突如其来的一巴掌打得一愣，强压着心中的羞怒，尴尬地笑了笑，急忙解释说自己只是想帮忙，没别的意思。那雪连忙给段总道歉，说自己不是故意的，希望段总不要生气。段总说没事儿，误会了，自己不会生气的，然后假模假式地问起了刘铁的情况。那雪战战兢兢地把简历递给了段总，和他保持着一定距离。

段总假装在看简历，心思却根本没在简历上，心想本来就是借花献佛，顺便让那雪来陪个酒，活跃活跃气氛也就算了，没想到居然被打了一巴掌，越想越生气，越想越搓火。段总脑子里闪了一下潘石，觉得潘石可能就是对那雪有好感，并没真想泡她，否则怎么还会给她男朋友介绍工作呢？再说了，女人都是用来消费的，夜店的女孩儿更是如此，如果自己今晚下了手，也就是尝个鲜而已，大不了事后多给那雪点儿钱，那雪也就不会往外说什么了。再说了，那雪这样的美色可是百年不遇啊，自己怎么能放过这个千载难逢的好机会呢？

想到此，段总心里暗自骂着，今晚老子非把你办了不可，脸上却装得很认真的样子说："那雪，你男朋友条件很不错嘛！到我公司上班吧，没问题！"

那雪一听，一时不敢相信自己的耳朵。想到刘铁终于可以做自己喜欢的工作了，自己也可以放心地去"北方歌舞团"上班了，两个人都可以去追逐自己的梦想了，那雪一下子激动不已，不停地给段总鞠躬道谢。段总观察着那雪的表情，不失时机地试探着问："那雪，你准备怎样谢我啊？"

"我和我男朋友请您吃饭，行吗，段总？"

"就吃饭啊？"

"等我们挣了钱，一定会……"

"哈哈哈……这样吧，我让服务员再拿瓶红酒，就红酒，你再陪我喝两杯，就算是感谢了，你觉得怎么样？"

"啊？……好的，没问题，应该的，段总！"

段总让服务员拿了瓶红酒进来，随即让服务员出去关上了门。他狡黠地看了看低着头的那雪，趁那雪没注意，迅速地从手包拿出了一个小袋子，背对着那雪将一小袋白色的粉末倒进了酒杯，然后摇晃了一会儿，转过身举着两杯酒走到那雪身边说："来，为了你和你男朋友的美好未来，干一杯！"

那雪赶紧接过酒杯，再次表示了感谢，然后将那杯红酒喝了下去。段总皮笑肉不笑地坐了下来，大声地描绘着自己给刘铁的一些规划，表示一定要好好地培养培养刘铁。那雪心里感激不已，嘴里不停地说着谢谢，但她感到眼皮越来越发沉，浑身无力，不一会儿就晕了过去。

夜深了，那雪慢慢地睁开了眼睛，晕晕乎乎地发现自己躺在了一张宽大的床上，惊恐地坐了起来，这才发现自己浑身赤裸，床头柜上还放着一万元钱。那雪顿时浑身颤栗，感到似乎整个房间都在飞速地旋转。想到段总的大背头，想到他淫笑的嘴脸，她感到一阵恶心，嘴一张就吐了出来。

那雪裹着被单冲进了浴室，趴在洗脸池抠嘴，一股黄色的胆汁涌了出来。她抬头看了看镜子里的自己，看到自己脸色惨白，流出了悲愤的泪水。她突然觉得自己的身体是那么的污秽，她将淋浴的水龙头开到了最大，用力地洗擦起了身体的每一个部位，抓出了一道道血痕，但还总觉得有洗不清的污垢。

滚烫的热水和她的泪水一起流淌着，她不停地洗着擦着抓着，脑子里浮现出刘铁审视的目光，感到眼前一黑，一下子瘫在了浴缸里。她坐在那里一动不动，目光呆滞，任凭滚烫的热水喷洒在身上，脑子里又浮现出温润如玉的潘石深情的目光，心里咯噔一下，感到椎心泣血，闭上了眼睛，久久不肯睁开。她不由地又想起了长眠于杜鹃花丛中的母亲，心一下子沉到了谷底，感到万念俱灰，流出了绝望的泪水……那雪神情恍惚，感觉自己的灵魂似乎离开了身体在游荡着，而污秽的身体却无处可藏。

突然，她惊恐地睁开了眼睛，发出了一声悲恸欲绝的哀号，死死地盯着洗脸池，慢慢地起身走了过去，颤栗地抽出了一次性刮胡刀片。她眼睛一闭，默默地说了句："妈妈，对不起！我来找你了！"说着，朝自己的手腕猛地割了下去，顿时一股鲜血从手腕上喷涌了出来。

她蜷缩在地上，冷冷地看着从手腕上流出的血，慢慢地闭上了眼睛，静静地等待着死亡的到来。死一般沉寂的房间里，只有水龙头喷出的水在哗哗流着，热气在整个浴室里盘旋着。突然，她猛地睁开了双眼，双唇抖动地低声自语着："不要，我不要死，我答应妈妈，我不能死……"

此刻，一种本能的求生欲望重新燃起，她感到了一种死亡的恐惧，拼命地爬出了浴室，爬到床头柜上的电话旁，艰难地伸出了手，挣扎着拨打了刘铁的电话。电话嘟嘟嘟地响了半天终于通了，电话里却传来了一个女孩儿的叫声："喂？……谁呀？找铁子呀？他在洗澡呢！"没等那雪说话，电话就挂断了，发出了嘟嘟嘟声。那雪拿着电话呆愣着，猛然，她想到了潘石。

周末的夜晚，潘石摆脱了一周繁琐的事务，静静地享受着读书和写作的时间。在这个充满欲望的帝都，在这个流金的岁月，不知还有多少人能静下心来去读读书。一束灯光照在潘石脸上，看上去十分淡然和宁静。晚上十一点了，潘石有睡子午觉的习惯，他站起来伸展着腰，走进浴室，准备洗漱睡了。

　　潘石已经好久没和那雪联系了，他忍住了没去看她，却忍不住去想她。潘石躺在床上，不由地又想起了那雪，想着这段时间，也不知她身体和精神恢复得怎么样了？过去，潘石有书相伴并不觉得孤单，但自从爱上了那雪，思念却让他感到了一种从未有过的内心孤单，尤其是在漫长的夜里，思念更是让他经常无法入睡。

　　夜深了，潘石好不容易睡着了，突然被一阵急促的电话铃声惊醒了。他伸手拿起电话，心想可能是公司又有什么急事儿找他了，但看到手机上显示的是会所的电话号码，他下意识地猛地坐了起来，心里顿时产生了一种不祥的预感。

　　电话接通了，传来了那雪微弱的声音："救我、救我……"潘石听后脸色一下子就变了，他不敢再往下想了，迅速穿上衣服，冲出了家门，飞快地开车向会所驶去。会所客房的走廊里，一个服务员跟在潘石后面气喘吁吁地跑着，说那间房是段总开的。潘石不敢相信自己的耳朵，但已经顾不上这么多了，大步跑了起来。潘石用力推开了房门，眼前一黑，看到了倒在血泊里的那雪……

　　军区总医院急救室的门外，潘石焦急地来回踱着步。天渐渐亮了，一位医生走出急救室，潘石急忙迎了上去。那位医生告诉潘石，病人还在昏迷中，不过已经脱离了危险期，请他放心。潘石推开了急救室的门，眉头紧锁，脚步沉重地走到病床边，看到那雪面无血色，手腕上缠满了绷带，嘴上戴着氧气罩，感到一阵眩晕。他赶紧仰起头，闭上了眼睛，镇定着自己。过了一会儿，他走出急救室，拿出手机，拨通了段总的电话，没等潘石说话，段总就兴奋地说："喂，师弟啊？这么早？我就知道，师弟一定会救我的，今天可是最关键的一天啊！我……"

　　"住嘴！你老实告诉我，对那雪都做了什么？"

　　"哦……师弟，是这样，您听我说，我本没想怎么着她的，就是让她陪领导喝几杯酒，但谁想，她居然打我一个大嘴巴子！太气人了！不过，我可给了她一万块呢！够意思吧……"

"住嘴！你他妈真是个畜生！"

潘石气得浑身发抖，坐在门外的一张长椅上，深深地埋下头。潘石的手机不停地响着，是段总打过来的，潘石看都没看。手机发出了一条短信提示音，潘石厌恶地打开看了看，上面写道："女人如衣服，兄弟如手足啊！不就是一个夜店上班的吗！您不会为了一个夜店女生气吧？再说，我给她一万呢！"潘石看着短信手直发抖，他删掉了信息，拨通了公司主管资金调度副总的电话，压低声音说："把给段总的那笔融资马上停掉！"

潘石回到急救室，医生说病人脱离危险期，现转到病房治疗。几个护士推着移动病床，潘石紧跟在一旁，看着病床上昏迷的那雪，自己心爱的姑娘，心像被刀扎了一样。那雪刚刚经历了"非典"的折磨，现在又遭受了这么大的屈辱，这是怎么了？老天对这个善良的女孩儿太不公平了。他责备起了自己，是自己介绍的段总，当时还担心段总乱说话，没敢明确承认自己喜欢那雪，否则，就不会发生现在这种事儿了，是自己的自私和懦弱害了那雪。

转到了病房，护士叮嘱潘石，病人需要好好休息，有什么事儿就呼叫她们。护士走了，潘石心疼地握着那雪的手，忏悔地说："对不起！是我害了你！"他轻抚着那雪惨白的脸，祈祷着她快快醒来。不知过了多久，潘石发现那雪慢慢睁开了眼睛，眼泪差点儿掉了下来。那雪模模糊糊看到了潘石，羞辱、痛苦、委屈等交织在一起涌到心口，眼角里顿时滚落出一粒粒晶莹的泪珠。潘石赶紧拿出纸巾摩挲着那滚落的泪珠，紧紧地握着那雪的手，目光十分坚毅地看着她说："没事儿了，没事儿了！"

潘石的目光仿佛在告诉那雪，你要坚强，我会陪伴在你左右，共同面对命运安排的一切。那雪挣扎着想坐起来，潘石急忙示意她不要动。那雪闭上了眼睛，泪水依然禁不住流着。看着眼前这个历经磨难的女孩儿，想着她那颗被打磨得千疮百孔的心，潘石暗自发誓，从这一刻起，自己一定要好好保护她，再也不要让她受一点伤害，再不让她流一滴眼泪。正在这时，病房的门一阵躁动，门被猛地推开了，刘铁满脸通红地闯了进来，身后紧跟着几个护士，还有赵小沙。

原来昨晚刘铁和熊小乖、张若菲在MGM又喝得酩酊大醉，刘铁还向乔总正式辞了职,下决心去熊龙德集团工作,前提条件是可以给熊小乖当牛做马赎罪,但不可以再"出台"。熊小乖哈哈大笑着答应了。刘铁去洗手间时,她看到来电显示"老婆",猜到了是那雪,就背着刘铁接了,没等那雪说话就故意说刘铁去洗澡了,刘铁回来后,她把电话给没收了,继续不停地灌刘铁酒。

　　刘铁醉得已经不省人事,深夜回到出租房倒头就睡了。第二天早上醒来发现那雪没在家,心里才开始发慌了,急忙打电话问赵小汐。赵小汐焦急地给潘石打了个电话,才知道那雪出事儿了。两个人几乎同时到了军区总医院,从护士那儿得知那雪受辱割腕自杀的消息。刘铁一听拖着一个护士就走,几个医护人员吓得紧跟着来到了病房。

　　潘石见到冲进来的刘铁,一脸严肃地站起来,走上前想要质问刘铁,为什么不陪那雪一起去?为什么现在才出现?为什么没照顾好那雪?刚要开口,见刘铁满眼凶光,猛地一拳打在潘石脸上。潘石完全猝不及防,一个趔趄倒在了地上,顿时满脸是血。这时,一个医生大吼着:"不准动手,这里是医院!"

　　潘石慢慢地站起身,气得脸色发白,不过转而一想,自己似乎并没有权利质问刘铁,也理解此刻刘铁的心情。几个医生和护士劝潘石走出病房,带他做了简单地包扎处理。潘石越想越愤怒,心中积累的怒火一下子爆发了,他冷冷地大步走出了医院。

　　段总再也没打通潘石的电话,知道贷款的事儿一定黄了。他坐在办公室的大班椅上,盯着电脑上被死死封在跌停板上的股票,像一摊烂泥似的瘫坐在那儿。突然,他听到"砰"的一声,办公室门被一脚踢开了,见潘石怒形于色地站在了门口,脸上还包扎着纱布,一时呆住了,随即假模假式关心地询问发生了什么,其实心里猜到了一定和那雪有关,但心里还存有侥幸,想着如何求潘石答应贷款的事儿。

　　段总一副关心的样子走上前,潘石厌恶地看着他那副嘴脸,上去就是一脚,狠狠地踢到了段总的下身。段总一声惨叫双腿跪在地上,惊恐地抬头看着潘石。潘石愤懑难平,拳头握得咯吱直响,不停地在段总的脸上狠狠地击打着,段总满脸是血躺在地上大声惨叫着:"师弟,是为了那个夜店的服务员?您不会因为一个女的跟师兄翻脸吧?

多大点儿事儿啊！你自己不用，我不用，别人也会用的啊！这样吧，我再多给她点儿，行了吧？"

听着段总的话，潘石气得一句话也说不出来，几乎失去了理智，发疯似的一脚一脚地往死里踢着，心想踢死这个人渣也不能解心头之恨，也不能弥补那雪内心的创伤。终于，他停了下来，用袖角擦了擦汗，掸了掸身上的尘土，轻蔑地看了眼段总，转身走了。

病房里，刘铁慢慢走到了那雪床前，脸色阴沉得可怕，木然地看着那雪。他心里填满了痛心，同时也有疑惑，更多的是愤怒。他认定是潘石侮辱了那雪，这是一个无论如何都无法接受的奇耻大辱，觉得自己的脸面和尊严此刻已经完全丧失殆尽了。他歇斯底里地咆哮着："我要杀了那个畜生！"看着眼前的一切，那雪伤心地转过脸去。

那雪理解此刻刘铁的愤怒，但她不愿相信，刘铁此刻不是关心她内心的痛苦，而是关心他的面子和尊严。她本想给刘铁解释，但看到刘铁不问青红皂白就打了潘石，觉得不想再解释了。一旁的几名医生和护士劝着刘铁，告诉他潘石不是侮辱那雪的人，而是救那雪的人。

此时昏了头的刘铁，根本听不进去任何话了，觉得那些医生和护士是在替潘石隐瞒，肯定被潘石买通了。心想，退一万步讲，即使不是潘石，那雪出了事儿，第一个想到的人居然不是自己。想着，他蹲在地上哈哈大笑起来，笑得眼泪都出来了。

赵小汐实在受不了，觉得潘石绝对不是那种人，刘铁太不可理喻了，于是指着刘铁的鼻子大声地骂道："刘铁，你他妈还是人吗？赶紧滚出去！"医生也严肃地警告刘铁，说病人刚刚脱离危险期，需要休息，请他别再闹了，赶紧出去。刘铁额角上的青筋一鼓一胀着，觉得所有的人都在护着潘石，就是因为他有钱，就是因为自己是个穷保安，依然蹲在地上哈哈哈狂笑不止。

那雪转过脸来，看着歇斯底里的刘铁，一行绝望的泪水顺着眼角滑落下来。她吃力地转过身来，示意护士帮她拿了一张纸和一支笔，咬着嘴唇，吃力地在纸上写下了几个字，递给了护士，再次转过身去，闭上眼睛，没再回头。刘铁接过那张纸条上，看到歪歪扭扭的几个字："到爱情为止吧！"他惊愕地瞪着大眼，手剧烈地抖动，突然大声咆哮着，一把将那张纸条撕得粉碎，一挥手抛向了空中。

"到爱情为止吧"这几个字，不知包含了那雪多么复杂的感情。有对刘铁的愧疚，对刘铁的绝望，对刘铁的不舍，对刘铁的无奈，更多是对刘铁的渴望。此时此刻，她是多么渴望能得到刘铁的宽容和安慰，多么渴望能得到刘铁的信任和鼓励，多么渴望能得到刘铁的厚爱和挽留。哪怕刘铁的一句温存，一个鼓励和信任的眼神，也许她就会再次转过身来。

遗憾的是，倔强的、死要面子的刘铁，连这最后一次的机会也放弃了。他被那雪的转身激怒了，被那雪的冷静激怒了，被那雪"到爱情为止吧！"这句绝情的话激怒了。他觉得所有的人都无视他的愤怒和尊严，连那雪也一样无视，甚至觉得那雪是在袒护潘石。他无法接受那雪的"背叛"，哪怕是"失身"。他坚定地认为天底下所有的女人都是贪求物欲的动物，那雪也不例外。他坚定地认为自己今天所遭到的羞辱，完全是输在自己是一个穷光蛋。想着，他像个孩子，一赌气，哈哈狂笑着冲出了病房。

懂一个人比爱一个人更重要。年轻的刘铁没有意识到，他的这一赌气，那雪的这一转身，竟是他一生的悔恨，一辈子爱的永失。刘铁太要所谓的面子和尊严了，他没有选择放下所有，先去关心那雪内心的痛苦，安慰那雪受伤的心灵，而是选择了打潘石一拳，而就是这一拳，让他彻底输了，让他们的爱情真的就到此为止了。他坚定地认为，是潘石摧毁了他和那雪坚如磐石的爱情，并没有意识到，爱情也是给他自己弄丢的。

刘铁一路哭着跑出了医院，哭得悲壮而惨烈。跑了许久，他终于停下了脚步，站在马路边，抬头仰望着天空，感到天旋地转，心如死灰。他猛然又想起了熊小乖说的话。熊小乖说得对，这个城市是个战场，不接受失败，也不允许失败，只有让自己强大起来，才有爱的权利和自由，才能有尊严地昂起头，否则，有一天你就必须滚蛋。

想着想着，刘铁就像一只刺猬一样，用浑身的刺保护着自己的尊严，嘴角上翘，露出了倔强的笑。他对天起誓，从这一刻起，要以最快的速度让自己强大起来，哪怕是不择手段。他拿出了手机，拨通了熊小乖的电话……

第六章　爱基于欣赏

　　爱情是生命中不经意的真诚遇见，是打败时间的执手到老，是精神共同成长的执手不厌。阡陌缘，亦凌乱，做一辈子情人，寂寥间……

6.1 假装着没有假装

"后来,我和熊小乖结婚了……"

刘铁坐在客厅的沙发上,讲着自己的伤心往事。他长长叹了一口气,使劲抽了一口烟,烟圈儿在客厅的上空飘移着。他不想再讲下去了,假装着若无其事,慢慢地站起身走到窗前,但那漫天飞舞的忧伤和惆怅,又如何能够隐藏得了。他看着窗外漆黑的夜,眼眶里藏满了泪水。

艾雪听着刘铁的故事,一直鼻涕一把泪一把地抽泣着,纸巾被她扔了一地。尤其是当她听到最后在医院里,那雪写了"到爱情为止吧"那一幕,哭得已经泣不成声了。她深深地为那雪和刘铁的结局感到痛惜,联想到自己和李小迪刚刚结束的爱情,感叹自己正在重复上演着那雪和刘铁十年前的故事。她知道,自己不仅仅是为那雪和刘铁的爱情哭泣,也是为自己和李小迪的爱情哭泣,更为感情在现实面前的万般无奈哭泣。

看到哭得和泪人似的艾雪,联想到李小迪,刘铁内疚地走到艾雪面前,抽出一张纸巾递给她。艾雪一边擦着眼泪,一边不好意思地收拾着满地的纸巾。她低声问:"铁哥,你怪那雪姐姐吗?"刘铁苦笑了下告诉艾雪,其实后来没多久,他就知道了,是自己误解了那雪、也错怪了潘石。他曾去找过段总报仇,但却始终没有找到,再后来知道段总的资金链断了,跑路了。而当自己知道所有发生的这一切时,一切也都来不及了。

艾雪听后也苦笑了下,叹惜说:"都是命运的安排啊!我觉得,那雪人真的挺好的,又受了那么多苦,也挺不容易的!你们一起经历了那么多,我明白您为什么这么放不下那雪姐姐了!"

"是啊!她已经成了我青春和生命的一部分,无法替代!"

刘铁正说着，手机响了，显示着"AA"两个英文字母。这是他给熊小乖专门设的代号，那雪的电话号码被设为了"A"，十年了，从未变过。在他心目中，那雪是他生命中最重要的女人，其次是熊小乖。刘铁注视着手机，犹豫着。电话断了又响、断了又响，刘铁终于皱着眉头接通了电话，电话里传来了熊小乖醉醺醺的声音："刘铁，你丫'辽宁号航母'的项目应该忙得差不多了吧？"

"哦……项目还有点儿麻烦。"

"知道多久没回家了吗？你丫心也太狠了吧！"

"哦……这不项目离不开吗！"

"马上到春节了，你能回家待两天吗？"

"嗯嗯……争取吧！"

挂了电话，刘铁看了看表，说时间不早了，要回家了。

艾雪小声地问了句："是……小乖姐姐吧？"

"啊？嗯……"

"其实，我觉得……她也挺好的，很爱你的！"

"艾雪，早点儿休息吧！"

"对了，AA 是什么意思呀？"

"你猜！"

刘铁说着，从包里拿出两万块钱放在茶几上，转身就要走。艾雪急忙拿起钱递给刘铁，说在酒吧唱歌可以养活自己，不想再要刘铁的钱了。刘铁没说话，放下钱，转身头都没回，大步走了。艾雪呆呆地站在那儿，看着茶几上的两万块钱，琢磨着这钱是刘铁为了补偿，还是想包养自己？

在京城娱乐中心的地带，有一家会员制的红酒会所，名字叫"女人帮"红酒俱乐部。在一间专属的 VIP 包房里，熊小乖正和她的几个闺蜜喝着红酒，酒吧台上几瓶拉菲、拉图已经空了，几个穿着十分讲究的女人已经喝得横七竖八、烂醉如泥了。熊小乖挂了刘铁的电话，东倒西歪地坐回到沙发上，点上了一颗细细的女士香烟，深深地吸了一口，一个人坐在那儿发呆，眼神迷离。

十年后的熊小乖，已经没有了当年小太妹的影子，看上去有了一种十足的大姐大的范儿。她浑身上下一水儿的世界一线品牌，性感的身材保持得也相当好，精心保养的容颜看上去不像是个已经三十出头的女人。但是，长期的酒精浸泡和每天晚上的孤枕难眠，还是给她留下了厚厚的眼袋和深深的黑眼圈儿，即使在名贵眼霜的遮掩下还是暴露无遗。十年前她那双水灵灵的大眼睛已经没有了昔日的光彩，而是多了许多呆滞和冷漠，身和心的每个角落，都无法隐藏地渗透着一个缺乏爱情滋润的女人的孤单、寂寞和失落。

但是，熊小乖是一个从小被宠坏的公主，一直是别人眼里的千金大小姐，高傲的脸已经成了她的标志，趾高气扬已经成了她的习惯。她告诉自己，即使暗地里再伤心难过，也不能让别人看到自己的眼泪，不能让别人看见自己的伤口，更不能让别人同情和怜悯自己。她告诉自己，学不会忘记，就假装失忆。于是，她天天假装坚强，假装开心，假装幸福，假装没在假装。

这些年来，刘铁经常借口出差，一走就是一两个月，偶尔回家来看看。刘铁给熊小乖在朝阳区最高档的棕榈泉小区买了一套400多平的复式公寓，从此，熊小乖过上了年复一年、日复一日的独守空房的生活。熊小乖认为，天底下的男人他妈一样花心，总有一天刘铁会玩儿腻了，会回家的，回到她身旁的。她忍受着刘铁心里装着那雪，忍受着刘铁在外面乱搞女人，她忍受着多年的无性婚姻。而这一切，在熊小乖看来，都是因为一个"爱"字。她觉得为爱赴汤蹈火的女人最美丽。

长期的无性婚姻，加上长期的压抑和焦虑，让熊小乖几乎终日泡在这家"女人帮"红酒俱乐部里，用酒精麻醉着自己的神经，排解内心的寂寞。这家红酒俱乐部是刘铁掏钱给熊小乖投资的，在张若菲的积极张罗下，经过层层严格筛选，俱乐部吸纳了一些所谓有实力、有品位、又被男人深深伤害和背叛过的神秘女人，慢慢地这里就演变成了京城最高档的地下"女同性恋俱乐部"了。

对于熊小乖来说，回忆是美好的。她经常会讲她和刘铁当初是如何如何的美好、如何如何的幸福，听得她那些闺蜜耳朵都快磨出茧子来了。但迫于她大姐大的地位和暴脾气，大家都不得不一遍一遍地耐着性子听着。后来大家实在是忍受不了了，只要熊小乖一开口提到刘铁，大家就会找各种理由闪。看到熊小乖挂了刘铁的电话，又一个人坐在那里发呆，担心她一会儿又要开始讲美好的过去了。

十年前，刘铁撕碎了那雪写的"到爱情为止吧"的纸条，拨通了熊小乖的电话，说现在立即马上要见到熊小乖。熊小乖的红色法拉利很快就到了医院附近的大街上。她远远地就看到了悲恸欲绝的刘铁，心急火燎地赶紧下车了，刚想问发生什么事儿了，话还没出口，刘铁一把就将熊小乖紧紧地抱在怀里，站在马路上疯狂地吻她。熊小乖傻傻地瞪着大眼，任凭刘铁疯狂地亲吻。

刘铁心里清楚，就在他刚刚将撕碎的纸条抛向空中的那一刻，他的整个世界从此改变了，他的生命轨迹从此也改变了。他一边吻着熊小乖一边哭着，熊小乖没说什么，只是任凭刘铁发疯。刘铁终于停住了狂吻，上了驾驶座，疯狂地开着车在拥挤的车群里窜来窜去，熊小乖吓得不停地大声尖叫着："铁子，你疯了吗？到底怎么了？小心点儿！"

"我饿了！去哪儿吃点儿啊？"

"簋街？小龙虾？行吗？"

"行！吃狗屎都行！"

车终于停在了簋街一家店的门前，熊小乖长出了一口气。两个人下了车走进店里，刘铁要了瓶二锅头，熊小乖要了几盘小龙虾。刘铁闷着头大口喝酒，熊小乖一边吃小龙虾，一边悄悄地观察着刘铁铁青的脸，试探着问："铁子，出啥事儿啦？能说吗？"

"没什么！我们……分手了！"

熊小乖拿小龙虾的手停在了半空中，张着嘴吃惊地看着刘铁，从一见他一连串异常的举动判断，知道他没在开玩笑。熊小乖赶紧低下头，继续吃，不知是应该心疼，还是应该高兴，假装很随意地说了句："是吗？为什么呀？"

"不为什么！"

"好吧，那就不问了！不过，别难过了！说实话，分手是迟早的事儿，对你们都是解脱！挺好的！"

"你丫是不是有点儿幸灾乐祸啊？"

"是吗？我只不过说了一个事实，而已！她是不是跟那个潘大老板跑了？很正常……"

"你丫能不能闭嘴？"

"得，今儿你老大，我错了，行吗？亲爱的，应该恭喜你，终于走上了正确的道路！来，我陪你干一个！"

"来，干！今儿老子要他妈喝个一醉方休！"

"对了，铁子，求你件事儿！你可一定要答应我！"

"说！"

"你就受累，赏个脸，去我老爸公司上班吧，行吗？"

"哦……这事儿啊？行啊！去就去！谁怕谁啊？"

不久，刘铁就去龙德集团上班了，并按照他的意愿，去了证券事务部。他全身心地投入了工作中，满脑子只有一个想法，就是抓紧一分一秒、争取每一个机会赶紧挣钱，赶紧发财，赶紧发大财。熊小乖错误地估计了形势，以为占有了刘铁的身体就等于得到了他的爱情，但在一个性随意的时代，占领一个人的身体容易，占领一个人的精神就太难了。刘铁千方百计地想忘了那雪，但那刻骨铭心的爱怎么能说忘就能忘了呢？他感恩熊小乖的帮助，但不能接受她的爱情，直到有一天，熊小乖告诉他，说她怀孕了，说还告诉了熊龙德。

熊龙德一听傻了，再三问熊小乖怎么想的。熊小乖就一句话，要和刘铁结婚，让熊龙德看着办。熊龙德知道宝贝女儿的坏脾气，更心疼宝贝女儿，只好找刘铁谈了一次话，并警告刘铁，如果有一天背叛了自己的女儿，一定会让他死无葬身之地。刘铁的脑子快要炸了，他清楚自己还没放下那雪，也清楚自己并不爱熊小乖，但熊小乖终究怀孕了，自己必须负责任。再说，他笃定那雪已经背叛了自己，跟了那个有钱的潘石，于是，后来一赌气，干脆和熊小乖结婚了。

一天，熊小乖高兴地拉着刘铁到了京城一家著名的婚纱店。刘铁发现，这家婚纱店竟是他和那雪曾来过的那家，心里说不出的滋味。熊小乖试着一套又一套婚纱，不厌其烦地问刘铁的意见，刘铁有一搭无一搭地说都挺好看的。熊小乖挑来挑去始终不满意，最后总算选定了一款，开心地从试衣间跑了出来，深情地看着刘铁问："铁子，怎么样？漂亮吗？喜欢吗？"

刘铁盯着熊小乖身上的婚纱，看着看着，脸色变得越来越难看。他猛然想起那晚那雪伫立在展示窗前凝视的那款婚纱，居然和熊小乖身上的是同一款。沉浸在幸福中的熊小乖并没有留意刘铁的变化，仍在兴奋地说："真是太美了！我好喜欢这款！铁子，你到底喜不喜欢吗？"

　　"啊？……哦……喜欢……"

　　"那你喜欢我吗？你爱我吗？"

　　"啊……哦……额……"

　　"什么啊、喔、哦的！还鸡、气、西呢！正面回答！快！"

　　"别闹了！我不会说肉麻的话！"

　　"切！说句'我爱你'会死啊？"

　　"可能吧！"

　　"那我问你，你愿意卖血给我买LV包包吗？你愿意放弃去我老爸公司继续在MGM当保安吗？假如我掉进了大海，你愿意……"

　　"行啦，别闹了！"

　　其实，女人的第六感是很敏锐的，刘铁爱不爱她，熊小乖从他游离的眼神里就能感觉得出来。她知道刘铁心里还想着那雪，不过，她假装不知道，也不想知道，她希望用自己的方式征服刘铁的心。熊小乖没再纠缠下去，激动地穿着婚纱就钻进了红色法拉利。她还特意地将敞篷打开，伸开双臂让洁白的婚纱迎风飘着，引来了马路上无数行人的关注。刘铁无奈地摇着头问她去哪儿，熊小乖眼里噙着泪水说："和我一起去天涯海角！"

　　熊龙德本来想给宝贝女儿举办个盛大的婚礼，还想请刘铁的父母都过来，但刘铁说不巧，父母最近身体不太好，出不了远门，其实他根本就没对父母说。刘铁鼓动熊小乖不要搞什么婚礼了，说太麻烦了，也太无聊了。熊小乖也不喜欢七大姑八大姨凑在一起，于是提出去法国旅行结婚。刘铁巴不得跑得越远越好，表示坚决赞同。其实，熊龙德也有顾虑，自己的女儿嫁给了一个穷小子，也没什么好显摆的，也就依了熊小乖。

　　刘铁和熊小乖开始了浪漫的法兰西之旅。刘铁之前从来没敢想过会出国旅游，也是第一次坐飞机，一上飞机就掏出一根烟抽了起来，被空姐礼貌地制止了。到了巴黎，熊小乖第一件事就是逛各种名牌店，自己买了一大堆衣服和包包,还给刘铁买了一堆杰尼亚、范思哲等名牌衣服。刘铁跟在熊小乖身后拎着大包小包,有时觉得自己都累得不行了,而熊小乖却似乎永远不知疲倦。刘铁实在烦了,就让熊小乖一个人逛,自己坐在商场门口抽烟,好奇地看着来来往往的金发碧眼的美女。

被从头到脚地全副武装了一番之后,熊小乖发现刘铁帅得简直一塌糊涂,绝不输给任何法国帅小伙儿,她开心地挽着刘铁的胳膊走在香榭丽舍大街上。刘铁走起路来步伐也自信了很多,突然觉得自己和去 MGM 的那些有钱人一样神气了。晚上,他们去了屹立在塞纳河畔的埃菲尔铁塔。第二天,他们参观了著名的卢浮宫。刘铁站在《蒙娜丽莎》油画前,傻傻地自语:"你说,她到底在笑啥呢?"熊小乖上前拉着他说:"笑你呢,土鳖!"

第三天,熊小乖提议去阿德角镇看看,那里是举世闻名的裸泳海滩"天体城市",让他穿得随意点儿就行,刘铁却坚持穿着新买的西装去了。到了海边,刘铁发现男男女女真都一丝不挂,尽情地享受着阳光、沙滩、海水和温泉。刘铁吃惊地看着那些赤裸的美女,却发现她们都用异样的眼光看着西装革履的自己。刘铁一下子窘得无地自容,赶紧拉着熊小乖撤了。熊小乖一路不停地哈哈大笑。

第四天,他们去了法国东南部的沿海小镇戛纳,享受着那里蔚蓝迷人的海岸线。熊小乖不停地制造着各种浪漫,随时随地疯狂地和刘铁做爱。晚上,熊小乖听到了窗外的海浪声,兴奋地拉着刘铁的手跑到海边,疯狂地激吻着刘铁,强迫要和刘铁做爱。刘铁起初还反抗,觉得这也太疯狂了,但最后还是抵挡不住熊小乖性感的身体。不过,每次短暂的疯狂和快感过后,刘铁总会感到一种莫名的孤独,总会不自觉地想起那雪。熊小乖睡着后,他会偷偷一个人跑出来,坐在海边上默默地发呆,幻想着如果身边是那雪该多幸福。

他们的最后一站是鼎鼎有名的波尔多的葡萄酒庄园。熊小乖告诉刘铁,在北京喝的拉菲红酒就是产自这里。熊小乖说自己的梦想就是有一天能在北京开一家属于自己的波尔多红酒俱乐部。她带着刘铁参观了那里大大小小的葡萄酒庄园,说熊龙德曾答应过她,有一天会给她买一个葡萄酒庄园,这次也算是顺便考察一下。在波尔多的最后一晚,刘铁发现熊小乖的例假来了,压着火质问她怎么回事儿,熊小乖只是若无其事地回了一句,自己也不知道怎么回事儿。刘铁立马明白了,熊小乖说的怀孕是假的。

果然,后来"女人帮"俱乐部的红酒全部都是从法国波尔多的葡萄酒庄园进口来的。之前熊小乖给俱乐部取名叫"红酒女人",后来由于俱乐部慢慢地蒙上了女同性恋的色彩,才改名叫"女人帮"。熊小乖坐在沙发上,出神地看着酒杯里的红酒,沉浸在过去美好的回忆里,偷偷地自己笑着。

一旁的几个闺蜜很心疼熊小乖,但都害怕挨骂,谁也不敢上前劝慰她。这个时候,只有张若菲会毫无条件地去安慰她。她拿着酒杯走到熊小乖身边坐了下来。这些年来,张若菲是看着熊小乖在爱情里摸爬滚打的,最懂熊小乖的心了。熊小乖也已经习惯了依赖张若菲。张若菲看着熊小乖那深深的黑眼圈儿,心疼地说:"亲爱的,来,喝酒,别想了!"

"他都好几个月没回家了……"

"乖乖,我知道,这孙子实在是太过分了!"

"哈哈哈……无所谓啦!没事儿,真的没事儿!他玩儿他的,我玩儿我的,看他妈谁玩儿过谁!来来来,喝酒,喝酒!"

熊小乖挥了挥手,一副很无所谓的样子,但谁都看得见她眼角噙着的泪花儿。结婚以来,她住在400多平的房子里,却过着形单影只的生活。她已记不清有多少个日日夜夜独守空房,在多少个孤独的夜里暗自神伤。她时常挣扎在过去的回忆里无法释怀,一个人蜷缩着偷偷地哭泣。她身边有很多闺蜜,却总是觉得孤单。她觉得自己已经拥有了很多,却又觉得一无所有。

她害怕给刘铁打电话,害怕听到电话没人接的那种感觉,害怕听到对方一句冷冰冰的"出差!"之类的谎言,后来甚至连给刘铁打电话的勇气都快没有了。她想着各种办法来调节自己的情绪,挑着京城各大餐馆吃着最贵最好的,却还是觉得索然无味。她去看最新的电影,却会很快就忘了电影的名字。她去香港等地买各种最新款的奢侈品,却越来越不兴奋了。她去了世界上很多地方旅游,却唯独不敢去法国。

张若菲和几个闺蜜看着还在假装坚强的熊小乖,相互交换了下眼色，拿着酒杯凑了过来，你一言我一语地控诉着男人，试图以此来宽慰熊小乖。

"唉，现在的男人，尤其是有几个臭钱的男人，一个比一个花！都是一帮靠下半身思考的畜生！"

"就是！不过，男人花归花，至少要回家！最恨那种不回家的男人了！"

"没错！就说我们家老王吧，电话都设成了'对不起，您所拨打的电话已去世，请来世再拨'了。你丫倒是真死呀！老娘也好继承遗产啊！哈哈哈……"

"唉，我们家老朱吧，也他妈好不到哪儿去。去日本了都几个星期了，问他是不是去保卫钓鱼岛了，他说没能上去！"

"哈哈，你们家的都不行！我们家老牛吧，那才叫牛！说是去叙利亚倒腾化学武器去了！问他怎么不去倒腾'神舟十八号'啊，他说跟国防科工委申请了，说中间跨度有点儿大，没批！"

几个女人一边骂着男人一边贫着找乐，熊小乖被逗得露出了一丝笑容。这时，一位某动物研究所的年轻女教授一本正经地讲述了自己的观点："女人千万不要无视男人的动物性，千万不要先把男人当成'人'！如果先把男人当成畜生，正视了男人的兽欲，很多事儿也就容易理解了。如果一定要以爱情的名义把男人逼成圣人，连男人多看一眼其他女人、偷偷撩骚一下女人之类的天性都想灭掉，那只能是自讨没趣，天天生气上火了。天底下哪个男人不偷腥，尤其是在这个躁动的骚年！"几个女人听了年轻女教授的观点频频点头，夸她不愧是研究动物的。

一个外企金领接着话说，她算是看透男人了。一个男人对一个女人说"我爱你"的时候，其实就是说"我想睡你"。一个女人接受了一个男人的"我爱你"的时候，其实就是说"你丫想睡我，是吧？可以，但你丫只能睡我一个，还得养我一辈子！"等男人几个月的激情期过去了，睡够了，尤其是再有钱了，就变了。心想这人世间这么多美女，一辈子只睡你一个太亏了。所以，男人说爱你，不能不信，也不能全信，说爱你并不等于说只爱你一个，更不等于说只想睡你一个。所以，她才不会相信狗男人的那些甜言蜜语、海誓山盟的。

一个出版社的女编辑说，她曾发过一篇微博，痛斥现在的年轻女孩儿无节操无底线，为了名利出卖灵魂和肉体太可悲，结果一天就收到了上万条留言，说什么"站着挣钱不是本事，躺床上挣钱才叫牛×！"还骂她人老色衰，才是真正的可悲。她说本来是想刷粉，结果掉粉了。气得她差点吐血，赶紧把那篇微博给删了。几个女人哈哈大笑着说她活该。

几个女人七嘴八舌不停地说着，话题始终痛斥着各种男人。说什么现在结婚的跟没结婚的一样分居着，没结婚的倒像结婚的一样同居着；说什么结婚了也不和你做爱，这叫"一不做，二不休"；说她们沦落到今天这个地步，全是那些狗男人给逼出来的，等等。

开始，听着这些女人说的，熊小乖觉得听着还挺解恨的，但后来听着听着，越听越心烦，越听越火大，实在听不下去了，摇摇晃晃地站起身来，举起酒杯大声说："都他妈别抱怨了！一个个跟怨妇似的！女人要靠自己，要做个女汉子，知道吗？来，为了女汉子，干杯！"

几个女人面面相觑，不敢再说下去了，赶紧举起酒杯。张若菲陪着熊小乖一杯杯地喝。她知道，熊小乖一直过着无性生活，但心里还是放不下刘铁。不过，熊小乖在喝大了、失去理智时，会偶尔和她"在一起"。张若菲爱慕熊小乖已经是公开的秘密，经常会在大庭广众之下公开对她发骚。

见熊小乖又喝得差不多了，于是，张若菲从背后搂住了她的腰，一只手故意蹭着她那高耸的双乳，还偷偷地吻了下她的唇。醉醺醺的熊小乖知道张若菲又发骚了，拍了拍手，喊了一声迈克。一个脸上打着厚厚粉底的小白脸急忙跑上前来。他是熊小乖雇来的俱乐部的经理兼司机。熊小乖将车钥匙递给迈克，迈克高兴地接过车钥匙，一扭一扭地走出了包房。

不一会儿，迈克将一辆最新款的胭脂红保时捷卡宴开到了俱乐部大门口。十年后，熊小乖换了辆新车，但十年前那辆旧的红色法拉利，她始终不肯卖掉，她觉得那辆旧车记载着她美好的青春和爱情。十年来，熊小乖心里很清楚，刘铁从没有爱过她，心里还没放下那雪，但仍以爱的名义坚守着。十年来，曾有很多男人垂涎于她，但她从来屑都不屑。她宁可选择不会背叛她、伤害她的张若菲，以宣泄长期压抑的孤独和寂寞。

迈克一扭一扭地走到熊小乖跟前，想搀扶她上车，但被张若菲一把推了过去。迈克翻着白眼开车去了，张若菲盯着迈克心里骂，这真他娘的是个男人像女人一样娘们儿、女人像男人一样爷们儿的时代。她转过身来温柔地搀熊小乖上了车，一起回家了……

6.2 一辈子的情人

十年后的那雪，创办了一家文化传媒公司，叫"大爱江河"。公司设在了北京著名的798文化创意园里。平日里，那雪带领团队搞音乐创作，但搞音乐是烧钱的活儿，为了能自给自足，她和她的团队也对外承接一些业务，力求收支平衡。另外，那雪还为一些喜欢音乐的孩子建了一个免费培训基地。

2013年春节快要到了。一天，也许是北京两千多万人呼吸的功劳，持续了几天几夜的雾霾不见了，天空居然是蓝色的，阳光也显得格外和煦。阳光透过宽敞的落地窗，照在那雪的办公室里，轻柔地洒在了那雪的脸上。她看上去恬静淡雅，整个人散发着一种知性女人的味道。她静静地坐在那里，时而抬起头沉思，时而低头书写，似乎在创作着什么。她的皮肤依然细嫩润泽，洋溢着一种爱的滋润，不过，在她双眸的深处，似乎总有一丝藏不住的淡淡忧伤。

十年前，那雪和刘铁分手后，曾一度陷入了绝望的边缘。短短的时间里，她经历了一连串的打击，精神几近崩溃。她无法释怀和刘铁的每一个日日夜夜，无法接受刘铁真的离开她了的现实，无法正视被段总侮辱的事实，无法面对潘石关爱的目光……这一切，像一条深埋在心底的湍急的河流，令她无法泅渡。她感觉自己再也没了回去的路，整日里忧郁寡言，不思饮食。她时而会独自发呆，时而会莫名恐惧，时而会默默流泪，甚至还曾萌生过再次自杀的念头。

看着可怜的那雪，潘石疼在心里。他坚持让那雪在医院多住一段时间，还托人专门换了间单人病房，日夜守着那雪。医生也担心那雪患了抑郁症，给她开了一些抗抑郁的药物。那段时间，潘石学会了削苹果，能均匀地将苹果皮一次性地削完。他还陪着那雪，一集不落地全部看完了当时热播的电视剧《一米阳光》。那雪经常会从噩梦中惊醒，然后突然抓住潘石的手，傻傻地问一些问题："我是不是……很脏？"潘石目光坚毅地答："心里干净，比什么都干净！"

"以后……怎么见人啊！"那雪说着想抽出手。

"挺起脊梁做人！"潘石握着那雪的手更紧了。

一个多月后，那雪出院了。潘石还是不放心，决定专门抽出一段时间，带那雪去外地散散心，让她暂时离开这个伤心的城市。热播的电视剧《一米阳光》，让原本就风景秀丽、历史悠久的丽江小镇，一下子增添了许多浪漫和神秘的色彩。潘石决定带那雪去丽江，希望让那里的午后阳光，能照进那雪内心最柔软的地方，使她尽快地遗忘过往，重新找回自己。

到了丽江，潘石没有选择住豪华的五星级酒店，而是选择了朋友推荐的一家小客栈。这家小客栈开在相对安静的束河古镇，是一位年轻女作家开的。潘石经常和女作家一边喝茶，一边聊诗歌、文学、历史。开始那雪只是静静地听，后来也参与了进来。白天，潘石陪着那雪漫步在古镇，感受着纳西族淳朴的民风。晚上，潘石陪着那雪去看一些当地民族风情的歌舞，有时还被拉进欢乐的人群中跳。渐渐地，那雪眉目之间舒展了许多，往日的那份宁静似乎又重新回到了脸上。

一天，潘石带着那雪去爬了玉龙雪山。他们登上山巅，看着那一片片连绵起伏的山峦，那一团团雪白圣洁的云海，那一眼望不到边的天，尽情地吐纳着山上的空气，静静地听着自己的心跳，感悟着来自心灵深处的安宁。伫立着的那雪，纯美的脸庞和婀娜的身姿，像是梦幻中一座玉女雕塑，凝固在蓝天白云里，如梦如幻。潘石如醉如痴地看着，不敢发出半点儿声响，唯恐惊动了那个来自纯净天国里的天使。

潘石安静地坐在那里，心里却暗流涌动。他从背包里拿出了一支笔和一个小笔记本，兴奋地写了起来。他很快就写了一首诗，几乎是一气呵成。那雪发现了奋笔疾书的潘石，好奇地凑到他身边蹲了下来，看到了笔记本上一首《一辈子的情人》的手稿。潘石不好意思地笑了笑，说自己一时心血来潮，感慨了一下。那雪拿过笔记本，一字一句地读着：

天的边，一抹艳
草尽红心旧照片
阡陌缘，亦凌乱
我知道又过了一年

在牵手的那一天
尘世已乱了流年
饮一杯蓝色的水囚禁思念
在起风的那一夜
风月放肆了容颜
听一曲熟悉的歌追讨从前

做一辈子情人寂寥间
静听那琴瑟相和似水缱绻
写一首与岁月有关的陪伴
做一辈子情人寂寥间
散尽那长相别离执手不厌
写一首与情人有关的晚安

　　那雪读完诗稿，不由地抬头欣赏地看着潘石，她读出了潘石对爱情的理解和渴望，感受了一个谦谦君子的浪漫情怀。突然，潘石激动地站了起来，拉着那雪的手指着远处，看到天边有一道彩虹，像是被一支巨大的画笔画的似的。两个人都被眼前美轮美奂的景色震撼了，呆呆地看了许久，谁都不愿打破那份宁静。
　　回到小客栈，女作家读了潘石的《一辈子的情人》，从心里被那美妙的诗句折服了，不停地夸赞潘石的文采，问潘石这首诗表达的含义。潘石谦和地说，这首诗只不过是他个人对爱情的理解。他理解，所谓爱情主要有两点，一是打败时间的执手到老，二是精神共同成长的执手不厌。两个人做到执手到老并不难，但同时又能做到执手不厌，就是一种难得的境界了。可惜，现实生活中，很多人是一辈子的夫妻，但不一定是一辈子的情人。

潘石还感叹地说，缘分真是个很奇妙的东西。比如，在人海茫茫的大北京，两千多万人口，人与人能够相遇已经是一种缘分，大多都是擦肩而过，有的一辈子都不会再见了。而在不经意间遇见的某一个人，似乎在遇见的那一刻，就会让自己的心凌乱了，甚至注定会乱了整个流年。他觉得，这一定不是上天的简单安排，而是一种深深的缘，也许是一种宿命。潘石说完，深情地看了眼那雪。那雪心里怦怦直跳，低下了头。

听着潘石的话，女作家不住地点头称是。不过，女作家调侃说，现在"情人"这个词都被中国人滥用了，成了"二奶""小三"甚至"破鞋"的代名词了，完全曲解了"情人"的本意。她说，不相爱的人最好不要结婚，一张结婚证保卫不了婚姻；相爱的人也不一定非要结婚，精神上有了寄托、心灵上有了伴侣就够了。她还说，自己就是因为爱得太深，却又不想破坏别人的婚姻，才一个人跑到丽江的。她还对现在的一些人，尤其是一些公众人物的做法提出了异议，觉得他们结了又离，离了又结，和这个生一个，和那个生一个，太随意、太自私。

听着女作家的一番言论，潘石不由地联想到远在美国的孟美和潘贝贝，反思着自己。当初，自己为了生存和事业，和孟美没谈恋爱就结婚了，关键是还有了贝贝，假如自己以后真的离婚了，会不会也是太自私了呢？自己最根本的错误就在于，不相爱的人却结了婚。现在自己过着名存实亡的婚姻生活，就是上天对自己犯过错误的惩罚。但是，难道自己要为当初犯下的错误付出一生幸福的代价吗？

那雪也在思考着刚才潘石和女作家的话。如果像潘石所说的，爱情的本质是精神上的相互欣赏，是精神上的共同成长，那她越来越清晰地意识到，自己和刘铁在精神上越来越不在一个频道上了，在一起只不过是一种生活习惯。她不得不承认，自己在精神上越来越欣赏潘石，甚至是一种崇拜。但是，潘石终究是有家庭的男人了，难道像女作家说的，不相爱的人最好不要结婚，相爱的人也不一定非要结婚？

两个人都陷入了沉思，同时从心里十分佩服女作家对待爱情的勇气，但在现实生活中，又有多少人有这种勇气呢？女作家看了看潘石和那雪，一边给两个人倒茶，一边故意问："潘总，你找到一辈子的情人了吗?"潘石明白女作家的话外音,想了一下,认真地说:"我知道,我已经犯了一次错误,但不想再犯第二次了!做一辈子的情人是寂寥的,我相信,散尽那长相思苦,会和那个执手不厌的人,一起执手到老!"听到潘石这句话,那雪抬起了头,第一次久久地直视着潘石。潘石一看,故意岔开了话题,问那雪能不能把这首《一辈子的情人》改编成歌曲,那雪用力地点着头说好。

在这个远离都市喧嚣的古镇,在这个万籁俱寂的夜里,三个人越聊越放松,越聊越敞开心扉,越聊越心里通透,不知不觉中,聊到了早上太阳爬出了头。那雪脑海里一直默默地酝酿着《一辈子的情人》的主旋律,突然脱口而出涌出哼唱了几句。潘石和女作家都不由地鼓了掌,异口同声地说好听。那雪露出了浅浅的微笑,她发现自己都忘了已经多久没笑过了。看着渐渐走出阴霾的那雪,潘石心里感到一种莫大的安慰。美好的时光总是显得很短暂,一个月很快就过去了。告别丽江的那天,潘石轻轻地拉起了那雪的手,那雪没有松开。

回到北京后,潘石带着那雪到了一个高档住宅小区,那是潘石万国集团旗下的房产项目。苗老师的儿子俊宏已经在潘石公司上班了,按照潘石的意思,他将一套精装修的三居室公寓布置得充满了浓郁的书卷气息,房间里还专门摆了一架钢琴。那雪满脸疑惑地看着潘石,潘石怕那雪多想,解释说这是租的房子,并再三叮嘱她,好好调养好身心,重新开始新的生活。

后来,那雪去"北方歌舞团",全身心投入在热爱的音乐上。尽管她想努力忘记过去,但是,还是会不自觉地想起和刘铁在一起的日日夜夜。不过,她觉得过去的那些伤害和痛苦已经不重要了,每当想起过去那些点点滴滴的美好,总会觉得心里隐隐作痛,强迫自己赶紧抬起头来,不再去想。过去的已经成了不敢轻易触摸的残梦,她只希望刘铁一切都好。她想为过去写一首歌,为过去的爱情困惑做个总结。她想起躺在病床上歪歪扭扭写的那几个字,于是给歌取名叫《到爱情为止吧》。这首歌从歌词、作曲、编曲,那雪写了又改,改了又写,都记不清已经修改了多少遍了,但始终不是很满意。

那雪不放弃一丁点儿时间,虚心地向团里的每一位老师学习,还参加了"全国青年歌手大赛"并得了奖,很快就成了一位优秀的歌唱演员，并经常代表团里去全国各地演出。但那雪很长时间里都没办法接受潘石，每次潘石送她回到家时，她都会礼貌地站在门口说上一句"早点儿休息吧"或"晚安"等之类的。潘石渴望的是爱情，不是一个女人的身体。他从未想过什么过分的要求，因为他怕毁了自己的形象。有一天，那雪出国演出回来，潘石将行李箱拿进房间，坐了一会儿起身要走，那雪轻声地说了句："再坐会儿吧！"

寂静欢喜，默默对她好，已经成了潘石的一种习惯。潘石对那雪的照顾细微得几乎让那雪察觉不到，那雪平时不经意说的一句话，他都会不作声地悄悄去做。那雪对潘石日常生活的照顾也是细致入微，潘石的衬衫永远都是一尘不染的，还专门买了几本菜谱，学做很多家常菜。两个人都喜欢看书，吃完饭，看会儿电视，就各自回房间了。那雪一直不知道自己应该怎么称呼潘石才好，有一天，那雪问潘石："你觉得，我怎么称呼你合适呀？"

"嗯……小潘！"潘石想了想，认真地说。

"啊？为什么呀？"那雪笑了。

"因为我怕老，尤其是在你面前！"潘石也笑了。

两个人在一起生活得十分和谐。不过，潘石终究是有家庭的人，又被业界视为焦点人物。因此，潘石不敢带那雪出席一些公开的场合，甚至不敢带她参加朋友的聚会。这种不能在阳光下的生活，令那雪有些尴尬，有时心里还会隐隐作痛。不过，她理解潘石的苦衷，从没跟潘石提过离婚结婚的事儿。她觉得丽江的女作家说的有道理，相爱的人不一定非要结婚，能在一起就很幸福了，能做一辈子的情人就更难得了。如若多少年以后，无论岁月如何变迁，两个人的心还在一起，才是真正的白首不相离。

潘石对此一直觉得很内疚，也知道自己很自私，对那雪也不公平，但他担心孟美知道了此事，再没了回旋的余地。不过，随着时间的推移，那雪的年龄越来越大了，她没想过要结婚，但想要个孩子。潘石知道那雪本来就特别喜欢孩子，每次和她在小区散步时，都会看到她拉着别人家的小朋友，那种对小孩子的喜爱溢于言表。

每当看到这种情景，潘石都会觉得非常对不起那雪。那雪想要一个他们爱情的结晶，做一个完整的女人，这是太正常不过的了。但是，如果要了孩子，万一以后给不了她一个完整的家，让她一辈子都不能在阳光下生活，那岂不是更对不起她？虽然那雪从来没有明确地提出来过要孩子，但潘石知道，她是不想让自己为难。他懂得那雪心里的苦，知道那雪在一天天的煎熬，而自己却连这个最基本的要求都满足不了她。

  冬日的阳光走得很早，下午五点天已经渐渐黑了。那雪开始收拾着办公桌上的东西，关掉电脑准备下班了。到了一楼，正好遇见姚贝贝带着一群孩子刚刚下课。十年前孤儿院的姚贝贝现在已经是大姑娘了，她现在也是那雪团队的主要成员之一。孩子们一看到那雪，一窝蜂地跑了过来，将她团团围住。那雪和孩子们开心地玩儿了一会儿，跟孩子们说了再见。

  那雪走出了公司大门，拿出电话拨通了潘石的电话："小潘，我忙完了，准备去接小烨子回家啦！"电话里传来了潘石浑厚的声音："你去接啊？好吧！"那雪挂了电话，上了一辆白色的路虎车，驶向了下班高峰期拥挤不堪的三环。那雪电话里说的小烨子，是2008年汶川大地震时潘石领养的一个女孩儿。当时小烨子在坍塌的教室下面整整被埋了27个小时，被救出来时左臂已经坏死，不得不被高位截肢了，那年小烨子才8岁。

  现在小烨子都12岁了。四年前刚来北京时，小烨子非常自卑，见到陌生人就躲，尤其是别人盯着她那只截肢的左臂看时，她总是有意地藏起来，然后偷偷地哭泣。那雪和潘石总是鼓励她，不要在乎别人的眼光，她是一个漂亮可爱的"折翼天使"。

  后来那雪教她学音乐，学舞蹈，潘石鼓励她学画画。小烨子很懂事儿，也很坚强，坚持用一只手洗脸刷牙自理日常生活，坚持用一只手弹钢琴，学画画。尤其是她画的一些有关地震的画，还得了很多奖。四年来，小烨子越来越自信，越来越阳光，脸上总是露着甜美的微笑。这个曾经"死过一次"的孩子，已经真正地从内心里站了起来。

  小烨子看到那雪停了车，大声挥着右臂叫那雪。那雪冲她挥着手，躲避着来往的车辆，小心地穿过了马路，走到她身边拉着她的右手走回车旁。那雪想把小烨子抱上车，但小烨子却坚持用一只胳膊爬上了车。看着她羽绒服空空的左袖子，那雪心里不禁又一阵阵的酸楚。小烨子安静地坐在后座上，那雪开着车不由得想起了一件往事：2009年暑假的一天，那雪带小烨子去商场买了几件漂亮的裙子。

小烨子高兴极了，穿着漂亮的裙子在公园里又蹦又跳，还跳起了那雪教她的"天鹅湖"。那雪拿着相机，不停地给她拍照。小烨子高兴地旋转着，露着灿烂的笑容。突然，相机抓拍到了小烨子那只高位截肢的左臂，看着镜头里的那只断臂，那雪的手一抖，相机掉在了地上。那雪的心像被刀扎了一样，顿时心疼得留下了眼泪。小烨子着急地跑过来问怎么了，那雪蹲在地上埋着头说没事儿，不想让小烨子看到她的泪水。

那雪开着车驶进了小区。还是十年前的那所公寓，潘石曾提议过户到她名下，被她婉拒了。推开家门，一只可爱的小比熊迎面扑了过来，在小烨子面前摇着尾巴撒娇。小烨子吃力地用右臂将它抱起来，亲着它说："哈尼尼，知道啦，知道啦，想姐姐了，是不？"这只小比熊是小烨子在汶川大地震时捡到的一只流浪狗，后来潘石托人把"哈尼尼"带到了北京。从此"哈尼尼"就成了小烨子忠实的小伙伴儿，像个跟屁虫似的整天跟着小烨子。

潘石下班回家了。小烨子高兴地迎上来喊着"潘叔叔"。几年来潘石和那雪把小烨子已经当成了自己的亲生女儿，但潘石还是坚持让小烨子称他"叔叔"，称那雪"阿姨"，希望小烨子永远不要忘记在大地震中逝去的亲人。潘石笑嘻嘻地蹲下来亲了下小烨子，小烨子害羞地跑了，但又很快跑了回来，高高地举着一幅画儿，说她的画儿又得奖了，还要去参加全国画展。潘石竖起大拇指，夸赞她真棒。

潘石看到那雪正在厨房炒菜，走过去从背后轻轻地搂着她的腰。那雪笑着说饭菜马上就好，让他去餐厅等着，厨房的油烟味太大。潘石走到餐厅，习惯性地拿起报纸翻阅。十年后的潘石，依然是那么温文尔雅，风度翩翩，加上他长期打高尔夫，还经常去健身房，身材保持得很好，每天都是神采奕奕、青春焕发的，看上去一点儿也不像是个已过不惑之年的中年男人。

开饭了，那雪从厨房到餐厅一趟一趟地来回端着饭菜，不一会儿就端上了四菜一汤。三个人围坐餐桌旁开心地吃了起来，哈尼尼在桌子底下翘着两只前爪一会儿挠挠这个、一会儿挠挠那个，一副可怜兮兮的样子。潘石经常受不了哈尼尼可怜的眼神儿，给它肉吃，但每次都遭到小烨子的制止和批评，说小狗不能吃人的东西，尤其咸的，它会流眼泪的。潘石虚心地接受批评，说下次一定注意。

三个人开心地吃着饭说着话，细心的那雪发现，潘石的脸上似乎有一丝异样，好像有什么心事。果然，吃完饭后，潘石悄悄地把那雪叫到一旁，吞吞吐吐地说："那雪，有件事儿……想跟你汇报一下。"

"说吧，小潘。"

"我的导师，孟美的父亲，突发脑梗，今天住院了，现在重症监护室。这不也马上就到春节了，我给孟美打了个电话，她和贝贝就要回国了，到时候我可能要去……"

"嗯嗯，那你好好照顾孟老和她们吧！你自己也要注意身体！"

"那雪，这次孟美回来，我想……把离婚手续给办了！"

"先别想这么多了，好好照顾他们吧！"

吃完饭，潘石回到书房，默默地看着书架上父亲的照片，黯然神伤。那雪轻轻地推开门走了进来，从背后搂着潘石。她明白，潘石一定是因为孟老的病危，想起了自己逝去的父亲。潘石的父亲是 2008 年去世的，那一年真的是发生了太多的事儿了。

6.3 心痛的是，已不再心痛

2008 年，对于潘石、那雪以及刘铁来讲，都是极其不平凡的一年。由美国次贷危机引发的全球金融风暴愈演愈烈，迅速地席卷了每一个国家。中国也未能幸免，首当其冲的就是房地产业，成交量大幅下降，各大房地产商竞相加入了打折促销的行列，有的打出了"买房子送豪车"的广告，手段可谓五花八门。即使这样，很多城市还是出现了"退地""退房""土地流拍"等现象，深圳甚至出现了业主索赔事件，整个房地产业一时进入了"灾难性的冬天"。潘石的万国地产也难逃厄运，面临着大面积房屋卖不出去、资金链严重短缺等严峻考验。

那雪春节过后辞掉了"北方歌舞团"的工作。那雪是学民族音乐的，但她发现当下的民族音乐太一成不变了，演员从唱腔到技巧，甚至从口型到手势，几乎都是千篇一律，很难让年轻人接受和喜欢。她觉得，对民族音乐最好的继承，应该是不断地创新。她有很多关于民族音乐创新的想法，希望能赋予民族音乐更多的时代元素、时尚元素乃至世界元素，但由于团里的体制限制无法实现。

那雪和潘石谈了自己想要辞职，二次创业的想法，潘石听了非常支持，说自己负责出资，并建议请卞团长当顾问。那雪和潘石商量，说她希望潘石能以贷款的方式，她倒不是怕别人说闲话什么的，主要是自己想尝试着探索出一条可以自给自足的经营模式。潘石明白那雪是想证明自己的价值，笑着点了点头同意了。但那雪初次创业，整天忙得昏天黑地的，还是举步维艰，压力很大。

2008年4月，正当潘石整天为了公司的事情忙得焦头烂额的时候，突然接到了一个令人震惊的消息。他的师兄，多年的挚友，业界有名的隐形富豪王全银，突然跳楼自杀了。一时间圈儿里众说纷纭，有的说是因为金融风暴，还有的说是因为政治问题，其实潘石最知道内情，他是因为长期患重度抑郁症而跳楼自杀的。男人很难从心里去敬佩另一个男人，但王师兄是潘石从心里敬佩的为数不多的榜样级人物。

他事业做得非常成功，涉足了金融、地产、互联网等多个领域，有一个庞大的产业集团，还做了很多慈善事业，但他为人极其低调，从不在任何媒体抛头露面。他对吃喝嫖赌抽全无兴趣，唯一的爱好就是读书，还偏爱读一些哲学方面的书。不过，也许问题就出在了这里，他感觉精神上越来越没什么挑战了，对任何事情都失去了兴趣。几个老同学帮着处理完了后事，在吃饭的时候，谈论的只有一个话题：还拼命挣钱吗？挣那么多钱干吗呢？看来挣钱太多了也不一定是好事儿！

房子卖不出去，资金链面临断裂，这些都没有压垮潘石，但师兄的跳楼自杀，对于把师兄视为榜样的潘石来讲，打击几乎是毁灭性的。他一下子情绪变得特别低沉，整日里少言寡语，回到家里就把自己关进书房，连与那雪也不愿交流了。那雪看在眼里，急在心里，想方设法地分散潘石的注意力，强迫潘石每天晚上和她散步，还强拉着潘石去看电影。但还没等潘石缓过劲儿来，又一次更大的打击接踵而来。

5月12日这天，潘石没有上班，上午就和朋友去香山国际高尔夫球场打球去了。他和朋友边走边聊走向了发球台。朋友感叹说："有时，高尔夫就像爱情，如果不认真面对它，就会觉得索然无味，如果认真面对它，就会让你心碎！"潘石也感慨说："高尔夫就是自己跟自己较劲，就是不断地完善自己、超越自己，所以，征服不了高尔夫，也就征服不了自己！"

潘石架上了Tee，放上了一颗白色的小球，试挥着一号木，动作非常专业潇洒。他正准备击球，突然感到大地微微颤抖，架在Tee上的那颗白色小球被震落了下来，在果岭上滚动着，一直滚出了果岭，停在了果岭环的深草区。潘石和朋友相互看了看，顿时意识到地震了。潘石第一反应就是此时此刻那雪在哪儿？是否安全？他焦急地拿出电话，打通了那雪的电话："那雪，你在哪儿？地震了！"

"别担心，我在开车！是真的地震了吗？"

"哦……应该是！你先不要回家，找个开阔的地方等我！"

"不用吧？"

"听话，等我！"

潘石长出一口气，放心地挂了电话。那雪开着车，刚放下手机，电话又响了。她重新拿起手机，看到了一个熟悉的电话号码，这个号码虽没有姓名，但她却早已倒背如流。那雪放回了手机，没接。不一会儿，手机发出了一条短信提示音，那雪打开看到："地震了，你在哪儿？没事儿吧？"那雪犹豫了一下，回了一条："放心！你也保重！"紧接着那雪手机又收到一条短信："见一面吧！好吗？"那雪看了一眼，没再回。

刘铁一边开着车，一边焦急地看着手机，期待着那雪的回信。手机响了，刘铁看到了熊小乖的一条短信："地震了，你在哪儿？赶紧找个开阔的地儿！"刘铁脸上有点儿失望，回了一条："我开车呢！你也注意安全！"

潘石很快就找到了那雪，后来得知汶川发生了8.0级大地震，北京只是余震。两个人回到家里急忙打开电视，看到了一幕幕悲惨的画面。那雪紧紧地抱着潘石，看着电视里的画面流泪。潘石眼里压抑着悲痛的心情，眼里噙着泪水，轻轻地抚慰着那雪。一晚上，他们反复地看新闻，根本没心情吃饭了。潘石劝那雪赶紧吃点儿东西，别再看电视了。那雪说不想吃了，走进了卧室。潘石进了书房，再次打开电视，看着地震的最新消息，脸色越来越凝重。

潘石几乎一夜未眠，一幕又一幕惨不忍睹的画面来回在他脑海里切换着，他果断做出了个决定，去汶川地震现场。天刚蒙蒙亮，他看着熟睡的那雪，轻轻地在她脸上吻了一下，打了个车就去了机场。到了机场发现飞往成都的航班全都取消了，他又给重庆的朋友打电话，希望能从重庆坐车到成都。那雪醒来发现潘石不见了，担心地拨打潘石的电话。潘石怕那雪会担心他的安全，或也要跟着去汶川，想了一下接通了电话："那雪，公司临时有点急事儿，我现在必须马上去外地，怕吵醒你，就先走了。"

"哦……这样啊！吓我一跳，睁开眼睛，看不到你了……"那雪躺在被窝里喃喃地说。

"我很快就回来，你照顾好自己！"

"哦……放心吧，你注意安全！"

潘石坐飞机到了重庆，又从重庆坐车到了成都，在成都的朋友帮助下，几经辗转，冒着余震的危险，终于在当晚就到了汶川。到了地震现场，现场的场景比在电视上看到的更加令人痛心。看着脚下一具具无辜生灵的尸体，潘石感到灵魂都被震撼了。潘石连夜就加入了救人的队伍，接下来的几天几夜，他基本上没吃没睡，甚至连一口水都顾不上喝。直到第五天，他因体力不支晕倒在地，被强行送出了汶川，转送到了成都华西医院。也就是在那里，他遇到了失去左臂的小烨子。

由于通讯中断，那雪每天给潘石打无数的电话都打不通。她问了能问的潘石所有的朋友和同事，但大家都不知道。那雪急得都快疯了，终于在第五天，她接到了潘石的电话。潘石躺在华西医院的病床上，轻描淡写地说自己在汶川，很快就回去，让她放心。另外，潘石还告诉那雪，他在汶川领养了一个高位截肢的小女孩儿。四周后，当潘石站在那雪面前时，那雪一时惊住了。短短的二十多天，潘石变得面黄肌瘦，整个人都瘦了一圈。她一下子扑了上去，紧紧地抱住潘石失声大哭。

潘石一边安慰那雪，一边把躲在门外的小烨子领到那雪面前。那雪看着大眼睛的小烨子，再看她那断了的左臂，眼泪无声地扑簌簌流了下来。突然，小烨子哇的一声大哭了起来，眼神异常惊恐。潘石赶紧抱起小烨子进了屋，安慰了她半天，小烨子安静了下来。潘石把那雪拉到一旁小声地说："这孩子被埋了27小时，每当醒来发现自己左臂被锯掉了，都无法接受这个现实！现在见到光就会哭，见到陌生人就会恐惧……"

那雪听不下去了，跑到卧室里又呜呜地哭了起来。潘石进来安慰那雪，那雪哭着说："你能答应我一件事情吗？"

"那雪，你说！"

"看新闻报道，汶川余震不断，非常危险！我希望你以后再做任何事情，都能告诉我一下，因为你的生命里，还有我！"潘石一把将那雪拥入怀中，什么话都说不出来。

后来，潘石给那雪讲了自己在汶川的经历和感受。他说在地震现场自己埋了很多尸体，真切感受到了生命的脆弱，现在自己总会控制不住地思考一些"生命的意义"之类的问题，每每都会想得头疼欲裂的。听着潘石的讲述，看着潘石的眼神，除了心疼和担心之外，那雪心里还隐隐约约感到了一种恐惧。她建议潘石暂时不要去上班了，先好好调养一段身体再说。

潘石于是在家照顾小烨子。那雪公司刚刚起步，整天忙得焦头烂额，下班后赶紧回家做饭，陪着潘石和小烨子。7月的一天，天还没亮，潘石接到了老家打来的电话。电话里传来了非常急促的声音，说他父亲昨晚突发脑溢血，现已被送到了医院抢救。潘石不敢相信自己的耳朵，顿时像被电击了似的。过了一会儿，潘石缓过了神儿，一边穿衣服，一边叫醒了那雪。那雪一听，惊慌地爬起来，二话没说穿好了衣服，开始收拾行李。潘石上前拉住了那雪的手，难过地说："那雪，我自己回去就行了，你……"

"这个时候，我应该陪在你的身旁！"那雪深情地说。

"那雪，对不起，对不起……是这样，家父是个很传统的人，他还不知道我们的关系，还特意交代过，希望孟美和贝贝能够回山东老家一趟……"

"哦……明白了！"

"那雪，对不起！我替我的父亲，对你说一声，对不起！"

"没事儿，真的没事儿，亲爱的！那……你自个儿多保重！"

那雪哭了，急忙转过脸去。她不放心潘石一个人开车，给俊宏打了电话。俊宏很快就到了，两个人驱车飞驰而去。当潘石冲进当地医院重症监护室时，父亲已经深度昏迷不省人事了。潘石请求医院采取一切可能的手段，自己也动用了所有的资源，找到北京301医院、军区总医院等专家进行了远程会诊，但遗憾的是，经过八天八夜抢救，父亲始终没能睁开眼睛。

在最后的时刻，医生把潘石叫到一旁，实事求是地告知他，父亲现在是在心脏助动仪的帮助下勉强维持着心跳，但最多还能坚持十分钟。医生征求潘石的意见，是让父亲戴着各种仪器多活十分钟离去，还是撤掉所有的仪器让老先生安详地离去？潘石悲痛欲绝，告诉医生，撤掉所有的仪器，请所有的人员离开，自己想陪着父亲安静地走完最后的十分钟。

所有的人都离开了。潘石轻轻地呼唤着父亲，紧紧地握着父亲的手，一刻不肯松开。他趴在父亲的耳边轻轻地说："睡吧，父亲！您……就好好睡吧！我知道，即使您到了天国，您牵着我的手，也永不分离！"一声撕心裂肺的哀号，划破了寂静的病房。潘石给父亲合上了眼，跪在父亲面前哭得呼天抢地。看着生他养他的父亲，临终前连一句话都没能说上，也没能见到天天挂在嘴边的孙女贝贝，潘石无法接受眼前的这个现实，哭着哭着，晕了过去。

2008年8月，随着全球金融危机的日益蔓延，以索罗斯和其老虎基金为首的国际炒家对香港金融市场发动了猛烈地攻击，导致恒生指数和期货市场指数一泻千里，节节下挫，整个香港市场笼罩在一片恐慌之中。在所有人恐慌的时候，刘铁选择了贪婪。他凭着敏锐的嗅觉，过人的胆识和聪慧，卧薪尝胆了五年，觉得终于等到了一个千载难逢的暴富机会。

刘铁大胆地利用在龙德集团主管金融证券事务总监职务之便，私自挪用公款，偷偷自立门户，与香港商人何耀阳联手，与索罗斯共舞，在香港期货市场上大肆做空，并在香港政府和中央政府救市之前及时撤出，狠狠地捞了一笔。一夜暴富的刘铁，像脱了缰的野马，一发不可收拾了。

有一天，熊龙德叫刘铁去办公室见他。刘铁知道，熊龙德一定是知道了挪用公款的事儿了。他嘴角上翘，一点儿也不紧张，好像一切尽在他的掌控之中，走进了那间印象再深刻不过的豪华办公室。见熊龙德脸色蜡黄，抽着雪茄坐在大班椅上，眼神冷冷地盯着他，问："刘铁，你可知道，你所挪用的公款，够你坐多少年的牢吗？"

"爸爸，当然，我学过法律，够我坐一辈子的吧！我想，干就干一票大的……"

"住嘴，你个混蛋！以后不准再喊我爸爸！"

"OK OK OK，熊主席！"

"一开始我就知道，你野心很大，但没想到，你竟敢做出如此胆大的事儿！"

"熊主席，我知道，我是有点儿过分，甚至卑鄙！但是，这五年我没日没夜的工作，为公司创造了巨大利润，还是有贡献的！所以，请您原谅！"

"住嘴！我熊龙德也没亏待你吧？你不想想，你一个穷保安，是如何得到今天的体面和尊严的？"

"熊主席，谢谢您的提醒！其实，这么多年来，我一刻都没敢忘记自己曾是个穷保安！为此，我忍受着各种歧视、怀疑和侮辱，每天像一只狗一样！不过，我想告诉您，我刘铁不是一个吃软饭的男人，也有自己的梦想，所以，才走了这一步，希望您能够理解！"

"你……你竟然用这种理由为自己的违法行为开脱！你以为我看在小乖的分上不敢动你，告诉你，置你于死地，分分钟的事儿，懂吗？"

"我懂！不过，我也想请教熊主席一个法律常识，行贿政府官员，如果数额巨大，法律上是如何定刑的？"

"你……你……"

"所以，我不想看到'鱼死网破'的局面！"

"你……你……给我滚出去！"

"好的，我滚，马上就滚！"刘铁冷笑了一下，退后了几步，转身大步走出了那间豪华的办公室，头都没回。熊龙德额头上冒着冷汗，气得捂着胸口，一口气没喘上来，一下子昏倒在地上。熊小乖看到熊龙德时，已经是在医院的急救室了。她心疼地趴在熊龙德怀里哭，劝父亲别再生气了。熊龙德抚摸着她的头发，心疼地说："乖乖，当初我就说，这小子野心太大了，你驾驭不了他！"

"爸爸，爸爸……对不起，我知道，我什么都知道，但……他终究是我老公，是您的女婿啊！爸爸，求求您，放过他吧！"

"傻孩子，让爸爸说什么好啊？你知道，爸爸最疼的就是你，最不放心的也是你呀！"

熊小乖知道是刘铁的不对，也知道刘铁对自己不忠，但总觉得自己已经和刘铁结婚了，爱情也算上了保险了，总有一天他会回到她身边的。熊小乖担心父亲一生气把刘铁送上法庭，就一直趴在父亲的怀里哭着，不停地为刘铁求情。熊龙德心疼地轻抚着宝贝女儿，偷偷地流出了眼泪。他对熊小乖说，可以不把刘铁送进监狱，但刘铁野心太大，现在翅膀硬了，恐怕日后会变本加厉，一定要多提防着点儿。还叮嘱熊小乖说，自个年龄越来越大了，最担心的就是她，以后她自己要学着长大，不能太任性了，不然会吃大亏的。

按照山东当地的风俗，潘石为父亲守灵跪了五天五夜，寸步不离。办完了后事，潘石回了北京，但一回来就病倒了。这一年来发生了太多事情，公司面临的困境，师兄的跳楼自杀，汶川大地震的震慑人心，再加上丧父之痛，潘石一下子跌入了人生的最低谷。那雪也没有任何心情，放下手里所有的事务，专心细致地照顾潘石。不过，那雪发现，各方面受到重击的潘石，经常神情恍惚，不爱动也不爱说话，情绪极其低落，总是感叹一些有关生与死的话题。那雪看着特别揪心，懂得潘石长期压抑的心情无法排解，坚持让潘石住进了军区总医院治疗和调养。那雪还鼓励潘石把想要抒发的心情写成一首歌，希望能以此帮他缓解和释怀内心的情绪。

潘石听了那雪的建议，为父亲写了一首歌，还特意请了卞团长作曲。病房里，潘石给卞团长讲自己送别父亲时的心情。他说在那最后的时刻，自己紧紧地握着父亲的手，感觉慈祥的父亲只是安静地睡了，只是安静地睡了！自己和父亲牵着的手从未分开，也永远不会分开。

因为尘世间一切都会逝去,但自己和父亲的爱是永恒的。到现在为止,他从来都没觉得父亲已经离开了自己,只因爱永恒……

那雪听着,想起了逝去的母亲,转过脸去流下了热泪。卞团长的父亲几年前也走了,对潘石的感触深有同感。听着潘石的讲述,读着潘石为父亲写的歌词,他禁不住老泪纵横,声音颤抖地吟唱了起来:

纯净的天国
没有尘埃
你我相依
天人合一
唯有爱存在

一切终将逝去
不必畏惧
牵着的手
从未分离
唯有爱存在
……

这时,那雪的手机响了,一看是刘铁的电话,她立马挂断了。不一会儿,电话又响了,那雪看了看,关机了。送走了卞团长,那雪去接小烨子了。快到学校门口时,她打开了手机,发现有十几个刘铁的来电提醒,还有一条短信:"雪儿,知道吗?我成功了!我有钱了!我们见面谈谈,好吗?"其实,那雪对刘铁的事情有所耳闻,但她将全部心思都放在了照顾潘石和小烨子上,也就没过多关注,只是默默地为刘铁高兴,从心里把刘铁当成了亲人,希望他能越来越好。

刘铁一夜暴富后,急切地开始了自己蓄谋已久的宏伟计划。他自立门户成立了"龙盛私募基金",还趁着房地产市场持续低迷之际,在金融街买了一层写字楼,还背着熊小乖偷偷地买了一套别墅。出于感恩,他给熊小乖也买了一套高档公寓,两个人搬出了熊龙德的别墅。

刘铁多年的梦想终于在一夜之间实现了，不过，他还有一个最大的心愿没有实现，那就是夺回那雪，夺回他曾经失去的男人尊严。但是，无论他怎么打电话，那雪始终不接。

生日的前一天，刘铁在还没装修好的宽敞办公室里，闭着眼睛坐在大班椅上，回想着五年来的一幕幕。他想着熊龙德那永远不信任和轻蔑的眼神，想着像姑奶奶一样的熊小乖，想着曾经羞辱过自己的潘石，想着永远无法释怀的那雪……想着想着，他突然放声狂笑起来，笑得眼泪都流了出来。终于，他笑够了，手指攥得格格直响，换了个手机和号码，再次拨打着那个熟悉的电话号码。电话响了半天终于通了，刘铁声音颤抖地说："喂……雪儿，是我，铁子！你先别挂电话……"但电话还是马上挂断了。刘铁想了想，给那雪发了条短信："雪儿，明天是我生日，我在有璟阁等你，我会在那儿一直等你！"

那雪站在办公室，眺望着窗外的暮色，呆呆地伫立在那里。想着刘铁的短信，她心里十分纠结。要不要答应刘铁去赴约？如果不去，刘铁会经常打电话发短信；如果去了，见了面又该说些什么？要不要告诉潘石呢？想想和潘石在一起的五年里，他总是会站在高处引领自己，使她变成了一个越来越优秀的人。两个人现在已经成了彼此不可或缺的精神伴侣，她深知自己已经真心地爱上了潘石。

那雪觉得，是应该给自己和刘铁的过去做一个了结的时候了。五年以来，那雪曾多次认真地梳理过、审视过自己和刘铁过去的那段感情。她觉得当初生活上的艰辛并没有压垮她，真正压垮她的最后一根稻草是精神上的痛苦和绝望。她发现自己的美好回忆大都是停留在了那段青葱的岁月里，而大学毕业后的那些经历，回忆起来大多是痛苦的，甚至是不堪回首。她发现自己对过去的怀恋，只是因为那段青葱的岁月不可替代。

那雪想着，突然觉得长期锁着的一个心结终于解开了。她长长地舒了一口气，做出了决定，去赴约见刘铁，把心里想的这一切都说清楚，给刘铁一个交代，给自己一个交代，给过去一个交代。她想去告诉刘铁，过去的都已经不可逆转地过去了，时间带走的是已经彻底颠覆了的人生轨迹。

第二天，那雪下班后直接去了工体有璟阁。她明白刘铁为什么选择在有璟阁见面，那是她和刘铁曾经被羞辱的地方。到了有璟阁，那雪下了车，想到马上就要见到五年没见的刘铁了，心里紧张得突突直跳，想象着尴尬的见面场面。这时，一个戴眼镜的中年男人小跑过来，低头哈腰地问她是不是那雪女士，那雪礼貌地点点头。那雪感觉他有点儿面熟，猛地想起来就是十年前那个四眼经理，但装作没认出来他。

那雪随着四眼经理走进了饭店大门，见迎面站着一个身材高大的男人，穿着一身笔挺的西装，一只手插在口袋里，一双浓眉俊眼里泛着泪花，正深情地看着她。那雪低下了头，躲闪着刘铁的目光。两个人站在那里，一时都说不出话来。那雪镇定了一下，打破了沉默，微笑着迎上前伸出手说："铁子，好久不见！"

"雪儿，太久不见！"刘铁艰难地从嘴里挤出了一句。

"生日快乐，送你的花儿！"

"谢谢！"

刘铁依然死死地盯着那雪，眼睛半秒都不肯移开。那雪再次低下了头，心里十分难受。刘铁控制着眼里的泪水，转身走向了一间豪华包间，一张大圆桌上摆满了鲍鱼、鱼翅等十几道菜。五年没见了，两个人默默地相对而坐，彼此都不知从何说起。刘铁仔细观察着那雪，发现她并没有想象中的那样珠光宝气，而是一身休闲职业套装，看上去依然是端庄大方，仪态优雅。

那雪也偷偷看了看刘铁，发现他头发梳理得油光发亮，手腕上戴着一块金光闪闪的劳力士手表。他慢慢地从怀里掏出了一根很粗的雪茄，歪着头点着。那雪突然想起上大学的时候，刘铁经常在她面前扮演"发哥"的情景，心里有点儿想笑，但还是忍住了。她抬起头看着刘铁说："铁子，祝贺你，实现了自己的梦想！"

"错！应该是我们的梦想！"

"小乖好吗？"那雪暗示刘铁。

"五年了，你一点儿都没变！不对，变了！变得更有气质了！"刘铁没接那雪的话，依然盯着她说。

"铁子，这么多菜，是不是太夸张了？多浪费啊！"那雪故意岔开话题。

"哈哈，只要你开心，这都不是事儿！"

这时，四眼经理殷勤地拿着一瓶二锅头上来给刘铁倒酒，刘铁冷冷地看着他，声音低沉地骂道："你他妈怎么连基本的礼貌都不懂？女士优先！"四眼经理赶快鞠躬道歉，赶紧走向了那雪。刘铁轻蔑地看着他，问那雪是否还记得他，那雪没有回话。刘铁大笑着说，他就是五年前曾经侮辱过他们的那位四眼经理。

那雪礼貌地告诉四眼经理，自己开车了不能喝酒。刘铁一听，坏笑着说："这位女士不能喝酒，那你就受累，把这瓶酒喝了吧，快！"那雪劝阻说："铁子，没必要这样吧？"刘铁眼睛已经瞪了起来，大声呵斥着："必须喝，快！"四眼经理战战兢兢地举起酒瓶，闭着眼往嘴里灌，呛得不停地咳嗽。那雪起身夺过酒瓶，四眼经理急忙晃晃悠悠地走了。

那雪看了眼刘铁，心想五年没见了，刘铁还是像一个爱斗气的孩子。这时，刘铁拿着一个精美的盒子走到那雪身旁，让那雪打开看看，那雪一动不动。刘铁打开了那个盒子，是一款金光闪闪的劳力士女表，和刘铁手腕上的是情侣对表。见那雪没动，刘铁要给那雪戴上，那雪急忙躲闪着。刘铁才发现那雪手腕儿上戴了一块百达翡丽，明白是潘石送她的，自嘲地笑了笑。

过了一会儿，刘铁又拿着一个精美的大盒子走到那雪身旁，慢慢地打开，动情地看着那雪，声音颤抖地说："雪儿，还记得它吗？"那雪缓缓地转过头，顿时眼睛睁得大大的。那是一款漂亮的婚纱，是五年前的那个晚上，她和刘铁在那家婚纱店橱窗前看到的同一款婚纱。刘铁低声地说："我找到了那家店的老板，那件婚纱已经被人买走了，我又让他们重新定做了一件……"那雪对那件婚纱记忆犹新，她急忙转过脸去，眼睛有些潮湿。时过境迁，可惜此物已非彼物。过去的都过去了，一切都变了，变得再也回不来了。

"此情可待成追忆，只是当时已惘然。"那雪想起了唐代诗人李商隐的这句诗，心里一阵酸楚。她转过身来，努力微笑着说："婚纱真漂亮！我想，小乖一定会很喜欢的！"

"雪儿，这件婚纱……只属于你！"

"铁子，我想提醒你，你现在已经是有家庭的人了，应该做一个有责任心的男人！"

"但是，我从来没有爱过她，也从来没有忘记你！"

"但是，我很爱他！"

听到那雪这句话，刘铁一下子愣在那里，惊愕地看着那雪坚毅的眼神，心想这还是那个一起在漫山遍野杜鹃花丛中玩耍的雪儿吗？他感到了一种从未有过的陌生感，这种感觉使他感到一阵恐惧。看着眼前呆呆的刘铁，那雪也同样感到了一种从未有过的陌生感。

那雪突然发觉，自己原以为见到刘铁会非常心痛，但此时此刻自己内心并没有想象得那么心痛。面对这个曾让她视为生命归宿的铁子哥，自己怎么会不再心痛了呢？心痛的是，已不再心痛！这种感觉反而让那雪感到了十分心痛。她意识到，以前的铁子哥此刻真的彻底地从她的心里走了。

时间似乎静止了，空气似乎凝固了，两个人的脸色同时都变得异常的凝重，气氛压抑得令人窒息。时间真是个可怕的东西，它像一把没有声音的锉刀，将一段曾经刻骨铭心的感情，慢慢地锉削成了浮光掠影。五年的时间里，两个人过着平行线般的生活，走着不同的人生轨迹，不知不觉中已成了最熟悉的陌生人。

那雪无心再吃饭了，慢慢地站起身来想要走。刘铁见那雪要走，一把拉住那雪哀求说："雪儿，等一下！"

"铁子，放手！"那雪盯着刘铁说。

"雪儿，我现在拥有了当初想要拥有的一切！回到我身边，我们重新开始，好吗？"

"铁子，你我都清楚，过去的都过去了！都好好珍惜当下吧！"

"雪儿，你不觉得当初那个拥有'核武器'的潘石把你抢走很无耻吗？你不觉得现在是该物归原主的时候了吗？"

"铁子，你冷静点儿，你知道现在自己在做什么吗？"

"我要做的，是夺回我们的爱情！"

"错了！你要夺回的是你的面子！你爱的是自己的面子,知道吗？铁子，真诚地对小乖，她很爱你，你也会爱她的！我要走了，真心地希望你们幸福！"

"雪儿，雪儿……别走，别走！我不能没有你……"

"铁子，我现在和他在一起很幸福，我很爱他，真的！"

此刻，那雪觉得，自己应该把心里最真实的一切，彻彻底底地给刘铁说清楚了。刘铁听后突然狂笑不止："哈哈哈……哈哈哈……我知道，我他妈现在还不如他强大，还不如他有钱，但我还年轻，我会超越他的！"

那雪失望地看了眼刘铁，转身走了，走得那么坚定。她听到背后刘铁仍然在歇斯底里地吼着："站住，雪儿！你给我站住，雪儿！好吧，你记住，总有一天，我会打败他的！总有一天，你会回来的！哈哈哈……哈哈哈……"

刘铁望着那雪的背影，额头上暴起一道道青筋，每根毛发上似乎都冒着火星。他怒目圆睁，猛地拿起一只酒杯，重重地摔到了地上。酒杯被摔得粉碎，碎片散落了一地……

那雪身心疲惫地回到了家，潘石正陪小烨子画画。潘石出院后状态好了一些，但还是精神不振，最大的乐趣就是陪着小烨子。那雪脸色很难看，担心潘石看出来，急忙走进了卧室。晚上，那雪倚在潘石的怀里欲言又止，潘石预感到可能发生了什么事儿，但那雪不说他从来都不主动问。终于，那雪吞吞吐吐地说："我想……跟你说件事儿！"

"嗯！"

"今晚，我去见了刘铁……"

"哦……他……还好吧？"

"今天是他的生日，想见见我，想告诉我他现在很成功了！"

"哦……我听说了，祝贺他！"

"对不起，我事先没告诉你！所以，抱歉！"

潘石握住那雪的手，真诚地说："谢谢你，那雪！谢谢你的信任和坦诚！说心里话，我觉得你们见面很正常，人之常情，我能理解！况且，你有权利忠实于自己的内心，做出自己的选择！"那雪一下子用手捂住了潘石的嘴："嘘……我觉得，我做得最正确的一件事情，就是选择了你！"潘石紧紧地将那雪拥入怀里。

潘石眉头微蹙，忧虑地说起了小烨子的事儿。八岁的小烨子正处在发育期，之前被锯掉的左臂骨骼还在生长，现在长出来的骨骼已经顶破了包扎起来的皮肉，每天忍着疼痛。潘石咨询了专家，专家说目前只能做手术，把新长出来的骨骼锯掉，以后每年都要做一次手术，直到小烨子成人不再发育了为止。潘石和那雪商量着，最后决定还是听医生的。

这天，潘石和那雪陪着小烨子到了军区总医院，接受骨骼切除手术。手术室门前，小烨子躺在移动病床上，那雪心疼得不敢直视。潘石眼里噙着泪水，轻抚着小烨子的额头，鼓励她要勇敢要坚强。小烨子使劲儿点头，一双水汪汪的大眼睛看着潘石说："潘叔叔，我不哭！我保证！"潘石难过地说："小烨子，想哭就哭吧！"

护士将小烨子推进了手术室，潘石和那雪焦急地在门外等候着。三个小时过去了，手术做完了，小烨子被推了出来。麻药作用渐渐消失了，小烨子慢慢苏醒了。她睁开眼睛看着潘石，声音微弱地说："潘叔叔，我没哭！"看着可怜的小烨子，潘石再也忍不住了，转身走到一旁无声地痛哭起来。

小烨子被送到监护室留院观察了。晚上，潘石和那雪回到家，心情十分沉重。那雪哭得眼睛都肿了，潘石呆呆地发愣。那雪突然拉住潘石的手说："我决定，以后不再要孩子了！"潘石惊愕地问："那雪，你这是怎么了？"

"我觉得，现在，你父亲走了，你已经有贝贝了，我也有小烨子了，所以……"

"那雪，对不起……"

"别这么说！小烨子不就像跟我们亲生的一样吗！"

"以后再说吧，好吗？"

潘石拉着那雪的手，沉思着说："当初收养小烨子，还觉得自己是个高高在上的'救赎者'，今天，自己觉得被弱小的小烨子'救赎'了！坚强和勇敢真不是用嘴随便说说的……"潘石说着说着，眼睛渐渐变得明亮了起来。想着师兄的离去，慈父的离去，汶川大地震夺走的无辜生灵，小烨子失去的左臂……生命是如此的脆弱，谁能预料明天和失去哪个先来？

潘石握紧那雪的手，低声自语："感谢我们还活着，还健康地活着，还有机会和爱的人在一起，还有机会去善待身边的人，还有机会去追逐梦想……能活着，在一起，已经是最大的幸福了！自己没有任何理由，去浪费生命中的每一分、每一秒……"然后，潘石站起来，拿起手机，拨通了电话："明天上午九点开会，研究讨论公司未来的发展战略！"

6.4 懂得是一种难言的柔情

回想起 2008 年发生的那些事儿，那雪至今心有余悸。孟老的病情越来越严重了，医院发出了病危通知。潘石推掉了所有的事情，寸步不离地守候着孟老。那雪知道潘石对孟老的感情很深，但特别担心潘石再受刺激，再三叮嘱他要保重身体。潘石笑着说现在自己都是四十不惑的人，让那雪放心。那雪问孟美和贝贝具体什么时间回国，潘石说后天。

2013 年春节前夕，阔别北京多年的孟美和潘贝贝终于回来了。潘石手捧鲜花，站在首都机场 T3 航站楼国际到达处，不停地往人群中张望。这时，人群中一位四十多岁的中年女人走了出来，她身材微胖，戴着一副考究的金属边眼镜，给人以不怒自威之感。潘石一下子就认出了孟美。

孟美身后紧跟着一个身材高挑的女孩儿，一身着装看上去有点儿偏中性混搭，十分兴奋地摘下墨镜东张西望。她上身穿了一件收身的黑色超短夹克，里面层叠混搭了一件休闲蓝白格上衣，松松垮垮地露在外面，一件藏蓝色的粗棒针围巾随意地缠绕在脖子上，让人感觉既简约时尚，又轻松玩味。她下身穿了一件浅色高腰紧身牛仔裤，脚上虽然穿了一双驼色平底鞋，但依然凸显着修长的美腿，彰显着九头身的模特身材，加上她肩上背着的一个红色牛皮大包，很容易让人联想到纽约街头的气质美女。

看着不远处这个女孩儿，潘石的心加速地跳着，举着鲜花的手在剧烈地颤抖，难道她就是自己日思夜想的女儿潘贝贝？一晃都从一个小女孩儿变成了一个大姑娘了，变得自己都已经认不出了。潘石心里不由地一阵酸楚，久久地凝视着。看到她们马上就要走出来了，潘石深吸了一口气，挥着手朝她们快步迎了上去。

孟美看到潘石,露出了尴尬的微笑。潘石走上前握住了孟美的手。孟美眼里充满了说不出的惆怅,端详着潘石说:"老潘,好久不见!身体还好吧?你没怎么见老啊!"潘石急忙说:"孟美,你还好吧?一路上还顺利吗?"两个人站在那里,彬彬有礼地握手寒暄,看上去像是两个阔别多年的好朋友、老同学,很难看出是一对夫妻。

　　寒暄之后,孟美焦急地询问着父亲的病情,潘石脸色阴沉下来,小声说情况不太好,目前住在"重症监护室",让孟美要有个心理准备。潘贝贝站在一边,带着一副审视的目光看着潘石,冷漠地上下打量着这位陌生的父亲。潘石慢慢走向潘贝贝,凝视着眼前这个五官精致的女孩儿,这个无数次出现在梦里的女儿,泪水在眼眶里打着转。

　　潘石上前试图拥抱自己的女儿,但潘贝贝站在那里一动不动,学着孟美礼貌地伸出手:"老潘,你好!"潘石尴尬地举着手,错愕地看着贝贝。孟美见状急忙上来解围,责备贝贝不懂事,说应该叫"爸爸"。潘贝贝耸了耸肩,淡淡地笑了笑,低下了头。潘石尴尬地笑了笑说:"贝贝,都长这么大了,爸爸都认不出来了!"潘贝贝微笑着抬起头,盯着潘石的眼睛说:"老潘,请叫我炎夏!"

　　说完,拉着行李箱转身朝外面走去。孟美低声地给潘石解释说,贝贝上大学的那年,自己改名叫"炎夏"了。潘石一边听着一边点头,两个人一起快步追赶着潘贝贝。这时,俊宏跑了过来,他身材高大修长,五官清秀俊朗,一看就是个典型的山东小伙儿。俊宏拿出了事前准备好的口罩,礼貌地递给了孟美和潘贝贝。

　　潘石简单地介绍了俊宏,说他是父亲同事的儿子,十年前跟随母亲来的北京,自学修完了传媒大学的硕士课程,现在在他身边工作。俊宏憨厚地笑了笑,给孟美解释说北京的雾霾大,担心她们在美国吸氧吸惯了,一下子适应不了北京的雾霾天。孟美礼貌地和俊宏打了个招呼,接过口罩戴上了。潘贝贝不以为然地说了句没这么夸张,没有伸手接口罩,但孟美还是强迫她戴上了。

　　四个人走向了停车场,十年后潘石还是开着那辆黑色奥迪A8。潘石坐副驾驶,孟美和贝贝坐在后座,彼此一时都找不到什么话题,车里的气氛显得十分沉闷。孟美望着车窗外的雾霾天儿摇着头抱怨说,小时候北京还是可以看到蓝天的,离开北京这些年回来的次数虽不多，但发现空气质量一次不如一次了，没想到现在变得如此糟糕，比美国媒体报道的还要可怕，真不知道北京人是如何忍受的。

潘石知道孟美一直看不上国内的生活环境，个性也喜欢批评指责，于是笑着不停地点头说是。他和孟美商量后，直接去了军区总医院。车行驶到了长虹桥下，孟美看着车窗外密密麻麻的像蚂蚁一样爬行的车辆，耸了耸肩抱怨说："Shit，北京的马路看上去怎么像个地上停车场啊！"俊宏试图缓和一下气氛，半开玩笑地说："阿姨，您不知道，长虹桥现在已经改名'长红桥'了！灯永远都是红的！不过，股民都喜欢这个词！"

俊宏正说着，一个看上去不过三十多岁的乞丐，领着一个穿着破烂的小女孩儿，一边作揖一边敲着车窗。俊宏生气地摇下车窗说："怎么又是你！信不信我揍你！"孟美急忙打断俊宏说："帅哥，你可以不施舍他，但没必要这样羞辱他们吧！"

俊宏苦笑着给孟美解释说，这个乞丐是化妆出来的，手里领的小女孩儿也是他从老家租来的。前段时间，俊宏和公司里的一个女同事谈恋爱，经常一起坐地铁上下班，曾在不同地方见过这个乞丐，知道他是个骗子。俊宏还感慨说，现在要饭都成了致富的手段了，据说这个乞丐都在北京燕郊买房了。现在的人只要能挣到钱，脸要不要的都无所谓了。孟美露出惊讶的表情，脱口而出了一句："I got mad！"

终于到了军区总医院。孟美叫醒睡着的潘贝贝，三个人一起来到了重症监护室。在医生和护士的引领下，他们轻轻地走到了孟老的病床旁。满头银发的孟老已经进入了重度昏迷，嘴上戴着呼吸机，身上戴着心电监护仪、心肺复苏仪等等各种仪器。孟美压抑着悲痛的心情，双手紧紧地握着孟老的手，轻轻地呼唤着："爸，我是孟美，我回来了！"

小时候孟老先生经常抱着贝贝出去玩儿，贝贝对孟老先生很有感情，她抽泣地喊着："姥爷，我是贝贝，您快醒醒，快看看我，好吗？"一旁的医生叹息说，老人家已经三天三夜没有醒过了，谁喊都喊不醒。医生的话音刚落，孟老居然睁开了眼睛，眼珠微微一动，一粒泪珠缓缓地滚落了出来，随后又慢慢地闭上了眼睛。医生露出了惊讶的表情，孟美和贝贝哭得已经泣不成声了。

中午，他们在医院附近找了一家餐馆，但大家谁也吃不下去。潘石建议她们吃完饭先回家睡觉倒时差，说家里的房间都准备好了。孟美坚持要留下来陪着父亲，并说晚上要回孟老的家，顺便收拾一下房间，贝贝也坚持要去姥爷家住，说那里有她童年的记忆，那里才是她真正的家。潘石听着低下了头。

孟美让贝贝先去潘石家，等她收拾好房间再说。孟美平日对贝贝要求很严，贝贝觉得母亲一个女人把自己带大不容易，不想让孟美不高兴，也就勉强同意了。贝贝临走时哭着拜托潘石，一定要救姥爷。看着女儿伤心，潘石的眼泪也忍不住流了下来。

贝贝走了，潘石和孟美又回到了"重症监护室"。潘石和医院的领导和医生很熟，特地让他们临时找了个房间休息。潘石坐在椅子上一直埋着头，孟美却坐立不安，不时地跑去趴在窗口远远地望着病床上的父亲。潘石和孟美商量，两个人轮流值班，孟美点了点头。重症监护室里十分安静，两个人压低了声音，小声地促膝长谈了起来。这么多年来，两个人很少能这样静下心来交流。

潘石关心孟美在美国的情况，孟美只用"工作机器"一词就简单地概括了。孟美说，自己拿到了法律硕士学位，后来又攻下了博士学位，还拿到了美国律师资格，现在是华尔街一家律师事务的合作人之一。把贝贝接到美国后，从小学到中学直到今天大学毕业，感觉自己似乎一分钟都没有停下来过。孟美感慨说，自己的美国梦算是实现了，但却已是四十多岁的女人了。此时此刻，看着病危的父亲，她突然觉得自己得到的这一切似乎没那么重要。

两个人聊着聊着，突然一下子静了下来，都意识到了一个无法回避的话题。孟美先开了口："老潘，还是一个人？"潘石回避着孟美的目光。孟美似乎明白了，没再继续问。晚上，孟美回了家，潘石留在了重症监护室。已经是晚上十一点了，潘石打通了那雪的电话，抱歉地告诉那雪，估计年三十不能和她一起过了。那雪让潘石放心，说自己和小烨子、哈尼尼一起过，嘱咐潘石晚上要注意保暖，别再感冒了。潘石挂了电话，心里掠过一阵温暖。

夜已深了，潘石走到重症监护室，询问值班的医生，医生说情况暂时还算稳定，但恐怕维持不了多久了，潘石的眉头不由地紧蹙起来。

果然，大年初二，正当人们合家欢聚的时候，医生通知潘石和孟美准备后事。潘石不忍让贝贝看到这生死离别残忍的一幕，和孟美商量后，决定暂时不通知贝贝。深夜，医生撤掉了所有的仪器，潘石紧紧地握着孟老先生的手，伏在老人耳边轻轻地说："孟老师，睡吧！"一声哀嚎划破夜空，孟美扑在父亲的怀里，紧紧地抱着父亲。潘石知道，此刻任何言语都是苍白的。他仰起头，靠在墙上啜泣着。

西山脚下的一片墓地。潘石、孟美、贝贝一身黑衣，将孟老先生安葬了。潘石和孟美神情极为沉重，贝贝一直跟在后面抽泣，他们缓缓走出了墓地。潘石劝慰孟美别太难过了，人世间的一切都终将逝去，他们和孟老的爱是永存的。孟美停下脚步，抬起头凝视着潘石说："老潘，感谢你这么多年对我父亲的照顾！"

"老师对我恩重如山，也是我的父亲！应该的！"

"对不起！你知道，2008年金融海啸，我在美国走不开，所以……但无论怎么讲，我未能尽到应尽的义务，让你父亲遗憾地走了，对不起！希望你不要怨恨我！"

"不会！理解！"

潘石让孟美别再多想了。他们上了车，进了城，找了家环境安静的餐厅，要了个包间，三个人默默地吃了饭，但没吃几口，又都吃不下了。孟美让贝贝先回潘石家休息，说要和潘石单独聊会天儿，贝贝听话地走了。孟美说想和潘石坦诚地谈谈，并先做了检讨，说自己太要强了，太自我了，只顾追求自己的美国梦了。

另外，贝贝是她唯一精神寄托，她担心潘石会夺走贝贝，就故意不让他们父女联系，自己太自私了。现在父亲走了，贝贝也大学毕业了，似乎自己应该做的都做完了，彼此也应该考虑各自的生活了。她过两天去香港办点儿公事，回来后就想把该办的都办了吧。

面对孟美的坦诚，潘石深深地自责说，自己也好不了哪里去，当年也只顾着实现自己的发财梦，没能好好照顾贝贝，没有尽到父亲的责任和义务，亏欠女儿的太多了，现在都不知道拿什么补偿、还能不能补偿了，面对贝贝自己是个罪人。另外，潘石还坦诚地说，除了孟老的原因外，自己是希望孟美能提出离婚，这样自己就可以心安理得一点儿，负罪感少一点儿，甚至会觉得自己高尚一点儿，其实是非常自私的。自己总想做好人，结果耽误了孟美，牺牲了彼此。

两个不惑之年的人在一起心平气和地交流着，最后都得出了一个结论，他们之间最根本的问题，还是在对待生活的态度、理念以及价值观的分歧上。潘石希望彼此之间不要怨恨，因为心中没有恨，才会平和，才会幸福。孟美说都过去了，生活还得继续。最后，两个人谈论的重点都放在了贝贝身上。孟美说自己已经适应了美国文化和生活方式，不打算回来了。只是贝贝大学也毕业了，问问潘石的意见。潘石说中国现在经济发展迅猛，机会也相对多，希望贝贝能回国发展，只担心贝贝不肯接受自己。

孟美说贝贝是个受过良好教育的女孩儿，接受的又是西方文化，敢爱敢恨，相信日后他们多真诚地沟通，贝贝会接受他的。潘石提出了财产分割问题，孟美起身笑了笑说不用了。饭店门口，孟美坚持要自己打车走。潘石劝孟美，都四十多的人了，别再奔波了。孟美点点头说了句："老潘，你多保重！"说完上出租车走了。潘石望着出租车，呆站了许久。

2013年的春节假期，刘铁实在找不到理由不回家了，这对他来说简直就是煎熬。沪深股市休市了，公司放假了，宝哥等一些狐朋狗友回老家过年了，连个打麻将的人都凑不齐了。熊龙德带着红颜知己去法国过年了，家里只剩下了熊小乖。大年三十，刘铁到了熊龙德的别墅，这里他已经许久没踏入过了。见刘铁推门进来，熊小乖惊喜地张着嘴，但马上又装着一副不在乎的样子说："哎哟，回来啦！你是骑你的大悍马回的，还是开辽宁号航母回的呀？"

"嗯……骑马，骑马回的。"

"切，还以为你开辽宁号回的呢！"

"嗨，这不咱北京还没这么大的码头嘛！"

"我看是这大北京快放不下你了吧？"

"熊大小姐，我这刚一进这个家门，火药味儿就这么足，你说，我是坐下来呢，还是坐下来呢？"

一听刘铁这话，熊小乖马上就软了，不敢再出声儿了。刘铁换了鞋子和衣服，跷着二郎腿坐在沙发上，点上了一根烟，百无聊赖地看起了电视。除夕年夜饭，熊小乖让阿姨做了很多刘铁爱吃的菜，还特意烧了一道客家人的梅菜扣肉。

熊小乖倒上了两杯红酒，刘铁却从包里掏出了一瓶小二。熊小乖没敢出声，象征性地和刘铁碰了下杯，默默地吃起来。晚上八点，春晚开始了，两个人坐在沙发上看电视。刘铁懒洋洋地靠在沙发上，一副昏昏欲睡的样子。

刘铁最讨厌看春晚了，一来他总会想起十年前和那雪在北京过的第一个春节，想到自己卖血给那雪买LV包包的壮举，想到出租房下潘石的身影；二来现在的春晚实在是越办越无趣了，一点儿创意都没有。刘铁斜着眼睛看着蛇年的春晚，发现这届可是下血本了，各种高科技手段都上了，灯光舞美不是一般的华丽绚烂，一看就是大制作。

不过，除了本山大叔再度缺席外，节目还是老一套，还是那些老面孔，主持人也还是那些年近半百的老花旦，唯一的亮点是与央视素有嫌隙的郭德纲首次亮相。但发现郭老师的笑料除了老段子外，新添了些网上过时的老梗，看完后实在让人笑不出来。

当看到刘谦现场拿李云迪调侃"找力宏"时，刘铁浑身不自在，感觉这种卖萌卖腐令人作呕。看着看着，他突然站起身来，嘴里还骂骂咧咧的："这他妈都是些神马玩意儿，太扯了，浪费纳税人的钱！不看了，你看吧！"说完，转身径直走向书房。

看着刘铁的背影，熊小乖心里明白，他这是又在玩儿老花样，找借口躲她去书房睡。多少年了，熊小乖一直忍受着刘铁的冷落，忍受着这种无性婚姻生活。刚结婚时，刘铁还算百依百顺，但没过多久他就借口加班开始不着家了。起初，熊小乖还很高兴，觉得刘铁努力工作挺有出息的。有一次，熊小乖还故意在上班时让刘铁陪她逛街，被刘铁拒绝了，后来还是熊龙德下令，刘铁才出来的。

还有一次，刘铁回家晚了，撒谎说在公司加班，其实是和以前几个保安同事喝酒去了，后来被熊小乖识破了，下令他以后不准和那些穷保安来往。刘铁一听火了，熊小乖说这就是穷人的本性和标志，越穷越说不得碰不得，一说到痛处就张牙舞爪，劝他早点丢下穷酸的心态。

熊小乖的话虽然刺耳，但刘铁冷静下来后觉得话糙理不糙，自己确实太穷要面子活受罪了，整天整一些没用的浪费时间。他觉得自己要学着好好利用熊龙德这个平台，多结交一些有利用价值的朋友，搭建自己的人脉，为日后有一天翅膀硬了所用。果然，刘铁有意识地搭上一些很有实力的客户，工作业绩也非常突出。刘铁开始给熊小乖敲边鼓，让熊小乖挟熊龙德提拔他，并直接提出要当金融事务总监。在熊小乖的天天纠缠下，熊龙德最后勉强答应了。

一段时间里，熊小乖高兴得见谁就夸刘铁，说自己的老公是能干的爷们儿。但熊小乖发现，刘铁当了总监之后，"交公粮"的次数明显减少了。他天天不是加班就是应酬客户，回家越来越晚，出差越来越多了。起初熊小乖信以为真，觉得刘铁工作太辛苦了，还挺心疼刘铁的。她还曾买了各种壮阳的补品，但刘铁吃了后还是没表现。有一天，刘铁拿了医院的检查报告，诊断为前列腺炎。但一次"小二事件"，使熊小乖明白并不是这么回事儿。

刘铁为了逃避"交公粮"，几乎每天晚上必喝，一喝就大，就这样公文包里还永远备着一瓶"小二"，回家上电梯前还会一口气把一瓶"小二"喝完，好让熊小乖认为他又喝大了。有一次陪客户，刘铁已经喝大了，上电梯前又习惯性地掏出一瓶"小二"，咕咚咕咚地一口喝了下去，结果彻底高了，一进门便扑通一下瘫倒在了沙发上。熊小乖闻着他浑身的酒气，捏着鼻子赶紧帮他脱衣服换拖鞋，谁知刘铁一把将她推开，大骂道："你丫谁呀？滚开！老子要8号，8号，冰冰，冰冰……"

熊小乖一听，立马明白刘铁出去鬼混去了。她从他包里翻出了一张"天上人间"的发票，气得浑身发抖，用力抽着刘铁的脸骂："我让你丫8号，我抽死你丫的8号！"刘铁被抽醒了，熊小乖手抽麻了，大骂着让他滚出去。刘铁被轰出家门，在马路上溜达了半天，后来跑到办公室沙发上睡了一宿。这时刘铁发现，原来自己离开了熊小乖，依然是个无家可归的穷光蛋。熊小乖在家哭了一宿，最后自己找了好多理由，觉得刘铁精神压力太大，偶尔出去放纵一下也没什么，也就原谅了他。

熊小乖从死缠烂打，到后来的一哭二闹三上吊，再到后来就一步一步地妥协了。先是变成了刘铁回家就行，再后来变成了只要不离婚就行。熊小乖宁可就这样维持下去,宁可刘铁就这样骗她一辈子。她知道刘铁心里依然装着那雪,知道他还抱着夺回那雪的希望,但熊小乖打死不离婚,以此不给刘铁自由。熊小乖内心里还抱着一丝幻想,期盼着有一天刘铁能明白,她才是那个为了他可以赴汤蹈火的女人。从此以后,熊小乖整天在酒精里麻醉着自己,假装什么都没有发生,一天天地傻等着。

刘铁躺在书房宽大的沙发上,眼睛盯着天花板发呆。刘铁一踏进熊龙德这栋别墅,脑子里就会有无数的画面。对他来讲,这里并没有留下什么温暖和幸福的回忆,而大多是压抑、痛苦,甚至羞辱。在这里,他喝大了第一次和熊小乖上了床,第一次意识到失去了那雪;在这里,他忍受着熊龙德轻视和怀疑的眼神,忍受着熊小乖的大小姐脾气,搞得他整天想逃。在这里,熊小乖随时随地想和他做爱,起初他还觉得这种疯狂很刺激,但后来他越来越不喜欢熊小乖的主动,觉得自己被动得都不像个爷们儿了。再后来,刘铁陪客户去夜总会多了,见得也多了,对熊小乖就更不感兴趣了。

不过,刘铁曾对熊小乖还是抱有一丝希望的,他曾幻想熊小乖能变得像那雪那样温柔体贴、知书达理。但后来发现,从小娇生惯养的熊小乖整天就只知道吃喝玩耍,似乎觉得自己天生就是来这个世界吃喝玩耍享受的。他也曾暗示过熊小乖,没有男人会真正爱上一个整天不思进取、好吃懒做的女人的,但熊小乖根本听不进去,哈哈大笑着说他装×,后来刘铁也就懒得说了。

但是,刘铁对熊小乖还是怀有一份感恩之心的,无论怎么说,没有熊小乖就没有他的今天。他希望熊小乖能过得好,过得无忧无虑,于是给她投资了"女人帮"红酒俱乐部。都说"男人不能有钱,女人不能太闲",他希望熊小乖有点儿自己的事儿做会过得充实点儿。有时他甚至会想,即使熊小乖在外面找男人解决一下生理需求,他都能理解和接受。只要她能给他充分的自由,只要她不干扰他实施自己的复仇计划。

2013年新春的钟声响了,刘铁躺在书房宽大的沙发上回忆着往事,迷迷糊糊地似乎睡着了。突然,客厅传来了熊小乖大声的呼喊:"铁子,快过来,快过来呀!新年的钟声马上就要敲响了!"刘铁侧过脸去，从书房的门缝里看到电视里的主持人正煽情地倒计时："10、9、8……3、2、1，2013年新春的钟声响了，蛇年到了！"熊小乖高兴得像个孩子叫着，刘铁看后心里很不是滋味。过了一会儿，熊小乖穿着性感的睡衣推开书房的门，轻声说："铁子，去卧室睡吧，好吗？"

"哦……你先睡吧，我睡不着……"刘铁支支吾吾地说。

"好吧！"熊小乖慢慢地掩住了房门，黯然神伤地走了。

刘铁心里感到一阵愧疚，没敢再转头去看熊小乖。这时刘铁的手机突然响了，是一条微信的提示音。刘铁知道肯定是一些祝贺新春的，他懒洋洋地伸手拿过手机，看到了艾雪发来的一条微信："铁哥，新年快乐！好想你……"

第七章　爱的能力

不是不想爱,是不敢再爱。人生是单行道,怕爱错了,没了回头路,丢了自由。似乎不付出已经成了保护自己的最后方式……

7.1 不是不想爱，是不敢再爱

俗话说，三六九，往外走。2013年大年初六，返京的人潮开始从四面八方向北京涌动着。凌晨五时，天刚蒙蒙亮，刘铁站在车旁抽着烟，仰望着北京站的那座大钟，大钟正好"咚咚咚"的响了五声，"东方红，太阳升"的钟声依然是那么悦耳。刘铁想起了十年前自己和那雪手牵手刚来北京的情景。那时，他们的爱情是那么纯真，梦想是那么的美好，而十年后的今天，物是人非，梦一场。想到此，刘铁心里一阵酸楚。

"铁哥，铁哥，我在这儿呢……"人潮中，亭亭玉立的艾雪挥着手呼喊着刘铁的名字，拉着一个红色的行李箱朝他快步走来。顺着艾雪清脆的声音，刘铁眺望着远处，刹那间，他恍惚看到了十年前的那雪正微笑着朝他走来……刘铁眼眶潮湿了。看着艾雪秀丽的笑脸，刘铁赶紧仰起头，隐藏起那漫天飘舞的思念。

刘铁接过艾雪的行李箱，打开后备箱放到车上。艾雪吃力地爬上了副驾座，柔情地看着刘铁。刘铁开玩笑地说："怎么，过了个年，不认识啦？"艾雪本来想说"好想你"，但话到嘴边却说了句"不好意思，这么早还让你来接我！"刘铁一副无所谓的样子说，"没事儿，反正在家也睡不着，出来等于放风了！"

刘铁漫不经心地开着车，想着这个春节长假，在家里跟像坐牢似的，简直是度日如年。刘铁也不是特别反感熊小乖，主要是从心里不愿意面对熊小乖，不愿意面对这个家，因为对他来说，这意味着每天面对过去，面对着自己的内心。每当看见熊小乖，他总会不自觉地想到过去的一幕一幕，就会感到十分压抑。尤其是到晚上睡觉时，每当熊小乖站在书房门外，带着一种幽怨和期待的目光看着他时，他就会很紧张，心里有说不出的滋味。他觉得让熊小乖守活寡，浪费着她的青春，心里很愧疚，甚至有些负罪感，但又觉得自己骗不了自己的心，非常矛盾和煎熬。

刘铁握着方向盘，转头看了眼一脸羞涩的艾雪，关心地问她饿了吗？要不要去簋街吃点儿东西？艾雪说不饿，还是直接回家吧。车驶进了工体附近一个高档的住宅小区，刘铁提溜着行李把艾雪送上楼，站在房间门口，他看着艾雪渴望的眼神，犹豫了一下，还是走进了房间。艾雪高兴地跑到厨房，不一会儿就端出了热好的牛奶面包和煎鸡蛋，让刘铁坐下来一起吃点儿早餐。刘铁从来不吃早餐，随便吃了两口，啧啧称赞着艾雪的手艺不错。

刘铁从包里拿出三万块钱放在桌上，说过完年了，艾雪身上应该没钱用了，让她先用着，没了就跟他说，不用客气。这次艾雪坚决拒绝了，她不想再要刘铁的钱了，她想让刘铁明白自己喜欢他。刘铁没有说什么，只是把钱再次放到了桌子上。

刘铁好奇地问艾雪，为什么不坐飞机而坐火车。艾雪低下头说，不舍得坐飞机，太浪费了。自从妈妈走了后，是姥姥把她带大的，每年春节她都要回老家陪姥姥。她说自己平常花不了什么钱，上次刘铁给她的钱，大部分都给姥姥留下了。刘铁听完沉默了，不由地联想到了那雪，觉得艾雪也和那雪一样，是个懂事孝顺的孩子。

艾雪搬到这所公寓后，曾一度以为自己应该算是被"包养"了。她曾多次精心准备好了晚餐，但刘铁只来过一次，吃完就匆匆忙忙地走了。有一次，艾雪曾明示刘铁晚上留下来过夜，刘铁非常坦诚地告诉她，他从不跟对他动感情的女生做爱，因为他怕伤了对方。

艾雪很感激刘铁的真诚，至少刘铁没有骗她，更没有把她当成用来消费的女孩儿。她发现自己慢慢地喜欢上了刘铁，觉得他特别男人，做事情敢作敢当，泾渭分明很有原则，特别真诚从来不装，虽然表面上看起来很花，但内心里却藏着一股侠骨柔情。

春节期间，艾雪在老家陪着姥姥时，经常会想起和刘铁在一起的时光。她知道，对刘铁来讲，自己仅仅是那雪曾经的影子，每次当她向他示爱的时候，都会发觉他游离的眼神，嘴上轻轻地说着其他，心里还在悄悄地想她。每当这时，她眼里总会泛起泪花，想要流泪，但每次她都假装像个大人似的，假装没事儿，假装笑了，默默地看着他离去。

　　但是，艾雪知道，她内心是渴望刘铁能喜欢上她，能接受她。她愿意静静地等，等到人潮散去，等到有一天刘铁会喜欢上她，会爱上她。艾雪把自己的这种心情写了下来，整个假期翻来覆去地修改，终于成了一首歌《假装》。艾雪羞涩地告诉刘铁，自己写了一首歌，希望刘铁能听听提提意见。刘铁笑着点点头。

　　艾雪蹲下身来打开了行李箱，取出了电脑，打开了"唱吧"软件，点击着那首叫做《假装》的歌曲，把手写的歌词递给了刘铁。刘铁认真地看着艾雪写的歌词，听着电脑里传出来的艾雪忧伤的歌声：

　　　　那个夏天七月某天那么的透彻
　　　　心里想着嘴上说的会有不舍
　　　　过去的和现在的是遇见的
　　　　曾拥有过的都会是最好的
　　　　走过安静角落突然难忘了

　　　　你哭了吗？我看见泪水飘落风起了
　　　　走着停着？却不说话
　　　　脸上悄悄的还在想她
　　　　你笑了吗？别再把忧伤躲藏起来了
　　　　像个孩子假装好了你却在我的心底了

　　　　你哭了吗？你看那细雨下过云走了
　　　　停着走着？假装笑了
　　　　嘴上轻轻的说着其他
　　　　你笑了吗？我会在人潮散去等你呀
　　　　像个大人假装好了你却在我的心底了

　　听完艾雪的歌，刘铁夸赞艾雪歌词写得不错，旋律也很好听。他心里明白，这首歌是艾雪写给自己的，是艾雪在向他表达爱意。刘铁心里有些感动，但又很矛盾。他内心其实特别渴望真诚，但又特别惧怕真诚；他自己受过伤，知道受伤的滋味，所以特别惧怕伤到别人；他知道至今还没人可以替代那雪，但又不想开始一段新的感情；他有时候也怀疑自己有心理疾病，但又宁愿这样病下去。

刘铁抬起头，直视眼前的艾雪，发现她站在那里低着头，眼角里噙着泪水。沉默了一会儿，艾雪打破了僵局，羞涩地说这首歌还只是个小样儿，还没有编曲配乐，她准备以这首歌参加"中国好歌声"的比赛。艾雪羞涩地看着刘铁，说自己已经开始学习创作了，会继续坚持写下去，争取以后做一个唱作人。

艾雪说以前都是过了十五才回北京的，这次回来这么早，是想找音乐学院的周茜老师好好补补课。刘铁说了句"加油"就站起身来。艾雪见刘铁要走，突然拉住刘铁的手，低着头说："这次回来这么早，还有一个原因，就是想能早点儿见到铁哥！"刘铁愣了一下，随后拍了拍艾雪的肩膀，认真地说："艾雪，你是个好女孩儿，我已经伤害到你了！说实话，我很难再去相信别人，很难再去付出感情了，所以……"

"铁哥，都是十年前的事儿了，别再纠结了！"

"有些事情不是说忘就能忘了的！你还小，不懂！"

"我懂！我懂！"

"艾雪，集中精力，好好准备比赛吧！"

"铁哥，我会的！对了，我想说，我承认，开始的时候，我是想您帮我参加'中国好歌声'大赛，是不是因为这事儿，您觉得我是个很现实的女孩儿，才不肯接受我呀？但是，后来我发现，自己慢慢地真心喜欢上铁哥了！"

听到艾雪直接地表白，刘铁松开了艾雪的手，觉得自己必须认真和艾雪谈谈了。他再次坐了下来，直白地告诉艾雪，自己不是不想爱了，是不敢再爱了。他已经毁了艾雪和李小迪的爱情，现在所做的一切，是在补偿自己的过错。刘铁看了看表，表示要回去了。艾雪坚持要刘铁吃完中午饭再走，想到熊小乖一般都下午两三点才起床，刘铁犹豫了一下答应了。艾雪看到刘铁留下了，高兴地笑了。

"铁哥，我给做几道地道的湖南菜吧？对了，你能吃辣的吗？"

"我是客家人，当然没问题了！四川人不怕辣，你们湖南人辣不怕，我是属于……辣死算了！"

"嘻嘻，那就好！等着。"

艾雪说着，忘了换鞋就跑了出去，很快就跑了回来，从楼下超市买了一大袋子食材，笑嘻嘻地走进厨房忙活了起来。刘铁也轻步走进厨房，兴致勃勃地看着艾雪洗菜、切菜，动作十分熟练利索。艾雪麻利地把锅刷好、热上油，"呲"的一声，顿时一股刺鼻的辣椒味扑面而来，把刘铁呛得连声咳嗽。

艾雪一看，急忙推着刘铁出去，说厨房里油烟味儿太大了。刘铁一边咳着一边问："做湖南菜……一定要这么大的动静吗？"刘铁被呛得眼泪都快流出来了，艾雪被刘铁的样子逗乐了，露出了一个温馨的笑，幸福都写在脸上。刘铁被艾雪的微笑吸引了，觉得那微笑连嘴角的弧度都那么温柔，心里禁不住掠过一股暖流。

艾雪被刘铁看得心怦怦直跳，羞涩地愣了一下神儿，不小心被锅烫到了手。她赶紧捏住了耳朵，咬着牙坚持着没叫出声来，放下了锅铲，盖上了锅盖。刘铁急忙走上前，焦急地抓住了艾雪捂着耳朵的手看着。艾雪一双水汪汪的大眼睛望着刘铁，娇嗔的表情里眼含秋波，再次露出了温馨的微笑，把手伸到刘铁面前说："没事儿，我做菜经常会被烫到，不过，把手放在耳朵上一捏，立刻就好啦，不信你看！"

刘铁看着艾雪被烫红了的手，心里被触动了一下，心想艾雪真是一个温柔善良的女孩儿，和同龄的女孩儿相比，一点儿也不矫情，十分质朴诚实，和那雪一模一样的。艾雪使劲儿推着刘铁往客厅里走。刘铁顺从地走出了厨房，艾雪转身回到厨房，把燃气灶重新打开，脸上不知不觉地洋溢着幸福的微笑。

不一会儿工夫，几道地道的湖南菜就上桌了，有农家辣椒小炒肉、红烧猪脚、剁椒鱼头和霸王鸭等。刘铁笑着走到餐桌旁，称赞着说不错，看着哈喇子就要流出来了。刘铁坐下刚要动筷子，艾雪说还有一道菜，让他等一下。艾雪很快端出了一个砂锅，让刘铁打开盖子。

刘铁好奇地掀开盖子，看到了一道"梅菜扣肉"。艾雪有些害羞地低头说，知道刘铁是客家人，喜欢吃"梅菜扣肉"，自己之前看着菜谱学着做过，不知道好吃不好吃，可能做得不地道。刘铁心里咯噔一下子，被艾雪的用心感动了。他突然联想起了十年前和那雪过春节时，那雪做"梅菜扣肉"的情景，一下子愣在了那里。艾雪焦急地问刘铁是不是哪儿做得不对，刘铁急忙拿起筷子，夹了一块扣肉，放在嘴里慢慢品尝着，然后故意夸张地看着艾雪说："艾雪，我看你别去参加'中国好歌声'比赛了，去参加'中国好媳妇'比赛吧！"

艾雪顿时松了一口气，高兴地笑着说："铁哥，如果你喜欢，以后我天天做给你吃！"

"哈哈，开玩笑的！你还是专心准备'中国好歌声'的比赛吧！那才是你的梦想……"

"铁哥，我……"

"快吃饭吧！我已经承受不来……"刘铁说着，改编了一句孙楠的《你快回来》歌词，哼了一句。

艾雪知道刘铁有意避开敏感的话题，自己有满肚子的心里话又憋了回去。艾雪问刘铁喝不喝酒，刘铁咂了一下嘴，说太想喝口"小二"了，但今天是自己开车过来的，春节期间查酒驾特别紧，再说熊小乖也不知道他出来，就不惹事了。刘铁说着大口地吃了起来，辣了一身汗嘴里还说着太好吃、太过瘾了。艾雪高兴地看着刘铁吃着，不一会儿，刘铁看了看表，抱歉地说她快醒了，如果发现他不在不好。艾雪理解地点了点头。

刘铁推开房门走了出去，但很快又敲门走回来。他上下打量一下艾雪说："下午如果我能出来，我带你去国贸逛逛！"

"啊？……去国贸干吗呀？"艾雪疑惑地问。

"你长这么漂亮，又这么乖，凭什么这么节俭啊？凭什么就穿得这么朴素啊？你也应该穿一些名牌！"

"不用了，不用了……现在这样，就挺好的！"艾雪连忙推辞。刘铁看了看艾雪，诡秘地笑了笑，转身走了。

下午，令艾雪感到意外的是，刘铁果真给她打来了电话，说马上到她家楼下了，让她抓紧时间下来。艾雪兴奋地跑到镜子前，迅速地化完妆，快步地跑到楼下。刘铁带着艾雪到了国贸，艾雪说以前只是偶尔路过，从来不敢进来，这还是她第一次来国贸。艾雪兴奋地紧跟在刘铁身后，几次想追上去牵着刘铁的手，但始终都没有勇气。

刘铁趾高气扬地走进了LV店，问艾雪喜欢哪一款，艾雪都小声地回答不要。刘铁干脆挑了一款最贵的、限量版的包包，眼睛不眨地刷了卡。想起十年前自己在这家店受到的歧视，再看看眼前满脸堆笑的漂亮服务员，刘铁有着一种非常满足、非常解恨的得意感。两人走出了 LV 店，又走进了 Dior 店，刘铁又是一通乱刷卡，刷得艾雪目瞪口呆，使劲儿地拉着刘铁的胳膊不让他再买了。他们走出国贸，刚上了车，熊小乖的电话来了。刘铁看了看艾雪，艾雪知趣地低下了头。刘铁无奈地摇了摇头，跟熊小乖说自己已经在回家的路上了。

刘铁把艾雪送回了家，转身要走，但突然又转过头来，关心地问艾雪李小迪现在怎么样了，劝她再去找他谈谈。艾雪说她曾经找过小迪，但小迪的电话号码变了，联系不上了。她再次跟刘铁解释，自己和小迪分手，不仅是因为刘铁，主要是觉得小迪不是自己心目中的男人，希望刘铁不要再过于自责了。刘铁给艾雪道了声别，急急忙忙地走了。看着刘铁的背影，艾雪心里空落落的，失落地站在那里。她走到窗前，看着窗外熙熙攘攘的人群，默默地发呆。

那晚，李小迪在 24 小时自助银行被保安轰出去之后，打通了海哥的电话，后来被海哥收留了。海哥希望李小迪能为农民工兄弟写一些歌，李小迪欣然答应了。李小迪经常跟着海哥去工地，和那些农民工兄弟一起干活儿。海哥给李小迪挑了些最轻的活儿，但即便如此李小迪也已经累得直不起腰来了。他真真切切体会到了农民工兄弟的艰辛，觉得自己以前太矫情了。

李小迪一鼓作气为农民工兄弟写了好几首歌,海哥为此特别高兴，还特地给李小迪发了双份工资，但李小迪打死不要。李小迪经常会想起海哥在看守所说的那段话："夜深人静的时候，最怕想起某个人，觉得负罪，想要流泪，天亮了，才知道，心安才好……"他专门为海哥写了一首歌《心安才好》，歌曲的大概意思是："人们一直在奔跑，似乎得到了不少，但有一天，却发现自己丢掉了一个最好！"这首简简单单的《心安才好》，把海哥和那些农民工兄弟唱哭了。海哥还立下了规矩，以后跟他混的兄弟，都必须要学会唱这首歌。

一天晚上，海哥和李小迪在家里喝酒。海哥偷偷地指着他老婆，给李小迪讲了自己的心事。说他老婆是他从老家带来的，现在自己也算有钱了，也算发达了，但越看他老婆越不顺眼了，觉得不如城里的女人洋气。前段时间，他在外面认识了一个年轻貌美的女孩儿，很快就和她好了，觉得自己和她有了城里人所说的爱情。海哥说自己不懂什么是爱情，只知道自己的老婆人很老实，就知道任劳任怨地照顾他，从来没提出过下馆子、买什么名牌衣服之类的。而那个女孩儿总会想出各种花样儿逗他开心，当然也花了不少钱。这不，最近那个女孩儿说自己怀孕了，非要逼着他和他老婆离婚。海哥为此很痛苦，不知道该咋办好了，想听听李小迪这个文化人的意见。

李小迪看了眼一直忙碌的嫂子，心里突然觉得一阵凄凉。他问海哥自己是怎么想的？海哥说自己不想离婚，觉得离婚太对不起老婆了，心里有负罪感。但那个女孩儿闹得厉害，给钱都不好使，说什么也要让他离婚。李小迪问海哥，他心里到底是爱他老婆还是那个女孩儿。海哥听后哈哈大笑起来，说自己要是懂什么爱不爱的，就不问李小迪了。李小迪也觉得自己刚才的问题有点儿太书生了，不好意思地笑了笑。海哥苦闷地一杯接着一杯喝着，李小迪突然想起了艾雪，顿时觉得心里堵得慌，也陪着海哥一杯接着一杯喝了起来，最后两个人都喝大了。李小迪吐得一塌糊涂躺在沙发上睡着了，迷迷糊糊听到海哥大声地把他老婆叫过来，好像说"离婚"什么之类的。

李小迪一觉醒来已经是第二天中午了。海哥去工地了，家里收拾得干干净净的，他大声喊着"嫂子"，但叫了半天没有回音。李小迪起来洗了把脸，觉得饿了到处找着东西。突然，他发现桌子上有一张纸条，上面歪七扭八地写着几行字，大概是让海哥日常生活注意的一些事儿，最后一句写的是"我回老家了"。

李小迪着急地大声喊着"嫂子"在各屋找着，但找遍了没看到海哥老婆的身影。他突然想到，昨晚迷迷糊糊地好像听到海哥说"离婚"什么的。他顿时明白了，拿起那张纸条拼命地跑到工地，很快找到了海哥。海哥接过那张纸条，脸色一下子变得蜡黄，双手抖动得厉害，眼泪一下子夺眶而出，狠狠地抽了自己一个嘴巴，嘴里骂着自己不是娘养的，飞跑着冲到了车旁，上了车飞驰而去。

一路上，海哥紧皱着眉头一言不发。李小迪问海哥去哪儿，海哥说去长途汽车站追他老婆。李小迪问为什么不去机场或火车站，海哥说他那个臭婆姨身上没钱,再说就是有钱也不舍得坐火车,更别说坐飞机了。海哥发疯似的开车赶到了长途汽车站,一问最后一班去他老家的长途车已经走了一会儿了。海哥不由分说调头就上了高速,车速开到了每小时200公里,疯狂地追赶着长途车。李小迪紧张地出了一身冷汗,双手紧紧地抓着车上的扶手。终于,他们在高速路上追上了那辆长途汽车。海哥一个急刹车将车在高速路上一横,长途车划出几米停了下来,差一点儿就撞了上来,车上传来了一阵阵尖叫声。

海哥上了长途车,拉着他老婆就要下车。车上的旅客看着胡子拉碴的海哥,以为是遇见了什么劫匪或黑社会了,呼啦一下将海哥团团围了起来。海哥瞪着大眼对着他老婆大声叫喊着:"你个臭婆娘,谁让你走的?你走了,老子怎么办?我那帮农民工兄弟怎么办?"海哥他老婆蹲在车上哇哇地哭了,海哥也哭了,紧紧地抱着他老婆说,以后再也不会和那个女人来往了,要和她一辈子在一起好好过日子。他老婆听着听着哭得更厉害了,海哥又急了,瞪着大眼叫着:"别哭了!哭啥哭?赶紧起来回家,以后哪儿也不准去了!"李小迪早就泪流满面了,也帮忙拉着嫂子走下了长途汽车。

回来的路上,三个人都没怎么说话。李小迪看着窗外沉思着,不由地又想起了艾雪,想起了以前艾雪对他的照顾,想起了艾雪对他的付出,突然觉得自己以前真是太自私了,太自我了,只顾着自己所谓的音乐梦想,什么也不干靠艾雪养家糊口不说,还总是挑三拣四地没事找事儿,现在想想觉得自己真是个混蛋。他想起了以前自己写过的那些歌曲,尤其关于爱情的,歌词是那么华丽,也不乏一些爱情的箴言,但今天,看着车里的海哥和嫂子,看到他们朴实的感情,他突然感悟到,这世上有一种爱情叫做付出,有一种爱情叫做感恩。

经过一段时间和农民工兄弟的相处,李小迪似乎长大了很多。他白天坚持去工地干活,和农民工兄弟吃喝在一起,晚上坚持音乐创作。他变得不再那么清高,不再那么矫情了,整个人感觉踏实了很多,懂事儿了很多。以前,回想起和艾雪的那段恋情,他会责备艾雪的背叛,憎恨刘铁的可耻,但现在他释怀了,也想通了,不恨艾雪和刘铁了,而是很讨厌以前的自己。他觉得,男人只有自强自立,才有爱的资格和权利。他觉得,是该放手过去的时候了,是该痛下决心开始新的生活了。为此，他写了一首《最后的疼爱》，以纪念他和艾雪曾经的爱情：

> 最后的疼爱是放手
> 最后的珍惜是埋葬那过去
> 有一天你会牵着那人的手
> 你要好好地好好地过好自己
> 有一天你我都不得不老去
> 你依然会在我生命的回忆里
> ……

李小迪将这首新作《最后的疼爱》投给了高清 MV 网站"音悦台"。令他惊喜的是，没过多久，"音悦台"的负责人打电话告知他，说他的歌播出后反响非常不错。一天，李小迪正在工地上跟着海哥他们干活，突然接到了一个电话，电话传来了一个女孩儿甜美的声音："您好！请问是李小迪先生吗？"

"我是，请问您是？……"

"我是'大爱江河'文化传媒公司的，叫姚贝贝。是这样的，我们在'音悦台'听到了您的《最后的疼爱》，都非常喜欢和欣赏。我们那姐非常支持有才华的音乐人，如果您还没签约的话，她希望能和您见面聊聊，可以吗？"

"哦……是这样啊！对了，那姐？……哪个那姐？"

"哦，那姐是我们公司的老板，她叫那雪。"

798 文化创意园，李小迪曾在这里兜售自己的音乐作品遭到过羞辱，至今还心有余悸。这天，他怀着惴惴不安的心情，找到了"大爱江河"文化传媒公司。姚贝贝热情地接待了他，带他到了那雪的办公室。那雪正听着李小迪的《最后的疼爱》，被歌曲的旋律深深地吸引了，尤其是那句"有一天你我都不得不老去，你依然会在我生命的回忆里"，使她不由地联想到自己和刘铁过去的那段感情。她想象着李小迪的样子，从他写的歌猜想他应该是个饱经沧桑的人。正在这时，姚贝贝敲门带着李小迪进来了，那雪客气地请李小迪坐了下来。

那雪看着眼前这位年轻清秀的小伙子，样子看起来有点儿呆萌萌的，和她想象的差距有点儿大。李小迪来时就曾告诫自己，今天无论遇到什么冷嘲热讽或羞辱，都要淡然一笑，不能再像之前那样没有风度了。他做好了各种心理准备，略带敌意地看着那雪。姚贝贝微笑着给李小迪倒了一杯水，他一言不发看着那雪。那雪饶有兴致地请他谈谈创作《最后的疼爱》的心路历程。

李小迪简单地讲了自己和艾雪的故事，以及写这首歌的心情。那雪静静地听着他的倾诉，被他的故事打动了，她发现他的眼神里，有一种来自心灵的干净和善良。李小迪也发现，眼前的这位那姐，态度温和，举止优雅，有着一种莫名的亲切感。最主要的是，她有着一种执着于音乐本质的真诚态度，有着和他相同的音乐理念。两个人越聊越投机，越聊越开心，渐渐地敞开了心扉。那雪表示自己十分欣赏李小迪的音乐才华，一直在寻找像他这样的唱作人，希望他能加入"大爱江河"团队，一起做创新的音乐。一旁的姚贝贝也热情地说："是呀，就留下来吧！"

面对那雪抛出的橄榄枝，李小迪的喜悦之情溢于言表。能加入一支专注音乐本质的团队，是他一直以来梦寐以求的一个心愿，自己有什么理由不留下来呢？他不太敢相信眼前的事实，不好意思地挠了挠头，高兴地答应了。姚贝贝看着李小迪呆萌萌的样子，心里说不出的喜欢，高兴地鼓起了掌。那雪拿出了一首《美中华》歌词递给了李小迪，想听听他对创作民族音乐的想法。

李小迪仔细看了歌词，称赞歌词写得简单明了，也非常接地气。他建议，以中国风的曲风为主，再注入一些流行时尚的音乐元素，二者相融合来演绎这首歌曲。那雪听着不住点头，当即就决定把这首歌交给李小迪主创。李小迪一听，兴奋地站起来，马上就要找钢琴开始创作，那雪笑着说不用这么着急。

李小迪不好意思地说，以前的老师和同学都说他是个"音乐疯子"，一谈创作就会立马癫狂，说着有点儿神经质地哼唱起来。那雪被李小迪的激情感染了，谈了自己的一些初步构思。李小迪很快就进入了忘我的状态，一边弹着钢琴一边推敲着每一个音符，很快一首《美中华》的主旋律就创作出来了。录音棚里回荡着李小迪和姚贝贝两个年轻人悠扬的歌声：

> 天要蓝起来
> 山要绿起来
> 民要富起来
> 人要美起来
> 美丽中国梦
> 神州尽和谐
> ……

听着李小迪创作的《美中华》，那雪喜出望外，激动不已。歌曲不但保持了民族音乐的风格，又恰到好处地注入了一些现代流行的元素，充分体现了时代的音符和年轻人的激情，旋律还朗朗上口。姚贝贝更是崇拜地看着李小迪，眼神里含情脉脉。那雪高兴地给潘石打电话，想把这个好消息告诉他。

2008年以后，潘石渐渐地走出了低谷，万国地产也逐步地进行了战略调整，探索着一条文化产业和地产业相结合的新路子。2013年开春以后，潘石启动了"美中华文化产业园"项目。为此，潘石还专门为该项目写了一首《美中华》歌词。此时，潘石正戴着安全帽，站在京郊的工地上。他接通了那雪的电话，听着电话里那雪兴奋地说，她遇到了一位"音乐疯子"，刚刚把《美中华》谱好曲了，让他有时间过来听听。潘石听了很高兴，说安排下工作就过去。

潘石挂了电话，摘下了安全帽，驶向了798文化创意园。录音棚里，李小迪和姚贝贝在一遍一遍地反复试唱。潘石轻轻地推门走了进来，悄悄地坐在那雪的身旁，认真地听了起来。听完后潘石欣喜地鼓着掌，姚贝贝看到潘石，高兴地拉着李小迪的手跑了过来。潘石对李小迪竖起了大拇指。

潘石坐下来和他们聊了起来："正确的时间、正确的人、做正确的事儿，这是人生的一大幸事！为了梦想而工作，其实工作就成了生活的一部分。而把工作当成生活，是一种境界！"那雪看了眼潘石，两个人相视而笑，共藏多少意，不说两相知。

7.2 爱无能，性很能

安葬完了孟老，举办完了追悼会，孟美飞了一趟香港，处理了一些紧急事务。很快，就又回到北京，和潘石办了离婚手续，彼此平和地告别了过去。这天，孟美要回美国了，潘石和潘贝贝前往机场送行。一路上，潘石反复叮嘱孟美，年龄大了，女儿也大了，别再拼了，身体健康是第一位的，其他的都是零。孟美也叮嘱潘石，要坚持打球，少吃一些高脂肪、高热量的食物。两个人像朋友似的，谁也没提及敏感的个人生活问题。

潘贝贝坐在副驾座上浏览着手机上的新闻，孟美宠溺地看了贝贝一眼，心里恋恋不舍，再三叮嘱潘石一定要照顾好贝贝，潘石点着头让孟美放心。潘贝贝突然眼睛睁得大大的惊讶地叫了一声，随后转身把手机递给了孟美，手机"搜狐新闻"里显示着一条"今年车展看'胸器'"的新闻。孟美莫名其妙地问贝贝什么意思？贝贝指着一个身着黄金布条装、整个胸都快爆出来的美女模特，诡秘地问："妈咪，快看，这是谁？"

"谁啊？穿这么少！"

"美美！我那个发小！"

"美美？你郭阿姨家的那个……美美？"

"是呀，小时候还经常去咱家玩呢！"

"My God，真是女大十八变！完全认不出来了！"

"哈哈，你肯定认不出来了！凭我的锐眼，美美这张脸拉了双眼皮，开了眼角，垫了鼻梁，削了脸骨，填了下巴，打了瘦脸针，少说也得挨了十八刀，当然是女大十八变啦！"

"瞧你这张嘴！怎么，你们现在还有联系？"

"在美国时偶尔在'人人网'上留个爪、发发照片什么的，人家美美可是经常上新闻头条呢！当然是一些娱乐八卦新闻。"

"Really？她能有什么新闻？"孟美耸了耸肩。

"不知道了吧？别看人家刚20出头，什么玛莎拉蒂跑车、豪华公寓、爱马仕包包等等啥都有，据说还是一个什么慈善机构的总经理呢！"

"是吗！看来你郭阿姨发达啦！还搞上慈善了！"

"妈咪，看来你比我还不了解国情，现在国内最流行的是包二奶、养小三，找干爹，这一点老潘最有发言权了，对吧，老潘？"

贝贝回头瞟了眼潘石，潘石尴尬地低下头。孟美明白了贝贝的话，尴尬地挤出了一个微笑，转头望着车窗外。其实，孟美早就从老同学那里得知，潘石有一个相好多年的女友，只是不想捅破而已。不过，她私下里还是跟贝贝说了，好让贝贝有个思想准备。贝贝含沙射影的一句话，使车里陷入了静默，三个人一路上没再说话。

要分别了，贝贝一下子拥抱孟美，眼泪哗哗地流。孟美心疼地捧着贝贝的脸，千叮咛万嘱咐着，说如果想妈妈了就去美国看看她。一番告别后，孟美走过了安检，没再回头，背影渐渐消失在了人群中。

回城的路上，潘石看着伤感的贝贝，试探性地问一些问题，但刚一开口叫了声"贝贝"，马上就被打断了。贝贝再次认真地对潘石说，以后请称呼她"炎夏"。潘石连忙点头，改口叫了声"炎夏"，并问她今后有什么计划。炎夏一下子脸又变了回来，俏皮地反问，是近期的、中期的、还是远期的计划？看着伶牙俐齿的炎夏，潘石被搞得有点儿紧张，支吾地说近期的吧。

炎夏略加思考后说，近期要解决的主要是生活问题，首先要先租一套房，然后再买部车。潘石急忙说房子是现成的，车随时陪她去选。炎夏回头盯着潘石问："老潘，我们好像不是很熟吧？所以，我觉得，最好不要住在一起！"潘石被炎夏的这一句又给噎住了，半天说不出话来。炎夏看着尴尬的潘石，又笑着说，其实他不必故意讨好她，很多事情她能理解，只是觉得和潘石确实还不熟，需要相互了解。

潘石松了口气，又谈到了炎夏的工作问题，说要给她推荐几家不错的大公司。炎夏再次打断潘石，说就不劳潘总大驾了，自己能找到一份理想的工作的。潘石理解，从小受西方教育的炎夏可能独立惯了，再加上对他的积怨已久，一时半会儿是很难接受他，也就没再说下去了。

潘石再次恳求炎夏和自己一起住在家里，给他们一个相互了解的机会，也给他一个做父亲的机会。炎夏看着潘石真诚的脸，勉强同意了。快到吃晚饭的时间了,潘石约请炎夏一起共进晚餐。炎夏想了想,说自己想先去新国展见见发小美美。车很快驶到了新国展,炎夏下了车,趴在车窗上对潘石挤了下眼睛说:"老潘,赶紧回家吧,跟小妈好好庆贺一下!"

炎夏快步走进了车展大厅,车展很快就要结束了,她一路小跑地找到了美美的那个展台,发现有一堆记者和观众将展台围得水泄不通,炎夏好不容易才挤了进去,仔细地辨别着台上的美女,果然是美美。只见美美站在一款豪华敞篷跑车旁,身着黄金布条装,正面露胸,后面露背,双手叉腰,微笑着不断地变换着各种姿势和角度,让记者们拍照。

炎夏津津有味地看着台上搔首弄姿的美美,还有那些摆着各种高难度拍摄姿势的记者。记者的镜头都在捕捉着美美性感的乳沟和臀部,有一个记者干脆趴在了地上,试图偷拍到美美的蕾丝内裤。这时,也已经有记者开始抢着提问了:"美美小姐,有人指责你的着装风格是在模仿露露系列,你怎么看?"

"不要拿我跟什么露露比,I just me!"美美瞪了一眼那记者。一位记者听后赶紧在小本上写下了:"巨乳美美又爆惊人英文语录!"又一位记者上前问道:"美美小姐,有网友说,你网上晒的玛莎拉蒂跟你的收入不符,你怎么看?"

"现在的房价跟很多人的收入不符,请问,你怎么看?"美美白了那位记者一眼反问道,那位记者被问得哑口无言不说话了。美美说完转身要走,一些记者仍穷追不舍问着:"据爆料,你是某高官干女儿?""据爆料,你是某知名企业家小三?"美美停住了脚步,正色道:"我想借这个机会郑重的声明,我的玛莎拉蒂和我所拥有的一切,都是我妈妈炒股赚的钱,谢谢!"

美美说完冲台下一个飞吻,然后在助理及保安的簇拥下急急忙忙走下了台。炎夏惊叹着美美的妙语连珠,在她身后追赶着大声叫着美美。美美不耐烦地回过头张望着,看着炎夏迟疑了一会儿,露出夸张的惊讶表情:"Oh My God,你是?……"炎夏莞尔一笑:"潘贝贝!怎么,当了大明星就不认识小伙伴儿啦?"美美一听,穿着又细又高的高跟鞋,晃晃悠悠地像个大企鹅,一把抱住炎夏说:"Oh My

God，贝贝，真的是你啊？"

"I just me！"炎夏故意学着美美。

"我靠，太漂亮啦！等等，多年没见，让我好好看看！啧啧，不愧是美国归来的，太有气质了！"

"谢谢！"

"等等，让我想想，我怎么觉得你的范儿特别像……对了，像张歆艺！"

"啊？张歆艺是谁？"

"国内的一个演员，长得挺漂亮的，我也挺喜欢她的，感觉人特别率真！"

"是吗？那我回头上网查查，看看到底长得什么样？"

"等等，那我告诉你，你别查错了，现在和她名字差不多的什么演员、网红等多了去了，什么张馨予、张予曦、张艺馨、张雨馨、张歆艺、张艺馨……尼玛，搞都搞不清楚谁是谁，撞脸又撞名，天天撕×大战！我喜欢的这个叫'张歆艺'，长得很洋气，和你很像！"

"哈哈，感觉像绕口令！谢谢'胸器女神'的夸奖！"炎夏躲闪着美美暴露的"胸器"。

"北京欢迎你，哥伦比亚女神！"

"美美，我觉得，你的口才可以做美国外交发言人了！"

"嗨，谁实话，装B这事儿，我也经常被自己的真诚打动！"美美摇头晃脑地说。

两个人哈哈大笑着，从车展后门跑了出来。美美戴上了超大的墨镜，钻进了她经常在网上晒的那辆红色玛莎拉蒂跑车，开动了发动机，随着一阵轰鸣声，跑车轰隆隆地飞驰而去。炎夏夸赞道："So cool！"美美哈哈大笑着，问炎夏是怎么找到她的。炎夏说"搜狐新闻"头条，并好奇地问："这里到底是在举办'车展'还是'胸展'？"美美自嘲地说："肉展！"

美美一边开着车，一边给炎夏介绍着国内的情况，劝炎夏赶紧吸吸帝都的雾霾，好好地接接地气，不然日后适应不了地沟油、皮革奶、瘦肉精之类的，反正她已经浑身都是抗体了。炎夏夸美美还挺幽默，美美笑着说这叫"自黑"。

红色玛莎拉蒂进了城区，美美问炎夏晚上想吃什么，给炎夏接风。炎夏说随便。美美又问炎夏这次回来准备待多久，炎夏开玩笑地说："我回来是实现中国梦的，不准备走了！"美美伸出手和炎夏击掌，惊叫道："我靠，牛×啊！以后就跟姐混了，什么高富帅、富二代、欧巴土豪，姐手里一大把，随你挑！"

　　美美正侃着，手机响了。美美一接电话，刚才女汉子的声音一下子变得又软又绵了。她声音嗲嗲地说："哎哟，铁哥呀！您终于想起人家了呀！"

　　"下周澳门的阳哥过来，你组织一下。"

　　"哼，就知道，找妞儿时候才想起我！艾雪现在不是你的正牌女友吗？找她安排呗！"

　　"你他妈又来了，是吧？"

　　"好啦好啦，开玩笑的啦，放心吧！对了，铁哥，这次我要给你隆重推出一位'美女加才女'，正宗的'西伯利亚'大学高材生，比你那个艾雪强一亿倍，你要给好评哦！"

　　"给你一亿个赞，手动赞，可以了吧？"

　　"么么哒，嘻嘻。"

　　美美笑嘻嘻地挂了电话，偷偷瞄了一眼炎夏。炎夏莫名其妙地问美美什么情况？美美一副神秘的样子告诉炎夏，过两天给她介绍一位男神，百分百的高富帅，土豪中的战斗机，绝对征服她的小心脏。炎夏笑着说自己是个大叔控，让美美还是留给自己吧。美美说巧了，这位男神还就是个小大叔，著名龙盛私募基金的CEO，京城赫赫有名的金融新贵。

　　不过，美美提醒炎夏说，这位男神身边可是美女如云，竞争也是相当的激烈，一般人很难搞定他，让炎夏有个心理准备。从小就喜欢新鲜和挑战的炎夏一听，心里顿时产生了一股强烈的好奇心和征服欲，她好奇地问美美："既然这位男神如此优秀，你为何不自己亲自动手啊？莫非另有了真爱？"

　　美美听炎夏说"真爱"一词，忍不住哈哈大笑起来，讥笑她说："美国老土帽！知道吗？现在中国神马都不缺，就他妈缺真爱了！都他妈是'爱无能'！"

"那位男神也是个'爱无能'？"炎夏开玩笑地问。

"哈哈哈，他是'爱无能'，但'性很能'！"美美浪笑着说。

"这应该属于疑难杂症吧？得治啊！本小姐倒是有兴趣治治！"

"妹妹，你刚回国，姐必须提醒你，玩玩儿可以，但千万别认真，谁认真谁就输了！其实对那位男神……"美美一脸认真地说。

"认真就输了？但不认真，怎会有真爱呢？"炎夏不解地追问。

"妹妹，现在的人谁还 care 什么真爱啊？反正我不 care！"

"那……都 care 什么呢？"

"Money、Money、Money、Money！"美美故意用阴平、阳平、上声、去声四个声调，重复地说了四次，并感叹道："现在的大帝都，就是一个看钱的社会，看脸的世界。要对自己狠一点儿，大帝都才会对你好一点儿，懂吗？慢慢体会吧……"

美美的车来到了工体附近的一家"杨家火锅"大门口。美美介绍说，这可是京城最火的火锅店，好多大明星都来这儿，要提前一个礼拜定位子的。不过，她来了就例外了，随时来都有位子。炎夏跟着美美走进了火锅店，果然，这里的经理和服务员都和她很熟，立马招呼着给她们安排了一个安静点儿的位子。

美美点了一些这里的招牌菜，嘴里一边吃着一边和炎夏聊天，说自己很小的时候爸妈就离婚了，她 16 岁的时候就自己出来混了。炎夏那么小就去了美国，一走就是十几年，不知她这些年都是怎么过的？她妈妈在美国混得怎么样？她父亲现在混得怎么样？她都交过什么样的男朋友？等等一连串的问题。炎夏只是轻描淡写地说，她妈妈现在还不错，她父亲十几年没见了不了解。她就交过两个男朋友，一个是美国小帅哥，一个是中国小大叔。

美美和炎夏正聊着，美美的电话又响了。她看着电话，犹豫了一会儿，站起身走到一旁接了，然后就听她怒气冲冲说道："我说，你他妈还有完没完啦？"

"想你了嘛，嘿嘿！"

"大光，我警告你，你别他妈太过分了！"

"我哪儿敢呢！您现在可是越来越红了，要不哥哥把那视频发到网上，跟着您沾沾光，也上回头条？"

"你……你又想怎样？"

"嘿嘿，不想怎样，就是想你了！你现在哪儿，我去找你呀？"

"不行，我现在和朋友吃饭呢！"

"那还是晚上去你家？"

"但我警告你，这是最后一次了！"

"亲，那我等你电话哦，哈哈……"

美美挂了电话，气得手不停地发抖，脸色发紫。她重新回到了饭桌，没了刚才的眉飞色舞，心不在焉地吃了起来。炎夏关心地问她怎么了，美美咬着牙说遇见了个人渣，自己能搞定。炎夏看着一脸烦躁的美美，抓紧吃了两口，说自己累了，想回家睡了。美美问炎夏住哪儿，要去送她，炎夏不想让美美知道潘石的存在，坚持自己打车。美美自己开车驶向了富力城方向。

美美开着车，浑身微微颤抖，脸色变得越来越难看了。她猛地拍了一下方向盘，车发出了刺耳的喇叭声。刚才给她打电话的正是刘铁的助理郑大光。在大学的时候郑大光就一直不服气刘铁，后来刘铁发了，他除了羡慕嫉妒恨以外，同时也把刘铁视为自己奋斗的目标。

郑大光渴望有一天自己也能一夜暴富，也能过上刘铁那样天天挥金如土、美女如云的生活。他选择了投靠刘铁，想偷偷地学到一夜暴富的真经。几年来，他在刘铁面前一直装孙子，表面上对刘铁唯命是从，但实际上野心很大，时刻都在寻找机会，并暗自发誓，刘铁能做到的，有一天他也要做到。

不过，郑大光发现，刘铁很贼，处处防着他，总是给他一些不疼不痒的虚名，每月给他发着不多不少的工资，对此他心里很不满足，但又无可奈何，只好忍着。至于美美，他并非只是垂涎她的美色，一来觉得美美也算是个名人，征服了美美是一种身份的象征，一种成功的标志；二来他知道美美曾和刘铁有一腿，觉得刘铁能睡的女人，他郑大光也要睡，这样他觉得自己也算是和刘铁一样的成功男人。

郑大光也知道，就凭他的实力和长相，美美根本不会屈他。在MGM一次酒局上，美美喝大了。郑大光找了一个特别帅的男模送美美回家，结果和美美发生了一夜情。重要的是，男模按照郑大光的吩咐，把和美美做爱的过程录了下来，并把视频卖给了郑大光。

有一天，郑大光突然约美美吃饭，美美嘲笑地问他没事儿吧？然后毫不犹豫地拒绝了他。郑大光把那段性爱视频传给了美美，美美吓得赶紧跑来找他，问他从哪儿搞到的？郑大光不紧不慢地威胁美美说，自己并不想发到网上去，也不想把这件事儿告诉铁哥，条件就是和美美睡一次。美美一听气得火冒三丈，抽了郑大光一记耳光。郑大光不但没急，反而笑了，举着手机起身就要走。

美美一听顿时慌了，担心郑大光万一真给她传网上曝光了，她就彻底完了。美美早就发现郑大光阴险狡诈，一肚子的坏水，没想到自己的把柄落到他手里了。最后她一咬牙答应了他的要求。但万万没想到的是，郑大光从此得寸进尺，隔三差五就来骚扰她，动不动就威胁她。美美又气又恼又怒，但又想不出什么好办法对付郑大光，只好忍气吞声。

美美回到了富力城公寓，拿出了一瓶酒连喝了三杯，强压着心中的怒火。不一会儿，她听到了敲门声，看到郑大光嬉皮笑脸地走了进来。郑大光关上门抱住美美就一通乱亲，美美骂着让他赶紧去洗澡，郑大光哼着小曲走进了浴室，不一会儿就急不可耐跑了出来，一下子就把美美扑倒在床上。美美厌恶地反抗着，但郑大光越来越亢奋。美美问："你就不怕刘铁知道？"

"哈哈哈……我怕他！告诉你，美美，老子这叫卧薪尝胆！总有一天，刘铁能做到的，老子一样也能做到！"郑大光歇斯底里地大叫着，然后再次扑向了美美。美美拼命地反抗，郑大光狠狠地抽了美美一记耳光，死死地按住了她的双手，强行进入了美美的身体。发泄完兽欲，郑大光穿着浴衣，坐在沙发上抽起了事后烟，得意地看着美美。

"郑大光，我要杀了你！"

"是吗？亲爱的，我好期待哦！哈哈哈……"

"人渣！死变态！告诉你，今天是最后一次了，听到了吗？"

"什么？……不好意思，我耳朵不太好使，您受累，再说一遍？"

"郑大光，我警告你，别把老娘逼急了！"

"美美，你别吓唬哥哥，我胆儿小！哈哈哈……"

郑大光狂笑着站起身来，没再理睬美美。他走到窗前，看着窗外的夜色，狠狠地抽着烟。突然，他听到背后美美说了声："你笑够了没有？"顿时感到背后冷飕飕的。转身一看，发现美美站在他身后，眼睛死死地盯着他，脸色阴沉得可怕。美美冷笑了一声说："郑大光，你是不是觉得你吃定我啦？"

"你觉得呢？"

"告诉你，我的忍耐是有限度的，知道吗？"

"是吗？但，哥哥还没够呢！你再忍忍哈！没事儿，你要实在不想忍了，回头我就把视频传到网上去！亲爱的，我保证，你绝对会再次上头条的！哈哈哈……"

"人渣，你看，这是什么？"

郑大光转过头来一看，发现美美手里举着一个微型摄像机，顿时感觉不对了，紧张地问美美那是什么。美美冷冷地说道，这只是一个高科技的玩意儿，记录下了刚才他们做爱的过程。美美不紧不慢地说，她可以把这东西送给警察看看，自己是如何极力反抗一个禽兽强暴的；也可以拿给铁哥看看，让他好好看清楚录像里这个人渣的阴险嘴脸。

郑大光没等美美说完，就冲上来抱住了美美，威胁说："快，快给我！快给我！否则我弄死你！"美美的瞳孔突然放大，露出了令人毛骨悚然的恐怖眼神。她冲着郑大光吼叫着："威胁我，是吧？你他妈威胁我，是吗？"她一边骂着一边疯了似的死死地掐住了郑大光的脖子，拼命地将郑大光拖到了窗前，歇斯底里地喊着："来呀，王八蛋！咱俩看谁先把谁扔到楼下去！来呀，王八蛋！来呀，你个王八蛋！怎么腿软了？哈哈哈……"

美美这突如其来的疯狂举动，把郑大光彻底吓尿了。他身子一软，扑通一下跪在了地上，不断地向美美求饶，哀求美美千万别干傻事儿。美美看着瘫在地上的郑大光，轻蔑地冷笑了一声，上去又狠狠地踢了他一脚，骂道："怎么？尿了，王八蛋！"

"美美，冷静、冷静！别激动、别激动！有话好好说！"

"滚！马不停蹄地滚！记住，以后别再来骚扰我，王八蛋！"

"好的，我滚，我滚！美美，我们这算是扯平了，好吗？"

"快滚！滚！"

7.3 还有多少人会说我爱你

北京的春天,似乎比夏秋冬都短一些。很多春天的衣服一年也没几次机会穿出来秀,很快就成了衣柜里的展示品,无精打采地挂在那里。过了"五一",似乎夏天就到了。马路上穿什么的都有,有些着急秀大腿的女生,急不可耐地穿上了裙子,不动声色地走在马路上,其实,心里特别渴望别人的目光。

金融街刘铁的办公室,一间小型会议室的墙上悬挂着几个巨大的 LED 显示屏,沪深股指、香港恒生、美国道琼斯等等股票实时走势图尽收眼底。刘铁的女秘书也早早地穿上了紧身的裙子,露着雪白修长的大腿,正在会议室分发着资料,布置着会场。宝哥等几个死党,正在外面的休闲区打台球、玩飞镖。

刘铁坐在大班椅上,托着下巴盯着股市走势图沉思着。十年来,他不断积蓄着力量,一刻都没忘记他的复仇计划,时刻准备着在商场上击败潘石。但他也深知,潘石绝非等闲之辈,如果贸然出手,将会万劫不复。在没有机会的情况下,他宁可一直沉寂蛰伏着,而今天,他终于觉得时机成熟了,该出手了。女秘书告诉刘铁都准备好了,可以开会了。

刘铁走进会议室,女秘书把宝哥等也都叫了进来。宝哥、黑哥坐了下来看着资料,熊哥的眼睛却始终没离开弯腰倒咖啡的女秘书。女秘书走过来给他倒了杯咖啡,他偷偷地捏了下女秘书的臀部,女秘书冲熊哥媚笑了一下,熊哥顿时觉得心旌荡漾。刘铁看了眼熊哥,用力地拍了拍手,半开玩笑地说:"行啦,熊哥,眼珠子快掉下来啦!"

"就是,兔子不吃窝边草,懂吗?"宝哥说。

"但,她不是我的草啊!铁哥不吃,我可以啊!"熊哥嬉皮笑脸。

"你呢,早晚毁在女人手里!"黑哥说。

"我不,我要死在怀里!"熊哥油嘴滑舌地说。

"行啦,别贫啦!开会!"刘铁脸沉了下来。

会议室顿时鸦雀无声。郑大光将 LED 显示屏切换成了"WJ 地产"股票的 K 线走势图。刘铁一边呷着咖啡,一边盯着那根曲线,声音低沉地说:"近年来,政府调控房地产,房地产板块的股价一路下滑。

目前，我们在二级市场上趁低吸纳的'WJ地产'股票也占有了一定的比例，可谓是十年磨一剑！我认为，现在时机成熟了，机会来了！今天请哥儿几个过来开会，宣布正式吹响'收购战'的号角！"

听完刘铁的分析，宝哥第一个站起来表态说，就等着铁哥发指令了。黑哥也信誓旦旦地说，大家都信铁哥，愿意跟着铁哥再干上一票。只有熊哥低着头，小声嘀咕着对方可是只大老虎，不可小视，要三思而后行。刘铁看了看熊哥，走到他跟前，拍着他的肩膀说："我刘铁的人品大伙儿应该清楚吧？我没坑过兄弟吧？当然，我也绝不打无准备之战！所以，我已经为兄弟们想好了退路，晚上澳门的何耀阳到北京，到时候和他里应外合，在境外开立一些银行账户，把挣的钱先转移到境外，以防不测！"

熊哥一听这话，马上笑了："可以，这个可以有！哈哈……"刘铁回到了座位上，让郑大光演示着PPT，讲解他的一些思路和大概计划。郑大光非常精确地理解了刘铁的战略意图，把刘铁的方案讲解得非常到位。刘铁听了十分满意，大伙儿听了也信心十足。刘铁吩咐郑大光去安排一下晚上的饭局，郑大光问去哪家饭店？刘铁想了想说阳哥这帮港佬喜欢粤菜，建议去"顺风一把刀"。熊哥站起来叮嘱郑大光，千万别忘了通知美美，让她再叫上几个漂亮妞儿。郑大光会意地笑了笑。大伙儿有说有笑地走出了会议室。

刘铁起身准备走，发现郑大光还没走。他问郑大光还有什么事儿吗？郑大光吞吞吐吐，欲言又止。刘铁环顾了下会议室，说没什么人了，让郑大光有话直说，不用客气。郑大光犹豫了半天说了一句："老大，我想请战！"刘铁拉着郑大光的手，让他坐了下来，慢慢说几个意思。郑大光不好意思地说，自己这么多年来一直追随着铁哥，想跟着铁哥学一些本事，但却一直没有接触到业务，这次"收购战"自己想冲在第一线，希望刘铁能给他一个带兵打仗的机会。

刘铁听了，拍着郑大光的肩膀，非常愧疚地说，这些年来，他鞍前马后、忠心耿耿的，是自己的失误，也没考虑他的感受，希望大光能够谅解。至于他的请战，自己会认真考虑的。郑大光听着听着激动地站了起来，紧紧地握着刘铁的手，感谢刘铁的信任和支持。刘铁望着郑大光的背影，突然想起当年自己在熊龙德面前表忠心的情景。他顿了顿，皱了皱眉，点上了一根烟，眯起了眼睛。

这时，艾雪打电话来了，在电话里兴奋地说她以北京赛区第一名的成绩入围了"中国好歌声"总决赛。刘铁听后很高兴，连忙向艾雪祝贺。艾雪问刘铁晚上是否有事儿，好久没见了，能不能一起吃个饭？刘铁支吾地说晚饭有个饭局，艾雪问她能否参加？刘铁考虑了下，告诉艾雪在家等着，自己下班后去接她，并补充了一句，以后上班时间不要给他打电话，有急事儿可以发微信或短信。艾雪道歉说自己太激动了，以后记住了。

下班后，艾雪精心打扮了一番。她把那天刘铁在国贸给她买的名牌都全副武装了起来，手里拿着那款限量版的 LV 包包，上身穿了件 MiuMiu 的纯白色针织开衫，下身穿了件 D&G 的漏洞牛仔裤，透着一种甜美而时尚的熟女范儿。她早早地站在楼下，焦急地等着刘铁。不一会儿，就听到了熟悉的大悍马轰鸣声。

大悍马一个急刹车停在了她的身旁，刘铁穿着一身 D&G 的休闲装下了车。刘铁有点儿吃惊地看着艾雪，没想到她打扮起来也是如此的有气质。艾雪又好久没有见到刘铁了，看到刘铁欣赏的目光，开心地一下子冲上去抱住了刘铁。刘铁窘迫地拉开艾雪的手。两个人上了车，驶向了东三环边上那家著名的顺风酒家。

此时，美美开着她的红色玛莎拉蒂也在东三环上爬行着，车上还坐着精心打扮过的炎夏。美美看着密密麻麻的车辆不耐烦地按着喇叭，对炎夏说："你大爷的！北京人的生命，一半都耗在路上了。你信吗？"炎夏点点头："信！非常信！"美美担心刘铁骂她不靠谱，拿出手机打通了刘铁的电话："亲爱的，堵死了！我趴在国贸桥这儿半天了，一动不动的！"

"那事儿安排了吗？"

"放心吧！她就在我身边呢！'美女加才女'，一般人请不到的呢！"

"什么'美女加才女'的！我问的是那事儿？"

"哦……那事儿呀！妥妥的！放心吧！不过，那女孩儿只同意大麻，溜冰不行！"

刘铁没等美美说完就把电话挂断了。

北京的夜充满着欲望。车窗外，五颜六色的霓虹灯下，那些挥金如土的土豪，那些争妍斗奇的美女，那些不甘寂寞的屌丝，都在蠢蠢欲动着。刘铁终于到了"京城第一快刀"顺风酒家。停车场排满了各种豪车，看来这里生意火爆。

大门口，一个小矮人穿着礼服迎来送往。看到刘铁下了车，小矮人一路小跑迎了上来，热情地打招呼，大声地叫着铁哥。一位穿着高开衩旗袍的迎宾小姐，也急忙迎上前来哆哆地喊着铁哥，走在前面引领着刘铁。显然，刘铁是"京城第一快刀"的常客。

刘铁走进一间富丽堂皇的包间。包间里已经坐满了人。刘铁推门进来，嘴里责备着北京的交通，双手合十道着歉，走向了澳门来的何耀阳。何耀阳笑着迎上来，热情地和刘铁拥抱，嘴上说着好兄弟好久不见。刘铁在主陪的位置坐下，吩咐服务员赶紧起菜。不一会儿，什么鲍鱼、鱼翅、澳洲龙虾等等摆满了一桌。

何耀阳坐在刘铁的右手，看上去40几岁。他身材高大，皮肤黝黑，肌肉发达，胳膊上还有个黑色青龙文身，看上去很像港台电影里的黑社会老大，身边坐着一位袒胸露背的美女。刘铁左手的位置是空着，是他特意给美美留的。宝哥、熊哥、黑哥等也已经各自男女搭配着落座了。

刘铁看了看时间，皱了下眉头，说了句不等了就举起酒杯。话音刚落，美美慌慌张张地推门进来，气喘吁吁地说对不起，坐在刘铁留给她的位置上。她看了眼身旁的宝哥，让他换个位置，让炎夏挨着她坐下了。郑大光坐在了刘铁正对面的副陪位置，艾雪被安排在了郑大光的身边。

刘铁一看人都到齐了，再次举起酒杯，说开场白："各位兄弟姐妹，我提三杯酒。第一杯酒，欢迎阳哥来北京考察指导工作！第二杯酒，祝我们与阳哥合作愉快再创辉煌！第三杯酒，祝今晚大家吃好喝好玩好！来来来，大家都干了！"

熟悉刘铁的都知道，进门三杯酒，这是他立下的规矩。在座的男男女女，能喝的不能喝的都连干了三杯，炎夏只是轻轻地抿了抿。刘铁说完，大家都落座了。宝哥给熊哥挤了挤眼说："艾玛，这次没超过8分钟！"熊哥会意地笑着说："今儿排比句不多！"黑哥插了一句：

"主要酒还没到位！"

刘铁单独又敬了何耀阳三杯，说是尽地主之谊。他刚坐下，美美紧接着就走到何耀阳身旁，拉起他身边的美女，一起又敬了他三杯，还伏在他耳边说都安排好了。刘铁看着美美，暗自赞叹，有些场面还真非美美莫属。

炎夏一直观察着刘铁，发现他确实一表人才，男人味十足，看上去冷傲孤清却又盛气逼人，心想美美嘴里的这位男神的确不同凡响。刘铁并没有特别留意炎夏，一直忙着招呼何耀阳。美美大声地叫了声炎夏，让她过来敬刘铁一杯。炎夏拿起酒杯，大方地走到了刘铁身旁。美美拉着炎夏的手说："铁哥，介绍一下，炎夏，'美女加才女'，漂亮吧？"

"'美女加才女'？我靠，坐吧！"

"炎夏，这位就是传说中的男神，铁哥！"

"刘先生，您好！很高兴认识您！"

"我靠！刘先生？有点儿意思！不握手了，坐吧！"

"刘先生，请问，您是不是特别喜欢'靠'？"

刘铁嘴角上翘，不由地转过头，上下打量着炎夏。炎夏站在那里淡定地微笑着，但眼神却明显地具有挑衅性。已经习惯了各种献媚目光的刘铁，看着眼前不亢不卑的炎夏，一时还不太适应。他一脸坏笑地站起来，伸出手说："对不住，美女！忘了，听美美说，你是从美国归来的！我是不是应该说'Fuck'？Sorry、Sorry！"

"Take yourself，入乡随俗！"炎夏直视着刘铁，依然微笑着说。

艾雪一直细心地观察着美美和炎夏。想起美美带自己第一次见刘铁的情景，她猜到了美美带炎夏过来的意思。她发现，这个炎夏和美美不一样，虽说都属于超级美女级别的，但两个人气质的差距就太大了。这个炎夏看上去特别大气，一看就受过良好的教育，骨子里散发着一种自信的魅力。

女人的第六感让艾雪感到一种莫名的威胁感。艾雪心想，自己也要抓住机会，好好表现一下，为自己挣点儿面子，也为刘铁挣点儿面子。不过，自己一不怎么会说话，二不怎么会喝酒，担心自己会出丑。她犹豫了半天，还是豁出去了，鼓足了勇气，拿起酒杯走到刘铁面前说:"铁哥,我不怎么会喝酒,但我想……"

"不会喝酒你跑过干吗?回去待着去!"美美马上抢话呛了艾雪一句。艾雪被美美的一句话噎住了,没有斗争经验的她举着酒杯愣在那里。这时,刘铁突然一把搂住了艾雪的腰,给何耀阳介绍说:"阳哥,介绍下,我女朋友,艾雪。"何耀阳看着艾雪,睁大眼睛说:"哇,好靓哦!铁哥真是艳福不浅哦!"艾雪慌忙地敬了何耀阳一杯,哆哆嗦嗦地回到自己位置,就没再抬头了。不过,虽说刚被美美羞辱了,但艾雪却暗自窃喜,因为刘铁居然在公开场合第一次说自己是他的女朋友,她心里格外高兴和激动。

美美强压着心中的不悦,狠狠地瞥了艾雪一眼,小声地骂了一句:"真他妈把自己当正牌女友了,哼!"尤其是看到艾雪手里还拿着个限量版的LV包包,浑身还都是名牌,重点是穿上后还挺夺人眼球的,她知道一定是刘铁给她买的,非常生气地噘起了嘴。炎夏明白了其中的微妙,急忙给美美夹菜,扯着其他话题,但美美似乎根本听不进去,继续不依不饶地小声骂艾雪。炎夏饶有兴致地看着刘铁,琢磨着这个桀骜不驯的帅气男人。

刘铁继续和何耀阳喝酒聊天。老友相聚,自然少不了忆往昔峥嵘岁月稠。两个人侃得眉飞色舞,又聊起了2008年那段牛×的历史。那一年,正当索罗斯对香港金融市场大举进攻之时,刘铁偷偷单独地约了何耀阳。当时何耀阳一直想通过刘铁与龙德集团合作,刘铁非常爽快地答应了,两个人在这家顺风酒家吃了顿大餐。席间,两个人谈起了香港金融危机,何耀阳庆幸自己及早撤离了资金,去澳门开赌场了。

刘铁听后大笑,说他只是走对了第一步,现在赚大钱的机会又来了。何耀阳不解,刘铁气定神闲地分析着,目前空头大鳄索罗斯扫荡香港,中央政府一定不会坐视不管的。他提议在中央政府和香港政府出手之前,两人联手在香港期货市场做空,自己通过上层关系,及时跟踪中央政府动向,及时撤离从而获得暴利。

何耀阳听了一身冷汗,觉得这等于是在刀口上舔血,风险太大了。不过,他从心里特别佩服刘铁的胆识,认为刘铁的分析也确实有道理。他问刘铁,如果成功了可以挣多少?刘铁伸出一只手,何耀阳问是五千万？刘铁冷笑了下，说五个亿。何耀阳不由地目瞪口呆，但还是犹豫不决。好在刘铁早有准备，为了让何耀阳放心，他提议在香港开立共管账户，表示自己会冒死挪用龙德集团的巨资，并将巨资打入共管账户。两个人共进共退，生死与共，干一票大的。

何耀阳听着，兴奋得心脏都快跳出来了。巨大的利益面前，何耀阳终于举起了酒杯。刘铁狂笑着问："敢不敢与索罗斯共舞？"何耀阳一语双关答道："干了！"果然没多久，在中央政府的支持下，香港政府出台跌停板保护政策等一系列救市措施。刘铁提前得知了此消息，坐在办公室里连续几天都没合眼，死死地盯着香港恒生指数走势。面对即将成功的喜悦，刘铁咬着牙疯狂地坚持到了最后一刻。终于，他下令交易员平掉所有筹码全线撤退。刘铁与何耀阳大获全胜，赚得盆满钵满。

时隔五年，老友相逢，又是在同一酒家，回首往事，两人感慨万分。何耀阳举起酒杯回敬刘铁："兄弟，阳哥也是见过世面的人，不是说酒话，在这个世界上，敢与索罗斯共舞的人没几个！铁哥你算一个，我敬你！"

"阳哥夸奖！阳哥算一个，我只能算半个！说实话，敢与索罗斯共舞，就如同敢与狼共舞！当年如果没阳哥的支持，打死我刘铁也不敢啊！哈哈哈……"

刘铁与何耀阳在那儿说当年的传奇经历，宝哥、熊哥、黑哥及郑大光则津津有味地听着，而那些女孩儿则都跟听天书似的，但大概其明白是一件很了不起的壮举。炎夏毕竟是哥伦比亚大学金融专业毕业的，了解2008年那段全球金融风暴史，至今还清晰地记得那场风暴席卷美国时人们惊恐的面孔。

听完刘铁的故事，炎夏心里佩服，在当时那种险境下，敢与索罗斯共舞，敢在老虎嘴里拔牙，且能大获全胜，不但要有超人的胆魄，还要具有精准的眼光，绝非等闲之辈所为。炎夏不由地对刘铁刮目相看，看来这位男神并非徒有虚名，虽然看上去有些傲慢无礼。

几轮敬酒过后，刘铁没有忘了今晚的任务。果然，他话锋一转，直奔了主题。他一副胸有成竹的样子,自信满满地对何耀阳说："阳哥，眼前又有一只大老虎，敢不敢再与虎共舞一次呢？"何耀阳收起笑容，小声地询问着有关情况。

刘铁压低声音，简要地给何耀阳做了介绍："这几年，我和我在座的几个铁杆兄弟，一直按部就班地在二级市场上低价吸纳'WJ地产'股票，目前共持有该股总流通股本的大概20%左右。我分析，下半年，政府调控房地产的政策将会更加严厉，'WJ地产'的股价还会继续节节下跌，我们也会继续不断地趁机吸纳，直至最后控盘……总之，我这边是万事俱备，只欠阳哥的东风了！希望阳哥能加棒，我们兄弟一起再创辉煌！"

何耀阳眯着眼睛看着前方，仔细地听着刘铁的分析，不住地点头。他小声地告诉刘铁，自己回澳门后开个会研究一下，随后他举起了酒杯，大声地说："想当年，我们兄弟一起都敢于和索罗斯共舞，现如今，又怎么会畏惧一只大老虎呢？好兄弟，喝酒！"刘铁笑着和大家碰着杯，心里却琢磨着下一步如何拿下何耀阳这只老狐狸。

吃完饭，老规矩，MGM继续喝。走出顺风酒家大门，刘铁担心艾雪会被美美整，劝着她早点儿回家休息，好好准备比赛。平常艾雪是很听话的，但今晚她坚持要去MGM，刘铁很无奈地带着她上了车。到了MGM，艾雪主动坐在刘铁身边，美美拉着炎夏也坐在了刘铁身边，不停地用白眼瞥着艾雪。

这时，一位戴眼镜的中年男人走了进来。他穿得很正统，端着一副领导的派头，与包房的时尚男女显得格格不入。他就是某金融主管部门的马局长，对刘铁一直很关照，刘铁也一直有求于他。今天刘铁特意把马局长请了过来，一来是为了让何耀阳知道自己后台很硬，增强何耀阳的合作信心，二来是为了他今后的"收购战"铺好路，找好保护伞。

马局长环顾了下四周，趴在刘铁耳边小声说："兄弟，今晚……可是人多嘴杂啊！"

"哈，领导，我办事，您放心！"

刘铁会意地笑着，把马局长请到一个安静的角落悄悄地耳语着。马局长的夫人在刘铁的公司挂了个"监事会理事"的虚名，每月定点拿着丰厚的"工资"，但从未去公司上过班，也没参加过任何会议。为了更加"锁定"住马局长，刘铁提出了下一步准备给嫂子一定比例的股份。马局长眉头微皱，想了想说："此事要谨慎再谨慎，要做到合规合法！"刘铁再次趴在马局长耳边说了一下自己的方案，马局长听后不动声色地点了点头。

刘铁冲一旁的郑大光使了个眼色，郑大光悄悄地走了过来，拿出了一个厚厚的信封，里面放着燕莎商城、百盛商城等购物卡，还有一些"顺风一把刀"等一些燕鲍翅等高档酒家的消费卡，笑容可掬地塞进了马局长的公文包里，说是给嫂子的小小礼物。马局长警觉地看了看周围，发现没人看见，看着郑大光严肃地说："小郑，我要批评你了，下不为例啊！"

刘铁起身走到何耀阳身边，悄悄地说了几句。何耀阳露出了惊讶的目光，夸赞刘铁面子太大了，居然能把马局长请到这里来。随刘铁走到马局长跟前，毕恭毕敬地敬了马局长一杯。马局长拍了拍刘铁的肩膀，夸赞刘铁年轻有为，表示将会大力支持刘铁的工作，一定做好服务，保驾护航。何耀阳给马局长递了一张名片，马局长假装看了一眼，何耀阳跟马局长索要名片和电话，马局长说出门忘记带了，有什么就找刘铁就行，找到刘铁就找到他了。刘铁担心何耀阳与马局长套近乎，提议三个人共同喝了一杯，又把美美叫过来，说让领导好好放松放松，急忙拉着何耀阳喝酒去了。

美美八面玲珑，立马心领神会了。美美和马局长也相当地熟悉，知道马局长"老牛喜欢吃嫩草"，于是拉着一个非常年轻的女孩儿走到马局长身边，在他耳边小声介绍说，这女孩儿叫依依，是某艺术院校学芭蕾舞的学生，1995年刚出道的小鲜肉，是她特意留给马局长的。美美说着，亲密地挽着马局长的胳膊，故作神秘地对依依说："亲爱的，我隆重介绍一下，这位是马哥，我干爹！知道吗，我干爹可是一般人请都请不动的贵宾哦！好好照顾，懂吗？"

马局长笑容可掬地伸出了手，手腕上的一块金表显示了他的深藏不露。依依发现了马局长手腕上的金表，惊叫了一句："哇塞，表叔耶！"美美赶紧拉住依依小声地叮嘱她："我干爹可是位大领导，你说话注意点儿，别像以前那么2B了，记住了！"依依捂着嘴，点点头坐下了。

马局长镜片后面的小眼睛开始上下打量依依，看着一掐都出水的白嫩肌肤，顿时满心欢喜，一只手漫不经心地搭在了依依的大腿上。依依看了看穿得很土的马局长，又转头看了看年轻帅气的刘铁，再看看刘铁手腕儿上一块镶满钻石的 Franck Muller 白金表，顿时心里不爽，恨不得马上坐到刘铁身边去。

马局长盯着依依雪白的大腿，一只手情不自禁地摸了过去。依依很不情愿地坐在马局长身旁，心不在焉地和马局长玩起了骰子。马局长已经魂不守舍，眼睛始终没有离开依依的雪白大腿，连续输了好几杯。几杯酒下肚后，马局长不再像刚才那样正襟危坐了，手的动作越来越大了，摸着依依的大腿往里面移动着。依依不耐烦地推着马局长的手，马局长锲而不舍地又摸了回来，两个人推去摸来，看上去像是在打"太极"。

"啪……"

一声酒杯被摔得粉碎的刺耳声音，将沉思中的刘铁吓了一跳。玻璃碴子散落了一地，包房里群魔乱舞的男男女女也都停了下来，大家的目光四处寻找着，最后都锁定在了陪着马局长的 1995 年的依依身上，被她的雷人举动一时惊呆了。只见那个依依怒不可遏，双手往下拉着裙子，指着马局长的鼻子大骂着："抠、抠、抠！抠你妹啊！裙子都快被你抠出一个洞来了，真恶心！当官了就了不起呀！"

原来，马局长一直强拉着依依玩儿骰子，意图把依依灌倒以便下手。但马局长喝酒总耍赖，还总动手动脚，估计依依是忍无可忍了。依依骂完后，拿起了自己的包包，头也没回气呼呼跑出了包房。刘铁被搞得哭笑不得，赶紧侧过身去搂住了艾雪，背对着马局长佯装什么都没看见。

刘铁给美美眨了眨眼，美美急忙又带着一个妖艳的女孩儿走了过去。马局长一看也是个久经沙场的老手，皮笑肉不笑地掩饰着脸上的尴尬，看上去很是淡定。美美满脸堆笑地解释和道歉说："干爹，您可千万别生气，那小美女不懂事，脑残，2B！您大人不记小人过啊！"

"生气？不能不能！有个性，我喜欢！哈哈哈……"

"干爹，我自罚一杯，给您赔罪！对了，干爹，让娇娇陪您吧？她可懂事了！嘻嘻，你懂的！"

"算了，明儿一早还有个会，撤了！"

马局长显然没心情继续再玩下去了，站起来给刘铁打着招呼。刘铁起身故意挽留马局长，马局长看了看表说太晚了。刘铁将马局长送到包房门口，又偷偷地塞给美美一万块钱，并叮嘱美美送送马局长。美美挽着马局长边说边笑，走出了包房，娇娇紧随在美美的身后。不一会儿工夫，美美自己回来了，给刘铁飞了个媚眼儿，做了 OK 的手势，刘铁会意地笑了笑。

送走了马局长，美美还是没忘记对艾雪的恼怒，眼睛始终盯着艾雪看着，艾雪还是胆怯地低下头，心里骂着自己好没用。看着窘迫的艾雪，炎夏礼貌地举起酒杯，示意要和艾雪碰杯。艾雪慌张地举起酒杯，没敢正视炎夏的眼睛。炎夏看着刘铁夸赞着艾雪说："刘先生，你女朋友真漂亮！"

"刘先生？怎么听着……这么别扭呢！"

"那我应该怎么称呼您呢？"

"随便吧！土豪、土鳖、屌丝、大叔、流氓、王八蛋……怎么叫都行，都行！"

"美美一直夸您是位男神，那我称呼您'男神'？"

"你别说，美美总结很到位嘛！几天没见进步很大啊！"

"我还是叫你……铁哥？不介意吧？"

"还是这个亲切！来，妹妹，走一个！"

刘铁举起了酒杯，炎夏和美美同时举起了酒杯，艾雪也随着举起了酒杯。美美瞪了眼艾雪说："有你什么事儿呀？"艾雪一下子又被噎住了，尴尬地不知如何是好。美美放下酒杯，干脆指着艾雪的鼻子让她躲开，自己一屁股坐在了艾雪的位置。艾雪一句话都不敢说，老老实实地挪开了。美美噘着嘴，依然不依不饶地说："铁哥，您眼睛最近是不是有点儿散光啊？"

"你丫怎么说话呢！跟谁说话呢？"刘铁看着可怜巴巴的艾雪，瞪了美美一眼。

"不是……我怎么觉得，您最近总是拿土鳖当特产啊？"

"美美，你差不多行啦哈！"

"不是……你看看，炎夏，我妹妹，'西伯利亚'大学毕业的才女，正经的海归！美女加才女吧？"

"美美,哥伦比亚!西伯利亚是俄国货!"炎夏调皮地说。

"反正都是洋货,不是土鳖!"美美翻着白眼说。

"那你是什么货?"刘铁咧着嘴看着美美。

"我是二货,行了吧?不是二货,能对你这么好吗,哼!"

"又来了,靠!"

刘铁转过身,没再理美美,想去安慰一下艾雪。刘铁刚喊了句艾雪,美美立马就拉住了刘铁的手,声音一下子又变得娇滴滴的:"亲爱的,说正经的,炎夏刚回国,正找工作呢!要不跟着铁哥您干吧?您看,'美女加才女',可还行?"

刘铁抽了口烟,眯起眼睛再次端详炎夏,故意做出一副认真思考的样子,然后一脸坏笑着说:"是这样,我身边倒是缺一个董事长特别助理!不过,是很特别的那种,'美女加才女',有兴趣吗?"炎夏嘴角微翘,淡淡地一笑反问道:"那您看,我够很特别吗?"刘铁学着葛优的腔调说道:"嗯,'美女加才女',我看行!"美美一听急忙说:"那就这么愉快地决定啦!"

三个人有说有笑地聊了起来。刘铁吐了口烟圈儿,突然说:"我发现了一个规律!"

"什么规律呀?"美美好奇地问。

"我发现,越是大美女,说话的声音越有磁性。你比如什么曼玉啦、周迅啦、柏芝啦等等……"

"嗯,你别说,好像还真是哒!"美美若有所思地说。

"美美,你没发现,未来的特别助理炎夏,声音也很特别吗?"

炎夏听了苦笑了下,说自己小时候命苦。在一个炎热的夏天,发高烧没人管,还从二楼摔了下来,不过好在没摔死,但声带烧坏了,变得沙哑了。为了纪念那个特殊的日子,后来自己就改名叫"炎夏"了。刘铁听着,感叹了一句:"哦……原来也是个苦大仇深的孩子啊!"

炎夏转身看了一眼被冷落的艾雪,问道:"对了,铁哥,嫂子真漂亮,是演员吧?一看就是!"刘铁顺着炎夏的目光,移向了一直低着头可怜兮兮的艾雪。艾雪听到炎夏喊她"嫂子",顿时手忙脚乱地说:"不不不,我不是……嫂子!"美美拉了下炎夏说:"亲爱的,别乱叫!本来就蹬鼻子上脸了,切!什么屁嫂子呀!国内叫'小三''二奶''情人'，你懂的！"

　　琢磨着眼前三个截然不同的女孩儿，刘铁联想到了那雪。他觉得艾雪有点儿像那雪，但没有那雪的文化底蕴；美美有点儿像熊小乖，但没有熊小乖的痴情；炎夏倒是少见的女孩儿，透着一种知性美女的自信和大气。刘铁想着，摇了摇头。艾雪被美美搞得一点儿脾气都没有，可怜巴巴地坐在那儿。刘铁帮艾雪解围，缓解一下气氛，他开玩笑地对炎夏说："'美女加才女'，有没有兴趣做我的'小四'啊？我们家'小三'人很善良的，不会欺负你的！"炎夏笑了笑说："铁哥，真不好意思！我的习惯是，要做就做老大！抱歉！"

　　刘铁正和三个女孩儿贫着，美美突然拉了下他的手，冲他使眼色。顺着美美的目光，刘铁看到何耀阳拿出了吸食大麻的器具，和美美介绍的那个美女正准备吸。刘铁急忙站起来走到何耀阳身边，趴在他耳边小声地解释，北京不比澳门，尤其是最近，抓得很严，且MGM管理规范，绝对禁止吸毒！再说，MGM的老板是自己的哥们儿，劝何耀阳克制一下，不要让他为难。何耀阳点了点头，但毒瘾上来了，收拾东西就要回酒店，刘铁没再劝阻。

　　何耀阳走后，刘铁觉得也没必要再待下去了，说自己有事儿带着艾雪先撤了。宝哥等几个人意犹未尽，还要继续玩耍。美美看刘铁走了，拉着炎夏也要走。熊哥大声喊美美不能逃跑，美美骂了一句"逃你妹啊！"转身走了。

　　坐在刘铁的车里，艾雪一直沉默不语，心里不停地骂自己。她不恨美美，而是恨自己笨嘴笨舌，恨自己不会讨铁哥欢心。她觉得自己和刘铁认识的时间、地点、方式和出发点都是错的，所以才导致刘铁不接受她，不相信她，导致自己和刘铁的感情不是那么纯正。但是她觉得自己真不是贪图刘铁有钱，她现在满脑子都是刘铁，天天都渴望能见到刘铁，越来越真心喜欢刘铁了。她不知道这算不算是爱情，但想让刘铁明白她的心。

　　艾雪一路想着，车已经到了她住的公寓楼下。刘铁下了车，将她送到了家门口却没进去的意思。艾雪站在门口不肯离去，低着头犹豫了一会儿说："铁哥，今晚可不可以……留下来？"

　　"早点回去休息吧！"刘铁拍了拍艾雪肩膀说。

"铁哥，吃饭的时候你说，我是你的女朋友，是真的吗？"艾雪鼓起勇气问了一句，眼神里充满了渴望。

"啊……是真的呀！"刘铁半开玩笑地说，他实在不忍心再伤艾雪的心。

"铁哥……我爱你！"艾雪两颊绯红，眼似秋水，深情地看着刘铁说。刘铁苦笑了下，低下头。面对艾雪的真情表白，无论是出于感激或感恩，还是出于真心喜欢，刘铁都不敢接受了。但他能感受得到，艾雪是真诚的，内心是干净的，是个没有心机的好女孩儿，又如此年轻漂亮，自己不是什么圣人，不可能一点儿也不动心，但他告诉自己，心里保留一块干净的地方吧，至于生理问题还是找其他解决方式吧。

刘铁转身上了车，缓缓地放下车窗，凝视着窗外的这个城市，看着从眼前闪过的每个角落，遥想着那一去不再回来的昨天。想着刚才艾雪说的"我爱你"这三个字，突然觉得有点儿怪怪的，感到十分陌生。他发觉，自己听过"我爱你"这三个字都是十年前的事儿了，自己都不知道多久没说过"我爱你"这三个字了，也不知道现在还有多少人会说"我爱你"这三个字了。

十年，一恍神，就这样过去了。每当自己忙碌了一天，尤其是花天酒地喝了大酒之后，刘铁总感觉回家的路是那么的孤独。他经常会问自己，你快乐得痛不痛？记忆对刘铁来说像一座牢，无法抗拒，无法逃避，那些刻在椅子背后的爱情，那些骑在单车上奢侈明亮的青春，那些和那雪在一起的点点滴滴，总会在他不经意的时候向他袭来。他又想起了第一次对那雪说"我爱你"时的情景，眼眶中突然掉下什么东西，潮湿地划过他的脸颊。

刘铁走后，艾雪心里特别难过。她没有哭，假装着若无其事，可是眼泪还是掉了下来。她躲藏着心里的忧伤，但忧伤还是从心底的某个角落不知不觉渗透出来，慢慢化为冰凉的眼泪流淌下来。她一再问自己，爱情究竟是什么，但始终找不到答案。她躺在床上，想着各种心灵鸡汤安慰自己，想各种方法希望能尽快入睡，却还是翻来覆去睡不着。

艾雪打开了朋友圈儿，看到很多小伙伴都正在热议电视剧《甄嬛传》，大家都纷纷点赞，有很多还发了观后感，有的将"甄嬛术"视为当代女性成功的"秘笈",有的简直把甄嬛膜拜为奋斗的偶像了。艾雪心想,"甄嬛术"真有那么神奇吗?她下了床,打开电脑,在网上快速地找到了《甄嬛传》,专注地看了起来。

艾雪把自己关在家里,关了整整三天三夜。她也想从《甄嬛传》那里学到一些"秘笈",想学到一些获得刘铁欢心的方法,学到一些与美美斗智斗勇的战术。她没日没夜、昏天黑地一口气看完了《甄嬛传》。不过,当她看到甄嬛为了争宠和得到皇后的宝座,一步步地从一个善良可爱的女孩儿,慢慢变成了一个心狠手辣、不择手段的女人时,尤其她看到甄嬛冷宫逼死了余氏,毒死了曹琴默等情节时,感到不寒而栗。

艾雪真心觉得自己学不了甄嬛,不仅没有那么好使的脑子,也真心觉得那样的生活好累。她联想到当今的那位"豪门爷",天天斗智斗勇地上头条,天天被上亿的人吐槽,那得需要多少脑细胞、需要多么强大的内心啊?

最后艾雪得出了结论,自己还是算了吧!还是老老实实地做人吧!至于美美那样的人,自己以后惹不起就躲。而对于刘铁,她觉得首先自己要努力做好自己,要让自己变得更加优秀,要让他能从心里欣赏自己、爱上自己。想到这儿,艾雪拿出手机,插进耳机,找到自己写的那首《假装》,用心地练习起来:

> 那个夏天七月某天那么的透彻
> 心里想着嘴上说的会有不舍
> 过去的和现在的是遇见的
> 曾拥有过的都会是最好的
> 走过安静角落突然难忘了
> ……

7.4 北京的盖茨比

炎夏和美美出了MGM后,坚持自己打车回家。回到潘石的别墅,她看到书房的灯还亮着,知道潘石还没睡。潘石在书房里心不在焉地看书，他担心炎夏的安全，但又不敢给她打电话，怕她说他干涉她的私生活，只好静静地等她回家。不过，已过不惑之年的潘石，生活态度也有了不小的改变。

潘石总是开玩笑地说，人生，三万天，一瞬间。睡掉了一万天，掐头去尾一万天，有效生命也就一万天，所以，对于炎夏，她想做什么就做什么吧，不必要求她一定要按照自己的活法去生活，更不要为了名利而忽视了生活本身。生活的本质最终是快乐，只要她内心快乐就好。潘石经常感叹中国文化的深厚，一句"四十不惑"蕴藏着颠扑不破的哲理。潘石深有体会，四十不惑，似乎三十九都不行，很多事情就是偏偏到了四十岁后，才突然豁然开朗了。

听到炎夏推门回来了，潘石急忙走出书房，温和地跟炎夏打招呼。炎夏微笑着说了句晚安，直接上了二楼卧室。她关上了门，躺在床上，回想着晚上的画面。想着刘铁那立体的五官，那冷峻的双目，那霸气的气场，那幽默的语言，还有那坏坏的微笑，她觉得刘铁身上似乎有一种特殊的魔力，不得不承认自己对他产生了浓厚的兴趣。尤其是听了刘铁2008年的传奇经历，她从心里服气，认为刘铁是一个聪明过人、胆识过人，且能够成就大事的男人。炎夏很少失眠，但这一夜她失眠了。

炎夏在美国时，追求她的帅哥很多。她曾交往过一个美国小帅哥，但很快就觉得索然无味了。后来，她爱上了一位哥伦比亚大学的老师，一个独自闯荡美国的美籍华人。她很欣赏老师从一个一文不名的穷小子，凭着中国人的那种吃苦耐劳的精神，聪明好学的品质，最后成了学校最年轻博学的教授之一，站在了美国人的讲台上，给美国人讲西方经济学。炎夏曾疯狂地迷恋他，但遗憾的是，老师已经是有家庭的人了。

老师对美貌和素质超群的炎夏也是厚爱有加，但他更爱他的妻子。老师的妻子也是老师，在当地的一家孔子学院任教。炎夏自恃年轻貌美、素质超群，曾自信满满地找到了老师的妻子，和她进行了一次长时间的对话，并声称要和她进行一场公平竞争。但当面对那个心静如水的女人，淡定地和她进行了一场心与心的交流之后，炎夏发现老师妻子身上散发着一种独特的魅力，一种儒家文化强大的力量。愿赌服输，炎夏决定放手这段感情。

夏日的阳光很早就爬了起来，照在炎夏的卧室里。潘石轻轻地敲着卧室的门，喊炎夏起床吃早餐。一夜未眠的炎夏使劲儿地睁开了双眼，迷迷糊糊应了一声。

她慢慢走下楼梯的时候，潘石正坐在餐桌旁看报纸，看到炎夏急忙站了起来，微笑着跟炎夏问早安："贝贝，早！对不起……炎夏！"

"老潘，早！对了，您是长辈，以后不用这么客气！"

"快过来吃早餐吧，也不知道这些合不合你的口味？"

"在美国时，妈妈经常给我做中餐的，没问题！"

"炎夏，我日后会尽力地……"

"尽力地补偿？老潘，有些事情不是想要补偿就能补偿的！再说，我现在已经成人了，不需要别人的抚养了。"

"对不起……"

"吃饭吧！"

炎夏的话像针扎一样，刺得潘石的心生疼，他感到一阵胸闷，喉咙口像被什么东西塞住似的，什么说都不出话来。他重重地坐在椅子上，额头上渗出一片冷汗，再次陷入深深的自责中。是啊，不是所有的事情想要补偿就能够补偿的，有些事情错过了，走过了，就再也无法补偿了。看到潘石难受的样子，炎夏帮潘石夹了一根油条。潘石惶恐不安地抬起头，急忙帮炎夏夹了一块咸鸭蛋。

这时，苗老师走了过来，说自己笨手笨脚的，也不知道炎夏喜不喜欢吃。炎夏客气地说粥熬得特别香，潘石谦和地站起身来，冲苗老师点头微笑着。炎夏有点儿惊讶，觉得潘石是不是有点儿隆重了，不至于还站起来吧？苗老师微笑着解释说，这么多年都不知说过多少次了，不用这么客气，但潘总还是这样，自己也就习惯了。

炎夏偷偷看了一眼低头吃饭的潘石，心里不由地对他产生了几分好感。听母亲介绍过，潘石是一位文化底蕴很深的男人，短短的相处中，她已经感受到了。潘石虽说是自己的父亲，但在她成长的岁月里，终究没有陪伴过她，自己自然有一种距离感和陌生感，再想想辛苦的母亲，也自然有一些抵触心理。不过，炎夏终究受过良好的教育，很多事情都很能理解，没有一般富家女的刁蛮跋扈。在炎夏心里，潘石是长辈，她愿意和他做朋友，但让她一下子接受他作为父亲，有点难。

炎夏从小就非常独立，性格也十分直率。她看了眼一直低头吃饭的潘石，她突然问道："对了，小妈呢？为什么不和您住一起啊？"潘石被问得一愣，抬起头尴尬地笑了笑，急忙岔开了话题："对了，炎夏，你工作的事有眉目了吗？"

"嗯嗯，有了！"炎夏一边吃一边点头。

"是吗？太好了！对了，可否透露点儿内幕？比如说，是哪家公司、做什么行业……"

"老潘，这事儿似乎和您关系不大吧？再说，现在只是意向！我吃完了，您慢慢吃……"炎夏说完起身要上楼。

"炎夏，等一下！这里有张银行卡，还有，刚给你买了部新车，这是车钥匙，希望你能喜欢！"

"老潘，可以啊！很体贴吗！不错不错，路虎越野，我喜欢！对了，什么颜色的？"炎夏瞪着大眼睛看着潘石说。

"白色的。"

"嗯嗯，喜欢喜欢，是我喜欢的颜色！对了，那银行卡密码是什么？这钱算我暂时借您的！"

"哦……密码是你的生日！"

"哦……谢谢您还记得我的生日！"炎夏有点儿动容，但她马上又装作若无其事，俏皮地问："不过，我应该怎样理解这事儿呢？"

"这是老潘应该做的！"潘石也故意半开玩笑地说。

"那就谢啦！"

"等一下！不好意思，还有件事儿，就是有一个人，也很想和你做朋友，很想约你一起吃个饭，不知道你什么时间有空？"

"小妈吧？老潘，咱俩好像还不是很熟吧？对了，我马上要去面试了，拜拜。"

"开车小心啊！会用导航吗……"

"我打车去……"

上午9:30，沪深股市开盘了。刘铁准时坐在大班椅上，盯着电脑上"WJ地产"股票的走势。他身后是一扇不易察觉的电动门，门后有一间隐秘的卧室，有时候工作累了，开会晚了，刘铁就懒得回家住了。

多少年来,刘铁一直盯着"WJ地产"股票的走势,想象着曲线后面的那个男人,从上午9:30开盘到下午3:00收盘,一盯就是几个小时,雷打不动。看到"WJ地产"股价开盘后低开低走,他拿起了电话,给操盘手下指令,再低价埋伏一些买单,继续吃货。他放下电话,手里摆弄着打火机,若有所思。

这时,女秘书敲门进来,说外面有位叫炎夏的女士求见。刘铁先是一愣,随即就明白了,没想到昨晚自己酒后的一句玩笑话,她还真来了。不一会儿,女秘书带着炎夏走进办公室。刘铁眼前一亮,看着穿着一身职业装的炎夏,发现她有一种知性美女的精干和大气,与昨晚见到的那个炎夏,感觉像是换了一个人似的。他上下打量了炎夏一番,炎夏站在刘铁对面,迎着刘铁审视的目光,自信地说:"刘总,我是来应聘特别助理的!"

"坐吧!"

"刘总,您穿西装也很帅!我这不算是拍马屁吧?"

"不算,你只是陈述了一个客观事实!"

"I like!"

"啥玩意儿?"

"我说,很喜欢您的自信!"

"哦……那是因为我实在找不到不自信的理由!"

"不过,'谦受益,满招损',我也很喜欢中国这句老话儿。"

"行啊,哥大才女,这词也能说出来!看来中国文化功底很深吗!"

"皮毛而已,还要多向刘总学习!"

"别别别,我的偶像是索罗斯!你在华尔街混过,还要向你多多请教啊!"

"不敢不敢,刘总过奖了!不过,个人认为,华尔街的那一套华而不实,未必适合中国。我更喜欢巴菲特的投资理念,而非索罗斯的投机术。"

"行啊,敢于藐视我的偶像!"

"看来我冒犯刘总了,特别助理没戏了!"

"呵呵,我有那么小气吗?"

刘铁说着站起身来，走向了办公室的休闲区。炎夏也随着站起来，在转身的刹那，炎夏的余光看到，刘铁的办公桌上摆放着一张发黄了的旧照片，是一个女孩儿的背影，手里拿着几本书。原来，这张旧照片是上大学时，刘铁给那雪抓拍的，他一直放在自己的大班桌上。炎夏转身走到休闲区，刘铁倒上了两杯红酒，递给炎夏一杯，两个人轻轻地碰了一下。刘铁饶有兴趣地看着炎夏，似乎很喜欢和炎夏对话。

"刘总，我想知道，我是否有条件胜任您的特别助理？"

"那你是不是应该先了解一下，我为什么要请特别助理呢？"

"刘总，您请明示！"

"那好，我喜欢直来直去，不绕弯子！"

"我喜欢坦率和真诚！"

"好吧，那就不绕弯子！坦率地讲，我请特别助理目的性很强。客观地讲，你很漂亮，也很有智慧，素质很高，所以，你可以吸引很多高端的男性客户，针对性和功能性都很强，对吗？还有，所谓阴阳调和，我不能总带着保镖和别人谈生意吧？"

"明白！"

"一点就透，果然聪慧！"

"刘总，其实您也只是陈述了一个客观事实。"

"哈哈，活学活用嘛！我越来越觉得，这个特别助理的岗位，非你莫属了！"

"我很期待！不过，我想问清楚一点，需要和客户上床吗？"

"哈哈哈，你觉得呢？"

"个人认为，不需要！"

"为什么？"

"因为，如果客户有上床的需求，应该去找专业的从业人员，她们会做得更职业、更敬业！"

"哈哈哈，有道理！实际上，假如特别助理和客户上了床，你觉得特别助理的价值还存在吗？我还敢聘用这样的特别助理吗？"

"明白！"

"很好！另外，我要强调一点，特别助理会涉及公司一定级别的机密，所以，必须要绝对的忠诚！"

"这是职业操守,请刘总放心!"

"我这个人,从来不听别人说什么,只看别人做了什么!"

"我也是,喜欢做,不喜欢说!"

"很好!对了,我身边的人都喜欢称呼我老大,你也可以这样称呼我,如果你喜欢的话。"

"我很高兴、也很有信心成为你身边的人,老大!"

"炎夏,欢迎你加入我的团队!"

"荣幸之至!"

"来,干一杯!"

"Cheers!"

刘铁观察着炎夏,发现这个年纪轻轻的女孩儿身上充满了自信,有一种特别的力量感,这是刘铁从未遇见过的。刘铁心里对炎夏十分满意,他嘴角微微上翘,露出了他那标志性的微笑。炎夏淡定地读着刘铁那张棱角分明的脸,发现他眉目间有一种不易察觉的忧郁,又想到大班台上的那张旧照片,猜想他一定是个有故事的男人。看到刘铁的微笑,不知怎的,炎夏突然联想到了盖茨比的微笑,这使炎夏心里充满了好奇和挑战欲。已经习惯了女孩儿崇拜眼神的刘铁,又开始习惯性地调侃起来:"炎夏童鞋,你的眼神告诉我,你似乎很喜欢我?"

"老大,应该是欣赏!"

"好吧!不过,有一点我不得不也提醒你,我不是什么好人,当然,自认为也不是什么坏人。所以,也许某一天,我并不排除我把你睡了!"

"哈,明白!爱无能,性很能!"

"我去,群众里面有叛徒啊!"

刘铁知道,一定是美美给炎夏聊过他了。炎夏也知道,刘铁说的叛徒指的是美美,两人彼此心照不宣。刘铁点上一根烟,琢磨着下一个话题,没想到炎夏先开口了:"老大,办公室可以抽烟吗?"

"可以,但只限于我!"

"明白!特权!中国几千年'官本位'文化的特征。"

"一针见血啊!"

"不好意思,我又陈述了一个客观事实。"

"哈哈哈……对了，特别助理，我刚才说的那个问题，你真的不担心？"

"What？"

"也许某一天，我把你睡了！"

"老大，在工作上你是我的老板，但在生活上，我有我的原则。"

"哦，说来听听！"

"个人认为，男人和女人只是性别差异而已，人格上是平等的，存在的方式是独立的。至于说谁把谁睡了，那就要看人格上、精神上是否平等了。如果说是平等的，也就不存在谁把谁睡了的问题！"

"平等！哈哈哈，说得好！在如今这个道德无底线的年头，能够做到平等或者公平，维护一个基本的契约精神，讲究！"

"公平交易、不欺骗、不伤害，'十字方针'！"

"看来叛徒变节的程度，已经令人发指啦！"

"老大的至理名言，家喻户晓！但我们所说的公平或平等，似乎有所不同，我指的是精神上的，而非物质上的交易平等。"

"炎夏，我不得不提醒你，这里不是美国。我相信，你很快就会发现，在欲望面前，什么都是一场名利粉饰下的精心计算的交易，包括爱情。"

"我并不这么认为，追求真爱是人类的天性。爱情是精神层面的东西，是精神上的相互欣赏和愉悦，需要真诚付出，就会得到真爱！"

"哈哈哈……我理解你的不接地气！其实，我也知道，原本这个世界上，有很多东西是不可以买卖的，比如说良知、艺术、教育、爱情等等，但遗憾的是，在你脚下的这片土地，不可以买卖的已经所剩无几了！"

"是吗？但我知道，自己不会放弃初衷！"

"哈哈哈……都说不放弃初衷，但在现实生活中，又有几个没放弃的呢？作为你的老大，我想友情提醒下，希望你现实点儿，免得追求得头破血流！"

"是吗？不试怎么知道？我相信人性，只要真诚，任何时代都会有真爱的！再说了，路是自己选择的，只要追随我心，就无怨无悔，也就无所谓头破血流了！"

"哈哈，那就真诚地祝你好运！"

"也真诚地祝老大找到真爱！"

"哈哈，请真诚地祝我孤独终老！"

"一个人孤独，说明还没有找到精神上的支撑，或叫真爱！"

"炎夏，我喜欢和聪明的人对话！"

"Me too！"

"好了好了，大早上的，还是聊点儿淡定的话题吧！"

"好啊！我期待着尽快进入工作状态！"

"效率、敬业！不愧是哥大毕业的高材生，会议室谈吧。"

和炎夏一番谈话，刘铁感到心里特别舒坦，特别敞亮，他喜欢这种坦诚直率、畅快淋漓的交流。刘铁站起来走到会议室，拨通了电话。不一会儿，郑大光抱着一大堆文件和资料走了进来。刘铁指着材料告诉炎夏，公司最近要打一场收购战，让她先熟悉下有关材料，并做一个商业策划书，回头跟他一起去澳门和一个合作伙伴谈判。

"是何耀阳先生吧？"炎夏脱口而出。

"炎夏，我承认，你很聪明！不过，我警告你，这场'收购战'涉及公司的最高机密，关系到公司的生死存亡，所以，不该问的不要问，不该知道的就别去知道！"刘铁拉下脸来。

"Sorry、Sorry……"炎夏一听连忙说。

"对了，特别助理，忘了告诉你了，本人英文不太好，尤其是听不懂中英文掺和在一起！"刘铁脸色露出了讥讽的微笑。

"对不起、对不起……"炎夏赶紧改口。

"我想再重申一遍，这场'收购战'关系到公司的生死存亡，所以，你现在只是备选人员之一，还需要历经考验，你懂的！"

"我懂,我懂！我会努力的！我会努力的！"炎夏看着那一堆资料，想到刚刚工作，就接到了这么富有挑战性的case，她感到兴奋不已。炎夏落落大方地伸出了手，刘铁轻轻地握住了她的手，坏坏地笑着说："手感不错嘛！哈哈，去吧！"

傍晚下班了，炎夏迫不及待地打电话给美美，告诉她自己暂时被刘铁录用了，约她在漫咖啡店见面吃点儿东西，美美高兴地答应了。

但炎夏等了一个小时还不见美美。打电话给她，她说已经在路上了。又过了一个小时，才看到美美戴着那副超大的墨镜，一扭一扭地走了进来。美美坐下来后，警惕地左顾右盼着，没有摘下墨镜。炎夏笑着问："美美姐，能看得见吗？"

"唉，你不知道，到处都是狗仔队，姐也没办法啊！做女人难，做一个名女人更难！"

"做一个经常上头条的名女人，难上难，对吧？"

"就是！不过，最近还是被'汪峰'了，有日子没上头条了！也不知最近是怎么了，一会儿'传奇'因为爱情离婚了，一会儿'音帝制怡'啦，一会儿董小姐和潘大人对簿公堂了，害得老娘在《男人装》拍的那组照片白脱了，靠！"

"亲，别急，我对你的'胸器'有信心！"

"知道吗？全世界都欠我一个头条！我要上头条！"

"亲，别急，没准明天就上啦！"

"好了好了，说说你吧！祝贺你，炎夏特别助理！对了，特别助理怎么个特别法啊？铁哥是不是想睡你？"

"不是啦！我在帮他做一个'收购案'的项目。"

"不对呀？不能啊？不像铁哥的风格啊？对了，铁哥一个月给你开多少钱？"

"这个也问啊？这属于个人隐私吧？不过，咱俩也无所谓了，开一万多吧！"

"骗子！哥大毕业生，一个月一万多？"

"骗你是小狗！"

"真的假的？亲爱的，在北京月收入万元，你知道是什么概念吗？有人做过统计，除掉房租、吃喝拉撒等，一个月一万元，最后就剩下250了！那是怎样的苦逼生活啊？"

"说实话，北京的消费比美国都贵，确实'压力山大'！"

"没关系，你有个有钱的妈！对了，你老爸现在怎么样？小时候只见过你妈，连你爸的影子都没见过……"

"亲爱的，我18岁以后，我就没跟我妈要过钱了！对了，你说的老爸是谁？我怎么没听说过啊？"

"明白！好像老外成人了，就不啃老了！不过，一个月一万元大洋，你以后在北京怎么生活啊？"

"没事儿，我跟朋友先借了点儿。"

"行啊！还能跟朋友借钱？男朋友吧？老实交代！"

"我这才刚回国，还没遇见爱情呢，哪来的男朋友啊？"

"拉倒吧！爱情？知道吗，爱情很贵，谈得起吗？在北京打拼的人，天天都在忙活着，谁有时间、精力、条件、资格谈爱情啊？"

"美美姐有钱、有名、又漂亮，不也单着吗？条件太高了吧？"

"我挑男人的标准不高啊！就是要有钱、要年轻、要帅、要疼我、要陪我、要过十条马路给我买油条豆浆、要只爱我一个，要……"

"这还不高啊？你这样的要求，是不是觉得自个挺合适的呀？"

"合适呀！"

"我的意思是，你自个合适了，有没有想过，别人合适吗？"

"那我不管，我合适就行，我高兴就行！朋友圈儿的姐们儿都这么认为的！"

"我觉得吧，你说了这么多条，别说让男人做到了，就是让男人背下来，都难吧？"

"那些臭男人，不也给我们女人列了几十条吗？哼！"

"我觉得吧，做好自己最重要。否则，何德何能去要求别人呢？"

"行啊，妹妹，教育起我来了。"

"不敢不敢！我觉得吧，只要付出真诚，爱情会有的！"

"什么你觉得吧、你觉得吧的！你是不是觉得，我没付出过真诚啊？告诉你，我就是活活被真诚逼成女汉子的！"

"别急，别急，慢慢说，边吃边说。"

美美说，自己曾经爱过一个男神，也曾经付出过真诚。有一次，她看男神工作非常辛苦，就跑到商场买了一瓶进口的按摩精油，天天帮男神推油按摩。本来以为男神会很感动，谁知道第五天的时候，男神送她了一个字："滚！"

"为什么呀？"炎夏好奇地问。美美笑着说，开始她也不知道为什么，后来才知道的。因为她告诉男神，精油对皮肤好，不用洗，会慢慢吸收的。男神真的五天都没舍得洗。结果，第一天，男神说后背痒；

第二天，男神说后背胀；到了第五天，男神的后背肿了。"为什么呀？"炎夏又好奇地问。美美笑着继续说："唉，也怪我，看不懂英文，也没问服务员，买的按摩精油，居然是浴液……"

听着美美绘声绘色的讲述，炎夏忍不住哈哈大笑："那后来怎么样了？"美美说，后来男神真的让她滚了，再后来男神就把她当成亲人了。其实，美美说的男神亲人就是刘铁，但刘铁多次警告过她，不准跟任何人提起那段浪漫史，否则就和她绝交，所以，很少有人知道她曾经和刘铁好过，就连宝哥、熊哥、黑哥等也只是猜测。不过，有一个人知道，那就是郑大光，这也成了后来郑大光敢要挟她的原因之一。

听完了美美的故事，炎夏慢慢地将话题转到了刘铁身上。她好奇地问美美，刘铁到底是个什么样的人，让美美给她讲讲刘铁的故事。美美一听就明白了，原来炎夏这么着急约她出来，是为了刘铁。不过，美美警告着炎夏，千万不要对刘铁动心，更不要爱上他，那会死得很惨。炎夏让美美放心，自己只不过对刘铁很感兴趣，想听听他的故事。

美美说自己是很了解刘铁，铁哥也很信任她，但自己从来没有跟任何人讲过他的故事，因为这涉及铁哥的隐私。炎夏不停地求美美，并发誓绝对不会出卖她。美美知道铁哥的确有这种魔力，很能理解炎夏的心情。不过，她说只能讲个大概其，不然就对不起铁哥了。炎夏再次举起手发誓。美美勉强地说了一些刘铁的过去，说他其实是一个特别重感情的人，这些年来，为了一个女人，他从未对任何女人动过真情，包括他现在的妻子，他们分居都已经好多年了……

炎夏托着下巴聚精会神地听着，眼神儿茫然，时而动容，时而沉思，被刘铁的故事触动了。美美伸出涂得五颜六色的手指，在炎夏眼前晃了晃，问道："怎样，小心脏，可还行？"

"还好啦！不过，铁哥让我想起了一个人！"

"谁呀？"

"'Gatsby'！'了不起的 Gatsby'！"

"啊……？什么 B？没听说过！"

"难道……北京也有个盖茨比？怪不得他的微笑那么有魔力，比盖茨比的还有魔力……"

第八章 真诚的勇气

　　真诚是通往真爱的唯一路径，但我们还剩了多少付出真诚的勇气？不敢再去相信，不敢再去付出，难道这就是我们未来的出路吗……

8.1 谁是可以随时说话的人

2013年的夏天来得似乎比以往早了些，温度也似乎比以往高了些。尤其三伏天，气温有时都能到40℃。燥热与闷热交织在一起的天儿，人们躲在装着空调的房子里，能不出去就不出。不过，2013年夏季的股市，并没有像火炉一般的天儿那么火。刚进入6月，沪深股市就来了一次暴跌，紧接着中旬和下旬又连续来了两次暴跌，让很多股民的心拔凉拔凉的。

夏日炎炎，股市暴跌，股民心寒。不过，刘铁忙了，心里爽了，因为"WJ地产"的股价也持续暴跌了。整个夏天，为了自己的"收购案"，他没日没夜地拼了命工作；为了能低价吸纳更多的"WJ地产"的股票，他不惜高息融资。另外，刘铁有"三多"，就是"朋友多""饭局多""喝酒多"，平日除了工作之外，他还要经常出去应酬喝酒，天天连轴转。长期不规律生活，加上身体上和精神上的超负荷，最近刘铁总是感到胸口发闷，但他仗着自己身体强壮，也就没当回事儿。

炎夏也是个工作狂，为了"收购案"也跟着刘铁连轴转，经常很晚才回家。由于天儿热，加上在外面乱吃饭，再加上吹空调，终于患上了热伤风，但仍然坚持上班。潘石给炎夏买了藿香正气水，加了酒精的那种，一天给炎夏打三次电话，唯恐她忘了吃药。开始炎夏还觉得老潘婆婆妈妈的，后来慢慢觉得心里还挺温暖的。有一次，潘石忍不住问炎夏，这是忙什么大案子都忙成这样了？但炎夏说这是公司的商业机密，只字没提。

美美怕热，又怕被晒黑，基本上不出门了。这天下午，她懒洋洋地起了床，洗了个热水澡，穿着睡衣在客厅里晃来晃去，突然接到了郑大光的电话。手机上显示着"挣大光"三个字，这是她给郑大光起的外号。美美心里又愤怒又厌恶，猜想着郑大光想干啥，他都好久没敢再骚扰她了。美美抄起手机，清了清嗓子，咬着牙说："你他妈又想干吗？"

"妹妹，先别激动，我是想透露给你一个消息，别人我都没说！"

"有话快说，有屁快放！快！"

"是这样，昨晚铁哥被120拉走了，现在刚脱离了危险……"

"什么？你放屁呢吧！"

"铁哥谁也不让说，我是偷偷告诉你的，信不信由你！"

"郑大光，铁哥在哪儿？快说！"

"协和医院，急诊室……"

美美挂了手机，随意穿了件衣服，连妆都没化，就心急火燎地奔向了协和医院。医院里人满为患，好不容易停好车了，美美一路小跑找到了急诊室。看到刘铁躺在病床上，手腕上吊着盐水，病床旁还放着一个氧气瓶，美美急得差点哭出来。她走过去才发现郑大光在，炎夏也在。炎夏急忙迎上来拉着美美的手，美美则径直走到刘铁病床旁，眼里闪动着泪花，惊愕地问："这是怎么了？好好的，怎么就这样了？"

"你怎么他妈来了？"刘铁吃力地说了句。

"出了这么大的事儿，还不告诉我？"美美抽泣着说。

"出了多大的事儿呀？我这不好好的吗？"刘铁以为是炎夏告诉的美美，看了看炎夏。

炎夏再次上前拉着美美的手，小声地告诉她刘铁不宜激动，出去到病房外慢慢跟她说。原来，昨天刘铁整整忙了一天，晚上又去了个饭局喝了点儿酒，之后又回到办公室加班。炎夏不放心，就也跟了过来。他还让炎夏给他冲了杯咖啡，说是提提神儿，但没过多一会儿，他跟炎夏嘟囔了一句，说自己觉得有点儿心慌，刚从大班椅上站起来一下倒在了地上。后来炎夏打了120，经过一番抢救现在算是稳定下来了。不过医生说了，劳累过度，加上生活不规律，导致了大脑暂时供血不足，没什么大事儿。但医生也警告说，如果再长期这样下去，有得心脏病的可能。

美美一边听着，一边叮嘱炎夏以后要多提醒着他点儿。炎夏点着头说以后会监督他的，并劝美美早点回去，说铁哥刚醒，需要休息，不能太激动了。美美让炎夏先回家，自己在这里守着。炎夏担心美美不会照顾人，坚持自己留下。美美没再和炎夏争，回到病房跟刘铁说了几句，转身走出病房。但美美刚一出门，就看到艾雪正急慌慌地走来。美美一见马上就火了，上去连推带搡地堵住艾雪，死活不让她进去，嘴里还骂着："你他妈怎么来了？"

"我怎么不能来呀？"艾雪第一次跟美美还嘴。

"你算什么东西呀？过来干吗？"

"美美，告诉你，我忍你忍够了，这次不想再忍了！你凭什么不让我进去呀？请你让开！"

"哟嗬，几天不见长脾气了啊？把自己当铁哥的正牌女友了吧？告诉你，你充其量就是个'二奶'！我劝你还是趁早省省吧，赶紧哪儿凉快儿哪儿待着去！滚！"

"美美，你……你不要太欺负人了！"艾雪急得都快哭了。

刘铁躺在病床上听到了美美和艾雪在病房外又吵又闹的，气得脸一下子变得蜡黄，紧锁眉头闭上了眼睛。一旁的郑大光转过脸去偷偷地笑了，炎夏一看急忙跑出去关上了门。炎夏非常严肃地劝美美和艾雪，说铁哥刚刚脱离了危险，不要再吵了，如果再把铁哥气得厉害了，谁负得起责任？

美美和艾雪一听都不说话了，但美美还是不让艾雪进去，坚持艾雪不走她就不走。炎夏一看把艾雪拉到一旁，安慰她过两天铁哥好点儿再来。艾雪忍着眼泪走了。炎夏心里疑惑，自己没告诉美美，更没通知艾雪啊？怎么这么巧，这个时候，都来了？

艾雪回到家里，心里难过极了，委屈地趴在床上失声痛哭。现在刘铁出了这么大的事儿，自己担心刘铁，但却连见上一面都见不了，她恨自己太窝囊了，《甄嬛传》也白看了。实际上，自上次见面后，艾雪已经好久没再见到刘铁了。她曾发微信给刘铁，说自己马上要去参加"中国好歌声"总决赛了，希望走之前能见刘铁一面，但刘铁说工作太忙拒绝了。

刘铁再三鼓励艾雪，要好好比赛，不要分心，也不要有压力。如果需要的话，他再跟主管比赛的有关领导打声招呼，并暗示，这种比赛，进了决赛后就不仅是靠实力了。但艾雪坚决拒绝了，她不想刘铁看不起她，想靠自己的实力证明自己。

在这个燥热的夏天，第二季"中国好歌声"如火如荼地拉开了帷幕。第二天，艾雪就要踏上"中国好歌声"总决赛的征程了。一大早，她鼓足了勇气，再次给刘铁发了条微信，恳求在走之前能去医院看看刘铁。刘铁回说自己没事儿，但现在不想见人，再次拒绝了艾雪。刘铁一次次地拒绝，让艾雪感到非常痛苦。想着刘铁对自己的好，艾雪总是觉得无以回报，有时候她会想，自己宁愿刘铁把她当成交易的对象，那样也许会心安一些，心里好受一点儿。

不过，艾雪很懂事，也很听话，刘铁说什么就是什么。最后，她还是忍着对刘铁的思念和担忧，坐上了通往总决赛的京沪高铁。她觉得，自己现在能报答刘铁的，就是好好比赛争取个好成绩。至于感情，她暗自发誓，既然自己学不来"甄嬛术"，比不了斗智斗勇，那就去比真诚，并将真诚进行到底。这样想着，艾雪感觉内心平静了许多。

医院里，炎夏一直陪着刘铁。她每天早早就到了，逼着刘铁吃早点。她还给刘铁带了几本书，希望他静心调养一下，刘铁见后自嘲着说，自己都记不清有多少年没看过书了。到了第三天，刘铁已经无法忍受躺在病床上了，坚决要求出院。医生没有同意，建议他闷了去医院的花园里散散步。炎夏强拉着刘铁去了花园。刘铁仰望着天空，心里感叹，自己不知有多久没有仰望过蓝天了，多久没有留意过路边的花草了。

第四天，刘铁需要做一项心脏检查。鉴于现在非常紧张的医患关系，这项检查虽然只存在十万分之一的风险，医生还是坚持让刘铁签一份协议书，并要求本人和家属签字。刘铁躺在移动病床上，宝哥、熊哥、黑哥、郑大光等都围在他身边，但没一个人敢替他签字。刘铁一把拿过那份协议书，看都没看就签了字，并在家属一栏填上了"未婚"两个字。签完字，他闭上了眼睛，心里感到一阵凄凉。

第五天，炎夏陪着刘铁在花园里走，发现他的脸色很难看，感觉他心情十分压抑。炎夏试图和他聊一些轻松的话题，但刘铁一直默默无语，似乎在沉思着什么。刘铁似乎已经习惯了压抑自己内心的真实情感，不袒露自己的内心。刘铁身边天天围着那么多铁哥们儿，也有不乏像艾雪、炎夏和美美等真心关心他的女孩儿，但他总是觉得找不到一个可以随时说心里话的人。刘铁走着走着，突然停了下来，自言自语道："不行，我要出院！在花园散步，这太奢侈了！"

第六天，刘铁再次强烈要求出院。心脏检查结果出来了，确实没什么大碍，也基本上恢复得差不多了。医生建议他最好再留院观察几天，担心万一出点儿什么问题。但刘铁根本听不进去，闹着说什么也要出院。最后，医生坚持让刘铁又签了个提前出院协议书，才勉强同意。刘铁出了院就像出了牢房，炎夏问他去哪儿？他毫不犹豫地说："去办公室！"

下午，美美起了床，精心打扮一番后，跑到花店买了一束"勿忘我"，开车去医院看望刘铁。美美心里很清楚，她永远是刘铁生活中的配角，但她把刘铁当成了亲人，心里始终牵挂着刘铁。她每天都和炎夏通电话，询问刘铁的病情。昨晚听炎夏说，刘铁检查结果出来了，没什么大事儿，心里特别高兴。美美急急忙忙跑到了医院，却扑了个空。她打电话给炎夏，得知刘铁已经去了办公室。美美又气又急，埋怨炎夏没有阻止刘铁。她犹豫了一下，开着车驶向了金融街。

会议室里，宝哥、熊哥、黑哥、郑大光以及炎夏等围坐在会议桌旁，听着刘铁慷慨激昂的演说。在医院这几天，他又想出来一些大胆的计划。听着刘铁阐述的完美计划，还有他那具有感染力和煽动力的演讲，每个人都被鼓动得热血沸腾。正在这时，女秘书大声叫着美美，跟在美美身后追赶着走进来。两个人一前一后，一扭一扭地走着，看上去像两个在T台上走猫步的模特儿，颇有点滑稽。

美美走到刘铁身边，着急地问道："铁哥，你怎么出院啦？"刘铁一下子怒了："你……你他妈疯了吧？怎么都跑到我办公室来了？"美美委屈地说："人家这不担心你吗！去医院看你，才知道你出院了，给，送给你的花儿！"刘铁盯着美美手里的那束"勿忘我"，又偷偷地看了看大家，发现大家都捂着嘴笑，宝哥笑得差点儿一口茶都喷了出来。

刘铁被搞得哭笑不得。他明白美美真心关心自己，也不想让大家看笑话，只好压着心里的火，脸上挤出了个很奇怪的微笑。他拉着美美走出了会议室，哄着美美赶紧回家。但美美死活不走，说要等炎夏下班一起吃饭。刘铁不想把事情搞大，告诉美美坐在沙发上等着，不准说话，不准走动。美美拿出手机翻看了起来,刘铁走回会议室,装得很严肃的样子说:"继续开会!炎夏,你的'收购策划书'搞定了没有?"

"搞定了,老大!"

"好!那定个时间,去澳门找阳哥谈判!"

"老大,去澳门呢?那我必须要亲自陪同啊!"一旁的宝哥听到澳门两个字,一下子兴奋地站了起来。

"你呀到底是陪我啊,还是想去耍呀?"

"嘿嘿……都有,都有!"宝哥嬉皮笑脸地说。

此时,坐在外面的美美,突然听到空中飘来两个字"澳门",顿时像打了鸡血似的跳了起来,兴奋地跑回会议室拉住刘铁,撒娇说要跟着去。刘铁一拍桌子站了起来,大声叫道:"你丫怎么又跑进来了!不是告诉你坐那儿别动吗?"

"你们又没谈工作,在说澳门,哼!"

"我靠!我们去澳门是工作,你以为去耍呢?"

"你们工作你们的呀,我自己玩儿好了!"

"美美,澳门都快成你家啦,别去了!"这时宝哥插了一嘴。

"关你什么事?讨厌!对了,炎夏去吗?"

"炎夏是我的特别助理,当然要去了!"

美美一听,跑到宝哥身边,马上变得一笑百媚,噘着小嘴娇滴滴地说:"宝哥哥,要不我就受累,给你当回特别助理,好不好嘛?"宝哥一听哑然失笑,连忙躲闪着,求救的眼神儿看着刘铁。刘铁摇了摇头说:"尼玛,这会没法开了,散会!"

刘铁和宝哥等几个死党一起走出了办公楼,开着几辆不同品牌的豪车前后排开从长安街上驶向了他们吃喝玩乐的老窝儿工体。他们几个死党年复一年、日复一日地重复着挣钱、消费,再挣钱、再消费的生活方式。生活中几乎一切都成了消费品,包括女人,乃至生命。炎夏劝刘铁刚出院就别去了,刘铁根本不听。

8.2 一天一天数着寂寞

天堂向左,澳门向右。澳门,这个东方的拉斯维加斯,这个金钱的帝国，这个男人的天堂，每天不知道吸引着世界各地多少赌客和嫖客。随着中国经济的快速发展，大陆的客人慢慢成了这里绝对的主力军。最早是福建、广东先富起来的人，后来是北京、上海发了的人，再后来是山西、内蒙的煤老板、矿老板，还有一些身后跟着埋单老板的各路高官……在这里，人们尽显着人性的贪婪。

澳门港澳码头，楼顶上的停机坪，一架直升机盘旋在上空。伴随着巨大的轰鸣声，一架直升机缓缓地降落下来。刘铁穿着一身白色Dolce&Gabban亚麻休闲装，戴着一副Versace超酷墨镜，第一个缓缓地走出了舱门，远远望去十分冷傲霸气。

炎夏紧跟在刘铁身后，螺旋桨旋转引发的气流吹乱了她的长发，刘铁伸出双臂，侧护着炎夏走出了气流区。炎夏抬头看了看高大的刘铁，顿时感到了一种强大的力量感和安全感。

宝哥双手捂着自己耳朵走下舷梯，一路小跑地逃离了气流区。美美穿着十公分的高跟鞋大声地喊着，像企鹅似的一瘸一拐地紧追着宝哥。何耀阳已经在停机坪前等候了，他摘下墨镜快步迎上来，与刘铁击掌，相互拥抱拍了拍肩膀。寒暄了几句后，两个人并肩走向了停在不远处的一辆加长版的劳斯莱斯。炎夏跟着刘铁上了车，宝哥和美美坐上了后面的一辆大奔。两辆车一前一后快速地行驶在澳门弯曲而干净的马路上。

第一次来澳门的炎夏，好奇地打开了车窗，望着眼前这个欲望的城市。清爽的海风吹着她的秀发，新葡京、永利、美高梅、威尼斯人等一座座金碧辉煌的建筑呼啸而过。两辆车很快驶过了造型独特的跨海大桥，停在了澳门银河酒店黑金会员VIP专区的大门口。几个人分别下了车，有说有笑地站在大门外。一个披着粉红色外套的葡萄牙籍侍者迎上前取行李，一位漂亮的黑金卡贵宾专席小姐，笑容可掬地操着一口粤腔普通话，拿出了早已开好的两张房卡。

刘铁给何耀阳介绍炎夏，说是他的特别助理。何耀阳哈哈大笑着说："见过的啦，上次在北京顺风酒家，一起吃过饭的嘛！"炎夏急忙上前与何耀阳握手说："谢谢阳哥夸奖，阳哥还能记得我，荣幸至极！"何耀阳一直握着炎夏的手不放，欣赏地看着她说："炎夏小姐这样气质超群的靓女，男人都会过目不忘的啦！"

见何耀阳这样阅美女无数的男人，都能对炎夏印象这么深刻，刘铁得意地笑了笑。何耀阳建议他们先去房间休息一下，然后再去他的赌厅玩儿几把。刘铁说自己从来不赌，从来不做没把握的事情。何耀阳佩服地说，来澳门能不赌的男人自己没见过几个，别看自己开赌厅但也从不赌，做大事儿的人就是要有超强的自控力。

　　炎夏也算是个见过世面的人，在美国华尔街实习时也见过很多叱咤风云的人物，知道华尔街的那些大佬都有一个共同的特点，就是都有着超强的自控力。都说澳门是男人的天堂，除了赌就是嫖。见刘铁拒绝去赌场，炎夏感到十分惊讶，也暗自佩服刘铁的定力。宝哥和美美早已迫不及待了，要马上就去赌场大干一场。美美拉着炎夏叫她一起去，炎夏笑了笑，说自己要陪老大谈事儿就不去了。刘铁拿出了一张黑金会员卡，很随意地放到炎夏手里，说："去吧，这张卡可以随便玩儿！"

　　"老大，我也不喜欢做没把握的事情！"炎夏微笑着，把那卡轻轻地放回了刘铁手里，随后收起了笑容，眼睛直视着刘铁。刘铁从炎夏眼神里读出了一种淡定，并感到了一种不悦。炎夏的眼神似乎告诉刘铁，自己感受到了一种轻视。何耀阳耸了耸肩，偷偷地冲刘铁竖起了大拇指。刘铁避开了炎夏的眼神，冲何耀阳诡秘地笑了笑，也学着耸了耸肩。

　　美美狠狠地瞪了一眼炎夏，拉着炎夏走到一边说："你是不是傻呀？脑子是不是被枪打了？到手的钱都不要！"炎夏微笑着没有说话。美美见炎夏执意不去，便小声地叮嘱她，何耀阳吸毒，让她小心点儿。还说澳门可不比北京，这里什么事情都可以做，什么事情都会发生，一定要学会机智应对。不过，自己的经验一大把，如果发生了什么状况，要随时微信请教她，千万不能让自己吃亏。炎夏会意地点了点头，美美转身拉着宝哥飞奔向了赌厅。

　　红伶私人会所，澳门顶级的会员制会所之一。何耀阳和刘铁、炎夏坐在一个贵宾专区里，一边吃着珍奇美味，一边欣赏着尽收眼底的澳门夜景。何耀阳和刘铁谈笑风生，炎夏搭着话、倒着酒，优雅得体地调节着气氛。何耀阳看着炎夏赞叹说："铁哥，你真是厉害啊！从哪里捞来的这个靓女助理啊？"刘铁看了眼炎夏，炎夏急忙起身敬了何耀阳一杯,适时地把"收购方案"递给了何耀阳。何耀阳一边认真地翻阅着,一边不住地点头夸赞:"专业!靓女果然不凡,连方案都做得这么靓!"炎夏保持着职业性的微笑说:"阳哥过奖,是我老大高屋建瓴!"

何耀阳把目光转向了刘铁,眼神犀利地盯着刘铁说:"上次从北京回来后,我认真地研究过,对手可是只大老虎,恐怕很难搞得定的啦!"刘铁胸有成竹地说:"对方虽是只大老虎,但我们是一群狼,采取'群狼围攻'战术!阳哥知道,我是不会打无把握之战的!"

炎夏再次举起酒杯,站起身直视着何耀阳说道:"阳哥,经常听我老大夸您,说您胆识过人,您可是我的偶像啊!老大,我申请单独敬阳哥一杯,不知阳哥赏不赏脸呢?"何耀阳笑着站起身,一只手搭在炎夏肩上说:"哇,靓女敬酒,荣幸之极的啦!哈哈哈……"

刘铁知道,何耀阳老谋深算,"不见兔子不撒鹰"的。想着,刘铁开门见山地说了此次来澳门的目的,就是希望与何耀阳像2008年那样,再开立一个共管账户,里应外合再大干一场。何耀阳明白,刘铁这是想随时将资产转移到海外。但开立共管账户意味着他自己也要出钱,一提到出钱他就相当谨慎了。何耀阳想着,从炎夏肩上移开手坐了下来,眼睛看着炎夏说:"靓女啊,好羡慕你们年轻人啦!我年龄大了,不比2008年了,控制风险第一位的啦!"

"阳哥,您说什么呢?用大陆人的话讲'男人四十一朵花',用美国人的话讲,男人的生命四十岁才刚刚开始,您可正当年啊!"

"哈哈,真的吗?"

"Sure!您不知道,您可是女生心中的偶像啊!"

"哈哈,那我是不是炎夏靓女心目中的偶像呢?"

"必须的啊!"炎夏突然想起了刘铁讨厌说英文。

"那靓女做我的特别助理吧?铁哥,舍不舍得啦?"

"哈哈,小意思的啦,没问题!"

"仗义!我们出来混的,靠的就是一个'义'字!哈哈哈……"

"没错!兄弟如手足,美女如衣服,哈哈哈……"

炎夏心里掠过一丝不爽。想到刚刚下直升机时,刘铁结实的双臂为她阻挡巨大的气流,自己心里怦然一动的感觉,再看看眼前一副无所谓样子的刘铁，她突然感觉到了一种失落感，那种心动的感觉也一下子荡然无存了。她自嘲着自己似乎有点儿自作多情了，其实，自己不过是刘铁赚钱的一个"特别助理"，是刘铁一个可以随时送出去的礼物而已。

炎夏正愣着神儿，何耀阳突然握住她的手问："靓女，要不要带你出去兜兜风，看看澳门的夜景啊？"炎夏扫了一下刘铁，发现刘铁转过头去装作没看见。炎夏一下子提高了嗓门，表现出非常开心的样子，暧昧地冲何耀阳笑道："好啊，好啊！澳门的夜色太撩人了，好想出去看看呢！不过，不知老大准不准假呢？"

炎夏故意把球踢给了刘铁。刘铁慢慢地转过脸来，看看炎夏妩媚的微笑，又看看何耀阳握着炎夏手的那双黝黑的大手，心里突然有一种异样。他发现自己心里居然有一种醋意和不悦，这是他从来没有过的，也是他不敢相信的。

刘铁不敢再想下去了，也不愿再想下去了。他发现何耀阳正观察着自己的反应，他明白何耀阳这是在考验自己，看看他是否会为了一个女人而挑战兄弟义气，进而判断是否要和他继续谈合作。这可以说是一箭双雕。刘铁快速做出反应，故作惊讶地说："炎夏，知道阳哥什么人吗？阳哥跺一脚，整个澳门都得抖三抖！你面子也太大了吧？"

"铁哥，不要这样讲的啦，搞得我像黑社会老大似的，吓到靓女的啦！"何耀阳哈哈大笑着说。

"不能！炎夏靓女在美国混过，也是见过大世面的！对吧，炎夏靓女？哈哈哈……"刘铁淡定地看着炎夏说。

"OK啦，铁哥，一会儿我让兄弟给你安排两个顶级洋妞儿！"

"好啊！老子好久没为国争光了！"刘铁非常兴奋地说。

炎夏死死地盯着刘铁每一个细微的表情，她从刘铁躲闪的眼神儿，以及女人的第六感，还是捕捉到了刘铁的一丝醋意，心里不禁暗自高兴。不过，炎夏心里明白，何耀阳是在将刘铁的军，刘铁又在将自己的军，现在两个男人把皮球都踢给她了，自己应该如何应对呢？

炎夏突然想到了经验丰富的美美，佯称自己要去一下洗手间，不一会儿就回来了。炎夏又敬了何耀阳一杯，兴奋地说自己是第一次来澳门，马上就想去看看大三巴牌坊、妈阁庙、渔人码头什么的。接着又毕恭毕敬地敬了刘铁一杯，感谢刘铁给了她这么好的一个机会。

炎夏敬完了酒，开始收拾自己的东西。何耀阳高兴地拉起了炎夏的手。这时，炎夏的手机响了。炎夏说了句不好意思，犹豫不决地接通了电话。电话里的声音很大，连刘铁和何耀阳隐隐约约地都能听到。是美美刺耳的大叫声："炎夏，够不够姐们儿？够姐们儿的话赶紧下来一趟！"

"美美，别急，别急，慢慢说，怎么了？"

"我他妈的输惨了！全输光了！你先借我点儿钱！"

"啊？借……钱啊？"

"懂了！挂了！"

"别别别，亲爱的，你别急！不是我不想借，可是……可是我现在走不开啊！"

"我去，我们姐妹情谊到此结束！拜拜！"

"别别别，亲爱的，你别急！我借，我借还不行吗！"

炎夏挂了电话，脸上挂着焦虑的神态，非常为难地看看刘铁，又看看何耀阳。何耀阳有点不甘心，提议让美美先找宝哥借点。炎夏解释说，宝哥是出了名的抠门，再说现在也没赢钱，是不会借给美美的。自己是美美的发小，如果不借，美美肯定会跟她翻脸的。

何耀阳犹豫了一下，心想挣钱还是第一位的，希望宝哥他们在他开的赌厅里豪赌一把，最好也把刘铁带去。想着，何耀阳一脸认真地说："姐妹之间也要讲义气的啦，赶紧过去救场要紧的啦！"

"炎夏，怎么回事儿？知道'特别助理'是干什么的吗？"刘铁不失时机地斥责着炎夏。

"对不起，老大！"炎夏低下了头。

"美美也是，就会他妈的添乱！"刘铁不依不饶地骂着。

"好啦！都是好兄弟、好姐妹！你过去劝劝他们，不要玩得太急嘛，慢慢玩的啦！"

何耀阳很快把他们送回了银河酒店。刘铁和炎夏走进赌厅，赌厅里不时地爆发出一阵阵的叫喊声和欢呼声。炎夏好奇地看着，发现赌徒们个个眼睛里充满了血丝，还有一些衣着暴露的女孩儿，手里拿着一些零星的筹码走来走去的，寻找着单身男性搭讪。炎夏问刘铁什么情况，刘铁开玩笑说，都怪炎夏跟在他身边，否则美女早就过来找他搭讪了。炎夏明白那些美女是找活儿的小姐，笑着说自己耽误老大的好事儿了。刘铁和炎夏转了一圈走出赌厅，边走边聊："炎夏，你在哥大读的是表演专业吧？美美的电话打得可真是时候啊！"

"嗯……我应该属于自学成才吧！唉……多亏有高人指点相救，否则今晚，自己很可能被牺牲了！"

"靓女，逢场作戏，请理解！"

"对了，老大，确认一下，今天的工作结束了吗？"

"是的，你表现得比我想象的好！怎么，有什么想法吗？是想去赌几把，还是想兜兜风？我陪你！"

"不用了，终于可以松口气儿，可以休息了！"

"辛苦了！"

刘铁和炎夏说着向悦榕庄别墅区走去，迎面遇见了一个矮个子中年男人，脖子上戴着一条又粗又长闪闪发光的金链子，搂着一个比他高一个头的洋妞儿。炎夏看了看刘铁，故意说："唉，也不知道阳哥给你安排的洋妞儿啥时候到？"刘铁坏坏地笑了笑说："不急！"

到了悦榕庄一间总统套间门口，炎夏拿出房卡，打开了房门。刘铁大步走了进去，发现炎夏站在门口没动，他转身回头一看，正好与炎夏的目光相遇。炎夏微笑着低下头，不慌不忙地说："Hi, How about your sexual ability?"

"什么玩意儿？说中国话！我都几百年没说英文了！"

"我是问，你的性能力如何？"

"呵呵……几个意思？"

"铁哥是一个很讲究公平的人，其实我也是，尤其是在男女性爱方面，讲究人格上和精神上的平等。现在是非工作时间，您也不是我的 Boss 了，所以，我要搞清楚你是否喜欢我、性能力等问题，看看是否符合我的基本要求。"

刘铁一时接不上话了，尴尬地靠在墙上傻笑。看来这个美国归来的"美女加才女"果真不同凡响，与平日呼之即来、挥之即去的女孩儿相比，人格上和精神上确实非常独立，让人不敢轻易小视。看着愣在那里的刘铁，炎夏打破了尴尬，嫣然一笑，俏皮地说："其实，当我看到就一张房卡时，我就明白了！不过，这似乎和我理解的'特别助理'，职责有所不同……"

"是吗？就一张房卡吗？怎么搞的……"刘铁急忙打断了炎夏的话，装着自己不知道的样子。

"我发现，你不是学表演的，也没自学成才！"刘铁撒谎时，笨拙的样子很是可爱。接着，炎夏眼里闪动着一团温柔的火，盯着刘铁说道："其实，我是可以睡在这里的！如果满足了我刚才条件的话……"

面对炎夏大胆的挑衅，刘铁眯起双眼，上扬的嘴角又露出了他那标志性的微笑。他拿出那张黑金会员卡，递给炎夏说："靓女，没什么事儿了，再去开个房间，你可以撤了！"炎夏接过卡，小声哼了一句："胆小鬼！"

"什么？你说……什么？"

"我说，如果你承认你喜欢我的话，我可以睡在这里！那……请问，你喜欢我吗？"

"呵呵，呵呵……你猜！"

"OK，晚安！"炎夏收起笑容，转身走了。

"牛×，你赢了！"看着走廊里炎夏的背影，刘铁摇着头。炎夏一边走，一边偷偷笑着自语："OK，你赢了！"

银河酒店贵宾赌厅里，一张百家乐的赌台已经被赌客们围得水泄不通。宝哥和美美坐在那里，聚精会神地看着电脑上显示的"红圈圈儿"和"蓝圈圈儿"。宝哥还在一张纸上画着密密麻麻的圈圈儿、叉叉儿之类的，自己嘴里嘟囔着算着路子。两个人偶尔压一下筹码，压得不大，但已经输了一百多万了。美美淡定地说："不急！先把手焐热了！"宝哥看了眼美美，咧着嘴说："行啊！老手啊！"

"说什么呢！高手，好吧？搂钱的耙子，好吧？宝哥，我很旺夫的！有我在，一定会赢钱的，要给我奖励的哦！"

"必须的！"

"千万别急，先养养手！"

"不急！等一条好路，老子猛推几把！"

刘铁走进豪华的总统套间，脱掉西装领带，躺在宽大舒适的床上，望着天花板，想着刚刚让自己瞠目结舌的炎夏，想着炎夏与何耀阳周旋时的机智聪慧，想着刚来时炎夏拒绝黑金卡时的淡定……心里不由得对炎夏刮目相看，感叹在现实社会里，尤其在赤裸裸的金钱帝国澳门，像炎夏这样能够对诱惑说不的人，实在是少之又少了。

突然，刘铁脑子里又闪回了一下何耀阳握着炎夏手的那一幕，他还清晰地记得当时心里掠过的那丝醋意，这是自己从未有过的，难道自己有点儿喜欢炎夏？不能吧？刘铁从床上爬起来，茫然地看着窗外灯红酒绿的花花世界。

炎夏重新开了房间，躺在舒适的浴缸里泡澡。她轻撩着一朵朵白色的泡泡儿，想着刚才刘铁呵呵干笑时的样子，不由得"扑哧"笑了出来。浴室里雾气腾腾，炎夏脸色绯红，回想着自己从见到刘铁时的怦然心动，到后来与刘铁工作期间的越陷越深，再到直升机巨大气流下刘铁有力的双臂……她发现自己真的喜欢上了刘铁。不过，刘铁喜欢自己吗？炎夏想起何耀阳握着她的手时，自己捕捉到的刘铁眼神里的醋意，露出了甜蜜的微笑。

炎夏穿着白色的浴袍，躺在了床上，脑子又控制不住地切换着关于刘铁的各种画面。想着想着，炎夏突然想起何耀阳给刘铁安排洋妞儿的事儿，这里可是纸醉金迷的澳门，心里顿时感到一丝焦躁不安。她盯着床头柜上的电话犹豫着，终于拿起来拨通了："喂，老大，嘛呢？"

"哦……想你呢！"

"哈哈，是吗？Me too！"

"好吧！我信了！"

"流金岁月，睡不着吧？"

"是啊，这不等阳哥给我发洋妞儿嘛！"

"哦……对呀！我给忘了！对了，老大，你各方面都很优秀，千万别在那方面丢人啊！"

"不能！一定会为国争光的，放心吧！"

"哦……不打扰了，祝您开心，再见！"

炎夏不等刘铁说话就把电话挂了，一把掀起被子蒙上了头，躺在被窝里翻来覆去地折腾，脑海里浮现出各种不同肤色洋妞儿的样子。想着想着，她一下子掀开了被子，猛地又坐了起来，压着心烦意乱的情绪，呆呆地盯着床头柜上的电话。终于，她又拿起了电话："喂……老大，洋妞儿到了吗？"

"没呢！太他妈慢了！等得我心急如焚呀！"

"是吗！要不要特别助理帮你催一下阳哥啊？"

"哦……现在是非工作时间，就不麻烦特别助理了，不急！"

"对了，你还没回答我的问题呢！"

"问题？什么问题啊？哦……是关于我的性能力问题吧？"

"不是！另外一个问题！"

"什么问题，我忘了！"

"切！装×不是你风格吧？我刚才问你，你喜欢我吗？"

"哈哈，喜欢！但我喜欢全天下所有的美女！"

"切！大老爷们儿的，有意思吗？敢不敢真诚一点儿？"

"炎夏，别闹了，赶紧睡吧！我们的任务还没完成呢，我哪有什么心情找洋妞儿啊！不过，我倒是可以告诉你一句话……"

"什么？"

"特别助理赢得了我的尊重！"

"哦……是吗？Me too……晚安！"

挂上电话，炎夏露出了欣慰的笑容。对于不敢再相信，不敢再付出，一直把爱情视为交易的刘铁来讲，能从他的嘴里听到"尊重"这两个字，炎夏知道其中的分量。

刘铁笑着挂上了电话，他明白炎夏的心思，也清楚自己很欣赏炎夏，甚至有点儿喜欢，但他不愿意再继续想下去了。

刘铁转移着自己的注意力，思考着明天如何让何耀阳签下合作合同。他翻来覆去地想，觉得脑袋都快炸了，心想要不真找个洋妞儿发泄一下，放松一下自己紧绷的心情？自己不想谈爱情，但没必要禁欲吧？况且这里可是澳门啊！到底找还是不找呢？他左思右想了半天，发现自己似乎真的没什么兴趣和心情了！难道是自己的境界提高了？刘铁自嘲地笑了笑，吃上了安眠药。

深夜，刘铁突然被急促的电话铃声吵醒了。他迷迷糊糊地摸着手机，心想不会又是炎夏故意打来的吧？他闭着眼睛接通了电话，电话里传来了张若菲劈头盖脸的谩骂声："刘铁，你个王八蛋，又在哪儿风花雪月呢？你丫心也太狠了吧？你丫还是个男人吗？你还是人吗？还记得多久没回家了吗？小乖对你多好啊？你怎么能这样对她呢？小乖又喝多了！看着她天天这样，心里好难受……"

听着张若菲一连串的指责和谩骂，刘铁慢慢坐了起来，脸色很难看。他声音低沉地说："菲菲，小乖没事儿吧？我知道，对不起她，替我照顾好小乖，拜托！拜托！"

"废话，还用你说！你现在在哪儿？赶紧过来接小乖回家，她都醉得不行了！"刘铁一听，着急地说："菲菲，我不在北京啊！真不在！拜托你了，感谢感谢！"

"感谢你大爷！你都不在国内吧？电话的声音我都听出来了！对了，你是不是在马国啊？要不，菲姐亲自给你定两张马航的机票，头等舱的！你和那个贱货再来个环球游？我看你丫还能环游回来吗！"

张若菲骂着挂了电话。刘铁呆坐在床上，脑海里浮现出熊小乖天天买醉的黑眼圈儿，想着熊小乖天天独守空房的寂寞，想着张若菲骂他的每一句话，心里感到一阵阵的刺痛。刘铁一把将手机扔到床上，双手挠着头发，用力地掐着太阳穴，顿时头疼欲裂。他赶紧从包里拿出随身携带的抗抑郁的药，放进嘴里一口吞了下去，两眼发呆躺在床上，再也无法入睡。

张若菲骂完了刘铁，回到了"女人帮"俱乐部，看着已经醉得不省人事的熊小乖，叫了几个姐们儿把熊小乖驾到车上。回了熊小乖的公寓，熊小乖四仰八叉地趴在床上，张若菲吃力地给她脱了鞋子和衣服，给她盖上被子，随后端来了一杯白开水，强迫熊小乖喝了下去。张若菲坐在床边，轻抚着熊小乖的长发，看着她眼角的泪痕，愁肠百结。

过了一会儿，见熊小乖似乎睡着了，张若菲轻手轻脚地关上了床灯，站起身准备回家。但她刚一起身，突然熊小乖从后面一下子抱住了她，哀求着说："菲菲，求求你，别走！我害怕、我害怕……"熊小乖可怜巴巴地看着张若菲，张若菲心疼地又坐下来说："好好，我不走，我在这儿睡！"两个人相拥而睡，在孤独的夜里，一起相互安慰着。张若菲轻轻触摸着熊小乖，熊小乖浑身都在颤抖。张若菲感受得到，熊小乖非常渴望被爱抚、被安慰。张若菲吻着她的唇，熊小乖情不自禁地低声呻吟起来。

早上，张若菲睡眼朦胧地睁开双眼，发现熊小乖眼睛肿肿的，正傻呆呆地坐在床上，凝视着墙上和刘铁的婚纱照。看着一天一天数着寂寞的熊小乖，张若菲心里说不出的滋味。她知道任何语言都是苍白的，但还是安慰她说："亲爱的，别再想了！"

"菲菲，你要真是个男人就好了！"

"亲爱的，男人是这个世界上最可怕、最虚伪、最不能给人安全感的动物！别再想了！"

"那时候，我们还是很幸福的……"

张若菲忧心忡忡地看着熊小乖，发现她最近越来越不对劲儿，经常说话颠三倒四的，情绪也非常不稳定，真担心长此以往她再出什么事儿。张若菲穿着睡衣，端着一杯水走了过来，用手在熊小乖眼前晃了晃，试图打断她的思绪："乖乖，赶紧喝点水，昨晚你喝得太多了！"熊小乖摇了摇头，说自己想再睡一会儿，说完一头倒在床上，用被子蒙上了头。其实，每次和张若菲激情过后，熊小乖内心都会感到更加痛苦和失落。

刘铁被炎夏的电话叫醒了，提醒他下午一点和何耀阳谈判。刘铁一看手机都十一点过了，赶紧爬起来洗漱，换上西装，约炎夏在酒店一楼的便当简单吃点儿东西。炎夏点好广东点心等着刘铁，见刘铁脸色阴沉地走了过来。炎夏看刘铁眼圈儿黑黑的，不知道他天亮才睡着的，调侃问是不是昨晚太累了。刘铁严肃地说现在是工作时间，炎夏赶紧低下头吃东西。

一点钟，他们准时到了何耀阳办公室。刘铁知道，要靠共同利益维护所谓的兄弟情义，而不是靠兄弟情义维护共同利益。说到底，巨大的利益才是合作的基础和动力。他已经做好了各种与何耀阳讨价还价的思想准备。何耀阳拿着炎夏做的"收购方案"，说方案做得细致周密可操作，各方面的准备也相对充分，基本上同意合作。刘铁和炎夏一听，相互看了看，会意地笑了。但是，何耀阳马上又提出了一个苛刻的条件。

　　与2008年对共管账户合作方式不同，当时何耀阳和刘铁出资对半，利润五五分成，风险和利润共担，共进共退。这次何耀阳提出了一条保底条款，两个人还是出资对半，利润还是五五分成，但设定了20%亏损强行平仓线。也就是说，何耀阳不想再和刘铁风险共担了，只想坐收渔利。何耀阳开诚布公说，自己现在不想再冒风险了。如果刘铁同意，他将通过地下钱庄，把共管账户资金打到大陆的证券账户，参加刘铁的"收购战"。刘铁对"收购战"志在必得，明明知道这是一次不对等的合作，但犹豫再三还是妥协了。

　　刘铁迫不及待地提出马上签协议，何耀阳笑着说不急，并说他签合同一般都选在上午，提议明天上午九点九分，或十点十分再签，取意或长长久久，或十全十美的意思。刘铁竖起大拇指，夸赞何耀阳讲究，笑着勉强同意了。炎夏站起来微笑着伸出手，预祝两位老大合作成功。何耀阳紧紧地握着炎夏的手，感觉唯恐炎夏跑掉似的。他笑嘻嘻地说："靓女，现在大事搞掂了，要不要放松一下，带你去兜兜风，或带你去Shopping啊？"

　　"好啊好啊！"炎夏看上去非常开心，两只大眼睛妩媚地看着何耀阳，欣然答应了。

　　刘铁偷偷地瞄了一眼炎夏，心里再次掠过一丝不悦。炎夏转身看着刘铁，刘铁急忙躲闪着她的目光。炎夏心里一阵得意，然后请求说："老大，再次祝贺您和阳哥合作愉快！不过，我现在是不是可以跟阳哥去兜兜风、逛逛街呀？正好我想要买一款爱马仕的铂金包包呢！我看好了一款最新款限量版的，可漂亮了，我好喜欢的！嘻嘻……"炎夏说着说着，发现何耀阳的手慢慢地松开了。

　　何耀阳知道，爱马仕的铂金包，少说也得几十万，况且炎夏要的还是限量版的。想想自己以前泡妞儿，最多也就买个Gucci、LV什么的，连香奈儿都不舍得买，更别说爱马仕了，还限量版的铂金包。炎夏见何耀阳松开了手，心想美美教她的每一招都是这么灵验。何耀阳尴尬地站在那里，点上一根烟，慢慢抽着说道："炎夏小姐的品位很高嘛！"

"还行吧！嘻嘻，谢谢阳哥！"

刘铁马上明白了怎么回事儿，故意瞪着眼一脸严肃地说："炎夏助理，你以为你的工作结束了吗？你还没去花旗银行办理共管账户呢！我希望你能把工作放在第一位，懂吗？"

"哦……对不起，老大，我又错了！我以后一定注意，把工作放在第一位！"炎夏收起笑容，一副特别职业的样子。

"趁着银行还没下班，还不快去！我警告你，如果再犯类似的错误，就没以后了！"

"对不起，老大！我马上去，马上去！"

"好啦，好啦！铁哥，不要这么严厉的啦！不过，靓女，把工作放在第一位还是对的啦！"何耀阳赶紧借机说。

炎夏低着头走了，何耀阳夸赞刘铁，总是能把工作和生活分得很开，对待下属就要严厉。刘铁先给何耀阳道歉，说炎夏不懂事，自己没管教好。还简单介绍了下炎夏，说她母亲在美国是个知名的律师事务所的合伙人，炎夏是个典型的ABC富二代，泡她可要花血本的。何耀阳会意地点点头，提议带刘铁去洗个桑拿放松一下。刘铁说自己还要见个朋友，客气地回绝了。

8.3 还剩了多少真诚的勇气

刘铁离开何耀阳办公室，一个人去了四季酒店的爱马仕专卖店。他想给熊小乖买个包包，他知道熊小乖最喜欢这些东西了。服务员热情地接待了他，推荐了几款最新款的鳄鱼皮手提包。刘铁挑了一款标价79万港币的粉色限量版，刷卡买了。服务员夸赞他对女朋友真好。

的确，刘铁给熊小乖花钱从不吝啬。他一直把熊小乖当成亲人，但却做不到把她当成爱人。但熊小乖只想他把她当成爱人，不想他把她当成亲人。他不知如何面对熊小乖，想到熊小乖对自己的付出，想到熊小乖一个人独守空房，想到张若菲骂他的那些话，他心里就会隐隐作痛，心里有一种负罪感，内心非常痛苦和煎熬，而这一切都会让他窒息，让他想逃。他觉得现在自己能做的，就是尽自己所能，在物质上最大程度地满足熊小乖，这样，他觉得可以减轻一些自己的负罪感。

走出爱马仕专卖店不远，刘铁又返了回来。他想到炎夏给何耀阳提到自己想买爱马仕包包，又觉得炎夏这次表现得非常出色，于是决定给她也买一个。服务员见刘铁又回来了，紧张地迎了上来，问买的包包是否有问题。刘铁让她再推荐几款，服务员马上露出了惊喜的表情。刘铁又挑了一款年轻时尚的蓝色鳄鱼皮手提包，但不是限量版的，标价38万港币。服务员一边刷卡一边问刘铁，还是刷VISA吗？刘铁反问服务员，是人民币升值还是美刀升值？刚才就懒得说你，当然是刷银联了。

刘铁回到酒店，把粉色限量版的包放进行李箱，心里感觉舒坦了一些。他躺在床上闭上眼，想到明天即将与何耀阳签订的合作协议，虽说是一个不对等的合同，但基本上也算达到了目的，心里松了一口气。他想起了炎夏，不知她现在在哪儿，于是打她房间的电话。电话没人接，他又打她手机："喂，特别助理，哪儿呢？"

"老大，我和美美在喝下午茶呢！"

"哦……共管账户搞掂了吗？"

"OK了，放心吧！"

炎夏和美美两个人穿着比基尼，坐在悦榕庄的游泳池边，一边吃着点心一边聊天儿。炎夏眉飞色舞地讲自己的经历，直膜拜地对美美作揖，夸赞她的招数实在太高了。美美得意地说自己对付狗男人招数多得是。炎夏问："亲爱的，昨晚战绩如何？"

"哈哈哈……爽爆了！收获了四百个！"

"My God！对了，宝哥怎么样？"

"赢了五千多个！"

"真的假的啊？"

"真的啊！"

"可以啊！"

"可以个毛线啊！唉……别提了！"

原来，美美和宝哥玩了一天一夜。昨天晚上更是经历了惊心动魄的一幕。宝哥终于等到了一条好路子，眼睛里冒着火星子，头发都立了起来，用"怒发冲冠"形容一点儿也不为过。只见他趴在一张百家乐赌台上,两只手颤抖着搓着一张扑克牌,身边的美美紧张地盯着宝哥的手,围观的赌客们则齐声大喊着:"三边、三边、三边……"

宝哥猛地将那张牌翻开,大叫了一声"三边!"拍在赌桌上,果真是张"三边"黑桃六。美美尖叫着一下子跳了起来,抱住宝哥就亲了一口,赌客们也大声欢呼起来。宝哥深深吸了一口雪茄,定了定神,恶狠狠地说:"9点杀8点,多了不多,就杀你一点,收钱!哈哈哈……"

"宝哥,你太牛×了!不过,咱见好就收吧?都连续赢了十几把了,不玩儿了!"美美抱着宝哥脖子兴奋地说。

"说啥玩意儿呢?啥就不玩儿了!看到没有,庄已过河,继续打庄,打爆为止,筹码还必须 Double,快下注,一千万!"宝哥瞪着一双牛眼大声叫道。

美美抖抖索索地拿着一千万的筹码,手心里都冒着汗,犹豫着不敢下注。宝哥捏了下她的脸蛋儿,哈哈大笑着说:"知道吗,赌场上大多数人输就输在'敢输不敢赢'上!输了就破罐子破摔,赌注反而压大了,赢了反而缩手缩脚,不敢押了!"宝哥说着,把美美手里的一千万的筹码一把推到了"庄"上,大叫着让荷官开始发牌。

荷官发牌了,宝哥屏住呼吸,把一张崭新的纸牌反复搓得像一张百褶纸,猛地一抽翻了过来,是一张红心9,又是一次"9点杀8点"!跟着宝哥押"庄"的赌客们大声地尖叫着,没敢跟的赌客们捶胸顿足地叹息着,宝哥大笑不止,美美激动得眼泪都快掉出来了。

宝哥神奇地拉出了十七把"长庄",荷官催促着下注。宝哥默默地在那里算着,美美拉着宝哥劝他打死都不能再押"庄"了。宝哥突然站起身来,狂笑着说道:"今儿宝哥就让你见识下,什么是史上最长的庄!继续打庄!哈哈哈……"听到宝哥的话,赌客们都露出了惊愕的表情,七嘴八舌议论着,没人再敢跟宝哥下注了。

听到宝哥的话,美美似乎也赌红了眼。她站起身来,走到宝哥身后,用她的"胸器"用力地顶着宝哥的背部,眼里喷着火叫道:"宝哥,我顶你!对你有信心,杀它!"宝哥这次把两千万的筹码一把推到了"庄"上。荷官开始发牌了,赌台顿时鸦雀无声。宝哥先开了两张牌,一张红桃Q、一张红桃K和一张红桃A,围观的赌客们发出了惊叹:"哇,才1点哦!惨了,惨了,幸好没跟!"这时,宝哥脑门儿上冒出了冷汗，美美的脸也阴了下来。

　　荷官露出了一丝轻蔑的微笑，慢慢地翻开了两张牌，是两张红桃K。宝哥和美美知道，只要第三张牌翻出一张大于1点的牌，两千万就瞬间蒸发了，而这种概率实在是太大了。荷官抽出第三张牌，慢慢地刚想翻开，只听宝哥大喊一声："等一下！"只见宝哥捻灭了雪茄，往后倒退了十步，掏出一张100元的人民币，在毛主席大头像上不停地亲着，虔诚地念叨着："毛主席啊，毛主席，您老人家一定要保佑我啊！赐它一个公吧！让我1点杀它0点！我保证，赢了钱，少泡妞，多做好事，多做善事！毛主席啊，毛主席，您老人家一定要保佑我啊！"念叨完，他把那张人民币高高举过头顶，一步一叩首地走到赌台。围观的赌客们被宝哥逗乐了，连美美也被宝哥弄得忍不住笑了。

　　"老板，可以开牌了吗？"荷官不耐烦地催着。

　　"开！"宝哥从牙缝里挤出来了一个字。

　　赌台再次变得鸦雀无声，空气似乎都凝固了。荷官慢慢地翻开了第三张牌。奇迹发生了！第三张牌居然又是一张红桃K！宝哥和美美激动得话都说不出来了，围观赌客们的眼珠子瞪得都快掉下来了。

　　"我靠，太牛×了！"

　　"哎呀妈，真假啊？1点杀0点了呀！"

　　"有没有搞错啊！"

　　"阿爹拉娘，册那额头碰天花板了！老卵！"

　　"我日，屌爆了！"

　　北京人、东北人、广东人、上海人、山西人等操着不同的口音感叹着，随之便是一阵狂呼，整个贵宾厅都炸了。宝哥擦着额头上的冷汗，肆无忌惮地像狼一样嚎叫着。美美激动地抹着眼泪，紧紧搂着宝哥说："亲爱的，我的'胸器'强大吗？"宝哥拿起两张100万的筹码，塞进美美的"胸器"里，盯着那深深的事业线说："太他妈强大啦！顶住啦！哈哈哈……"

　　美美噘着嘴撒娇说："哎呀，亲爱的，才奖励人家200个呀！人家还想换辆最新款的保时捷呢！"宝哥看了眼噘着嘴的美美，又往她"胸器"里塞了200万的筹码。美美高兴地亲着宝哥："宝哥哥，么么哒，爱死你啦，爱死你啦！"美美咬着宝哥的耳根儿说："撤吧，已经赢了5000万了！"宝哥眼睛盯着美美的"胸器"说："收钱！收工！走人！开始新的战斗！哈哈哈……"

"讨厌啦！"美美搔首弄姿地说。

"对了，记住了，如果有人问你钱咋来的，你就说是他妈炒股赚来的！懂吗？"

"放心吧！我是谁呀？我多贼呀！还用你教？哈哈哈……"

美美搂着宝哥的腰，两个人眉飞色舞地走出赌厅，一路浪笑着上了电梯，进了客房。一进门，宝哥就迫不及待地把美美压在了床上。美美半推半就，故弄风骚地挑逗着宝哥。宝哥欲火中烧，三下两下扒光美美的衣服，喘着粗气猛烈地撞击着。宝哥脖颈上的青筋暴出，很快即将冲刺了。这时，美美突然用手推住了宝哥："停！停！等一下！我想问你一个问题！"

"啊？啥问题啊？非这时候问啊？"

"对！就这会儿！我想知道，你此时此刻，想对我说句什么呀？"

"嗯……我想说，我想××你！"

"讨厌的呢！你好坏的呢！人家想听你对我说'我爱你'嘛！"

"啥玩意儿啊！别闹了！哥哥快不行了！"

宝哥再次猛烈撞击着美美，美美呻吟着不停地在宝哥身上拍打着。宝哥很快又要冲刺了。美美再一次阻止住了他："停！停！等一下，我还有一个问题！"

"哎呀妈，你想整死哥呀！"

"对了，我想知道，此时此刻，你特别想听我对你说句什么呢？"

"嗯……我特想听你说'你××我吧！'"

"哎呀，你好讨厌的呢！说句'我爱你'会死啊？"

"求你了，别整那没用的！你再折磨哥，哥就死啦！乖，快点儿的吧！"

随着一声仰天长啸，宝哥倒在了美美的身上。不一会儿，宝哥便大声地打起呼噜来了。看着四仰八叉的宝哥，美美心里突然感到一阵心酸。自己年龄越来越大了，经历的男人也多了，实在有点儿累了倦了，心里也想有个男人爱。但宝哥连逢场作戏都不肯对自己说句"我爱你"！自己虽然拥有很多人羡慕嫉妒恨的财富，但感觉似乎没人再敢去爱她了。美美心里伤感着，宝哥慢慢地睁开了眼，好像又缓过劲儿来了。美美一把拉住宝哥的手，瞪着大眼认真地说："宝哥，你没结婚，要不咱俩结了吧？"

"啊！……啥玩意儿？闹呢吧？"

"看你吓得！我也就这么一说，至于吗！"

"哦……亲啊，求你了，以后千万别开这种玩笑了哈！太吓人了！"

"算了！不跟你说了，真没劲！"

"是啊！要不再来一次，多有劲啊！"

"滚！"

"好吧！还是百家乐有劲，我再下去玩会儿！"

"不是吧？别去了，见好就收吧！"

"我再玩儿两把，你先睡吧！"

"宝哥，宝哥……作死的节奏啊！"

美美坐在游泳池边，回想着昨天晚上的事儿。她抬起头望着湛蓝的天空，脸上挂着一丝愁云，一副心事重重的样子。炎夏问宝哥后来到底怎么样了？美美生气地说："本来赢了5000万，后来这傻×都吐回去了不说，还倒贴了1000万！活该，还不如拿那些钱养我呢！"

"亲爱的，拿人家钱，还骂人家傻×，不好吧？"炎夏侧脸看着美美说。美美没心情再说宝哥了，拉起炎夏的手问："亲爱的，我也是女人，我也想要爱情啊！你说，我以后该怎么办啊？找个高富帅吧，太不靠谱！还没玩儿够呢，说不定哪天就把你甩了；找个小金领吧，那点儿工资根本养不起我；找个老点儿有钱的吧，像熊哥、黑哥的，又都结婚了；宝哥倒是没结婚，但根本就不想结婚，甚至连孩子都不想要……我都快愁死了！"

美美说完低下了头，看上去很伤感。她觉得自己很悲哀，连宝哥这样的人都躲她躲得远远的，对未来一点儿信心都没有了。炎夏安慰美美说，缘分还没到，还没有遇见对的人。美美苦笑着说，恐怕自己很难遇到什么对的人了。她突然想起了那位"豪门爷"，一边琢磨着一边自言自语地问："亲爱的，你说，那位'豪门爷'还会有真爱吗？她会爱上什么样的男人呢？什么样的男人又会爱上她呢？"

"说实话,挺难想象的!"炎夏若有所思地说。

"是啊!想象一下,假如有一男的对这位'豪门爷'表白'我爱你','豪门爷'会作何反应呢?哈哈,让我猜,这位'豪门爷'瞬间会有一亿个问号。这男人,是图我色、图我钱、图我名、图我啥呢?人家'豪门爷'什么样狗男人没见识过,还敢信谁呀?"

"哈哈!"

"再假如,'豪门爷'对一个男人表白'我爱你',那男人又会作何反应呢?哈哈,让我猜,那男人一定也会有一亿个问号。这小娘们儿,钱大把,睡的男人大把,到底看上我啥了呢?我估计,打死都不敢相信'豪门爷'真爱他!"

"你这么说,'豪门爷'这辈子很难找到真爱了?"

"一条不归路啊!不过,真爱不真爱的也无所谓了,反正人家现在是爷了!知道为什么有那么多女孩儿把'豪门爷'当作自己奋斗的目标吗?为什么把'豪门爷'崇拜为偶像吗?"

"不知道!"

"因为人家'豪门爷'睡出来了!要知道,不是所有的人睡了就能睡出来的!有多少人睡了也都是白睡了!人家'豪门爷'现在是想睡谁就睡谁了!想想也是醉了,哈哈哈……"

"也不能这么说吧?女人谁不渴望真爱啊?谁不渴望有个精神归宿啊?我还是那句话,用真诚追求真爱!"

美美发出了干巴巴的笑声,说炎夏还是不了解国情,说等她伤得千疮百孔的时候就不会再这么说了。现在的人似乎都习惯了只索取不付出,个个都跟人精似的,都觉得自己不傻,都觉得自己已经练就了一身百毒不侵的本事,真诚比金子还贵。美美伸了伸懒腰,说不聊这种无聊的话题了。她凑到炎夏的身边,挤眉弄眼诡秘地问:"你怎么样,拿下了吗?"

"什么……拿下了吗?"

"不装×能死啊?"

"哦……懂了!没拿下!"

"真的假的?骗子!明明开的一个房间,切!"

"亲爱的,没骗你!后来我又开了一个房间,骗你小狗!"

炎夏笑着把那晚的事儿给美美简单地描述了一遍。美美听后鄙视地说炎夏脑子一定被枪打了，还故意转着她的脑袋，要看看有没有被枪打过的洞，责备浪费了一次傍上像铁哥这样高大上土豪的绝好机会。炎夏没有反驳，看着湛蓝的天空出神儿地发呆，脑海里闪回着和刘铁的一幕一幕，自个偷偷地乐着，露出了可爱的酒窝。炎夏突然撒娇地抱住美美，再次恳求美美给她讲讲铁哥的故事，尤其是那个让铁哥十年来都无法忘怀的神秘女人。美美一听，表情马上严肃了："炎夏，我可警告过你一亿次了，别对铁哥动感情，懂吗？"

"亲爱的，人和人之间是有磁场的，尤其是同类，懂吗？"

"炎夏，你的眼神儿告诉我，你完了！"

"哈哈，不至于吧！你不觉得，铁哥本质上还是很善良的吗？我承认，我喜欢他的聪慧、胆识、才华、坦诚、幽默、男人的气魄……"

"够了！别再说了！我太了解铁哥了，这么多年来，曾有多少女孩儿前仆后继地围追堵截过他了，但我从未见他动过真情！他心里只有那个女人，无人可以替代！宝贝儿，知道吗，铁哥太难驾驭了！作为姐们儿我最后一次警告你，你这样太危险了！别自己找死了！"

炎夏看着略显激动的美美，听着美美那危言耸听的话，心里不但不害怕，反而激起了好胜欲。炎夏和美美争辩了起来，她认为性和爱确实是两回事儿，铁哥没有动过真情，正说明他是个外表花心、骨子里痴情的男人，这样的男人一旦爱上一个女人就是一辈子。美美无奈地摇着头，承认自己同意炎夏的说法，只是自己觉得炎夏是自己介绍给铁哥的，担心炎夏会受伤回头再埋怨她。炎夏笑着说自己是成年人了，知道自己在做什么，会对自己所做的一切负责任的，不会怪任何人。炎夏看着美美，突然问了一句："亲爱的，你是不是也爱铁哥啊？如果是，我不会介意的！"

"炎夏，我爱不爱铁哥不重要，重要的是铁哥会不会爱上你！"

"哈哈，问你个问题，如果一个男人不勉强一个女生上床意味着什么呢？"

"性无能？怕花钱？不能啊！铁哥就不差这些啦！"

"哈哈，那说明这个男人是不想破坏了自己的形象，也可以理解为他爱上了这个女生！"

"我勒个去,你就那儿臭美吧!来了趟澳门,变'花痴'了!别有一天你哭着来找我,哼!"

"精神上若是平等的,就不存在什么伤害!"

"神逻辑!那就说走就走,晚上约起来呗?"

"马上就约,亲!"

刘铁终于放松了下来,他衣服和鞋都没脱,躺在宽大的床上,迷迷糊糊睡着了。睡梦中,他被炎夏的电话吵醒了。听到炎夏约他吃饭,他想起了一天一夜都没见到宝哥和美美,让炎夏叫上他们,但炎夏说美美和宝哥晚上还要继续战斗,不想吃饭了。刘铁打着哈欠,无奈地说:"两个疯子,不要命了!那……几点吃饭?"

"晚点儿吧,八点?"

"好吧,那我再眯一会儿!"

刘铁挂了电话,又四仰八叉地躺了下来。没过一会儿,他刚要睡着,电话又响了。他拿起了手机,一看是艾雪打来的,想到好久没有和她联系了,也不知她怎么样了,于是急忙接通了电话:"喂,艾雪啊!你最近还好吧?"

"铁哥,您在哪儿呀?我想第一时间见到您!"

"别急,别急!慢慢说!怎么了?"

"我现在在首都机场的摆渡车上,想去找您!我……我……我好想见到您!"

"这样啊!哦……但我现在在澳门呢,等我回北京吧!出什么事儿了吗?"

"不是不是!是比赛结束了!我……我……我获得了'中国好歌声'的前十强!"

"哇塞!真的啊?太好了!真心为你高兴,你用自己的努力和实力证明了自己!祝贺你,艾雪!"

"铁哥,当我站在领奖台的时候,我满脑子都是您!铁哥,我……我……"

"哈哈,艾雪以后可就是大明星啦!太高兴了!等我回北京了,给你祝贺祝贺!对了,小迪知道了吗?和你联系了吗?"

"没……没有！铁哥，我……我……"

艾雪站在首都机场摆渡车上，举着电话欲言又止。她好想对刘铁说出"我爱你"这三个字，但还是没有勇气说出。

艾雪回到公寓，一头趴在床上哭了。她自己也说不清楚为什么哭，想想自己多少年来梦寐以求的梦想，如今实实在在地摆在了眼前，她感觉像做了一场梦一样。

昨晚，比赛领奖典礼时，当她站在大舞台、站在聚光灯下的那一刻，她曾幻想着刘铁就站在舞台下，与她一起分享成功的喜悦。那一刻，她的心早已飞向了刘铁，恨不得马上就见到刘铁，哪怕一句话都不说，就静静地和他在一起。开完庆功宴后，艾雪迫不及待地向导演组请了假。导演告诉她，明后天还有对她个人采访等一系列宣传活动，对她非常重要，劝她晚两天再回去，但她婉言谢绝了。艾雪觉得，自己能早一分钟见到刘铁比什么都重要。

艾雪连夜订了一张回京的机票，她本想给刘铁一个惊喜，到了北京后再把获奖的消息告诉他，但一打电话，才知道刘铁在澳门。艾雪趴在床上哭了好久，眼睛都哭肿了，终于，她慢慢地平静了下来，呆呆地坐在床上，两眼发直。手机响了，是信息提示音，她下意识地急忙拿起手机，却失望地发现是一个陌生的电话号码。她犹豫着打开了信息，一下子瞠目结舌，看到手机屏幕上显示着："艾雪，祝贺你！如方便，晚上老地方见！小迪。"

看到李小迪的短信，艾雪再次流下了眼泪。她一直以为，李小迪一定会非常恨她，再也不会理她了，但此刻她发现，原来李小迪一直在默默地关注着她，她感到有些意外，也十分感动。分手快一年了，是应该见面坦诚地好好聊聊了。

8.4 我看见了爱情，你呢？

还是音乐学院附近那家小小的咖啡馆，一张靠窗的桌子旁，艾雪戴着耳机听着李小迪的那首《最后的疼爱》，眼神茫然地望着窗外：

最后的疼爱是放手

> 最后的珍惜是埋葬那过去
> 有一天你会牵着那人的手
> 你要好好的好好地过好自己
> ……

李小迪走进咖啡馆,望着那张熟悉的桌子,看到坐在那儿的艾雪,慢慢地走了过来,坐到艾雪对面,低头不语。艾雪转过头来,急忙拿出纸巾,擦着眼角的泪珠,努力地微笑着。李小迪抬起头,凝视着艾雪,看上去很平和,轻声说:"艾雪,祝贺你,实现了你的音乐梦想!"

艾雪仔细地端详着眼前的李小迪,她惊讶地发现,李小迪好像一下子长大了很多,成熟了很多,不再是之前那个愤世嫉俗的小青年了。艾雪凝视着李小迪,深情地说道:"小迪,好久不见!你还好吗?"李小迪点点头,淡淡地微笑着说:"挺好的!"

艾雪曾无数次假想过与李小迪再次见面时的情景,脑海里最多的画面是,李小迪可能会因恨而说出一些侮辱性的话,甚至会做出一些过激的行为。但看着眼前十分淡定的李小迪,艾雪感到有点儿意外。艾雪给李小迪点了以前他最爱喝的橘子汽水,李小迪给艾雪点了以前她最爱喝的奶昔,两个人相视而笑,但一时不知道该说些什么。艾雪打破了沉默:"小迪,你那首《最后的疼爱》写得真好!"

"人要学会放手!放手才能开始,虽然放手比开始要难很多!"李小迪苦笑了一下,转头望向窗外。

"小迪,你长大了!真为你高兴!"

"我听人说,一个男人,一生中要上过大学、当过兵、坐过牢,这样就完整了!我经历两个了,哈哈……对了,艾雪,我今天来,除了向你表示祝贺外,主要想向你道歉!"

"道歉?道什么歉呀?那些日子……我们都很真诚!"

李小迪从口袋里拿出银行卡,轻轻地放在桌子上,慢慢地推到了艾雪面前。艾雪满脸疑惑。李小迪面露羞涩,低头解释说,现在是物归原主的时候了。他说自己觉得很惭愧,希望艾雪能原谅他那时的鲁莽。

艾雪一听,坚决地将卡又推回到了李小迪面前,李小迪则再推回到艾雪面前,低声说:"卡里的钱没动,密码已经改成了你的生日了!"

听到这句话，艾雪再也无法控制自己，使劲儿捂住了嘴，一行泪珠从眼角滚落下来。李小迪递给艾雪一张纸巾，艾雪接过纸巾捂住眼睛。李小迪眉头微蹙，认真地说："艾雪，对不起！那时，我太自我了，太不懂得珍惜了！只想着自己要什么，却不懂得付出……"

"求你了，别再说了！是我不好，只想着自己的梦想！我想，你一定会觉得我很现实，一定会很讨厌我！"艾雪摇着头呜咽着说。

"艾雪，你没错，真的！爱情是美好的，但现实是残酷的，我们每个人都不得不去面对！"李小迪目光十分坚定。

"小迪，你真的长大了！以前，我总觉得自己像是你的大姐姐，现在，你说话都像是个大哥哥了！真为你高兴！"

"人总要学会长大的！"李小迪不好意思地低下头。

艾雪低下头，犹豫了半天，告诉了李小迪一件事情。她说当初自己和李小迪分手，还有一个重要原因，她一直不敢说。自己妈妈走得早，是姥姥把自己带大的。姥姥虽然也非常喜欢李小迪，不过，自己毕竟都二十多了，不再是十八岁的小女生了，姥姥希望她能找一个稳定的人，所以，希望李小迪能够理解，不要恨姥姥。

李小迪听后，深深地低下了头，声音沙哑地说："姥姥没错！天底下有谁家老人，愿意让自己的孩子和一个朝不保夕的人在一起呢？我没有资格恨姥姥！"艾雪不忍再看李小迪，转过头看着台上的吉他手。她请求李小迪，为她唱一次那首《最后的疼爱》。李小迪犹豫了一下，走到台上去小声与吉他手商量，不一会儿，李小迪就拨动了琴弦：

　　那些无法释怀的日子
　　不可替代写进生命里
　　多少次借口不再见到你
　　也不愿放手那美好的过去
　　……

小小的咖啡馆里，几对学生模样儿的情侣，非常动容地听着李小迪的演唱，情不自禁地握紧了双手。李小迪唱完后，礼貌地鞠着躬走下台，咖啡馆响起了热烈的掌声。艾雪眼眶里的泪水越积越多，她忍着泪水问道:"小迪,后来你去哪儿?我到处打听你的消息……"李小迪简单地说了他从看守所出来后的经历,然后说现在在一家"大爱江河"文化传媒公司,每天做着自己喜欢的音乐,非常开心和幸福。艾雪听了十分欣慰,高兴地说:"小迪,真为你高兴!对了,你现在……还是一个人吗?"

"哦……我遇到了一个在孤儿院长大的女孩儿,是我们公司的同事……"

"哦……懂了,祝福你们!"

"谢谢!我很感恩生活赐予我的一切!对了,你和他,还好吗?"

艾雪假装着很幸福的样子,微笑着没有说话。感情细腻的李小迪察觉到,艾雪的微笑里藏着一丝忧伤。过了一会儿,艾雪平静地看着李小迪,大概讲了一些有关自己和刘铁的事情。她告诉李小迪,刘铁从一开始就坦率地告诉了她,只是觉得她很像他青梅竹马的女朋友。后来,他觉得自己破坏了她和李小迪,并为此感到十分内疚。

艾雪还告诉李小迪,刘铁是一个不再相信爱情的人,一个再不敢付出真诚的人,一个嘴巴上一直把爱情当作交易的人,其实却是一个内心非常渴望爱情的人。她还告诉李小迪,刘铁虽然一直在帮她,却始终没有把她当成交易的对象。

"看来……我当时真的误解他了!"李小迪低声说。

"其实,开始的时候,我也误解了他!只是觉得自己应该报答他,但后来,我发现……自己爱上了他!"

"那他现在……爱你吗?"

"他总是说,他自己已经不会爱了!唉,不说这些了!"

两个人正聊着,听到隔壁桌子的两对情侣,你一言我一语地正热议着"中国好歌声"比赛。一个年龄偏大的男生说:"'好歌声'还好意思说只注重歌声!我发现,这些导师已经分辨不出'好歌声'了,谁唱得怪里怪气就是好,这样下去会误导中国真正的好歌声!"

"就是!那个女生唱得多好啊!实力派唱将,公认的冠军,但据说已经签约了,就被黑了!太不公平了!"另外一个男生说。

"我觉得那个光头唱得不错,虽然没得奖,长得也不像好人,不过没准以后会火了呢!"一个女生说。另外一个女生说:"我就不明白了,那个女生凭什么得奖呀?长成那样不说,唱得就跟猫叫似的,小孩儿一听吓得都哭!"

艾雪和李小迪听着,忍不住偷偷地笑了。一个女生走到艾雪身边,瞪着大眼睛好奇地看着她,突然惊奇地问道:"请问,你是艾雪吗?"艾雪疑惑地点点头。那个女生欣喜地尖叫着:"哇,真的是你啊!艾雪,我是你的粉丝,也是你的师妹!我们都很支持你,还为你组织了一个'粉丝团',叫作'雪团儿'。你唱得太棒了!今天在这儿遇见你,真的太开心啦!"

艾雪没想到自己会被当成"明星"认出来,面对那个女生连珠炮似的赞美,一下子有点儿蒙,不知如何接话了,只是不停地说着谢谢。那女生说完,其他几个同伴也围了上来,又是和她合影,又是索要签名,搞得艾雪手忙脚乱。好不容易一一签字合影完了,艾雪赶紧喊李小迪离开了咖啡馆。

走到再熟悉不过的学校大门口,两个人停住了脚步。李小迪看着艾雪,开玩笑地说:"看来以后你出门需要戴墨镜了!"

"别逗了,不至于!"艾雪笑着说,她深情地看着李小迪,伸出了手说:"小迪,再见吧!答应我,好好的!"

"嗯,你也好好的!再见!"

晚上八点整,刘铁拿着一个手提袋准时赴约,到了一家庭院式意大利餐厅。远远望去,看到炎夏穿了一身蓝色小晚礼服,正坐在餐桌旁,看上去高贵脱俗又楚楚动人。

两个人落座后,刘铁左顾右盼着,他发现餐桌上摆放着两只郁金香,一只红色的蜡烛闪动着柔和的光,充满了浪漫的异国温情。刘铁又上下打量着炎夏,见她香肩半露,幽韵撩人,尤其雪白肌肤衬托着的锁骨,显得十分性感,不时地莞尔一笑,会露出一对娇俏的酒窝。刘铁不禁心里一动,躲闪着炎夏的眼神,结结巴巴地问:"那个……对了,共管账户搞掂了吗?"

"老大,如果我没记错的话,已经给您汇报过了吧。"

"哦……是吗?对对,说过了,已经说过了!"

"现在应该是非工作时间吧?那个,昨晚没给咱中国人丢人吧?"

"不能不能！你怎么选了这么个地儿？害得我还得穿西装！"

"很帅啊！"

"我这属于逆天！知道吗？穿西装必须得拘着，得装……Ａ！不好意思，差点儿又发错了音。"

"哈哈，那你就别装 Ａ 了呗！喝点儿什么？"

"有'小二'吗？庆祝一下！"

"这个……真没有！不过，我埋单。"

"谢谢！不过，好像我还没有让女人埋单的习惯。"

"这话儿听起来挺爷们儿的！不过，似乎有点儿轻视女性的味道！"

"不能不能！我从不歧视妇女，更不违背妇女意愿！对了，你今晚打扮成这样，不会对我有所企图吧？你知道，我不出台！"

"哈哈哈，老大您想多了！请祝我生日快乐吧！"

"啊？祝贺祝贺，生日快乐！今天你生日你最大，不用喊老大。对了，不早说，也没给你买生日礼物，不过，给你买了件工作礼物。"

刘铁说着拿出了手提袋，炎夏接过来慢慢打开，看到了那款蓝色的鳄鱼皮手提包，惊喜地捂住了嘴。炎夏站起来，弯着腰轻轻地吻了下刘铁的脸颊，含情脉脉地看着刘铁说："谢谢铁哥！"刘铁有点儿不知所措，支吾地说："这……主要是奖励你出色的工作表现，也不是限量版的！"

"那好吧，谢谢铁哥对我工作的肯定！"

炎夏眼波流盼，恬静迷人的脸上带着一种俏皮。刘铁装作看着餐厅的环境，说着一些有的没的。这时，一位洋妞儿服务员走了过来，用流利的英文问刘铁。由于洋妞儿的语速过快，刘铁一时没反应过来，服务员礼貌地笑了笑，又改用不是很流利的中文问了句："先生，请问，可以为您倒酒了吗？"

"她……她说什么？"刘铁看着炎夏问。

"铁哥，如果没听错的话，她说的是中文！"

"啊……哦……是吗？可以，可以，倒吧！Please！"

看着刘铁手忙脚乱的样子，炎夏忍不住咯咯地笑出声来了。看着炎夏的笑容，刘铁发现工作时严谨精干的炎夏，其实生活中还是个单纯的孩子。刘铁也跟着呵呵地笑了，并习惯性地掏出一根烟，刚要点燃打火机，一旁站着的服务员马上礼貌地劝阻了。刘铁再次露出了尴尬的微笑。他整了整衣服，一本正经地举起了酒杯说："靓女，再次祝你生日快乐，永远年轻美丽！"

"谢谢铁哥！也祝铁哥早日找到真爱！"炎夏目光炙热。

"嘘……说什么呢！小点儿声！"刘铁说着，偷偷地瞄了眼一旁的洋妞儿，给炎夏递了个眼神，又压低声音说："这话儿听起来有点儿煽情，这洋妞儿听得懂中文！"刘铁说完，冲那洋妞儿傻笑了一下，说有事儿再叫她，洋妞儿知趣地走开了。炎夏忍不住又笑了。刘铁低下头，皱了下眉，想了想，突然从口袋里拿出了那张黑金卡，推到炎夏面前。炎夏看着那张黑金卡，警觉地问："铁哥，这是几个意思呢？"

"就一个意思，那包不是生日礼物，一码归一码！回头自己看着随便买点什么！"

"铁哥，谢谢你的坦诚！不过，礼物代表心意，你让我自己买，是代表谁的心意呢？"

"靓女，够矫情的啊！"

"抱歉！我想说，不是所有的女孩儿都仰慕您的财富的！"

"那你一定仰慕我的人品了？哈哈。"

"恭喜铁哥，答对了！为什么不呢？至少你很真诚，不是吗？"

"靓女，我就这么点优点啊？接着夸！实话告诉你，我能经受起任何表扬和赞美！"

"好吧！那我就直说了？"

"说吧！没事儿，大胆地说，我的老心脏肯定能受得了！"

"OK！铁哥，我喜欢你！"

"哈哈哈……这话我听过N遍了！谢谢！"

"OK！铁哥，我发现，我爱上你了！"

刘铁真没想到炎夏会说出这句话，一下子有点儿蒙圈。他定了定神，看了看站在不远处的洋妞儿，嘴角上翘，露出了他标志性的微笑，把声音压得很低小声问："你这是……在向我表白吗？"

"表白必死，认真就输了，对吗？"炎夏紧追不舍。

刘铁迎着炎夏挑衅的目光，故作严肃地说："慢点儿，和老板搞暧昧？这样不好，懂吗？"炎夏目光坚定地回道："我懂！不过，我现在说的每一句话，都是真的！"刘铁强作镇定，马上又换了一种语气说："炎夏，别闹！你回国也有段时间了，不能再这么幼稚、这么任性了！要多向社会学习，要不断努力进步，懂吗？"

"对了，昨晚好像听你对我说了一句话，不过，没太听清楚，想确认一下，行吗？"炎夏一副认真的样子问。

"昨晚……什么话？"刘铁显然有点儿紧张。

"好像是说，我赢得了你的尊重，是吗？"炎夏看着有点儿心虚的刘铁，露出了得意的微笑。

"啊……哦……我有说过吗？"刘铁挠了挠头装作思索的样子。

"铁哥，装 A 好像不是您的风格吧？"看着刘铁可爱的样子，炎夏强忍着笑，继续步步紧逼。

"调皮！"刘铁自我解围地笑了笑，显得有点儿招架不住了。

"哎呀，铁哥，对了，有句很重要的话，我忘了告诉你了！"炎夏决定乘胜追击。

"靓女啊，什么话啊，说！一次性说完！"

"其实也没什么，就是忘了告诉你，你也赢得了我的尊重，还有欣赏什么的……"炎夏眼神再次炙热地盯着刘铁。

刘铁不敢再看炎夏了，也不敢再和炎夏调侃瞎贫了，他明白炎夏并非在开玩笑。于是，刘铁变得严肃起来，非常认真地说："炎夏，下面我要说的每一句话，也都是真诚的！我有必要再重申一遍，我是一个不再相信爱情的人。说实话，有时我自己都觉得，我在精神上很扭曲！所以，我很负责地说一句，别靠近我，我不想伤害任何人！"

"铁哥，你看起来有点儿紧张吧？"炎夏一看气氛有点儿不对了，赶紧开玩笑地说。

"呵呵，是吗？我有紧张吗？我会紧张吗？"

"追随己心，就好！我坚持我的信念！我并不认为你不相信爱情了，是人都渴望真爱，铁哥也不会例外！"

"呵呵，是吗？我咋不知道呢？"

"知不知道，不是嘴说了算，是心说了算！"

"炎夏，我们可不可以不谈论这个话题了，OK？"

习惯了居高临下的刘铁，面对炎夏如此大胆的、攻击性的表白，显然有点儿不太适应。看到刘铁挤出来的笑容，炎夏心里掠过一丝酸楚，她知趣地点点头，举起酒杯和刘铁碰了一下。真诚对刘铁来说是个"撒手锏"，他不会撒谎，也不喜欢撒谎。面对真诚，他会变得笨嘴笨舌，很难发挥他的聪明幽默。阅人无数的刘铁，对方装与不装，他一眼就能看得出来。面对敢爱敢恨的炎夏，刘铁害怕了，习惯性地退缩了。他沉默地低下了头，大口地吃起了牛排。

刘铁心里清楚，现在像炎夏这样的女孩儿太少了。以前他遇到的女孩儿，从来都是用钱来解决的。要钱的女孩儿他不怕，不要钱的女孩儿他反而会怕，因为在他的观念里，不要钱意味着想要人。他拒绝接受任何人的真诚，也拒绝付出自己的真诚。他总是说，现在的人越来越不敢真诚了，越来越不会真诚了，越来越找不到真诚了。尤其在北京，很多天天出来混的女孩儿，看上去个个都跟人精似的，随时随地斗智斗勇地算计着，但算来算去，似乎最后都没算明白。

刘铁吃着牛排，一直没再抬头。炎夏慢慢吃着，看着平日霸气外露的男人，此刻安静得像个孩子，动情地说："铁哥，您让我想到了一个人。"

"谁呀？你前男友吧？哈哈。"

"是'了不起的盖茨比'！"

"哦……那个美国花痴男啊！"

"铁哥，你觉得，为什么盖茨比最终没能把黛西夺走呢？"

"说！"

"因为盖茨比犯了个错误！他误以为，有了钱一切问题就解决了！盖茨比花了五年的时间，为的是达到五年前没能达到的迎娶黛西的条件，而往往这种以假定条件为前提的爱情，大多都会以失败而告终。"

"有点儿意思，接着说！"

"五年后，盖茨比虽然有钱了，成功暴富了，一见到黛西就迫不及待地要求她放弃拥有的一切，但，却已是物是人非了！"

"嗯……有道理！不过，我怎么感觉，你好像话里有话！"

"是吗？我只是想说，人不能总纠结于过去，谁也无法改变岁月的轨迹。盖茨比当初认识了黛西，也许是遇见了正确的人，但遗憾的是，不是正确的时间！"

炎夏说完露出一个浅浅的微笑。刘铁显然被炎夏的话触动了，他凝视着炎夏，脑子里闪回着在澳门的一幕一幕，觉得炎夏似乎很懂自己，似乎与他有着一种神秘的默契感。自己一个眼神、一个微笑、一个神态，炎夏似乎马上就能心领神会。刘铁一直渴望着能有一个敢说心里话的人。他凝视着炎夏问自己，眼前这个似乎很懂自己的女孩儿，是不是那个可以随时说心里话的人呢？从不敢相信任何人的刘铁，从炎夏的眼神里读出了一份信任，此刻，他破天荒地选择了相信。他站起身来，非常认真地说："炎夏，今晚和你聊天，很开心，很敞亮！所以，谢谢你！"

"Me too！谢谢你陪我度过一个美好的夜晚！"

"炎夏，我希望，我们能成为真诚的朋友！"

"Me too……不过，我希望不仅如此，因为我还看见了爱情，你呢？"

"哦……咱们撤了吧？"

"时间还早，我们还未老，咱干吗去呀？"

"今儿你是老大，你做主！"

"那……我们去看电影吧？"炎夏眨巴着眼睛说。

"啥？不会吧？太奢侈了吧？我都不知道多少年没看过电影了！"

"刚才还说我是老大，我做主呢！"炎夏撇着嘴说。

"OK OK OK OK！"刘铁连忙说道。

"太好了！我要吃爆米花儿，要焦黄色的那种，特别甜……"

刘铁陪着炎夏到了电影院，还给炎夏买了焦黄色的爆米花儿。炎夏高兴地挽着他的胳膊，两个人一起走进了电影院。刘铁坐在那里，突然想起了十年前和那雪在海淀电影院的情景。一晃十年都过去了，刘铁从此再也没走进过电影院。刘铁觉得看电影是一件很浪费时间的事情，他宁可把这时间用在挣钱上，或者花天酒地地挥霍上。炎夏拉了一下刘铁，提醒他关掉手机，好好放松一下心情。

看完电影，两个人各自回到房间。刘铁难得这么放松一次，他索性吃了安眠药，手机都没开，要好好地大睡一场。

夜深了，当刘铁酣然入睡时，熊小乖和张若菲等几个女人，在"女人帮"俱乐部里又喝得酩酊大醉了。熊小乖酒酣耳热，手持高脚酒杯倚在一张沙发上，张若菲紧挨着熊小乖抽烟，其他几个女人也东倒西歪，七嘴八舌地痛斥着男人的狼心狗肺。

熊小乖一杯又一杯喝着，有点儿不醉不归的味道。张若菲劝她别再喝了，但发现她已经喝大了。熊小乖晃晃悠悠地举着酒杯，盯着张若菲问着一个永远不变的话题："菲菲，十年了，我把心掏给他了，能忍的都忍了！你说，他的心是不是给狗吃了？"

"现在的男人哪还有心啊，就剩下肾了！"张若菲夺着她的酒杯。熊小乖突然一下子紧紧地抱住张若菲，眼神惊恐地问道："菲菲，你不会离开我吧？不要离开我，别离开我……"

"乖乖，我不会离开你的，永远！"

"菲菲，你说，我是不是很贱啊？是的，我很贱，我很贱……"

"乖乖，别这样！"

熊小乖突然一阵狂笑，笑得那么无奈和绝望，眼角里噙着冰冷的泪水。十年来，张若菲陪着熊小乖一路走来，没有谁比她更懂熊小乖了。看到熊小乖现在这个样子，她恨自己不是个男人，恨自己不是刘铁。她不停地哄着熊小乖，这时，其他几个女人也劝起了熊小乖。一个女人说："熊姐，要我说啊，你们当初就应该要个孩子！"

"是呀，孩子是保卫家庭的重要手段！"另一个女人说。

"哈哈哈……要个孩子？孩子能从天上掉下来啊？"熊小乖狂笑着。

"懂了！我老公也多少年都不碰我了！"

"唉，以后女人结了婚，千万赶紧生个孩子，否则，过了新鲜劲儿，那些臭男人连碰都懒得碰你了！"

"据科学统计，男人对女人性爱的'保鲜期'才四个月。"

"拉倒吧！这主要是由供求关系决定的！男人天性好色，喜欢年轻貌美的女人，而社会却恰恰提供了大量的供给！现在有多少年轻貌美的女孩儿，为了生存、梦想和欲望，前仆后继地出卖自己的青春和美色？有人买，有人卖，供需就均衡了！"

"我靠，不愧是大学经济学老师，分析得就是深刻！"

"所有的现象，都可以用经济学来解释。比如现在的房价，买房的需求是巨大的,是刚性的,所以,无论政府如何打压,房价就是打不下来!男人下半身的需求也是刚性的!假如社会没有那么多年轻貌美的女孩儿供给,那些臭男人就只好回家找老婆解决需求了!否则,不憋死他们才怪!"

"有道理!但是,东莞不是地震了吗?你觉得好使不?"

"难说!谁知道会不会反弹啊?"

"天哪!做女人太悲催了!"

"还是柏拉图式的精神恋爱好,我崇尚精神恋爱!"

"拉倒吧!蔡姐她老公,知道吗?和蔡姐精神恋爱了十年,结果却和其他女人开花结果了!"

"我去,真不要脸了,太虚伪了!我发誓,老娘这辈子不给任何臭男人当老婆……"

"行啦!你们说够了没有?"张若菲突然站起来发飙了。

张若菲恶狠狠地瞪着几个女人。张若菲知道,刘铁曾多次拒绝过熊小乖想要个孩子的要求,所以,熊小乖最敏感、最不能碰的话题之一就是孩子。真是哪壶不开提哪壶!张若菲发现熊小乖脸色变得惨白,蜷缩在沙发上浑身颤抖,双眸直勾勾的,连瞳孔都渐渐地放大了。

"乖乖,你是不是哪儿不舒服啊?"张若菲着急地问。

"是我不好!是我错了……"熊小乖哀哀欲绝说。

"乖乖,别这样!你别吓我啊!"张若菲捧着熊小乖的脸。

"菲菲,你说,我是不是很贱啊?"熊小乖双目突兀。

"乖乖,别这样!求你了!"张若菲一下子泪眼模糊了。

"菲菲,我害怕,我好害怕!"熊小乖浑身抖得越发厉害了。

"乖乖,别这样,我们大家都爱你!"几个女人也全吓到了。

熊小乖抬起头,看着周围一双双同情的目光,突然爆发出一声撕心裂肺的哀嚎:"为什么?为什么无论我怎么做,他的心还在那个女人那里?为什么啊?为什么啊?"包房里所有的女人都吓得傻愣在了那里。一个女人上前安慰着说:"乖乖,说心里话,爱情这东西,有时真的是强求不来的……"

"你他妈说什么呢?会不会聊天啊?滚!"没等那女人说完,张若菲上去一把将那女人用力推倒在地,破口大骂着。熊小乖瞳孔越来越大,声音低沉得可怕:"我好难受!我受不了了!我快坚持不住了!我觉得快要疯了!我要杀了那个女人!我要杀了那个那雪!我要杀了她……"

熊小乖眼睛死死地盯着吧台上的一把水果刀,慢慢地走了过去,一把拿起来就要向外冲。张若菲和几个女人一看全傻了,拼命地抱着她、劝着她,夺着她手里的水果刀。此时,熊小乖已经完全失控了,拼命地挣脱着、大骂着:"我要杀了她、我要杀了她!我他妈疯了吗?哈哈哈……我他妈就疯了!我受不了,我受不了!我他妈就疯了……"

几个女人和熊小乖纠缠在一起,阻拦着她。混乱中,熊小乖倒在了地上,但她又挣扎着爬了起来,依然疯了似的向外冲着。这时,张若菲突然大声惊叫:"血!血!血!乖乖,你手上有血!"此时,一股鲜血正从熊小乖手心里涌出来。

原来,几个女人在争抢中,水果刀划在了熊小乖的手心里,但熊小乖却浑然不知。当低头看到自己手心里的鲜血时,她感到眼睛一黑,一阵眩晕,浑身一软,瘫倒在了地上。张若菲"扑通"一下跪在地上,抱着熊小乖大声哭喊着:"乖乖,你这是何苦呀?你傻呀!凭什么呀?呜呜呜……"

几个女人乱成了一团,一个女人赶紧拨打了"120",一个女人让张若菲赶紧联系刘铁。张若菲手忙脚乱地拿出了手机,拨打着刘铁的电话,手机里传来:"你所拨打的电话已关机!"她突然想到刘铁不在北京,打通了也没用,先把小乖送到医院要紧。

起风了,风很大。120急救车呼啸着,很快驶到了"女人帮"俱乐部。张若菲和几个女人抬着熊小乖走出来,风吹乱了熊小乖的长发……

第九章　生命的执念

　　人生，三万天，一瞬间。人生在世，不能活得不明不白。相信总有一次真诚的遇见，会唯美了整个曾经。珍惜当下，敬重生命中的每一天，静静领悟，想好了，再出发……

9.1 快乐得痛不痛？

医院急诊室，医生给熊小乖包扎好了刀口，注射了一针镇静剂，熊小乖很快就安静下来，迷迷糊糊地睡着了。医生告诉张若菲，最好等天亮了，到神经内科再看看。张若菲看着面色苍白的熊小乖，泪水无声地流淌着。

天终于亮了，熊小乖还没醒。张若菲一夜未眠，强打精神，请求医生先不要叫醒熊小乖，推着移动病床去神经内科。医院里真是人满为患，一大早就挤满了人。熊小乖似乎醒了，躺在移动病床上努力地睁着眼睛，明白自己身处何地之后，又无助地闭上了眼睛。

检查结束后，医生讲了熊小乖的情况："病人是重度忧郁症！不过，还好发现得早，但如果再发展下去，就是精神疾病了，明白吗？"张若菲急忙点头。医生继续说："病人没什么大碍，但需要长期服药治疗，最好再辅助于心理治疗。最重要的是，千万不能让她再受什么刺激了，懂了吗？"

张若菲取药回到急诊病房，发现熊小乖醒了，护士说是镇静剂的作用消失了。熊小乖转动着眼眸，呆滞的目光停在张若菲脸上。张若菲努力地控制着自己，轻声说："小乖，你醒了？没事儿，没事儿！放心吧，乖！"熊小乖看了看手上包扎着的厚厚的纱布，终于，两行冰冷的泪水静静地从眼眶中流了下来。

医生问熊小乖是否可以留院观察，熊小乖坚持要马上回家。张若菲开车驶向熊小乖的公寓，半路上，熊小乖突然让张若菲调头，说想要去父亲的别墅静一静。张若菲明白，熊小乖不想回到那个冰冷的家，默默地调转了方向。

到了熊龙德的别墅，张若菲倒了杯水，取出一大把药。熊小乖安静地吃了，躺在床上很快睡着了。张若菲也已经困得不行了，她走出卧室，又给刘铁打了个电话，电话里传来"您所拨打的电话暂时无法接通"。张若菲气得用力按了下手机，回到卧室抱着熊小乖睡了。

上午九点九分整，何耀阳办公室里，刘铁与何耀阳再次握手，正式签订了一揽子合作协议。两人相互拍了拍肩膀，拥抱了一下。炎夏鼓着掌祝贺两位老大合作顺利，长长久久，再创辉煌。何耀阳突然提议，叫上宝哥和美美，乘坐他的私人游艇，出海好好放松一下。刘铁知道，何耀阳所谓的私人游艇是一条赌船，也知道这是何耀阳给他们设的一个局，希望他们在他的赌船上接着赌。但自己马上要与何耀阳合作了，直接拒绝不合适，于是，刘铁笑着爽快地答应了。

刘铁给宝哥打电话，让他和美美在酒店大门口等着。宝哥已经输了一千万，本来就想翻本赢回来，一听要出海去赌，兴奋地拉着美美就走。何耀阳的私人游艇飞快地驶向公海，他们在游艇上饮酒说笑，几个嫩模围坐在刘铁身边不停地敬酒。果然，没过一会儿，何耀阳就提议他们去玩几把，还故意说要看看刘铁的手气旺不旺，进而看看他俩以后的合作是否顺利。刘铁明白何耀阳又在将他的军，心里琢磨着如何应对。

刘铁了解自己的性格，从小就好胜，不服输。尤其是做生意后，他不允许自己输，哪怕一块钱也要盈利。刘铁心里很矛盾，输了吧，不甘心；赢了吧，不太好。看来只好见机行事了。刘铁和宝哥各拿了一千万的筹码，坐在赌桌上玩了起来。不过，刘铁提前交代好了，让美美和炎夏拉着何耀阳出去喝酒，一定要想办法把他灌醉。

刘铁小声告诫宝哥，不要因小失大，争取不输不赢，最后打平。宝哥勉强答应了。几个嫩模不停地鼓动着刘铁，但刘铁始终观战，很少下注。终于，宝哥等到了一条好路子，又拉出了一把长庄。刘铁这次看准了机会，一把将一千万的筹码推到了庄上。宝哥瞪着充满血丝的大眼看着刘铁，几个嫩模也惊愕地张开了嘴，刘铁看上去十分冷静。

看着刘铁坚定的眼神，宝哥顿时感到信心爆棚，也豁出去了，把所有的赌注押了上去。他感到浑身的汗毛都竖立了起来，两只手剧烈地抖动着，猛地一把翻开了牌，大叫了一声："杀！"果然，九点杀八点，庄赢了。宝哥兴奋得一下跳了起来，几个嫩模也大声地尖叫着。刘铁冷冷地把宝哥叫到一旁，再次告诫他，见好就收，不要耽误了大事。刘铁让宝哥把输的本收起来，把自己赢的一千万再输回去。宝哥佩服地看着刘铁，偷偷地竖起了大拇指。刘铁笑了笑，拉着几个嫩模出去找何耀阳喝酒去了。

美美和炎夏正哄着何耀阳喝酒，何耀阳一边抽雪茄，一边眉飞色舞地吹牛大笑。见刘铁走了过来，何耀阳以为刘铁这一会儿就输光了，急忙站起身拍了拍刘铁的肩膀，安慰他说不着急慢慢玩，一会儿再赢回来。刘铁摇着头坐了下来，说自己不会玩瞎玩。几个嫩模你一言我一语的，何耀阳终于明白了，连忙夸赞刘铁做事还是那么"稳准狠"，对以后的合作更有信心了。刘铁谦虚地说自己就是胆子大，加上运气好而已。还说先让宝哥替他玩会儿，不能浪费了这么优秀的美女资源。

刘铁和几个嫩模玩起了骰子，并故意输给了她们。不一会儿，一瓶洋酒全被刘铁喝完了。酒喝得急，加上海风一吹，刘铁一起身酒就涌了出来。他急忙去找洗手间，几个嫩模簇拥着他要跟着去，刘铁拿出一把港币塞给她们，说自己不行了，要先回房间睡一会儿。

美美和炎夏心领神会地看了刘铁一眼，继续缠着何耀阳玩各种游戏。不一会儿，何耀阳也喝大了，回房间休息去了。美美和炎夏去找宝哥，宝哥这回是彻底过瘾了，拿着刘铁赢的一千万，胆子也大了，搞来搞去还总是输不了。美美一看又拔不动腿了，坐下来陪着宝哥玩。炎夏对赌毫无兴趣，去了刘铁房间。

一进房间，就闻到一股刺鼻的味道，刘铁确实吐了。炎夏赶紧给刘铁倒了一杯水。刘铁是属于那种喝多了会吐，但脑子却十分清醒的人。炎夏劝刘铁赶紧再睡会儿，刘铁眯着眼很快睡着了。炎夏坐在椅子上，看着疲倦的刘铁，心想男人也真挺不容易的。又想到那几个嫩模讲的，从心里佩服刘铁的胆魄和机智。她发现刘铁身上有一种狼性，在逆境中坚韧不拔，为了目标宁可战死。想着想着，她也趴在桌子上睡着了。

不知过了多久，刘铁酒醒了。他拍了拍炎夏的肩膀，让她赶紧回自己房间休息。炎夏揉了揉眼睛，说自己不困了，提议去外面吹吹海风。两个人站在甲板上，刘铁看着黑漆漆的、望不到边的大海陷入了沉思。炎夏情不自禁地将头靠在刘铁的肩上，静静地想着心事，自嘲怎么总会爱上有家庭的男人。她从美美那里略知一些刘铁的故事，不过，她对未来没想那么多，只忠实于自己的内心。

也许是触景生情，也许是想要倾诉，也许真的把炎夏当成了可以信赖的朋友，刘铁破天荒地跟炎夏聊了起来，讲了他生命中两个最重要的女人。一个是他深爱的，让他始终无法释怀；一个是深爱他的，让他始终感到负罪。而这成了深埋在他心里的一条湍急的河流，始终无法泅渡。这也是他拒绝真诚，拒绝感情，只愿将男女之间的关系处理成公平交易的原因。他担心伤害到别人，同时，也担心自己再次受伤。

听着刘铁的话，炎夏感慨良多。她觉得，刘铁其实是一个对爱情十分负责的人，而且十分痴情。她劝刘铁不要总纠结过去，不要重复盖茨比的错误。世界这么大，生命这么短，追随己心，才会幸福快乐。炎夏说着，动情地看着刘铁，猛地一下紧紧地抱住了刘铁，微微闭上双眼，勇敢地迎了上去。

刘铁身不由己地弯下了身，轻吻了下炎夏微凉的红唇，随后便是一阵又猛又烈的深吻。刘铁的吻是那么狂乱，带着一种不安和渴望。炎夏承接着自己爱的男人的炽热，感到无法喘息，深情地说了句："我爱你！"突然，刘铁停了下来，控制住强烈的情欲，尴尬地说了句："对不起！"说完，转身走了。炎夏知道，他又逃了。

张若菲不知道睡了多久，迷迷糊糊睁开眼睛时，发现天已经黑了。她伸手摸熊小乖，发现熊小乖不在。她猛地坐起来，发现熊小乖正呆呆地站在窗前。她大声地呼喊着小乖，吓得跳下床冲向窗前，一把死死地抱住熊小乖，哇哇地大哭起来。熊小乖慢慢地转过身来，异常冷静地看着她，笑了。

见熊小乖笑了，张若菲更害怕了，拼命地将熊小乖往回拽。熊小乖的眼泪再次扑簌簌地掉了下来。她捧起张若菲的脸，温情地说："菲菲，放心吧，我没那么傻！"张若菲仔细观察着熊小乖的表情，将信将疑地问她："乖乖，你没事吧？真的没事儿吧？你可别吓我啊！"熊小乖轻轻地抚摸着张若菲的短发，冷冷地说："亲爱的，以前的那个熊小乖刚刚已经死了……"

熊小乖知道，人什么都可以骗，却骗不了自己的心。自己或开心，或难过，或快乐，或痛苦，其实自己心里跟明镜似的。熊小乖终于感到累了、倦了、绝望了，她时常会出现精神幻觉。春节假期后，刘铁就象征性回了两次家。熊小乖每天都过着一个人的生活。压抑久了，积累长了，信念终于在昨晚崩塌了。

熊小乖拉着张若菲坐下，抽出几张面巾纸递给她。张若菲疑惑地看着熊小乖，发现她一下子好像变了一个人似的。熊小乖说刚才张若菲睡觉的时候，自己想了好久好久，突然好像一下子什么都想明白了。她低声自语着："梦醒了，也碎了，碎得是那么彻底！菲菲，知道吗，我现在觉得很轻松，我想，我释然了！"

"医生说了，你要好好休息。求你了，什么都别想了，好吗？"

熊小乖点上了烟，深深地吸了一口，告诉张若菲真的不要为她担心了，因为她知道，自己十年如梦般的爱情，就在她手心里流满鲜血的那一瞬间，在自己苏醒的那一瞬间，也随之惊醒了。那一瞬间，她那么清晰地意识到，自己的心已经不再痛了。既然分开终将难免，不如去坚强地面对离殇。就在刚刚，她已经做出了决定，结束这场梦里梦外的独角戏。

张若菲看着熊小乖坚定的目光，欲哭无泪，不知道该再说些什么。已经是深夜一点钟了，张若菲抬头看了看表，又转过头看着熊小乖，说自己曾给刘铁打过几个电话，那个混蛋王八蛋现在在澳门，电话始终打不通，并气愤地说，不能就这么便宜了那个混蛋王八蛋，一定要痛骂他一顿。熊小乖低下了头，犹豫了一下说，算了吧，没什么意义了。

两个人整整聊了一宿，把小时候的事儿都翻出来了。熊小乖不好意思地说，这么多年来自己一直欺负张若菲，真是够难为她的了。张若菲笑着说："Money can not buy happy！"熊小乖好奇地问她啥意思，张若菲认真地说："有钱难买乐意，自己是心甘情愿的！"熊小乖被张若菲逗乐了，紧紧地抱着她笑了，眼泪却流了出来。张若菲捂住了熊小乖嘴，告诫她千万不要激动，医生再三叮嘱过了。

两个人聊累了，躺在了床上。张若菲问熊小乖以后有什么打算。熊小乖告诉张若菲，其实她早知道会有今天，也做了一些准备，甚至偷偷找过熊龙德的律师,已经帮她起草了一份"离婚协议书"。张若菲听了非常吃惊,但熊小乖看上去异常平静,说自己已经想好了,准备移民法国。熊龙德很早就在那边给她买了房子,还有一个红酒庄园。熊小乖看了看窗外,说她已经决定了,等天亮了就走。

张若菲完全没有想到,她一下子紧紧地抱住熊小乖失声痛哭。熊小乖也哭了,她安慰张若菲说,会经常回来看她的,让张若菲也要经常去法国找她玩儿,实在不行也移民法国,做一辈子的好姐妹。张若菲死死地抱着熊小乖,劝她别这么着急走,再说,刘铁还没回来,等他回来再好好聊聊。熊小乖面无表情地说:"不等了!"

天亮了,熊小乖把熊龙德的律师叫到家里,在那份"离婚协议书"上签了字,并定了一张当天飞往巴黎的机票,她想早一分钟离开这个令她伤心的城市。熊小乖让张若菲去了一趟那个可怕的家,电话里指挥着她拿了一些自己必要的东西。张若菲驱车回来之前,又给刘铁打了个电话。

刘铁和何耀阳站在甲板上,迎着海风,眺望着越来越近的澳门。炎夏略感尴尬地站在刘铁身旁。宝哥和美美又玩了一宿,最后一把将全部盈利输了回去,迷迷糊糊地走了出来。游艇靠岸了,刘铁大步下船,打开了手机,正好接到了张若菲的电话:"喂……菲菲,怎么啦?"

"刘铁,你个混蛋王八蛋,你他妈还是人吗?我告诉你,小乖刚从医院出来,重度忧郁症!再发展下去就是精神病了!你个混蛋王八蛋,都是你害的!你怎么还没死啊?你赶紧去死吧!你就死在澳门得了,别回来了!"

"菲菲,你说什么?你再说一遍!什么情况?告诉我,到底怎么回事?我刚刚离开公海,那里基本没信号……"

"我说,你怎么还没死啊?告诉你,小乖要去法国了,就今天!你赶紧打电话劝劝她,否则,你再也见不到她了!"

刘铁眉头紧蹙,走着走着停住了脚步,脸色变得越来越难看。

回到房间,张若菲发现熊小乖已经收拾好了行李。张若菲手机响了,一看是刘铁的来电,担心熊小乖受刺激,赶紧拿着手机走出去。张若菲这次没再骂,简要地说了一遍前晚发生的事情,着急地告诉刘铁，赶紧去求熊小乖，否则真来不及了。熊小乖猜到了是刘铁的电话，张若菲回来后，她什么都没问，看上去异常平静。

不一会儿，熊小乖的手机响了。曾经，她是多么渴望看到这个电话号码，多么期盼听到这个人的声音，而此刻，她似乎麻木了。手机响了一遍又一遍，熊小乖呆若木鸡地坐在那里，始终没接。张若菲手机又响了。张若菲捂着手机，小声地劝熊小乖还是接一个吧。熊小乖紧紧盯着张若菲手里的手机，微微地点了点头。

"王八蛋！医生说了，不能再让她受刺激了，懂吗？"

"菲菲，求你了，一定要让小乖接电话！拜托！"

"等着！"

有一种爱是一种穿肠入心的毒药，百转千回却还是留不下来。其实，留不下来的就从未真正属于过自己，不必去追讨，不必去怨恨。而为爱赴汤蹈火的熊小乖，苦苦等待和追讨了十年。此刻，她不再渴望了，不再期盼了。熊小乖慢慢地伸出了手，也许她早已暗自将眼泪流干了，她异乎寻常地冷静。电话里传来了刘铁极其低沉的声音："喂……小乖？你没事儿吧？"

"嗯……"

"对不起！"

"不怪你，怪我贱！"

"我现在在澳门，马上就赶回去！"

"其实，从一开始我什么都知道，也什么都明白！还是那句话，不怪你，怪我贱！铁子，我想最后再说一次，我爱你！"

"小乖……求你了，别这样！我很内疚！很负罪！"

"铁子，离婚吧！也许，这对我们都是最好的解脱！"

"小乖，我马上就赶回去！等我回去再说，好吗？对了，我给你买了一款鳄鱼皮爱马仕包包，粉色的，全球限量版的，你一定会喜欢的！"

"不用了！送给其他女孩儿吧！我知道,你心里还没放下她,去吧,我再也不会阻碍你了！"

"小乖，对不起！我知道伤害了你！但请相信，我努力过，也尝试过，不过……"

"明白，人什么都可以骗，但骗不了自己的心！我不再勉强了，放手了！"

"小乖，求你了！等我回去，好吗？"

"不等了！我已经决定了！我会好好的，你也……多保重！"

熊小乖没等刘铁再说什么，挂断了电话。张若菲在一旁哭得已经泣不成声。熊小乖也已满脸泪水，但她倔强地露出了微笑，那微笑，既漂亮又落寞，看上去那么让人心疼。熊小乖拉起张若菲的手，自言自语地说："都过去了！我想，该放手了！如果放手可以让一切变得简单，让一切有了可能，为什么不呢？"

"真的……决定了？"

"嗯……我时常问自己，快乐得痛不痛？我发现，自己不快乐！"

"好吧！乖乖，无论你做什么决定，我都会永远支持你！但是，要不要再见一面？"

"不想见了！不过，走之前，我想见一个人！"

"嗯……明白！"张若菲知道熊小乖说的是谁。

下午，世贸天街一家咖啡馆室外，熊小乖身穿一件黑色手工蕾丝长裙，戴着一顶精致的黑色宽檐帽，黑色的网纱挡住了一半的脸，看上去十分神秘而性感。熊小乖走前有一个愿望，就是想见见那个让她输了十年的那雪。她静静地坐在一张桌子旁，心里想着，那雪到底是怎样一个女人，难道是传说中的那种"琴棋书画诗酒花、写作摄影照顾家"的女人？

这时，那雪急匆匆地走了进来。她身穿一件纯白色短外套，看上去安静而典雅，又不乏职场女性的干练。她一眼就认出了熊小乖。两个都曾深爱过刘铁的女人，十年后，终于面对面地坐在一起了。

熊小乖仔细地打量着对面这个优雅婉约的女人，那雪则温和地看着对面这个丰盈窈窕的女人，从她骄傲的眼神里读出了一种难言的忧伤。那雪不知道发生了什么事情，但从电话里熊小乖的语气中，感到了一丝不安。

"那雪，知道今天为什么约你吗？"

"很抱歉！不知道……"

"我要走了，想看看你到底是个什么样的女人，让我输了十年！"

"不好意思，我没太明白……您的意思！"

"我要和刘铁离婚了！"

"啊……为什么啊？你们怎么了？"那雪惊讶得叫出声来。

"我想，是因为你吧！"熊小乖质疑的眼神盯着那雪。

"啊？……但……"那雪低下了头，眼里充满了焦虑。

熊小乖的眼睛一秒钟都没离开那雪。她曾猜想，那雪听到她离婚的消息，应该会很得意和开心，甚至幸灾乐祸。但她从那雪焦急的眼神里，读到了一种关心，那是发自内心深处的，装是装不来的。那雪发现了熊小乖手上缠着的纱布，心想可能是和刘铁吵架了。她几乎是下意识地关心地问："你的手受伤了？是不是吵架了？你别和他一般见识……"

"哈，你猜错了！事实上是，前天晚上我喝多了，还有，本来我想去找你，想去杀了你，结果，不小心弄伤了自己！"

听到这句话，那雪不但没有生气，反而心里特别难受。她懂得这句话意味着什么。那雪知道，十年来刘铁一直还没有放手过去。她能想象，眼前这个骄傲的女人，为了刘铁，为了爱情，不知经受了多少委屈，忍受了多少痛苦和折磨。无论怎么讲，自己都有着不可推卸的责任。那雪不忍再看熊小乖那深深的黑眼圈儿，急忙转过脸去，眼眶一下子湿了，眼泪无声地流了下来。

一直死撑着不肯在人面前落一滴眼泪的熊小乖，此刻，从那雪的泪水里感受到了一种善良和真诚。她仰起头，闭上眼，但一行冰冷的泪水还是流了下来。熊小乖知道，其实自己是没资格去责备对面这个女人的，无论怎么讲，十年前是自己主动追求刘铁的，并促使她和刘铁分的手。今天，看到眼前这个端庄大气的女人，熊小乖心里惊讶，这还是那个曾在MGM做服务员的女孩儿吗？一时间，两个人都陷入了沉默。

都说女人是朵两生花，是那么的相对，又是那么的相知，心是容易相通的。两个女人从对方的眼神里，似乎都读懂了对方。那雪擦了下眼角的泪痕，慢慢地转过脸来，真诚地看着熊小乖，劝她说再和刘铁好好谈谈。刘铁从小就性格倔强，但本质上还是善良的，相信通过真诚的沟通，什么事儿都会解决的，都会好的。

　　熊小乖静静地听着那雪的劝说，观察着那雪的一言一行，她感受到了一种真诚、善良和包容。那雪身上那种温婉气质，没有任何的攻击性，使她渐渐打消了对那雪的敌意。那雪身上的那种知性女人的味道，也似乎使她明白了，为什么刘铁会对这个女人念念不忘。

　　但长期积压在心里的幽怨，还是使熊小乖一时无法做到内心平静。她点上一根烟，静静地看着那雪，冷冷地说道："十年了，我把自己的青春、爱情、所有的一切都给了他，但他的心还是在你那里！你教教我，我该如何与他真诚地沟通？"

　　"对不起！是我不好！是我……"

　　那雪不知道自己应该说些什么。她自责自己做人做事优柔寡断，没能处理好和刘铁的关系，没能让刘铁彻底地忘了她。那雪真心不希望熊小乖和刘铁离婚，不希望看到今天这个结局。但熊小乖毫不客气地打断了她："今天我约你，不是来听你说对不起的！更不是来听你安慰的……"

　　"你误会了！我没那个意思！"

　　"我今天来，就是想明白，自己十年到底输在哪儿了！"

　　"你没有输！爱情没有输赢！说心里话，您是一个为爱情敢于赴汤蹈火的女人，我非常敬佩你！真的！"

　　"哈哈，不过，我已经厌倦了这场游戏，不玩了！放手了！"

　　"别这样！你们在一起都十年了，十年的缘分，多不容易啊！"

　　"十年的感情并不等于爱情！我不想再对自己的人生说谎了，一切真的该结束了！"

　　"别这样，千万别这样！再给他一次机会，他会珍惜的！"

　　"那雪，我能感受到，你很善良！但是，我已经决定了！"

　　"小乖，但……还是……"

　　那雪说着，声音哽咽了。熊小乖再次仰起了头，强忍着悲伤，岔开了话题："对了，你和老潘怎么样了？"

　　"我们……很快就要结婚了！"

　　"哦，真心祝福你们！"

　　"谢谢！也真心希望你能和他好好地在一起！"

"我想，我和他之间的缘分已经尽了！也许，这是我的命吧！我要走了，要去机场了……"

"啊……去机场？您这是……要去哪儿呀？"

"一个很遥远的地方！"

"啊！……铁子呢？他知道吗？他在哪儿？"

"我想，这些都不重要了！"

熊小乖说完，看了看表，微笑着伸出了手。那雪双肩微微颤抖，缓缓地站起身来，没有去和熊小乖握手，她突然失声说道："你走了，铁子他……怎么办呀？留下来吧，恳求你……"

那雪几乎是在哀求，她期望熊小乖能回心转意。但熊小乖决然地转身走了，头都没回。听着身后那雪大声的呼喊，熊小乖已泪流满面。暮色暗淡，残阳如血，熊小乖的身影渐渐消失在了熙熙攘攘的人群中……

那雪昏昏沉沉地回到家里，潘石和小烨子正在等着她吃晚饭。那雪一进门，潘石急忙起身迎上去，帮她拿着外套和手提包，发现那雪脸色很难看，还有眼角风干了的泪痕。潘石心里掠过一丝不安，但并没有多问什么，只是扶着那雪的肩坐到了餐桌旁。那雪尽量装得没事儿，潘石默默地给她夹着菜。但那雪没吃几口，就一个人躲进了卧室。潘石没去卧室，想她也许需要安静地独处一会儿。

小烨子拉着潘石的手，一起看热播的《爸爸去哪儿》。潘石不知道那雪发生什么了，但知道适当的时候那雪会告诉他。小烨子看着电视咯咯地笑着，笑着笑着，戛然而止，起身回了自己的房间。潘石知道，小烨子一定是想起自己在汶川大地震中遇难的爸爸了。

潘石想起汶川映秀小学对面的一座山，当地人称之为"万人坑"。大地震时这里埋了很多人，很少人知道自己的亲人究竟埋在了哪里。每年的清明节，潘石和那雪都会陪小烨子去扫墓。有一年，小烨子在山上采了一些野花，跪在山上的一个无名墓碑前献上了花。潘石心疼地上前抱起她，问她和爸爸都说了些什么，小烨子认真地说那是个秘密。

见那雪和小烨子各有心事，潘石心情也十分沉重，他心不在焉地在书房看书。晚上十一点，潘石合上书走进了卧室，将那雪拥在怀里，轻轻地抚摸着她的肩膀。那雪似乎平静了许多，依偎在潘石的怀里，慢慢地讲述了下午见到熊小乖的情形，以及熊小乖和刘铁离婚的事情。说着说着，那雪眼睛又潮湿了。潘石听着，也皱起了眉头。突然，他拉起那雪的手，表情十分认真地问："那雪，你说，我是不是很自私？"

"怎么了？怎么这么说啊？"

"听到他们离婚的消息，心里很不是滋味，感到很自责！无论怎么说，当初是我从一个手无寸铁的小伙子手里，抢走了他心爱的姑娘！其实，我内心一直都非常愧疚！"

"老潘，你不必自责！爱情里，只有爱与不爱！"

"那雪，这么多年来，为了自己所谓的名誉和面子，让你过着不能在阳光下生活的日子，我能理直气壮地说，对你的爱是无私的吗？不得不承认，我很自私！"

"人言可畏，社会风气就这样，谁也摆脱不了！我能理解！"

"谢谢你的包容！我一直说，欠你一个完整的家，一直为此感到内疚和负罪！我想，是时候让我来补偿了！"

"说心里话，我真不在乎那张纸！做一辈子情人，执手到老，执手不厌，挺好！"那雪说着，头又温柔地靠在了潘石的肩上。

9.2 最后的疼爱是放手

挂了熊小乖的电话，刘铁强作镇静。他担心何耀阳乱猜疑，悄悄地告诉他是家里出了急事，自己要马上回北京。何耀阳会意地点了点头。刘铁对宝哥、美美和炎夏说，有紧急事务需要处理，他要马上飞回北京。宝哥和美美摇着头说实在走不动了，炎夏从刘铁眼神里感到了一种不安，坚决要跟刘铁一起回北京。

两个人迅速收拾好了行李，火速直奔机场。傍晚，一架从澳门直飞北京的飞机缓缓降落在了首都机场。郑大光早早地就在机场等候了，三个人上了车，大悍马在机场高速上飞驰着，路标指示牌显示着"北京市区"方向。

熊小乖告别了那雪，走到了那辆十年前的红色法拉利车旁。她特意让张若菲开这辆车送她，并嘱托张若菲自己走后替她保管好这辆旧车。十年来熊小乖换了好几辆新车，却一直没舍得处理掉这辆旧的。张若菲知道，这辆旧车记载着熊小乖的青春和爱情，记载着她一去不复返的美好时光。

刘铁的大悍马行驶在机场高速上，郑大光一边开车，一边问他们澳门之行是否顺利。刘铁紧绷着脸不语，只不停地打电话。就快到三元桥了，郑大光问刘铁，是回公司还是去吃饭？刘铁眉头紧锁，声音低沉地说了两个字："停车！"郑大光问为什么？刘铁横眉立眼刚要发火，他的电话响了，是一个陌生的号码，刘铁犹豫了一下接通了："喂……请问你是刘铁先生吧？"

"是的，你是？"

"是这样，我叫张立国，是熊小乖女士的律师。我这里有一份熊女士签名的'离婚协议书'，授权我全权处理。我想请问下，您何时方便，找您补签个字？"

"张律师，请问您，熊小乖女士现在人在哪儿？"

"哦，她刚和我通过电话，说是已经去机场了。"

"什么？去机场了！几点的飞机？"

"对不起，这个……不清楚！"

刘铁迅速挂断了张律师的电话，脸色阴沉得可怕，冲着郑大光大吼一声："赶紧停车！"郑大光吓得一个急刹车，大悍马猛地停在了路边。此时，三元桥上，一辆红色的法拉利飞快地驶过，驶向了首都机场方向。熊小乖坐在车上，看着车窗外闪过的熟悉景色，脸色冰冷而凝重。

刘铁下车一把将大光拉下来，自己坐到了驾驶座。炎夏坐在后座没动，刘铁大吼着让她也赶紧下车。炎夏在澳门就觉得刘铁不对了，执意不下车。刘铁看了看表，顾不上炎夏的执拗了，猛地一加油门，疯狂地冲了出去。大悍马在三元桥上盘旋了一圈儿，调头又向首都机场方向驶去。

此时，红色法拉利已经驶过了五元桥，熊小乖死死地盯着前方一言不发。她的手机一直不停地、重复地响着,电话上显示着熟悉的"老公"两个字。熊小乖脸色惨白,任凭手机电话和信息声一直不停地响。张若菲知道是刘铁的电话,但她也知道熊小乖去意已决,就没再劝说什么。

红色法拉利驶到机场收费站停了下来,熊小乖忍不住看了一条刘铁的短信:"小乖,我回来了,恳求你,好好谈谈!别走!"熊小乖双眼模糊了,两行冰冷的泪水悄然从脸上滑落。红色法拉利驶过T3高速路收费站,很快到达了国际出发站。熊小乖睁开了红肿的双眼,拿起电话,回了一条短信:"别再找我,我也不再寻你,到爱情为止!"然后,她盯着手机上的"老公"这两个字,按下了删除键,随后关掉了手机。这个她最熟悉的电话号码,自己都记不清曾经多少次咬着牙、噙着泪发誓要删掉,但每次又找各种借口保留了下来。今天,熊小乖删掉了,并告诫自己,无论是告别爱情还是告别现实,无论是难过或快乐,都要彻底忘记这个男人,都要坚强地微笑,重新开始新的生活。不过,熊小乖心里清楚,这个倒背如流了十年的电话号码,已刻在了心底,自己又怎么能从心底删掉呢?

大悍马上,刘铁读着短信,眼泪终于像决堤的洪水汹涌而出。他疯狂地开着车,不停地重拨"AA"代码,终于,听到电话里传来了:"你所拨打的电话已关机"。刘铁猛地一个急刹车,大悍马滑出了一米多远,高速公路上留下了一道清晰的刹车痕。刘铁用手抹抹泪水,呆呆地东张西望,不知道应该驶向何方。后面的车纷纷躲闪着大悍马,一辆车差点儿就撞上了,车主们伸着头冲着刘铁大声叫骂,车辆很快堵成了长龙。刘铁的头重重地趴在方向盘上,任凭刺耳的喇叭声不停地响着。

炎夏吓坏了,赶紧跑下车,打开了驾驶车门,按下了双闪灯,朝拥堵的车辆挥手示意。刘铁呼吸变得越来越急促,一粒粒豆大的冷汗从额头上滚落,也湿透了他的衬衫。刘铁双手用力地按着太阳穴,浑身开始剧烈地颤抖,瞳孔也在不断地放大,露出了惊恐的眼神。

炎夏急忙从他的手包里翻出了几个药瓶,递给刘铁一瓶矿泉水,将一把白色药片塞进了他的嘴里。炎夏劝说刘铁赶紧下车,刘铁大口喘着粗气,跟跟跄跄下了车。炎夏上前试图扶他,刘铁推开炎夏,自己爬上了后座。炎夏打着双闪缓缓地开车,从机场高速的"苇沟"出口驶了出去,停在了机场辅路旁一片安静的树林里。

刘铁闭着眼仰靠在后座上,突然,他双手捂住脸失声痛哭起来。炎夏从没见过刘铁哭,甚至都不觉得刘铁会哭,而此刻,看着眼前这个男人哭得那么伤心欲绝,像个无助的孩子,炎夏心如刀绞,她紧紧地抱着刘铁,一会儿,刘铁哭着似乎睡着了。炎夏的四肢被压得麻木了,却一动不敢动,她怕弄醒了刘铁,想让他在药力的作用下多睡一会儿。

不知过了多久,刘铁慢慢地睁开了眼睛,疑惑地四处看着,发现自己躺在了炎夏的腿上,急忙挣扎着坐了起来。刘铁刚要说些什么,炎夏猛地吻住了他的唇,泪珠滴落在了他的脸上。迷迷糊糊的刘铁感受到了一种温情,无力地瘫在后座上,很快又睡着了。车里一片寂静,炎夏擦着刘铁眼角的泪痕,心疼地看着他那张惨白的脸。

想到刘铁曾经说过的他生命中的两个女人,炎夏猜想,他今天一定是因为其中的一个才如此伤心欲绝。想想平日霸气逼人的刘铁,再看看现在柔肠寸断的刘铁,所谓"无情未必真豪杰",炎夏更加爱上了这个男人。天渐渐地黑了,望着车窗外黑漆漆的夜,回想着在澳门和刘铁度过的时光,炎夏一时间百感交集。

突然,炎夏听到刘铁一声深深的长叹。刘铁醒了,坐了起来,打开了车窗,点上了一根烟,大口地抽着,抽完了一根又点上了一根,目光呆滞地盯着窗外,情绪渐渐地平静了下来。刘铁转过脸,直视着炎夏,声音极其低沉地说:"想知道……发生了什么吗?"炎夏用力地点着头。刘铁感叹说:"刚才,就在刚才,一个深爱了我十年的女人,走了!老天爷真是有意思,十年前,一个我深爱的女人,走了!十年后,一个深爱我的女人,走了!哈哈哈……"刘铁失控地狂笑不止。

"你爱她吗?"炎夏轻轻地问了句。

"但心很痛!"刘铁低下了头。

其实,连刘铁自己也说不清楚,此刻自己的心情究竟是怎样。十年来,熊小乖付出了自己最宝贵的青春和爱情,多次在最关键的时候帮了他,毫无原则地原谅了他的过分行为,丢掉了一个骄傲女人的尊严,天天过着酒精麻醉的落寞生活,为他付出了太多太多。刘铁也经常会骂自己不是东西，经常会感到不安，经常会感到良心受谴。十年来，他也曾尝试去改变自己，让自己去爱上熊小乖，但是，他始终没能做到。

刘铁一直试图找到一个最不伤害熊小乖的方式，但始终都没有找到。他希望时间能够帮他解决一切。他希望熊小乖能慢慢地淡忘过去，并能主动提出离婚。他觉得这样熊小乖也许会好受点儿，但其实这种方式对熊小乖伤得更深。今天，当他所希望的这一切终于来了的时候，那个深爱了他十年的熊小乖真的走了的时候，他却发觉自己的心是那么痛，觉得自己是那么的自私和可憎。

刘铁一根一根不停地抽烟，自言自语感慨着："千万不要去伤害一个人！因为伤害一个人，远比伤害自己更痛苦！所以，宁可不爱，不要伤害……"

"铁哥，我送你回家吧！"炎夏说着开车驶向市区。

一路上，两个人都沉默不语。车在刘铁别墅前停了下来，刘铁跟炎夏说了声谢谢，并没请她进屋。炎夏明白，此刻刘铁更希望一个人安静地待着。炎夏伸手拦了一辆出租车，刘铁帮她打开了车门，不好意思地说自己今天出丑了，并暗示炎夏不要跟任何人提及此事。炎夏盯着刘铁，深情地说："我喜欢饱经沧桑的男人，因为他们把生活变得更加意味深长！"

炎夏走了。刘铁回到空荡荡的别墅，感到心力交瘁，一下子瘫躺在客厅的沙发上，闭上了眼睛，不一会儿又迷迷糊糊地睡着了。睡梦中，他突然大叫起来："雪儿、雪儿……"他被自己的大叫声惊醒了，猛地站起来，四处张望着，似乎在寻找着梦中那雪的影子。

他愣了愣神儿，知道刚才做了一个噩梦。他梦见自己和雪儿正在那漫山遍野的杜鹃花丛中开心地嬉戏着，突然，一只传说中的华南虎叼住了雪儿的衣服，将雪儿高高地衔起，高傲地看了自己一眼，然后转身大步向前方走去。刘铁大声呼喊着雪儿拼命地追着，却始终不能靠近……

刘铁擦着额头上渗出的冷汗，抬起头，望着楼上那间不允许任何人踏入的房间，脚步沉重地走了上去。他把房间的门轻轻地推开了，刘铁久久地凝望着墙上挂着的那一张张发黄的旧照片，那一张张记录着他和那雪过去的旧照片。

第二天下午，刘铁坐在办公室的大班椅上，盯着电脑上的红红绿绿股票走势曲线，脑海里却闪回着昨天的一幕一幕，心里依然感到阵阵刺痛。他的目光落在大班台上那雪的旧照片上，内心涌起了一层层波澜。他拿起手机，翻开电话本，永远列在第一位的"A"的代码立马映入了他的眼帘。

十年了，他一打开手机，这个"A"便会出现在他的眼前，每次看到，他就会想起十年前的那雪和他们的爱情，并无数次发誓一定要夺回这个号码的主人。今天，这个他等待了十年的机会终于来了，他内心激烈地挣扎和斗争着，问自己要不要打一下？终于，他深呼了一口气，手指按在了"A"上面。电话嘟嘟嘟响了一会儿，对方挂断了。他咬着牙再次拨打过去，电话再次被挂断了。他呆愣了许久，发了一条短信："我们，离婚了！"刘铁的眼睛一秒不离地盯着手机，但始终什么也没有等到……

798文化创意园，那雪坐在办公室里，呆呆地看着刚刚挂掉的电话以及刘铁发来的短信，一脸茫然，不知所措。看着这个熟悉的电话号码，勾起了那雪十年前的回忆，这是她拿到第一个月工资给刘铁买的。虽然这是个很普通、很难记的电话号码，她也一直没把这个号码存在电话本上，但却可以倒背如流。无论怎么说，刘铁毕竟是她青梅竹马的"铁子哥"，所以，她一直也不忍心阻止这个电话号码。

那雪从刘铁的短信明白，刘铁并不知道自己和熊小乖见过面。想起昨天和熊小乖见面的情景,那雪的心又揪了起来。人都是有感情的，那雪心想此时刘铁一定非常痛苦，忍不住又担心起了刘铁，但那只是一种亲人似的关心。十年了，刘铁还在偏执地追讨过去。那雪有时甚至会想，刘铁走火入魔般的偏执，算不算得上是一种心理疾病？不过，她心里很清楚，自己不能再给刘铁一丝希望，不会再接他任何电话，回任何信息。否则，对不起远走他乡的熊小乖，也对不起肝胆相照的潘石，最主要的是，刘铁真的应该开始新的生活。

那雪正想着，电话又响了。她条件反射地抖了一下，以为又是刘铁打过来的，但定神一看是潘石。那雪舒了一口气，接通了潘石的电话。潘石高兴地告诉她，炎夏同意今晚和他们一起吃晚饭了，让那雪赶紧收拾一下，赶紧出门，别赶在下班高峰期，堵车再迟到了。那雪听后喜出望外，支支吾吾地问潘石自己还应该注意些什么。潘石安慰那雪，让她不必过分紧张。那雪收拾好东西，惴惴不安地走出了办公室。

　　潘石琢磨了半天，最后定在中国大饭店西餐厅，觉得这里可能比较适合炎夏的口味。那雪从认识潘石的第一天起就知道炎夏的存在，更了解炎夏一直是潘石内心深处的痛，所以，她特别希望能早点儿见到炎夏，并能和炎夏处好关系。但今晚真的要见面了，想想自己毕竟是潘石和孟美离婚的原因之一，再想想自己小后妈的身份，那雪的心情还是十分复杂和紧张的。

　　看到那雪紧张的样子，潘石握着她的手，发现那雪的手心里居然都冒出了汗。其实，潘石自己也十分紧张。虽说炎夏是自己的女儿，受过良好的教育，但对于机智聪慧且伶牙俐齿的炎夏，今晚和那雪见面究竟会说些什么、做些什么，他自己心里也非常没底。潘石尽量保持着镇定，好让那雪放松下来。那雪做好心理准备，想象着炎夏任何可能的言行。

　　终于，炎夏走进了西餐厅。她上身穿了件宽松的格子衬衫，不规则的下摆十分时尚，下身搭了一件简约修身的牛仔裤，彰显着她高挑的身材，一双酷酷的 MiuMiu 短靴，一头飘逸的长发，看上去十分干练。潘石和那雪急忙站起身，热情地跟炎夏打招呼。炎夏大方地微笑着，上下打量着那雪，伸出了手说："您好，您是小妈吧？很高兴认识您！"

　　那雪非常尴尬地笑了笑，礼貌地请炎夏坐了下来，有点儿不知所措地低下了头。潘石急忙缓和气氛，拿着餐单给炎夏介绍这家西餐厅的特色。炎夏接过餐单翻看着，目光却始终没有离开低着头的那雪，发现这个传说中的"小三"，并非自己想象中那种妖艳轻浮的女人。那雪依然穿着白色的香奈儿短外套，有型的小翻领显得很休闲，过膝包裙，搭上一双精致的高跟鞋，整个人看上去十分优雅。再看看那雪温和的面容，尤其是她那双通透的眼睛，让人感觉很舒服，甚至有一种亲切感，很难让人产生反感和敌意。

　　那雪从炎夏身上感受到了一种扑面而来的青春气息，还有充满自信的知性美女的独有魅力,她恨不得马上就能和炎夏成为好朋友。那雪拿出早就精心准备好的礼物送给了炎夏。炎夏好奇地打开了一个包装精美的小盒子,看到了一款 A 系列的卡地亚经典项链,双层铂金链条上串着三个螺丝设计的 18K 金环,一看就是精心搭配的。炎夏不由得露出了惊叹的表情,故意问道:"小妈,很喜欢您送的礼物!请问,你搭配的寓意是什么?"

"炎夏,你一定知道这款系列项链的主题是自由精神、爱的宣言。我只不过是加上了三个金环,希望在今后的日子里,你、老潘,还有我,能够真诚地相处!"

"谢谢您的礼物!也很欣赏您的品位!"

潘石和那雪相互看了看,高兴得笑了。潘石刚叫服务员点餐,谁知炎夏紧接着又补充一句:"不过,小妈,我猜,这礼物您是用老潘的钱买的吧?"那雪一听,尴尬地低下了头。潘石认真地说:"那雪打理的'大爱江河',创作出了很多优秀作品,也获得了较好的经济效益。那雪送你的礼物对我来说一直是个秘密,相信我!"

炎夏有些意外地看着那雪,又看了看认真的潘石,扑哧一声笑出来:"It's just joke! 开玩笑,不好意思,点餐吧!"看着炎夏孩子般的笑脸,潘石和那雪又松了一口气,各自点好了自己喜欢的牛排,慢慢地吃了起来。炎夏也渐渐地打消了心里的敌意,恢复了孩子的本性,俏皮地问:"小妈,你觉得,以后我怎么称呼你合适呢?"

"叫我……那雪吧!如果你喜欢的话!"

"那……雪,很好听的名字!真名还是艺名啊?"

"真名呀!"

"我觉得,你可能不太喜欢'小妈'这个称呼,但如果喊你'阿姨'吧,又觉得把你喊老了!叫你'那雪姐'吧?怎么样,喜欢吗?"

"很喜欢!很开心!"

"那雪姐,说实话,老潘虽然是我老爸,但我们并不熟!当然,我们俩就更不熟了!不过,你们不必紧张,也不必客气!我希望,我们彼此之间是平等的、真诚的!"

"炎夏,真心希望和你能成为真诚的朋友!"那雪诚恳地说。

"对对对,老潘也是!"潘石也急忙说。

"等等！我怎么突然觉得，今晚的饭局，还有那雪姐的礼物，有点儿收买我的味道呀？"炎夏又来了。

"没有没有！你多想了！"潘石急忙说。

"其实吧，你们没必要故意讨好我！你们俩感情的事儿，我是无权干涉的！我一直认为，爱情没有对错，只有爱与不爱！至于说到做好朋友，这个我就很抱歉了，我需要时间，还得看缘分，对吧？"

"没错，没错！理解，理解！"

"等等！还有，我非常尊重我的母亲，也非常爱我的母亲，没有人可以替代！"

"炎夏，每个人都爱自己的母亲，我很尊重你对母亲的感情！"那雪有些动容地说。

"那雪姐，您母亲身体还好吧？"炎夏随便问了句。

"哦……她去世了！"

"对不起！"炎夏一听，急忙礼貌地道歉。

"没事儿！"那雪淡淡地说。

潘石觉得，有必要多与炎夏坦诚地沟通，增加相互的了解。于是，他简单介绍了那雪的母亲，说她是一名山村小镇的老师，是一位很普通的女人，也是一位伟大的母亲。那雪的母亲信仰佛教，对那雪影响很大。就像他父亲一样，崇尚儒家文化，对他的影响也很大。也许，正是因为文化的相投，才使得他们走到一起的，希望炎夏能够理解。

炎夏听着潘石的话，想到了没见过几面的爷爷，还有刚刚过世的姥爷，心里一阵酸楚。她一下子又联想到了自己在美国曾经爱上过的老师，他的妻子就是当地"孔子学院"的一名老师，自己曾经对老师妻子身上的中国文化底蕴产生过一种由衷的敬畏。今天，面对着眼前的那雪，她再次产生了这种感觉，也似乎明白了自己的父亲之所以会爱上那雪的原因。炎夏想着，端起了一杯香槟，真诚地对那雪说："那雪姐，很高兴认识你！"

听到炎夏这句话，心一直提在嗓子眼儿的潘石，终于如释重负。潘石关心地问起了炎夏的工作和生活情况。炎夏兴奋地告诉潘石，自己已经找到了一份非常满意的工作，并正在进行着一份非常具有挑战性的Case（任务）。那雪也关心地问："炎夏，有男朋友了？"炎夏顿了一下，微笑着说：:"准确地说，我爱上了一个饱经沧桑的男人！"

9.3 虚妄的执念

"铁哥失联了！"

刘铁已经连续三天没露面了，手机不是关机就是转小秘书台，或者不在服务区。大家都找不到刘铁了。炎夏知道刘铁离婚的消息，也知道刘铁心情很差。刘铁叮嘱炎夏，自己想静静，公司她盯着，没有紧急情况不要给他打电话。宝哥、熊哥、黑哥等打电话询问郑大光，郑大光说真不知道。美美打电话问炎夏，炎夏也守口如瓶。只有艾雪没人可问。

熊小乖走了，刘铁一时有些不适应，甚至还不相信这是真的。他回到了和熊小乖的公寓，发现她的衣服、包包、化妆品以及照片等都不见了。一觉醒来，他大声地呼喊熊小乖，找遍了每个房间都没了她的身影。他多次给熊小乖打电话，手机永远都是："您所拨打的电话已关机！"他给熊小乖发的各种信息，也始终没有收到一条回信。

张立国律师多次致电刘铁，催他在"离婚协议书"上签字。刘铁拖了两天，硬着头皮去了律师事务所，签下了那份"离婚协议书"。张律师还给了他写着熊小乖名字的房本，以及熊小乖放弃房产所有权的委托书。刘铁发现，房本里还夹着一张纸条，上面写着一行字："我剩下的东西帮我扔了吧！"

刘铁彻底相信了，那个深爱了他十年的熊小乖真的走了，心也真的走了。这一天对刘铁来讲，似乎等得太久太久，又似乎来得太突然了。然而，当苦苦等待的这一天真的来了时，他突然觉得心却有点儿空了。他多次给那雪打电话，但每次都被果断地挂断了。他多次给那雪发信息，希望能和她见面谈谈，但却连一个字的回复都没等到。

刘铁突然觉得，自己孤注一掷、苦苦追求了十年的执念，并非自己想象的那样。想想为了今天的执念，自己不知道弄丢了多少生活本身的美好和快乐，他开始怀疑起自己的执念是否是虚妄的，陷入痛苦和迷茫之中，一时觉得失去了方向，心里产生了无数的问号。他决定闭门反思，把自己关在家里，懒得洗脸、懒得刷牙、懒得洗澡，连股票也懒得看了，睡觉时衣服都不脱，从日出到日落，昏天黑地苦思冥想，想得头疼欲裂，感觉脑袋快要炸了。

美美、炎夏、艾雪都在刘铁的微信朋友圈里，但都无一例外被他设置成了"不让看"。闭关的这几天，他看到炎夏偶尔发一些自己的工作状态；艾雪发了一些暗示对刘铁的思念；美美倒是没提刘铁，依然一如既往地发着对各种臭不要脸男人的谩骂。每天半夜，刘铁打开手机，都会看到炎夏、艾雪的来电提醒和信息。炎夏发的大多是挂念，艾雪发的大多是思念。

刘铁知道，她们都是真诚的。但越是真诚，他就越是害怕。他告诫自己："宁可不爱，不要伤害！"十年来，自己对那雪的执念，对熊小乖的伤害，让他感到身心疲惫、痛苦不堪；多少年来纸醉金迷的生活，让他觉得自己的灵魂已经扭曲，精神已经不归，早已不知真爱究竟为何物了。虽然有时他也渴望被爱、甚至被拯救，但却总觉得自己已经无药可救了，已经失去了爱的能力了。

刘铁像困在笼子里的一只猛兽，在家里昏天黑地地转来转去。他一根接一根抽烟，一瓶接一瓶喝酒，有时感觉自己快要发疯了，会随手拿起东西就是一顿乱砸。他还坚持了自己"不禁欲、不纵欲"的原则，为了缓解一下快要崩溃的情绪，还找了一个外围女发泄了兽欲，但事后却发现自己更加空虚无聊了。他始终在寻找着一些答案，但始终没能找到。

艾雪好久没见到刘铁了，这几天干脆连电话都打不通了，短信都收不到了。她非常担心和思念刘铁，却又无处得知刘铁的消息。艾雪得奖以后，商演越来越多了，演出费也报价十万了，不过，被经纪公司三扣两扣，到她手里也就剩下小部分了。但这也没办法，她发现现在的一些选秀节目，名义上说是为了寻找中国的"好歌声"，实际上说白了都是为了挣钱。没有人花时间去培养新人，让你去搞艺术和创作，都是趁着你得奖后的人气，拼命地给你安排演出，让你去为公司挣钱。

艾雪每天被安排得满满的，她不得不服从，因为已经有约在身。艾雪知道，必须和主办单位签约，不签约肯定得不了奖，这已经是这个圈里的"明规则"。不过，无论怎么讲，艾雪从这次大赛中还是收获了很多，除了经济收入上比以前多了很多，也小有了名气，让很多人都认识了她。况且，经过这次大赛历练之后，她整个人也成熟了很多，自信了很多，勇敢了很多。她还有了一些粉丝，还有一些"二代"的追求者，不过，她心里只有刘铁。

这些天，艾雪在外地忙着演出。但今天是刘铁的生日，是她认识刘铁一周年。她请假要求回北京，但好说歹说主办单位死活不同意，还以扣她演出费相威胁。最后艾雪真急了，自己买了张机票，心急火燎地飞回了北京。她在刘铁家里住过一段时间，她决定去刘铁家找他，实在找不到就等，直到他出现为止。傍晚，到北京后，她打了辆车，直接去了刘铁家。

艾雪打电话，刘铁还是关机。她不停地按门铃，使劲儿地敲门，半天没有动静。她失望地蹲在门口，呆呆地看着前方。过了一会儿，突然，门打开了。艾雪抬头一看，吓了一跳，看到刘铁蓬头垢面地站在眼前。她不知发生了什么，急得眼泪差点儿掉下来，心疼地看着刘铁，一句话都说不出来。刘铁看到是艾雪，先是一惊，再看看她手里抱着的一个大蛋糕，眼里充满了疑惑。

刘铁无精打采地转身走回房间，艾雪紧跟着走了进去。刘铁上下打量着艾雪，见她穿了件黑色宽松针织衫，朦胧透视的设计既性感又淑女，一双白色的朋克靴，整个人看上去既文艺又时尚。刘铁突然发现，艾雪似乎一下子长大了许多，不再是之前那个青涩的女生了。刘铁情不自禁地脱口说了句："艾雪，你长大了！"

"铁哥，生日快乐！"艾雪捧起怀里的大蛋糕说。

"今天是我的生日？"刘铁诧异地问。

"是啊！你都忘了！铁哥，你这是怎么了？"

"没事儿啊！挺好的啊！"

"晚上生日……准备怎么过啊？"

"躺着过！"刘铁说着，躺在了沙发上。

"那我做点儿吃的吧？"

"不饿，真不想吃！"

"那我给你做碗长寿面吧？我很拿手的！"

艾雪说着，开始收拾房间。刘铁家里最多的就是烟灰缸，几乎每个房间都有，连洗手间里都有，每个烟灰缸都是满满的。收拾完烟灰缸，她又收拾东倒西歪的空酒瓶子。收拾床的时候，她发现了一个用过的安全套，悄悄地扔到马桶里冲掉了。

冰箱里空空的，艾雪要去超市买点菜和面条，刘铁闭着眼叫她不要去。艾雪没听，不一会儿就拎着一个袋子回来了。艾雪很快就做好了一碗面，刘铁嘴里说不吃不吃的，却狼吞虎咽地几口就把面吃完了。艾雪递给他一张餐巾纸，刘铁擦着嘴说："艾雪，我严重地发现，参加完'中国好歌声'，你也成了'中国好媳妇'了！"

"那希望铁哥也有个'中国好舌头'！"

"行啊！都学会开玩笑了？可以，可以！"

"人总要学会成长吗！"艾雪想起了李小迪说的这句话。

"嗯嗯，不错！不错！对了，艾雪，你今天是来感谢的吧？"

"铁哥，我不是来感谢的！"

"那就是感恩！就更没必要了！"

"也不是来感恩的！"

"懂了，报答！当初就没让你报答，现在也不需要！"

"也不是来报答的！"

"哈哈，那你到底是来？……"

"给你来过生日呀！"

艾雪说着，从包里拿出了一张银行卡，慢慢地推到了刘铁面前。刘铁一时没明白什么意思，好奇地看着艾雪。艾雪低下头说，这张银行卡是一年前刘铁给她的，现在她想还给刘铁，密码重新改为了"888888"，卡里一分钱都没动。刘铁错愕地看着艾雪，艾雪大概说了一遍见到李小迪的经过。

然后，艾雪又从包里拿出了一个精致的笔记本，上面写着：心路两个字。她抬起头，非常认真地说："铁哥，这是我认识你一年来写的日记，上面记录了我这一年的心路历程。我想把它当作生日礼物送给你，希望你不要嫌弃！"

"是吗？好吧，有时间我看看，好好学习学习！说心里话，这一年来，我看着你成长了很多，心里特别高兴！"

"真的？太好了！生日快乐，铁哥！"

"谢谢！很珍贵的礼物！"

"铁哥，我知道，你一直把我看成过去的那雪，但，这一年来，我一直在努力，做今天的那雪！"

听到艾雪这句话，刘铁有点儿意外，愣住了。他明白了这本《心路》的分量。两个人一下子陷入了沉默。刘铁想了半天，终于抬起头，看着艾雪问道："艾雪，还记得我给你讲的我的故事吗？"

"嗯嗯！"

"想知道故事的发展吗？"

"嗯嗯！"

"好吧！那我告诉你，就在前几天，那个深爱了我十年的女人，走了！我们离婚了！"

"啊！？……懂了，知道为什么……你今天这样了！你是不是心里很难受啊！？"

"是的！心很痛！"

"但是……"

艾雪想安慰刘铁，却发现不知道应该说些什么。想问一些关于那雪的事情，但话到嘴边又收了回去。又是一段长时间的沉默。刘铁拿起了一根烟，艾雪急忙打着了打火机。刘铁深吸了一口，长长地吐了一口气，烟圈儿在空中盘旋着。面对艾雪真诚直接的表白，看着她紧张又渴望的眼神，想到自己曾经伤害过她，现在必须坦诚地把心里话说出来。

于是，刘铁将抽了一半的烟捻灭，眉头微蹙地看着艾雪说："艾雪，很认真地说，我现在根本无法接受任何感情，更不敢触碰真诚的感情！我怕伤了别人，也怕再次伤了自己！说实话，我根本不知道现在自己想要什么！"

"我能理解，铁哥！"艾雪的双肩颤抖着。

"所以……"刘铁说着低下了头。

"所以……我等你！"艾雪的眼里散发着一团温柔的火焰。

"艾雪，别这样！你很优秀！好好的，过好自己！"刘铁动容地看着艾雪。

"不说这些了！铁哥，今天你生日，就准备这样过了？出去唱歌去吧？"艾雪努力微笑着。

艾雪劝他，无论发生了什么，都不能再把自己关在家里了。当初自己与李小迪分手时，也天天关在家里，后来还闹了一回失踪，结果让刘铁很担心，现在自己同样也很担心刘铁。关键是这样下去也没什么意义，生活还得继续。

听了艾雪的话，刘铁心里很感动，觉得艾雪真是个懂得感恩的好女孩。再想想把自己关在家里这几天，浑浑噩噩地思来想去，结果还是没有想出个所以然来，最后，满脑子就只剩下了一个念头，那就是不惜一起代价打败潘石。想着，刘铁打开了手机。手机一打开，就传来了连续不断的来电提醒和信息的提示音。

刘铁感叹时间过得真快，一转眼一年又过去了。手机打开不一会儿，美美的电话就打进来了，大叫着："哎呀，铁哥，你都快急死我了！今天你的生日，必须走起来啊！你再不开机，我都准备去你家找你了！"刘铁一听，急忙说："别别别！千万别！千万别！这样吧，去MGM吧，不过，就喊上宝哥他们几个，小范围地喝喝酒、唱唱歌就算了！"

"哦了！"美美挂了电话，马上给炎夏又打了一个。

熟悉的MGM88号包房里没有任何布置。美美和炎夏最先到，宝哥、熊哥、黑哥以及郑大光也陆续到了。熊哥一看，就美美和炎夏两个女的，闹着让美美叫美女，但被美美无情地拒绝了。美美已经有过前车之鉴，把艾雪和炎夏介绍给了刘铁，本以为刘铁会和以前一样，玩玩就算了，但谁知后来刘铁貌似对她们都动感情了。美美有一种严重的失落感，发誓再也不介绍了。美美希望自己在刘铁心目中永远排在最重要的位置，但明显地感到自己的位置受到了严重威胁。

熊哥好说歹说，美美就一句话，自己的美女资源已经用完了。熊哥、宝哥、黑哥一听都急了，各自想办法。熊哥说自己最近在一个慈善活动上认识了一个"网红"，宝哥、黑哥一听，催着他赶紧打电话，还叮嘱他让"网红"多带几个。

宝哥、黑哥真是从心里佩服熊哥的脸皮厚。熊哥打电话，对方明显拒绝了，但熊哥就是死缠烂打不松口，说着各种有的没的理由和借口，听得宝哥和黑哥都出了一身汗。美美咯咯笑着嘲讽着熊哥，告诉他美女不是谁都能随便叫出来的。不过，经过熊哥一番死皮烂脸地纠缠，网红最终还是答应来了。

不一会儿，进来了一个萌萌的米卡，长得像个洋娃娃，身边还真带了两个姐妹。熊哥一看急忙迎了上去，热情地给宝哥、黑哥介绍说，这位就是和某位大明星一样火的"网红比比"。熊哥、宝哥、黑哥发现了一个规律，一般让美女带美女，带来的基本上都没法看。于是，三个人都争先恐后地和比比搭讪着。

比比傲气地坐了下来。宝哥、熊哥、黑哥相互配合着，云里雾里地一通乱侃。比比露出了轻蔑的表情，不过，她带来的两个姐妹都半信半疑地看着满嘴乱喷的三个男人。宝哥盯着比比的大胸率先展开了攻势，他一边敬着比比酒，一边拉起了比比的手，动情地说："唉……说实话，好久没有这种感觉了！"

"啥感觉呢？"比比不屑地问。

"唉……怦然心动的感觉！"

"哈哈哈……是吗？真以为自己是国民老公了吧？"

"嗯呢，和国民老公的爱好一样！"宝哥嬉皮笑脸地说。

"哎呀妈，那你是不是也和国民老公一样,反正都不如你有钱呢？"

宝哥被噎得不说话了。熊哥瞥了一眼宝哥，偷偷得意地笑了。熊哥听宝哥说"好久没有这种感觉了！"这句话，真不知道听了多少遍了，耳朵都快磨出茧子了。熊哥知道这是宝哥泡妞儿的一招，屡试不爽，但今晚看到宝哥失手了，熊哥觉得心里一阵舒坦，骂着宝哥活该装×。

宝哥一看自己的绝招失灵了，心里非常不爽，故意长叹了一声说："唉……这大北京，最他妈不缺的就是美女了！最可笑的是，是人不是人的都敢说自己是'网红'！这一茬茬的美女，就跟超市里的饮料一样，多得让人懒得去选、懒得去尝、懒得去喝了！"比比一听也不示弱，接着宝哥的话说："是啊，这大北京，最他妈不缺的就是土豪了！马路上随便一问，十个有九个是土豪，剩下一个还是他妈'国民老公'，谁稀罕谁呀！"

看着火药味儿十足，黑哥故意凑上来说："就是呢！谁稀罕谁呀！妹妹，我们都稀罕钱，对吧？黑哥实诚，喜欢直来直去，比比妹妹，你说，怎么收费？"比比一听，斜着眼看着黑哥说："哎哟，这位哥哥是非洲的土豪吧？怪不得这么黑，这么赤裸裸的！不过，你可以去网上查查，有多少土豪开百万元价格求交往呢！"

宝哥和黑哥几乎同时转过脸，恶狠狠地看着熊哥。熊哥也没想到会这样，尴尬地转过脸去。比比不耐烦地问着熊哥，他要拍的戏到底什么时候开机？准备给她什么角色？还说不是女一、女二自己不会演的。熊哥为了证明自己跟娱乐圈很熟，开始聊起了各种明星八卦，就是不切入正题。比比毫不客气地打断了他："熊哥，你也是的，为娱乐圈里面的大小事情操碎了心！你的戏到底怎么说啊？"

宝哥、熊哥、黑哥三个人在这边与比比贫着，美美则不停地跟炎夏骂着。她介绍说，现在的"网红"都一个路子，先在网上制造新闻炒作自己，过气之后就进入微博，靠淘宝卖衣服生活，然后再整容换脸换职业，再然后微博全部清空抹掉，重新以新身份开始自我炒作，找营销号推广，和其他的"网红"互推。美美还指着比比说，她的深眼窝、高鼻梁一看就是整出来的，没准之前就是个额头扁平、下巴都是肉的胖姑娘。炎夏听着听着，感觉浑身发冷，鸡皮疙瘩都快撒一地了。

这时，比比一看熊哥明显地是在忽悠她，站起来就要走。美美实在坐不住了，觉得这傻×也太屌了，她猛地冲了过去，拦住了比比，指着她的鼻子骂道："站住！你丫装什么×呀！老娘出来混的时候，你他妈还在淘宝卖衣服呢吧？"比比一看美美，顿时觉得有点儿眼熟，瞪着美美看。美美继续骂道："看什么看？论资历，我是你的前辈！滚！"

比比似乎想起来似的，带着两个姐妹赶紧灰溜溜地走了。美美又指了指熊哥，嘲笑着他叫的都是些什么货色。宝哥和黑哥也埋怨熊哥，包房里气氛顿时显得十分沉闷。黑哥突然说他有存货，打了个电话，一会儿还真来了几个，不过，一看就是混夜场的。美美和炎夏没再理他们，着急地看着时间，心想怎么刘铁还没到呢？

几天没出门了,刘铁洗了个澡,刮了胡子,换了衣服,还去理了个发,和艾雪一起到 MGM 的时候都十点多了。两个人推门走了进来,大家都迎上来打招呼,只有美美坐在那儿没动,眼珠子都快掉出来了。她没想到艾雪会和刘铁一起出现,更没想到得了奖的艾雪跟换了个人似的,整个人看上去很时尚,很有范儿了。

　　刘铁看上去憔悴了许多,他尽量表现得和往常一样,装得若无其事的样子,微笑着跟大家打招呼,但他游离恍惚的眼神,还是没能掩饰住他的心事重重。宝哥、熊哥、黑哥都从郑大光那儿得知刘铁离婚了,不过,大家都装作不知。炎夏大大方方地走到刘铁面前,眼睛紧紧地盯着他,很有分寸地说了句:"老大,生日快乐!"

　　宝哥、熊哥、黑哥纷纷举着酒杯向艾雪表示祝贺,拜托艾雪以后有机会把冠亚季军或其他姐妹介绍给他们认识。一个服务员认出了艾雪,兴奋地说是艾雪的粉丝,不好意思地请求与艾雪合影,还请求加了微信。刘铁坐在那里,看到这一幕,心里掠过一丝欣慰,同时也觉得自己挺有面子的。

　　美美却气得咬牙切齿,她站起身来走到艾雪面前,斜着眼睛上下打量她,突然故意大叫一声:"哎哟喂,这不是大明星吗?怎么也不说一声啊?好列队举着鲜花欢迎你呀!"艾雪不慌不忙地站起来,微笑着说:"美美姐,您才是大明星呢,就别骂我了!"

　　"哼!还知道自己几斤几两啊?不就是个破十佳吗?要是铁哥捧我,随便一唱,就得拿个冠军玩玩儿!不过吧,我觉得吧,也没啥意思!"美美从鼻子里哼出了一句。

　　"是呀,美美姐嗓音那么独特,肯定是冠军!"艾雪说。

　　"美美要参加比赛,肯定比那位'愁人'还'愁人'!"宝哥说。

　　"谁'愁人'啊?您是说一唱跟哭似的那位吗?"熊哥故意问。

　　"不是!应该是跟猫叫似的那位!"黑哥咧着嘴也接了一句。

　　宝哥、熊哥、黑哥不失时机地发泄着对美美的不满情绪,一起起哄挤对美美。美美被气得脸都紫了,仿佛肺都要炸了,跑去和刘铁喝酒去了。宝哥又故意学着问了一句:"艾雪,请问,你的梦想是什么?"大家一听哄堂大笑。

　　炎夏一直观察着艾雪,看出了艾雪对刘铁的爱意。她大方地举起酒杯，和艾雪碰了一下表示祝贺。艾雪自从在顺风酒家见到炎夏的第一面起，就莫名其妙地产生了一种威胁感。看着自信满满的炎夏，艾雪不想再像以前那样唯唯诺诺，想要为了爱情勇敢一点。她微笑着向炎夏表示感谢，一口气把一满杯酒喝了下去。炎夏也微笑了下，一口气干了一杯。

艾雪又给炎夏倒了一杯，准备回敬。这时，美美不知什么时候又跑了过来，一把夺过酒杯，指着艾雪的鼻子说："我靠，你丫真把自己当明星啦？跑这儿装什么×呀？要不是铁哥，你算老几啊？你他妈充其量就算个'小三'！知道吗？"

被美美一通劈头盖脸地谩骂，艾雪又急又羞又恼，憋得什么话都说不出来。但美美还是不依不饶，扯着艾雪大叫着让她滚。这时，艾雪不知哪儿来的一股力量，猛地甩开了美美的手，盯着美美说："美美姐，我一直很尊重你，但请你不要太过分了！我和铁哥不像你想象的那样，铁哥从来都没碰过我，我们不是交易！铁哥很尊重我，我也很尊重铁哥！我有追求自己爱情的权利！"

美美被艾雪惊呆了，看着艾雪坚定的目光和惨白的脸，知道老实人一旦发起火来也是很可怕的，她心里不禁有点儿发怵了，站在那儿耸着肩呵呵地笑。炎夏赶紧上来拉着美美，宝哥、熊哥、黑哥也凑了上来劝说着，郑大光则在角落里暗自偷笑。

刘铁进屋以后一直面无表情，低着头只管一个人喝酒，一句话都没说。他突然发觉，自己似乎已经厌倦了夜店的嘈杂了。本来想借过生日出来喝两杯透透气，但美美和艾雪再加上炎夏这么一闹，他顿时感觉脑袋快要炸了，青筋也慢慢地暴了出来。他端起满满的一杯酒，猛地将酒杯用力地摔在了地上，大吼了一声："都他妈别闹了！宝哥、熊哥、黑哥、大光，还有炎夏，明天上午九点，到我办公室开会！"

刘铁说完，披上外衣，摔门走了。包房里顿时鸦雀无声，炎夏、艾雪和美美面面相觑……

第二天，上午九点整。宝哥、熊哥、黑哥、大光、炎夏还有公司的部门负责人，准时围坐在圆会议桌前。墙上巨大的LED屏上显示着近期股市走势图，大家聚精会神地听着刘铁的分析。刘铁表情极其严肃地说:"现在我宣布,从今天开始,拜托在座的各位,和我一起正式打一场等了十年的'男人的战争'!下面请炎夏先简单介绍一下有关情况。"

炎夏身着一身职业装,看上去十分干练。鉴于此次收购行动事关重大,收购目标公司及其所有的信息都高度保密,刘铁还特地为这次收购战取名代号为"打虎行动"。炎夏非常专业地介绍着此次"收购方案"的情况:"目前我方通过不同的账户,已经持有目标公司大量的股票,总量加起来已成为目标公司的第五大股东了!但我方的最终目标是,在最短的时间内,成为该公司第一大股东,全面收购!"

炎夏说完坐了下来。刘铁拿出了一份文件,高高举在手上,郑重地说要宣布一项重大决议:"经董事会研究,现全权授权郑大光先生为本次'打虎行动'的总指挥,所有的指令,都必须经过郑大光先生签字才能生效。"刘铁说完,冲着郑大光点点头,眼里充满了鼓励和信任。郑大光扶了扶眼镜,站起来郑重其事地说:"本人将竭尽全力,不辱使命,绝不辜负刘铁董事长的信任!"

9.4 有一种公平叫因果

2014年元旦要到了。"1314","一生一世"跨年之夜,成了很多年轻人热议的话题,并精心策划着如何度过一个别出心裁的浪漫之夜。许多单位则忙着举办各种年会。那雪和她的团队也准备举办"2013年度大爱江河年会"。

过去的一年,那雪与她的"大爱江河"团队取得了不小的成绩。潘石作词、那雪作曲、姚贝贝演唱的《美中华》入围了《我要上春晚》的大名单;李小迪作词作曲并演唱的《最后的疼爱》,一直稳踞"华语年度流行排行榜"的前列;那雪作词作曲并演唱的《到爱情为止吧》《一辈子的情人》,获得了"中国唱作人十大金曲奖"等等。

那雪邀请了北方歌舞团的卞团长、孤儿院张院长和孩子们;李小迪邀请了海哥和海哥的老婆;姚贝贝邀请一些长期关注和支持"大爱江河"的媒体朋友们共同跨年。元旦这天,798文化创意园里,那雪看到会场布置得井井有条,"年会"准备就绪了,放心地走出公司大门,开车去接小叶子。

　　潘石听着电话里那雪的介绍，高兴得不停点头。潘石问那雪是否邀请了苗老师？那雪说早就说好了，潘石一听笑了。那雪支吾地问炎夏那边怎么样了？潘石说已经跟炎夏打过招呼了。潘石挂了电话，打开了办公桌的抽屉，看着抽屉里一个精致的小礼盒。

　　十年光阴，仿佛一刹那就悄悄地溜走了。十年，他和那雪打败了时间，彼此真诚相待，精神共同成长，成了彼此生命中不可或缺的伴侣。但潘石知道，十年来，那雪一直不能在阳光下生活，没有一个完整的家，没能做一个完整的女人，自己亏欠了她太多。今天，当他拿起那个沉甸甸的小礼盒，感觉像是站在一段生命与另一段生命的罅隙。

　　晚上，潘石一身正装，脸上挂着喜悦走进了会场。会场布置得简单别致，充满了浓浓的文化气息。那雪和卞团长、张院长、苗老师等正相互交谈着，孤儿院的孩子们则有序地坐在座位上，见潘石进来大声地欢呼着。潘石冲孩子们开心地挥着手。李小迪和姚贝贝手牵手跑了过来，潘石看着两个善良干净的年轻人，送去了由衷的祝福。潘石走到那雪身旁坐下，闪光灯在他们两人的脸上不停地闪着。那雪打趣地问："潘总，请问，您不担心在媒体面前曝光啊？"潘石诙谐地笑道："我的荣幸！"

　　会场的灯慢慢暗了下来，年会正式开始了。主持人大声地说："下面有请我们的那姐说几句！"会场所有的来宾目光一下子投向了那雪。那雪穿了一身白色晚礼服，深深地向台下鞠了一躬，台下响起了一阵阵热烈的掌声。潘石焦急地看了看表，四处张望着寻找炎夏。

　　此时，炎夏正在公司里加班。为了备战"收购战"，刘铁和他的团队也是拼了，几乎在办公室里吃了将近一个月的盒饭了。晚饭时间又到了，炎夏敲门走进刘铁办公室，调皮地问："老大，今晚'1314'的跨年之夜，不知能否赐一顿大餐，一起过个'一生一世'的浪漫之夜呢？"

　　"现在'打虎行动'已进入倒计时，还有大量的工作要做……"刘铁头都没抬。

"老大，有些事情，都是等丢了的！"炎夏一语双关。

"什么丢了？"刘铁随口一问。炎夏无奈地摇摇头，皱着眉头看着外卖，又看了看刘铁："老大，你说，我们俩这算不算是一对志同道合的战士，共度一个战斗节日的节奏啊？"刘铁抬起头，略显歉意地说："哈，算是吧！"

"那……吃饭吧？"

"马上！"

"马上是多久？"

"等一会儿吧！"

"好吧，等你！"

炎夏低头看起了微信，突然，她看了看自己的长发，指了指自己的腰部，认真地对刘铁说："老大，你说，我把头发留到腰部，怎么样？"

"好啊！我喜欢长发飘飘！"刘铁有一搭无一搭地看了炎夏一眼。

"呵呵，老大，你说，待到将军凯旋，我长发及腰，与子同袍，可好？"炎夏眼含秋波，盯着刘铁问道。

"什么乱七八糟的？都跟哪儿学来的？"

"朋友圈啊！现在可流行这句话了！"炎夏举起手机，眨着大眼睛说。刘铁回避着炎夏的眼睛，故作一脸严肃地说："炎夏同事，现在是工作时间！好吧，吃饭，早完事早收工！"

两个人低头吃了起来。炎夏一边吃，一边提出了自己对"收购案"的一些疑惑，认为有些做法似乎不是很合规。刘铁皱了皱眉说："炎夏，不该问的不要问，懂吗？"炎夏急忙点头说："不该知道的不要知道，我懂！"这时，炎夏的电话响了，电话上显示着"老潘"。炎夏犹豫了下，没接。过了一会儿，电话铃又响了，刘铁皱了下眉头说："接吧！"

"不接！现在是工作时间，没事儿！"电话铃仍在不停地响着。

"接吧，没关系！"刘铁低着头说。

"哦……那不好意思，是我老爸的电话，我接一下！"

"你……老爸？从没听你说过啊？接吧接吧！"刘铁抬起了头。

"好吧！那说就一句！喂……老潘，Sorry，今晚我加班，真去不了了，代我向小妈问好，并转达我的衷心祝贺！"

"炎夏，你可以啊！还有个……小妈？你家里有事儿？"

"没什么！我小妈公司的年会，据说她创作的歌曲得了一些什么奖，我老爸想请我亲自出席一下，呵呵。"

"对了，炎夏，说实话，我还一直以为你是单亲家庭呢，真的！以前只听你说你母亲，从来没提过你还有老爸。现在可好，还多了个小妈！我不得不说，贵府好乱啊！"

"哪个圈不乱、哪个府不乱啊？再说，谁都有不想提及的过去，对不？"

"懂了！都是小妈惹的祸！对了，你小妈还是个歌星？"

"一线二流吧！"

"那也挺牛×的啊！你小妈叫啥？"

"那雪。"

"你说……啥？你小妈……叫啥？"

"那……雪，和那英差一个字！"

刘铁放下手里的筷子，咧着嘴笑了起来，心想有点儿意思，炎夏的小妈居然也叫"那雪"？"那雪"这个名字有那么普通吗？重名的很多吗？不过话又说回来了，现在这年头，什么稀奇古怪的事儿没有啊？重名重姓又算个啥！或许是个重名的女歌手，或者是个女歌手的艺名……刘铁心里犯嘀咕，又继续吃。不过，他心里还是有点隐隐的不安，假装若无其事地问："那你老爸……怎么称呼呢？"

"潘石，和王石差一个字，比潘石屹少一个字！"

"你说什么？你老爸叫潘……石？做什么的？"

"搞房地产的。"

"我去，你不是叫炎夏吗？"

"我小时候名字叫潘贝贝，后来在美国自己改了，为了纪念一个炎热的夏天……"

刘铁脸色一下子变得铁青，额头上瞬间渗出了豆大的汗珠。他简直不敢相信自己的耳朵，像是被雷劈了一样，一下子杵在了那儿，手里拿着的筷子定格在了半空中。看着眼前这个自己喜欢、欣赏、信任的女孩儿，刘铁打死都不敢相信，她居然是有着夺妻之仇的潘石的女儿。这简直是个笑话，简直是老天开的一个天大的玩笑。

炎夏不明就里，只疑惑地看着刘铁。刘铁放下筷子，慢慢地站起来,走到落地窗前,木瞪瞪地看着窗外,脑子里急速地来回切换着潘石、那雪、炎夏、潘贝贝这几个名字。他脸部的肌肉开始慢慢痉挛,浑身渐渐地颤栗起来。突然,他吃吃地笑了起来,随后便仰天狂笑不止,笑得令人害怕。

"铁哥,怎么了?你脸色很难看!没事儿吧?"

"哈哈哈……没事儿!"

"铁哥,是不是老毛病犯了?要不要拿抗焦虑症的药去?"

"哈哈哈……哈哈哈……不用不用!"

"这到底是……怎么了?"

刘铁停止了狂笑,闭上了眼,坐在沙发上。看着眉头紧锁的刘铁,炎夏一句话也不敢说,房间里陷入了一阵沉默。一切来得太突然了,刘铁一下子接受不了,他感觉耳边嗡嗡的,脑袋昏昏的,还是不敢相信炎夏说的是真的。过了一会儿,他睁开了眼,假装淡定地说:"炎夏,这样吧,我陪你去参加你小妈的年会,好吗?"

"啊……是吗?铁哥居然还有这种雅兴?您是想去看看大歌星呢?还是想去见见我老爸呢?"

"哈哈哈……都想!都想!"

"那好啊!不过,见了我老爸,我应该怎么介绍你呢?是我的Boss呢?还是我的男朋友呢?"

"Take yourself!"

"OK,come on!"

炎夏和刘铁走进了"大爱江河"会场,在最后一排找了个位置坐了下来。这时,台下的一位记者正问那雪,她创作的《到爱情为止吧》这首歌,是否与她本人的经历有关?那雪淡然地笑了笑说:"是的,这首歌确实和我的经历有关,不过,我在创作这首歌时,更想表达出一代代北漂的心声。大家试想一下,我们一代代生存在同一片天空下的北漂,有多少人为了生存,不得不放手了爱情?有多少人为了梦想,不得不告别了爱情?又有多少人面对欲望,迷失了自我,放弃了初心,到爱情为止了?"

那雪的一番话,让在座的人陷入了深思,会场里一片寂静。刘铁死死地盯着台上的那雪，恍然明白了原来这首歌是那雪写的，怪不得曾经那么刺痛过他的心。那雪继续说："我想，很多人深有体会，欲望的生活正摧毁着我们坚如磐石的爱情！我们不敢再去相信，不敢再去付出！但是，这难道就是我们未来的出路吗？我相信，追求真爱是人类的天性，而真诚是通往真爱的唯一途径。我写这首歌，就是想呼唤人们放慢一下追逐名利的脚步，以真诚追求人性的真爱！也许会有人觉得我在说一些空话、大话！我也知道，现实是残酷的，呼唤是苍白的！"

会场仍然是一片静默，大家认真地思考着那雪的这番话。那雪抬头看了看远方，声音突然有些哽咽地继续说道："在这里，我想感谢一个人，在她弥留之际，我曾答应过她，一定要让她在天堂里听到女儿的歌声。就是她，一直支撑我这些年来的音乐梦想！今天，我要欣慰地对她说，妈妈，我坚持了，做到了！"说到这里，那雪潸然泪下。

刘铁盯着台上这个他朝思暮想、魂牵梦绕的女人，突然感到是那么的熟悉，又是那么的陌生。眼前的那雪，恬静淡然，身上散发着一种知性女人的成熟，和十年前那个青涩的那雪已经完全判若两人。只是在那雪提到母亲悄然泪下时，刘铁才捕捉到一丝那雪以前的影子。刘铁顿时想起了青山上、墓碑前自己曾经的誓言，他双眼模糊了，大脑一片空白。

这时，那雪擦了擦眼角的泪水，抬起头望着台下继续说道："在这里，我还想感谢一个人！感谢他十年来一路上的理解、支持、包容和厚爱！感谢他总是站在高处引领我，使我成为了一个更好的人。他就是我爱之至深的爱人！"那雪说完，朝台下的潘石伸出了手。

潘石站起身，大步走上台去，深情款款地握着那雪的手。时光沉淀下来的情感，已深埋在了他们心里，无需任何言语来表达。这时，潘石突然拿出了那个精致的小礼盒，慢慢地打开，缓缓地递给那雪。那雪一看，一下子用手捂住了嘴，热泪盈盈。

小礼盒里是一枚定制的钻戒。潘石声音有些哽咽地说："那雪，这是一份迟到了十年的礼物和道歉！这颗小小的石头，是在我的老家九仙山上采的，老家俗称'三生石'，代表着前生、今生和来生。我们一起已经度过了一个风风雨雨的十年，我希望下一个十年、再下一个十年……直到永远,我们执手到老,执手不厌,好吗?"

那雪紧紧地盯着潘石的眼睛,只是用力地点头、不停地点头,激动得一句话都说不出来。潘石突然跪了下来,举起那枚"三生石"戒指,深情地问道:"那雪,你愿意做我的妻子吗?"

"我……愿意!"那雪抑制不住流出了幸福的泪花。

两个人紧紧地拥抱在了一起。潘石温柔地给那雪戴上了那枚"三生石"戒指,牵着那雪的手,深深地向台下鞠躬致谢。此刻,全场的人都被台上这一幕感动了,激动地都站了起来,使劲儿地鼓着掌。

炎夏也已经被台上的这一幕感动了,激动地站起来,忘情地鼓着掌。此刻,她已经完全接受了潘石和那雪,因为这也是她向往和追求的爱情。一刹那间,她脑海里幻想着,也许有一天,刘铁也会像这样向她求婚。她兴奋地转头看向刘铁,但一下子愣住了。

刘铁脸色惨白,额头上全是冷汗。他闭上了眼睛,像瘫了似的坐在那里,一动也不动。刘铁明白,当潘石给那雪戴上那枚"三生石"戒指时,当那雪深情地对潘石说"我愿意"时,当那雪从内心绽放出幸福的笑容时……这个他从小深爱的女孩儿,这个他视为生命的女人,这个十年来他一直发誓要夺回的女人,在这一刻真的走了,彻底地走了。他感到眼前一片漆黑,觉得自己几乎要崩溃了。

看到刘铁的样子,炎夏突然想起他在办公室的一幕,怀疑他可能因为近日过于劳累心脏病又犯了。她心急如焚地拉着刘铁的手说:"铁哥,铁哥……你怎么了?你没事儿吧?要不要打120啊?"炎夏一边说一边拿出了手机。

刘铁闭着眼睛,不停地告诫自己,十年前,自己就曾在潘石面前失去了男人的尊严,今天,自己就是死也绝不可以倒下,绝不可以再次受辱,绝不可以再次丢了男人的尊严。妒火和羞辱激怒了刘铁,他顶住了全身的气血,努力地睁开了双眼,露出了他那倔强的标志性的微笑,挣扎着站起身来,干笑着对炎夏大声说:"我这不好好的吗?还不快带我见见你老爸和小妈?"

"铁哥,你确认,你……没事儿?"炎夏疑惑地看着刘铁。刘铁一把拉起炎夏的手,一边朝潘石和那雪走去,一边大声说:"我他妈会有什么事儿啊?"炎夏松了口气说:"没事儿就好,刚才都吓死我啦！"

　　此刻，刘铁只有一个想法，那就是要刺痛潘石，要击倒潘石，要夺回自己的尊严。但他也知道，面对强大的潘石，自己现在唯一能够反击的武器就是炎夏了。他也知道，这对无辜的炎夏很不公平，但他已经顾不了这么多了。

　　潘石和那雪正对前来祝贺的朋友们道谢，突然，炎夏从背后拍了一下潘石的肩膀，大叫了一声："老潘！"潘石和那雪高兴得急忙转过身，吃惊地看到炎夏牵着刘铁的手，顿时愕然了，目瞪口呆地看着他们。刘铁努力保持着标志性的微笑，死死地盯着那雪。那雪不知所措地低下了头。潘石脸上的肌肉痉挛起来。

　　一点儿不知情的炎夏，显然不知道发生了什么。她疑惑地看了看潘石和那雪，又看了看刘铁，百思不得其解。为了打破僵局，她急忙介绍说："老潘，那雪姐姐，介绍下，这位是刘铁，我男朋友！"

　　四个最不该见面的人终于见面了，空气仿佛一下子凝固了，压抑得令人窒息。炎夏明显地感觉不对劲儿了，但打死也猜不到到底发生了什么。为了缓和气氛，她再次拍了拍潘石肩膀说："老潘，你很棒，好样儿的！那雪姐姐，你也太棒了！为你们的爱情点赞，一万个赞，手动赞，怎么样？"

　　炎夏说着，发现潘石和那雪的目光看向了前方。她猛地转身一看，发现此时刘铁已经大步地向会场大门走去。刘铁觉得自己的目的已经达到了，但他已经明显感到自己快要坚持不住了，感到自己的两条腿在发软。他告诉自己，必须赶紧离开这里，绝不能再让自己丢了男人的面子。

　　炎夏疑惑地看着刘铁走远的背影，又看了看潘石和那雪，发现他们的脸色更加难看了。虽然炎夏不知道究竟发生了什么，但她意识到，潘石、那雪和刘铁的关系一定不简单。她没有再多问，转身跑向大门追了出去。

　　看着炎夏跑出去的背影，潘石心里一阵阵地刺痛。他万万没有想到，自己的女儿居然爱上了刘铁。他更没有想到，自己对刘铁的伤害，今天居然会以这样的方式让自己来偿还。一切来得是那么突然，但又似乎在冥冥之中。潘石一直相信，这个世界上最大的公平就是"因果"。

他心想，这一定是因果报应，不禁低声自言自语道："这是……老天故意的安排？"

刘铁疲惫地回到自己的别墅，空荡荡的房间里显得异常的静谧。他瘫坐在沙发上，感觉胸口一阵阵发闷，憋得几乎喘不上气来。炎夏不停打来电话，他木然地看着，关上了手机，闭上了眼睛。他感觉肝肠寸断、万念俱灰，心里不停地念着，就这样让自己死去吧！就这样让一切都死去吧！他感觉自己累了，真的太累了，想休息了，想睡了。

刘铁靠在沙发上，不一会儿似乎睡着了。睡梦中，他似乎回到了那遥远的过去：那漫山遍野的杜鹃花儿，花丛中他拉着雪儿的手，两个人欢快地嬉笑玩耍着；青山上，雪儿母亲墓碑前，他一字一血地在雪儿脖颈上刺着 mama 的文身，发誓，要用自己的命爱雪儿一辈子；出租房的小卖部前，那雪捧着那盆杜鹃花儿开心地笑着；婚纱店展示窗前，他搂着那雪的腰，发誓一定要让她做世界上最幸福的新娘……过往的那些美好的画面，像褪了色电影，一幕幕地在他脑海里闪回着。想着想着，他笑了，睁开眼时，却发现自己面颊上有一行冰冷的泪水。

刘铁抬起头，望着楼上，望着那间永远不允许任何人踏进的房间，心里有道不尽的凄凉。十年来，为了夺回那雪，为了夺回他失去的爱情，为了夺回他失去的男人尊严，就在刚刚的那一刻，顷刻间全都土崩瓦解了。他不敢再去想刚才那可怕的一幕，因为他知道，那雪幸福的泪水、绽放的笑容是发自心底的。雪儿走了，彻底走了，再也回不来了。

突然，刘铁猛地发出了一声撕心裂肺的号叫。那号叫声在空荡荡的别墅里、在寂寞的夜里，久久地回荡着，听得让人心碎。他强迫自己冷静下来，冷冷地盯着楼上，挣扎着从沙发上站起来，慢慢地走向楼梯，脚步艰难地向上移动着。他轻轻地推开了房门，走了进去。

刘铁仔细看着墙上挂着的那雪的每一张照片，咬着嘴看了许久许久，唇上留下了一道血痕。终于，他开始一张一张地摘了下来，堆放在地上。他目光又转向了摆放着的那盆杜鹃花，猛地冲上去一把抓起花盆，用力向窗外掷了出去，"啪"的一声巨响，窗户的玻璃被砸得粉碎。他感觉浑身无力，瘫坐在了地上。

过了一会儿,他似乎又想起了什么似的,挣扎着站了起来。他走到靠墙的大衣柜旁,用力地一把打开了门,将挂着的一件洁白婚纱扯了出来。他凝视着那件婚纱,咧着嘴笑了。这件婚纱是十年前他和那雪看过的,是熊小乖曾经穿过的同一款,是他准备夺回那雪后亲手给她穿上的婚纱……刘铁跪在地上,开始慢慢地撕扯,洁白的婚纱被撕成了一片片,散落了一地。

刘铁瘫坐在被撕得粉碎的片片婚纱里,双手抱着头,浑身颤栗地大哭着,却始终没能哭出声来,只是将胆汁吐了出来。他像个被抛弃的孩子,那么无助,那么绝望。最后,他瘫倒在那一片片洁白的碎片中,闭上了眼睛,久久不肯睁开。

天渐渐地亮了。死一样寂静的房间里,只能听到他心脏怦怦的跳动声。他缓缓地睁开了红肿的眼睛,深深地长吁了一口气,擦了擦眼角上的泪痕,从地上爬了起来,望着窗外的鱼肚白,再次露出了标志性的微笑。他声音低沉沙哑地对自己说:

"别了,雪儿!"

"这场残梦,该结束了!"

"就痛快地自己给自己一刀吧!"

"潘石,我们男人之间的战争,才刚刚开始!"

第十章　救赎的光

　　睁开眼、推开窗、走出门,真不知还剩下什么是不可以买卖的?然而,真爱是令人生完美的唯一途径,它就像一道救赎的光,驱策着我们去追求。到爱情为止,因为我们,不得不。

10.1 谢谢我们还活着

潘石无论如何也没想到、也不相信,自己的女儿炎夏会爱上刘铁。这个突如其来的打击,使他一时无法面对,更无法接受。回到家后,潘石把自己关进书房没再出来,眼前不停地浮现出炎夏和刘铁牵手的那一幕,嘴上不停地自言自语说这一定是因果报应,一定是老天对他的惩罚。不过,他又觉得,这一切也太匪夷所思了,怀疑有可能是刘铁为复仇而有意为之。

那雪也不敢相信所发生的这一切。她无论如何也没想到,时隔多年与刘铁相遇,居然是以如此的方式。看着痛苦的潘石,那雪几次想过去安慰他,但又实在找不出什么合适的言语,只好一个人默默地发呆。不过,以她自己对刘铁为人的了解,不相信这是刘铁的故意所为。

潘石全身心投入了"大爱江河文化产业基地"的项目,他觉得工作能帮他暂时忘掉生活中的一些烦恼。这天,他在俊宏的陪同下,戴着安全帽,视察工地。俊宏认真地介绍项目的进展情况,还提出了自己大胆的设想,但他发现潘石脸色十分难看,一路上少言寡语,而且还时常会走神儿。俊宏关心地问潘石的身体状况,潘石摇摇头请俊宏放心。

俊宏是个憨厚老实的小伙子,从不以和潘石的特殊关系而自居,反而更加自觉地严格要求自己。他时常告诫自己,不该拿的钱绝对一分都不要,不该提出的要求绝对不主动向潘石提。平日里,他连一些点滴小事都非常注意,比如,他从未利用工作之便开公司的车办私事。俊宏工作勤勤恳恳,做人做事踏踏实实,公司上上下下都对他评价很高。

这和苗老师从小对俊宏的要求有关。俊宏讲过他小时候的一段往事:很小的时候,看到邻居老师家门口放着一个大西瓜,他自己很想吃，但又搬不动，就用两只小手把大西瓜推着滚到了家里。苗老师得知后拉下了脸，给他讲了不可以不劳而获的道理。后来，俊宏把西瓜送了回去，并给邻居老师道了歉。从此以后，他牢记母亲的话："要做一个老实人！"

潘石深知"慈不带兵"的道理。虽然他有意识地培养俊宏，但从未因为他是苗老师的儿子而特殊关照。十年来，在潘石的鼓励和支持下，俊宏从最基层的岗位做起，一刻都没有放弃过学习，不但自学拿到了传媒大学的硕士学位，还练了一手好文笔，各方面都一步一个脚印地不断进步。

去年，俊宏和相恋多年的女同事结了婚，还有了个大胖小子。两个人在通州买了套房子，靠自己的工资交着月供，日子过得虽不是很富裕，但却很温馨和恩爱。潘石说自己有那雪照顾，让苗老师帮忙带孙子去了。潘石经常跟那雪说："其实，我很羡慕俊宏那种简简单单的生活，能够照顾自己的爱人和孩子，还有机会孝敬苗老师，享受天伦之乐，这是生活的恩赐，应该谢谢生活！"那雪也经常说："是啊！谢谢我们还活着！生命那么脆弱，生活那么美好，珍惜每一天，珍惜有缘人……"

前段时间，俊宏被推选到了集团董事会秘书的重要岗位。今天，俊宏又提出一些新想法，让潘石越来越赏识他。突然，潘石停下脚步，十分认真地问俊宏："你相信因果报应吗？"

"潘总，您怎么突然问……这个问题？"俊宏愣了一下。

"没事儿，随便问问，随便聊聊！"潘石故作漫不经心。

俊宏看着一筹莫展的潘石，不知道发生了什么，但很为他担心和着急。他紧跟在潘石身旁，想多陪他聊聊天，也许能帮他排解一下心里的烦恼。俊宏说自己就是个普普通通的北漂，生活阅历也很浅，对生活没什么特别深刻的理解，只想踏踏实实做人做事，过普普通通的生活，对自己要求也不高，没什么太大的出息，也没有过多的欲望。不过，自己对现状还是挺满意的，也觉得挺幸福的，因为正在做着自己喜欢的事情。

潘石再次停下了脚步，看着俊宏说："为梦想、而非为欲望活着，一切就变得简单快乐了！说心里话，有时候，我很羡慕你的生活状态，没有争斗、没有仇恨、内心平和、简单快乐……"

"潘总,您是人人羡慕的成功人士啊!"

"是吗?我很……成功吗?"

潘石心里一阵恍惚,二十年前,为了生存,为了所谓的成功,牺牲了爱情和家庭。十年前,为了爱情,伤害了一个年轻人。今天,自己成了"人人羡慕的成功人士",但并不感到开心快乐。其实潘总知道,俊宏说到了一个最关键的问题,就是梦想和欲望的关系。追逐名利是人类最原始的本能,无须回避。但是,名利又是一把双刃剑,把握不好,会伤到别人,也会伤到自己。

开始,潘石从山东老家来到北京,上大学、读研究生,那时心中还有梦想。毕业后,不得不去解决生存问题,因为只有解决了温饱,才能去追逐梦想。但在追逐物质和财富时,却不知不觉在欲望中丢了梦想。在很长一段时间里,潘石并不知道自己想要什么,不知道自己在干什么,不知道未来在哪里。很多事情明明知道并非是自己真心想要做的,但大部分时间又不得不去做。每当夜深人静时,经常睁着眼睛整整一个晚上苦思冥想。

再看看身边的一些同学和朋友,毕业后还要去考这个证书,去拿那个资格,因为为了养家糊口,照顾老人,孩子上学等等,都要苦苦地赚钱。为了更体面的生活,或为了出人头地,很多人赌上了青春和健康。现在年过四十,才发现这些奋斗并非是为了梦想,而只是出于欲望。但当欲望替代了梦想,往往就丢了生活本身,活得过于急功近利,生活也显得不那么可爱了。

潘石问俊宏是否知道西门吹雪?俊宏点了点头。潘石讲了自己的看法。很多人都膜拜西门吹雪,进而去模仿西门吹雪,还有很多人想要挑战他,可西门吹雪却是独一无二的,因为他从心里喜欢剑术,而并非为了成为"剑神"。叶孤城不是败给了西门吹雪,而是败给了他自己,因为他不是诚心实意地热爱剑术,而是为了"剑神"的江湖地位。他心已不正,也就无法做到巅峰。所以,我们做人做事需要"诚心正意"这四个字。

俊宏看着潘石,说自己很幸运、很感激遇到了潘石,让自己做了自己真心喜欢的事情。潘石说自己现在做的"大爱江河"文化项目,是他从心里热爱的，是他的梦想，是想把一些文化理念付诸实践，并非在乎虚名和利益，所以他现在也觉得很开心。潘石说："当欲望重新回到了梦想，活着的每一天都在做自己热爱的事情，生命中就没了工作，因为工作就是生活，工作就是梦想。"

俊宏特别喜欢和潘石聊天，觉得每次都能有收获。潘石跟俊宏聊了一会儿，也觉得心情轻松了很多。潘石说自己是过来人，走了很多弯路，所以，希望俊宏在出发时，就要想好自己究竟想要什么。潘石又饶有兴致地问俊宏对爱情的看法，俊宏觉得很不好意思，想了想说："我个人理解，每个人的生活状态不一样，想要的爱情和生活也就不一样。英雄有英雄的爱情，百姓有百姓的爱情……"潘石觉得俊宏说得挺有道理，觉得与俊宏谈论爱情也有点儿尴尬，就没再问下去。

又接着谈文化。他问俊宏为什么现在很多人喜欢吐槽土豪？那是因为土豪有钱，但没有文化。没文化就没思想，就不能赢在高处，赢在别人心里。没文化，就站不高、走不远，甚至会爬得越高，摔得越惨。潘石还开玩笑说，假如有一天俊宏成了有钱人，一定要做个有文化的有钱人！否则，也会被大家吐槽为"土豪"的。

潘石还举了个例子。前段时间，那位赫赫有名的中国首富，突然锒铛入狱了。为什么呢？说到底，还是因为没文化。那位中国首富初中都没毕业，后来靠倒腾家电发了家，再后来公司上市了，一夜之间发了横财。估计连他自己做梦都没想到有一天会成为中国首富。但是，老天给了他一个暴富的机遇，让他拥有了巨大的财富，只是他没有驾驭财富的能力，而这种能力大多数情况下靠文化支撑。

潘石说自己在社会上摸爬滚打这么多年，发现了一个规律，就是当一个人觉得自己无所不能为的时候，也就离出事儿不远了。一个人没有文化，就没有思想；没有思想，就没有正确的价值观；没有正确的价值观，就没了底线；没了底线，脑子就没可管控的了，心里就没了可敬畏的，就觉得自己没什么搞不定了，就觉得自己无所不能为了，就狂妄得不可一世了，结局也就可想而知了。

两人正谈着，潘石的电话响了，是公司打过来的。电话里着急地报告说，沪深股市开盘半小时后，不知为什么"万国地产"的股票股价被莫名其妙地突然打到涨停板上了。潘石看了看手机，手机上显示着上午十点整。俊宏问会不会是有人想借"大爱江河文化产业基地"项目炒作公司的股价,这在不是很规范的中国证券市场上也是一种常见的事儿。潘石听着俊宏的分析没有说话,让俊宏回头多留意一下。

刘铁坐在办公室的大班椅上,死死地盯着电脑,眼里充满了血丝,脸上充满了杀气,复仇的火焰在他心里熊熊燃烧着。他决意要与潘石在商场上一决雌雄,发誓不惜一切代价,不管以任何手段,一定要打败潘石。今天,他终于发动了蓄谋了十年之久的一场男人的战争,正式启动了他的"打虎行动"。他指挥着手下,在股市开盘不到半小时里,以迅雷不及掩耳之势将"万国地产"的股价打到了涨停板上。看着"一字型"的直线,刘铁露出了得意的笑容。

那天,他叫来宝哥、熊哥、黑哥等战略合伙人,和有关部门负责人一起,召开了"打虎行动"的部署大会。大会上,他郑重宣布了董事会关于任命郑大光为本次"打虎行动"总指挥的决议。郑大光自信满满地布置各部门的具体任务:"市场分析部夏总,你部负责撰写两份《关于"WG"投资价值研究分析报告》,好好利用其'文化产业基地'的项目,一份唱多,一份唱空,等待我的指令,明白吗?"

"明白!"

"投资一部胡总,在唱多'文化产业基地'项目的《报告》见诸媒体时,你部负责迅速拉升'WG'股价。注意,我们目的是引发大量的跟风盘,要用最少的筹码操控'WG'的股价。同时,市场分析部夏总,此时,你要联合各大媒体,再唱空'WG'及'文化产业基地'项目,揭露其项目的严重质量问题,明白吗?"

"明白!'黑天鹅'事件!"

"投资二部栾总,你部在'WG'股价被拉至涨停板,并引发大量的跟风盘时,负责大量卖出我们手里的股票。持续将'WG'股价打压至跌停板,目标是要让'WG'股价腰斩!"

"明白!'对倒'!"

"投资三部白总,你部负责在'WG'股价被连续打至跌停板,并引发大量恐慌性抛盘时,悄悄地在低位再买回股票,并要做到神不知鬼不觉。注意,我们目标是最后成为第一大股东!"

"明白！"

郑大光说完，得意地看了看刘铁，刘铁赞同地点了点头。郑大光又看了看大家，问还有什么问题吗？大家相互看了看没人说话。这时，熊哥趴在宝哥的耳边小声嘀咕着："宝哥，我觉得吧，计划倒是还可以，但你听这些部门老总的姓，什么'瞎分析''胡投资''乱投资''白投资'，怎么听着怎么那么别扭呢？还有总指挥'挣大光'那孙子，挣得最后全他妈输得精光了！听着怎么那么不吉利啊？"

"熊哥，你敢不敢闭上你的乌鸦嘴啊？你他妈做股票的不也姓'熊'吗？咋不改姓呢？"

"我真想改姓了，你知道，中国股市熊了几年了啊！我都怀疑自己是罪魁祸首！"

看到熊哥和宝哥耳语，刘铁大声让他们闭嘴，然后看了眼郑大光。郑大光会意地微微点了下头，将目光转向了一直低头不语的法律部的严总，一脸傲慢地询问他准备得怎么样了。严总战战兢兢地站起身来，说准备得差不多了。郑大光轻蔑地看着严总，刘铁突然拍案而起，勃然大怒，两眼喷着火大声地呵斥道："什么叫他妈'差不多了'？你他妈跟了我多少年了？不知道老子最讨厌什么'也许''可能''差不多了'这种模棱两可的话吗？老子只想要'OK''没问题'，懂吗？"

严总被骂得耷拉着脑袋不说话了。郑大光接着刘铁的话，指着严总的鼻子不依不饶地继续大声训斥着："你他妈老大高薪养着你，不是让你在这里吃软饭的！"严总没敢抬头，弱弱地回道："大光总，这个计划，是不是有制造虚假信息、操纵股价、恶意收购之嫌啊？你知道的，现在主管部门对这种违法违规行为，监管和处罚得很严的！"

"严总，你他妈是不是认为老大养着你，是让你在这里研究《婚姻法》的？还你妈'违法违规行为'，那还要你们法律部干吗使呢？不知道回去研究出规避的办法吗？如果没这个本事，就赶紧滚蛋，别占着茅坑不拉屎！"郑大光也学着刘铁，"啪"地用力拍了下桌子大声骂着。严总被骂得出了一身冷汗，哆哆嗦嗦地说了句明白了赶紧坐了下来。郑大光骂完了严总，满脸堆笑地看着刘铁，刘铁对郑大光满意地微笑了一下。

刘铁再次强调商场如战场，所有的人都必须毫无条件地执行郑大光总指挥的指令。郑大光高兴地又附到刘铁耳边小声说，主管部门的马局那边都已经打好招呼了，为了能得到马局的大力支持，说他还准备当面给马局汇报一次工作。郑大光一边说着，手指还做了一个数钱的手势，刘铁会意地点了点头，大声说了句："散会！"

所有部门的老总都走了，只剩下了宝哥、熊哥、黑哥和郑大光。刘铁朝郑大光摆了摆手，压低声音在他耳边说："大光，明天查查你的账户，看看给你的奖金到位了没有？"郑大光一听，使劲儿地摇着头，说已经很感谢刘铁给他这个重要的机会了，不能再要什么奖金了，那样刘铁就不是把自己当成兄弟了。刘铁拍了拍郑大光肩膀，说工作归工作，兄弟归兄弟，该拿的就一定拿着，是两码事儿。郑大光听了不好意思地点了点头。

刘铁站起身来，对宝哥、熊哥、黑哥哈哈大笑说："看来这只大老虎，这次要被我们这一群狼吃了！"

"铁哥，您说，我们这应该算在帮政府打老虎吧？"宝哥说。

"对呀，没准还给我们发个'打虎英雄'的奖状呢！"熊哥说。

"要我说，熊哥就别参加'打虎行动'了，你就负责专项'打鸡'吧？这个你较比在行！"

宝哥、熊哥、黑哥几个人耍着贫嘴，哈哈大笑着举杯共饮，沉浸在胜利的想象中。这时，只听女秘书在会议室外大叫："刘总交代过的,任何人不能进去！"话音未落，就见炎夏闯了进来。刘铁一见炎夏，脸马上阴了下来。宝哥他们知趣地走出了会议室。

炎夏死死地盯着刘铁，刘铁点上了烟，拿起一份资料看了起来。炎夏情绪有点儿失控，非常激动地质问起刘铁，为什么挂掉她的电话还关机？为什么不回她的信息？为什么敲他的家门不开？为什么下令不让她进办公室？为什么……炎夏的一连串为什么，刘铁通通装作没有听见，继续看资料。炎夏看着冷漠的刘铁，一下子感到那么陌生。想到自己为了眼前的这个男人一直担惊受怕，委屈得都快哭出来了。沉默了一会儿，刘铁慢慢地掐灭了烟头，抬头冷冷地看着她，压低声音说："炎夏，我想，我有必要提醒你一下，这里是什么场合！"

"对不起，老大！刚才我有点儿激动，抱歉！"

"不必道歉了！"

"为什么?"

"因为从此刻开始,你被解雇了!"

"什么?我被……解雇了?"

"是的!"

"为什么?我想知道为什么?可以吗?"

"好吧!趁我现在心情还不错,就把你当朋友,和你聊几句。"

"什么意思?为什么突然这种态度对我?"

"炎夏,我想说,请相信,我不知道你是潘石的女儿!"

"这又怎样?你和老潘之间到底发生过什么?请告诉我,谢谢!"

"这个问题,我觉得你最好回家问下老潘!"

"我会问他的!但希望你能告诉我,好吗?"

"哈哈哈……好吧!那我就受累,给你说点儿情况,你的小妈,也就是那雪,她就是我十年前的女朋友!"

"什么?你说……什么?你说的是……真的吗?"

"回去问问老潘,他会告诉你是真的还是假的!"

"Fuck!怎么会这样?美美怎么没告诉过我呢?"

"不好意思,这件事情美美不知道!对了,我想再次声明一下,我真的不知道你是潘石的女儿,请相信,我还没有那么卑鄙!"

"我当然相信!但我认为,这是你和老潘之间的事情,与我无关!"

"与你无关?哈哈,我想问你,你知道我的'打虎行动'的目标是谁吗?"

"不知道!这是公司的最高机密,不属于我应该知道的范畴。"

"那好吧,我现在告诉你,是老潘的'万国地产'!"

"明白了!这就是你解雇我的原因吧?"

"原因之一吧!炎夏,你知道,我是个讲究公平的人,我想要的是一场公平的战争,懂吗?"

"但我认为,这是你和老潘之间的一场商战,是一场男人之间的战争,请相信我的职业操守,更请相信我的人品,我会保持中立的!"

"可我不想让老潘认为,我在利用他的女儿和他战斗!"

"这个……我理解!说心里话,老潘虽然是我的亲生父亲,但我对他的了解还不如对你的了解深!所以……"

"没有所以了,你被解雇了,不好意思!"

"等等,难道你不觉得,你把和老潘之间的恩怨转嫁到我头上,对我很不公平吗?"

"公平?哈哈哈……这个世界公平过吗?你回去问问老潘,十年前,他夺走了一个手无寸铁的穷小子的爱情,这公平吗?"

"但这……不关我的事儿啊!"

"好啦!我们就不要再演绎现代版的'罗密欧与朱丽叶'的故事了,好吗?我觉得,你现在应该做的,是赶紧去给老潘通风报信!"

"你就这么看我的?难道你不知道我对你的感情吗?"

"炎夏,我现在没兴趣谈感情!"

"那至少请您尊重一下我的人格吧!你是不是太过无情了?"

"我很尊重你!请你也尊重我的决定,可以吗?对不起,你……还有事儿吗?"

"等等,我想知道……你爱我吗?"

"哈哈哈……我承认,很欣赏你!"

"但,你是知道的,我爱你!"

炎夏说着,终于忍不住哭了。刘铁看着痛苦的炎夏,心里也很不是滋味。他心软了一下,但满腔复仇的火焰在他心中熊熊燃烧着,使得他根本没有心情再顾及什么儿女情长了。虽然他也曾闪过和炎夏谈恋爱的念头,但他打死都没想到,炎夏是潘石的女儿。他告诫自己,自己已经利用过一次炎夏了,不能再伤害她了,必须下狠心让她离开自己。

想到此,刘铁一句安慰的话都没说,只轻轻拍了下炎夏的肩膀,转身走出了会议室。炎夏含着眼泪伤心地呼喊着刘铁,但刘铁没有停下脚步。炎夏傻傻地站在那里,她无法接受眼前的事实,无法隐藏内心的痛苦,含着眼泪冲出了刘铁的办公室。她迫不及待地想把一切搞个明白。

炎夏用力推开了潘石办公室的门,见有两个工作人员正在向潘石汇报工作。潘石看到气冲冲的炎夏,并没有表现得特别吃惊,而是淡定地让她先坐,示意工作人员继续汇报。炎夏板着脸一声不吭,强忍着心中的恼怒。两个工作人员继续分析着"万国地产"股价异动的原因，认为最大的可能是人为操纵股价。潘石不动声色地听着。

　　炎夏想起刘铁的话，急忙打开手机里的"大智慧"股票分析软件，果然看到"万国地产"股票被巨量买单封死在了涨停板上。她联系到"打虎行动"的收购目标代号为"WG"，应该就是潘石的"万国地产"的拼音缩写，心里不禁"咯噔"一下子。炎夏抬头看了看潘石，心情变得十分沉重。

　　一边是亲生父亲潘石，一边是自己不能自拔爱上的刘铁，无论怎么说，这两个男人都是自己生活中最重要的人，现在他们却要进行一场你死我活的战争。她不愿相信眼前这个事实，但又感到自己无能为力，长期养成的做人做事的原则要求她，只能选择沉默保持中立，只有祈祷这是一场公平的战争。

　　工作人员走了，潘石站起身来给炎夏倒了一杯茶，平静地看着满脸纠结的炎夏，猜到了她一定是为了刘铁的事情而来的。其实，即使炎夏不来找他，他也准备找炎夏好好谈谈。多少年来，他一直渴望着能有个机会，能和炎夏像朋友一样真诚坦率地聊聊。他关上门，通知秘书不准任何人打扰，等着炎夏的质问。果然，炎夏开门见山，直奔主题："老潘，我只需要一个真实客观的答案！"

　　潘石慢慢地收起了笑容，看着自己的女儿，感到愁肠百结，心如刀割。他心里有很多话，却又不知从何说起，不过，他觉得炎夏有权利知道过去所发生的一切。他深深地低下头，过去那些长夜孤独的暗影，那些囚禁在心底的痛楚，一下子涌上心头。他眼神黯然而凝重，低声地讲了起来。

　　他从自己考到北京读书，谈到了师从孟老，认识了孟美；从为了能留在北京，谈到了牺牲了孟美；从为了梦想去海南，谈到了牺牲了炎夏；从长期名存实亡的婚姻，谈到了认识了那雪，并伤害了刘铁……长达几个小时的谈话，炎夏一句话没说，认真地听着潘石每一段经历的心路历程。最后，潘石眼睛潮湿了，几乎在忏悔地说："我知道，一切都没了被原谅的理由！我知道，我对不起你的母亲孟美，更对不起你！还有，我知道，无论怎么解释，事实上是我夺走了刘铁的爱情！我知道，我很自私……我愿意接受上天的惩罚！"

炎夏是个爱憎分明的女孩儿，是一个讲究精神平等的女孩儿，也是一个客观理性的女孩儿。她听着潘石真诚坦率的讲述，一句话也没插嘴，只是静静地听着、思考着。她心里感到一阵阵的酸楚，想到近一年来对潘石和那雪的接触和了解，她知道，自己不但已经从心里慢慢地接受了他们，甚至还越来越欣赏他们了。

炎夏想到自己在美国的感情经历，想到和那个单纯美国小伙子的分手，想到爱上的那个才智双全且事业有成的老师，她似乎十分理解那雪为什么会爱上自己的父亲潘石，她甚至觉得也许女人心智成熟了，都会欣赏和爱慕像潘石这样的成熟男人。她觉得潘石和那雪基于精神欣赏的爱情，其实没什么可指责的，甚至也是她自己内心所向往和追求的爱情。

当然，她也可以想象，当初潘石对刘铁造成的伤害一定是非常残酷的，如同自己当初伤害那个单纯的美国小伙子一样。她甚至觉得当初那雪和刘铁分手，应该不仅仅是因为潘石的问题，也许是因为不对的时间和不对的人，就如同潘石和母亲孟美，文化理念和价值观完全不同，根本就是两个世界的人。

炎夏始终觉得刘铁和盖茨比犯了同样的错误，他们都是孤注一掷、拼尽全力去获取当年没有的成功，为的是夺回当年丢了的爱情以及男人的尊严。但是有些事情过去了，就再也回不到原来的样子了。这种以假定条件为前提的执念往往是虚妄的。不过，炎夏觉得盖茨比是可爱的，刘铁也是可爱的，因为他们都非常重感情，都是追求真正的爱情。她真心希望刘铁能够放手过去，重新开始新的生活，并愿意一路陪伴着他。

夜幕渐渐降临了，潘石和炎夏足足聊了一下午。炎夏听完了，心中不但没了恨，反而觉得如释重负。她起身准备告辞，潘石挽留她一起吃饭，炎夏说自己想静静。潘石没再勉强，起身送炎夏。他们默默地走到电梯门口，潘石依然忧心忡忡，看着炎夏说："炎夏，你长大了，有自己的价值观和爱情观，有追求自己爱情和幸福的权利，我无权干涉。不过，之前我没有尽到父亲的责任，但从今天起，我不允许任何人再让你受到任何伤害！"

"老潘，我明白您的意思，其实您不必担心，因为我了解他。他不是一个卑鄙的小人,他不知道我是您的女儿!"

"说心里话,我也宁愿相信这是天意,也愿意为此付出自己应该付出的代价!不过,这个代价绝对不能是你,也不应该是你!"

"谢谢您,老潘!放心吧,我知道自己在做什么!另外,我想说,您是一位值得尊敬的父亲,一个值得尊敬的男人!请给我点儿时间,也许有一天,我会叫您一声爸爸!"

"谢谢你!谢谢你……炎夏!"

傍晚,潘石回到家里,推开门房,看到那雪坐在餐桌旁发呆,猜想她肯定也在为刘铁和炎夏的事儿烦恼。潘石走到那雪身边,轻轻地拉起她的手,彼此凝望着,不必言语,安慰已进入心里。那雪起身把饭菜热了一遍,两人边吃边聊。潘石把下午炎夏找他的事情讲了一遍,那雪听后叹了一口气。那雪坦诚地跟潘石说,刘铁终究是她曾经青梅竹马的恋人,自己心里都把他当成亲人了。她希望炎夏能够好好的,也希望刘铁能好好的,希望他们都能有一个幸福的归宿。她请求潘石,不要再去报复刘铁,不要再相互争斗,更不要再相互伤害。潘石拉过那雪的手,微笑着说:"不会的,放心!"

10.2 谁拿流年,乱了浮生

傍晚,金钱与财富横溢的金融街,一座座高楼大厦鳞次栉比。刘铁站在宽大的落地窗前,冷冷地注视着窗外的写字楼。看着行色匆匆的人群,刘铁知道,他们不是官员,就是头顶桂冠的财经名人,至少也是金领白领。

刘铁将目光转向了月坛南桥东北角保留下来的吕祖宫。十年来,金融街已经变成了一个白天富贵逼人,夜晚火树银花的财富中心,只有这个最早建于明代的道教宫观,依旧从容地隔世而立,有时与浓浓的雾霾纠缠在一起,显得有些诡异。

十年来,金融街记载着刘铁太多的回忆,记载着他的羞辱与骄傲,以及他执念的梦想。他经常会不由得想起十年前的一些往事,尤其是那雪曾陪自己在这里找工作被拒绝的情境。今天,当他站在豪华的办公室里，想到"WG地产"的股票被封死在涨停板上，想到自己"打虎行动"的初战告捷，内心一阵阵暗流涌动。

第二天上午9：30，沪深股市开盘了。刘铁下令，以最快的速度将"WG地产"股票封死在涨停板上。然后，看看电脑上的那一根直线，刘铁倚在大班椅上，将一双腿跷到了大班桌上，想到自己其他的几个账户在悄悄地卖出，已经轻松挣了两个涨停板，少说也有两个亿，露出了得意的笑容。这时，郑大光带着一副领功请赏的笑脸走了进来，刘铁看了他一眼，笑着说："大光，干得不错，明天按原计划进行！"

"好的，好的，老大英明！"

"哈哈，好戏还在后头呢！"

宝哥、熊哥、黑哥也都兴奋地走进了刘铁的办公室，强烈要求晚上去MGM庆祝一下，放松一把。刘铁从酒柜里拿出了一瓶25年的XO，给每个人倒了满满一杯，然后举起了酒杯，劝兄弟们再忍一忍，等把这只"大老虎"打倒在地、再踏上亿万只脚的时候，再出去好好庆祝一番。刘铁在办公室里来回踱步，感觉像一只困在笼子里的老虎，随时都要冲出笼子扑向猎物。他眼里冒着杀气，对宝哥他们说："兄弟们，绝对不能有片刻的放松，要整就往死里整，绝对不能给这只'大老虎'有任何喘息的机会！"

"我顶！况且，还要'老虎''苍蝇'一起打！"宝哥说。

"就是呢！苍蝇也是肉呢！"黑哥说。

"把'鸡'也带上，一网打尽，片甲不留！"熊哥说。

"兄弟们，且干且努力啊！牛×！"刘铁猛地拍了把桌子。

而潘石和俊宏，还有公司的主要骨干，正在陪着一些战略投资人参观"大爱江河文化产业基地"项目。听了俊宏讲的"产业基地"未来的规划和蓝图，战略投资人们纷纷赞叹不已。这时，潘石的电话响了，是公司再次紧急报告"万国地产"的股票被巨量买单封在了涨停板上，而且造成了中小散户大量的跟风盘。更令人担忧的是，他们观察到，在大量中小散户跟风买进的同时，有几笔大单在悄悄地抛出。潘石听后说："密切跟踪，及时报告！"

第三天上午9：30，沪深股市一开盘，"万国地产"的股价再次被巨量买单封在了涨停板上，伴随着大量的跟风盘，又有几笔大单悄悄地抛出。按照交易所的规定，公司股票连续三个交易日达到涨跌停板限制，公司必须予以公告说明和解释。果然，不一会儿俊宏就急匆匆来到了潘石的办公室，报告收到了交易所的通知。

潘石当即决定召开董事会紧急会议。下午，公司董事准时到了会议室。潘石全面介绍了目前公司的运营情况，并让俊宏立即起草了一份关于"万国地产"运营一切正常，没有应披露而未披露信息的报告，经全体董事表决同意，及时上报给了交易所。

第四天一大早，潘石刚刚走进办公室，俊宏就给他送来了几份国内主要的证券报。潘石接过报纸，看到几份证券报在明显的位置，同时刊登了一篇《关于"万国地产"投资价值研究分析报告》的文章，指责"大爱江河文化产业基地"项目存在着严重的质量问题，并指责"万国地产"存在着严重的财务虚假问题，暗示"万国地产"涉嫌信息披露等违法违规行为。

9：30沪深股市开盘了，潘石和俊宏看到"万国地产"的股票瞬间被打到了跌停板上。潘石双眉微皱，隐隐约约有一种不好的预感。他不再像以前认为的那样，觉得只是有人单纯的炒作股价，从而获取暴利那么简单了。难道是有人恶意收购？那会是谁干的呢？难道是？……不会吧？！以他现在的实力，还不足以在二级市场上兴风作浪啊？潘石心里产生了一连串的问号。

第五天上午，不出潘石所料，沪深股市一开盘，"万国地产"股票再次瞬间被封死在了跌停板上，并引发了大量的恐慌性跟风抛盘。潘石通知马上开会，会议室里主要部门的负责人个个表情严肃、神情紧张。投资总监、项目总监、财务总监等各自列举了大量的数据，从各个方面客观地分析了公司的基本面，报告了公司各项指标、各个项目运营情况都很正常，尤其是"大爱江河文化产业基地"项目进展情况非常顺利。

潘石双目炯炯，不容置疑地说："打铁还需自身硬！公司的战略是正确的，基本面是好的，我们就不惧怕任何对手，尤其是不怀好意的对手！"随即，潘石下令，成立一个临时小组，任命俊宏为小组组长，研究制定有效的对策，做好各种迎战的准备，维护公司股价的稳定,坚决捍卫公司的名誉和利益。潘石指挥若定,大家纷纷献计献策,信心十足,严阵以待。

　　下午,某家证券公司营业部股票交易大厅,厅里挤满了男女老少的股民。股民们惊恐万分盯着巨大的股票行情显示屏,看着"万国地产"的股票被巨大的卖单封死在跌停板上,交头接耳、议论纷纷。一些股民想到前两天刚刚在涨停板上冲进去,紧接着就吃了两个跌停板,自己的血汗钱瞬间蒸发了,愤懑难平。一位戴花镜的老大爷,看着一篇《"万国地产"因项目质量问题失宠基金,遭市场抛弃》的新闻,大骂"万国地产"是一家黑心的上市公司,气得捶胸顿足。

　　就在这时,人群突然一片哗然。只见"万国地产"的股价出现了异动,就在离下午收盘的十分钟内瞬间翻红了,被一根几乎九十度的直线,从跌停板直接打到了涨停板。股民们炸了锅了,愤怒地大骂"万国地产"股票的庄家是个黑庄,一会儿涨停一会儿跌停的,搞得跟风的股民个个损失惨重,纷纷嚷嚷着组织起来,一起到主管部门上诉去。

　　刘铁的办公室内则已经欢呼雀跃起来了,大家纷纷举着酒杯向偶像刘铁敬酒。刘铁狂笑不止,做了一个毛主席指挥千军万马过长江的手势,并挥着大手学着毛主席的口音大喊着:"同志们,乘胜追击,继续前进!"刘铁走进了一间密室,用座机拨通了澳门何耀阳的电话,诡秘地笑着说:"阳哥,现在执行第二步计划,请打开钱袋,准备收钱!"

　　"钱袋已经打开!"电话那头儿传来了何耀阳的阵阵狂笑。

　　刘铁又问何耀阳"地下钱庄"那边是否安全畅通,何耀阳说让刘铁绝对放心。密室里也传来了刘铁的哈哈大笑声。突然,刘铁听到密室外一阵阵大声地惊叫,他急忙走出去,看到宝哥他们几个目瞪口呆地看着墙上的LED显示屏。刘铁顺着他们的目光看了过去,脸色一下子变得惨白。刘铁简直不敢相信自己的眼睛,就在自己打电话的这会儿工夫,"WG"股票的股价居然翻红了,还被拉到了涨停板。

　　刘铁怒不可遏地冲着郑大光大吼一声:"你妈的,这是怎么回事儿?"郑大光惊愕地摇着头,一句话都说不出来。刘铁强作镇定,沉思了一会儿,自言自语地说:"看来'大老虎'发现了,开始反扑了!"他猛地站起身来,指着郑大光大声叫道:"通知有关部门,马上开会!"

他冷笑了一声，从牙缝里挤出了一句："十年了，正式开始了！"

此时，"万国地产"总部的大门口前已挤满了各路媒体记者，他们将俊宏团团围住，不停地提问，尤其追问市场上流传的关于"大爱江河文化产业基地"项目存在质量问题的说法是否属实，坚决要求董事长亲自出面予以说明，给广大股民一个交代。俊宏实在招架不住了，给潘石打了电话。潘石听完汇报，立刻做出决定，让俊宏安排车辆，马上请记者朋友们到工地现场。

俊宏带着各路记者到了工地，潘石镇定地挥着手，请记者们先安静下来，然后语气坚定地说："各位媒体朋友，我是潘石，'万国地产'的法人。在这里，我很负责任地告诉大家，你们眼前所看到的'大爱江河文化产业基地'，完全符合国家的产业政策，有着广阔的市场空间和发展前景。目前该项目各种工作进展顺利,不存在任何质量问题。在此，我代表董事会保证，公司将会坚决维护股价的稳定，用实际行动向广大股民证明'万国地产'的责任与担当！"

潘石的一番话使现场媒体记者安静了下来。这时，一位神秘的中年男人站了出来，自我介绍说是过来考察"大爱江河文化产业基地"项目的战略投资人，他表示经过认真考察研究，非常看好该项目，并愿意投巨资加入。潘石看了看这位中年男人，留着小胡子，虽个头不高，但看上去有一种掩饰不住的霸气。中年男人说完，走上前与潘石握手，表示希望马上能与潘石进一步详谈。潘石对中年男人的信任和支持表示了感谢，安排俊宏带媒体朋友继续参观考察。两辆车一前一后驶向了市区。

他们驱车到了金融街的一座写字楼，两人谈笑风生上了电梯。电梯在39楼顶层停了下来，电梯门一打开，赫然醒目的"龙德集团"四个大字映入了潘石的眼帘。中年男人热情引领着潘石到了他的豪华办公室，两个人在茶室坐了下来。中年男人亲自为潘石泡茶，并推荐了一款武夷山产的上等的大红袍。

潘石笑着说自己也特别喜欢喝大红袍，中年男人半开玩笑地说，看来他们是志趣相投的同路人。潘石一出电梯就明白了，眼前这位神秘男人，就是"龙德集团"的掌门人熊龙德，只是不清楚他是否真的对"大爱江河文化产业基地"项目感兴趣，更不知他是熊小乖的父亲，刘铁的前岳父。

熊龙德开门见山地说,自己是个商人,在商言商,他认为"大爱江河文化产业基地"项目确实不错,未来的发展前景广阔,希望能作为战略投资人参与该项目,并希望能双赢多赢。潘石非常客气说,熊老板是投资界的前辈,能对项目感兴趣并想投资,自己非常高兴和欢迎,并表示一定会对战略投资人负责。

突然,熊龙德话题一转,说他注意到了近日媒体上有一些对该项目的负面报道,并导致"万国地产"股票的股价在二级市场上剧烈波动。潘石沉思了一下,如实地说目前还没搞清楚原因,暂时只能猜测是有人想利用"大爱江河文化产业基地"项目的题材,在股票市场上炒作一把挣取差价。熊龙德笑了笑说:"恐怕,没这么简单吧?"

从熊龙德的话以及他睿智的眼神里,潘石敏锐地察觉到好像有什么弦外之音,感觉熊龙德好像知道些什么似的,并非就只是一位战略投资人那么简单。熊龙德察觉到了潘石的异样,急忙解释说,目前是项目发展的关键时刻,保持"万国地产"股票的股价稳定,维护公司的市场形象,可是影响全局的大事儿,千万不能掉以轻心,要防止一些恶意收购的行为。

熊龙德的这番话,使潘石确认了他确实对项目进行了较深入的跟踪和研究,而且一眼就看出了问题所在,不愧是投资界的高手。潘石坦诚地告诉熊龙德,他也怀疑可能有人在进行恶意收购,目前正在调查,请熊老板放心。熊龙德笑着说,他相信对方绝对不是潘石的对手,因为从市场操作的手法上看,一看就是个轻狂加疯狂的年轻人。潘石若有所思,低头自语道:"其实,他可以走得很远的!"

送走了潘石,熊龙德点上了一根雪茄,眉头紧锁。想起自己在法国时,突然看到宝贝女儿出现在面前,见她伤心欲绝地痛哭,后来得知熊小乖和刘铁已经离婚了,熊龙德当场又被气得送进了医院。2008年熊龙德被气得送进医院那次,看在刘铁是自己女儿老公的分上,看在熊小乖苦苦求情的分上,他心一软放过了刘铁,但这次,尽管熊小乖多次恳求他,不要再去报复刘铁,但熊龙德没什么可顾忌的了,他发誓要好好教训一下伤害了自己宝贝女儿的刘铁。

经过了一周的激烈交锋，刘铁获得了暂时胜利。不过，潘石的有力反击，也让刘铁感到了巨大的压力。刘铁下令进入全封闭工作状态，所有部门的主要人员都被关在一间操盘室里，日夜开会研究下一周的作战计划。刘铁给郑大光下达了死命令，下周的目标是，利用手里长期吸纳的"万国地产"股票筹码，不管用什么手段和方法，一定要将"万国地产"股票的股价连续打在跌停板上，引发市场对"万国地产"股票大量恐慌性抛盘涌出，力争将"万国地产"的股价腰折，再重新杀回去全面收购，在二级市场上举牌，最终成为其第一大股东。

周一上午，沪深股市开盘了，坐在大班椅上的刘铁严阵以待，死死地盯着电脑上"万国地产"股票的走势。果然，在他的大量抛盘的打压下，开盘不到半个小时，"万国地产"的股价就被死死地封在了跌停板上。紧接着，大量恐慌盘的跟风抛出，"万国地产"的股价被巨量的抛单一字封在了跌停板上。看到巨量的跟风盘抛出，他露出了得意的笑容，偷偷地通知郑大光，撤出一部分自己的筹码，以备明天继续打压。

刘铁伸了伸懒腰，在办公室随便吃了一盒盒饭，等待着下午的战斗。下午一点开盘后，"万国地产"的股价几乎没有任何买盘，一动不动地趴在跌停板上。时针再次指向下午2:50时，离3:00收盘仅仅10分钟了，只见"万国地产"股票的股价瞬间又被大笔买单拉起，"万国地产"的股价再次翻红。刘铁感觉自己的心脏都快跳出来了，他怒发冲冠，拍案而起，指着郑大光的鼻子大声咆哮着，一定要把"万国地产"的股价封死在跌停板上。但"万国地产"的股价以迅雷不及掩耳之势，再次被拉到了涨停板上。

周二上午，沪深股市开盘后，"万国地产"的股价毫无抵抗地被刘铁再次封死在跌停板上，但这次刘铁一刻也不敢放松，他亲自坐镇全封闭的股票操盘室，整个房间紧张得令人窒息。刘铁眼里充满杀气，下令郑大光，如果"万国地产"的股价再次被拉起，所有的账户要万箭齐发，同时抛出99万手，务必要把"万国地产"的股价打压在跌停板上。

十几个熬了几个通宵的操盘手眼里布满了血丝，却仍像打了鸡血似的死死地盯着电脑，墙上挂着的时钟再次指向下午2:50时，刘铁所担心的一幕果真再次发生了。只见"万国地产"股价再次从跌停板上被迅速拉起。刘铁额头上顿时渗出了一粒粒冷汗，脖子上的青筋凸起，两眼喷着火，猛地站起身来，大声咆哮着下令："抛！"

十几个操盘手同时下单，开始抛售着手里的筹码，股价瞬间又被打到了跌停板上。时钟嘀嗒嘀嗒一秒一秒地走着，还剩下最后的三分钟就要收盘了，刘铁和每个操盘手的心都提到了嗓子眼儿，突然，"万国地产"股价被几笔巨量买单再次迅速拉起，直奔涨停板而去。打压在跌停板上的筹码被瞬间吃掉。刘铁眼前一黑，瘫坐在了地上，整个房间弥漫在绝望的气氛中。

这时，宝哥、熊哥、黑哥都冲进了操盘室，个个露出了惊恐的眼神，七嘴八舌地议论着说，看来这只"大老虎"不但实力超群，而且还是有备而来。还埋怨着说，这几天连续跌停价格抛出股票，不但把上周的利润全部消耗殆尽，还赔了夫人又折兵，损失太惨重了。再说，如果继续这样操纵股价玩下去，肯定会很快招来证监局的调查，劝刘铁趁能回头时赶紧回头、赶紧停手。刘铁浑身发抖，暴跳如雷地大声吼叫："开弓没有回头箭，不能临阵脱逃，做缩头乌龟！"

"疯了！简直疯了！不能再玩儿了！我不玩儿了！"宝哥几个看着已经失去理智的刘铁，转身走出操盘室，小声嘀咕着。

周三，"万国地产"的股票买盘很少，很快就被打到了跌停板。刘铁知道，这是潘石故意放空，真正的战斗在下午收盘前。他通知郑大光，收盘前集中火力，抛售手里所有的"万国地产"股票。下午2:30，离可怕的2:50就差20分钟了，郑大光报告说，宝哥、熊哥、黑哥的电话打不通了，刘铁一听怒目圆睁，亲自拨打了电话，但三个人的电话都传出了同一个声音："你所拨打的电话已关机"，刘铁自嘲地笑了，心里骂着这些平常口口声声两肋插刀的铁哥们儿。

时针在一秒一秒地向2:50转着，刘铁的神经也绷得越来越紧了。突然，办公室的电话响了。刘铁惊喜地抓起电话，以为是宝哥他们打过来的，但却听到了一个熟悉而又陌生的声音："刘总您好，我是潘石！长话短说，开门见山，我想，如果真是你的话，希望刘总能够收手，我也准备放弃护盘。我们不要再争斗下去了，希望刘总停止'收购计划'，以免造成更大的损失……"刘铁一直拿着电话听着，没等潘石说完，冷冷地说了句："你打错了！"

刘铁的脑袋嗡嗡作响，他没想到潘石会打来电话，一时也没反应过来如何应对潘石。他知道现在自己的处境已经很危急了，但他绝不会放弃处心积虑准备了十年的复仇计划，更不会就此倒下认输。强烈的复仇欲望在他血液里流淌着，仇恨的火焰在他胸中熊熊燃烧着。他脸憋得通红，双拳捏得格格作响，然后像沉雷般自言自语说："潘石，我跟你丫拼了！"

刘铁看了眼时间，马上就要到可怕的2:50了。他急忙刷新了一下电脑，想要打开由他亲自控制的与何耀阳合作的账户，但发现账户提示输入的密码错误。他又重新输入了两次密码，看到的是同样的提示。他明白了，密码改了，何耀阳平仓了。时针不可逆转地指向了2:50，"万国地产"的股价果然再次从跌停板上被迅速拉起。盛怒之下的刘铁抄起电话，孤注一掷地下令郑大光，立刻把手里所有的筹码统统打压出去。

刘铁突然想起，自己曾以熊小乖的名义开立了一个账户，里面还持有一千万股"万国地产"的股票，这本是他想留给熊小乖的财产，但此刻他也决定派上用场，准备与潘石决一死战。他手指颤抖地输入了密码，打开了账户，刚想挂上卖单，但抬头一看，发现电脑上"万国地产"股票，被连续几笔99万股的大买单迅速扫货，直接打到了涨停板上。

看着被巨量封在涨停板的一根直线，刘铁惊恐地一下子瞳孔放大，眼前一黑，差点从椅子摔倒在地。刘铁赶紧闭上了眼睛，双手用力地撑着大班椅，脸色变得越来越紫。他努力控制着自己的情绪，定神分析着。据他这段时间观察，之前潘石的护盘手法不是如此凶悍，不至于打到涨停板时还有如此巨量的买单。突然，他脑子里闪过了一个可怕的猜想，难道是？……

刘铁拖着沉甸甸的脚步走进了操盘室，慢慢地走到了"总指挥"郑大光身旁。郑大光看了看刘铁充满杀气的目光，不但没有惊慌，反而非常淡定。刘铁恶狠狠地问道："怎么回事？我的郑大总指挥！"

"哦……是这样，刚才我一紧张，操作失误，把'卖单'下成'买单'了，下错单了！不好意思啊！"

"你是说，你玩儿了把'乌龙指'？"

"应该……是吧！"

"跟'光大证券'学的吧？"

"应该……是借鉴吧！"

刘铁一听暴跳如雷，一把扯起了郑大光的衣领，生生地把他从椅子上拎了起来。郑大光被勒的脖子暴出了青筋，满脸通红，憋得几乎快喘不上气来了，但依然淡定地看着刘铁。刘铁顿时明白了，郑大光根本不是什么紧张下错单了，而是故意在最关键的时刻，在他背后狠狠地捅了一刀。刘铁两手一松，放开了他这位大学同学，这位平时鞍前马后、百依百顺、唯命是从的老同学。

刘铁头痛欲裂，双手用力地掐着太阳穴，呼吸变得越来越急促，冷汗从额头上不停地滚落，浑身开始剧烈地颤抖。一个交易员见状赶紧跑了出去。很快女秘书惊慌地拿着几个药瓶跑了进来，将一把白色的药片倒在刘铁手里，刘铁一口吞了下去，跟跟跄跄地走到一把椅子前坐下，示意女秘书离开，闭上了眼睛。

操盘室里死一样的寂静。过了一会儿，刘铁的情绪渐渐地稳定了下来，睁开眼睛盯着郑大光看着，嘴角上翘地笑了。郑大光若无其事地左顾右盼。伴随着一阵刺耳的高跟儿鞋脚步声，女秘书再次慌张地敲门跑了进来，慌慌张张地说："老大，证监局刚来电话了，说怀疑我们公司涉嫌操纵'万国地产'股价，要派人来公司调查，要请您接电话，要不要给您接进来？"

"来得可真快……就说我不在！"

"明白！"

女秘书急忙转身走了。养兵千日用兵一时，刘铁想起了马局长，起身躲开郑大光，走到了一个角落里，拨了马局长的私人手机号码。手机马上被挂断了，随后打过来了一个直线电话。马局长开口就说刘铁玩得有点儿过了，已经被交易所盯上了，自己也压不住了，并提醒刘铁最近尽量少给他打电话。刘铁镇定地告诉马局长不必过于担心，并简要地说了他最坏的准备，希望到时候马局长配合一下就可以了。马局长"嗯"了一声又迅速地挂断了电话。

刘铁挂了电话，重新回到了原来的位置，再次将目光转向郑大光。

郑大光抬起头，整理了一下扯乱了的衬衫，挺了挺腰板儿，冷冷地笑了笑。刘铁不再怀疑自己的判断，确认了是郑大光有意所为。他的脸被一种极度的愤怒扭曲了，强压着心里的怒火，点上了一根烟，冷冷地问道："大光，你是不是盼这一天很久啦？"

"哈，也就十年吧！"

"爽快！大光，此刻，你看上去还算个爷们儿！"

"谢谢！刘铁，你终于知道，我也是个爷们儿了吧！哈哈。"

"呵呵，呵呵，可以，你可以的！"

"刘铁，在大学时，我就不相信，一个山沟里来的穷小子能做到的，而我做不到？我还就不信了！"

"哦……那你觉得，现在你做到了吗？"

"还行吧！至少我现在有你赏赐我的那一千万！不过，你呢？我想，还是等你从监狱里出来再说吧！没准你还会像十年前那样，又找我借钱了！哈哈哈……"

"够狠！大光，真没看出来，藏得够深的啊！"

"刘铁，是你太张扬了，是你太轻狂了！你自己想想，为了睡一个美美，你可以在富力城给她买套房子，而我呢？你天天防着我，处处控制着我，即使我鞍前马后伺候你，你也不信任我！还有，我跟了你几年的工资，还不够买富力城美美的那套房子！'财散人聚，财聚人散'，懂吗？"

"大光，你最后一句说得确实有点儿道理，虽然我给你的工资不够买美美的那套房子，但也已经是同行业工资的两倍！不过，我还是要谢谢你的提醒！"

"不必了！要说谢谢，我还要谢谢您！因为你给美美买的房子，我也睡过了。不好意思啊！"

"呵呵，呵呵，呵呵呵……可以，大光，有你的啊！"

"行啦，刘铁，您就别夸我了！作为老同学，我想提醒您下，您现在是不是应该好好想想，如何去和证监局的领导坦白从宽呢？这样吧，我还有点事儿，就不打扰了。别紧张，没多大事儿，操纵股价在中国量刑也不是很重，也就几年吧！好了，再见吧！"

"等等！大光，我想请教你个问题！"

"哈哈，请教吧，老同学！"

"我想请教你,知道为什么请你做'打虎行动'的'总指挥'吗？"

"哈哈，想让我感恩？不过，我谢谢刘总看得起我！"

"不谢！对了，还有，知道为什么，我非要以董事会的名义，全权授权的方式，让你做'总指挥'吗？"

"终于发现我是个人才了？"

"你真他妈是个人才！大光，实话告诉你，我之所以这么做，就是因为……我担心会有今天！"

"什么意思？"

"大光，你懂的，法律是最讲证据的！难道你忘了，所有的交易指令都是你签的字吗？难道你不懂，谁应该负法律责任的吗？大光总指挥，董事会如此信任你，而你却背着我，操纵'万国地产'股价，还搞什么'乌龙指'，你真的辜负了董事会的信任啊！老同学，你太让我失望了！"

"刘铁，你……你……你他妈也太阴险了吧！"

"我承认我阴险，我承认我一直不信任你。但你自己想想，我又不傻，你这种人品，我能信任吗？敢信任吗？老同学，你是被权力和金钱冲昏了头脑啦！"

"刘铁，你……你……你……"

"大光总指挥,别激动！操纵股价在中国量刑不重,也就几年吧！"

"刘铁，你……你……你他妈太狠了吧！"

"我狠？大光，你可以算笔账，打给你账户上的钱，等于你平均每天在监狱的收入都上万元呢！大光，我用心良苦，对你不薄啊！我是把你的后路都想好了，你千不该万不该，不该跟我玩儿什么'乌龙指'，背后捅我黑刀子啊！看来你是真想置我于死地啊！"

"哈哈哈……说的也是！几年后，老子出来还算个有钱人！而你呢？老子把你所有的子弹都打光了，恐怕又要从头再来的吧？"

"大光总指挥,放心,我死不了！你不给我留后路，我自己会留的！不过，倒是你，账户上的一千万是从公司的账户上打过去的，我本想看你的表现，再决定这笔钱怎么定性！是定性为奖金呢、还是借款呢、还是挪用公款呢？大光总指挥，你告诉我，你觉得我现在应该定性为哪一种呢?"

"铁哥……铁哥,我知道我错了!铁哥,看在我以前鞍前马后的分上,你饶了我吧!你放过我吧!求求你了!"

"大光总指挥,有点儿晚了!假如没有'乌龙指',我计划以董事会的名义,把那一千万定性为奖金,还安排了你跑路。但现在,我觉得没必要了!"

"铁哥,我错了!我错了!你饶了我吧!求你了!"

"大光,像刚才那样儿,爷们儿点儿,多牛×啊!放心,我会去监狱里看你的,也就几年的事儿,很快就会过去的。"

郑大光扑通跪在地上,爬到刘铁身边,抱住刘铁的大腿,不停地磕头求饶。刘铁鄙视地看着要死要活的郑大光,但却动了恻隐之心。他犹豫了一会儿,告诉郑大光,念在他曾经借过他两千块钱的分上,念在他这么多年鞍前马后的分上,他可以不置他于死地。不过,他提出了一个公平交易的方案,他答应可以将那账户里一千万元定性为奖金,条件是郑大光必须承担起全部的法律责任,最好是主动投案自首。

刘铁觉得,对郑大光来说,一千万蹲几年监狱,是一笔很公平的交易,让郑大光好好想想,想好了再答复他。郑大光知道自己斗不过刘铁,不答应也只能是人财两空,只好咬着牙答应了。正在这时,女秘书又神色慌张地跑进来说:"老大,有位潘石先生来电,说有非常重要的事情和您商量,接吗?"刘铁一听到"潘石"两个字,恨得牙根儿直疼,两眼直冒火星,心想潘石的电话一定是猫哭耗子。他冲着女秘书怒吼了一声:"滚!"

潘石被刘铁挂了电话,坐在办公室发呆。他从盘面上已经判断出来,刘铁已经基本上没有抵抗能力,对公司也已经构不成威胁了。想到自己曾经答应过那雪,不再争斗下去了,不再伤害到刘铁,更不要置刘铁于死地,于是下令,收盘前放弃护盘,停止收购刘铁抛出的筹码。潘石想用实力告诉刘铁,想让他知难而退,于是打电话给刘铁,想要找他谈判,但没想到刘铁没等他说完就挂了。

潘石冷冷地盯着被打在跌停板上的"万国地产"股价,无奈地摇了下头,闭上了眼睛。但当他睁开眼睛的时候,发现不知从哪儿冒出了很多笔神秘的巨量买单，瞬间将刘铁抛出的筹码吃掉了，并直接巨量封在了涨停板上。潘石很是吃惊，打电话询问，回答是绝对按兵没动。潘石心里一连串的疑团，脑子急速地转着，分析着各种可能性，这时，他的电话响了。

潘石急忙拿起电话，是熊龙德打来的。电话里熊龙德哈哈大笑着说："潘总，怎么样，我最后的那几笔买单，还可以吧？"潘石顿时明白了，神秘巨量买单原来是熊龙德所为，但他不知道还有郑大光"乌龙指"的贡献。他忍不住问熊龙德为什么这么做。熊龙德简单地道出了原委，说自己的宝贝女儿熊小乖就是那个混蛋的前妻，前段时间被那个忘恩负义的东西抛弃了。熊龙德还发誓要好好教训一下刘铁，一定要让他身败名裂。

潘石一听全都明白了，难怪熊龙德主动找上门来投资入股，难怪和熊龙德喝茶的时候话里有话，难怪熊龙德似乎什么都了如指掌，原来他是有备而来。听到熊龙德发誓要将刘铁置于死地，潘石急忙耐心地劝熊龙德："熊老板，算了吧！到此为止吧！再说，我个人认为，刘铁本质上不坏，也很有才，就是太年轻，有点儿轻狂！但谁没有年少轻狂的时候啊？熊老板，消消气，就放过他，原谅他算了！"

"原谅这小子是上帝的事，我的事，是把这小子送进监狱！潘总，不能手软啊！"

"熊老板，还是算了吧！你我都是过来人了，冤冤相报何时了？给他一次机会，看他的造化吧！"

潘石挂了电话，心情十分沉重，并没有因打败刘铁而高兴。想到十年前，他和那雪相遇，伤害了刘铁；刘铁遇到了熊小乖，又伤害了熊小乖。十年后，刘铁为了报复自己，恶意收购"万国地产"；熊龙德为了报复刘铁，又帮着他击垮刘铁；还有，最令他不能接受的是，自己的女儿炎夏又偏偏爱上了刘铁……这一切到底都是怎么了？难道这是一种宿命？"谁拿流年,乱了浮生？"他再次拿起电话打给刘铁，想和他好好谈谈，但女秘书婉转地告诉他，刘铁拒绝了。

刘铁回到了自己的办公室，瘫在了沙发上，感到心力交瘁，大脑一片空白，不一会儿就睡着了。当他睡眼惺忪地睁开眼睛时，已经是第二天上午了。他抬头看着墙上的时钟,时针指向了上午 9:30。他习惯性地急忙起身打开电脑,看着"万国地产"的股价走势,只见"万国地产"的股价一开盘又被巨量的买单封在了涨停板上。他恍然清醒了,知道他和潘石的战争,已经结束了。他感到整个人被掏空了似的,再次瘫在了大班椅上。

刘铁吃力地喊了一声女秘书,却发现外面迟迟没人答应。他慢慢地走出了办公室,看到偌大的办公区里居然空荡荡的,没有一个人来上班。看着眼前凄凉的情景,刘铁心里感叹,真是树倒猢狲散。想到过去十年自己苦苦经营的一切,顷刻之间就坍塌了,像是做了一场噩梦,他露出了可怕的笑容。

刘铁在空无一人的办公区里一圈又一圈儿走着,办公室里回荡着他沉重的脚步声。想着过去一个个忙忙碌碌的日子,想着过去一个个毕恭毕敬的员工……再看看现如今,只剩下了他一个人,他恍然觉得一切都如同一场过眼云烟。终于,他低下了高傲的头,蹲下身来,一声叹息:"太他妈累了!"

刘铁不知自己蹲了多久。突然,电话响了,空荡荡的办公室里,电话铃声显得非常刺耳。刘铁挣扎地站起身来,慢慢地朝大班台走去。他猜想,肯定是证监局又来电了。他镇定了下情绪,犹豫了一下,拿起了电话,冷冷地问道:"喂,哪位?"

"刘总,我是潘石!请不要挂电话,我希望,我们找个地方聊聊。"

"呵呵……潘大老板啊?你觉得,我们之间有什么好聊的吗?"

"刘总,我想,你应该清楚,你的行为属于什么性质。我们最好不要在证监局见面,不要到那时在一起'喝咖啡'!另外,刘总,难道你不觉得我们应该见一面聊聊吗?"

刘铁一直听着,脑子急速地转着,想着自己要不要去见潘石。刘铁知道,他不怕什么证监局,因为郑大光肯定会主动投案自首。但刘铁知道,现在自己是个战败者,见到潘石会很没面子。但如果不去,潘石会不会更看不起自己,会不会更没面子?

刘铁笑了笑,心想自己是他妈一个顶天立地的爷们儿,即使倒下,也要像一个战士!即使死去,也要死得体面!再说了,君子报仇再来个十年也不晚,留得青山在不怕没柴烧。想着,刘铁呵呵干笑着说:"好啊，潘大老板，哪儿见？"

"去十年前你曾住过的地方吧！"

10.3 离开时，无人说再见

十年前，这里曾是一栋栋上世纪五六十年代的筒子楼，也曾是刘铁和那雪出租房所在的地方，十年后，这里已然成了"万国地产"旗下的高端住宅楼盘之一了。十年来，大北京已经发生了翻天覆地的变化，对于脚下这片土地，已经很少有人能说出其十年前的轮廓了。在一幢幢高楼拔地而起时，往昔的北京城正一天天埋葬在时代的记忆里。

潘石身穿一款黑色长款皮衣，站在小区中心广场的喷泉旁，看上去风度翩翩，器宇轩昂。十二点整，刘铁准时出现在了大门口，戴着墨镜大步朝潘石走来。远远望去，十年前那个帅气的刘铁，如今看上去多了一些男人的味道。看着越走越近的刘铁，潘石百感交集。其实，潘石心里一点儿也不讨厌刘铁，甚至还欣赏他身上的一些品质。

刘铁很快就走到喷泉旁。他摘下墨镜，眉毛稍稍扬起，锐利的眼神依旧冷傲，目不斜视地盯着潘石。他发现十年后的潘石，似乎多了一些男人的沧桑。无论他怎么恨他，都能感受到他身上的睿智和自信，一股"腹有诗书气自华"的底气也总是让刘铁不由得敬畏三分。

潘石平静地看着刘铁，刘铁的眼神不由得闪躲了一下。潘石主动伸出了手，刘铁掏出了一盒烟，回避了与潘石握手。他深深地抽了一口，自嘲地开口说："潘总，我是来满足你的！满足你想看一个失败者的愿望，哈哈！"

"刘总，希望今天我们的谈话是真诚的、坦率的！"

"好啊，聊吧！我非常乐意聆听一位胜利者的高谈阔论！"刘铁做出一副很潇洒的样子笑了笑。

潘石抬头看了看冬日和煦的阳光，然后看着刘铁非常中肯地说："刘总，我不希望把你当成对手，更不希望把你当成敌人，所以，我不会主动起诉你恶意收购'万国地产'的违规违法行为！我希望，我们之间的战争，结束了！"

"呵呵，那我是不是要感谢潘总的不杀之恩呢？"刘铁冷笑了一声，紧接着又补了一句："您这应该算是胜利者对失败者的施舍吧？"刘铁冷眼看着潘石。

"刘总，你觉得人生一定要用输赢来定义吗？"潘石目光温和地看着刘铁，继续说道："我觉得，人生是一场自己与自己内心的对话，没必要一定要用输赢来定义。"

"不好意思，潘大老板，我没兴趣听您这儿感慨人生！请问，您今天约我，不会是畅谈人生吧？"刘铁毫不客气地打断了潘石。

"不完全是吧！坦率地说，我今天约你，有几个目的。首先，我刚才说了，我希望我们之间的战争结束了！我希望，我们之间的恩怨能有个了结！还是中国那句老话，'冤冤相报何时了'，你还年轻，一切都还来得及！"

刘铁一直忍着性子听着，但听到潘石这句话，他内心羞怒交加的火一下子又顶到了嗓子眼，紧接着又蹿上脑瓜门，暴脾气一下子又爆发了。他憋得满脸通红，青筋一鼓一胀冷冷地说："来得及？还来得及吗？潘石，十年前，您摧毁了一个穷小子对爱情的信念，拿走了他的尊严……您觉得，这一切都还来得及吗？"

看着愤懑的刘铁，潘石脸色沉了下来。他感受到了长期压抑在刘铁内心的痛苦，他本来就内疚的心情，又增添了一些不安。他深深地低下头，非常诚恳地说："刘铁，我承认，我伤害到了你！我今天约你，还有一个目的，就是想正式向你道歉！"

刘铁听潘石说到"道歉"两个字，心里一下子酸甜苦辣咸涌上心头，眼睛忍不住湿了。不过，刘铁强烈的自尊心，和长期养成的不再相信真诚的习惯，使他觉得，潘石的道歉只不过是一个胜利者的同情和施舍，这是他更无法接受和容忍的。他突然大笑着说："好一声轻松的道歉！知道吗，您这一声道歉，却毁了我一生的爱情和幸福！知道吗，潘大老板，我都不知道自己他妈以后还会不会爱了、还能不能爱了！"

潘石抬起头，凝视着刘铁。虽然他承认自己客观上伤害了刘铁，并为此感到内疚，但他并不认为当初刘铁和那雪分手，完全是他个人的原因。潘石是一个原则问题上寸土不让的人。作为较早一代的草根北漂，潘石很了解刘铁那一代草根北漂的生存环境。潘石上大学时，学校还有补助金，毕业还包分配。到了刘铁那一代，正好赶上了改革，上大学收费了，毕业不管分配了，工作不分房了，买房子房价又暴涨了……一下子，所有的生存压力都落在了他们自己身上，很多草根北漂都在过生存这一关时，不得不跟爱情说再见了。

还有刘铁和那雪价值观不同的原因。面对刘铁愤怒的指责，潘石没有无原则的妥协："刘铁，我很理解你的心情，但并不等于我认同你的说法！我认为，当初你和那雪分手，有我的原因，也有你的原因，还有时代的生存环境原因！"

刘铁冷笑了一声，但心里不得不承认潘石说得不无道理。刘铁自己心里清楚，十年前那雪离开自己，并非因为她嫌贫爱富，而是现实的生活，使得他们的爱情不知不觉中变了味儿。但是，刘铁无论如何都不能原谅潘石，因为在刘铁看来，潘石是直接摧毁他和那雪爱情的刽子手。刘铁愤懑难平，继续咄咄逼人地说："潘大老板，无论怎么讲，当初一个手持核武器的男人，去掠夺一个手无寸铁的男人的爱情，难道您不觉得很可耻吗？"

面对着刘铁的步步紧逼和激烈的言辞，潘石知道，一场唇枪舌剑是不可避免了。他眉波不涌，坦率而中肯地说："我承认，我觉得很内疚，但并不觉得自己很可耻！恕我直言，我觉得，当初你并不懂得爱情，也不懂得如何去爱一个人！你有没有想过，当初你除了让那雪伤心和委屈，都为她做过些什么？还有，十年后的今天，你敢说你所做的一切，都是为了你所谓的爱情吗？我替你回答吧，不是！十年来，你想要的是夺回男人的尊严和面子，那雪只不过是你男人面子的象征性符号而已！"

"哈哈，哈哈哈……够了！好一番胜利者对失败者的教训！"

"等等！抱歉，我还没说完。我认为你和那雪分手，除了生存环境的原因外，还有一点，就是你们身上的文化差异。换句话说，你们根本就不是一个世界的人！这才是导致你们分手的最终核心！"

"哈哈，哈哈哈……您说够了没有？"

"另外，我发现你特别喜欢把人生定义为输赢！那好，假如你认为自己是个失败者，我想问下，你知道你输在哪儿了吗？"

"哈哈，当然知道，输在没你有钱！十年前没你有钱，十年后还是没你有钱。假如，我只是说假如！假如这次我的资金足够雄厚，潘石，现在谁输谁赢还难说吧？"

"刘铁，你的问题就出在认为金钱可以搞定一切！其实，金钱只是一个成功者的符号，而支撑这个符号的背后是文化。文化是起跑线，一个人拥有什么样的文化，决定了其能站多高、走多远！也许你会发现，无论是商场还是情场，归根结底最后较量的还是文化。假如你一定认为你自己输了，那我告诉你，你输在起跑线上了。肺腑之言，就事论事！"

"呵呵，几个意思？"

"刘铁，我比你大十岁，我就倚老卖老一次。我觉得，你们这代人正赶上一个思想开放的时期。在这个时期，各种西方的文化和思潮不断侵入，而我们的社会，在疏离中国文化的同时，又没有重建起自己的主体文化。整个社会又没有了核心价值观，加上盲目地吸收一些外来文化，必然会形成一种'杂交文化'。不客气地讲，你身上这种'杂交文化'的特征比较典型，就是心是空的，脑子是乱的，有知识没文化，自我、自私、自大，这是导致你所谓失败的主要原因！"

"呵呵，呵呵，呵呵呵……好一番高谈阔论！很有一种痛打落水狗的味道吗！不过，没事儿，我承受得起！"

"我知道，你也许会认为我在说教，但今天，我想把这种说教进行到底。我认为，文化决定思想，思想指挥行动，行动导致结果。没有文化，就没有智慧，更没有正确的指导思想。我认为，你在这场商战中，无论是战略上、还是战术上都有很多问题，尤其是你心中复仇的火焰，导致你行为上非常盲目，甚至失去了理性！"

"呵呵，貌似说得很有道理！但我怎么这么讨厌你这一副居高临下、教训人的嘴脸呢？"

"没关系！我知道，你自尊心强、要面子，也知道你是学西方经济学出身的。我并非排斥西方文化，但不赞成盲目膜拜西方文化，更反对否定和摒弃中国文化。中国文化是老祖宗几千年来留下来的，我想，没有任何一个西方流派能够与之相提并论！"

"明白了！你今天约我，是想让我输得心服口服，对吧？"

"是的！也可以理解为，我想让你认清事情的本质，这样有助于铲除内心的仇恨。心中没有了仇恨，内心才会平和；内心平和了，才能成就大事；问心无愧了，才会快乐……"

"明白！明白！谢谢你的坦诚！我不喜欢装×，喜欢你这种直来直去的方式！我想说，虽然现在我是一个失败者，但我相信我还是一个男人，还是一名战士！我刘铁还不至于是个混蛋，我会非常认真思考你说的每一句话。"

"对了，我还有一句话，我相信你和炎夏的事儿不是你的有意所为，这是天意，是老天爷安排的！我知道，我是欠你的，欠的总要还，但炎夏是无辜的，我不希望我欠的让她来还，更不允许任何人伤害到她！请理解一个父亲的心情，谢谢你！"

提到炎夏，潘石脸上的肌肉在跳动，无法掩饰内心的痛苦。看着眼前的潘石，刘铁并没有感到得意，反而觉得心里不是滋味儿。他突然想起父亲送自己到北京读书时，长途公交车窗外的目光，一下子心有点儿软了。刘铁完全能理解潘石作为父亲的舐犊之情，虽然潘石今天说的很多话听起来很说教，也很刺耳，但他从心里觉得潘石的说教不无道理，最主要的是，他感受到潘石的态度是坦率诚恳的。

刘铁想着，直视着潘石。从小就倔强不服输的他，还没忘了仰起他那高傲的头，诚恳地说道："潘总，您今天约我的目的，我现在已经完全明白了！感谢您的忠言，请放心，我刘铁还不是个下三滥！请问，您还有什么事儿吗？"

潘石抬起头，深邃的眼神里闪着光，伸出手说："最后，作为男人，我想说一句，你具备很多优秀的品质，比如聪慧、胆识、才智、意志力……希望你不要放弃！"刘铁没有伸手，转身径直走了。

刘铁抬头仰望着蓝天，感觉天空似乎在旋转，高楼似乎在旋转。仰望阳光久了，眼睛不由流下了泪，他感到一阵眩晕，赶紧低下了头。此时，他像一只受了重伤的猛兽，想到往日的喧嚣浮华，看到今日的落落寡欢，一股茫然、凄凉、无奈、挣扎、绝望等说不出的复杂心情涌上心头。他感觉自己好累好累，好想找一个安心的地儿，找一个说心里话的人，让自己的心好好地休息一下。

刘铁戴上了墨镜，脚步沉甸甸地往前走着，但发现自己不知道该往哪儿走了？回豪华的大别墅？他知道那个空荡荡的大房子，从来没有家的感觉；去找宝哥、熊哥、黑哥等好兄弟？他知道这些铁哥儿们此时早就不知道躲到哪儿去了；去找温柔体贴的艾雪？他又不忍心再去打扰那个心地善良的姑娘；去找很懂他的炎夏？但他刚答应过潘石，不能再伤害她了。

刘铁拿出了手机，一屏一屏翻看着手机里上千个电话号码，但翻了半天都不知道应该打给谁。刘铁苦笑了一下，感叹平日里那么多好兄弟好姐们儿，此刻连一个好意思打电话的人都没有。突然，他脑子里跳出了美美，连刘铁自己都没想到，在最落魄的时候，那个看上去没心没肺，却对他忠心耿耿的女孩儿，应该是可以让他完全没有心理负担说心里话的人。

美美好久没见到刘铁了。前段时间，她又偷偷去韩国做了个微整形，刚刚回国不久，正敷着面膜躺在床上。突然接到了刘铁的电话，说要来她家坐坐，美美喜出望外。她睡眼惺忪地睁开眼，心想这是哪块云彩要下雨呀？之前刘铁从来不来她家的，今儿这是怎么了？美美一边琢磨着，一边起了床，梳洗打扮了起来，心里隐隐约约有一种不祥的预感："铁哥不会出什么事儿了吧？"

没过一会儿，美美就听到了"砰砰砰"的敲门声。美美穿着性感的睡衣跑到了门前，趴在猫眼儿上往外望去，果然看到了一个高大熟悉的身影。她心里怦怦直跳，有点儿小激动，急忙打开了第一道房门，又打开了第二道防盗门，笑眉笑眼地掐着腰扶着门，妩媚地看着刘铁说："铁哥，今儿是什么日子呀？你怎么想起我来了？"

刘铁双目低垂，径直走进了房间，看都没看美美一眼。见刘铁脸色十分难看，显得异常疲倦，美美没敢再多说什么，急忙帮刘铁脱了外套，换上了拖鞋。刘铁一头倒在沙发上，闭上了眼睛。美美小心翼翼地问他想喝点儿什么，刘铁眼睛都没睁，不一会儿嘴巴微微张开，睡着了。美美明显感觉不对劲了，拿了个毛毯盖在刘铁身上，跑到卧室偷偷地给炎夏打了个电话。

从炎夏那里得知最近发生的一切，美美十分震惊。她简直不敢相信自己的耳朵，再三问炎夏是不是在开玩笑？炎夏重复再三，认真地说这一切都是真的，美美傻了。怎么会是这样？这都是怎么了？炎夏怎么会偏偏是潘石的女儿？潘石又怎么会偏偏是夺走刘铁前女友的那个男人？关键是，在她心里战无不胜的铁哥，又怎么可能会输给潘石呢？况且还可能输得倾家荡产，连公司都倒闭了？这一切怎么可能是真的呢？美美傻傻地拿着电话，听到电话里炎夏焦急地说要马上过来看刘铁，看了看躺在沙发上的刘铁，心疼得眼泪忍不住掉了下来，告诉炎夏说铁哥现在已经睡着了，还是等他好点儿再过来吧。

刘铁浑浑噩噩地睡着了，而且还做了个梦。他梦见那雪穿着一身洁白的婚纱，自己拉着那雪的手在铁轨上奔跑着，身后潘石穿着礼服举着亮闪闪的菜刀，正带着一帮人追赶他们。刘铁拉着那雪的手不停地往前跑着，他们穿过了一片野地，又穿过了一片灌木丛，终于把潘石他们甩掉了。他们跑到了开满杜鹃花儿的青山上，站在了那雪母亲墓碑前发誓从此不再分开。杜鹃花儿丛中，刘铁汗流浃背地自己动手盖起了一座漂亮的房子，那雪看着满身大汗的铁子哥开心地笑了。正在这时，远处突然一道闪电划破天空，紧接着是一阵狂风暴雨。刘铁不顾一切地将那雪抱在怀里，但刚刚盖好的漂亮房子，顷刻间却被狂风暴雨摧毁了，刘铁哭了，拼命地想跑过去保护房子，但浑身却怎么也动弹不得了。

天已黑了，房间里灯光微弱，刘铁脸色蜡黄，浑身都是冷汗，眼角还流着泪，他拼命地挣扎着，终于睁开了眼，猛地坐了起来，却看到了美美惊愕的脸。刘铁疑惑地环顾着周围，看着窗上网状的防盗窗，看着那扇坚固的防盗门，惊恐地大声叫着："这是哪儿？我的房子？我的房子呢？……"

美美看着从噩梦中惊醒的刘铁，紧紧地抱着他，终于忍不住哭了。刘铁头疼欲裂，使劲儿地掐着自己的太阳穴，浑身都在痉挛，美美知道刘铁的老毛病又犯了。她赶紧跑到卧室，从床头柜里拿出了几瓶盐酸帕罗西汀片、罗拉片等抗抑郁症的药，放进刘铁的嘴里。刘铁吃完药，一头又倒在沙发上，闭上眼睛又睡着了。美美拿来一条热毛巾，将刘铁的头轻轻地放在自己的腿上，擦着他满脸的冷汗，泪水却忍不住地落在刘铁苍白的脸上。

美美将刘铁抱在怀里抱了好久，胳膊和腿都被压麻了，但她却坚持着一动不动,唯恐弄醒了刘铁。看着怀里这个曾经让她爱得发狂的男人,这个她心目中战无不胜的男神,现在却如此落魄,美美的心难受极了。她温柔地抚摸着刘铁的黑发,想着平日那个孤傲高冷的铁哥,又想着炎夏刚才说的那些话,她依然不敢相信、也不愿意相信这一切都是真的。

"你怎么也有这种药?"美美正在左思右想,刘铁闭着眼睛突然问了一句。美美被吓了一跳,发现刘铁醒了,急忙扶他坐了起来。刘铁掏出一根烟,美美急忙拿起了打火机点着。刘铁抽着烟,眼睛盯着茶几上的那几瓶药。美美一看,赶紧装作一副满不在乎的样子说:"对了,饿了吧?我叫了外卖……"

"你怎么也有这种药?"刘铁又问了一遍。

"我也有抑郁症啊!已经吃了一年多了,药名还是从你家抄来的呢!呵呵……"

"我去!"刘铁双手抱住了头。

"没事儿,现在得抑郁症的人多了去了!有的不敢说,有的都不敢去看,其实和感冒一样,没什么大不了的!铁哥,吃饭吧?"

刘铁用力将烟头捻灭,走到餐桌旁拿起筷子,一副若无其事的样子问了句:"有酒吗?"美美知道,刘铁是个把面子看得比命还重的人,看到他假装一副没什么事儿的样子,自己也就假装着什么也不知道,还故意提高了嗓门说:"酒啊?有啊!早就给你准备好了,你最喜欢的小二,给!"

"可以啊,还有小二?来,走起来!"刘铁接过酒苦笑了下。

刘铁和美美碰了一下酒瓶子,一口气将一整瓶小二喝了下去。美美一看,二话没说,也毫不犹豫地一口气喝了下去。之后,她又去取了一瓶洋酒,咚咚咚倒了两杯,又和刘铁喝了起来。美美突然想起什么似的,大声说着自己会做鸡蛋羹。

美美说完跑进了厨房,不一会儿端着一大碗热气腾腾的鸡蛋羹走了出来。刘铁故作惊讶地看了眼美美,又恢复了平日说话的口气:"可以啊,还会做鸡蛋羹!尝尝!"刘铁尝了一口,故意装着很好吃的样子,但没吃几口就撂下了筷子,重新坐回到了沙发上。

美美16岁就在娱乐圈儿摸爬滚打,这么多年来,她不知经历过多少欺骗和伤害，已经练就了一身处事不惊的本领，尤其是遇见大事儿，特别能沉得住气。其实，此刻她心里特别难受，但她知道刘铁现在比谁都难受，她不想再说一些让刘铁更难受的话了。但她太了解刘铁的性格了，知道他要强要面子，最讨厌别人的同情和怜悯。

美美知道，现在对刘铁最好的安慰，就是假装什么都不知道，陪着他一杯一杯地喝酒，最好能喝个一醉方休，也许酒精会让刘铁暂时忘记痛苦和烦恼。果然，几杯酒过后，刘铁的心情好多了，话也多了起来，他好奇地看着美美问道："小样儿，不想问问我，为啥今儿跑你家来了？"美美一听，心里一酸，强作笑颜说："情人还是老的好？难道是……想我了？铁哥，咱喝酒吧，今晚，我们喝他个人仰马翻，如何？"

"我×，可以啊！谁怕谁啊？走你！"

美美尽量地调节气氛，一点儿都不提那个敏感的话题。这时，美美楼下小区的广场上传来了一阵阵嘹亮高亢的歌声，美美无奈地摇着头，嘴里唠叨着："晕死！真是服了这帮大爷大妈们了，一到晚上这点儿就开始了，每天翻来覆去地就唱那几首破歌，连歌的顺序都不带变的！不信你听，肯定先是个男高音，唱那首'我的老父亲，我最疼爱的人'，接下来是个女中音，唱那首'烛光里的妈妈'，然后就是男女大合唱'啊父老乡亲,啊父老乡亲'，再然后就是那首享誉全球的《最炫民族风》了！一晚上循环反复好多次，我真都快被他们折磨疯了！"

刘铁被美美的话逗乐了，一边喝酒一边饶有兴致地听着，楼下的大爷大妈们果然按照美美说的顺序唱了一遍。听到窗外传来的一声声震耳欲聋的"留下来，留下来，留下来……"，刘铁扑哧一下笑了，开玩笑地问："美美，你说，这些大爷大妈们接下来敢不敢再来段《小苹果》啊？"

"这有什么不敢的啊？那可是保留曲目啊！"美美无奈地摇了摇头。话音刚落，楼下果真传来了大爷大妈们嘹亮的歌声："你是我的小呀小苹果，怎么爱你都不嫌多……"

刘铁傻笑着举着酒杯愣住了。美美实在是受不了了，气呼呼地走到窗前，关紧了窗户，拉上了窗帘。刘铁突然站起身来叫着："别别别呀！唱得挺好听的啊！"说着走到窗前，又把窗户打开了，深吸了一口窗外的空气，出神儿地看着楼下广场上又唱又跳的大爷大妈们。以前，刘铁坐在车里经常见到类似的场面，那时，他总是不屑一顾，甚至觉得无聊之极，摇摇头就过去了，不明白大爷大妈们为什么唱得跳得那么欢畅。今天，刘铁看着大爷大妈们开心的笑脸，突然长叹一声说："唉……你看，大爷大妈们笑得多开心、多欢乐啊！比他妈我开心快乐多了！你说，我们天天争来争去、抢来抢去的，整得你死我活的，到底是图个啥呀？"

"铁哥，行啦，别看啦！喝酒吧？"美美理解刘铁此刻的心情，担心他触景生情心里更难受。

"你说，人这一辈子图个啥？要我说，生命本无意义，很多都是我们自个儿给自个儿强加的！你说，当官了不起吧？但你算算，他们每天能说几句真话，做几件心里想做的事儿？谁都防着，甚至连自己的老婆都得防着！有钱牛×吧？但你算算，我们能吃多少喝多少花多少，有多少时间是用在生活上，又有多少时间用在拼命挣钱……没劲！真没劲！不过，我倒是觉得，楼下的那些大爷大妈们挺有劲的！"

"行啦，别想太多了，没什么大不了！"

美美赶紧上前拉着刘铁的手，试图阻止他再感叹下去。但说者无意听者有心，敏感的刘铁马上察觉到美美的话里有话，转过头来怀疑地看着美美。美美知道自己喝酒话多说秃噜嘴了，赶紧举起酒杯拉着刘铁喝酒。刘铁眼神黯淡，神态迷离，机械地把酒杯送到嘴边，一口又喝了下去。

刘铁放下酒杯，呆呆地陷入了沉思，脑海里再次浮现出了白天和潘石见面时的情景，耳边回响着潘石说过的话："文化是起跑线。拥有什么样的文化，决定了一个人能够站多高、走多远！"刘铁坐在沙发上一根一根抽着烟，神思恍惚地一口一口喝着闷酒，低声自言自语着："我真的……输在起跑线上了？"

美美看着往日叱咤风云的铁哥，心里一阵阵说不出的心疼，装作什么也没听见，默默地陪着刘铁喝酒。不一会儿，两个人把一瓶洋酒又喝光了。美美又把家里酒柜里的洋酒、红酒、啤酒都搬了出来。两个人来了个"三中全会"，各种酒掺和着一起上了，很快都有点儿喝大了。美美站在沙发上手舞足蹈起来，洋相百出，肆无忌惮地发着疯。

刘铁抽着烟跷着二郎腿看着美美，想笑却笑不出来。他的脑子停不住地思来想去，琢磨着自己和潘石的那场"男人的战争"。

刘铁反复分析着自己失败的原因，有一点他不得不承认，自己当时确实是被复仇的火焰冲昏了头脑，内心不够平静，导致盲目自大过于冲动。还有一点他也不得不承认，自己确实经常会感到心是空的，脑子是乱的。平常除了不择手段地挣钱，就是花天酒地宣泄内心的空虚，很少静下心来去读一本书。刘铁又想起了潘石说的那句话："无论是商场还是情场，归根结底最后较量的还是文化！"他不由得又低声自言自语说："难道真的……输在起跑线上了？"

美美摇摇晃晃地走回卧室，俯下身打开了保险柜，从里面取出了一个存折，看了看上面的数字，犹豫了一下，又摇摇晃晃地走回了客厅，碰了碰刘铁将存折递了过去。刘铁一转头，看到美美手里的存折，诧异地问道："存折？几个……意思？"

"铁哥，其实，你的事儿……我都知道了！"美美喝得舌头有点儿发直，但看上去却十分清醒，两眼十分坚定地看着刘铁说。刘铁看了看存折，又看了看美美，露出了惊愕的目光。美美低下头，声音低沉地继续说道："没什么大不了的！铁哥，这是我十六岁出道以来所有的积蓄，就一千万，你别嫌少，先拿着用吧！"

"哈哈哈……哈哈哈……"刘铁顿时明白了美美的意思，随后发出了一阵狂笑。刘铁的笑比哭还难听，他笑得前仰后合，笑得面目狰狞。看着刘铁那张痛苦的、扭曲的笑脸，美美一行热泪滚落下来，她一下子扑了上去，紧紧地抱住了刘铁。

刘铁万万没有想到，这个自己曾经伤害过、一直瞧不起的美美，此时居然把自己所有的积蓄全部都给了他。刘铁笑着笑着，终于深深地低下了头，感动地落下了泪。谁说人性在金钱面前黯然失色，谁说良知在金钱面前赫然泯灭啊？

以前，刘铁经常开玩笑地说，这年头你好意思开口借钱的人本来就没几个，而即使你好意思开口又肯借给你钱的人就更没几个了，所以一定要珍惜敢于借给你钱的人，因为人家给你的不仅仅是钱，而是一份真诚和信任。今天，在刘铁最落魄的时候，在他铁哥们儿都离他而去的时候，美美却做出了一个连男人都不一定能做出的仗义行为。

刘铁感动之余，突然觉得有些羞愧。他拿开了美美紧抱着他的双手，不敢再直视美美的眼睛，将存折放回了美美手里。

美美的脸唰得一下子变了，两眼一下子变暗了，她质问刘铁："铁哥，怎么，嫌我的钱不干净？我美美在您心里，是不是就是个婊子？您是不是从来就没有瞧得起过我？哈哈哈……"听到美美这一番话，刘铁内心被震撼了。是的，他真的觉得自己以前轻视了美美，突然意识到不可以轻视任何人，不管他（她）是哪个阶层的人，都有人性中最光辉的一面。他为以前自己的轻狂浅薄而感到自责，觉得这也是自己没有文化的表现之一。他急忙抬起头，拉住了美美的手，真诚地说："美美，对不起！"

美美的眼泪唰一下子掉下来了。刘铁拉着美美的手，继续诚恳地解释说："美美，你别误会！我的意思是，我还没惨到要借钱的份儿上！放心吧，我死不了！"刘铁说着，用力地握着美美的手。他知道自己还没彻底完蛋，虽然他与何耀阳的共管账户被平了仓，亏的都是自己的，但至少还留下了一部分资金。

还有，他以熊小乖名字开立的账户里，还有一千万股的"万国地产"股票。再说，他对自己非常自信，即使真的一无所有了，他也能靠自己的能力重新站起来。他已经做好了思想准备，自己走的路，就是跪着也要走到底。

"哎哟，我的手好疼啊！"眼前一脸真诚的刘铁，是美美从来没有见过的。刘铁这么一本正经地说话，美美也突然觉得很不适应，觉得怪怪的，她不好意思地故意大叫着，抽出了自己的手。刘铁也觉得有点儿不好意思，低下头轻声地说："美美，你知道，我从不敢相信任何人，不过今天，你让我再次相信了！所以，从心里……谢谢你！"

美美听到刘铁这一番话，眼睛又湿了。不过，她还是习惯以前刘铁那种胡说八道的方式，于是，故意开玩笑地说："铁哥，你别这么装×好吗？怪吓人的！哈哈哈……"

"是吗？我装×了吗？不能吧？不是我的风格啊！哈哈哈……"

"不过，偶尔装一次也挺好哒！铁哥，你终于相信我对你是真心的啦？那以前我说过'我爱你'，你信吗？切，我知道，你不以为然！"

"美美，我说过，我把你当成亲人！"

"哈哈哈……亲人！我知道，说白了，你看不上我！我也明白，没人能够代替她……但我想说，不要以为我就喜欢钱，是人都喜欢钱，但是人也都渴望真爱！我也是人，是个女人，我也渴望真爱，你信吗？"

"嗯嗯！"

"我承认，我很现实，但那都是现实逼的！铁哥，再下贱的女人也会渴望真爱，你信吗？"

"嗯嗯！我信！"

"我认识很多外围女，还认识一些夜总会的小姐，虽然她们天天出台，天天出卖自己，但她们内心也同样渴望真爱，铁哥，你信吗？"

"嗯嗯！真的信！"

"女人，谁不渴望找一个真心爱自己的男人啊，但是……"

"我懂、我懂！来来来，喝酒、喝酒！"

看到美美越说越激动，刘铁赶紧举起酒杯打断了她，试图岔开话题，但美美已经根本停不下来："铁哥，你说，爱情是不是一种病啊？你这么不待见我，我却还这么贱！你也是，除了她……"

"没错，就是一种病，是一种精神病！我觉得，当一个人精神上偏执了，就他妈爱情了！其实，理性地想一想，也许那个人并非是最好的，最适合自己的，但自己却偏偏喜欢跟自己较劲，非认为那个人是自己最爱的！你说，这不是精神疾病又是什么？"

"哈哈哈……没错！说白了，就是自己给自己下的套，就是自己给自己挖的坑，自己还心甘情愿地往里面跳！"

"精辟！"

"来来来，为我们两个精神病人，干一杯！"

"干一杯！哈哈哈……"

刘铁和美美都喝多了，两个人四仰八叉地躺在对面的沙发上，也不顾什么形象了。美美呆呆地看着天花板，舌头已经明显不听使唤了："铁哥，你说，你说，真爱到底是什么啊？"刘铁醉眼蒙眬地说："我×，这我哪儿知道啊！这个问题……你得去找心灵鸡汤大厨啊！"美美咻咻地笑着说："拉倒吧！多浓的心灵鸡汤我没喝过啊？朋友圈里……我天天喝，好吗！其实，都是跟那儿装×，好像谁是傻×似的！"

"呵呵，美美，你不觉得你是傻×啊？不是傻×……你干吗把那一千万的存折给我啊？我看，你就他妈是个傻×！"

"这他妈能一样吗？那是因为我爱你！算了,不说这个,哼！不过,说实话，你也好不到哪儿去！明明知道她已经不爱你了，还在那儿傻×呢？对不起，铁哥，对不起！"

"哈哈哈……没事儿，骂吧！我就一混蛋！说实话，其实好多事我心里都明白，但就是……"

"行啦，跟你说了一亿遍了，都过去了，别再跟自己较劲了！"

"是啊，都过去了……看来，要走出只能靠自己了！"

"当然只能靠自己了！这个道理我很早就懂了好吗？那些年，当那些富二代们开着跑车追我们学校校花的时候，当那些跑车的尾气喷了我一脸的时候，当我知道我爹不是什么李刚的时候，我就发誓，我要靠自己挣钱，我要去韩国整容……呵呵！"

两个人天南海北地聊着，不知不觉中夜已经深了。美美捂着嘴打了个哈欠，困得有点儿顶不住了。她站起身伸了个懒腰，晃晃悠悠地走进卧室，不一会儿又晃晃悠悠地走了回来，手里还拿着一个密封的塑料袋，从里面拿出了一根自制的卷烟，神秘兮兮地对刘铁示意说："怎么样，来根儿这个？"

"这是……什么玩意儿？"刘铁警觉地看着。

"大麻！"美美淡淡地说了句。

刘铁一听，一下子怒目圆睁，从沙发上跳了下来，一把将美美手里的塑料袋夺了过来，转身走进了洗手间，将塑料袋里的一根根大麻烟拿出来，然后用力地揉碎丢进了马桶，盯着旋转的水流，看着那些大麻烟急速地被冲了下去。美美跟着跑进了洗手间，心疼地看着，嘟囔着说自己好不容易才搞到的。刘铁转身恶狠狠地盯着美美，抓住美美的肩膀用力地摇晃着大吼着："你他妈的怎么吸大麻？"

"不用这么大惊小怪吧？圈儿里好多人都吸，再说，大麻也不算毒品，没事儿！"美美不以为然地说着。

"放屁！谁说大麻不算毒品？这玩意儿会导致中毒性精神疾病的！你……你什么时候开始吸的？"

美美的肩膀被刘铁抓得疼得嗷嗷直叫，战战兢兢地说，有一次喝酒的时候看到阳哥抽,自己觉得好奇就要了一根儿,后来抽着抽着就上瘾了。刘铁吃惊地听着,慢慢地松开了手,心里又着急又心疼,揪心地盯着美美说:"美美,我是不是把你当亲人?"

"嗯!……"

"那好,如果你也把我当亲人的话,答应我,以后别再抽了!"

"啊……不至于吧?"

"啊什么啊!看着我的眼睛,你给我发誓,以后绝不抽了!否则,以后我不会再把你当亲人了,我是认真的,听见没有?"

美美惊愕地看着刘铁气得发紫的脸,揣摩着刘铁为什么发如此大的火,看着看着,突然一行热泪从她脸上流了下来。美美从刘铁发紫的脸上读出了一种发自内心的疼爱。她泪眼模糊了,痴痴地问道:"铁哥,你是……心疼我了,对吗?"刘铁深深地低下了头,没说话。

美美咬着嘴,抹了一把眼泪,慢慢地举起了手说:"铁哥,我美美发誓,从现在起,决不再碰大麻一手指头!我美美说到做到!"刘铁抬起了头,表情严肃地说:"记住你自己说的话!你知道,我从不听别人说什么,只看别人做什么!否则……"美美使劲儿点着头说:"嗯!我知道!我会做到的!"刘铁看着美美,点了点头。

"知道为什么我会做到吗?"美美一把拉住刘铁的手问道,刘铁盯着美美没说话,美美眼睛一湿说道:"因为我知道,你心疼我!我好开心,铁哥!知道吗,连我自己都记不清楚,他妈有多久没有人心疼过我了!呜呜呜……"美美说着,一头趴在刘铁的肩膀上哭了起来。刘铁心疼地轻轻拍了拍美美的肩。

突然,美美猛地一把抱住了刘铁的脖子,眼神迷离地看着刘铁喃喃地说:"铁哥,我们……做爱吧?铁哥,我想要你!"刘铁没想到美美会冒出这么一句,眼看她脱着睡衣,刘铁赶紧抓住了美美的双手,尴尬地说了句:"别闹!听话!睡觉!"

美美看到刘铁害怕的样子,哈哈大笑着仰倒在了沙发上,笑了一会儿,她闭上眼睛轻声问道:"铁哥,今后有什么打算啊?"

"你猜!"

"切,又来了!"

美美说着侧过身去,不一会儿睡着了,还打起了呼噜,且呼噜声越来越大。刘铁将毛毯轻轻地盖在了美美身上，刚也想躺在沙发上，突然觉得肚子里一阵翻江倒海，他赶紧跑到洗手间一阵狂吐。吐完以后，脑子渐渐地清醒了，他坐回沙发上静静抽着烟，再次闪回着白天和潘石见面的情景。他清楚地记得当时的感受，就是觉得自己心里特别堵得慌。面对潘石，他很愤恨，却发觉自己不知道究竟应该恨他什么；他想复仇，却发觉自己似乎又无仇可报。他觉得自己似乎面对的是空无。

刘铁想着想着，不知不觉天蒙蒙亮了。他起身走到窗前，点上了一根烟，轻轻地推开窗户，久久地凝望着窗外的大北京。早上的太阳从浓厚的雾霾中挣扎着爬了出来，露出了微弱的光。窗外的世界静悄悄的，但刘铁知道，过不了多一会儿，这个城市很快就会躁动起来，很快就会成为一个战场，使得这个城市的每一个角落，似乎都弥漫着一种无形的压抑感。

十年来，北京的变化太大了，变得连自己都认不出了；十年来，自己的变化也太大了，变得连自己都不认识自己了；十年来，自己爱别离，怨长久，求不得，放不下，被欲望的生活驱使着一刻都不敢停歇……但今天，经历了一场大起大落，他似乎突破了一个临界点，一下子顿悟了许多。刘铁心里对自己说，不能再原地踏步了，真的要学会放手、学会成长了。

"逃离北京！"

刘铁心里猛然冒出这个想法。此刻,他突然好想找一个安静地方，找一个没人认识自己的地方，让自己的心好好地静下来、好好地休息一下。想着，刘铁穿上外套，看了眼呼噜声一浪高过一浪的美美，小心翼翼地带上了门。刘铁突然发觉，这个自己打拼了十年，有着两千多万人口的大北京，在离开时，竟无人说再见。

10.4 越过山丘，感恩生命

刘铁失踪了！

一时间有关刘铁的去向众说纷纭。大部分的说法是说刘铁跑路了，有的说他从香港去了美国，也有人说他借道澳门去了泰国，也有人说他根本哪儿也没去，就躲在北京。证监局曾经找过刘铁，但公司的大门紧锁，他的手机一直关机。不过，郑大光确实主动到证监局投案自首了，并承担下了所有的责任。潘石没有再追究刘铁的法律责任，还帮着他在证监局那儿说了些好话，并承担了一部分经济损失。

刘铁开着他的大悍马飞驶在三环路上。他关掉了手机，决定开始一次爱谁谁的旅行。以前因工作关系，东部发达地区都跑遍了，于是他做出了个决定，一路向西，走哪儿算哪儿，好好看看这个世界。他开着车上了京藏高速，把车里的音响开到最大，放着那首熟悉的歌曲《到爱情为止》，扯着五音不全的嗓子大声跟着唱着，一口气开到了内蒙古大草原。

辽阔的大草原，蓝蓝的天空，没有雾霾，没有红绿灯。刘铁开足了马力，像狼一样号叫着，在大草原撒着野。晚上，他朝着远处一团篝火开去，见几个蒙古包中间，人们围在一起又唱又跳。他下了车走了过去，马上被好客的蒙古族兄弟拉了过去，一起大口吃肉大碗喝酒。也许是大草原负氧离子高，也许是长期压抑的心情释放了，他喝了一碗又一碗也没有醉意，和蒙古族兄弟们一起唱着跳着："酒喝干，再斟满，今夜不醉不还……"顿时感觉胸怀似乎宽广了许多。

刘铁马不停蹄，横穿了整个河西走廊和古丝绸之路，驰骋在大风从坡上刮过的黄土高原，来到了雄壮非凡的嘉峪关。他登上了游击将军府，眺望着脚下的雄伟万里长城，脑海里浮现着历代一卷卷铁马金戈、悲壮惨烈的烽烟画面，内心里激情澎湃，想象着假如自己出生在那个年代，一定是个统率千军万马的将军。

大悍马在崎岖的山路上行驶着，刘铁遇到了一队驴友，听他们津津有味地讲述了野外求生的经历。他们说刚刚穿越了一片暗藏杀机的高地，还穿越了一座随时可能喷发的火山等。刘铁听得很刺激，又感到不寒而栗，从心里佩服驴友们的冒险精神。

刘铁一路上走走停停，停停走走，尽情地浏览着雄伟壮丽的山川大河，领略着古朴雄浑的文化，在北京的那种压迫感很快就抛到了九霄云外。路过甘肃境内时，刘铁闯进了一个山大沟深的小镇里。当看到了那里的人居然还住在破旧窑洞里时，他简直都不敢相信，中国还有这么穷的地方。他开车超过了一群孩子，好奇地又将车倒回来，下车走了过去。

刘铁吃惊地看到,大冷的天,又刮着大风,一群孩子穿着有破洞的棉衣,居然坐在土墩上拿着书本,围着一个老师正在读书。刘铁被眼前的情景震呆了,这些孩子别说没有教室,就连个黑板都没有。看着孩子们被寒风吹得红红的脸蛋儿,想到自己平日在MGM一晚上造的钱,刘铁的脸唰地一下白了,眼泪掉了下来。

刘铁二话没说,转身上了车。他翻山越岭不知跑了多远,好不容易找到了一家银行,好说歹说取了十几万现金。回来时又迷了路,找了半天终于找回到了那个小镇。他找到了小镇的老镇长,表示希望能给孩子们盖几间能挡风遮雨的教室。老镇长一听感动得热泪盈眶,马上召集全镇的人,感谢他这个不知道从哪儿冒出来的大好人。

刘铁心情十分沉重,决定留下来亲自动手为孩子们建造教室。孩子们尖叫着围着他的大悍马嬉闹着,刘铁也经常和孩子们一起玩耍,给他们讲一些北京的事情。小镇里除了年久失修的各式窑洞,好一点儿的也就是土坯房,在老乡们的一起努力下,三间砖木结构的教室很快就建好了。

临走的那天,看着孩子们一张张笑脸和老乡们感激的眼神,刘铁突然明白当初那雪为什么那么坚持去孤儿院了,发觉原来付出也是一种幸福,觉得自己以前在北京拼命想要的、拼命得到的和痛心失去的,似乎都变得不再重要了。

2014年的春节快到了。

潘石带着那雪回了山东,按照山东老家的规矩,在父亲的墓碑前献上了祭品。李小迪带着姚贝贝回了湖南乡下,还特意带着她去了一棵老马桑树下,说小时候父亲经常在这里教导他:"要做一个老实人!"小迪的奶奶看着姚贝贝高兴得合不拢嘴,偷偷地问小迪啥时候能让她抱上大孙子。

炎夏和艾雪找刘铁都快找疯了,她们都不约而同地找过美美,但美美始终避而不谈。艾雪求了美美好多次,说自己只是想感恩,希望在刘铁落魄的时候安慰一下他。炎夏也不断地给美美解释,说刘铁现在的状况是自己父亲造成的,自己应该为此负责任。最后美美被她们的真诚打动了，说那天晚上她喝多了，昏睡了一天，醒来后发现刘铁人就不见了。她也不知道刘铁去哪儿了，不过她告诉艾雪和炎夏不用太担心，铁哥是好样儿的，不会有什么事儿的，她答应帮着找刘铁，有消息就告诉她们。

刘铁游遍了大半个中国，眼看就要到春节了，他决定回赣南老家。十年来，刘铁没有回过一次老家。大学刚毕业那会儿，他觉得自己是个穷小子，想等到事业有成时再衣锦还乡；后来终于暴富了，但又把那雪弄丢了，他发誓等夺回那雪后再一起回家。就这样一等再等，一晃十年就过去了，都还没来得及回味，一切就成了昨天。

十年来，刘铁的父母也只去过一次北京。他们住在空荡荡的大别墅里，却始终见不到那雪人影。虽然刘铁一再解释那雪出国了，但父母最了解自己的儿子，知道铁子是个从小就不会撒谎的孩子。他们从他躲闪的眼神里猜到了什么，只是不想多问、不愿意去捅破。老两口没住上几天，就坚持要求回老家了。

十年来，刘铁一直觉得愧对父母，还觉得非常愧对那雪的母亲。他曾答应过雪儿母亲，要一辈子好好照顾雪儿，但如今虽说自己事业有成了，却把雪儿弄丢了，他觉得自己无脸去见雪儿母亲，也无脸去见老家的父老乡亲。但今天，他终于放下了面子，放下了执念，想赶紧回老家，看看自己日夜牵挂的、渐渐老去的父母。

赣南山区崇山峻岭之间，刘铁日夜兼程开着车，行驶在曲曲弯弯的山路上。大悍马在山间云雾中盘旋着，车窗外一座座起伏的山峦，一片片茂密的原始森林，一条条清澈的小溪细流，犹如一幅水墨画儿，那么的静美，令人心旷神怡。刘铁往日在北京整天紧锁着的眉头，不知不觉地舒展开来了，焦躁不安的眼神也变得越来越平和了。终于在一天清晨，他开到了自己熟悉的青山上。

刘铁下了车，眺望着远处客家人那一座座独特的围屋。看着围屋上的炊烟袅袅，遥远的往事仿佛就在昨天。他仿佛看到儿时的自己，和扎着小辫的雪儿手牵手，一起走出围屋的大门，走在上学的路上。刘铁的眼睛有点儿湿了，他不敢再想下去了，赶紧开着车从青山上盘旋下来，在离围屋不远的地方停下了车。

家是一个离着越近、脚步就越来越快的地方。刘铁下了车大步朝围屋大门走去，但走着走着，他感到脚步十分沉重。看着眼前熟悉而陌生的一切，他眉头紧锁，一时间百般滋味掠过心头，心怦怦直跳得快要跳出来了。他强压着复杂的情绪，终于，迈进了围屋大门。

时隔十年，家族祠院前的那块空地儿没有任何变化，那曾是父亲惩罚他时，给他画"圆圈圈儿"的地方。他慢慢走进那块空地儿，仿佛又听到了母亲大声呼唤着他的名字，让他上楼吃饭的声音；仿佛又看到了雪儿偷偷把饼干放进"圆圈圈儿"里，然后可怜巴巴地一步一回头哭着走了……想着想着，眼泪一下子夺眶而出。

刘铁慢慢地走到祖堂前，"扑通"一下跪在了地上，在供奉着祖先的牌位前敬香磕头行礼。这时，一群小孩儿跑了过来，围着刘铁好奇地看着。刘铁站起身来，擦了擦眼角的泪水，摸着一个虎头虎脑的小男孩儿的头，抬起头凝视着那扇熟悉的家门，脸上的肌肉剧烈颤抖着。

刘铁曾无数次想象过回家的情景，无数次想象过魂牵梦绕的父母的模样。他走到了家门口，一对老人正坐在桌旁吃饭，他的心被猛地刺痛了一下。他轻轻地敲了下门，推门走了进来。两位老人一转头，夹着菜的筷子停在半空中，露出了惊愕的表情。刘铁两眼噙满了泪水，用家乡的"阿姆语"轻轻地说了句："爸、妈，我回来了！"说完，"扑通"一下跪在了地上。

惊喜万分的母亲放下手里的筷子，疾步跑到刘铁身边，用一双布满皱纹的手，紧紧地抱住刘铁，像个孩子似的眼泪不停地滚落着，哽咽地叫着："老天爷啊，铁子，是你吗？你可回来了！赶紧起来，起来，儿子！"父亲并没有起身，轻轻地说了句："起来吧！"

刘铁站起身，仔细地端详着慈祥的母亲，看着她脸上的皱纹，她满头的银丝，紧紧地抱着母亲，一句话都说不出来。母亲擦了擦眼角的泪水，露出了纯朴的笑容，拉着刘铁的手高兴地说："铁子，快，快，快坐下！"刘铁走到了桌旁，深深地给父亲鞠了一躬，抬起头目光停在了父亲那爬满白发的头上。

父亲一直低着头，慢慢伸出那双布满老茧的大手，指着桌旁的一把椅子低声地说了句："回来了？坐吧！"刘铁慢慢坐了下来，目光却始终没有离开父亲的那双大手。这双大手曾经是那么苍劲有力，曾经牵着他的手,走遍了家乡的山山水水,而如今却已满是褶子。岁月催人老,父亲和母亲真的老了,比他想象的还要老。刘铁不敢再看下去了,急忙低下了头。他告诉自己,不能让眼泪掉下来,要微笑,让父母觉得自己很开心、很幸福。

"铁子,妈好想你,你爸也老念叨你!"

"爸、妈,我也很想你们!"

"你们爷俩儿先聊会儿,我去给你做最喜欢吃的'扣肉'去!"

"老婆子,坐下,铁子爱吃我做的!"

"好好好,你做得好吃!"

"爸、妈,别忙活啦,我随便吃两口就行,不饿。"

"铁子,快坐下,让妈妈看看。"

"妈,您也坐!"

父亲去做扣肉了,母亲拉着刘铁的双手坐了下来,慈眉笑眼端详着刘铁,不知不觉地又流下了眼泪。刘铁轻轻擦着母亲眼角的泪水,像哄小孩似的哄着母亲,眼睛也湿润了。父亲不一会儿端着一盘扣肉走了进来,嘴里喊着让铁子赶紧尝尝。刘铁用筷子夹了一大块扣肉放进嘴里,不住地点头说好吃。父亲和母亲站在桌旁,笑眯眯地看着他,脸上挂着幸福的笑容。刘铁拿着筷子的手在微微地颤抖着,不敢抬头去看两位老人,低着头大口地吃扣肉,声音哽咽地说:"爸、妈,你们别站着啊,也坐下吃啊!"

"你吃、你吃,我们老吃!"母亲说。

"怎么样,在北京吃不到这么地道的'扣肉'吧?"父亲说。

"嗯嗯!"

"行,行,就你做得好吃!"母亲笑着说。

父亲母亲你一言我一语说着,只是站在那里,笑呵呵地看着刘铁。刘铁想起了小时候家里穷,父亲母亲不舍得吃扣肉,总是站在一旁看他吃的情景,眼里的泪水越积越多,一滴热泪没忍住,啪嗒一声落在盘子里。父亲一看,急忙转身走到床边,点上了一根烟。母亲也赶忙转过身去。刘铁随便吃了几口,站起身说吃饱了。母亲默默地收拾着碗筷,父亲泡了一壶老家的白茶,喊刘铁过来喝茶。三个人围坐着聊起了天儿。

刘铁环顾了一眼整洁却陈旧的家，问父亲为啥不选块好地儿盖座大房子，自己汇给家里的钱足够盖座大别墅的了。父亲没有回答，母亲笑着说住在围屋挺好的，家里有点儿事儿，整个围屋的人都过来帮忙，和和睦睦像一家人。还说刘铁汇过来的钱，他们一分都没动，一来有吃有喝用不着钱，二来想着留给刘铁，万一有个什么事儿的时候再派上用场。

听了母亲的话，刘铁心里一阵心酸。刘铁一直不能理解，父母这一辈为什么那么节俭，就是不舍得花钱。上次去北京时，刘铁想尽点儿孝心，觉得父母辛辛苦苦一辈子了，想让他们好好享受享受，带他们逛商场下饭馆，结果却被父母批评了一顿乱花钱，对此刘铁真是想不通。想到父母现在年龄越来越大了，刘铁再次恳求说："爸、妈，过了年，你们二老跟我去北京再住一段时间吧，行吗？"

"铁子，爸妈的身子骨都挺好的，你就放心吧！"母亲说。

"就是，你们北京有啥好的？人多车多楼多，邻居叫啥都不知道，走路跟跑似的，天天跟打仗似的。再说你也忙，上次去北京，一天到晚连你的人影也见不着！"父亲说。

"爸，对不起！爸妈放心，这次我哪儿都不去，就好好陪着你们！"

"妈懂你的心意，你是想孝敬我们，但是……"

母亲话还没说完，这时传来了一阵敲门声。母亲急忙走过去打开了门，只见门外站着一大群人。刘铁知道围屋里就是这样，谁家有点儿什么事儿，不一会儿整个围屋里的人就会全知道了。父亲和母亲笑盈盈迎了上去，刘铁也赶忙站起身来。一位胡子白白的年长者笑嘻嘻地上前拉住刘铁的手，语重心长地说道："这就对了，在外面混得再好，过年了，也该回家看看，这是咱客家人的传统和规矩！"

刘铁深深地向长者鞠了个躬。一位婆婆也上前拉着刘铁的手，关心地问："铁子，怎么一个人回来了？媳妇呢？那雪呢？"刘铁尴尬地笑了笑，父亲和母亲相互看了一眼，母亲急忙抢上前去拉住了婆婆的手，将刘铁挡在了身后解释说："那雪出国学习去啦！他们都太忙了！"父亲也赶紧客气地说："大伙儿别站着了，都快进屋坐坐！"

胡子白白的年长者高兴地笑着说今天就不坐了，等过两天大年三十的时候，按照祖宗的规矩，敬祖先、贴春联、宰猪羊，大伙儿再一起吃个团圆饭。父亲和母亲连忙称好,大伙儿散了。三个人回了屋,刘铁偷偷地看了眼母亲,见母亲笑嘻嘻的脸上藏着一丝忧伤。刘铁明白,母亲刚才被那位婆婆一问,一定是想那雪了。在老家,无后是大不孝。想想自己出去十年,虽说事业做得很大,父母从来没有抱怨过他,但过年了,儿媳妇没回来,孙子也没抱回来,谁家的父母不想抱孙子呢?谁家的父母不盼着过年合家团圆呢?想到此,刘铁深深地低下了头。

晚上,父亲炒了几个家乡的小菜,母亲又端上了一盘客家多味花生,拿出一瓶客家的糯米酒,刘铁和父亲喝了起来。几杯酒过后,父亲借着酒劲儿开了口:"铁子,爸想唠叨两句。你现在出息了,爸妈为你高兴,但钱挣得再多,事业做得再大,也得成个家呀!没家你挣那么多钱有啥用呢?没家,你幸福吗?"刘铁一边听着一边频频点头说:"爸、妈,儿子不孝!您看,这大过年的,也没能给您二老抱个孙子回来,那雪她也……出国了!对不起,对不起!"

刘铁说完站起身来,毕恭毕敬地给二老鞠鞠了一躬。母亲看着刘铁鼻子一酸,转过脸去抽泣了起来。刘铁一愣,慌忙上前拉着母亲的手问,怎么了?母亲低着头哽咽地说:"我们老两口都十年没见过那雪了,其实,我们心里都明白!呜呜呜……"刘铁一听,"扑通"一下再次跪在地上,脸色铁青地说:"爸、妈,对不起!"

母亲一看,急得眼泪又掉下来了,使劲儿拉着刘铁劝他赶紧起来。刘铁跪了半天不肯起来,父亲一看刘铁倔脾气又上来了,走过来亲自拉刘铁。刘铁站了起来,已泪流满面,不好意思地擦着泪水,恭恭敬敬给父亲倒了一杯酒。父亲笑着提起了小时候惩罚刘铁时画"圆圈圈儿"的事儿,但现在已经是三十大几的人啦,也要改改自己的臭脾气了。

父亲对刘铁说,做人最主要的是两点:第一,对得起良心,输什么都不能输了良心,千万不要做伤害别人的事儿,人到最后最重要的是心安。做人心安了,一辈子也就幸福了。第二,不能太贪心。贪心就会造恶,就会结怨,就会烦恼。凡事自己尽力了,结果顺其自然就行了。人到最后啥都带不走,简简单单就挺好的。身体上累不叫累,精神上累才叫累。

父亲的话虽没有太多的大道理，但却句句朴实中肯。曾经沧海难为水，回首在北京打拼的十年，自己从一无所有的毛头小子，打拼成了一个人人羡慕的成功者，似乎得到了不少，但最后却发现丢掉了一个最好，丢掉了初心，内心并不开心和快乐。十年磨一剑，刘铁觉得自己是应该好好反省一下自己、整理一下自己、总结一下自己了，不能再停留在原地打滚儿了。如果再纠结偏执下去，那就真的是白活了。自己只有勇敢告别昨天，才能有一个真正的开始。

刘铁给父亲说，明天带他到镇子上去一趟。父亲问刘铁去镇子干啥？刘铁说知道老家有很多留守儿童，自己想以那雪母亲的名义，在她曾经工作过的学校捐一笔款，尽自己所能帮助一下那些孩子。父亲一听，笑了，举起酒杯和刘铁碰了一下说："好样儿的，儿子！我和你妈都坚决支持你！"母亲也开心地笑了，高兴地说："我儿子从小就心眼儿好！明天妈也陪你去！"

大年三十到了。围屋里的人早早地起来，敬祖先、贴春联、宰猪羊，刘铁也和大伙儿一起，忙得不亦乐乎。晚上，家家户户都拿出了自己家最好吃的，在院子里摆了个"满汉全席"，大伙儿热热闹闹地吃了个团圆饭。刘铁感受到了一种久违的温暖和幸福，一直开心地笑着，他发现自己好久没有这么开心地笑过了。大伙儿吃完团圆饭后散了，刘铁和父母回到家里，一边嗑着瓜子一边等着看"春晚"。刘铁偷偷地看着两位老人乐呵呵的笑脸，以及那笑脸上光阴留下的痕迹，感慨着他们简单朴素的爱情，默默祈祷着父母健康长寿。

这时，电视里出现了一个清秀的小伙子，深情地唱着一首中国风的歌曲《时间都去哪儿了》。那悠扬的歌声、朴实的歌词，一下子吸引住了全家人：

时间都去哪儿了
还没好好感受年轻就老了
生儿养女一辈子
满脑子都是孩子哭了笑了

时间都去哪儿了
还没好好看看你眼睛就花了
柴米油盐半辈子
转眼就只剩下满脸的皱纹了
……

刘铁听着听着,不由得抬头看着父亲和母亲老去的鬓白,感叹时间真的过得太快了,转眼间,他们就只剩下满脸的皱纹了。两位老人一边听着歌,一边笑呵呵讨论起了"谁先死了,对方怎么办?"的问题。他们的眼神那么淡然,像在谈论一件家常琐事儿似的。自己的父母这一对普普通通的老人,面对人生有着如此坦然的态度,刘铁不由得想到了"向死而生"这个词。

"唉,老头子,我要是先走了,谁来照顾你呀?"
"我要是先走了,家里的重活儿,谁来帮你干呀?"
"还是我先走吧,我走了,你再找个老伴儿!"
"找你个鬼!还是我先走吧,我走了,你就省心了!"

听着两位老人开玩笑似的聊天,刘铁心里感到一阵阵的悲凉。虽说生死是人之常情,但听到自己的父母谈论这样的话题,刘铁的心里还是接受不了。听着听着,他猛地一下子站起身来,急眉火眼地大声说道:"爸、妈,您二老说啥呢?我还没给您二老带回儿媳妇呢!还没让您二老抱上孙子呢!以后别说这些了!"

大年初一。清晨薄雾蒙蒙,围屋炊烟袅袅,新春的鞭炮声震耳欲聋,一群孩子穿着过年的新衣裳在院子里欢快地玩耍着,家家户户喜气洋洋、欢歌笑语。刘铁也早早地起来,漫步在家乡秀丽的山间小路上。不知不觉,他又走到了那曾开满杜鹃花儿的青山上,站在了那雪母亲的墓碑前,他深深地鞠了一躬。这里曾是他和那雪梦想出发的地方,十年后的今天,他觉得自己似乎从梦想的终点又回到了起点。

刘铁坐在青山上仰望着天空,家乡的天空是那么的蓝,山里的空气是那么的干净宜人。春暖乍开,早晨的阳光照射着刘铁紧闭的双眼。光秃秃的青山上突然一下子开满了杜鹃花儿,他和梳着小辫儿的雪儿手牵手,在那万花丛中嬉戏追闹着捉着迷藏;他摘下了一朵杜鹃花儿,小心地插在雪儿乌黑的长发里；他在雪儿脖颈上刻着"mama"，吻着雪儿脖颈上流出的鲜血，哭着发誓要用自己的命照顾雪儿一辈子、爱雪儿一辈子……他急忙睁开双眼，一行热泪从眼里轻轻地滚落了下来。

　　回忆如墓，淡薄如素。刘铁任凭自己的思绪轻舞飞扬，任凭眼里的泪水尽情流淌着。他久久地凝视着远方，看了好久好久，想了好久好久，静静地回首着在北京打拼的那些日子。岁月似水而无痕，如梦而疑存。过去的十年，自己曾那么不择手段地追逐着贪婪的欲望，而如今，当他重新回到这梦想出发的青山时，想起自己最初的梦想，感觉像经历了一个轮回，苦苦追寻的终点似乎又回到了起点，仿佛一切都是空无。刘铁告诫自己，放慢追逐的脚步，静静领悟，想好了，再出发。

　　刘铁深深地吸了一口山里的空气，心情觉得平静了许多。过去的终究是过去了，谁都无力改变岁月的轨迹，走过了就应从容面对，不应再去纠结于那些无法改变的过去了，如果能洁净相忘，又何尝不是一种通透？刘铁想着，刹那间觉得自己释怀了。他慢慢地站起身，拍打了一下身上的尘土，心里默默地说了一句："雪儿，你我就此，相忘于江湖！"

　　"铁哥、铁哥……"

　　刘铁迈着大步正往山下走，隐隐约约地听到远处似乎有人在呼喊。他转过头去，看到一个女孩儿美丽的倩影，正爬着山坡一步步向他走来，那呼唤声也变得越来越清晰了。刘铁眼神迷离看着那个如影如幻的倩影，一时间产生了幻觉，难道是雪儿回来了？难道是雪儿回来看望她的母亲了？难道是雪儿回来找她的铁子哥了？

　　刘铁久久地凝视着那个美丽的倩影，那倩影越走越近渐渐地依稀可见，他惊讶地失声喊了一声："艾雪？"是艾雪，她正一步一步朝他走来，而且脚步越来越快，离他越来越近。刘铁清晰地看到艾雪那双纯净的眼睛，充满了深深的思念和真诚的爱意。艾雪一下子扑到刘铁怀里，哽咽着说："铁哥，你瘦了……"

　　刘铁呆站在那里，一句话也说不出。正在这时，他的手机响了，看着手机显示着一个熟悉名字："炎夏！"他再次呆住了。想到回到老家时曾和美美通了一个电话,他猜艾雪和炎夏一定都找过美美了。刘铁一时不知所措,尴尬地看了眼艾雪。艾雪温柔地低下头,刘铁犹豫了下,听到电话里传来了熟悉的沙哑声:"我在你老家的长途汽车站。铁哥,其实,盖茨比并没有去找黛西……"

面对艾雪和炎夏的真诚,刘铁的心颤动了一下,突然觉得,自己没有了不相信真诚的理由,深藏在他内心的那份真诚终于被唤醒了。刘铁觉得,也许,珍惜生命中每一次真诚遇见,勇敢地付出自己的真诚,才是使自己人生完美的唯一途径。过去的、现在的都是遇见的,曾拥有的都是最好的。也许,会有一次真诚的遇见,将唯美自己的整个曾经。

青山上,刘铁眼神宁静而深远,凝视着远处连绵不断的山丘,仿佛看到山丘的背后,有一道救赎的光。

越过山丘,去感恩生命中每一次真诚遇见……

后记：致时代的爱情

四年，四十万字。一个资深的金融人，一个资深的北漂，骤然停住了追逐名利的脚步，掷出了一刻千金的光阴，抑遏了内心贪婪的欲望，以文化的态度，静心写一本小说，确实鼓起了一份勇气，下了一番决心。

小说是用来记录时代的，是写生活、写人性的。所以，在动笔的第一天，自己就很清楚所要做的，就是老老实实地做一个时代的记录者。《到爱情为止》试图从自己的生活感悟中，从一个侧面，真实地记录当今的生存状态及爱情符号。

不同的时代，不同的生存状态，有着不同的爱情符号。《山楂树之恋》的爱情纯粹、《归来》的爱情守望、《阳光灿烂的日子》的爱情混沌以及《与青春有关的日子》的爱情躁动等，都不同程度地折射出了特定时代的生存状态。

那么，当下的生存状态、爱情符号又是什么呢？

不难发现，随着经济的高速发展，物质生活的极大提高，人们看上去越来越高大上了。但你有没有发现，人们的面孔却越来越冷漠、内心却越来越惶恐了？生活像上了发条，人们像打了鸡血，每天像是要去掠夺什么似的。一切似乎从金钱开始，又都从金钱结束了。试想，睁开眼，推开窗，走出门，我们还剩下什么是不可以买卖的？我们已走得太快，已走得太远，走到了没有是非标准，走到了没有底线。我们的脑子乱了，心空了，灵魂放肆了。

关于爱情，经常听人调侃，"传奇"都离婚了，"中国好老公"都出轨了，"国民好女婿"都嫖娼了，再也不敢相信爱情了；也经常听人抱怨，现在的男人太不靠谱了，女人太现实了，谁认真谁就输了。

滚蛋吧，爱情！于是，不再相信和付出，成了人们保护自己的最后手段了。爱情也成了一场名利粉饰下的步步为营、斗智斗勇、精心计算的交易了。

　　一代代打拼的人们，生存在同一片天空下，必然都在重复相同的故事。面对生存，为了能有尊严地活着，有多少人，碎了爱，再见了爱情？面对梦想，为了能红了、火了、牛了、发了，有多少人，迷了路，弄丢了爱情？面对欲望，为了能满足"我想要的"，又有多少人，乱了心，放纵了爱情？

　　一代代打拼的人们，那份最初的爱情，势必都逃脱不了生存、梦想和欲望的挑战和考验。令人遗憾的是，我们看到的结果往往是，很多人不得不告别了爱情！的确，生活很累，爱情很贵，出租房离梦想究竟有多少街区，经历过的人才知道；梦想很近，现实很远，在这个残酷的战场上，所能做的或许只剩下梦了。都说不忘初心，但在令人血脉贲张的欲望面前，还有多少人记得来时的梦想？

　　说好的永远呢？其实，我们最初的梦想，在不知不觉中，早已被欲望替代了、被欲望颠倒了、被欲望强暴了。试想，欲望的生活面前，还剩了多少不可以摧毁的爱情？到爱情为止，因为我们，不得不！一声叹息，多少辛酸史！

　　现实让我们不得不现实，让我们很无奈、很挣扎、甚至很绝望……难道这就是我们未来的出路吗？

　　作为千千万万打拼的人之一，我也曾有过一段刻骨铭心的爱情，有过一段不择手段的追逐，有过一段骄奢迷乱的生活，有过一段不知满足的贪婪，有过一段浮华人生的沉浮，有过一段不知何处是归程的迷茫……有一天，当拥有了一份曾经引以为豪的所谓"成功"时，却发现了自己这颗打拼得粗糙不堪、千疮百孔的心，早已失去了爱的能力。

　　有一天，猛然问自己，难道这就是自己想要的生活吗？难道这就是自己打拼的目的吗？想到曾有一位榜样级的朋友患抑郁症跳楼自杀了；想到曾在汶川大地震现场做义工时看到的一幕一幕……顿觉灵魂被震撼了，进而不得不对生活的本质，乃至生命的意义产生了无数的问号。

人生，三万天，一瞬间。是否应该让自己活得明白点儿？是否应该敬重生命中的每一天，静静领悟，想好了，再出发？

　　是的，人生不仅仅是一场物质的盛宴。我们的灵魂需要找到一个归宿，精神需要找到一个支点，而拥有一份属于自己的真爱，应是令人生完美的最终归宿。真爱是生命中一场不经意的真诚遇见，是一场打败时间的执手到老，是一场精神欣赏的执手不厌。人性中对真爱的追求，就像一道救赎的光，始终驱策我们坚守、追逐……到爱情为止，因为我们，不得不。

　　《到爱情为止》讲述了在北京打拼的70、80、90后三代人的故事，讲述他们在闯生存、梦想和欲望的"三关"时，对待爱情的态度。真实是最有力量的。《到爱情为止》力求讲出你我他的故事，说出你我他的心里话。真诚是通往真爱的唯一路径。《到爱情为止》始终呼唤以真诚追求真爱。虽说可能很苍白，也不敢奢望能改变什么，但至少我发出了自己的呼唤。因为总有一次真诚的遇见，会唯美了整个曾经。《到爱情为止》讲述了文化的力量。无论是在商场还是在情场，最终都是文化的较量。另外，小说已改编为电影剧本，即将在大荧幕上与您见面。

　　个人认为，当下错乱的社会怪象、扭曲的价值观，都源自于我们对民族主体文化的摒弃、否定和破坏。值得欣慰的是，我们正在告别一个经济高速发展、精神却无处安放的旧时代，经历着一个民族文化和民族信仰复兴的划时代的阶段。是时候让无处安放的、放肆的灵魂，回归到民族文化的精神家园了！